Ingrid Kretz

Die Rose von Florenz

INGRID KRETZ

DIE ROSE VON FLORENZ

SCM
Hänssler

SCM

Stiftung Christliche Medien

MIX
Papier aus verantwortungsvollen Quellen
FSC www.fsc.org FSC® C006701

SCM Hänssler im SCM-Verlag GmbH & Co. KG · 71088 Holzgerlingen
Internet: www.scm-haenssler.de · E-Mail: info@scm-haenssler.de

Umschlaggestaltung: OHA Werbeagentur GmbH, Grabs, Schweiz;
www.oha-werbeagentur.ch
Titelbild: Bianca Capello: Gemälde von Alessandro Allori (1535–1607);
Nonne: Gemälde von Anthonis Mor (1517–1577);
übrige Elemente: Archiv OHA Werbeagentur GmbH
Satz: Satz & Medien Wieser, Stolberg
Wappen-Illustration: Kathrin Spiegelberg, Weil im Schönbuch
Druck und Bindung: CPI – Ebner & Spiegel, Ulm
Gedruckt in Deutschland
ISBN 978-3-7751-5437-6
Bestell-Nr. 395.437

Das Glück wohnt nicht im Besitze
und nicht im Golde,
das Glücksgefühl ist in der Seele zu Hause.
Demokrit

Nicht uns, Herr, nicht uns,
sondern deinem Namen gib Ehre.
Psalm 115,1

I

Kloster *Abbazia di Praglia* nahe Padua 1563

Seit einer Ewigkeit ruckelte die Kutsche über die Straße und Mafalda starrte missmutig in die Landschaft. Hin und wieder warf sie ihrem Vater einen bösen Blick zu, als könnte sie damit das Ziel ihrer Reise abwenden.

Alberto Monteferro hielt die Augen geschlossen und döste vor sich hin. Mafalda gab dem Beutel mit ihren wenigen Habseligkeiten einen Tritt, dass er vor seinen Füßen landete.

Er öffnete die Augen und ignorierte ihre Wut. Mit einem Fuß schob er den Sack aus grobem Leinen zurück und sein Blick fiel auf das Gebäude, das vor ihnen lag.

»Wir sind da«, sagte er mit Euphorie in der Stimme und beugte sich vor, soweit das sein dicker Leib zuließ. »Liegt es nicht herrlich? Sieh mal, da«, er zeigte mit seinen fleischigen Fingern in die Ferne, »das sind die euganeischen Hügel. Was gäbe ich darum, jeden Morgen mit einem Blick auf diese Wiesen zu erwachen! Und dort hinten Zypressen. Endlich Zypressen.« Er seufzte theatralisch und sog schnaubend Luft durch die Nase ein. »Du wirst sehen, den Gestank der Gerber wirst du nicht vermissen.«

Abbazia di Praglia tat sich wie sich ein kühnes Kastell vor ihnen auf, umschlossen von einer Steinmauer. Es bestand aus mehreren ineinander verwobenen Gebäuden, in deren Mitte ein schmaler Glockenturm wie ein mahnender Zeigefinger zum Himmel ragte. Das Kloster lag an der viel befahrenen Straße, die von Händlern gern für ihre Reise von Padua nach Este genutzt wurde.

»Ich kann immer noch nicht begreifen, dass du mich ans Ende der Welt schickst«, schluchzte Mafalda und schlug die Hände vors Gesicht. »Das ist ungerecht. Warum durften die anderen in Florenz bleiben? Dort können sie wenigstens ab und zu Besuch empfangen! Hierhin kommen weder Mutter noch du.«

Sein Gesicht färbte sich purpurrot. »Was erlaubst du dir, so mit mir zu sprechen?«, schnaubte er. »Sei froh, dass du überhaupt hier sein darfst. In Florenz sind alle Konvente belegt. Es hat mich viele Worte gekostet, dass man dich hier aufnimmt. Als deine Schwestern ins Kloster gingen, hat keine widersprochen. Etwas Besseres kann dir doch gar nicht passieren!«

»Du meinst, das kann dir und Mutter nicht passieren. Ich will hier nicht sein!« Den letzten Satz schrie Mafalda, als könne sie das Besiegelte abwenden. Ihr Gesicht hatte vom Heulen hektische Flecken bekommen und unter ihrer Haube hatten sich ihre Haare gelöst. Schwarze Strähnen hingen ihr wirr ins Gesicht. Noch nie in ihrem Leben hatte sie gewagt, in einem solch ungebührlichen Ton mit ihrem Vater zu sprechen.

Wäre das Gespann in diesem Augenblick nicht vor dem Kloster zum Stehen gekommen, Monteferro hätte sich vergessen. Er zerrte seine Tochter aus der Kutsche, wo sie ihren Leinenbeutel an ihre Brust presste und wie ein störrischer Esel stehen blieb. Während er den Kutscher anherrschte zu warten, glitt ihr Blick über den weitläufigen Gebäudekomplex. Zielstrebig steuerte Monteferro auf das mit Eisen beschlagene Holztor zu.

»Nun komm schon«, drängte er und betätigte den Türklopfer. Dumpf drang der Hall zu Mafalda, während sie langsam heranschlenderte.

In der Tür erschien eine Nonne. »Ihr wünscht?«, fragte sie. Mafaldas Augen blieben am Gesicht der Benediktinerin hängen, das unter dem schwarzen Schleier hervorstach. Es hatte eine bronzene Färbung, wie man sie bei Fremden fand, und ihre Augen glichen Maronen.

»Ich bringe meine Tochter Mafalda«, erklärte Monteferro und stupste Mafalda an.

Die Körperfülle von Mafaldas Vater stand im auffallenden Kontrast zu der asketischen Gestalt der Nonne, die sich unter dem *Habit* abzeichnete. »Mafalda Monteferro?«, fragte sie. »Willkommen in *Abbazia di Praglia*. Ich bin Schwester Elisabetta. Kommt, Ihr könnt Euch erfrischen«, lud sie Monteferro mit selbstgefälligem Lächeln ein, »und mit uns das Mittagessen einnehmen.«

Er schüttelte sein gelichtetes Haupt. »Ich muss zurück und möchte noch vor Anbruch der Dunkelheit ein Gasthaus erreichen«, sagte er und riss Mafalda kurz an sich. Sie machte sich steif wie ein Besenstiel. »Leb wohl, Kind«, flüsterte er, bevor er sie durch das Tor schob.

Noch bevor Mafalda etwas erwidern konnte, quietschte das Tor hinter ihr und fiel ins Schloss. Sie wusste gar nicht, wie ihr geschah, und fühlte sich im wahrsten Sinne des Wortes abgeschoben. Hätte er das nicht liebevoller machen können? Sie kam sich wie ein Stück Vieh vor, das man in den Stall sperrte. Panik stieg in ihr hoch. Hätte er nicht noch mit ihr essen und abwarten können, bis sie wusste, wem sie hier ausgeliefert war?

Wie von einer unbändigen Kraft getrieben drehte sich Mafalda um und griff nach der Tür. Als sie sie öffnen wollte, riss Schwester Elisabetta sie am Arm zurück.

»Mach dich nicht lächerlich«, zischte sie und deutete mit dem Kopf nach vorne. Ihre freundliche Miene war einem Ausdruck von Unverständnis gewichen. Dann ließ sie Mafalda los und verschwand in einem großen Gebäude. Schweigend folgte Mafalda. Warum war sie plötzlich so verärgert? Nur weil Mafalda ihrem Vater nachgelaufen war? Mafalda spürte einen Stich im Herzen und dachte an den knappen Abschied am Tor. Sie kämpfte mit den Tränen, was ihr misslang. Leise schluchzend hastete sie durch die große Eingangshalle und stieg hinter der Gestalt in der grauen Tracht eine schmale Treppe empor. Schwester Elisabetta stapfte durch den düsteren Flur und blieb vor einer Tür stehen.

»Der Raum unserer Äbtissin, unserer ehrwürdigen Mutter Abelina.«

Sie klopfte und trat mit Mafalda ein. Der Raum war spärlich möbliert mit einem Schrank aus dunklem Holz, einem Tisch, umgeben von ein paar Holzstühlen und einem Regal voller Bücher. Die Äbtissin saß hinter einem Schreibtisch und erhob sich, um Mafalda zu begrüßen. Ihre Augen schienen das junge Mädchen zu durchdringen, als diese ihren Ring küsste.

»Willkommen in unserem Haus. Wir hatten dich bereits gestern erwartet!« Der Vorwurf in ihrer Stimme war nicht zu überhören. Ihr Gesicht, dessen Haut erstaunlich glatt war, blieb unbeweglich.

Für eine Frau, die weltlichen Freuden abgeschworen hat, ist sie erstaunlich korpulent, fand Mafalda. Sie schätzte, dass die Äbtissin die Lebensmitte schon weit überschritten hatte.

»Verzeiht, aber ...«

Mit einer abrupten Handbewegung schnitt Mutter Abelina Mafalda das Wort ab. »Schon gut.« Ihre Stimme klang plötzlich versöhnlich. »Nun, du möchtest also in unserer Gemeinschaft leben?«

Von Wollen konnte keine Rede sein. Mafaldas Eltern hatten einfach für sie entschieden. Ob ihre Zukunft so schwarz war wie der Schleier der Äbtissin? *Ja*, sagte sich Mafalda, *ich bin verloren*. Als fünfte und letzte Tochter des Gerbers Alberto Monteferro blieb nur eine klitzekleine Mitgift, die gerade für einen Konvent reichte.

Ihre älteste Schwester Agata hatte heiraten dürfen und damit war für alle anderen Töchter der weitere Lebensweg hinter Klostermauern vorgeschrieben.

Mafalda dachte an den jungen Florentiner, in den sie sich verliebt und der ihr den Hof gemacht hatte. Auf ihre Andeutung, er möge ihr einen Ring geben, hatte er mit Ausflüchten reagiert. Zum Glück hatte sie rechtzeitig erkannt, dass er verheiratet war. Nicht auszudenken, wenn er sie als Gespielin benutzt hätte.

»Du sagst gar nichts!«

»Ja, das möchte ich«, antwortete Mafalda nervös und senkte den Kopf. Der erste Tag hier fing bereits mit einer Lüge an. Aber was sollte sie der Frau mit dem aufgedunsenen Gesicht vor ihr sonst sagen? Wo sollte sie hin? Es gab für sie keine Alternative. Selbst Onkel Nino, ihr Lieblingsonkel, sah keine Möglichkeit, sie in seinem Haus aufzunehmen.

»Hast du den festen Willen, der Fleischeslust für immer zu entsagen?«

Mafalda bekam eine Gänsehaut. Sie wusste nicht, was sie darauf antworten sollte. Die Äbtissin fuhr fort. »Wir leben nach den Regeln des heiligen Benedikt und bekämpfen die Begierden des Teufels. Ist es dein Verlangen, die Stärkung von Gott zu empfangen, Barmherzigkeit zu üben und das Leid zu lieben?«

Leid lieben? Wie kommt sie denn darauf? Ich leide, seit Vater mir gesagt hat, wo ich den Rest meines kümmerlichen Lebens verbringen soll. Und das soll ich lieben?

Ob Mutter Abelina den zusammengekniffenen Mund von Mafalda bemerkt hatte?

»Du kannst Gott danken, dass wir noch einen Platz für dich gefunden haben«, hörte Mafalda die Äbtissin sagen. »Letzte Woche ist eine unserer Mitschwestern heimgegangen. Du bekommst ihr Bett und wirst ihren Platz in der Küche einnehmen.« Während sie Hinweise zum Gehorsam, zu den Stundengebeten und zum Schweigen herunterleierte, hätte sich Mafalda am liebsten die Ohren zugehalten.

»Kannst du kochen?« Die Äbtissin sah Mafalda abwägend an.

Mafalda knetete ihre Hände und entschied sich, weiter zu schweigen. Damit würde sie hier hoffentlich nichts falsch machen. Vielleicht konnte sie die lästige Küchenarbeit damit abwenden.

»Also ja«, sagte Mutter Abelina und lächelte, »du meldest dich morgen in der Küche.

Ich werde keinen Schleier nehmen und erst recht nicht den von der Toten, beschloss Mafalda. Ehe sie es sich versah, stand sie wieder auf dem Flur und trottete hinter Schwester Elisabetta her. Die schenkte ihr sogar ein kleines Lächeln. »Alle Mädchen, die von ihren Familien hierhergebracht werden, reagieren so. Die nicht freiwillig kommen. Da musste ich einschreiten, verstehst du?« Mafalda nickte. *Aber deshalb muss man nicht grob sein,* dachte sie bei sich.

Als sie an diesem Abend müde und erschöpft im Dormitorium zwischen unzähligen Schwestern in ihrem Bett lag, zog sie die Wolldecke bis unters Kinn und starrte in die Dunkelheit. Rings um sie hörte sie Schnaufen und Schnarchen.

Die vielen Eindrücke und Vorschriften der Benediktinerinnen hallten in ihr nach. Und der Abschied am Tor. War das ihr Vater gewesen, den sie als kleines Mädchen abgöttisch geliebt hatte? Der stolz auf sie und ihre Schwestern gewesen war, bis sie ins heiratsfähige Alter kamen? Danach kam sie sich vor, als sei sie nur noch geduldet, lästig wie der Arno, wenn er im Herbst über die Ufer trat. Mutter hatte seiner bestimmenden Art nichts entgegenzusetzen. Sie hatte nur mit den Schultern gezuckt und auf die Tradition hingewiesen. Tradition! Warum nahm die Sitte keine Rücksicht auf Gefühle und Tränen?

»Du bist neu?«, hörte sie eine Stimme aus dem Bett neben ihr, und als Mafalda nichts sagte, fuhr sie fort. »Ich bin Beata. Hat man dich auch abgeschoben? Ich ...«

Eine Stimme fauchte durch das Dormitorium: »Ruhe!«

»Wir reden morgen«, flüsterte es leise aus dem Nebenbett. »Gute Nacht.«

Wider Erwarten schlief Mafalda tief und fest, bis jemand an ihr rüttelte und sie aufforderte, zur Laudes zu gehen.

»Laudes?« Mafalda schlug die Augen auf und versuchte sich zu besinnen, wo sie war. Als ihr bewusst wurde, dass sie im Bett einer kürzlich verstorbenen Nonne lag und es rings um sie nur so von dunkel gekleideten Gestalten wimmelte, zog sie sich die Decke wieder über den Kopf.

Eine Hand berührte sie leicht. »Ich bin Beata und habe neben dir geschlafen«, sagte eine junge Novizin, »komm, zieh dich an. Es ist Zeit zum Morgengebet.«

»Und das Frühstück?«, murmelte Mafalda und richtete sich auf. Sie trug noch immer ihre Kleidung vom Vortag. Jetzt könnte sie ein Bad gebrauchen. Außerdem knurrte ihr Magen.

»Wir müssen uns beeilen«, trieb Beata sie an und hielt ihr eine Tunika hin. Mafalda schämte sich, dass sie ihr Kleid vor aller Augen auszog und nackt dastand. Beata stülpte ihr das Untergewand über, befestigte das *Zingulum* um ihre Taille und half ihr in das *Skapulier*. Gekonnt befestigte sie ihr einen weißen Schleier auf dem Kopf, das Zeichen einer Novizin.

»Danke«, sagte Mafalda und warf Beata einen scheuen Blick zu, die fast einen Kopf kleiner war als sie. Sie machten sich auf den Weg zur Morgenandacht.

Beata war im gleichen Alter und bereits seit sechs Jahren im Kloster. »Ich habe mich auch schwergetan, den strengen Rhythmus im Kloster anzunehmen.« »Jetzt«, flüsterte sie, »ist das Leben hier sogar angenehm. Ich helfe dir gern bei der Eingewöhnung. Bald werde ich die ewige Profess ablegen.« Sie knieten im Chorgestühl der Kirche nieder.

»Geht das jeden Morgen so?« Mafalda blinzelte verwirrt zu den gebeugten Gestalten rings um sie.

Novizin Beata bedeutete Mafalda mit ihren Augen, still zu sein. Als sie später gemeinsam die Kapelle verließen, erklärte Beata, dass Mafalda froh sein könne, heute Nacht von der Vigil verschont geblieben zu sein. »Das tut richtig weh, zu nächtlicher Stunde zum Gebet aufzustehen«, schwatzte sie fröhlich und verdrehte die Augen. Mafalda beschloss, dass sie Beata mochte.

In der Küche traf Mafalda auf Schwester Lucia, eine alte Nonne mit gichtgeplagten Händen, die sie mit einem Lächeln anwies, das Gemüse zu putzen. Sie war untersetzt und ihr Gang schleppend. Inmitten ihres vom Alter gezeichneten Antlitzes glänzten ihre Augen wie die einer jungen Frau und ihre Gestalt strahlte Güte und Vertrauen aus.

In Mafalda legte sich die Anspannung angesichts der freundlichen Köchin. Sie sah sich um. An den Wänden hingen Töpfe und Pfannen und ein großer Herd verströmte Hitze. Schwester Lucia musste schon vor der Laudes das Feuer entfacht haben. Auf einem Holztisch stapelten sich verschiedene Gemüsesorten. Geduldig, schweigend und mit einem nicht endenden Lächeln drückte sie Mafalda ein Messer in die Hand.

»Mutter Abelina hat ein bescheidenes Arbeitszimmer«, fand Mafalda und schnitt eine Tomate nach der anderen in Scheiben, »ich meine, für einen Konvent in dieser Größe.«

Schwester Lucia hörte auf, behäbig im Suppentopf zu rühren. »Du müsstest mal ihr Empfangszimmer sehen. Stühle mit Schnitzereien, Teppiche mit allerlei Getier drauf und silbernes Geschirr. Dazu ein Gemälde von unserem heiligen Benedikt.« Sie warf einen verächtlichen Blick zu Mafalda. »›Damit meine Besucher würdig empfangen werden‹, hat sie mal gesagt. Oh, wie ich das verabscheue!« Ihre Stimme zitterte und sie sog tief Luft ein, um sie mit einem Seufzer loszuwerden. Dann versank sie wieder in Schweigen. Sie griff nach einem Holzscheit und warf es in den Ofen.

Mafalda hatte den hasserfüllten Unterton in ihrer Stimme gehört. Ob Schwester Lucia die ehrwürdige Mutter nicht mochte?

Zum Leidwesen von Mafalda war Elisabetta zuständig für ihre Einweisung in die Regeln des Konvents und ungeduldig wie am Tag ihrer Ankunft. Selten blickte sie freundlich drein. Ihre Vertraute fand Mafalda in Beata und wenn sich die beiden jungen Frauen allein wähnten, hatten sie einander viel zu berichten. Mafalda gab sich Mühe, die Gebete auf Latein zu lernen und in Gegenwart der Nonnen still zu sein. Nur abends im Bett überkam sie das Heimweh, sie dachte an ihre Mutter und weinte sich in den Schlaf.

Es verging kaum ein Tag, an dem die Äbtissin an den Mahlzeiten nicht etwas zu bemängeln hatte. Mal war ihr das Gemüse zu weich gekocht, mal die Schüsseln zu knapp gefüllt und ein anderes Mal schmeckten ihr die Maronen nicht. Mit Bestürzung gewahrte Mafalda die Blicke, mit der Mutter Abelina die Köchin und sie bedachte. Egal, an welchem Platz sie an den langen Tischen saßen, die Blicke der Äbtissin trafen sie immer.

»Bring mir sofort ein ordentliches Essen in mein Arbeitszimmer«, herrschte die Äbtissin eines späten Abends die alte Nonne an, lange nach der Abendmahlzeit. Insgeheim bewunderte Mafalda die Köchin, wie sie ihren Zorn herunterschluckte und ohne Widerworte in der Küche verschwand, um das Feuer erneut zu schüren. Mafalda schlich hinter ihr her und machte sich stumm daran, bei der Zubereitung zu helfen.

Eine Weile später verströmte ein gebratenes Hähnchen mit Zitronensoße sein angenehmes Aroma. Mafalda trug den Teller in das Zimmer der Äbtissin und stellte ihn auf den Schreibtisch.

»Warte«, sagte die Äbtissin und probierte. Sie nickte kaum wahrnehmbar, was wohl heißen sollte, dass es schmeckte, und wies mit ihrem Kinn Mafalda an, zu gehen. Mafalda wandte sich zur Tür, da hörte sie plötzlich hinter sich einen erstickten Laut. Sie drehte sich um. Das Gesicht von Mutter Abelina hatte einen schmerzverzerrten Ausdruck angenommen.

Was ist mit ihr los? Mafalda starrte sie erschrocken an. *Habe ich was falsch gemacht?*

Die Äbtissin nestelte an einem Säckchen unter ihrem *Habit*, aus dem sie ein Kraut hervorholte und sich in den Mund schob. Dann sank sie zu Boden und fing an zu beten. »Ave Maria, gratia plena. Dominus tecum ...«

Die ehrwürdige Mutter ist krank. Mafalda zögerte. Sollte sie jetzt ebenfalls beten oder Hilfe holen? Es war offensichtlich, dass Abelina mit starken Schmerzen kämpfte.

Noch während die junge Novizin mit sich rang, kippte die Äbtissin zu Seite und blieb liegen. Ihre Arme und Beine zuckten unkontrolliert und sie hatte die Augen weit aufgerissen, sprach jedoch kein Wort. Erschrocken beugte sich Mafalda über sie und legte die Hand auf ihre Stirn. Sie fühlte kalten Schweiß. Schnell rannte sie aus dem Raum und prallte mit Schwester Elisabetta zusammen, die offensichtlich hinter der Tür gestanden hatte.

Oh nein, dachte Mafalda. »Schnell, Mutter Abelina geht es nicht gut. Ich glaube, sie ist krank. Wir müssen sie zur Krankenstation bringen!« Sie zog Schwester Elisabetta am Ärmel.

Elisabetta starrte die Äbtissin an, die blau angelaufen war. Sie zuckte immer noch, während Mafalda niederkniete und ihren Kopf in ihren Schoß legte. »Sie stirbt«, weinte Mafalda, während sie versuchte, die Schultern der Nonne festzuhalten.

Inzwischen waren weitere Schwestern herbeigeeilt. Im Nu packten sie die Oberin an Armen und Beinen und trugen sie zur nahe gelegenen Krankenstation. Mafalda lief hinterher. Die Siechenmeisterin nahm sich Mutter Abelinas sofort an. »Betet für sie!«, rief sie den Frauen zu und flößte der Äbtissin einen stark gesüßten Tee ein. Kurz darauf ließ das Zucken nach und Abelina wurde ruhiger.

»Soll ich ihr einen Likör von Engelwurz bringen?«, fragte Schwester Elisabetta eifrig. »Ich hätte auch noch kandierten Engelwurz da.«

»Lass nur«, antwortete die Siechenmeisterin und schüttelte missbilligend den Kopf.

Bis auf Mafalda und Schwester Elisabetta eilten die Nonnen zur *Vesper.* Die Siechenmeisterin gab ihnen genaue Anweisungen, was bei einem erneuten Anfall zu tun war. »Achtet darauf, dass sie auf der Seite liegt. Am besten legt ihr ein Kissen unter ihren Kopf und bleibt bei ihr, bis der Anfall vorüber ist. Ich erwarte, dass ihr beruhigend mit ihr sprecht, wenn sie zu sich kommt.« Schweigend saßen sie am Bett der Äbtissin.

»Sie ist vom Teufel besessen«, flüsterte Schwester Elisabetta, als die Siechenmeisterin das Zimmer verlassen hatte.

»Sagt so etwas nicht«, entgegnete Mafalda erschrocken. Entsetzt beobachtete sie, wie Schwester Elisabetta Kreuze in die Luft hieb. »Was verstehst du schon davon?«, geiferte Schwester Elisabetta. »Du bist doch neu. Da, bring die Tücher weg.«

Während Mafalda sich bückte, um schweißgetränkte Lappen aufzuheben, dachte sie an eine entfernte Tante, die an der gleichen Krankheit wie die Äbtissin gelitten hatte. Die Vorfälle hatten sich immer wieder wiederholt, bis die Tante an sich selbst erstickt war. Niemand aus ihrer Familie hatte sie jemals als besessen bezeichnet.

»Wir sollten den Anweisungen der Siechenmeisterin folgen«, meinte Mafalda nur, »dann wird die ehrwürdige Mutter wieder gesund. Sie braucht von uns Fürbitte, keine leichtfertigen Verurteilungen.«

Wieder hatte sie unüberlegt gesprochen. Schwester Elisabetta starrte sie wütend an. Mafalda spürte ihren Unmut und beschloss, das Zimmer zu verlassen. Leise schloss sie die Tür hinter sich. Aber war das die richtige Entscheidung? Wer konnte wissen, zu was Schwester Elisabetta imstande war? Jetzt, da sie allein mit der kranken Äbtissin war? Jede im Konvent wusste, dass Schwester Elisabetta nach Höherem strebte.

Entgegen allen Befürchtungen erholte sich die ehrwürdige Mutter schnell. Die Einförmigkeit der Tage machte sich wieder breit und der Herbst wurde von allen Nonnen herbeigesehnt, nicht nur, weil sie der Sommerhitze überdrüssig waren, sondern weil er auch für Abwechslung auf dem Speiseplan sorgen würde.

»Endlich mal wieder Wolken am Himmel!«, sagte Schwester Lucia eines Tages und sah aus dem Küchenfenster. »Heute sammeln wir Pilze. In unserem Wald gibt's jedes Jahr reichlich davon.«

»Wir dürfen das Kloster verlassen?«, fragte Mafalda.

Schwester Lucia nickte und ihre Augen funkelten fröhlich. »Das Lieblingsessen unserer ehrwürdigen Mutter sind Pilzgerichte. Sie wachsen nun mal im Wald.«

Der Fußmarsch über die Felder bis zum Forst war beschwerlich, aber die Aussicht auf Pilze schien ungeahnte Kräfte in Schwester Lucia zu wecken.

Weil es niemanden gab, der sie belauschen konnte, wagte Mafalda eine Frage zu stellen, die sie seit Langem beschäftigte. »Warum mag die Äbtissin dich nicht?«

»Ach, der Grund dafür liegt viele Jahre zurück.« Es war deutlich, dass Schwester Lucia keine Lust hatte, darüber zu sprechen.

Mafalda ließ nicht locker. »Bitte, erzähl doch.« Wer wusste schon, ob sich noch mal eine Gelegenheit ergab, ungestört zu reden.

Ein großer Seufzer drang aus der alten Nonne Brust. »Damals, die ehrwürdige Mutter war kaum im Amt, bekamen wir Besuch vom Bischof. Visitation nennt man das. Es gab Ungereimtheiten in den Finanzen und«, die Stimme Schwester Lucias senkte sich, »die Äbtissin erhielt öfters Männerbesuch. Sie blieb dabei nicht wie wir anderen hinter den Gittern, nein. Ich hatte sie einmal überrascht und mich dann irgendwie verplappert. Danach wurde der Äbtissin genau auf die Finger geguckt und die Besuche sehr eingeschränkt.«

Schwester Lucia schien aufzublühen, während sie zwischen den Bäumen umherstreiften. Sie zeigte Mafalda, wie man die Pilze pflückte, indem man an den Stielen drehte. Fasziniert hörte Mafalda ihr zu, was sie alles über die Gewächse zu berichten wusste, und sortierte begeistert Pfifferlinge, Täublinge, Steinpilze und andere Arten. Im Nu trugen sie beide volle Körbe.

»Ich kann kaum aufhören zu sammeln«, sagte Schwester Lucia bübisch und legte noch ein paar besonders schöne Exemplare in einen kleinen Korb, den sie unter ihrem *Habit* hervorzog.

Mafalda bewunderte die Pilze und sah der Nonne ins Gesicht. »Sind die für jemand Besonderes?«

Die Augen von Schwester Lucia leuchteten geheimnisvoll. »Allerdings.«

Als sie sich wieder dem Kloster näherten, sahen Lucia und Mafalda schon von Weitem zwei Gestalten, die auf der Straße in Richtung des Haupttores liefen. Fast zeitgleich trafen sie mit ihnen am Tor zusammen. Mit einem Blick erkannte Mafalda, dass es sich bei den beiden um Dienstboten handeln musste.

Die Frau trug ein schlichtes Kleid, das zerknittert und verstaubt war. Ihr Gesicht war ebenmäßig, von fast kindlicher Anmut und wurde von blonden Locken umrahmt. Ihr Begleiter hatte seinen Arm um ihre Schultern gelegt und wandte sich an die Nonnen: »Gute Schwestern, habt ihr eine Herberge für zwei müde Reisende? Wir sind auf dem Weg nach Florenz zu meinen Eltern. Ich bin Pietro und das ist meine Frau Bianca.« Mafalda fiel auf, dass er seinen Familiennamen nicht nannte.

Schwester Lucia nickte freundlich. »Wir erweisen Euch Gastfreundschaft, wie es unser Herr im Himmel auch getan hätte«, erklärte sie. Bevor sie Mafalda anwies, sich um die Gäste zu kümmern, warf sie noch einen wehmütigen Blick auf die Pilze, die sie jetzt auch noch mit zwei Gästen würde teilen müssen.

Mafalda brachte die beiden Reisenden zur Äbtissin, die sie großmütig begrüßte, anschließend zeigte sie ihnen die Schlafgemächer. Sie wies Pietro eine Kammer weitab dem Dormitorium zu. Bianca sollte in einem kleinen Raum nächtigen, der direkt an den Schlafsaal der Nonnen grenzte.

»Bianca ist meine mir von Gott angetraute Ehefrau. Ich bleibe bei ihr«, sagte Pietro. Er legte seinen Arm beschützend um sie. »Ich kann sie doch nicht allein lassen.«

Bianca schlug die Augen nieder, als sei es ihr peinlich. Sie ließ ihren Kopf auf seine Schulter sinken. Ihre Stimme klang matt. »Ja, wir wollen zusammenbleiben.«

Mafalda wusste nicht viel von der Liebe, aber ihr Innerstes mahnte sie, auf der Hut zu sein. Der Mann vor ihr blinzelte fortwährend. Er wirkte nervös. Ob hier alles mit rechten Dingen zuging? Womöglich log er und Bianca hatte keine andere Wahl, als ihm zuzustimmen. Dabei war ihr diese junge Frau sympathisch.

Mafalda trat einen Schritt zurück. »Undenkbar.«

Der Mann lächelte sie selbstgefällig an und legte den Kopf schief. »Bitte, ehrwürdige Schwester, seid nur einmal gnädig«, schnurrte er.

Mafaldas Blick wanderte zu Bianca, die sich aufrichtete und ihn mit hochgezogenen Augenbrauen ansah. Mafalda schüttelte den Kopf. Das Gesülze des Gastes machte sie wütend. Sie riss sich zusammen und versuchte, ihre Antwort gleichmütig klingen zu lassen. »Ein Mann darf sich dem Dormitorium noch nicht einmal nähern.«

»Selbstverständlich. Habt vielen Dank«, sagte Bianca mit ruhiger Stimme. Sie sah sich in der Kammer um, die mit einem schmalen, frisch bezogenen Bett, einem kleinen Schrank und einem Stuhl eingerichtet war. »Du wirst hier sicher gut schlafen.«

»Woher willst du das wissen, he?« Er ignorierte, wie Bianca mit den

Tränen kämpfte. Mit gehobenem Kinn sah er von oben auf Mafalda herab und setzte seine ganze Überzeugungskraft ein. Er räusperte sich, wobei er seine Arme vor der Brust verschränkte. »Ich will aber mit ihr zusammen sein.«

»Bitte! Pietro!«, wisperte sie und griff nach seiner Hand. Unbeeindruckt schüttelte er sie ab.

Mafalda war für einen Moment sprachlos und spürte zugleich das Unbehagen, das die Frau ergriffen hatte. Offensichtlich hatte sie einen Sturkopf zum Mann. Was bildete sich dieser Pietro ein, sie derart in Bedrängnis zu bringen! Sollte sie Schwester Elisabetta hinzubitten? Nein, lieber nicht. Womöglich würde diese ihr noch vorwerfen, sie würde die Gäste unangemessen behandeln.

Im Raum war es still geworden. Bianca kniff den Mund zusammen und sah zum Fenster, als gäbe es dort etwas Interessantes zu sehen, obwohl es keinen direkten Blick nach draußen erlaubte. Pietro stand immer noch vor Mafalda und sah sie abwartend an. Sie entschied sich so zu tun, als sei sie schwerhörig. »Eure Reise war gewiss beschwerlich. Ich bereite ein Bad vor«, bot sie versöhnlich an und musterte Bianca, die ihr erschöpft und dankbar zulächelte. »Bis dahin könnt Ihr Euch im Garten oder im Schatten des Kreuzganges ausruhen«, beendete sie das Gespräch.

Pietro blieb nichts anderes übrig, als seinen Zorn herunterzuschlucken. »Das ist freundlich«, brummte er, während Mafalda in die Küche ging. Sie schaufelte Glut vom Herd in einen Eimer und trug sie in den Baderaum im Kellergeschoß, wo sie das Herdfeuer entfachte. Dann bat sie zwei andere Novizinnen um Hilfe. Unzählige Male holten sie Wasser aus dem Brunnen im Innenhof, um es im Kupferkessel zu erhitzen.

Unterdessen backte die Köchin Fettunta, rieb das weiße Brot mit Knoblauch ein und träufelte Olivenöl darüber. Dazu gab es Pilze mit Kräutern. Als sie alle im Speisesaal saßen, sah Lucia in die Runde: Überall waren zufriedene Gesichter zu sehen. Alle aßen und genossen das Essen schweigend. Sogar die Äbtissin hatte nichts zu bemängeln.

Mafalda wandte sich an Bianca, die ihr gegenübersaß: »Wenn Ihr wünscht, könnt Ihr nach dem Essen mit mir kommen. Das Wasser ist vorbereitet.« Sofort warf ihr Schwester Elisabetta einen bösen Blick zu und räusperte sich. Verärgert senkte Mafalda den Kopf.

Erst auf dem Gang traute Mafalda sich, die Gäste wieder anzusprechen. »Signore, genießt die Mittagsruhe, bis Eure Gemahlin gebadet hat«, sagte sie und ignorierte seinen Blick, der erneut forderte, bei Bianca zu bleiben. »Danach dürft Ihr in den Zuber.«

Pietro stolzierte davon und ließ die beiden Frauen allein. Womöglich fürchtete er, dass Bianca redselig werden würde und ein Geheimnis verriet.

Mafalda und Bianca stiegen eine Steintreppe hinab. In einem Kellerraum standen ein großer Badezuber, zwei Holzstühle und ein Regal mit verschiedenen Tiegeln und Gefäßen, in denen Essenzen, Kräuter und Spezereien aufbewahrt wurden. Ein einzelnes Kellerfenster beleuchtete den weiß getünchten Raum nur spärlich. Als Bianca sich auf einem Stuhl niederließ, nahm Mafalda das Leintuch weg, das sie zum Warmhalten über den Bottich gelegt hatte, und goss nochmals heißes Wasser hinzu. Bianca legte ihre Haube ab und beobachtete Mafalda, die ein paar Kräuter ins Wasser gab. Sie tröpfelte zu gleichen Teilen Melissenöl und Mandelöl hinein. Ein feiner Duft aus Rosmarin, Lavendel, Grasblüten und Melisse zog durch den Baderaum.

»Wie gut das riecht«, rief Bianca und strahlte die Novizin an. Sie streifte ihre Schuhe von den Füßen. Ohne weiter zu fragen, half Mafalda ihr aus dem Kleid und der Chemise. Mit einem Kamm lockerte sie die verknoteten Strähnen, die in sanften Wellen über Biancas Schultern fielen. Als Bianca in den Holzbottich stieg, beschäftigte sich Mafalda in einer Ecke des Raums, damit sich ihr Gast ungestört waschen konnte.

»Seit wann seid Ihr schon im Kloster?«, fragte Bianca und schüttete sich mit einer Schöpfkelle Wasser über den Kopf.

»Erst seit ein paar Monaten«, erklärte Mafalda und fügte nach kurzem Zögern hinzu: »Es kommt mir viel länger vor.«

»Warum? Bereut Ihr, Euer Leben Gott geweiht zu haben?« Bianca schloss die Augen. Sie schien die Wärme zu genießen, die sie umfing.

Mafalda hörte den fremden Akzent in ihrer Aussprache. *Aus der Gegend von Florenz stammt sie nicht. Und wie traurig sie klingt.* Mafalda hatte den Eindruck, dass sich bei Bianca Ruhe breitmachte, als ob das Wasser ihre aufgebrachte Seele beruhigte und ihre Probleme einfach wegspülte.

»Ich möchte nicht unhöflich sein, aber ich sollte nicht darüber reden«, erwiderte sie und senkte den Kopf.

Bianca drehte sich zu Mafalda und lachte. »Es wäre in der Tat unhöflich, wenn Ihr Euch nicht mit mir unterhalten würdet. Ich bin Euer Gast. Wenn wir uns einig sind, erfährt niemand davon, ja?«

Mafalda sah sie an. Biancas Augen funkelten und ihre harmonischen Züge traten im Zwielicht verstärkt hervor. Bei diesem Lächeln würde jeder Mann schwach werden. Ihr Begleiter schien das zu befürchten und wollte sie wohl unter allen Umständen ständig unter Kontrolle haben. Mafalda rang mit sich. Sie hatte keine Lust auf Ärger mit der Äbtissin. »Wenn es Euer Wunsch ist«, presste sie hervor.

»Ja.« Bianca streckte ein Bein aus dem Wasser und strich mit dem Schwamm darüber. »Verratet Ihr mir Euren Namen?«

»Mafalda. Mafalda Monteferro.«

»Meinen wisst Ihr bereits und wie Ihr sicher bemerkt habt, stamme ich nicht aus der Toskana. Meine Heimat ist Venedig und dort habe ich Pietro kennengelernt. Woher stammt Ihr?«

»Ich bin in Florenz aufgewachsen. Es ist eine wundervolle Stadt.«

»Oh! Da wollen wir hin. Meine Schwiegereltern leben dort.«

Mafalda schwieg und betrachtete die tanzenden Staubkörner in dem sanften Lichtstrahl, der von oben einfiel, als wolle er auf die Vergänglichkeit hinweisen. Wie gern würde sie nochmals am Ufer des Arno sitzen und ihrem Vater bei der Arbeit zusehen. »Als Tochter eines Gerbers, der nur mit Mädchen gesegnet war, blieb nach der Heirat meiner ältesten Schwester für mich einzig der Weg ins Kloster«, erzählte sie. »Eine weitere Mitgift konnte mein Vater nicht aufbringen.«

Eine Weile blieb es still und nur das Plätschern des Wassers war zu hören. »Ihr teilt das Schicksal vieler Frauen«, bemerkte Bianca dann. »Wart Ihr mit der Entscheidung Eures Vaters einverstanden?«

Mafalda hatte den Eindruck, dass Biancas anfänglich aus Höflichkeit bekundetes Interesse echt war. Sie zögerte. Eigentlich wollte sie nicht zu viel preisgeben.

Aber sie hatte den Eindruck, dass Bianca wirklich an ihr interessiert und nicht nur neugierig war.

»Ich weiß nicht, was aus mir geworden wäre, wenn ich mich widersetzt hätte«, wich sie aus. »In der Verwandtschaft fand sich niemand, der mich wollte.« Das laut ausgesprochene Eingeständnis schmerzte.

Bianca verschwand mit dem Kopf unter Wasser. Prustend tauchte sie auf und es spritzte aus dem Zuber. Sie drückte sich das Wasser aus dem Haar. »Habt Ihr nie daran gedacht zu flüchten?«

»Schon, hätte ich mehr Mut ... Aber auf der Straße oder mit lüsternen Männern will ich mein Leben nicht zubringen.« Mafalda wollte sich nie dem Schicksal ausliefern und in ständiger Angst leben.

»Ist es nicht widersinnig, dass Mädchen geboren werden, die dann keiner will? Man kommt ins Kloster. Wozu?, frage ich mich. Wir könnten genauso gut tot sein«, sagte Bianca.

Am liebsten hätte Mafalda ihr zugestimmt, unterließ es aber. Beschwichtigend sagte sie: »Wir stürzen doch sonst unsere Familien ins Unglück. In große Not, weil kein Geld da ist, uns zu verheiraten. Deshalb werden wir Bräute Christi. Wären wir vermögend, würde sich diese Frage erübrigen. Von Männern erwartet man dergleichen nicht. Sie werden nur freiwillig Geistliche.«

»Das ist nichts für mich«, rutschte es Bianca raus. »Um ein Haar wäre es mein eigenes Schicksal geworden. Wie schrecklich! An Verliebtsein gar nicht zu denken.«

»Um ein Haar?« Mafalda sah sie verwundert an. »Wie das? Ihr seid doch verheiratet.«

Bianca stockte. Ihr Gesicht glühte. »Ja, wisst Ihr, so einfach ist das alles nicht.«

Mafalda spürte, dass da mehr war. Warum sonst sollte eine verheiratete Frau verlegen werden?

»Ich stamme aus einer adligen Familie. Könnt Ihr Euch vorstellen, dass ich noch vor weniger als einem Jahr unbekümmert durchs Haus gestürmt bin, über den Marmorboden gerutscht und mit meinem kleinen Bruder Victor Verstecken gespielt habe? Nie habe ich einen Gedanken daran vergeudet, dass wieder ein neues Gemälde in der Eingangshalle oder in einem der Zimmer hing. Es gehört in meiner Familie zur Normalität, dass man sich mit Werken bedeutender Meister umgibt – oder dass Sessel mit dem neuesten Wollbrokat versehen werden. Erst jetzt weiß ich, wie schön unser Haus ist, jetzt, wo ich von zu Hause weg bin. Die Wände, müsst Ihr Euch vorstellen, sind mit Seide bespannt. Darüber hängen Seidenteppiche. Und auf dem Boden liegen Teppiche, die Vater extra aus dem Orient hatte kommen lassen. Er wusste, wie sehr ich es liebte, mit nackten Füßen darüberzulaufen.«

Sie schien mit ihren Gedanken weit weg zu sein. Mafalda versuchte, sich das Haus vorzustellen. »Euer Vater muss einen guten Geschmack haben.«

»Gut? Erlesen. Er liebt das Gepränge.« Bianca setzte sich gerade hin und reckte die Nase zur gekalkten Steindecke. »Nobile Bartolomeo Cappello«, sagte sie in einem süffisanten Ton und lachte. Dann schluckte sie trocken.

»Alles war gut, bis meine Befürchtung wahr wurde. Am Anfang habe ich gedacht, wenn ich so tue, als hätte ich es mir nur eingebildet, wäre mir nicht übel. *Das muss nichts bedeuten*, habe ich mir eingeredet. In meinem tiefsten Innern aber spürte ich die Wahrheit. Die entsetzliche Wahrheit. Da bekam ich Panik. Ich hatte das Gefühl, gleich würde alles auf mich einstürzen und mich erdrücken.« Bianca nahm Wasser und spritzte es sich ins Gesicht. Sie seufzte laut. »Es war fürchterlich, glaubt mir.«

Bianca japste nach Luft, als erlebe sie den Augenblick nochmals. Sie hob verzweifelt den Kopf. »Ich dachte, ich müsse verrückt werden.«

Mafalda nickte. »Warum freut Ihr Euch nicht? Ein Kind ist doch ein Geschenk Gottes.«

»Nicht für mich.«

»Was sagt denn Euer Mann?«

»Ich bin erst fünfzehn.«

»Das ist doch normal. Andere sind dreizehn.«

»Ich bin nicht verheiratet.«

Jetzt war es Mafalda, die nach Luft rang. »Aber Signore Pietro, also ...«, stammelte sie. Er hatte doch frech behauptet, sie seien ein Ehepaar.

»Wir sind geflüchtet. Eigentlich wollten wir nur kurz weg, bis sich die Gemüter beruhigt haben, und dann heiraten.«

»Warum hat Euer Geliebter nicht sofort um Eure Hand angehalten? Wenn die Schwangerschaft noch in den Anfängen war, hätte die Öffentlichkeit wahrscheinlich nichts bemerkt.«

Bianca rollte die Augen. »Mein Vater weiß doch gar nichts von meiner Verbindung zu Pietro! Als Patrizier legt er größten Wert auf ein geordnetes Familienleben. Tante Clementina wird in Ohnmacht fallen. Seit dem Tod meiner Mutter erscheint sie fortwährend, um sich in meine Erziehung einzumischen.«

»Eure Mutter ist tot?«, fragte Mafalda. »Das tut mir leid.«

»Mir auch. Sie starb vor ein paar Jahren bei der Entbindung. Auch das Kind hat es nicht überlebt.« Biancas Stimme war zu einem Flüstern geworden.

Mafalda kauerte nachdenklich auf ihrem Stuhl. Dann fiel ihr ein, dass die Fremde noch nichts Näheres über ihren Begleiter erwähnt hatte. »Wie habt Ihr Pietro kennengelernt?«

»Unser Palazzo liegt, wie ich schon sagte, am Rio delle Beccarrie, einem Seitenarm des Canal Grande, da, wo in kostbare Seide gehüllte Damen mit aufwendigen Frisuren an den Palazzi vorbeischreiten.« Bianca machte mit der Hand eine ausladende Bewegung, wobei ihr die Seife aus der Hand glitt.

Während Mafalda sie vom Boden aufhob und ihr gab, fuhr Bianca fort: »Irgendwann fiel mir ein junger Mann auf, der zum Fenster hochsah. Als ich ihm kurz darauf zufällig begegnete, hat er mich einen Wimpernschlag zu lange angesehen. Es passierte das, vor dem man mich gewarnt hatte.« Sie unterbrach, weil Mafalda lachte.

»*Sieh den Männern nicht in die Augen, du willst dich doch nicht feilbieten.* Das kenn ich!«

Bianca nickte und fuhr fort. »Seitdem kreisten meine Gedanken immerzu um seine Augen. Schräg gegenüber, auf der anderen Uferseite, arbeitete und wohnte er. Er ist ein Sohn der Salviati, weißt du. Höchster Adel. Ständig habe ich am Fenster gestanden und rübergesehen. Andauernd hab ich überlegt, wie ich ihn noch mal treffen kann. Dann habe ich Schicksal gespielt. Bin dort entlanggeschlendert, heimlich natürlich, und als er mir tatsächlich begegnete, habe ich ein kleines Tuch fallen gelassen. Stellt Euch vor, es war genauso, wie ich es mir erträumt hatte!« Biancas Stimme klang begeistert. »Er hob es auf und wir kamen ins Gespräch.«

Bianca sah zu Mafalda und lächelte. »Ja, genauso hat es angefangen. Wir haben uns verliebt.« Sie kicherte plötzlich. »Und ein Plätzchen gefunden, wo wir uns trafen.«

»Und das hat niemand bemerkt?« Sie mussten sehr geschickt vorgegangen sein. Kein Mensch würde eine Fünfzehnjährige unbeaufsichtigt auf den Straßen herumlaufen lassen.

»Nur meine Kammerdienerin, Livia. Sie hat auch sofort entdeckt, dass etwas nicht mit mir stimmte. Ich sähe grün im Gesicht aus. Pietro wollte gleich heiraten, aber wenn man in Venedig eine Hochzeit in höchsten Kreisen vorbereitet, das dauert, sage ich Euch. Bis dahin hätte ich meinen Bauch nicht mehr verstecken können.«

Mafalda musterte die Fremde. Bestimmt wusste sie, wie schön sie war. Selbst hier im fahlen Licht hatte ihr blondes Haar zuvor geschimmert, als trage sie pures Gold auf dem Kopf. Doch wozu hatte es geführt? Hier war eine junge Frau wie sie, die offen über ihr Schicksal sprach – die geflohen war und sich einen Ehemann erdichten musste. Sie war nur zu bedauern.

»Wir wollen zurück, wenn sich der Ärger gelegt hat.« Bianca hatte sich aufgesetzt und lächelte Mafalda an. Sie hatte offensichtlich genug geredet. »Ich bewundere Euch, dass Ihr Euer Schicksal annehmt. Und Eurer Beschreibung nach ist Florenz tatsächlich eine schöne Stadt. Das hat Pietro auch behauptet.«

Hier taten sich ja Abgründe auf. Wie schrecklich. Mafalda riss sich aus ihren Gedanken. »Bestimmt ist Euer Badewasser abgekühlt. Verzeiht, dass ich unachtsam war.« Mafalda griff nach einem Kübel und goss nochmals heißes Wasser nach.

»Wartet!« Bianca hielt Mafalda am Handgelenk fest und sah sie wohlwollend an. »Danke für das Gespräch. Und für Euer Vertrauen. Ihr seid mutig, dass Ihr mit mir darüber sprecht. Es hat mir wieder Zuversicht gegeben. Seid unbesorgt, niemand wird von unserer Unterhaltung erfahren. Wir beide werden unsere Worte in unseren Herzen bewahren.«

Mafalda lächelte dankbar. »Ich werde Euch im Gebet begleiten. Möge Euch der Herr einen guten Ausgang und Frieden im Herzen schenken.«

Das Aroma der Kräuter hatte sich ebenso wie die Hitze im Baderaum ausgebreitet. Erst jetzt spürte Mafalda die Wärme und tupfte sich mit ihrem Schleier übers verschwitzte Gesicht.

Bianca erhob sich. Mafalda ging zum Holzbottich und half ihr beim Aussteigen. Als Mafalda sie mit einem Leintuch einhüllte, bemerkte Bianca, dass sich ihr Reisesack in einem der oberen Zimmer befand. »Wie dumm von mir«, lachte sie, »ich habe nichts Frisches dabei.«

Mafalda schmunzelte verständnisvoll und ging an ein Regal. Sie entnahm ein Kleid und reichte es ihr. Dabei fiel ihr Blick auf Biancas wohlgeformten Körper und ihren Bauch mit der kleinen Wölbung. Kein Wunder, dass bei Bianca ein Mann anfing zu träumen. Doch was daraus geworden war, hielt sie für alles andere als erstrebenswert.

»Das ist nicht meines.«

»Nehmt es. Es ist sauber. Ich brauche es nicht mehr.« Mafalda spürte große Zufriedenheit, als sie Biancas dankbaren Blick gewahrte. Jetzt hatte sie ihr einziges Kleid verschenkt, das sie bisher aufbewahrt hatte, in der Hoffnung, eines Tages wieder frei zu sein. Doch mit jedem weiteren Tag im Kloster schwand die Hoffnung wie ein Wetterleuchten, ein Flimmern, das am Horizont verging.

2

Venedig, Palazzo Cappello

»Das kann nicht wahr sein!« Die Stimme des Nobile donnerte durch den Raum. Er stand hinter seinem Schreibtisch und hielt einen Bogen Papier in der Hand, auf dem Bianca ihm eine rätselhafte Nachricht hinterlassen hatte. »Giacomo, du nimmst dir drei weitere Diener und machst dich sofort auf die Suche nach Bianca. Sie kann noch nicht weit sein. Fragt im Hafen nach und sucht alle möglichen Unterschlüpfe ab.«

Der alte Kammerdiener verneigte sich vor seinem Herrn. »Seid Ihr ganz sicher, dass das kein Scherz ist?«

Cappello schnaufte und brüllte seinen vertrautesten Diener an. »Scherz? Das ist eine Katastrophe. Oh«, seine Stimme nahm einen schmerzhaften Klang an, »oh, ich weiß nicht, was ich mit ihr tue, wenn Ihr sie gefunden habt!« Schweißperlen hatten sich auf seiner Stirn gebildet und er schien um Jahre gealtert, als er sich auf seinen Stuhl fallen ließ. »Geh!«

»Wie Ihr wünscht.« Giacomo verbeugte sich ein weiteres Mal und zog es vor, seinen Herrn nicht anzusehen. Wer wusste schon, ob ihn das nicht noch mehr reizte.

Als die Tür ins Schloss fiel, legte Cappello seine Arme auf den Schreibtisch und ließ kraftlos den Kopf darauf sinken. »Das ist schlimmer als Sterben. Wehe diesem sündigen Frauenzimmer!«

Er konnte sich der Frage nicht erwehren, was er in seinem Hause verpasst hatte. Bianca, seine hinreißende Tochter, die einmal der Stolz seines Alters sein sollte, hatte ihn hintergangen. Wie konnte das möglich sein? Er hatte strikte Anweisungen gegeben, was ihre Erziehung betraf. Es war ein unumstößliches Gesetz der venezianischen Oberschicht, die heiratsfähigen Töchter im Auge, sprich im

Haus zu haben. Er wollte eine jungfräuliche Tochter verheiraten. Zweifellos war sie einem Halunken in die Hände gefallen. Wehe dem, der sie berührt hatte!

»Ich werde ihn kriegen, diesen, diesen …«, drohte er laut und suchte nach Worten, »diesen Ehrabschneider.«

Den ganzen Tag fegte Nobile Cappello wie ein Sturmwind durch seinen Palazzo, ließ sämtliche Diener und Kammerzofen in sein Arbeitszimmer rufen und befragte sie nacheinander eingehend.

»Wie kann jemand mein Haus betreten, ohne von meinen Dienern gesehen zu werden? Wie kommt jemand hinein, es sei denn, die Tür wird geöffnet? Wie erklärst du mir das?«

Giacomo hatte sich vor seinem Herrn auf den Boden geworfen. Er war sich bewusst, dass dieser Tag eine Katastrophe in seinem Leben bedeutete.

Sein Gesicht hatte sich vor Scham puterrot verfärbt und vergeblich suchte er nach einer Erklärung. Er fand keine. Keine, die den Zorn des Nobile gemildert hätte.

»Gibt es Spuren eines Einbruchs?«

»Nein«, würgte der alte Kammerdiener hervor.

Die Lippen des Nobile glichen einem harten Strich. »Hier ist ein Komplott geschmiedet worden. Ich spüre das. Wenn du nicht redest, werde ich es aus dir herausprügeln lassen«, stieß er hervor. Er sah auf das livrierte Elend vor seinem Schreibtisch. »Bring mir die Kammerdienerin Livia.«

Nachdem Giacomo mehr hinausgekrochen als gegangen war, schleppten zwei Diener die laut weinende Dienerin herein. Ihr Haar hing wirr herunter. Sie schniefte wiederholt und wagte es nicht, die verquollenen Augen zu ihrem Herrn zu heben. »Damit habe ich nichts zu tun!«

»Schweig, du elendes Weibsbild. Wer, wenn nicht du, weiß am besten Bescheid, was meine Tochter getan hat? Sag es jetzt und hier.« Seine Stimme klang plötzlich ruhig. »Ich warne dich!«

Livias Gejammer wurde noch lauter und sie schüttelte unablässig den Kopf. »Ich weiß nichts. Ich kann nichts sagen. Eure Tochter war immer im Haus. Jemand muss sich Zugang verschafft und sie geraubt haben. Ich schwör's.«

»Geh nicht leichtfertig mit deinen Worten um!«, schrie Cappello und sprang auf. »Was hat Bianca dir anvertraut?« Während er um den Schreibtisch ging, sackte Livia noch mehr in sich zusammen.

»Nein, nein«, stammelte sie, »ich weiß nichts.«

»Schafft sie raus. Lasst sie nicht aus den Augen. Ich bin noch nicht fertig mit ihr.«

Während die Männer das zitternde Mädchen aus dem Raum zerrten, starrte Cappello auf das Gemälde, das seine verstorbene Gattin zeigte. »Warum musstest du so früh gehen?«, flüsterte er. »Du siehst doch, was deine Abwesenheit hier anrichtet.«

Cappello ließ alle erdenklichen Winkel Venedigs absuchen, schickte noch mehr Diener los und ließ Gondolieri und *Arsenalotti* befragen. Ohne Erfolg.

Es dauerte nicht lange, da wusste es die ganze Stadt. Die wunderschöne Tochter des Nobile Cappello war verschwunden. Eine Entführung hielt man ebenso für möglich wie ein Verbrechen. Womöglich war sie sogar durchgebrannt. Mit wem? Man tappte im Dunkeln.

Die Bediensteten des Hauses Cappello erlebten keine einfache Zeit. Selbst nach Tagen war der Zorn des Nobile nicht geringer geworden, im Gegenteil. Eines Morgens, als er seinen Handelsgeschäften nachgehen wollte, machte der Hausherr eine unglaubliche Entdeckung – in seinem eigenen Arbeitszimmer.

Kloster *Abbazia di Praglia*

Am Nachmittag machte sich Unruhe unter den Nonnen breit. »Die ehrwürdige Mutter ist krank«, schrie eine Schwester, die aus dem Arbeitszimmer stürmte, »ruft die Siechenmeisterin!«.

Die Siechenmeisterin kam gerannt und warf einen Blick auf Abelina. »Bringt die Äbtissin zur Krankenstation«, ordnete sie an.

Mafaldas Hände waren vor Aufregung feucht. Ob Mutter Abelina wieder einen Anfall gehabt hatte? Oder hatte sie vielleicht zu viel gegessen?

In Windeseile verbreitete sich trotz Schweigegebots die Nachricht von den Beschwerden der Äbtissin unter den Schwestern. Sie übergebe sich ständig, klage über arge Bauchschmerzen und leide an Schweißausbrüchen. Das klang nicht nach einem Anfall. Mafalda flüsterte während der *Vesper* Beata ins Ohr, ob vielleicht die ehrwürdige Mutter das Essen nicht vertragen habe. Beata schüttelte den Kopf und flüsterte zurück: »Glaube ich nicht. Niemand kennt sich besser damit aus als Schwester Lucia. Du weißt doch selbst, wie viel die Äbtissin isst, wenn es ihr schmeckt.«

Damit konzentrierte sich die Novizin wieder auf die Wortlesung und murmelte mit. Mafalda betete stumm: »Lieber Vater im Himmel, rette unsere ehrwürdige Mutter. Verzeih, wenn ich sie nicht mag, aber ich gönne ihr nichts Böses.«

Sie dachte an die Bemerkung einer Schwester, die sie auf dem Weg in die Kapelle belauscht hatte: Mutter Abelinas Beschwerden deuteten auf eine Pilzvergiftung hin. Könnte Schwester Lucia ...? Nein, ausgeschlossen. Es war Sünde, solches auch nur zu erdichten. *Was habe ich nur für absurde Gedanken.*

Während Mafalda grübelte und dabei vergaß, sich von ihren Knien zu erheben, erinnerte sie sich an das kleine Körbchen, in das Schwester Lucia noch ein paar besonders schöne Exemplare hineingelegt hatte. Wenn das andere vielleicht giftige Pilze gewesen waren? Sie schalt sich wegen ihrer Gedanken. Wie konnte sie der alten Nonne derart Schlimmes unterschieben?

Schon längst hatten die Mitschwestern das Chorgestühl verlassen, als Mafalda aufschreckte. Sie fand sich allein in der Kapelle, und ein paar herunterbrennende Kerzen halfen ihr gerade noch, den Weg hinauszufinden.

In der Nacht verschlechterte sich der Zustand von Schwester Abelina. Zwei Schwestern eilten nach der Vigil zur Krankenstation, um der Siechenmeisterin beizustehen. Alle anderen Nonnen wurden angewiesen, für das Leben der Äbtissin ohne Unterlass zu beten. Es schien sehr ernst um sie zu stehen. An Schlaf dachte in dieser Nacht keine der Nonnen.

Noch vor Tagesanbruch wurde Bianca von einer Nonne geweckt. Sie nahm mit den Schwestern an der Laudes teil und kniete neben Mafalda. Sie hörte Bianca beten: »Herr Christus, wie bin ich so froh, dass man uns hier liebevoll aufgenommen hat. Unser Vater im Himmel hat über uns gewacht, dass man uns nicht gefunden hat. Möge uns Gott auf dem vor uns liegenden Weg seine Engel schicken, dass wir Florenz erreichen.« Mehrmals flüsterte sie Mafalda zu, wie dankbar sie für ihre Fürsorge war. Hier im Kloster fühle sie sich sicher und geborgen. Von der Sorge um die Äbtissin hatte sie nichts mitbekommen.

Pietro wollte nach dem Frühstück weiterreisen. Die Schwestern bedachten sie mit reichlich Reiseproviant und erklärten, wo sie in der Nähe ein Fuhrwerk nach Padua finden konnten. Mafalda und Schwester Elisabetta brachten sie zum Tor. Elisabetta holte den Schlüssel hervor und schloss auf. Für einen Moment war Mafalda geneigt, einfach rauszulaufen.

Gänzlich unvorbereitet zu verschwinden befand sie jedoch als unsinnig. Sie seufzte. Ihr fehlte einfach Kühnheit. Ob sie jemals noch eine Chance bekam?

»Was wollen wir in Padua?«, hörte sie Bianca irritiert fragen. »Du sprachst doch von Florenz. Ich verstehe nicht.«

Pietro, der sich im Kloster die meiste Zeit in Schweigen gehüllt hatte, sagte: »Dort gibt es Geldwechsler. Wir können einen Kutscher nicht mit Edelsteinen entlohnen.« Das schien Bianca einzuleuchten. Sie bedankte sich bei Mafalda, die sie mit Segenswünschen verabschiedete, und verließ *Abbazia di Praglia* am Arm von Pietro.

Fast eine ganze Woche lang rang die Siechenmeisterin um das Leben von Mutter Abelina. Sie hatte starke Krämpfe, gelb verfärbte Haut und redete wirre Sätze. Die Siechenmeisterin kam nicht zur Ruhe und war bald am Ende ihrer Kräfte angelangt. Am achten Tag veränderte sich Mutter Abelinas Zustand. Sie sprach plötzlich wieder klar und verlangte nach Fettunta.

»Du sollst sofort zur Äbtissin kommen!« Schwester Elisabetta stand in der Küche. Verwundert stellte Mafalda fest, dass sie sie nicht hatte kommen hören.

»Ich komme gleich«, antwortete Mafalda und beugte sich wieder über ihr Gemüse.

»Jetzt! Ich bringe dich hin.« Der Klang in Schwester Elisabettas Stimme prophezeite Schwierigkeiten. Was wollte die ehrwürdige Mutter von ihr?

Schwester Elisabetta wich nicht von Mafaldas Seite und brachte sie ins Arbeitszimmer. Mutter Abelina hatte sich an der Schreibtischplatte festgekrallt; es kostete sie sichtlich Kraft, aufrecht im Stuhl zu sitzen. Schweißperlen funkelten auf ihrer Stirn. Ihr Gesicht, das konnte Mafalda erkennen, war schmaler geworden, hatte eine aschgraue Färbung und ihre Augen hatten ihren alten Glanz verloren.

Mafalda sank in die Knie. »Gelobt sei Jesus Christus.«

»In Ewigkeit. Amen. Du weißt, warum ich dich rufen ließ?«

»Nein, ehrwürdige Mutter.«

Die Augen der Äbtissin flackerten. »Du hast mich vergiftet!«

Entsetzt starrte Mafalda die Äbtissin an. Wie kam Mutter Abelina denn auf diese aberwitzige Idee? Sie war bestimmt noch nicht ganz bei sich.

»Ehrwürdige Mutter, niemals, ich ... nein, niemals würde ich solche Gedanken hegen.«

»So? Welche Gedanken wären das denn?«

Mafalda rang nach Luft. Sie bekreuzigte sich, taumelte und suchte verzweifelt mit beiden Händen am Arm von Schwester Elisabetta Halt. Elisabetta schüttelte ihre Hände gleichgültig ab.

»Beim heiligen Benedikt! Schwester Lucia kennt sich aus mit Pilzen und hat alle kontrolliert, die ich gepflückt habe«, stammelte Mafalda. »Nie könnte ich Euch so etwas Böses antun.«

»Schweig! Schwester Lucia und du steckt unter einer Decke. Ihr werdet beide Zeit zum Nachdenken haben. Elisabetta, nimm dir noch eine Schwester und schaff sie in den Kerker.«

Noch nie hatte Mafalda davon gehört, dass es in einem Kloster einen Kerker gab. Offensichtlich regelte das Kloster seine Gerichtsbarkeit selbst, ohne dass jemand außerhalb der Mauern davon erfuhr. Wenn der Bischof, dem der Konvent unterstand, nichts von ihrer Haft erfuhr, konnte sie verdorren, verdursten oder verhungern, niemanden würde es interessieren. Am allerwenigsten ihre Familie.

Kurz darauf starrte sie an die Wand des Kellerraums, dessen Boden aus festgestampfter Erde bestand und außer Stroh, Decken und einem Eimer nichts enthielt. In der Ecke kauerte Schwester Lucia. Sie kniete mit dem Gesicht nach unten und betete. Sie tat, als wäre Mafalda nicht da.

In der Stille des Kerkers stiegen Bitterkeit und Verzweiflung in Mafalda hoch. Stundenlang starrte sie auf die Risse in der Wand. Die unfreiwillige Einkehr wurde zur Folter und ihre eigene Atmung begann sie zu verfolgen. Bald konnte sie Hirngespinste und Wahrheit nicht mehr auseinanderhalten.

Einmal dachte sie an Beata, die Einzige, die sich ihr je zugewandt hatte. Für Beata war es ein Vorrecht, ihr Leben einzig Gott weihen zu können. Den irdischen Lüsten zu entsagen und gute Werke zu tun in klösterlicher Gemeinschaft gebe ihr mehr, als sich mit irgendeinem Mann verheiratet zu wissen, hatte sie gesagt.

Nicht alle diese Gedanken waren bei Mafalda auf Gegenliebe gestoßen. Sie hatte nichts dagegen, ein Gott wohlgefälliges Leben zu führen. Den Glauben zu vertiefen, gut. Aber für immer nur unter Frauen zu leben war ihr von Anfang an als die Hölle erschienen. Wie recht sie gehabt hatte.

Durch die beständige Dunkelheit verlor Mafalda jegliches Bewusstsein für Zeit, nur einmal täglich wurde die Stille unterbrochen von einer Nonne, die Brot und Wasser brachte und den Eimer austauschte. Schwester Lucia sagte nie auch nur ein Wort.

Irgendwann, es mochte vielleicht eine Woche vergangen sein, wurde die schwere Eisentür aufgeschlossen und Schwester Elisabetta erschien, um Mafalda mitzunehmen.

Mutter Abelina thronte hinter ihrem Schreibtisch. Mafalda beobachtete die Äbtissin und hätte gern gewusst, was sie aus ihrem Gesicht lesen konnte.

»Du hast Zeit gehabt, über dein Verhalten nachzudenken. Was hast du mir zu sagen?«

Abelina gab ihr doch noch eine Chance. Ihr Gebet war erhört worden. »Vergebt mir, ehrwürdige Mutter, aber ich habe nichts damit zu tun.«

»Du bist immer noch nicht einsichtig? Störrisches Kind! Der Herr wird alle Lügen aufdecken. Auch deine. Willst du immer noch leugnen?«

Mafalda sank in die Knie. »Glaubt mir, ich sage die Wahrheit.« Sie streckte die Arme aus, als wolle sie nach dem Siegelring der Äbtissin greifen, um ihn zu küssen.

»Was weißt du über Schwester Lucia?«

»Nichts, ehrwürdige Mutter, nichts.« Mafaldas Arme sanken nach unten.

Die Äbtissin blätterte ungerührt in einem Stapel Pergamente. Sie räusperte sich. Ein Anflug von Güte huschte über ihr Gesicht. »Ich will dir ausnahmsweise glauben. Ich habe nicht vergessen, dass du mir schon mal das Leben gerettet hast.« Sie griff nach einem Brief, der abseits ihrer Pergamente lag, als wolle sie sich ihrer Arbeit widmen. »Du kannst gehen.«

»Gehen?«, wisperte Mafalda und starrte sie an. Dann drehte sie sich zögernd um und taumelte zur Tür. Sie war frei! Sie ignorierte Schwester Elisabettas verstörten Blick, als die Stimme der Äbtissin hinter ihr ertönte.

»Warte! Da ist noch was. Ich habe heute eine Nachricht erhalten. Leider muss ich dir mitteilen, dass dein Vater verstorben ist. Wie ich sehe, war der Brief tagelang unterwegs. Demnach hat die Beisetzung bereits stattgefunden.«

Der Schock ließ Mafalda erstarren. Zitternd wandte sie sich um und verbarg das Gesicht in den Händen. Ihre Beine gaben unter ihr nach, sie sank zu Boden »Weiß man, woran er starb?«, stammelte sie kaum hörbar.

Die Äbtissin stand auf und trat zu ihr. Sie reichte ihr den Brief. »Tut mir leid.« In ihrer Stimme klang Mitgefühl an. »Lies selbst. Es war sein Herz. Übrigens, dein *Mundalto* ist von jetzt an Nino Monteferro, der Bruder deines Vaters.« Als Mafalda sich aufraffte, fügte die Äbtissin hinzu: »Geh an die Arbeit! Das lenkt ab. In der Küche braucht man dringend deine Hilfe. Seit Tagen gibt es Essen, das dieses Wort nicht verdient.«

Mafalda bekreuzigte sich nochmals, stammelte einen Dank und drückte ihre Lippen auf den Ring, den Mutter Abelina ihr mit ausgestreckter Hand vors Gesicht hielt. Bevor sie hinaushuschte, vernahm sie, dass Abelina Schwester Elisabetta befahl, die alte Nonne herzubringen.

Es war kurz nach dem Vesperläuten, als Mafalda die Mitschwestern tuscheln hörte: »Sie hat gestanden!«, wusste eine der Schwestern. »Ich glaube, uns erwarten für den Rest des Lebens furchtbare Mahlzeiten.«

»Das denke ich auch. Ihre Strafe ist damit unsere. Warum hat die ehrwürdige Mutter solch ein hartes Herz?«, jammerte eine andere. »Jetzt hat sie uns die Köchin genommen!«

Während sich die Nonnen im Chorgestühl der Kirche verteilten, setzte sich Mafalda zu Beata. Diese war sichtlich erfreut, Mafalda wiederzusehen, und drückte ihre Hand. Sobald sich die Mitschwestern nach der Kurzlesung im Wechselgesang übten, neigte sich Mafalda ihr zu.

»Stimmt das mit Schwester Lucia?« Mafalda konnte es nicht glauben. Das war bestimmt eine infame Lüge, die sich verbreitet hatte.

Beata nickte stumm. Ihre helle Haut schien noch durchsichtiger als sonst und eine blonde Strähne hatte sich unter ihrem Schleier hervorgezwängt, als wolle sie das Mitleid in ihrem Herz betonen.

»Bei allen Frommen!«, rutschte es Mafalda heraus. Zahlreiche Schleier drehten sich in ihre Richtung. Mafalda tat, als sänge sie.

»Niemand wundert das. Jahrelang hat sie unter Abelina gelitten.«

Mafalda wusste, was Beata meinte, und starrte gedankenverloren auf deren Sommersprossen. Ihr fiel ein Satz ein, den die Äbtissin gesagt hatte. »Dein *Mundalto* ist von jetzt an Nino Monteferro ...« Sie musste dringend an Onkel Nino schreiben. »Und du willst wirklich die ewige Profess ablegen?«

»Ja«, flüsterte die Novizin, »ich habe mich bereits mit der *Magistra* unterhalten. Hoffentlich empfiehlt sie mich auch der ehrwürdigen Mutter.«

Mafalda dachte mit Schaudern daran, für immer im Konvent bleiben zu müssen und an ihren Entschluss im Kellergewölbe, falls sie je wieder Tageslicht sehen sollte. »Ich muss hier weg!«, flüsterte sie.

Noch am selben Tag schrieb sie einen Brief. *»... und weißt du, wie das ist, wenn man noch nicht mal denken darf? Alles ist hier vorgeschrieben. Ich höre nicht auf, von der Freiheit zu träumen ...«* Sie schrieb sich alles von der Seele, klagte auf mehreren Seiten ihr Leid und schickte den Brief mit vielen Gebeten ab.

Ihr Brief kam tatsächlich an. Onkel Nino antwortete umgehend. Gott sei Dank, denn ihr Misstrauen gegenüber der ehrwürdigen Mutter hatte sich noch nicht gelegt. Voller Vorfreude drückte Mafalda Ninos Brief an die Brust, als die Post eines Tages verteilt wurde. Sie zitterte, als sie ihn öffnete, wobei sie fast den Briefbogen zerriss.

Ninos Brief war kurz. Er berichtete, dass sich ihre Mutter entschieden habe, zu ihrer ältesten Schwester Agata zu ziehen.

»... und ich male mir aus, wie sehr du dich freust, wenn du diese Zeilen liest. Alle meine Beziehungen habe ich spielen lassen. Ich wäre nicht dein Onkel Nino, wenn ich nicht irgendwas zustande brächte. Es war mühselig, denn die Konvente in der Stadt sind übervoll. Stell dir vor, man ist bereit, dir einen Platz in einem Kloster in Florenz einzuräumen! Es heißt Le Murate ...«

Venedig, *Palazzo Ducale*

Es war, als habe Nobile Cappello gerade seine Tochter zu Grabe getragen. Mit gesenktem Haupt stand er inmitten des *Consiglio dei Dieci*. Die wichtigsten gewählten Patrizier Venedigs waren zur Sitzung erschienen und hatten Cappellos Schilderung vernommen.

»... könnte sie entführt worden sein.« Cappello wollte immer noch nicht glauben, dass sich Bianca selbst an seinem Vermögen zu schaffen gemacht hatte. Der Schock, den Raub entdeckt zu haben, brannte ihm immer noch auf der Seele. Den Gedanken, sie könne durchgebrannt sein, ließ er nicht zu. Sie hatte in ihrem Brief von Liebe, Sehnsucht und der Stimme des Herzens geschwärmt. Den Unsinn hatte sie bestimmt in irgendwelchen Büchern gelesen. »Mir wurden unzählige äußerst wertvolle Edelsteine gestohlen. Wie das in meinem Haus geschehen konnte, ist mir nicht klar. Die Befragung des Personals ergab bisher keine konkreten Hinweise. Sehr verdächtig ist jedoch die Kammerdienerin meiner Tochter, die alles abstreitet. Noch!« Er holte tief Luft. »Ich bin überzeugt, dass es Mitwisser oder Täter in meinem Palazzo gibt. Sie werden gefunden und umfassend befragt werden.«

In den Gesichtern der Männer stand Entsetzen. »Es gehen Gerüchte um«, sagte einer der Adligen und strich behaglich über seinen Bart, »man munkelt von der Beteiligung eines Sohnes der Salviati ...«

Der Patrizier Salviati, der inmitten des Zehnerrats saß, stand ruckartig auf und ergriff das Wort. »Ich muss entschieden zurückweisen, dass mein Sohn etwas damit zu tun haben könnte!« Er starrte zu Cappello. »Seit jener Nacht ist jedoch einer meiner Angestellten spurlos verschwunden. Ein Mann namens Buonaventuri. Er ist seit Tagen nicht mehr im Bankhaus erschienen.«

»Wenn sie entführt wurde, müssen wir tätig werden«, sagte ein Patrizier, der auf der anderen Seite des *Dogen* saß. »Sollte sich jedoch herausstellen, dass sie den Palazzo freiwillig verlassen und mit einem Dahergelaufenen entwichen ist, muss sie wie sämtliche freie Bürger Venedigs behandelt werden!«

»Die Tochter eines der Unsrigen zu verfolgen halte ich für unangemessen«, meinte Patrizier Candiano. »Wo kommen wir denn hin, wenn wir vor unserer eigenen Tür kehren?« Andere widersprachen lauthals.

Doge Priuli bedeutete mit der Hand, die Gespräche zu beenden. »Wenn keine Einwände kommen, ordne ich an, die Verfolgung von Bianca Cappello unverzüglich aufzunehmen. Ebenso muss der Buonaventuri aufgespürt werden. Es ist nicht auszuschließen, dass beide gemeinsam auf der Flucht sind.« Kaum hatte er geendet, setzte wieder lautes Stimmengewirr ein.

»Ruhe!«, befahl Priuli. »Edelmütigster Cappello, seid gewiss, dass wir in dieser Angelegenheit, diesem großen Unglück mit Euch fühlen. Es versteht sich von selbst, dass das Erbe Eurer seligen Gemahlin für Eure Tochter konfisziert ist. Wenn ich mich recht erinnere, sind es an die sechstausend Dukaten gewesen.«

Bartolomeo Cappello nickte. Seine Tochter hatte seine Ehre und die der Lagunenstadt aufs Peinlichste beschmutzt. An eine Entführung mochte er inzwischen nicht mehr glauben, dazu hätte es weiterer Mittäter bedurft, aber das würde er jetzt und hier nicht zugeben.

Abbazia di Praglia

Mafalda war wie betäubt. Le Murate! Von einem Kloster ins nächste. Sie konnte es immer noch nicht glauben. »Ich verstehe es nicht!«, stöhnte sie und fuhr sich mit dem Handrücken über ihre tränennassen Augen. »Beata, nun sag doch auch mal was!«

Die beiden jungen Frauen standen an der Treppe des Vorratskellers. Eigentlich hätte Mafalda in der Küche sein müssen, aber sie war dort unter einem Vorwand verschwunden.

»Ich habe ihm doch geschrieben, wie schrecklich es hier ist. Täglich habe ich bei den Stundengebeten gefleht, dass ich zu meinem

Mundalto komme. Ich hätte stattdessen auch mit der Wand reden können.«

Beata war sichtlich erschrocken über die harschen Worte. Kalter Schweiß glitzerte auf ihrer Stirn. »Du darfst nicht so reden. Gott vorzuwerfen, er höre deine Gebete nicht, ist Sünde. Er ist doch nicht der Erfüller deiner Wünsche.« Sie legte einen Finger auf Mafaldas Mund. »Dein *Mundalto* will bestimmt das Beste für dich. Du musst ihm mehr Respekt zeigen.«

Mafalda schob Beatas Hand weg. »Gar nichts werde ich«, rief sie. Am liebsten hätte sie sich ihren Schleier vom Kopf gerissen. »Ich bleibe nicht länger hier. Ich will auch nicht nach Le Murate.« Hektische Flecken breiteten sich über ihr Gesicht aus.

»Du redest wirr. Wo willst du leben? Nein, Mafalda, dein Platz ist im Kloster!«

Die Worte gaben Mafalda einen Stich ins Herz. Für einen Moment erinnerte sie sich an die Worte der Fremden im Badezuber. An Mut. »Ich verschwinde heimlich.«

Beata sah sie mitleidig an und schüttelte ihren Kopf. »Ich wünschte, du könntest deinen Blick mehr auf Gott richten, anstatt dich selbst zu bedauern. Und warum willst du heimlich flüchten? Noch bist du frei, wenn du unbedingt ins Elend fallen willst, schreib das doch deinem Onkel und geh einfach.«

»Die öffentliche Schande könnte ich meinem Onkel nie antun. Nein, ich werde heimlich gehen, ich finde schon einen Weg hinaus.«

Beata seufzte, schüttelte den Kopf und griff nach Mafaldas Hand. »Lass uns zurückgehen. Du kennst doch Mutter Abelina, wie sehr sie grollt, wenn sie hört, dass wir schwatzen.«

Während der nächsten Stunden legte sich Mafaldas Aufruhr. Sie würde sich in den nächsten Tagen einen genauen Plan zurechtlegen. Vor allen Dingen brauchte sie Proviant und Geld, um irgendwo unterzukommen. Das Essen zu besorgen war die leichteste Übung. Das Geld war schwieriger. Vielleicht müsste sie sogar ein Gebot übertreten. Noch wollte sie diesen Gedanken nicht zu Ende denken. Am besten wäre es, nach der *Komplet* zu verschwinden. Sie musste vermeiden, dass man ihre Flucht sofort bemerkte und Onkel Nino davon unterrichtete. Er würde sie suchen lassen, da war sie sich sicher. Bis dahin musste sie weit genug weg sein.

Nach und nach sammelte Mafalda alles Nötige für ihre Flucht zusammen. Sie war schon fast fertig mit ihren Vorbereitungen, nur Geld hatte sie noch keines finden können. Von Onkel Nino war noch keine Nachricht gekommen.

»Sieh es als einen Hinweis des Herrn. Er lässt dir Zeit, deinen Entschluss zu überdenken.« Beata hatte sich bei Mafalda untergehakt. Sie schlenderten durch den Kreuzgang Richtung Bibliothek.

»Mafalda«, sagte eine Stimme hinter den beiden. Es war eine Novizin, die offensichtlich froh war, sie gefunden zu haben. »Mafalda, Mutter Abelina wünscht dich dringend zu sprechen. Ich glaube, du hast Besuch bekommen.«

»Besuch?«, fragte Mafalda verwirrt. Dann begriff sie, dass der Tag gekommen war. Das konnte nur Onkel Nino sein. »Ich eile«, seufzte sie und entschuldigte sich bei Beata. »Wir sehen uns noch einmal, wenn ich mich verabschiede.« In ihren Augen schimmerten die Tränen. Jetzt war es für eine Flucht zu spät. Sie raffte ihr Gewand und begann zu rennen. Innerhalb kürzester Zeit stand sie bei der Äbtissin im Zimmer.

»Ehrwürdige Mutter.« Mafalda sank atemlos in die Knie und sah sich um. Wo war Onkel Nino? Es gab hier nur die Äbtissin und sie.

»Ein Wagen ist gekommen. Dein *Mundalto* hat zwei Wachen mitgeschickt, damit du heil nach Florenz kommst.« Die Äbtissin wedelte mit der Hand. »Du kannst deine Sachen packen. Die Männer warten im *Parlatorium*. Man bringt euch noch Verpflegung für die Reise.«

»Zwei Wachen?«, fragte Mafalda entsetzt. »Mein Onkel ist nicht hier? Wie stellt er sich das vor? Ich mit zwei fremden Männern?«

»Keine Sorge. Sie haben sein Vertrauen und den Auftrag, dich unversehrt nach Florenz zu bringen.«

»Geht es heute noch los?« Mafaldas Herz klopfte immer noch bis zum Hals.

»Sofort. Dann reicht eine Übernachtung.«

»Habt Dank für alles, ehrwürdige Mutter«, sagte Mafalda und küsste den Ring der Äbtissin.

»Der *Habit* gehört dem Konvent.« Die Äbtissin stand mühevoll auf.

Mafalda nickte nur. »Ich habe mein Kleid einer Reisenden geschenkt.«

»Schwester Elisabetta soll dir ein Reisekleid besorgen.«

Fast hätte Mafalda gelacht. Ausgerechnet Schwester Elisabetta. Sie würde sich mächtig ärgern. Oder sie war froh, sie los zu sein.

Die Äbtissin schien einen äußerst guten Tag zu haben. »Möge der Herr deinen Weg segnen«, sagte sie milde und hatte ein dünnes Lächeln im Gesicht. »Mögen die heilige Mutter Gottes und die Schwestern von *Le Murate* dir helfen, deinen Platz im Leben zu finden. Er kann nur nah bei Gott sein.«

Eine halbe Stunde später begleiteten einige Schwestern Mafalda bis zum Tor. Sie reichte ihr Gepäck den Wachen, um sich zu verabschieden. Beata umarmte sie als Letzte. Der Abschied fiel ihr schwer. »Du musst mir schreiben, wie es dir in *Le Murate* geht«, bat Beata und hielt beide Hände von Mafalda fest. Mafalda nickte und drückte Beatas Hände.

Dann machte sie sich los und ging zu der Kutsche. »Und du berichtest mir, ja?«, rief sie, als sie den Wagen bestieg. Sie wollte nicht, dass die Schwestern ihre Tränen sahen. »Kann es losgehen?«, rief sie dem Kutscher zu, der auf ein Zeichen der Wachen wartete. Schließlich gab einer der Männer einen Wink und das Gefährt ruckelte los. Mafalda drehte sich nochmals um und winkte, bis sie die dunklen Gewänder nur noch als Punkte in der Ferne wahrnahm.

Stunde um Stunde holperte die Kutsche den Weg entlang. Hier und da tauchten Gehöfte inmitten von abgeernteten Feldern auf. Die Landschaft breitete sich vor Mafalda wie eine Verheißung aus. Das Licht der Nachmittagssonne leuchtete mild und Mafalda konnte sich nicht sattsehen an den Hügeln. Wie lange war ihr dieser Anblick verwehrt gewesen! Dankbar schloss sie die Augen. »Vater im Himmel«, betete sie lautlos, »du hast mich vor Mutter Abelina gerettet. Aber ich verstehe nicht, dass du mich wieder in einem Kloster haben willst. Ich bitte dich, lass ein Wunder geschehen! Ich kann nur hoffen, dass du andere Pläne für mich hast.«

Mafalda seufzte laut. Dann betete sie mehrere *Paternoster*. Wenn sie doch nur ihr Schicksal selbst in die Hand nehmen könnte. Noch war sie eine Tagesreise von Florenz entfernt. Vielleicht fiel ihr bis dahin ein, wie sie die Geschicke wenden konnte, ehe sich das nächste Tor hinter ihr schloss. Und das womöglich das letzte Mal bis zu ihrem Tod.

3

Venedig

Die *Serenissima* ruhte noch und die Morgenkühle versprach einen heiteren Tag. Zart schimmerten die Fassaden der Palazzi und ragten verträumt empor, um sich verzerrt im Türkis des Kanals zu spiegeln. Ein Boot näherte sich lautlos der Mole, während das Kanalwasser unruhig dagegenschlug. Mit flinken Händen befestigte der Gondoliere das Seil am Ufer und wies auf einen Palazzo in der Nähe. »Das ist er, der Rosafarbene.«

Die Gondel schwankte wild, als die Männer ausstiegen. Einer von ihnen entlohnte den Gondoliere. »Warte hier! Unser Auftrag ist schnell erledigt«, bat er. »Es wird nicht lange dauern«, versprach er und eilte hinter den anderen her. Sie blieben vor dem Palazzo stehen, der ihnen beschrieben worden war. Als der Ton des Türklopfers durch den Eingang hallte, schreckten die Bediensteten im Haus aus dem Schlaf hoch. Giacomo schlug verwirrt die Augen auf. Es war noch düster im Zimmer. Der Türklopfer lärmte erneut. Irgendetwas Wichtiges musste anliegen. Er kleidete sich hastig an und trat an das Bett von Mauro.

»Steh auf, Mauro!«, sagte er laut und rüttelte an dem jungen Diener. »Jemand ist an der Tür. Schnell.«

Mauro brauchte einen Moment, um sich zu sammeln. »Was soll das? Es ist doch viel zu früh«, murmelte er, als er zum Fenster sah. Giacomo trieb ihn an. »Faulpelz, beeile dich oder soll ich nachhelfen?« Die Drohung genügte und der Junge stürzte die Treppe hinunter, nachdem es wieder durchdringend geklopft hatte.

»Wir kommen im Auftrag des Senats der Republik Venedig«, erklärte einer der Männer, als Mauro die schwere Tür öffnete, und wedelte mit einem Schreiben durch die Luft.

Erschrocken bemerkte der Diener ihre Uniformen und Waffen. Er fing an zu stottern. »Was ... was ist Euer Anliegen?« Der Zeitpunkt ihres Erscheinens war ungewöhnlich und sprach für die Dringlichkeit.

»Livia Tonno, Kammerdienerin der Bianca Cappello, wird zur Last gelegt, ihr bei ihrer Flucht geholfen zu haben. Wir haben den Befehl, Tonno festzunehmen.« Die Männer stürmten an Mauro vorbei.

Inzwischen waren alle im Haus wach geworden und der alte Giacomo war sofort zu den Kammern der Dienerinnen geeilt. Mit energischem Rufen hatte er die Frauen aus den Betten gescheucht, und nach kurzer Zeit schleppten die Wachen Livia die Treppe herunter. Sie schrie und wehrte sich gegen die Männer, die unbarmherzig mit ihr verfuhren. Unter einer schnell übergeworfenen *Schaube* blitzte das Nachthemd hervor.

»Nobile, so helft mir doch!« Verzweifelt warf Livia den Kopf zurück und ihr Blick irrte suchend über die heiteren Gemälde an den Wänden, als könnten diese Leute ihr Schicksal abwenden. »Barmherzige Mutter Gottes.«

Als die Haustür hinter ihnen zuschlug, stand Nobile Cappello immer noch oben an der Treppe. Vom ersten Krach wach geworden, hatte er sich schnell etwas übergezogen und beobachtete mit undurchdringlichem Blick das Durcheinander unter seinen Dienern.

Kammerdiener Giacomo stieg zum Nobile empor.

»Sorg für Ruhe im Haus!«, sagte Cappello und fügte mit ernstem Blick hinzu: »Der Verhaftung von Livia ist nichts hinzuzufügen, damit du mich recht verstehst.« Er fuchtelte mit der Hand durch die Luft. »Geh an die Arbeit.«

Etwa zur gleichen Zeit klopften weitere Männer an einer anderen Haustür. Es war ein eher schäbiges Haus und lag in einem anderen Stadtteil. »Johann Baptista Buonaventuri?«

Überrascht stand der ältere Mann an der Tür, die er vorsichtshalber nur einen Spaltbreit geöffnet hatte. Sein Haar war zerzaust und er trug lediglich ein Nachtgewand. Kaum dass er nickte, wurde die Tür von den Männern aufgestoßen und noch während er stolperte, griffen sie zu. »Ihr kommt mit uns! Wir haben Fragen, die Euren Neffen betreffen.«

»So kann ich nicht mit. Doch nicht im Nachthemd!«

»Dann zieht Euch was drüber«, knurrte einer. In aller Eile stieg Buonaventuri in seine Hose und warf sich Hemd und Wams über. »Ihr könnt für den Rest des Jahres ausgesorgt haben«, flehte er und schwenkte einen Beutel voller Münzen.

Vier Pranken legten sich auf seine Schultern.

»Lasst mich los. Ihr habt mich einfach nicht angetroffen.« Er lächelte dünn und hob den Beutel noch höher.

»Wir haben einen Befehl. Tut Euer Geld weg.«

»Ich bin überzeugt, dass die Vorhaltungen aus der Luft gegriffen sind. Wer hat euch denn solchen Unsinn erzählt?«, zeterte Buonaventuri, ließ sich aber widerstandslos festnehmen. Innerhalb weniger Minuten waren die Männer mit ihm an der Mole und bestiegen die Gondel.

Auf dem Weg zum Kloster *Le Murate*

Mafalda hielt die meiste Zeit die Augen geschlossen. Seit gestern waren sie unterwegs. Abends waren sie in einem Gasthaus eingekehrt. Als sie die Tür einmal einen Spaltbreit öffnete, starrte sie eine der Wachen mit finsterem Blick an. Offensichtlich nahm der Mann den Auftrag von Onkel Nino ernst. Schnell war sie wieder ins Bett gekrochen. Frühmorgens hatten sie ihre Reise fortgesetzt.

Nicht mehr lange, und sie würden Florenz erreichen. Die Sonne begann sich blutrot zu verflüchtigen. Mafalda dachte an zu Hause, an das kleine Haus nahe der *Ponte Vecchio*, mit dem sich so viele Erinnerungen verbanden. Schon vor ihrer Abreise war das Gerücht umgegangen, dass die Läden der Gerber und Metzger dort den Gold- und

Silberschmieden Platz machen sollten. Wie gut, dass Vater das nicht mehr erleben musste. Er hätte sich darüber fürchterlich aufgeregt.

Ein Schrei des Kutschers ließ sie zusammenzucken. Der Wagen schaukelte gefährlich. Mafalda hörte den Kutscher fluchen und reckte den Kopf, um zu sehen, was los war. Er hatte Mühe, das Pferd zum Stehen zu bringen. Irgendetwas lag auf der Straße und versperrte den Weg, der durch einen Pinienwald führte. Mafalda kam die Gegend bekannt vor. Sie mussten kurz vor Florenz sein.

Die beiden Wachen sprangen herunter und rannten nach vorne. Neugierig stieg Mafalda vom Wagen. In diesem Moment sah sie mehrere Gestalten mit gezückten Schwertern und Stöcken aus dem Unterholz springen. Sie trugen ausgebeulte befleckte Pluderhosen, graue Hemden und hatten ihre Kappen tief ins Gesicht gezogen. Mafalda zählte vier Männer. Noch ehe die Wachen und der Kutscher es richtig begriffen, waren die Halunken herangeprescht und schlugen auf die Männer ein. Mafalda stockte der Atem. Sie stand im Wagenschatten; offensichtlich hatte man sie nicht gesehen oder als zu wehrlos eingestuft, weil keiner der Verbrecher Notiz von ihr nahm. Der Kutscher lag bereits blutend am Boden. Wenn man sie entdeckte, war sie jedoch für die Räuber eine willkommene Beute. Das durfte nicht passieren. Sie nutzte den Augenblick, um nach ihrem Beutel zu greifen. Ohne auf das Geschrei der Männer zu achten, rannte sie direkt in den Wald.

Irgendjemand hatte sie bemerkt und brüllte hinter ihr her. Die Angst, die sie erfasste, war unbeschreiblich und weckte ungeahnte Kräfte in ihr. Sie fiel hin, rappelte sich auf und lief und lief, wohl darauf achtend, dass sie die Straße nicht ganz aus den Augen verlor. Sie durfte sich nicht verlaufen. Wie sollte sie sonst je den Weg zur Stadt wiederfinden? Nach einer Weile hörte der Wald auf. Mafalda spürte, wie ihre Beine einknickten. Sie japste nach Luft.

Für einen Moment lehnte sie sich erschöpft an einen Baum und schloss die Augen. Nein, sie durfte jetzt nicht ohnmächtig werden. Sie riss die Augen wieder auf und sah sich um. Sie war allein. Nur ihr eigener Atem übertönte die Geräusche des Waldes. Offensichtlich hatte sie sich in Sicherheit bringen können. Sie raffte mit einer Hand ihr Kleid, mit der anderen hielt sie den Beutel und hastete wieder zur Straße. Von der Kutsche und den Männern war längst nichts mehr zu sehen. Sie ließ ihren Blick schweifen. Tatsächlich, sie konnte das Stadttor gut erkennen. Sie atmete erleichtert auf. Dankbar, dass sie flüchten konnte, murmelte sie ein Gebet.

Sie rannte wieder los und stand irgendwann nach Luft japsend vor dem Stadttor. »Wir sind überfallen worden«, keuchte sie, »nicht weit von hier.« Sie zeigte zur Straße. »Äh, die Wachen ... nein ... auch der Kutscher ... ja ... es waren vier mit Stöcken ...«, stammelte sie verwirrt.

Einer der Wachen lachte und stapfte auf sie zu. »So wie du aussiehst, hast du dein Schätzchen getroffen!«

Sie wich zurück und sah die beiden zornig an. Als die Männer sie mit gierigen Blicken musterten, stahl sie sich zwischen ihnen durch. In diesem Moment legte sich eine Männerhand wie Eisen um ihren Oberarm und zog sie zurück. »Untersteh dich«, drohte er.

Mafalda ballte die Fäuste. »Lasst mich in die Stadt«, forderte sie und versuchte, sich frei zu machen, »sonst werde ich mich beim Senat beschweren.«

Seine Erwiderung blieb dem Mann im Hals stecken. Ohne ein weiteres Wort zerrte er sie durch das Tor. Die Männer beschlossen nach kurzem Wortwechsel, sie großzügig ziehen zu lassen, und versprachen, Hilfe für die Überfallenen loszuschicken. Dann schlug das Tor hinter ihr zu.

Sie kam an einfachen Baracken vorbei, wo Kinder auf den Straßen spielten, ein paar Alte auf Stühlen vor ihrer Haustür saßen und die Wäsche für jedermann sichtbar im lauen Abendwind flatterte. Je mehr sie sich der Stadtmitte näherte, wurden aus schlichten Häusern große stattliche Residenzen, deren Portale wuchtige Türklopfer in Form von grimmig dreinblickenden Masken oder Löwenköpfe mit einem Ring im Maul aus Bronze zierten. Auf den Straßen hatten Pflastersteine Steine und Geröll abgelöst. In der Ferne erhaschte sie einen Blick auf den Arno und ein Gefühl von Heimat durchdrang sie. Mafalda presste den Beutel an ihre Brust und blieb stehen. Irgendwo da hinten war sie aufgewachsen. Wo sollte sie jetzt hin? Einfach bei Onkel Nino auftauchen? Sie war sich sicher, er würde nicht zögern, sie sofort ins Kloster zu begleiten.

Während sie durch die Straßen hastete, ging sie in Gedanken ihre Verwandten durch. Agata kam nicht infrage, ebenso wenig Tante Marietta und Onkel Filippo, ein Bruder ihres Vaters. Beide hatte sie noch nie leiden können. Sie waren oft zu Besuch gekommen, hatten aber stets verächtlich über das Handwerk ihres Vaters die Nase gerümpft. Die Verwandten ihrer Mutter lebten in einem Dorf im Umland von Florenz. Blieb nur noch Tante Cosa. Jahrelang hatte sie ihren Mann gepflegt. Sie war kinderlos geblieben und letztes Jahr Witwe geworden. Mafalda hoffte, dass sie immer noch in ihrem Haus wohnte.

Erschöpft ließ sich Mafalda auf einer Treppenstufe irgendeines Hauses nieder. Konnte sie einfach bei der Tante aufkreuzen? Es war ihre einzige Chance.

Erst jetzt spürte Mafalda, wie ausgetrocknet ihr Mund war. Sie hatte weder Essen noch Trinken dabei. Alles bis auf den Beutel war in der Kutsche geblieben. Sie stand auf. Wenn sie sich recht erinnerte, wohnte Tante Cosa in Santa Maria Novella. Das Haus würde sie sofort wiedererkennen. Wenn sie es vor Einbruch der Dunkelheit noch finden wollte, musste sie sich sputen.

Es war lange her, seit sie das letzte Mal hier gewesen war. Sie wollte schon fast aufgeben und suchte bei zunehmender Panik noch in zwei Straßen vergeblich nach dem Haus, bis sie es in einer angrenzenden schmalen Seitenstraße entdeckte. Es war klein und wirkte wie die übrigen Gebäude ungepflegt. Die Haustür und die Fenster waren verwittert und das Holz, von Sonne und Hitze in Mitleidenschaft gezogen, splitterte an einigen Stellen ab. Mafalda betätigte den Türklopfer. Es dauerte ziemlich lange, bis ein Gesicht am Fenster erschien und dann wieder verschwand. Irgendwann stand tatsächlich Tante Cosa in der Tür.

Einen Moment lang schien sie ratlos, während sie Mafalda musterte. Mafalda wurde bewusst, wie schmutzig und verschwitzt sie aussehen musste. Ihre Haube saß verdreht auf ihren Haaren, die wie verknotete Wollfäden an ihr herunterhingen. Plötzlich blitzten Tante Cosas Augen auf. »Mafalda! Was für eine Überraschung!« Sie schlang ihre Arme um Mafalda und drückte sie an ihren wuchtigen Körper. »Wie schön, dass du da bist.«

Es schien sie nicht zu stören, dass es eine unpassende Zeit für einen Besuch war, und sie zog sie ins Haus. Ihr Gang war schleppend und sie blieb ständig stehen, um zu verschnaufen. Als sie endlich in der Wohnküche saßen, bemerkte Mafalda, dass Tante Cosas Nase bläulich schimmerte. Ihre Wangen waren auffallend rot und es schien ihr nicht gut zu gehen. Selbst im Sitzen rang sie nach Luft.

»Dich schickt der Himmel«, verkündete Tante Cosa aufgekratzt. »Aber nun sag, wie kommst du alleine und um diese Zeit hierher? Nino hatte doch gesagt, du lebst weitab von Florenz bei den Schwestern.«

»Onkel Nino hatte eine Kutsche geschickt, damit ich nach *Le Murate* hier in Florenz umziehe. Kurz bevor wir die Stadt erreichten, sind wir überfallen worden. Aber ich konnte flüchten.« Erst jetzt wurde Mafalda bewusst, in welcher Gefahr sie sich befunden hatte. Sie begann zu zittern.

»Kind, du gehörst sofort ins Bett!«, sagte Tante Cosa und strich ihr liebevoll über den Arm. »Ich habe noch Brot und ein paar Zwiebeln. Du hast bestimmt Hunger. Wein steht dort.« Sie zeigte auf eine kleine Anrichte. »Und dann legst du dich hin. Morgen werden wir dann weitersehen.«

Mafalda ging nach dem Abendessen gleich zu Bett. Erst als sie unter die Decke kroch, spürte sie, wie müde sie war. Gleich darauf war sie eingeschlafen. Die Ereignisse des vorangegangenen Tages ließen sie unruhig träumen. Von wirren Gedanken geplagt wachte sie immer wieder auf. Sie hörte ihre Tante laut neben sich schnarchen.

Mafalda hatte das Gefühl, gerade erst eingeschlafen zu sein, als sie von einem Knarren aufschreckte. Sie sah, wie Tante Cosa das Fenster aufriss, die Läden zur Seite schlug und an das Bett trat. Die Sonne leuchtete mit Macht durchs Fenster und Mafalda versuchte, sich zu erinnern, wo sie war und wie spät es sein mochte. Angesichts der Helligkeit im Zimmer zog sie sich die Decke über den Kopf.

»Du scheinst aber ziemlich erschöpft zu sein«, meinte Tante Cosa und lachte. »Es ist fast Mittag. Ich habe uns was zum Essen vorbereitet.«

Mafalda kroch aus dem Bett und sah sich um. Dunkles Holz beherrschte das Schlafzimmer. Das Bett, in dem sie geschlafen hatte, hatte ein mit Ornamenten verziertes Kopfteil und für einen Moment dachte sie an Onkel Giovanni. Er war ein Schuhmacher gewesen und hatte einst seine Werkstatt unten im Haus gehabt. Neben dem Fenster stand eine mächtige Truhe, in der ihre Tante bestimmt damals ihre Aussteuer mitgebracht hatte, und eine breite Kommode. Darauf hatte Tante Cosa ihr bereits eine mit frischem Wasser gefüllte Waschschüssel hingestellt.

Kurz darauf saß Mafalda am Küchentisch. Es gab nichts anderes als am Abend zuvor. Tante Cosa setzte sich ihr gegenüber. »Leider kann ich dir nichts Besseres anbieten«, entschuldigte sie sich.

Mafalda konnte sie erst jetzt genauer betrachten. Sie hatte dünnes graues Haar, das nur für einen erbärmlichen Knoten reichte. Tatsächlich sah sie richtig krank aus. Abgesehen von ihrem aufgedunsenen Gesicht mit der Verfärbung an Nase und Wangen, sahen ihre Augen aus, als seien sie von Milch durchzogen. Ihr Blick wirkte entkräftet und voller Trauer. Offensichtlich hatte Tante Cosa keine Zeit gehabt, sich um ihre eigene Gesundheit zu kümmern.

»Ich bin mit allem zufrieden.« Mafalda genoss das knappe Essen. Sie steckte sich mit Genuss ein Stück Zwiebel nach dem anderen in den Mund. Zwiebeln in Freiheit schmeckten tausendmal besser als Zwiebeln im Kloster. Wichtig war, sie hatte vorerst eine Bleibe. »Hauptsache, ich gehe nicht ins Kloster zurück«, fügte sie mit vollem Mund hinzu.

Tante Cosa lächelte und ihr Blick ruhte auf Mafaldas entschlossener Miene. »Gut. Du kannst bleiben und mir dafür zur Hand gehen«, entschied sie und wirkte erleichtert, als Mafalda aufsprang und sie dafür stürmisch umarmte. »Ach, Kind, seit Giovanni tot ist, geht es mit mir bergab. Ich kann mich kaum noch versorgen. Zum Glück ist Nino zu beschäftigt und die Konvente mehr als voll, sodass er mich nicht auch zu den Schwestern schickt. Ich würde gern hier sterben.«

Mafalda drückte ihr einen Kuss auf die Wange. »Tante Cosa! Was redest du da für einen Unsinn!«

Tante Cosa schwieg. Mafalda ließ sich wieder auf ihrem Stuhl nieder und versuchte, Ruhe in ihre Gedanken zu bringen. Tante Cosa hatte kaum genug für sich selbst, war krank und bot ihr trotzdem an, dazubleiben. Ein Gefühl der Dankbarkeit durchdrang sie. Sie stand auf und trat ans Fenster. Gegenüber reihte sich ein schmales Haus ans andere, die sich nur durch ihre verwitterten Farben unterschieden.

Mafalda drehte sich um. »Mein Gebet ist erhört worden. Jetzt bin ich plötzlich bei dir und vor Onkel Nino in Sicherheit. Ist das nicht wundervoll? An diese Möglichkeit hätte ich nicht im Traum gedacht. Tante Cosa, du darfst dich nicht selbst aufgeben. Du wirst wieder gesund werden, hörst du? Und ich werde dir dabei helfen. Zudem werde ich dich in meine Gebete einschließen.«

»Gesund, ja, das wäre zu schön. Weißt du, trotzdem muss ich mich als Witwe dem ältesten männlichen Familienmitglied unterordnen. Nino ist ja deshalb jetzt mein *Mundalto*. Er ist immer sehr beschäftigt und irgendwann wird er bestimmt hier aufkreuzen.«

»Glaubst du, er wird mich hier suchen?«, fragte Mafalda.

Tante Cosa seufzte zufrieden. »Ich glaube nicht. Er wird überzeugt sein, dass du den Banditen in die Hände gefallen bist, und bedauern, dass es mit dir ein schlimmes Ende genommen hat.«

Mafalda war zur rechten Zeit gekommen. Cosas Kräfte hatten, wie sie selbst zugab, seit Onkel Giovannis Tod auffällig abgenommen. Mafalda half der hinfälligen Tante beim Waschen, Anziehen, bereitete bescheidene Mittagessen zu und kümmerte sich um den kleinen Gemüsegarten hinter dem Haus. Bald würden die letzten Gurken, Zwiebeln und Bohnen abgeerntet und letzte Zweige der Kräuter abgeschnitten und getrocknet sein. Ihre Zeit in *Abbazia di Praglia* war nicht umsonst gewesen, gestand sie sich ein. Sie wusste, welche Kräuter zu welchem Gemüse passten, und konnte aus wenigen Zutaten eine gute Mahlzeit zubereiten. An manchen Tagen fühlte sich Tante Cosa so schwach, dass sie den ganzen Tag im Bett verbrachte. Abends saßen sie zusammen und führten lange Gespräche.

»Dich hat der Himmel zur rechten Zeit geschickt. Ich habe fast mein ganzes Leben hier verbracht. In diesem Haus. In dieser Straße. Verstehst du, dass ich nicht weg will?«

Mafalda nickte. Einen alten Olivenbaum konnte man auch nicht aus der Erde reißen, um ihn auf einem Feld mit mehr Sonne einzupflanzen.

»Ich kenne jeden in der Straße und jedes Kind, das hier groß geworden ist«, erzählte Tante Cosa voller Eifer. »Ach, Kind, was könnte ich dir für Geschichten erzählen. Gerade ist der einzige Sohn der Buonaventuris nach Jahren wieder heimgekommen. Wie der verlorene Sohn.«

»Sind das die Leute, die öfters rumschreien?« Mafalda hatte sich schon manchmal gewundert, welch ein Krach und Streit aus dem Nachbarhaus herüberscholl.

Tante Cosa nickte. »Besonders, seit Pietro wieder da ist. Dabei hat er doch eine Frau mitgebracht. Eine ganz hübsche.« Sie winkte ab und goss sich den dritten Becher Wein ein. »Aber der Alten konnte man noch nie was recht machen.«

»Tante Cosa, meinst du nicht, es reicht mit dem Wein?«, fragte Mafalda zaghaft dazwischen. »Ich will dir nicht zu nahe treten, aber ...« Vermutlich hatte Tante Cosa nicht darauf geachtet, wie viel sie bereits getrunken hatte.

Tante Cosa beugte ihren gewaltigen Körper vor und ihr Lachen führte dazu, dass Mafalda erleichtert aufatmete. »Er ist meine Medizin, verstehst du? Er lässt die Schmerzen und Beschwerden des Alters erträglicher werden.«

Mafalda nickte. »Was Signora Buonaventuri betrifft, vermute ich, dass ich sie im Garten nebenan manchmal gesehen habe. Sie wirkt auf mich nicht besonders redselig, und ihrer Stimme nach ist sie es, die ich öfters bis hier drinnen höre. Und eine Männerstimme. Ob das der Sohn ist? Dann steht er seiner Mutter in nichts nach. Wenn ich das Bett mache und das Schlafzimmer lüfte, sehe ich diesen Pietro regelmäßig, wenn er das Haus verlässt. Er spaziert Richtung *Campanile*, nein, er stelzt. Warum ist sie nicht stolz auf ihn?«

Von Weitem wirkte er ansprechend und voller Energie, eine Kombination, die auch ihr gefallen hätte. Zudem trug er teure Kleidung. Warum er dann in diesem baufälligen Haus mit seiner keifenden Mutter wohnen blieb, konnte sie nicht begreifen.

»Ich habe keine Ahnung, was er von Beruf ist. Dass er seine Frau versteckt, finde ich merkwürdig«, meinte Tante Cosa. »Wenn ich's nicht mit eigenen Augen gesehen hätte, als Pietro mit der jungen Frau ankam, ich wüsste nicht, dass es sie überhaupt gibt. Er war ganz stolz und hat sie seiner Mutter noch auf der Straße vorgestellt. Ich habe jedes Wort verstanden. Sie sei aus Venedig und sie hätten bereits geheiratet. Wie die Buonaventuri geschnauft hat! Du hättest mal ihr Gesicht sehen sollen! Die Alte hat sie gemustert, als sei sie mit Aussatz behaftet. Dabei sah sie aus wie ein Engel. Stell dir vor, sie hat blonde Haare!« Tante Cosa seufzte. »Eine echte Venezianerin. Und dann bei uns in der Straße. Wenn ich noch könnte, ginge ich mal rüber. Dann wüsste ich alles. Aber meine Beine wollen nicht mehr.«

Mafalda gähnte und fand, sie hätte sich das Geplapper ihrer Tante lange genug angehört. »So, jetzt bringe ich dich zu Bett«, erklärte sie und ihr war egal, was Tante Cosa von ihr dachte, »morgen ist Sonntag und da möchte ich zur Messe gehen. Wenn ich verschlafe, kann ich dir nicht erzählen, wie es war.«

Die Kirchenglocken riefen die Gläubigen, und aus jedem Haus in der Straße kamen die Familien, die den Bischof in einer feierlichen Prozession in die Kirche begleiteten. Mafaldas Blick glitt unauffällig über die Leute. Pattas von gegenüber waren vollzählig, von Pelicanos fehlten die gebrechlichen Großeltern und Bertanis versuchten verzweifelt und mit strengen Blicken, ihre fünf aufgeweckten Kleinen ruhigzuhalten. Als Mafalda die alte Buonaventuri sah, fiel ihr sofort auf, dass die Schwiegertochter fehlte. *Ungewöhnlich*, dachte Mafalda. *Ob sie krank ist?*

Der Gottesdienst nahm seinen gewohnten Gang. Als der Bischof mit der Predigt begann, hörte Mafalda aufmerksam zu. In seinem golddurchwirkten Gewand, unter dem Hals mit einer Prunknadel zusammengehalten, las der Bischof eine Stelle aus dem Johannesevangelium: »... denn so hat Gott die Welt geliebt, dass er seinen eingeborenen Sohn gab, damit jeder, der an ihn glaubt, nicht verloren geht, sondern ewiges Leben hat ...«

Mafalda freute sich, dass sie die lateinischen Worte des Bischofs sofort verstand. »... wer an ihn glaubt, wird nicht gerichtet; wer aber nicht glaubt, ist schon gerichtet ...« Die Worte hallten in ihr nach. Die Bibelstelle war ihr geläufig, doch heute berührte sie sie tief. Von Kind an war die Existenz Gottes, die Kirche der Gläubigen als sein Leib und die Bibel als sein Wort eine unumstößliche Realität für sie gewesen. Sie war in den Glauben hineingeboren worden, der sich in ihrem Klosterleben fortsetzte. Aber heute war irgendetwas anders. Sie spürte, wie die Worte sie beschäftigten, sie aufwühlten. Wenn sie jetzt noch im Kloster gewesen wäre, hätte sie vielleicht im Skriptorium Bücher gefunden, die ihr mehr über die Bedeutung der heutigen Schriftlesung verraten konnten. Leider gab es im Haus von Tante Cosa kein einziges Buch, bis auf die kleine Bibel, die Mafalda aus *Abbazia di Praglia* mitgebracht hatte.

Zu Hause musste Mafalda von der Messe erzählen. Tante Cosa lag bei ihrer Rückkehr immer noch im Bett und wollte jedes Detail wissen. »Und welcher Priester hat unserem Bischof geholfen? Weißt du, ich kann doch schon lange nicht mehr zur Kirche gehen und weiß nur, dass nach dem Tode des alten Paters Ignazio ein neuer kam.«

»Ach, Tantchen, ich habe seinen Namen wieder vergessen. Bestimmt wird er dich bald besuchen. Übrigens, die Pelicanos waren auch da.« Inzwischen kannte Mafalda die meisten Familien in der kleinen Straße. Sonntags vor der Kirche hielt man einen Plausch und in der Woche schwatzte man auf der Straße. Ob man sich morgens aus dem Fenster grüßte oder sich beim Nachbarn nach seinem Wohlergehen erkundigte, blieb gleich. Jeder nahm Anteil am Leben der anderen und half aus, wenn er gebraucht wurde.

Bis auf die Buonaventuris. Sie schienen eine Sonderstellung einzunehmen.

Sie stockte und lauschte. »Hörst du das?«

»Was?«

»Das Gebrüll!« Mafalda stand hastig von der Bettkante auf, um das Fenster zu schließen. »Bei Buonaventuris scheint es mal wieder richtig rundzugehen«, sagte sie angewidert.

»Worum geht's denn heute?«, fragte Tante Cosa eifrig und hob den Kopf.

»Psst!« Mafalda hob die Hand, damit Tante Cosa still war. »Die sind dermaßen zerstritten, dass du jedes Wort sogar im Bett verstehst.«

»... dir, nur dir haben wir das alles zu verdanken!«, hörte Mafalda die Alte von nebenan giften. Dann war für einen Moment kaum etwas zu verstehen. »Man hat meinen Bruder ins Gefängnis gesteckt«, brüllte eine Männerstimme und Mafalda vermutete, dass es sich um Signore Buanoventuri, den Vater dieses Pietro, handelte, »und nach dem Willen der *Serenissima*, deiner elendigen Heimatstadt, wird er dort bis zu seinem Lebensende bleiben.«

»Und glaub ja nicht, dass wir jetzt noch für euch Fürbitten sprechen!«, geiferte die Alte dazwischen.

Von hinten hörte Mafalda ihre Tante husten. »Das kann nicht wahr sein. Es wird immer schlimmer«, krächzte sie.

Mafalda drehte sich um. »Dein Husten?«

»Nein«, sagte Tante Cosa und schmunzelte, »das Gezanke der Nachbarn. Ich dachte immer, es gibt keine Steigerung. Ich habe mich getäuscht.«

Buonaventuris Küchenfenster stand weit offen. Ihnen schien es egal zu sein, was man außerhalb ihres Hauses von ihnen mitbekam.

Mafalda sah, wie gegenüber Familie Patta die Fenster schloss. Eine andere Nachbarin hing weit über dem Sims hinausgebeugt und hatte sich ein Kissen unter die Unterarme geschoben, um jedes Wort zu verstehen.

»... und er hatte euch nur helfen wollen und muss dafür teuer bezahlen. Du und Pietro werdet dafür ins Fegefeuer kommen. Wäre Pietro dir doch nie begegnet! Du hast ihm die Augen verdreht! Du bist kein Deut besser als die Florentinerinnen. Meine Frau hat recht: Du bist ein durchtriebenes Luder!«

Lautes Schluchzen war jetzt zu hören. Das musste die Schwiegertochter sein.

»Wie hält sie das nur aus?«, fragte Mafalda entsetzt und setzte sich wieder zu Tante Cosa ans Bett. »Am liebsten würde ich hinübergehen und mich nach ihr erkundigen. Mir tut diese Frau von Pietro von Herzen leid. Meinst du nicht, es gibt eine Möglichkeit, ihr zu helfen – oder sie vor den Schwiegereltern zu retten?«

»Wohl kaum, besser gesagt, nein. Und wenn die Familie sie versteckt, werden sie bestimmt niemanden, auch nicht eine Nachbarin, ins Haus lassen, um mit ihr zu reden«, vermutete Tante Cosa und hustete trocken. Der Ärger über die zänkischen Nachbarn war eindeutig in ihrer Stimme zu hören.

»Anstatt bis spät abends zu arbeiten, sollte sich ihr Mann besser um seine Frau kümmern«, entgegnete Mafalda, als Tante Cosa ein erneuter Hustenanfall schüttelte. Sie betrachtete nachdenklich das Gesicht ihrer Tante. »Hast du Fieber?« Vorsichtig legte ihr Mafalda den Handrücken auf die Stirn. Sie war glühend heiß. »Warum sagst du nichts?«, rief sie erschrocken und sprang auf. »Ich hole feuchte Tücher.«

Mafalda goss kaltes Wasser aus einem Krug in eine Schüssel, tauchte Lappen hinein und wrang sie aus. Zusätzlich nahm sie trockene Leintücher aus einem Schrank und kehrte zu Tante Cosa zurück, um ihr kühle Wickel zu machen. Während sie zuerst die feuchten Tücher um die Waden legte und mit trockenen umhüllte, dröhnte ein Klopfgeräusch bis ins Obergeschoss. Mafalda richtete sich auf und lauschte. Da, es war wieder zu hören. Eindringlich drang der Ton von der Haustür her.

»Ich geh nachsehen«, entschied Mafalda und deckte Tante Cosa wieder zu. »Die Wickel müssen sowieso eine Weile drumbleiben. Nicht dass du sie abmachst«, sagte sie lachend und wackelte drohend mit dem Zeigefinger, bevor sie an die Haustür ging. Wer mochte das sein?

»Oh!« Mafalda wich zurück. »Du?«

Onkel Nino sah sie verwirrt an. Dann blies er seine speckigen Backen noch mehr auf. »Hier also bist du abgeblieben!« Sein Blick war kalt und unbeweglich.

Mafalda blieb nichts anderes übrig, als ihn hereinzubitten. Wenig später saß er im Schlafzimmer bei Tante Cosa. Sie bestand darauf, dass Mafalda bei dem Gespräch dabeiblieb. Mafalda sah ihn in Gedanken den Wert des Hauses abschätzen. Wenn er Tante Cosa in ein Kloster steckte, würde er nicht lange zögern, ihr Haus zu verkaufen unter der Begründung, er müsse sich ja dem Konvent gegenüber wohlgefällig zeigen.

»Du lässt alle Welt glauben, du seiest verschleppt oder getötet worden«, warf er Mafalda vor. Dabei verschränkte er seine Arme über seinem dicken Leib und wartete auf eine Erklärung. »Den Kutscher und eine Wache fand man tot, die andere Wache starb wenig später. Niemand wusste, was mit dir geschehen ist.«

»Es tut mir leid, Onkel Nino«, sagte Mafalda und wünschte sich, sie hätte die Haustür zugelassen. Dann erzählte sie von ihrer Abreise aus *Abbazia di Praglia* und dem Überfall. »Ich bin Gott dankbar, dass ich hier Zuflucht gefunden habe.«

»Du solltest nach *Le Murate* gehen. Wie stehe ich jetzt da? Lasse sämtliche Beziehungen spielen und du interessierst dich einen Dreck dafür!«

Tante Cosa reckte sich und griff nach Onkel Ninos Arm, erreichte ihn aber nicht. »Es reicht. Ich glaube, es sollte so sein. Wahrscheinlich wäre ich inzwischen verhungert oder verdurstet, wenn Mafalda nicht wie ein Engel zu mir gekommen wäre. Guck mich doch an,

Nino! Ich bin eine gebrechliches Weib geworden, und eines schwöre ich dir: Ich werde dieses Haus nur noch tot verlassen.«

Onkel Nino schluckte. Für eine Weile war es still im Zimmer. Mafalda fand das Schweigen unerträglich und sie starrte auf ihren Rock, der Flecken abbekommen hatte.

»Also?« Tante Cosas Stimme klang fordernd.

Offensichtlich hatte Onkel Nino nicht mit ihrem Widerstand gerechnet. Mafalda hob den Kopf und beobachtete aus den Augenwinkeln, wie er mit sich rang. Sie spürte förmlich, wie er mit den Zähnen knirschte.

Er nickte und stand auf. »Gut. Aber ich will, dass ich sofort benachrichtigt werde, wenn sich hier etwas ändert.« Er ließ offen, was er damit meinte, und griff nach seinem Barett. Dabei mahlte sein Unterkiefer hin und her.

»Du bleibst doch zum Essen, bitte!« Mafalda erhob sich. Es war das Mindeste, was sie ihm anbieten musste. Sie wusste zwar nicht, was sie ihrem verwöhnten Onkel Großartiges anbieten sollte, aber er würde satt werden.

»Ich habe noch eine Verabredung mit einem der Räte«, erwiderte er. Er griff in eine kleine Tasche, die sich auf der Innenseite seines Wamses befand, und zog ein paar Münzen hervor. Ohne Kommentar drückte er sie Mafalda in die Hand. Sie beschloss, sie für den Notfall beiseitezulegen.

Während Mafalda Onkel Nino aus dem Zimmer geleitete, bemerkte sie ein breites Grinsen im Gesicht von Tante Cosa und erriet, was sie dachte: Wäre sie ein Mann gewesen, hätte sie Onkel Nino bestimmt hinterhergepfiffen.

4

Onkel Nino los zu sein, war wie eine Befreiung für Mafalda, und selbst Tante Cosa musste tagelang noch darüber lachen, wenn sie an Onkel Ninos Mimik dachte. Ihr Husten ließ etwas nach, das Fieber verschwand und sie war sogar wieder in der Lage, im Sessel zu sitzen.

»Er wird das Haus noch früh genug erben«, meinte Tante Cosa. »Geduldig ist er noch nie gewesen. Das wird er hoffentlich auf Erden noch lernen.« Sie kicherte. »Im Fegefeuer wird es wahrlich anstrengender sein.«

Eines Tages, während Mafalda im Garten das letzte Gemüse erntete und die Beete für den nahenden Winter bearbeitete, sah sie im Hinterhof des Nachbarhauses eine Schwangere stehen, die energisch ein Paar Schuhe bürstete. Das musste die junge Frau sein, von der ihr Tante Cosa erzählt hatte.

Ob sie es wagen sollte? Mafalda warf einen Blick auf die Fassade des Nachbarhauses. Die Fenster waren geschlossen und die Alte schien sich im Haus aufzuhalten. Mafalda fasste sich ein Herz und kletterte einfach auf die kleine Mauer, die beide Grundstücke trennte.

»Hallo«, grüßte Mafalda und lächelte die junge Frau an. Sie mochte etwas jünger als Mafalda sein und trug ihr blondes Haar zu einem Zopf geflochten. Offensichtlich rechnete sie nicht damit, jemandem zu begegnen, denn sie trug keine Haube.

Die Unbekannte zuckte zusammen und hob den Kopf. Dabei ließ sie vor Schreck den Schuh aus ihrer Hand gleiten. Einem Reflex folgend sprang Mafalda hinunter, bückte sich und hob ihn wieder auf. Während sie ihn der jungen Frau reichte, trafen sich ihre Blicke.

»Entschuldigt, dass ich hier einfach hinüberklettere«, sagte Mafalda, »ich wollte mich nur vorstellen. Mein Name ist Mafalda Monteferro und ich wohne bei meiner Tante Cosa.« Noch während sie sprach, durchfuhr es sie: Diese Augen hatte sie schon einmal gesehen. Irgendwo hatte sie bereits in dieses auffällige, sonnendurchflutete Aquamarin geblickt. Beim besten Willen fiel es ihr im Moment nicht ein. Jetzt waren die Augen gerötet und das Gesicht der Nachbarin fleckig. Bestimmt hatte sie zuvor geweint.

»Ich …«, begann die Frau zu stottern und blickte zum Haus hoch. Niemand war am Fenster. »Ich muss wieder rein«, flüsterte sie und raffte Lederfett, Bürste und Schuhe zusammen. »Sie wird gleich vom Markt zurück sein.«

»Wartet«, flüsterte Mafalda. Sie fasste sie am Arm. »Ihr könnt mir vertrauen. Ich … ich …« Jetzt fing sie an zu stottern. Ja, was wollte sie eigentlich von der jungen Frau? In diesem Augenblick fiel ihr wieder ein, wo sie ihr begegnet war. In *Abbazia di Praglia*. Die Frau in der Badestube. Bianca. Doch warum trug sie dieses hässliche Kleid, das uralt sein musste? Hatte sie nicht damals erzählt, sie sei vermögend und mit einem Mann durchgebrannt? Irgendetwas stimmte da nicht. Hatte sie nicht erzählt, er stamme aus höchstem Adel? Wie kam sie hierher?

»Wir kennen uns«, sagte Mafalda geradeheraus. »Erinnert Ihr Euch?«

Die Schwangere wich einen Schritt zurück. Ihr Gesicht färbte sich totenbleich. Sie schien zu überlegen. Dann nickte sie zögernd und ein unsicheres Lächeln überflog ihr Gesicht.

»Signora Cappello?«

»Ja.«

Mafalda betrachtete den vorgewölbten Leib und lächelte ihr aufmunternd zu.

»Ist alles in Ordnung?« Es war offensichtlich, dass es Bianca nicht gut ging.

»Mit dem Kind, ja.« Bianca blickte sich scheu um. »Ich muss wieder rein.«

»Warum versteckt Ihr Euch? Ihr könnt mich gern drüben besuchen. Ich habe nur meine Tante zum Reden.«

»Bitte, Schwester, sagt niemandem, dass ich hier bin!« Bianca seufzte tief. »Ich werde gesucht. Man hat Spione auf mich angesetzt, aber das kann ich Euch jetzt nicht erklären. Bitte, ich muss jetzt wirklich gehen.« Sie war mit einem Schritt an der Hintertür. »Sagt ja nichts.«

»Wartet.« Mafalda ging hinter ihr her. Sie musste sie erkannt haben. »Ich heiße Mafalda, erinnert Ihr Euch?«

Bianca nickte. »Du kannst ruhig Bianca zu mir sagen.«

»Kann ich dich besuchen?«

»Bei allen Heiligen, nein!« Es hörte sich an wie die Klage eines Hasen, der von einem Fuchs gerissen wurde.

Mafalda wollte nicht aufgeben.

Was auch immer dazu geführt hatte, dass Bianca hier wohnte, war in diesem Augenblick nicht von Bedeutung. Sie fühlte tiefes Mitleid mit ihr.

»Bist du die Schwiegertochter ...?«

Die Frage allein war schon absurd. Wer sonst sollte Bianca in diesem Haus sein? »Du hast in *Abbazia di Praglia* aber erzählt, dass du nicht verheiratet bist.«

»Wir haben unterwegs geheiratet.«

»Können wir uns gar nicht treffen?« Mafalda war ratlos.

»Wenn deine Schwiegermutter außer Haus ist, treffen wir uns doch hier. Ich gucke ab und zu aus dem Fenster und du kannst mir ein Zeichen geben, ja?«

In diesem Moment hörte Mafalda ein Knarren. Geistesgegenwärtig hastete sie über die Mauer in Richtung Tante Cosas Haus. Sie hörte, wie ein Fenster aufgerissen wurde.

»Bianca!« Die Stimme klang grollend. »He, was machst du da?«

Mafalda drehte sich um. Am Fenster stand eine ältere Frau. Sie war schmächtig, trug ein einfaches graues Kleid und offensichtlich fehlten ihr bereits mehrere Zähne.

Der letzte Satz hatte ihr gegolten. Sie musste sie noch im Garten gesehen haben. »Entschuldigt, ich dachte, Ihr seid im Garten, aber da war niemand. Ich wollte mich nur vorstellen. Ich bin Mafalda, die Nichte Eurer Nachbarin Cosa.«

Venedig

Seufzend ließ sich Nobile Cappello in einen Sessel fallen. Für die elegante Einrichtung mit ihren wertvollen Skulpturen und Gemälden in seinem Arbeitszimmer hatte er an diesem Morgen keinen Blick. Ein Diener brachte ihm eine Erfrischung. »Ich möchte nicht mehr gestört werden«, ordnete er an. Seine Gedanken schweiften in den *Palazzo Ducale*.

Es hatte mehr als eine Sitzung gebraucht, diese Ungeheuerlichkeit zu begreifen. Tagelang hatte er gegrübelt und war sich unsicher gewesen. Kannte er seine Tochter wirklich? Wusste er, was sie den ganzen Tag getan hatte?

Er hatte sich jeden seiner Diener vorgenommen und ausgefragt. Bei Livia waren ihm Zweifel gekommen, was Wahrheit und was Lüge war. Seine Intuition sagte ihm, dass es nicht möglich war, innerhalb des Palazzos mit seinen vielen Bediensteten Kleider beiseitezuschaffen und ungesehen zu verschwinden. Dazu kam der dreiste Diebstahl aus seinem Arbeitszimmer. Nie und nimmer hätte er geglaubt, dass sein eigenes Fleisch und Blut sich am Brautgeschenk vergreifen würde. Das war das Letzte! Seine süße Bianca eine Diebin? Ein widerlicher Gedanke!

Die Augen des Nobile verengten sich und sein Mund glich einer schmalen Linie. Er hatte nicht anders gekonnt und alles dem *Consiglio dei Dieci* vorgetragen. Die Untersuchungen seitens des Rats kamen zum Ergebnis, dass Bianca nicht entführt worden war. Von Biancas Schreiben mit den wenigen wirren Sätzen hatte er nichts erwähnt. Hatte das tatsächlich sein Kind geschrieben? Insgeheim wusste er, dass etwas mit ihr passiert sein musste, denn es war zweifellos ihre Schrift.

Dann war da noch der Diebstahl der Edelsteine. Es gab keine Einbruchsspuren und nur wenige Menschen im Haus, darunter Bianca, wussten, wo er die Steine aufbewahrte. Beides zusammen ergänzte sich zu einem Bild.

Bianca hatte ihr zukünftiges Brautgeschenk geraubt und sich damit zu einer Verbrecherin gewandelt. Sie hätte ihn nicht tiefer kränken können. Sie hatte seinem Namen die Ehre geraubt.

Ihr Diebstahl war öffentlich geworden. Er würde deshalb nie in den Rat der Zehn aufsteigen. Bianca hatte ihm sämtliche Türen im Dogenpalast zugeschlagen. Mit einer Wucht, die ihm mehr als Bauchschmerzen bereitete.

In seiner maßlosen Enttäuschung konnte er der Entscheidung des Rats nur zustimmen: Die Flüchtigen mussten ergriffen und bestraft werden.

Sogar eine Belohnung war in Aussicht gestellt worden und tausend Dukaten waren für normale Venezianer ein Vermögen. Er war davon überzeugt, dass man sie aufgreifen würde. Dann sollte der Rat über sie entscheiden.

Nobile Cappello hatte sich innerlich von seiner Tochter verabschiedet. Sie hatte sein Herz gebrochen. Was man auch immer als Strafe für sie ersann, sie hatte es verdient! Trotzdem brannte es in seinem Herzen. Er seufzte. Jetzt waren Spione ausgesandt worden, um sie zu ergreifen.

Cappello musste wohl einige Stunden einsam in seinem Zimmer gesessen haben, als es an seiner Tür klopfte. Sein ergebenster Diener stand in der Tür. »Was gibt es, Giacomo? Ich wollte nicht gestört werden.«

»Gewiss«, Giacomo lächelte höflich und verneigte sich tief, »es ist hoher Besuch für Euch gekommen.«

Er sah finster drein. »Besuch? Jetzt?«

»Der Patriarch von Aquileia!«

Der Nobile sprang erschrocken auf. »Mein Schwager?«

Giacomo nickte. »Ja, mein Herr.«

»Bitte ihn herein.«

Die Begrüßung fiel herzlich aus. Wie viele Jahre mochte es her sein, dass Daniele in Venedig gewesen war? Damals hatte sein Bart noch nicht den Hals bedeckt und war schwarz wie das Haupthaar gewesen.

»Du bist mit großem Gefolge gekommen«, sagte Cappello anerkennend, als er das geschäftige Treiben im Eingangsbereich bemerkte, und betrachtete aufmerksam das mit Seide bestickte Gewand des Patriarchen.

»Nun, wir waren einige Tage unterwegs. Ein Teil der Strecke führte über einsame Straßen, deshalb die vielen Wachen. Unser allmächtiger Gott hat es geschenkt, dass wir heute ohne Überfälle gesund hier ankommen durften.«

»Du bist mein Gast und dein Gefolge ebenso«, sagte der Nobile. »Mein Haus bietet reichlich Platz. Allerdings habe ich dich jetzt am wenigsten erwartet ...«

Daniele hatte ein sanftes Lächeln auf dem Gesicht. »... aber am meisten gebraucht, lieber Schwager.« Der Patriarch nahm auf dem angebotenen Stuhl Platz und faltete die Hände im Schoß.

»Großer Gott! Ist es bereits bis Aquileia gedrungen?«, entsetzte sich Cappello. Er mochte nicht darüber nachdenken, in welchen entlegenen Winkeln man bereits über ihn lästerte.

»Deshalb bin ich gekommen.«

Nobile Cappello wirkte erleichtert, als er die ganze Geschichte von Bianca erzählt hatte. Bei Daniele glaubte er sie gut aufgehoben. Er berichtete ihm auch von der Verhaftung der Kammerdienerin.

»Livia wird man hoffentlich in die *Pozzi* werfen. Dort in den Brunnen unterhalb des *Palazzo Ducale*, wo es feucht und kalt ist, gehören Schwerverbrecher wie sie hin! Ihr Vergehen ist nicht so gering, dass sie nur in den Bleikammern unterm Dach ihre Strafe verbüßen darf.«

Cappello hatte gehört, dass es durch die Sonneneinstrahlung unerträglich heiß unterhalb des Daches wurde. Wer hätte damals gedacht, als der *Palazzo Ducale* vor über zweihundert Jahren neu erbaut worden war, dass das in die Decken eingelassene Blei eine Strafe für Verurteilte sein würde? Nicht wenige hauchten dort ihren Lebensatem aus.

»Biancas Sünden wiegen schwer«, sagte der Patriarch. Für einen Moment machte er ein Gesicht, als walle Mitgefühl in ihm auf. Er schloss die Augen und bewegte die Lippen wie bei einem *Paternoster.*

Die beiden Männer schwiegen eine Weile. Der Patriarch ließ seine Blicke zum Deckenfresko schweifen, das muskulöse Männer mit Engelsflügeln zeigte.

»Wenn sie tot wäre, könnten wir wenigsten eine Messe für sie lesen lassen«, sagte er und nahm einen Schluck Wein. »Was war sie für ein nettes Kind! Ihre hellen Haare erinnerten mich immer an unsere Mutter.« Dann wurde der Klang seiner Stimme messerscharf. »Sie hat gegen die wichtigsten Gebote verstoßen.«

»Das weiß ich selbst, das brauchst du nicht zu betonen«, zischte Cappello.

Wenn diese Bemerkung der Zweck von Danieles Besuch war, konnte er gleich wieder verschwinden. Was fiel ihm ein?

»Sie hat die ganze Familie beleidigt. Nur eine aufrechte Buße kann sie retten.«

»Ja«, stimmte der Nobile verdrossen zu. »Sie ist in Ungnade gefallen. Die Verwandten verachten sie. Wenn nicht ein Wunder geschieht, wird der Rat sie zusätzlich mit der Verbannung bestrafen. Man hat Leute losgesandt, sie zu finden. Ich bin überzeugt, sie und dieser Buonaventuri hatten Helfer. Wer das war, wird man noch herausfinden.«

»Gott wird alles aufdecken«, versicherte der Patriarch. »Wir wollen gemeinsam für ihre verlorene Seele beten. Vor meiner Abreise aus Aquileia haben die Gläubigen in unserer Basilika mit Fürbittgebeten begonnen. Ach ja, ich möchte dich zudem wissen lassen, dass ich für ihre Ergreifung zusätzlich tausend Dukaten zur Belohnung aussetze. Teile meine Entscheidung dem *Consiglio dei Dieci* mit, damit es bekannt gemacht wird. Man muss sie finden!«

»Tausend Dukaten?«, fragte Cappello verwirrt. »Woher nimmst du so viel Geld? Es sind doch bereits tausend Dukaten für ihre Ergreifung ausgesetzt worden. Damit wären es zweitausend!«

»Umso besser. Lieber Schwager, woher das Geld stammt, tut nichts zur Sache. Hauptsache, wir finden deine Tochter.«

Von da an sahen sich Bianca und Mafalda fast jeden Tag für ein paar Minuten und nach und nach entstand eine große Vertrautheit zwischen ihnen. Mafalda überlegte, ob sie Tante Cosa einweihen sollte. Dann hatten sie endlich mal einen anderen Gesprächsstoff als Krankheiten oder Geschichten aus der Kindheit von Onkel und Tante.

»Es ist gut, dass du dich um sie kümmerst«, sagte Tante Cosa, nachdem Bianca ihr nach dem Abendessen ihre Erlebnisse in *Abbazia di Praglia* und im Nachbargarten geschildert hatte. »Sie ist bestimmt einsam und fühlt sich schuldig.«

»Glaubst du wirklich, sie denkt über ihr Vergehen nach?«

Tante Cosa nickte. »Wir Menschen sind so. Selbst wenn Gott uns verzeiht, machen wir es uns ungleich schwerer. Wie soll sie allein Vergebung finden?«

»Und wenn Bianca gar nicht gebeichtet hat?« Angesichts der Umstände, wie Bianca ins Haus der Buonaventuris gekommen war, würde sich Mafalda nicht wundern. Sie nahm an, dass Bianca aus Scham nie mit zur Messe in die Kirche Santa Maria Maggiore kam.

Tante Cosa seufzte tief. »Ich bin überzeugt, dass sie ihr Verhalten bereut. Wie ihr Verhältnis zu Gott aussieht, vermag ich nicht zu beurteilen.«

Seit ihrer Begegnung mit Bianca beschäftigte sich Mafalda wieder mit ihrer Zeit in *Abbazia di Praglia*. Sie hatte bisher jeden Gedanken daran verdrängt. Wie mochte es Beata gehen? Sie beschloss, ihr zu schreiben.

Liebe Beata!
Viele Wochen sind vergangen, seit ich das Kloster verlassen habe. Du hast dich bestimmt manchmal gefragt, was aus mir geworden ist. Meine Reise war das reinste Abenteuer. Gott sei Dank konnte ich fliehen, als uns Räuber überfielen. Wie ich erst jetzt erfahren habe, haben der Kutscher und sogar die Wachen nicht überlebt. Ist das nicht schrecklich? Abends bete ich für ihre armen Seelen, damit sie nicht lange im Fegefeuer bleiben müssen.

Ich bin bei meiner Tante Cosa gelandet. Wie lange ich hierbleiben kann, hängt von ihrer Gesundheit und Onkel Ninos Wohlwollen ab. Leider geht es ihr nicht gut.

Wie geht es dir? Hast du immer noch vor, eine Braut Christi zu werden? Ich bin mir sicher, dass du das Richtige tust. Für die Zeit mit dir und den Schwestern bin ich dankbar. Vieles habe ich gelernt und selbst im Garten von Tante Cosa kann ich meine Erfahrungen anwenden. Tante Cosa ist immer begeistert von Rezepten, die ich aus der Klosterküche mitgebracht habe.

Ich muss dir noch was berichten. Im Nachbarhaus wohnt eine junge Frau, Bianca, die mal mit ihrem Mann in Abbazia di Praglia übernachtet hat. Vielleicht können Bianca und ich uns jetzt öfters mal sehen.

Falls du bereits einen Brief nach Le Murate gesandt hast, dann bitte ich um Verzeihung. Bitte schreibe an die Adresse hier. Jetzt, mit Abstand, bin ich auch nicht mehr böse auf Schwester Elisabetta. Hoffentlich musst du nicht unter ihr leiden.

Bitte schreibe bald.

Deine Mafalda

Ein paar Tage danach erspähte Mafalda Bianca wieder hinter dem Haus. Sie arbeitete im Gemüsebeet. Tatsächlich sah Bianca irgendwann herüber, als warte sie auf ihr Kommen. Sogleich kletterte Mafalda in den Nachbargarten.

»Du solltest in deinem Zustand kein Unkraut mehr rupfen«, schalt Mafalda mit gespieltem Ernst. »Setz dich. Ich mache das.« Sie sagte das in einem Ton, der keinen Widerspruch duldete, und zog Bianca zu einem Stuhl, der hinterm Haus stand. »Dass dich die Signora das tun lässt!«

»Vielleicht ist sie dann etwas freundlicher«, flüsterte Bianca und griff sich an den Rücken. Sie atmete schwer.

Mafalda machte sich sofort an die Arbeit. Bianca hatte auch einige mehrjährige Kräuter ausgerissen. Kein Wunder, da sie in einem Palazzo aufgewachsen war.

»Ist sie lange weg?« Mafalda sah zu Bianca, die die Pause zu genießen schien.

»Ich erwarte sie nicht vor dem Abend.«

»Und dein Mann? Er arbeitet immer lange?«

Bianca nickte. Sie rieb sich die Erde von den Händen.

Mafalda warf den Abfall auf einen Haufen. »Wann ist es denn so weit?« Sie bemerkte nicht, wie Bianca mit den Schultern zuckte. Erst als sie zu ihr hinsah, antwortete Bianca. »Genau weiß ich es nicht. Vielleicht zu Weihnachten.«

Nach einer Weile stand Bianca auf und trat wieder ans Beet. »Lass gut sein, du hast schon viel zu viel gemacht.«

Mafalda lachte. »Ich mache das jetzt zu Ende. Du musst auf dein Kind Rücksicht nehmen.« Sie betrachtete das saubere Gartenstück. »Beim nächsten Mal grabe ich dir die Erde noch um. Da, wo das Gemüse war.«

»Wie gut du dich auskennst. Ich habe nicht die leiseste Ahnung, was das für ein Grünzeug ist. Manches riecht und manches stinkt.«

Beide lachten und Mafalda war froh, dass sie diese Freundschaft hatten. Bianca dankte ihr für die Gefälligkeit, bevor sie im Haus verschwand.

Tagelang blieb Bianca im Haus. Manchmal hörte man Gekeife, wenn die Fenster offen standen. Mafalda fröstelte nicht nur, weil es draußen merklich kälter geworden war, sondern auch bei der Vorstellung, sie hätte eine solche Schwiegermutter.

Stattdessen fand Mafalda eine neue Freundin: Mehrmals ging sie mit Raffaela Patta von gegenüber zum Markt. Familie Patta führte ein zurückgezogenes Leben und allem Anschein nach war der Glaube nicht nur ein Beiwerk, sondern eine Bereicherung für ihr eigenes Leben. Trotz des Altersunterschiedes verstand sich Mafalda gut mit Raffaela. Mafalda war manchmal erstaunt, wie schnell sie mit ihr über Glaubensfragen ins Gespräch kam.

Endlich sah Mafalda Bianca wieder durch den Hinterhof gehen. Sie betrachtete vom Fenster aus ihren Bauch. Er hatte noch deutlich an Umfang zugenommen. Der Sack, den sie anhatte, spannte eindeutig. Mafalda eilte nach draußen. Anscheinend war Bianca heute endlich mal wieder allein. Schnell stieg Mafalda über die Mauer.

»Hallo, Bianca. Ich habe dich vermisst.«

Bianca lächelte sie an.

»Ich hatte ein Ziehen im Bauch und musste viel ruhen.«

Mafalda fiel ein, was sie ihr versprochen hatte. »Soll ich dir den Garten noch umgraben?«

»Das hat die Alte bereits gemacht.« Bianca kicherte und wurde sofort wieder ernst. »Entschuldige, wenn ich unangemessen rede, aber ich habe keine Achtung vor ihr. Hat mir vorgeworfen, ich würde mich vor der Arbeit drücken.«

»Nein«, sagte Mafalda. »Wie herzlos. Dein Mann tröstet dich bestimmt. Du hast doch einen Beschützer. Deinen Pietro.«

Bianca lachte höhnisch. »Pietro? Einen Taugenichts habe ich. Spieler. Aufschneider. Alles in einer Person, schön, nicht?«

»Wie kannst du derart über deinen Mann reden!«, entsetzte sich Mafalda. »Du bist jung verheiratet und erwartest dein erstes Kind.«

Bianca starrte auf die Erde. Plötzlich bebten ihre Schultern und ein lauter Schluchzer entfuhr ihr. Erschüttert stand Mafalda daneben und fühlte sich hilflos. Instinktiv schlang sie ihre Arme um Bianca und hielt sie fest, während diese ihren Tränen freien Lauf ließ.

»Ich bitte dich um Verzeihung!« Mafalda strich Bianca über den Rücken. »Ich hätte das nicht sagen dürfen.«

Bianca löste sich von ihr und drückte ihr die Hand, dass es wehtat. »Danke, dass du da bist. Ich weiß wirklich nicht, wie es weitergehen soll.«

Ein Fenster über ihnen öffnete sich und ein Mann sah wortlos in den Garten. Mafalda hatte Signore Buonaventuri erkannt und drückte sich an die Hauswand, um nicht gesehen zu werden. Bianca hatte es ebenfalls bemerkt und legte ihren Zeigefinger auf die Lippen. Dann hörten sie, wie er sich vom Fenster entfernte.

»Glaubst du, er hat mich gesehen?«, flüsterte Mafalda, ohne sich von der Stelle zu bewegen.

Bianca schüttelte den Kopf. »Er hat schwache Augen. Bestimmt hat er nur gehorcht.«

Meine liebe Freundin Mafalda!
Du kannst dir gar nicht vorstellen, wie ich mich über deinen Brief gefreut habe. Wie schön, dass du deinen Platz doch noch in der Familie gefunden hast.

Du kannst sicher sein, dass es die Wege des Herrn waren, die dich dort hingelenkt haben. So hat der Überfall auf die Kutsche zumindest noch etwas Gutes.

Kurz nachdem du ausgezogen bist, bin ich eine Braut Christi geworden. Es macht mich froh, meiner Bestimmung zu gehorchen. Jetzt gehöre ich dem Herrn ganz und gar und ich will nichts anderes, als ihm immerdar dienen. Meine Liebe zu ihm ist größer, tiefer und erhabener, als ich sie je zu einem Mann empfinden könnte.

Gleichzeitig ist mein Herz mit großer Trauer erfüllt. Aber es ist nicht nur dein Weggang, der mich bekümmert.

Zwei Tage nach meinem feierlichen Gelübde haben wir Mutter Abelina tot aufgefunden. Unsere neue Äbtissin kommt aus Siena und ist energisch, aber warmherzig. Schwester Elisabetta ist enttäuscht, dass sie nicht gewählt wurde, und spricht seitdem kein Wort mehr. Möge der Herr ihr verbittertes Herz erweichen.

Wie du dir denken kannst, blieb dein Platz keine Woche leer. Die Neue ist auch nicht freiwillig hier und heult sich die Augen aus. Sie wird sich wie alle damit abfinden und hoffentlich bald beruhigen.

Der Herr sei mit dir.

Es umarmt dich deine Freundin und Schwester in Christo,

Beata

Kurz darauf fiel Mafalda auf, dass sie Raffaela bereits seit drei Tagen nicht mehr gesehen hatte.

»Meinst du, ich könnte drüben fragen, ob sie krank ist?«, fragte Mafalda und schob Tante Cosa ein Kissen in den Rücken. »Oder ist das zu aufdringlich?«

»Keinesfalls«, erwiderte Tante Cosa und sah ihre Nichte freundlich an, »sie wird sich freuen, dass sie uns wichtig ist.«

Mafalda betrachtete das faltige Gesicht ihrer Tante. Trotz ihres Alters und ihrer vielen Schwächen konnte sie noch erahnen, dass Tante Cosa früher eine gut aussehende Frau gewesen war. Ihre hohen Wangenknochen gaben ihr noch heute ein edles Aussehen, wobei ihr nachdrückliches Kinn hervortrat und ihre großen Augen zunehmend tiefer lagen. Ihre Körperfülle war wohl eher auf ihr Alter als auf ihre Ernährung zurückzuführen.

Noch am gleichen Tag klopfte Mafalda bei Pattas an der Tür. Erstaunt blickte sie ins Gesicht von Raffaela. Mafalda hatte sie eher im Bett vermutet.

»Wie freundlich von dir«, meinte Raffaela, ohne zu lächeln, und Mafalda bemerkte ihr Zögern. Sofort tat es ihr leid, geklopft zu haben.

»Wenn ich ungelegen komme, entschuldige ich mich. Ich habe mir Sorgen gemacht«, gestand Mafalda. Sie sah, wie Raffaela mit den Tränen kämpfte.

Raffaela nahm Mafaldas Ellenbogen und zog sie ins Haus. »Versprichst du mir, dass das, was ich dir erzähle, unter uns bleibt?« Ihre Lippen hatten sich zu einem Strich geformt und ihre Augen wirkten müde.

»Ja.«

»Bei der heiligen Jungfrau Maria?« In ihrer Stimme lag ein Flehen, dass es Mafalda Angst machte.

»Ich verspreche es dir.«

Raffaela schlug die Hände vors Gesicht und seufzte tief. »Heute Nachmittag hat mich mein Bruder besucht. Er kommt ziemlich regelmäßig. Stell dir vor, man wirft ihm Ketzerei vor!« Sie berichtete stockend, dass ihr Bruder mit Männern in Kontakt gekommen sei, die ketzerische Dogmen verbreiteten. Ein Mönch mit Namen Luther hatte vor Jahren mit gefährlichen Lehren eine Kirchenspaltung in Deutschland verursacht.

»Was sagt dieser Luther?«, flüsterte Mafalda. Ketzerei wurde strengstens bestraft.

Raffaela setzte sich auf die Kante des Sessels und faltete ihre Hände. »Dass allein der Glaube genügt. Dass man selig wird, indem man seine Sünden vor Gott bekennt und dass man keinen Ablass benötigt. Sola gratia«, erklärte die Nachbarin, »soll seine Erkenntnis gewesen sein: dass allein die Gnade Gottes errettet. Stell dir vor, er behauptet, dass man durch Glauben an Jesus Christus, den Sohn Gottes, gerecht vor Gott wird, weil er durch seinen Tod und die Auferstehung stellvertretend die Schuld der Menschen bezahlt hat.«

Sie seufzte nochmals. »Die Reformation, wie man diese neue Glaubensbewegung nennt, ist hier in der Stadt angelangt. Im Verborgenen natürlich, aber leider trifft sich mein Bruder mit solchen Leuten. Ich habe große Angst um ihn.«

Ja, das konnte sich Mafalda gut vorstellen. Was Raffaela ihr anvertraut hatte, beunruhigte sie. Die Ansichten von dem Bruder und seinen Bekannten waren bestimmt blasphemisch. »Sollen wir den Priester um eine immerwährende Vigil bitten?« Vielleicht konnte man mit dem Tag und Nacht andauernden Gebet die Männer von ihren zweifelhaften Überzeugungen abbringen.

»Ich möchte niemanden einweihen. Nicht auszudenken, wenn jemand erfährt, dass ich mit dir über diese Dinge rede.«

Das Gespräch mit Raffaela vertiefte Mafaldas Erschütterung. Es erinnerte sie an die Predigt vor einigen Wochen, die sie immer noch beschäftigte.

Wochenlang hatte sie sich danach an Bibelstellen erinnert und über die Lehren der Kirche nachgedacht. In dieser Situation bedauerte sie, nicht mehr einfach in die Klosterbibliothek gehen zu können und in Büchern und Schriften nachlesen zu dürfen. Immer wieder stellte sie sich die Frage, ob die Mutter Gottes oder der Sohn Gottes wichtiger sei.

In dieser Nacht fand Mafalda keinen Schlaf. Die Verzweiflung von Raffaela ging ihr nicht mehr aus dem Kopf. Noch mehr beschäftigte sie, dass allein der Glaube genügen sollte. Wollte Gott denn nicht, dass sie sich mit Beten und guten Werken den Himmel verdiente?

Mafalda stand auf und richtete ihr Leinenhemd, das vom ruhelosen Wälzen verrutscht war. Der Steinboden war kalt. Sie huschte ans Fenster. Beängstigend dröhnte und rauschte die Stille in ihren Ohren. Am liebsten wäre sie aus der Schlafkammer geflüchtet. Mafalda warf sich wieder aufs Bett.

Von klein auf hatte sie die Gottesdienste besucht. Selbst ins Kloster war sie gegangen. War es nicht genug, ein gottesfürchtiges und selbstloses Leben zu führen? Schlimme Sünden hatte sie nie getan und alles gebeichtet, zudem brav ihre Rosenkränze gebetet. Warum machten sich Zweifel in ihr breit und raubten ihr den Schlaf? *Damit jeder, der an ihn glaubt, nicht verloren geht, sondern ewiges Leben hat.*

Sie spürte, dass Gott mehr wollte. Er wollte ihr Herz, ihre ganz persönliche Hinwendung. Sie hatte zwar gebeichtet, aber genügte das? Jesus Christus bot jedem Menschen Vergebung an. Durch seinen Tod am Kreuz hatte er für ihre Sünden bereits bezahlt. Noch nie war Mafalda die Gnade Gottes so bewusst gewesen wie jetzt.

Wer da will, nehme das Wasser des Lebens umsonst. Umsonst. So hieß es in der Offenbarung des Johannes. Sie hatte die Freiheit zu entscheiden, ob sie Jesus Christus nachfolgen wollte.

Sie kniete nieder und schüttete Gott im Gebet ihr Herz aus. Sie zählte alles auf, was sie belastete. Von jetzt an wollte sie nach dem Willen Jesu leben. Als sie sich wieder unter ihre Decke kuschelte, wurde sie ruhig. Sie spürte eine innere Freude, als sei eine große Last von ihr abgefallen. Dann erinnerte sie sich an einen Spruch von Augustinus, des berühmten Kirchenlehrers. *Unruhig ist unser Herz, bis es ruht in dir, o Herr.* Mit tiefem Frieden im Herzen schlief sie ein.

Zu gern hätte Mafalda ihrer Tante von ihrem Erlebnis noch berichtet, doch da sich Tante Cosas Befinden zunehmend verschlechterte, verzichtete sie darauf. Tante Cosa sprach kaum noch. Die Angst, sie bald zu verlieren, verfestigte sich mehr und mehr in Mafalda. Manchmal saß sie ganz still am Bett und betrachtete sie, da sie immer öfter auch tagsüber schlief. Ob das ein Zeichen für den nahenden Tod war? Oder war das eine weitere Gebrechlichkeit, die ihre Tante befallen hatte? Hoffentlich würde sie noch am Leben bleiben, denn schließlich hing ihr eigener weiterer Lebensweg mit Tante Cosas zusammen.

Mafalda fand keine Zeit, nach draußen zu gehen. Manchmal sah sie Bianca im Hof und bedauerte es, nicht mit ihr reden zu können. Den Gedanken an Onkel Nino schob Mafalda von sich. Er hatte sich seit seinem Besuch nicht mehr gemeldet. Dass ihn Tante Cosas Befinden überhaupt nicht interessierte, machte Mafalda wütend. Nur wenn es ums Erben ging, würde er sofort erscheinen, da war sie sich sicher. Manchmal dachte sie an das Erlebnis zurück, als die Kutsche überfallen wurde. Sie hatte sich retten können. Ob das Schwester Lucia auch gelungen war? Wahrscheinlich würde sie nie von ihrem Schicksal erfahren. Mafalda beschloss, Beata einen Brief zu schreiben und ihr endlich zu berichten, was eine Predigt bei ihr ausgelöst hatte.

Erst kurz vor Weihnachten trafen sich Mafalda und Bianca wieder.

»Wie geht es deiner Tante?«, fragte Bianca beiläufig, doch Mafalda spürte, dass sie das eigentlich gar nicht interessierte. Irgendetwas musste schwer auf ihrer Seele liegen.

»Sie wird immer schwächer und kann das Bett nicht mehr verlassen«, erklärte Mafalda. »Deshalb komme ich kaum vor die Tür. Fast wie du.« Dabei beobachtete sie Bianca, die ihre Finger knetete.

»Meine Schwiegereltern machen mir ständig Vorwürfe«, gestand Bianca, »und als ich Pietro bat, herauszufinden, was aus meiner Kammerdienerin Livia geworden ist, hat ihn das überhaupt nicht interessiert.« Sie biss sich auf die Lippen, um nicht loszuheulen. »Er meinte nur, es würde nichts ändern, wenn ich erführe, dass sie in den Bleikammern sitzt. Das mache mich nur schwermütig. Stell dir vor, er hat das Gespräch mit mir als ein Verhör bezeichnet. Mafalda, ich glaube, ich kann nicht unglücklicher werden. Schon öfters ist mir aufgefallen, dass bei jeder Aufregung mein Kind unruhig strampelt oder mein Bauch schmerzt.« Schützend legte sie ihre Handflächen auf den Leinenstoff ihres Kleides.

Mafalda griff nach ihrer Hand und versuchte, sie aufzumuntern. Sie durfte Bianca nicht zeigen, wie bestürzt sie war. »Bald ist dein Kind da. Vielleicht zeigt sich Pietro dann herzlicher.«

»Es hat Tage gegeben, an denen Pietro der besorgteste und liebenswerteste Ehemann war, den ich mir nur vorstellen kann. Doch je länger wir in Florenz leben, desto mehr verändert er sich. Der Zank zerstört jede Zuneigung. Nur selten hat Pietro noch einen guten Tag. In einem Anflug von Übermut habe ich ihm damals die gesamten Edelsteine zugesteckt, die ich aus Venedig mitgenommen habe, damit er sie aufbewahrt und verwaltet. Wie dumm von mir! Ich habe das Gefühl, er macht alles zu Geld und verschleudert es. Allein seine neue Garderobe hat beträchtliche Summen verschlungen.«

»Dein Mann muss in seinem Beruf doch sicher gut gekleidet sein.«

»In seinem Beruf? Er will doch nur die Nachbarn beeindrucken.«

»Sicherlich ist es nicht nur das.«

Bianca lachte trocken auf. Sie entzog Mafalda ihre Hand. Dann senkte sie den Kopf. »Er arbeitet nicht. Er tut nur so.«

»Wie meinst du das? Er geht doch jeden Tag aus dem Haus!«

»Pah!« Bianca schnaubte. »Und kommt spät wieder. So wie mein Schwiegervater. Der schlägt auch nur unten am Fluss oder am Spieltisch die Zeit tot.« In ihrer Stimme war ihre Verachtung deutlich zu hören. »Ich frage Pietro immer wieder, warum er nicht eine Anstellung in einem Bankhaus annimmt oder bei einem *Avvocato*. Stattdessen lebt er sorglos in den Tag hinein. Wenn ich ihn anspreche, wird er unwirsch und verschwindet für Stunden. Meist kehrt er erst spätabends heim und ich rieche sofort, dass er getrunken hat. So wie heute.«

Pietros Äußeres war offensichtlich eine Hülle, mit der er geschickt seine Faulheit verbarg. Mafalda sah Bianca voller Mitgefühl an. Ab und zu sah sie sie verstohlen am Fenster stehen, wenn sie vom Markt zurückkehrte. Ihre Schultern hingen herunter und Mafalda verstand, dass sie sich in den Trubel der Menschen, die plaudernd durch die Straßen gingen, hineinsehnte.

»Ich kann noch nicht mal die Messe besuchen. Und ich sehne mich nach meinem kleinen Bruder. Ob er noch an mich denkt? Oder ist er von Vater so beeinflusst, dass er mich vergessen hat? Ja, ich habe einen Skandal verursacht, aber ist das ein Grund, mir nach dem Leben zu trachten? Ich bete im Stillen, dass ein Wunder geschieht. Dass vielleicht ein Bote kommt, der mich im Auftrag meines Vaters heimholt. Mafalda, ich wünsche mir mein sorgloses Leben von Venedig zurück.«

»Und du hast kein schlechtes Gewissen gegenüber deinem Vater?«

Bianca zuckte die Schultern und rieb sich über die Arme. Sie schien zu frösteln. »Das hat sich gelegt. Ich finde, mit meiner Heirat habe ich meine Entscheidung legimitiert und auch, dass ich meine Mitgift mitgenommen habe.«

Mafalda war da anderer Ansicht. »Wie kannst du so was sagen! Du hast sein Vertrauen missbraucht. Du hast ihn bestohlen, ob du nun verheiratet bist oder nicht.«

Bianca starrte sie an. »Wie redest du mit mir? Hast du dich neuerdings mit der Familie Buonaventuri verbündet? Du bist mir vielleicht eine Freundin.« Sie begann zu schluchzen und schlug sich die Hände vors Gesicht. »Ich dachte, du hältst zu mir!«

Aus den Augenwinkeln nahm Mafalda eine Frau wahr, die an Tante Cosas Haus auf dem schmalen, fast zugewucherten Pfad entlangging, von dem man von der Straße direkt in den Garten gelangen konnte. Mafaldas Mund klappte auf, als sie Raffaela erkannte. Was wollte die denn im Garten?

»Los, geh rein«, raunte Mafalda Bianca zu, die immer noch tränenüberströmt dastand und nichts wahrnahm. Mafalda schob sie zum Hintereingang. »Da kommt jemand. Verschwinde.«

Völlig irritiert ließ Bianca mit sich geschehen, dass sie sich im Keller wiederfand, dessen Tür Mafalda mit zitternden Händen einfach von außen zuzog.

»Hallo«, rief Raffaela. Mafalda griff ihren Rock und stieg schnell über die Mauer. Ihr Herz schien bis zum Kopf zu hämmern.

»Raffaela, was für eine Überraschung!« Das war ja gerade noch mal gut gegangen.

Mafalda versuchte, ihre Stimme ruhig klingen zu lassen. Es gelang ihr nicht. Sie fühlte sich ertappt und spürte, wie ihre Wangen glühten. »Äh ... wollen wir reingehen?«

Raffaela trat nah zu Mafalda. Sie hatte die Stirn in Falten gezogen und schürzte die Lippen. »Man hat ihn verhaftet.«

»Deinen Bruder? Wegen Luther?«

Raffaela nickte. »Und noch zwei Männer, mit denen er sich traf. Bitte«, sie griff nach Mafaldas Händen, »bitte, bete für sie, dass die Anklage fallen gelassen wird.«

Die Nasenflügel an Raffaelas markanter Nase bebten und ihr stattlicher Oberkörper zitterte ebenso. Mafalda seufzte tief, erleichtert, dass sie Bianca nicht gesehen hatte.

Raffaela verstand es anders. »Ich wusste, du kannst es nachfühlen.«

Mafalda hätte ihr am liebsten alles erzählt. Aber sie musste die Nachbarin schnell loswerden, um mit Bianca noch den Streit von eben beizulegen.

»... und du findest nicht, ich sollte einen *Avvocato* beauftragen?«

Mafalda hatte nur mit halbem Ohr zugehört. Sie konnte und wollte sich da nicht einmischen. »Ich weiß nicht ...«, stotterte sie und gab sich keine Mühe, dass es freundlich klang. »Schlaf eine Nacht darüber. Morgen wirst du wissen, was zu tun ist.«

Nachdenklich wandt sich Raffaela ab. Insgeheim atmete Mafalda auf. Sie sah, wie Raffaela den Pfad am Haus einschlug. Dann drehte sie sich zu Mafalda um. »Du hast recht«, sagte sie und versuchte zu lächeln. »Aber morgen werde ich den Himmel in Bewegung setzen.«

Als die Nachbarin weg war, lehnte sich Mafalda an die Hauswand und schloss die Augen. Den heutigen Tag würde sie am liebsten aus ihrem Gedächtnis und Leben streichen. Sie hatte sich mit Bianca gezankt. Sie musste die Dinge sofort in Ordnung bringen. Entschlossen huschte Mafalda wieder aufs Nachbargrundstück und öffnete die Hintertür.

»Bianca«, raunte sie in den düsteren Keller, aber niemand antwortete. »He«, versuchte sie es erneut. Es blieb still. Sie war wohl nach oben gegangen. Enttäuscht schloss Mafalda wieder die Tür und blickte an der Hauswand hoch. Die Fenster waren zu. Es blieb ihr nichts anderes übrig, als hinüberzugehen. Bestimmt hatte Tante Cosa bereits nach ihr gerufen.

Tante Cosa stöhnte und jammerte bei Mafaldas Rückkehr, was eigentlich nicht ihre Art war, dass sie Durst habe. »Wo warst du denn? Hast du mich nicht gehört?«

Was musste Tante Cosa ausgerechnet heute einen wachen Tag haben. Sonst verschlief sie doch auch die meiste Zeit. Mafalda holte Wein und stützte sie, damit sie trinken konnte. Bis sie ihre Tante gewaschen, sie mit einem frischen Nachthemd versehen und das Bett wieder bezogen hatte, war der halbe Abend um. Das Füttern dauerte, wie Mafalda fand, ebenso unendlich lange.

Als sie endlich ins Bett kroch, fand sie keinen Schlaf. Zu viele Gedanken schwirrten in ihrem Kopf. Von Unruhe geplagt stand sie wieder auf und öffnete das Fenster. Kühle Luft strömte herein. Der Mond glänzte golden, fast majestätisch, und hing unverschämt tief über der Stadt. Die Häuser warfen unwirkliche Schatten. Ruhig lag die Straße unter ihr und sie sah zu Pattas hinüber. Hinter einem Fenster flackerte eine Kerze. Vielleicht fand die Nachbarin auch keine Ruhe. Ansonsten war alles still, nur die Ratten stahlen sich an den Häusern entlang.

Mafalda freute sich auf Weihnachten. Im Schrank ihrer Tante hatte sie ein Kleid entdeckt, das Tante Cosa getragen haben musste, als sie noch schlanker gewesen war. Es war aus einem grünen, glänzenden Baumwollsatin und bestimmt einmal teuer gewesen.

»Wie sehe ich aus?« Mafalda stemmte ihre Hände auf die Hüfte und drehte sich vor dem Bett, dass der Rockteil wehte.

Tante Cosas Augen leuchteten. »Es steht dir wunderbar. Ich habe es mir zu einer Hochzeit gekauft und musste ein Jahr dafür sparen. Ich freue mich, dass du dich jetzt auch sonntäglich anziehen kannst, wenn du zur Christmesse gehst.«

Das war im Moment die einzige Abwechslung, die Mafalda herbeisehnte. Leider fühlte sich Tante Cosa am Weihnachtstag unendlich schwach und wollte entgegen ihrer Art plötzlich nicht allein bleiben. Schweren Herzens blieb Mafalda zu Hause.

Inzwischen waren zwei Briefe angekommen, die sie Tante Cosa vorlas. Einer war von ihrer Mutter, die mitteilte, dass es ihr gut gehe und Agata sich rührend um sie kümmere. Bestimmt hatte ihr Schwager den Brief für sie verfasst. An der Schrift des anderen erkannte Mafalda, dass er von Beata stammte. Sie öffnete das Siegel und las:

Liebe Mafalda!
In wenigen Tagen ist ein Jahr zu Ende, das für uns beide Veränderungen gebracht hat. Ich habe mich sehr über deinen letzten Brief gefreut. Bis heute habe ich meinen Schritt in die Gemeinschaft der Schwestern nicht bereut. Leider sitzt Schwester Lucia immer noch ein. Vielleicht bringt das neue Jahr ihr mehr Glück. Ich habe den Eindruck, dass unsere neue Äbtissin sanfter und herzlicher ist, sie aber die Entscheidungen von Mutter Abelina, Gott hab sie selig, nicht sofort umkehren möchte, um deren Andenken nicht zu schmälern. Lässt nicht unser großer Gott immer wieder Gnade walten, obwohl wir es nicht verdienen? Wenn er sogar seinen Sohn Jesus Christus für uns hat leiden lassen, damit wir allein aus Glauben gerechtfertigt werden, sollten wir ihm dann nicht nacheifern?

Grüße auch bitte deine Tante von mir. Erinnere sie daran, dass der Herr in seinem Wort versprochen hat, dass er uns bis ins Greisenalter trägt. Das wird sie aufmuntern.

Mit einem Wort aus den Psalmen möchte ich schließen: Du stellst meine Füße auf weiten Raum. Ich wünsche dir, dass du wie ich innerlich Frieden hast.

In Liebe,
Beata

Mafalda ließ den Brief sinken und betrachtete ihre Tante, die sie mit ihren großen, dunklen Augen ansah. »Wie lieb von ihr«, flüsterte sie und lächelte.

Verlegen strich sie sich ein paar Haarsträhnen von der Stirn. Warum war sie nicht selbst auf die Idee gekommen, Tante Cosa ab und zu etwas aus der Bibel zu erzählen, was ihr Mut machte, die Tage ihrer Schwachheit zu ertragen? Tante Cosa hatte bestimmt aus Langeweile schon hundertmal die Knäufe an der Kommode gezählt und stillschweigend hingenommen, dass ihr schütteres Haar am Hinterkopf durchs Liegen fast vollständig ausgefallen war. Wenn sich eine Spinne im Zimmer verirrte, war das ihre einzige Abwechslung.

»Ich werde Beata bald antworten«, versprach Mafalda und holte die Socken, die sie für Tante Cosa auf dem Markt gekauft hatte. Tante Cosa bemerkte nicht, wie durcheinander und wütend Mafalda geworden war. *Was muss Beata ausgerechnet diesen Bibelspruch schreiben? Ich fühle keine Besonnenheit in meinem Herzen und nicht in meinem Geist. Seit ich mich mit Bianca zerstritten habe, ist meine innere Freiheit wie verschwunden. Dabei habe ich nur die Wahrheit gesagt. Was ist sie denn für eine Freundin, der man nicht die Meinung sagen darf?*

Tante Cosa wischte sich gerührt über die Augen, als Mafalda ihr die Socken anzog. Die Wolle war grau und etwas rau, aber sie würden die Füße wärmen. Tante Cosa fror immerzu, was Mafalda mehr auf die Bettlägerigkeit als auf den milden Winter schob. Sie ging in die Küche und holte für sie beide ein Stück Panettone, ein Brot mit kandierten Fruchtstücken, das sie gebacken hatte. Leider hatte sie keine getrockneten Trauben mehr gehabt, die eigentlich noch in den Teig gehörten, doch das würde Tante Cosa bestimmt verzeihen.

In der folgenden Nacht konnte Mafalda wieder nicht richtig schlafen. Sie huschte ans Fenster, als gäbe es dort mehr zu sehen als im Zimmer. Leise öffnete sie einen Flügel und beugte sich hinaus. Wolken hatten sich teilweise vor den Mond geschoben. Er hatte etwas von seiner Fülle eingebüßt. Der Wind wehte leicht und trieb irgendetwas durch die Gasse, was herumgelegen hatte. Dann hörte Mafalda ein leichtes Klappern. Sie lauschte in die Dunkelheit. Als sich ihre Augen an die Finsternis gewöhnt hatten, sah sie eine Gestalt vor Buonaventuris Haus stehen bleiben. Sie konnte nicht erkennen, ob es ein Mann oder eine Frau war. Ihr Blick glitt an der Hausfassade entlang. Erst jetzt nahm sie ein schwaches Licht im oberen Stockwerk wahr.

Die Person war verschwunden. Offenbar hatte Mafalda den Augenblick verspasst, wo sie ins Haus gegangen war oder das Dunkel der Straße sie verschluckt hatte. Neugierig blieb Mafalda noch eine Weile am Fenster stehen, aber nichts passierte. Drüben brannte immer noch Licht. Sie legte sich wieder ins Bett, döste vor sich hin und seufzte tief, weil sie genervt von Tante Cosas Atmen nicht wieder einschlafen konnte. Sie ließ das Fenster offen. Noch mehrmals sah sie hinaus, als hoffte sie, dass irgendetwas passierte, doch es blieb still.

5

1564

Die alte Buonaventuri war wie verwandelt. Sie strich Bianca liebevoll über die Stirn, holte frische Leintücher, stellte einen Wasserbottich ins Schlafzimmer, dazu ein Tongefäß mit Wasser und setzte auf dem Herd einen Topf mit Fleisch und Knochen auf. »Eine kräftige Fleischbrühe wird dir helfen, die Geburt zu überstehen«, sagte sie fürsorglich und setzte sich an Biancas Bett. Eine gefühlte Ewigkeit schon lag Bianca in den Wehen. Sie kamen regelmäßig und in immer kürzeren Abständen. Trotzdem wollte es nicht recht vorangehen. Stunde um Stunde verstrich.

Pietro hielt das Warten nicht mehr aus. »Ich muss zu meiner Frau!« Er wollte sich nicht abweisen lassen und rüttelte an der Tür. Die Hebamme wimmelte ihn entschieden ab und zog ihn von der Tür weg. »Das wird nie und nimmer möglich sein«, fauchte sie und wies ihn an, ein Kupferbecken mit glühenden Kohlen zu bringen.

Ein bleierner Geruch hing in der Luft. In der Kammer war es unerträglich heiß geworden, indes das Fenster fest verschlossen bleiben musste. Während der körperlichen Untersuchung der Schwangeren wurde der Gesichtsausdruck der Hebamme ernster. Die Wehen kamen jetzt in kürzeren Abständen und so heftig, dass Bianca sich in den Laken wälzte. Plötzlich aber entspannte sie sich.

Die Hebamme schien beunruhigt. Sie untersuchte sie sofort. Hektisch wandte sie sich an die alte Buonaventuri, wobei sie an ihrem Rock nestelte und ein Beutelchen hervorzog. »Koch daraus einen Tee und flöße ihn ihr ein.« Pietros Mutter hastete in die Küche. »Du musst mir sagen, wenn die Schmerzen wiederkommen«, bestimmte die Hebamme und trocknete Biancas verschwitztes Gesicht.

»Wann kommt das Kind?«, jammerte Bianca erschöpft. Sie wusste nicht mehr, ob es Abend oder Morgen war. Die Schmerzen vernebelten jegliches Zeitgefühl.

»Du musst noch durchhalten. Bald hast du es geschafft«, munterte die Hebamme sie auf. Wenig später erhielt Bianca das Gebräu und es dauerte nicht lange, da kam die nächste Wehe.

»Jetzt«, murmelte Bianca. Schwer atmend krallte sie sich in die Laken, als der Schmerz sich wieder mit Wucht in ihr breitmachte. Sie keuchte und biss die Zähne aufeinander. »Ich will nicht mehr. Das soll jetzt aufhören.« Hatte denn Gott kein Erbarmen mit ihr? Nie und nimmer wollte sie ein weiteres Kind. Wenn sie überhaupt die Geburt überleben würde.

»Sei tapfer und mach genau, was ich dir sage«, wies die Hebamme Bianca an und während die Alte ihre Schwiegertochter festhielt, fasste die Hebamme vorsichtig an den Beinchen, die zwischen Biancas Schenkeln zum Vorschein kamen. »Jetzt pressen!«, rief sie. Mit der nächsten Wehe, bei der Bianca noch lauter stöhnte und schrie, zog die Hebamme mit gekonntem Griff das Kind nach draußen.

»Ein Mädchen«, freute sie sich und rieb den kleinen Körper mit Rosenwasser und Salz ab. Über das schlechte Omen, dass das Kind in der falschen Lage geboren worden war, schwieg sie in Biancas Gegenwart – ein Vorzeichen für drohendes Unglück in der Familie.

»Heilige Mutter Gottes, verschone uns …« hob die alte Buonaventuri an, um ihr Entsetzen darüber auszudrücken, doch ein strafender Blick der Hebamme brachte sie zum Verstummen.

Später, als Bianca gewaschen und frisch angekleidet war, betrachtete sie fasziniert die schwarzen Haare auf dem Kopf ihrer Tochter. Zufrieden schlief das Neugeborene in ihrem Arm.

»Jetzt kann er kommen«, sagte die Hebamme und verabschiedete sich. Pietro stürzte in das Zimmer und sank an Biancas Bett auf die Knie. Er hatte Tränen in den Augen, während er ihre Hand hielt. »Ich bin so stolz auf dich, Bianca. Du sollst den Namen bestimmen.«

Sie spürte, dass es ehrlich gemeint war. Es war einer der wenigen Augenblicke, in denen sie sich ihm nahe fühlte und ihn wieder so liebte, wie sie es in Venedig getan hatte. Sie fühlte nichts mehr von den Strapazen der letzten Stunden und lächelte. »Pellegrina. Nach meiner Mutter.«

Als die Morgendämmerung heraufzog, schreckte Mafalda hoch. Sie lauschte dem gellenden Ton. Das hörte sich wie das Schreien eines Säuglings an! Schnell sprang sie auf. Jetzt vernahm sie es deutlicher. Es drang von Buonaventuris herüber. Mafalda lächelte vor sich hin. Das konnte nur bedeuten, dass Bianca ihr Kind bekommen hatte. Jetzt war ihr klar, dass es die Hebamme gewesen sein musste, die in der Nacht an der Tür gestanden hatte. Im Stillen dankte Mafalda Gott für das Kind und flehte, dass Bianca die Geburt überlebt hatte. Hoffentlich war es ein Stammhalter. Er würde die Alten milde stimmen.

Jeder in der Straße wusste inzwischen, dass es im Haus der Buonaventuris ein Baby gab. Mafalda klopfte mittags bei Raffaela.

»Weißt du etwas Neues von drüben?«, fragte Mafalda, als die Nachbarin an der Tür erschien. »Ich glaube, bei Buonaventuris ist heute Nacht ein Kind angekommen.«

Raffaela bat sie in die Küche und Mafalda setzte sich zu ihr an den Tisch. »Bianca hat einem kleinen Mädchen das Leben geschenkt. Pellegrina heißt es.«

»Und wie geht es Bianca?«

»Sie sei sehr schwach, habe aber die Geburt überlebt.«

Bevor Mafalda aufstand, um heimzugehen, fiel ihr wieder die Verhaftung ein. »Gibt's etwas Neues von deinem Bruder?«

Raffaelas Mundwinkel sanken nach unten und sie schüttelte den Kopf. »Bitte, fang nicht heute davon an. Heute wollen wir uns über das kleine Mädchen freuen.«

Wenige Tage nach Jahresbeginn feierte die Stadt das Fest *Epifanias*, bei dem sich die Familien untereinander mit kleinen Geschenken erfreuten. Mafalda kochte wie alle anderen Florentiner an diesem Tag traditionell ein Linsengericht, das mit viel Gemüse und Olivenöl zubereitet wurde, in der Hoffnung, im neuen Jahr viele Dukaten zu erhalten.

Mafalda hatte Bianca seit dem Streit nicht mehr gesehen und jetzt als Wöchnerin würde sie keinen Schritt aus dem Haus wagen dürfen. Als Adlige hätte sie in Venedig bestimmt eine Amme in Anspruch genommen. Mafalda betete, dass Bianca ihr nicht mehr böse war. Sie hatte immer noch ein schlechtes Gewissen. Sie wünschte sich nichts sehnlicher, als sich mit ihr auszusprechen und sie um Verzeihung zu bitten. Doch wie sollte sie sie treffen? Bianca konnte sich doch nicht für alle Zeit im Haus verstecken!

Mafalda fiel ihr Vorsatz ein, Tante Cosa vorzulesen. Sie holte ein Buch und schlug es auf. Sie entschied, ihr doch lieber eine Stelle aus dem Matthäusevangelium aus dem Kopf zu zitieren. »... Bittet, und ihr werdet erhalten. Sucht, und ihr werdet finden. Klopft an, und die Tür wird euch geöffnet werden ...«

Tante Cosa lag still da und starrte zur Zimmerdecke. Ihr sonst rotes Gesicht sah bleich aus und Mafalda grübelte, ob sie vielleicht eine andere Stelle hätte wählen sollen.

Mafalda legte das Buch weg. »Warum macht Gott dich nicht einfach wieder gesund? Er verspricht, dass jede Bitte in Erfüllung geht und was passiert? Du bist nach wie vor ohne Kraft.«

Jetzt drehte Tante Cosa den Kopf zu Mafalda und zeigte mit ihren knochigen Fingern auf die Zimmerdecke. »Du solltest es besser wissen. Haben dich die Schwestern dergleichen gelehrt? Mafalda, wir sollten uns abgewöhnen, Gott Bedingungen zu stellen. Wenn er will, dass ich im Bett bleibe, werde ich lernen, das zu akzeptieren.«

Mafalda griff nach ihrer Hand und drückte sie. Vielleicht half es ihrer Tante schon, dass sie ihr zuhörte; sie nahm sich vor, noch verstärkt für sie zu beten. Was würde aus Mafalda werden, wenn Tante Cosa nicht mehr lebte? Sie sah sich hinter einem Schleier verschwinden.

Das Frühjahr brachte wärmere Luft und wie Mafalda befürchtet hatte, wurde Tante Cosa weniger und weniger. Sie schien nur noch aus faltiger Haut und Knochen zu bestehen. Wenn Mafalda sie wusch und versehentlich die Druckstellen vom Liegen berührte, stöhnte Tante Cosa schmerzerfüllt auf. Inzwischen rechnete Mafalda jeden Tag damit, dass es der letzte für ihre Tante sein könnte. Wegen der intensiven Pflege verbrachte Mafalda die meiste Zeit im Haus und freute sich wie ein kleines Kind, wenn sie einmal in der Woche auf den Markt gehen konnte, um einzukaufen und Neuigkeiten zu erfahren.

In den Straßen bestimmte Michelangelos Tod die Gespräche. Der berühmteste Sohn der Stadt war in hohem Alter verstorben. Jeder kannte seinen Namen und die Bürger von Florenz konnten zumindest ein Werk seiner Bildhauerkunst in der Stadt bewundern. Herzog Cosimo hatte sogar den linken Arm der prächtigen Statue restaurieren lassen, nachdem eine Horde junger Leute sie mit Steinen beworfen hatte. Eltern nutzten bei Spaziergängen die Gelegenheit, ihren Sprösslingen die Geschichte von David aus der Bibel zu erzählen, der mit einer Steinschleuder den Riesen Goliath besiegt hatte.

An einem sonnigen Frühlingstag, als Mafalda vom Markt zurückkehrte, bemerkte sie verwundert, dass in ihrer Straße sowohl Nachbarn als auch fremde Leuten dicht gedrängt die Seiten säumten. Sie blieb stehen.

»Was ist hier los?«, fragte sie die Umstehenden.

»Das weiß doch jedes Kind!«, empörte sich ein Mann belustigt über ihre Frage. »Der Herzog reitet hier entlang!«

»Durch unser Viertel?« Mafalda hob erstaunt die Augenbrauen. Sie war sich nicht sicher, ob die Neuigkeit stimmte. Einer der mächtigsten Männer der Welt in ihrer ärmlichen Straße? Er kam doch mit Reitern und Gefolge. Hier ging doch niemand freiwillig entlang. Zumindest nicht, wenn man nicht hier wohnte. »Das wird aber eng«, fand sie und sah sich um. Am gegenüberliegenden Straßenrand erkannte sie die alten Buonaventuris. Nicht weit von ihr selbst sah sie Pelikanos und Pattas stehen. Sie bezweifelte, ob die Leute hier nicht etwas missverstanden hatten. Noch während Mafalda grübelte, wurde es unruhig und alle sahen die Straße hinauf, wo sich der Lärm verstärkte und aufgeregte Stimmen herüberdrangen.

»Unser Herzog kommt!«, schrien ein paar Kinder mit leuchtenden Augen. »Ganz Florenz wird ihn sehen.« Mafalda musste lachen. Sie wusste, dass der Herzog für die Kinder ein strahlender Held war. Sie selbst konnte sich erinnern, dass er für sie als Kind fast gottgleich gewesen war. Heute wusste sie mehr von ihm und hatte sich von ihrem kindlichen Denken längst verabschiedet.

Manche Leute fanden, Cosimo sei ein guter Herrscher und gerecht, und sahen in ihm Kühnheit, Macht und Reichtum vereint. Andere, die abseits des Glücks zur Welt gekommen waren, fanden seine Regentschaft hartherzig. Mafalda vermutete, dass beides nicht ganz richtig war. Sie wusste nur aus Erzählungen, dass sich die verstorbene Frau des Herzogs voller Eifer für die Konvente eingesetzt hatte, insbesondere *Le Murate*. Was hatte der Herzog für ein Glück gehabt. Eleonora von Toledo hatte ihn geheiratet, ohne zu wissen, auf was sie sich tatsächlich einließ. Sie war klug gewesen. Und schön. Vor allem hatten die Florentiner von ihrer warmherzigen Art geschwärmt.

Hufgeklapper und Jubelrufe kamen näher. Mafalda reckte den Hals, um mehr zu sehen. Sie wollte wie die anderen einen Blick auf die Pracht der Medici erhaschen. Dabei entdeckte sie Pietro Buonaventuri zwischen den Zuschauern. Er trug heute ein Hemd nach der neuesten Mode, ein Kamisol mit bauschigen Ärmeln unter dem Brokatwams. Für den Herzog hatte er sein bestes Gewand aus dem Schrank gezogen.

Ein warmer Frühlingswind blies ihr um die Haube und Mafalda atmete tief ein, als könne sie den glücklichen Augenblick festhalten. Ihre Wangen röteten sich. Mafalda sah auf die vielen Menschen, die die schmale Gasse bevölkerten. Wie sollte der Herzog mit seinen Pferden und Kutschen durch dieses Gedränge passen? Ob sich die armen Leute da nicht etwas vormachten?

»Zur Seite! Platz da!«, schrien ein paar Männer in Uniform und drängten die Menschen zurück. Jetzt konnte Mafalda die ersten Pferde sehen, geschmückt und mit glänzendem Geschirr um den Hals. Als

Nächstes erblickte sie den besonders edel gekleideten Herzog. Cosimo ritt vorbei und schien das Bad in der Menge zu genießen. Ihm folgten weitere Uniformierte und ein anderer Reiter, ebenso blendend gekleidet wie der Herzog, nur viel jünger. Als dieser bis zum Hause Buonaventuri gelangt war, kam der Zug ins Stocken, und die Leute jubelten, weil sie die herzogliche Eskorte noch etwas länger anschauen konnten.

Sie beobachtete, wie einige Frauen nah an die Pferde gedrängt wurden. *Ich wusste, dass das nicht gut geht*, dachte Mafalda und sah auf die jubelnde Menge um sich herum. Plötzlich entdeckte sie Bianca, die am offenen Fenster stand und deren Locken vom Sonnenlicht zu einem gleißenden Schleier gewebt wurden. Die beschwingte Luft spielte mit ihren Haaren, die sie wahrscheinlich gerade frisch gewaschen hatte. Sie war wunderschön, ihre Haut strahlte und ihr Gesicht war frisch und voller Jugend.

Bianca schien den Trubel auf der Straße nicht wahrzunehmen; ihre Gedanken schienen weit weg, ihre Augen ganz auf einen Punkt konzentriert. Mafalda folgte ihrem Blick und beobachtete, dass der junge, prachtvoll gekleidete Reiter nach oben sah und Bianca geradewegs in die Augen.

Für einen Augenblick waren beide wie erstarrt, dann schien Bianca zu begreifen, was sie tat, sie wich aufgeschreckt zurück und schlug das Fenster zu. Man hatte sie gesehen!

Tante Cosa wollte später alle Einzelheiten vom Zug der Adligen hören und Mafalda beschrieb ausführlich, mit welchem Pomp der Herzog und sein Sohn vorübergezogen waren, wie aufregend es gewesen war, als der Zug stockte und Soldaten den Weg frei machen mussten.

Mafalda erzählte vom Blick des Reiters und wie Bianca blitzschnell verschwunden war. Tante Cosa hob ihren Kopf vom Kissen. »Ich kann gut verstehen, dass sie am Fenster stand. Ja, Kind, wie soll sie ihr Leben sonst aushalten?«

»Sattelt mein Pferd!« Der Befehl klang wie hingeworfen. Francesco de Medici eilte unruhig durch den Eingangsbereich. »Wo ist Mondragona? Er soll mir meine Reitkleidung anziehen.« Ergeben verneigten sich einige Diener und eilten beflissen in alle Richtungen davon.

Wenig später half Kammerdiener Mondragona seinem Herrn in die samtene Kleidung. Nachdem er die Knöpfe am Stehkragen geschlossen hatte, betrachtete er den Sohn des Herzogs. »Ihr habt Euch verändert. In letzter Zeit seid Ihr nicht mehr so oft im Laboratorium wie zuvor.«

Francesco hätte jedem anderen Diener eine solche Feststellung übelgenommen. Die einzige Ausnahme bildete Mondragona. Sein ergebener Diener kannte ihn von Kindesbeinen an und seine Loyalität schien ihm sicher.

»Nimmst du dir da nicht zu viel heraus?«, lächelte Francesco nachgiebig und fuhr sich mit seiner feingliedrigen Hand über das Gesicht, auf dem mehr Flaum als Bart spross.

»Ihr seid wieder verliebt.« Mondragona griff nach den Lederstiefeln. »Wer ist es denn diesmal?«, flüsterte er und half seinem Herrn beim Anziehen. »Wird sie beim nächsten Fest anwesend sein, damit ich sie bewundern kann?«

»Ich weiß noch nicht einmal ihren Namen«, antwortete Francesco. »Sie ist das schönste Wesen, das ich bisher gesehen habe. Ein Engel! Überirdisch. Ich muss sie finden!«

Francesco ging zu den Ställen. Ein anderer Diener kam auf ihn zu. »Ah, Ihr seid schon zurück aus der Bibliothek. Das trifft sich gut. Der Herzog wünscht Euch zu sprechen.«

»Sag meinem Vater, ich müsse noch etwas Dringendes erledigen. Danach werde ich ihm zur Verfügung stehen«, sagte Francesco knapp, nahm dem Diener die Zügel seines Pferdes aus der Hand und schwang sich auf.

Zwei Stunden später kehrte Francesco zurück, ohne seinen Engel gesehen zu haben. Er schluckte seine Enttäuschung herunter, als er das Kartenzimmer des Herzogs betrat. Sein Vater liebte diesen Raum. Oft hielt er sich darin auf, um die zahlreichen, in Holzrahmen gefassten Landkarten aller bekannten Länder zu studieren.

»Eine wichtigere Angelegenheit als meine hat dich davon abgehalten, hier zu erscheinen?«, fauchte Herzog Cosimo. Er musterte den schweigenden Francesco und seufzte. Angesichts der Neuigkeit, die er Francesco sagen wollte, mäßigte er seinen Ton. »Zu unserer Unterredung habe ich Kanzler Bariello gebeten.«

Ergeben nickte Bariello und lächelte den Prinzen an. »Verehrter Herr, die Antwort aus dem Hause des Kaisers von Österreich ist eingetroffen. Wie Ihr wisst, hat unser Erlauchter Herzog Eure Heiratsabsichten an das Kaiserhaus gerichtet. Nun, eine der beiden Schwestern ist inzwischen dem Herzog von Ferrara versprochen. Man beabsichtigt, in absehbarer Zeit die Hochzeit zu feiern. Die andere Tochter, Johanna von Österreich, fühlt sich durch unsere Absichten geehrt.«

Francesco nippte an seinem Becher. »Ich verspüre keine Eile.« Er spielte mit den goldenen Knöpfen seiner Brokatjacke. Wie sein Vater besaß Francesco große, braune Augen. Alle anderen Gesichtszüge erinnerten mehr an seine Mutter, die volle Lippen und eine hohe Stirn gehabt hatte. »Warum muss ich jetzt schon heiraten? Ich bin zweiundzwanzig!« Unruhig lief er hin und her. Was sein Vater als Privileg sah, interessierte ihn nicht. Es war doch normal, dass Männer seines Standes die schönsten Frauen bekamen. Dazu aus edlem Geblüt.

»Darüber haben wir doch schon gesprochen. Mit zweiundzwanzig ist es höchste Zeit. In deinem Alter habe ich bereits die Schlacht von Montemurlo gewonnen und an meinen Gefangenen ein Exempel statuiert. Ich mache mir langsam Gedanken um meine Nachfolge.«

»Mein Laboratorium ist erst kürzlich fertig geworden! Ich muss mich jetzt um neue Versuche und Berechnungen kümmern.« Francesco war den Frauen nicht abgeneigt, im Gegenteil, junge Florentinerinnen rissen sich darum, von ihm erobert zu werden. Aber das Feuer seiner Begierde brannte nie lange. Heiraten? Nichts lag ihm ferner.

Eine Ader an der Schläfe des Herzogs schwoll an. »Du ziehst Spielereien meinem Herzogtum vor?«, stellte er mit kalter Stimme fest.

»Was habe ich mir da für einen Weichling herangezogen! Ich hätte deine Erziehung mehr überwachen müssen. Jetzt ist es zu spät. Es ist an der Zeit, dass ein Weib dir Söhne gebiert.«

Während Francesco an seinem Vater vorbei auf die Karte starrte, als interessiere er sich für das Weltgeschehen, ergänzte der Herzog: »Man berichtet uns, Johanna sei sehr gebildet, von reinem katholischem Glauben und spreche fünf Sprachen. Sie wurde in Philosophie unterrichtet und verstehe viel von den Künsten.« Er schritt im Zimmer auf und ab und blieb vor der riesigen Weltkugel stehen. Sie war mitten im Raum postiert. Sanft glitten die Finger des Herzogs über das kühle Metall.

Plötzlich veränderte sich seine Miene und er starrte auf den Punkt, auf dem seine Finger lagen. Florenz. Toskana. Seine Lippen gerieten zu einem harten Strich, als käme ihm sein Herzogtum plötzlich verschwindend klein vor. Wie eine minderwertige Perle im Schmuckkästchen seiner Mätresse.

Er gab dem Diener einen Wink, Wein in die Gefäße nachzuschenken. »Erste Wahl, kann ich da nur sagen. Ich erhebe den Kelch zum Wohle meines Sohnes Francesco. Wie wir wissen, kann sich die Heiratspolitik Kaiser Ferdinands sehen lassen. Eine weitere Tochter ist mit dem König von Polen vermählt und einer seiner Söhne hat die Tochter Kaiser Karls und damit die Enkelin des Königs von Portugal geheiratet.« Seine Augen strahlten bei dem Gedanken, sein Herzogtum zu festigen.

Francesco überhörte den warnenden Unterton in der Stimme seines Vaters nicht. Er trat zur Landkarte Österreichs und musterte sie sorgfältig. *Wien* konnte er deutlich lesen. Er drehte sich um. Dabei schwappte etwas Wein aus seinem Kelch und tropfte auf die Weltkugel. Francesco wusste, dass er keine Wahl hatte. Wer sich Cosimo in den Weg stellte, zahlte einen hohen Preis. »Nun, wenn Ihr es für richtig erachtet, werde ich heiraten«, lenkte er ein und blieb vor einem Gemälde von Botticelli stehen. »Wenn sie so schön ist wie Simonetta Vespucci, nehme ich sie unverzüglich.« Er dachte an die Legenden, die sich um diese junge Frau rankten, die hundert Jahre zuvor gelebt hatte. Ihre Schönheit hatte Dichter und Maler inspiriert. Eines der Bilder hing hier im Palazzo.

»Ja, schöne Frauen sind etwas Herrliches.« Herzog Cosimos aufgebrachtes Gemüt schien sich zu beruhigen. »Doch als Herzogin einem regierenden Haus vorzustehen und für den Fortbestand des Namens zu sorgen erfordert andere Qualitäten. Das ist die wichtigste Aufgabe, die einer Frau durch die Eheschließung mit dir auferlegt wird. Und die dringlichste.«

»Ich will eine Frau, die ich liebe.« Francesco klang, als stampfe er wie ein Kind mit dem Fuß auf.

»Grundgütiger!« Der Herzog lachte. »Liebe? Du träumst zu viel und glaubst, sie falle vom Himmel wie der Regen!« Sein Blick wurde wieder ernst. »Der Liebe muss man die Möglichkeit geben, sich zu entwickeln. Nicht immer verliebt man sich sofort in die Auserwählte. Ich spreche aus Erfahrung, mein Sohn. Doch auf die Gefahr hin, dass es nur bei Sympathie bleiben sollte, rufe dir immer ins Gedächtnis, dass die Politik und das Haus Medici auf dem Spiel stehen. Eine gut überlegte Heirat kann einem ganzen Land dienen und den Frieden erhalten. Als künftiger Herzog solltest du deine Pflichten kennen. Und«, er streckte sich kerzengerade, wobei sein Brustkorb anschwoll, »du wirst eines Tages wie ich Träger des *Ordens vom Goldenen Vlies* sein.«

Francesco verstand. »Ich werde tun, was Ihr für richtig haltet, Vater.«

Die Zähne des Herzogs blitzten auf. »Du wirst nach Wien reisen, um bei der kaiserlichen Familie vorstellig zu werden.«

Francesco zuckte zusammen. Die Sache schien ernste Formen anzunehmen. Warum plötzlich diese Eile?

»Ich weiß nicht«, zögerte er. »Ist das wirklich notwendig? Wir sollten nichts überstürzen.« Was war denn in seinen Vater gefahren? Hatte er vor, bald zu sterben?

Herzog Cosimo umarmte seinen Sohn. »Du wirst es nicht bereuen. Die Verantwortung eines Herzogs von Florenz steht über allen Dingen. Mir ist sehr daran gelegen, dass du dich mehr um politische Aufgaben kümmerst. Dein Zeitvertreib in deinem Laboratorium ist nicht dafür geeignet, die künftigen Aufgaben eines Herzogs zu unterstützen. Bariello wird dich gründlich in die Politik einweisen.«

Francesco runzelte die Stirn über den Gefühlsausbruch seines Vaters. Herzog Cosimo ließ ihn los und zwinkerte dem Kanzler zu. »Bariello, gebt dem Kaiserhaus Nachricht, dass Francesco sein außerordentliches Interesse an Erzherzogin Johanna bekundet und dass die Hochzeit vorbereitet werden kann.«

»Bariello, habt Ihr ein Gemälde mitgebracht? Ich weiß gar nicht, wie meine künftige Braut aussieht.« Der Wein breitete sich in angenehmer Weise in Francescos Gliedern aus und kühlte sein Gemüt. Warum sollte es nicht noch einen weiteren Engel für ihn geben?

Bariello zögerte. »Soll ich?«, flüsterte er zum Herzog gewandt.

»Ich hätte es fast vergessen«, kam ihm Herzog Cosimo zuvor und lächelte vielversprechend. Er griff nach einem Holzrahmen und zeigte Francesco das Bild. »Das ist sie. Deine Zukünftige. Johanna.«

Francesco blieb der Mund offen stehen. Er starrte auf gekräuselte, rotblonde Haare und eine extrem hohe Stirn mit Leichenblässe. Er wollte sich nicht ausmalen, wie sie roch, geschweige denn, wie sie sich anfühlte.

In seinem Innern verkrampfte sich etwas. Er schloss die Augen, als könne er damit die Idee dieser Heirat wegwischen wie den Rotweinfleck auf der Kugel aus Bronze.

»Lasst uns mit den Verhandlungen beginnen«, hob Cosimo seine Stimme, »damit wir im nächsten Jahr eine glanzvolle Hochzeit feiern können. Eine nie da gewesene Pracht soll den *Palazzo Vecchio*, nein, ganz Florenz erstrahlen lassen.«

Bianca kniete auf der Treppe und scheuerte mit der Bürste das rissige Holz, als ihre Schwiegermutter von einem Besuch zurückkehrte.

»Bianca«, rief sie atemlos in der Tür, »ich muss dir etwas Unglaubliches erzählen!«

Bianca ließ sich nicht zweimal bitten, die unliebsame Arbeit zu beenden. Sie schüttete das Putzwasser auf die Straße und setzte sich an den Küchentisch.

»Du weißt doch, dass ich dir von Signora Mondragona erzählt habe. Stell dir vor, sie lädt dich ein!« Die Augen der Alten glänzten vor Begeisterung. »Nun sag schon was.«

»Mich? Wie kommt sie denn dazu?« Bianca war irritiert. Sie kannte diese Frau gar nicht. Ob das eine Falle war? Als Pietros Mutter ihr kürzlich von ihrer neuen Freundin berichtet hatte, der Ehefrau eines Dieners aus dem *Palazzo Vecchio*, war herausgekommen, dass sie ihr von Bianca erzählt hatte. Seitdem war die Angst wieder allgegenwärtig.

»Freust du dich nicht?« Signora Buonaventuris Augen blickten flehend. Sie schien die Unsicherheit ihrer Schwiegertochter zu spüren.

Bianca zögerte. »Wo soll ich sie treffen?« Sie traute sich nicht vor die Tür und jetzt sollte sie einen merkwürdigen Besuch machen. Woher dieser plötzliche Großmut? Konnte sie dieser Mondragona trauen? Was führte ihre Schwiegermutter im Schilde?

»Im Palazzo. Morgen Nachmittag. Sie wird dafür sorgen, dass du dort eingelassen wirst. Ihr Mann hat die engsten Verbindungen zum Herzog, glaube mir. Er ist sein Kammerdiener.«

»In der Residenz des Herzogs?« Das klang unglaublich. Was wollte man von ihr? Warum sie und nicht Pietro? Ihr Herz schlug wild. Vor Aufregung knüllte sie ihren Rock zusammen. Das war ja, als hätte der *Doge* in Venedig sie in seinen Palast gebeten.

»Ich werde dich begleiten«, entschied die Alte und nahm damit Bianca die nächste Frage vorweg. »Du kannst unmöglich allein gehen.«

Bianca schluckte. Nie und nimmer würde die Alte zugeben, dass es vor allem Neugier war, die sie antrieb.

Aus dem Schlafzimmer hörte man Pellegrina weinen. Bianca stand auf, um sie aus dem Bett zu holen. Sie musste nachdenken. Die Sache kam ihr merkwürdig vor. Diese Art von Gefälligkeit machte sie argwöhnisch. »Was soll ich mit Pellegrina machen? Wer bleibt bei ihr?«

Die Alte wiegte den Kopf und sagte schmeichelnd: »Die Nachbarin von gegenüber hat sich bereit erklärt. Sie wird auf sie aufpassen, bis wir zurück sind.« Sie griff nach Biancas Hand und tätschelte sie.

Bianca zog störrisch ihre Hand zurück. Sie konnte den Vorwurf in ihrer Stimme nicht unterdrücken. »Du hast schon mit ihr gesprochen?« Irgendetwas war faul. Warum sonst hatte die Alte bereits alles arrangiert? »Ich weiß nicht«, zögerte sie.

»Wie bitte? Natürlich gehst du hin! Du musst die Einladung annehmen.« Die Nasenflügel von Signora Buonaventuri bebten. »Alles andere wäre ungebührlich!«

Bestimmt erhofft sich die Alte Geschenke, sonst würde sie nicht drängen. Argwöhnisch starrte Bianca auf die eingefallenen Wangen ihrer Schwiegermutter und die spitze Nase, die etwas zu groß für ihr Gesicht geraten war. Bianca senkte den Blick und strich sich fahrig ein paar Strähnen aus der Stirn. »Na gut«, sagte sie steif. Und sie stellte sich eine Frage, die sie sich seit einer Ewigkeit nicht mehr gestellt hatte: »Was soll ich anziehen?«

Es kam Bianca vor, als schwebe sie durch den Himmel. Die Wärme der Stadt umhüllte sie und verwischte das Geschwätz ihrer Schwiegermutter zu einer schwammigen Masse. Vorbei an Geschäften, Brunnen und Kirchen erreichten sie den Arno. Bianca blieb stehen.

»Was hast du?«, fragte die Alte und warf ihr einen warnenden Blick zu. »Du wirst es dir doch nicht anders überlegen? Eine solche Einladung darf man nicht ausschlagen!«

»Nein«, lachte Bianca und sog die Luft tief in sich ein. »Wie herrlich! Der Fluss!« Ein paar Wolken schmückten das Blau des Himmels und die Sonne spiegelte sich auf dem Wasser. Seit heute Morgen waren alle Bedenken verschwunden, als habe die Sonne mit dem erwachenden Tag sämtliche Zweifel und Kümmernisse verdrängt. Eine unbeschreibliche Hochstimmung erfasste Bianca. Sie hakte sich bei ihrer Schwiegermutter ein. »Danke für deine Begleitung«, flüsterte sie, worauf sich die Miene der Alten entspannte.

Der Palazzo breitete sich immer weiter vor Bianca aus, je näher sie kam. Ihr Zuhause in Venedig kam ihr in den Sinn. Es wirkte wie ein

Vogelkäfig im Gegensatz zu dem Gebäude, in dem der Herzog residierte. Hier würde sie die Frau eines Dieners treffen und was sie unglaublich fand, endlich wieder unter Leute kommen.

Am Tor wurden sie eingelassen und als eine Dienerin sie in einen Seitenflügel führte, schaute sich Bianca prüfend um. Trotz der vielen Menschen fühlte sie sich plötzlich allein. Überall huschte Gesinde durchs Haus. Wenn sie nun doch in eine Falle tappte? Panik stieg in ihr hoch. Jeden Moment konnte eine Wache kommen und sie festnehmen. Biancas Atem ging flach und sie griff verzweifelt in den Stoff ihres Kleides.

Es war eines derer, die sie aus Venedig mitgenommen hatte. Es hatte seit ihrer Ankunft zwar gewaschen in der Truhe gelegen, aber den muffigen Geruch der Kammer angenommen. Sie schämte sich in diesem Augenblick und hoffte, dass niemand ihr zu nahe kam. Angesichts der Eleganz allein in den Gängen wurde sie sich ihres bescheidenen Äußeren noch mehr bewusst.

Die junge Frau, der sie folgten, blieb vor einer offenen Tür stehen. »Hier ist es. Signora Mondragona erwartet Euch.« Sie knickste und verschwand.

»Hier?« Bianca sah sich um. Der Raum war nicht allzu groß, aber geschmackvoll ausgestattet. Die Stühle hatten Schnitzereien im Holz und auf dem Marmorboden reihten sich Teppiche aneinander. Gemälde in brillanten Farben zogen ihre Blicke auf sich und Bianca und ihre Schwiegermutter bewunderten die stuckverzierte Decke. Die alte Buonaventuri wusste offenbar nicht, wohin sie zuerst sehen sollte. Fasziniert starrte sie mit offenem Mund umher. Sie hatte noch nie in ihrem Leben ein vornehmes Zimmer betreten. Schweigend verharrte sie neben Bianca.

»Willkommen, meine Lieben!« Eine fröhliche Stimme riss beide aus ihren Gedanken. Eine zierliche Frau mit feinen Gebärden kam auf Bianca zu. »Ich freue mich, dass Ihr meiner Einladung gefolgt seid.«

Bald saßen die Frauen plaudernd bei Gebäck und Getränken in Sesseln, die vor einer Marmorskulptur gruppiert waren.

»Wohnt die Dienerschaft hier so erlesen?«, fragte Bianca vorsichtig.

Signora Mondragona lachte. »Nein, aber mein Mann ist der engste Vertraute des Prinzen. Freundlicherweise erlaubt Prinz Francesco mir hin und wieder, eine Freundin in einem seiner Räume zu empfangen.«

Bianca war überrascht über die Vertraulichkeit. Gekonnt lenkte Signora Mondragona das Gespräch auf Venedig und ließ sich von Bianca die Geschichte ihrer Flucht erzählen. »Euer Haar hat durch die Mühsal keinen Schaden genommen. Es glänzt, als sei es frisch gebleicht«, stellte die Signora fest und schaute Bianca an, als erwarte sie eine Antwort.

Das Holz der Lehne quietschte unter Biancas nervösen Händen. Es war nicht zum Aushalten.

»In Florenz verstehen nur wenige, das Haar so vollkommen aufzuhellen«, bohrte Signora Mondragona weiter.

»Das ist meine echte Haarfarbe«, entschuldigte sich Bianca nachdenklich.

Die Signora hob erstaunt die Augenbrauen. »Wie außergewöhnlich! Wie könnt Ihr es nur aushalten, Euch Tag für Tag im Haus zu verbergen?«, wechselte sie dann das Thema.

Diese Signora war ganz schön neugierig. Trotzdem war sie ihr sympathisch. Vielleicht führte sie doch nichts Arges im Schilde. »Ich weiß nicht, ob man mich noch sucht, und auch nicht, inwieweit der Senat einbezogen wurde. Ich muss davon ausgehen, dass die Republik Venedig mir nachspürt.«

»Der Sohn des Herzogs, der Herr meines Mannes, könnte Euch vielleicht helfen. Er hat die besten Verbindungen und weiß, was Ihr tun könntet. Glaubt mir, sein Mitgefühl ist groß.«

Bianca versuchte zu lächeln. »Mir ist nicht zu helfen. Nur wenn mein Vater und der Senat der Republik Venedig mir verzeihen, werde ich ein normales Leben führen können.«

Signora Mondragona erhob sich und beugte sich leicht vor. »Ihr seid noch so jung, meine Liebe.« Eine graue Strähne, die sich bereits ins schwarze, streng zurückgekämmte Haar der Signora geschlichen hatte, fiel ihr ins Gesicht. Sie legte freundschaftlich ihre Hand auf die von Bianca. »Würdet Ihr Eure Frau Mutter und mich bitte einen Augenblick entschuldigen?«

Sie half der Alten aus dem Sessel. »Ich hatte versprochen, ihr mein Porzellan zu zeigen. Wir sind gleich zurück.« Sie verließen den Raum, während Bianca still in ihrem Sessel verharrte, verwundert, dass man sie so allein ließ. Die Nachmittagssonne drang durch die Fenster und Bianca genoss die Ruhe, die sie umgab. Es roch frisch im Zimmer, ein Duft, den sie schon lange vermisst hatte. Sie schloss die Augen und lehnte sich im Sessel zurück. Die Tür klickte.

»Bianca Cappello?«, fragte eine warme, tiefe Stimme und zögernd öffnete Bianca die Augen. Vor ihr stand ein schlanker, junger Mann. Er trug ein Wams aus Seide und ein mit kostbarer Stickerei verziertes Hemd.

»Darf ich mich vorstellen?«, fragte er. »Prinz Francesco de Medici. Mein Vater ist Herzog Cosimo.«

»Oh, verzeiht«, stammelte Bianca und sprang auf. Sollte sie knicksen? Was machte sie hier überhaupt? Wo blieb die Signora? Und ihre Schwiegermutter? *Das ist eine Falle! Ich wusste es.* Sie schlug sich eine Hand vor den Mund und blickte sich suchend um. Wie kam sie am besten hier heraus?

Francesco sah sie fasziniert an. »Habe ich Euch erschreckt? Dann verzeiht.« Er griff nach ihrer Hand und lachte, als sie in die Knie sank. »Setzt Euch wieder. Es ist alles in Ordnung. Signora Mondragona wird jeden Augenblick zurück sein.«

Erleichtert wagte sie ihn anzusehen. Ja, er war es, den sie vor dem Haus gesehen hatte und der zu ihr hochgestarrt hatte. Seine Stirn war breit und die Augenbrauen auffällig gebogen, aber den melancholischen Ausdruck seiner Augen konnte er auch beim Lachen nicht verbergen. Er besaß schön geschwungene Lippen, wie man sie eher bei einer Frau fand. Nur sein Kinn fand sie zu spitz.

Innerhalb weniger Minuten hatte Francesco Bianca in ein Gespräch verwickelt. Er setzte sich ihr gegenüber. Geschickt fragte er sie aus und sicherte ihr seine Hilfe zu. »Ihr könnt mit meinem Schutz rechnen. Außerdem«, versprach er, »sind die Verbindungen zwischen dem Herzogtum Florenz und der Republik Venedig seit über zwei Jahrhunderten nicht die besten. Es besteht kein Abkommen, Gefangene ausliefern zu lassen. Mit meiner Anordnung dürft Ihr Euch sicher fühlen. Eure Besorgnisse stelle ich unter meine persönliche Obhut.« Er starrte Bianca geradewegs in die Augen. »Ihr habt mein Wort, edle Dame!«

»Ihr seid, äh, ich habe noch ...« Ihr Blut pulsierte. »Seid Ihr da sicher? Wenn also ...«, sie stammelte wirre Sätze, als sei sie ein Bauernmädchen und nicht die Tochter eines Nobile der Republik Venedig. Sie wusste gar nicht, wie ihr geschah. Erst nach einer Weile hatte sie sich einigermaßen gefasst. »Wie kann ich Euch danken?«, stotterte sie und nestelte verlegen an ihrer Haube.

Francesco lächelte und sah sie sanft an. Sie hatte das Gefühl, seine braunen Augen blickten in ihre Seele. Sie erschrak über ihre eigene Empfindung, die sie nicht zu deuten wusste. »Indem Ihr meiner Einladung folgt, beim nächsten Fest mein Gast zu sein.«

»Ein Fest? Nein, nein, das geht nicht. Ich bin eine verheiratete Frau.«

»Es wird mir eine Ehre sein, auch Euren Gemahl zu empfangen. Ihr hört von mir.«

Sowohl Pietro als auch seine Eltern konnten ihre Begeisterung nicht verhehlen. »Ich wusste schon immer, dass wir eines Tages aus diesem Mauseloch herauskommen werden«, sagte Pietro mit Stolz in der Stimme. Sein Blick glitt durch die Küche und blieb an Bianca hängen. »Du wirst dir noch was Hübsches anziehen müssen. In dem Fetzen kann ich mich unmöglich mit dir sehen lassen. Wenn wir uns im Kreise der Vornehmen bewegen, müssen wir entsprechend gekleidet sein.« Er zog seine Stirn kraus, als überlege er, wie er aus dieser Bekanntschaft künftig Nutzen ziehen könnte.

Seine Mutter erzählte begeistert, welche Fülle sie im Palazzo gesehen hatte, und wollte gar nicht mehr aufhören. »Und die Gemälde!

Dass es so etwas gibt! Ihr könnt euch nicht vorstellen, wie schön sie waren. Und die Rahmen waren aus Gold und verschnörkelt.«

Bis dahin hatte Signore Buonaventuri geschwiegen. Er zwinkerte mit den Augen. »Na, wenn da mal nicht was dahintersteckt.«

»Wie meinst du das?«

Er lehnte sich amüsiert zurück und verschränkte die Arme vor der Brust. »Ich will damit sagen, dass unser Prinz Francesco als Frauenheld berüchtigt ist. Die Sachen, die man sich in der Stadt erzählt, zwingen die Väter, gut auf ihre hübschen Töchter aufzupassen. Er ist noch ledig und kann charmant parlieren, sagt man. Und danach bereuen sie es.«

»Danach?«, fragte Signora Buonaventuri. »Wonach?«

»Nachdem ihre Ehre abhandengekommen ist.«

»Wenn du«, schimpfte die Alte, »ein bisschen Ehre im Leib hättest, würdest du nicht täglich in der Stadt rumlungern oder am Arno den Tagelöhner spielen.« Sie seufzte.

Bianca hatte indes Schwierigkeiten, ihre Gedanken in klare Bahnen zu lenken. Immer wieder sah sie den Blick von Francesco vor ihrem geistigen Auge. Was hatte er wirklich gedacht? Dass er ein Herzensbrecher war, interessierte sie herzlich wenig. Irgendetwas hatte er in ihr angerührt.

Er hat mir zu lange in die Augen gesehen, entschied sie. Er wusste von ihrer vornehmen Herkunft und hatte versprochen, sich für sie einzusetzen.

Wenn es irgendjemand gab, der sie retten konnte, dann war er es. Francesco konnte sie von ihren Verfolgern befreien.

Biancas Blick blieb an Pietro hängen, der mit seiner Verkleidung gut in den Palazzo gepasst hätte. In all den Monaten hatte sie nicht einmal in die nahe gelegene Kirche gehen können, keinen Gottesdienst besucht und keine Beichte abgelegt. An keinem Abendmahl teilgenommen und sich nicht am Sonntag mit den Gottesdienstbesuchern unterhalten können. Sie würde sie festhalten, die nahende Freiheit. Weder ihr Mann noch ihre Schwiegereltern würden sie daran hindern.

An diesem Abend entschied Bianca, die Dinge zu ihren Gunsten zu wenden.

1565

Liebe Beata!
Die letzten Wochen und Monate sind wie im Flug vergangen, meine Tante ist sehr schwach und bedarf ständiger Pflege. Wir konnten das eine oder andere tiefgründige Gespräch führen. Leider beginnt sie wieder mehr und mehr, den Tag zu verschlafen.

Mit Bianca habe ich mich angefreundet. Bei unserem letzten Gespräch habe ich mich mit ihr gezankt, was mir aufrichtig leidtut.

Gestern wollte ich zuerst ein paar Besorgungen auf dem Markt machen, aber das habe ich auf morgen verschoben, weil etwas Unglaubliches passiert ist. Stell dir vor, die Schwiegermutter von Bianca kam an die Tür und hat mich gefragt, ob ich für zwei Stunden auf die kleine Pellegrina aufpassen könnte. Natürlich konnte ich. Sie und Bianca haben sie zu mir gebracht, weil ich wegen Tante Cosas Zustand nicht länger aus dem Haus kann. Die Kleine hat hier die ganze Zeit geschlafen. Sie ist ein hübsches Kind. Bianca und ihre Schwiegermutter waren irgendwo eingeladen. Die zwei machten ausnahmsweise einen einvernehmlichen Eindruck. Bianca habe ich zum ersten Mal in einem anständigen Kleid gesehen. Jetzt bin ich voller Hoffnung, dass ich bald mit ihr reden kann.

Ansonsten gibt's nichts Neues. Tante Cosa nimmt meine ganze Aufmerksamkeit in Anspruch. Trotz ihrer Bettlägerigkeit ist sie dankbar und zufrieden. Sie ist so lieb. Noch nie habe ich ein böses Wort von ihr gehört.

Wie geht es dir und den Schwestern? Ich hoffe doch, dass euch Schwester Lucia wieder bekochen darf.

Ich warte auf deine baldige Antwort.
Es grüßt dich
Mafalda

»Wo kommst du her?«, hörte Mafalda die alte Buonaventuri kreischen, als sie ein paar Tage später die Stufen vor der Haustür säuberte. Sie unterbrach ihre Arbeit und wandte den Kopf. Die Alte stand am Fenster und man hörte Pellegrina von innen heulen. Bianca hastete die Straße entlang, wobei ihr das Gemüse aus dem Korb zu fallen drohte. Signora Bertani saß mit einer Gemüseschüssel vor ihrem Haus und schien dankbar für die Abwechslung, die sich ihr bot. Ein paar Kinder, die im Dreck auf der Straße spielten, reckten die Hälse und sahen nach oben. Signora Buonaventuri schlug das Küchenfenster mit Wucht zu.

Bianca ist allein in der Stadt gewesen?, wunderte sich Mafalda. *Bestimmt war sie auf dem Markt.* Sie schüttete das Putzwasser auf die Straße. Biancas Haube war vom Kopf gerutscht und baumelte an den Bändern hinten am Rücken. Sie japste nach Luft und riss, ohne nach links oder rechts zu sehen, die Haustür auf. Krachend fiel die Tür ins Schloss.

Weil alle anderen Fenster offenstanden, bekam die ganze Straße mit, wie Signora Buonaventuri herumschrie. »Prügeln müsste man dich. Was hast du zu verbergen, he? Und wozu hattest du ein Sonntagskleid angezogen?«

Biancas Stimme erklang, nicht minder kratzig. »Lass mich. Ich habe auf dem Marktplatz geschwatzt.«

»Warte, bis Pietro kommt. Er wird aus dir rausprügeln, wo du wirklich warst!«

Mafalda beschloss, ins Haus zu gehen. Was konnte sie tun? Nichts. Sie stellte ein großes Gefäß mit Wasser auf den Herd und warf ein paar Holzscheite in die Glut. Sie ging in den Hinterhof und wrang dort die eingeweichte Wäsche aus. Als sie das stinkende Wasser auskippte, hörte sie von nebenan Pietro brüllen. Er war wohl heimgekommen und die Alte musste ihm berichtet haben. Der Lärm kam aus der Schlafkammer.

»Eine Frau wie du gehört ins Haus …« Was er weiter rief, konnte Mafalda nicht mehr verstehen. Sie hörte noch, wie Bianca ihm etwas mit »Faulheit« entgegenschleuderte und er über ihr Sonntagskleid schimpfte.

»... denkst du, das wüsste hier niemand?«, hörte sie ihn. »Mich stellt niemand ein.«

Eine Tür knallte.

»Hast du es je versucht?«, schrie Bianca und heulte auf.

Dann war es still.

Mafalda raffte die Wäsche und ging in die Küche. Während sie die Teile in den Topf stopfte, um sie auszukochen, schüttelte sie peinlich berührt den Kopf. Manche Leute warteten gar nicht, bis sie in die Hölle kamen. Sie schufen sie sich bereits zu Lebzeiten. Voller Mitgefühl dachte Mafalda an Bianca. Bei der nächsten Gelegenheit musste sie mit ihr sprechen.

Die Gelegenheit ergab sich ein paar Tage später, als Mafalda wieder einmal den Garten beobachtete. Plötzlich tauchte Bianca auf. Sie kippte irgendetwas auf den Komposthaufen. Mafaldas Herz machte einen Sprung. Sie musste sofort mit ihr sprechen. Sie rannte zurück an den Herd, knallte den Deckel auf den Topf und schob die Gemüsesuppe an die Seite, damit sie nicht zu sehr verkochte. Vom oberen Stockwerk hörte sie Tante Cosas schwache Stimme nach ihr rufen.

Ausgerechnet jetzt?! Mafalda entfuhr ein tiefer Seufzer. Sie zögerte. Dann entschied sie, Bianca den Vorzug zu geben. »Komme gleich«, rief sie und ohne sich ihre Schuhe anzuziehen, huschte sie durch die Hintertür nach draußen. Bianca schmunzelte, als Mafalda fast über ihren Saum stolperte, ihre nackten Beine über die Mauer schwang und keuchend vor ihr stehen blieb.

»Bianca!« Mafalda starrte ihr verlegen ins Gesicht. Wie konnte sie es am besten sagen? »Wie schön, dass du da bist.« Mafalda spürte, dass sie jetzt endlich reden musste. Zu lange hatte sie gezögert. Sie blickte Bianca fest in die Augen. Da war keine Abneigung zu sehen. Auch keine Verbitterung. Verwundert stellte Mafalda fest, dass Bianca gelöst wirkte. Trotz ihres schäbigen Kleides machte sie keinen traurigen Eindruck. *Ob sie mir noch eine Chance gibt?* Sie knetete ihre Finger und wand sich. »Es tut mir aufrichtig leid, dass ich dich gekränkt habe«, stammelte sie. »Es steht mir nicht zu, dein Handeln zu beurteilen. Bitte, Bianca, kannst du mir verzeihen? Ich kann das nicht, äh ... ich kann nicht im Streit leben.« Jetzt war es raus.

Verwundert ließ sie geschehen, dass Bianca nach ihren Händen griff. »Schon gut. Du hast nur ausgesprochen, was alle denken«, sagte sie sanft. »Wir wollen nicht mehr davon sprechen, hörst du?«

Erleichtert umarmte Mafalda sie. »Danke.« Fast hätte sie losgeheult, so befreit, wie sie sich jetzt fühlte. Die Spannung hatte zu lange auf ihrer Seele gelastet.

»Wie geht's Pellegrina?«, wollte Mafalda wissen. Sie rechnete Bianca hoch an, dass sie sie nach diesem unglücklichen Tag überhaupt zum Aufpassen gebracht hatte.

»Sie ist mein ganzer Stolz. Sie hilft mir, vieles zu vergessen.«

In ihrem Blick glaubte Mafalda Niedergeschlagenheit zu erkennen, die sie mit der Erinnerung an unbeschwerte Tage einzuholen schien.

6

Die Glocken von Santa Maria Maggiore vereinten sich mit dem Geläut der anderen Kirchen. Wie viele Gotteshäuser bestand die schmucklose Außenfassade aus grauen Steinen und verriet nichts von der freundlichen Atmosphäre im Inneren. Mafalda hatte an diesem Sonntagmorgen beschlossen, die Messe zu besuchen. Seit vielen Wochen war es ihr nicht mehr möglich gewesen, weil sie Angst hatte, Tante Cosa alleine zu lassen. Sie war zweimal aus dem Bett gefallen, während Mafalda im Garten das Beet gehackt hatte. Die Treffen mit Bianca waren sehr selten, weil Mafalda die meiste Zeit ans Haus gebunden war. Heute erschien Tante Cosa sehr ruhig und stabil. Sie schlief tief und fest.

Mafalda entdeckte Bianca in der Bank vor ihr. Auch auf der Straße hatte sie sie schon gesehen, mal hielt sie einen Plausch mit Nachbarn oder ging zum Markt. Mafalda freute sich, dass sie sich endlich wie eine normale Frau und ohne Angst bewegen durfte. Wahrscheinlich hatten die Spione ihre Nachforschungen aufgegeben, als sie erfuhren, dass niemand das Herzogtum ohne Zustimmung des Senats verlassen durfte.

Mafaldas Blick wanderte zu den Männern. Pietro und sein Vater saßen auf der anderen Seite des Chores und schienen in Andacht versunken. Pietro hätte man aufgrund seiner Aufmachung für einen Edlen halten können. Sein Barett, das auf seinem Schoß lag, stand dem eines Rates in keiner Weise nach. Wo hatte die Putzmacherin denn diese lange Feder aufgetrieben?

Plötzlich ging ein Raunen durch die Reihen. Die Leute drehten neugierig die Köpfe und staunten, wie Prinz Francesco und sein Gefolge durch den Gang schritten. *Was will der Prinz hier?* überlegte Mafalda fieberhaft. *Warum betet er nicht in seiner Kapelle am Hof? Ich kann mir nicht vorstellen, dass Prinz Francesco hier beichten will!*

Mafalda konnte der Predigt nicht folgen, obwohl sie sich wirklich darauf gefreut hatte. »... *in nomine patris et filii et spiritus sancti. Amen ... Sicut erat in principio, et nunc et semper, in nomine patri et filio et sanctus ...*« Die Worte rauschten an ihr vorbei. Ihr Herz schlug laut, als sie nach vorne ging, um die Hostie entgegenzunehmen.

Irgendwann stand sie draußen. Sie ging zu Bianca und begrüßte sie. »Ein besonderer Tag, meinst du nicht?«, sagte Bianca lachend, die neben ihrem Mann stand.

»In der Tat«, antwortete Mafalda, als plötzlich jemand hinter sie trat. Mafalda drehte sich um und starrte den Prinzen an, der bei Pietro stehen geblieben war, wobei sie auf ihren Rocksaum trat und ins Straucheln geriet. Leute hinter ihr griffen ihr geistesgegenwärtig unter die Arme und bewahrten sie vor einem Sturz aufs Pflaster.

Pietro schien verunsichert und vergaß, seinen Hut beim Verbeugen abzunehmen. Bianca sank in die Knie. »Gott zum Gruße«, sagte der Prinz und übersah galant das Missgeschick. Er ergriff Biancas Hand mit beiden Händen und deutete einen Kuss an. Mafalda beobachtete, wie er ihr einen Zettel in die Hand drückte. Schnell zog sie die Hand zurück, als habe sie sich verbrannt. Hinter Francesco sah sie den Pfarrer kommen.

»Welch eine Ehre, dass Eure Hoheit in unserer Kirche den Segen des Herrn erbitten«, begrüßte der Pfarrer den Prinzen und verneigte sich.

»Es ist mein Wunsch, mitten unter den Gläubigen dieser Stadt zu beten«, erwiderte Francesco freundlich. »Vielleicht mache ich es zu einer Gewohnheit, nacheinander die Kirchen unserer Stadt zu besuchen.«

Der Pfarrer verwickelte Francesco in ein Gespräch und die Familie Buonaventuri trat den Heimweg an. Mafalda schloss sich ihnen an.

»Ich möchte dich gern einladen«, sagte Mafalda und hakte sich bei Bianca unter. »Nächste Woche vielleicht? Ich könnte uns kandierte Früchte machen.«

»Ja, gerne. Wir sind am Samstag zu einem Fest in den Palazzo des Herzogs eingeladen«, sagte Bianca und zwinkerte ihr von der Seite zu.

»Es gibt bestimmt vieles, was ich dir dann erzählen kann. Und auf die Leckereien bei dir freue ich mich. Du weißt, wie sehr ich sie liebe.«

Mafalda runzelte die Stirn. *Wie kommt es, dass der Herzog sie einlädt? Merkwürdig. Der Prinz hat Bianca einen Zettel zugesteckt. Was soll das? Wenn es eine Nachricht für Pietro ist, hätte er ihn ihm selbst gegeben. Was geht da vor sich?*

Es kam Mafalda vor, als schwebe sie durch den Himmel. Sie genoss die Geräusche und Bilder der Stadt, während sie zum Markt ging. Der wundervolle Anblick des Arno wäre ihr bei einem Leben im Kloster verwehrt worden. Eine unbeschreibliche Hochstimmung und Dankbarkeit erfasste sie. Der Tante Leid war eine Seite, Gottes herrliche Schöpfung die andere.

Mafalda beschleunigte ihren Schritt und eilte über den Marktplatz. Sie steuerte auf einen Stand zu, auf dessen Brettern unzählige Wollknäuel und Stickgarn in allen erdenklichen Farben, Stickrahmen und Nadeln aufgetürmt waren.

»Gott zum Gruße«, lockte die Marketenderin, »Mafalda, was darf es denn heute sein?« Sie hob mit jeder Hand einen Strang Wolle hoch und schwenkte sie. »Oder lieber Seidengarn? Da habe ich heute ein wunderschönes, leuchtendes Türkis!« Sie ließ die Knäuel fallen und griff in einen anderen Berg.

Mafalda lachte. Immer wenn sie ein neues Handtuch besticken wollte, führte ihr Weg zu Signora Domenica, die nicht zu altern schien. Bereits als junge Mädchen hatten ihre Schwestern und sie hier eingekauft und waren immer zufrieden gewesen. Selbst wenn das Geld mal nicht reichte, stundete Signora Domenica es bis zum nächsten Einkauf.

Das Garn glänzte, obwohl heute der Himmel bewölkt war und die Sonne nicht ihre Kraft entfalten konnte. Diese Tatsache hatte noch mehr Markbesucher angelockt, neben und hinter Mafalda drängten sich weitere Frauen.

»Welche Farbe könnt Ihr mir zu Türkis empfehlen?«, fragte Mafalda. »Es ist für ein Handtuch.«

»Weiß oder Schwarz.«

Die Frauen hinter ihr schwatzten lautstark. »Du hast es noch nicht gehört?«, empörte sich eine. »Maximilian ist jetzt Kaiser in Österreich. Bestimmt zittert der Herzog, ob der neue Kaiser Prinz Francesco die vorgesehene Braut auch gibt.«

Eine andere lachte. »Florenz hat viel schönere Frauen«, johlte sie. »Was muss es eine Österreicherin sein?!«

Mafalda sah die Marktfrau an, lauschte jedoch, was hinter ihr geklatscht wurde. Dass Kaiser Ferdinand gestorben war, wusste sie. Jetzt stand sein Nachfolger offensichtlich fest. Es hatte sich in Florenz schon herumgesprochen, dass der Prinz eine Erzherzogin aus höchstem Adel zu heiraten gedachte. Man munkelte, es sei Johanna, die Schwester des jetzigen Kaisers, von der es hieß, sie sei zwar hässlich, aber sehr gebildet. Sie war wohl die Letzte, die noch nicht einem anderen versprochen war.

»Also Schwarz«, entschied Signora Domenica leicht genervt, weil es nicht vorwärtsging.

»Ich nehme Weiß.« Mafalda bezahlte und machte sich auf den Heimweg. Nach ihrer Rückkehr versorgte sie zuerst Tante Cosa, bevor sie sich an ihre Stickarbeit machte. Vergeblich mühte sie sich ab. Sie hatte heute einfach keine ruhige Hand. Draußen hörte sie Hufgeklapper. Dankbar für die Ablenkung warf Mafalda sofort den Stickrahmen hin und reckte den Kopf aus dem Fenster. Mit offenem Mund starrte sie zu den Buonaventuris. Vor deren Haus stand eine pompöse Kutsche mit dem herzoglichen Wappen. Gerade kam Pietro aus dem Haus, gefolgt von Bianca.

Bianca trug ein perlenbesetztes Haarnetz, unter dem ihre langen Haare kunstvoll drapiert waren. *Wer hat ihr denn das Haar gemacht? Sie sieht unglaublich aus! Und ihr Kleid muss von einem Könner stammen*, dachte Mafalda, während sie die Borten, Kordeln und Perlen auf dem hellblauen Stoff betrachtete. Der Kutscher half Bianca in den Wagen. Pietro musste sein Barett festhalten, damit es nicht anstieß, als er die

Kutsche bestieg und die Tür schloss. Das Gefährt fuhr los und war kurz darauf verschwunden.

Mafalda atmete tief durch. Ob Bianca dieses unglaublich schöne Kleid aus Venedig mitgebracht hatte? Wie elegant sie jetzt aussah. Es wunderte sie nicht, dass Pietro sie hatte haben wollen. Sie war ein zarter, faszinierender Schmetterling im Sonnenlicht. In Florenz gab es viele begehrenswerte Frauen, aber Bianca würde mit ihrem blonden Haar und ihrem Liebreiz zwischen den ausstaffierten Florentinerinnen herausragen und ihren Neid erwecken. Pietro würde sie hoffentlich beschützen.

In dieser Nacht richtete sich Mafalda schlaftrunken auf und sah genervt zu Tante Cosa, deren Brustkorb sich geräuschvoll hob und senkte. Als ihr Blick zum Gesicht wanderte, zeichnete sich das Profil der Schlafenden trotz der düsteren Kammer unwirklich und scharf im Dunkel ab. Von den drallen Wangen, die sie noch bei Biancas Ankunft gehabt hatte, war nichts mehr sichtbar. Cosas Nasenspitze ragte wie eine Zinne hervor und ihr fast zahnloser Unterkiefer hing nach unten, wobei der Mund wie ein Krater offenstand. Plötzlich schlug sie mit den Armen um sich, als müsse sie sich gegen einen unbekannten Gegner wehren.

Mafalda beugte sich zu ihr und strich ihr zärtlich über die eingefallenen Wangen. »Alles ist gut. Komm, beruhige dich. Ich bin doch bei dir.« Es gab in letzter Zeit fast keine Nacht, in der sie durchschlafen konnte, mal, weil ihre Tante wirr träumte oder weil sie eingenässt hatte. Wie in den Nächten zuvor stand Mafalda heute auf und flößte ihr einen beruhigenden Tee ein, den sie aus Baldrian, Hopfenzapfen und Passionsblumenkraut gekocht hatte. Dann lagerte sie sie um und wechselte ihr noch das Nachthemd. Tante Cosa ließ es wortlos geschehen und war danach sofort wieder eingeschlafen. Erschöpft lehnte sich Mafalda aus dem Fenster, um sich zu beruhigen. Die Angst, ihre Tante bald zu verlieren, war allgegenwärtig.

Ein leises Knacken ließ Mafalda zusammenzucken. War da jemand? Sie dachte an die frechen Katzen aus der Nachbarschaft. Während sie noch überlegte, ob sie einen Eimer Wasser aus dem Fenster kippen sollte, um die Viecher zu vertreiben, tauchte an der Grenze zu den Buonaventuris ein Schatten auf. Ein Einbrecher?

Der Mond hing wie ein abgebrochenes Fragezeichen inmitten unzähliger Sterne am Nachthimmel. Da, jetzt konnte sie etwas mehr sehen. An der schmalen Tür, die zum Hinterhof und Garten von den Buonaventuris führte, erschien eine Frauengestalt.

Die Frau zog ihre Haube tief ins Gesicht und sah sich abwägend um. Mafalda wich zurück, um nicht entdeckt zu werden. Vorsichtig beugte sie sich wieder hinaus. Ja, es war eine Frau. Sie sah es am Schritt, wie sie die Straße herunter Richtung Campanile eilte.

Die Gestalt und die Bewegungen kamen ihr bekannt vor. Nein, das konnte nicht sein. Bianca würde nie und nimmer das Haus mitten in der Nacht verlassen. Sie kannte doch niemanden in der Stadt. Mafalda blieb noch eine Weile am Fenster stehen, doch Bianca kehrte nicht zurück.

Im Laufe des Tages kam Mafalda ihre nächtliche Beobachtung wieder in den Sinn. Hatte sie nur geträumt oder war drüben tatsächlich irgendetwas im Gange? Den ganzen Tag passierte nichts und auch nicht am darauffolgenden Tag. Mafalda wischte ihre Neugierde beiseite. Bianca würde sie bestimmt für verrückt erklären, wenn sie sie danach fragen würde.

Mit Herzklopfen öffnete Bianca eine Woche später wie verabredet die Haustür. Vorsichtig sah sie sich um. Die Mittagshitze hatte sich in den Gassen ausgebreitet und schlug ihr entgegen. Noch hatte der Herbst keine Abkühlung gebracht. Ringsum in den Häusern hatte man die Fenster verdunkelt und die Straße war menschenleer. Selbst streunende Katzen waren aus der Schwüle geflohen. Schnell griff Bianca nach dem Umschlag, der in einer Nische neben der Haustür klemmte.

In ihrer Kammer öffnete sie den Brief. Am liebsten hätte sie vor Freude geschrien, als sie die Nachricht las. Sie warf sich übermütig aufs Bett. Um ein Haar wäre Pellegrina wach geworden, die darin schlief. Biancas Herz schlug bis zum Hals. Sie sollte ihn wiedersehen. Das hätte sie sich in ihren kühnsten Träumen nicht vorgestellt. Es war eine Einladung in den *Palazzo Vecchio*! Für sie und Pietro. Schon wieder mit Pietro? Bianca richtete sich auf. Welche Rolle hatte er Pietro zugedacht? Je mehr sie über die Gründe nachdachte, desto mehr machten sich Zweifel breit und die Euphorie wich. Was beabsichtigte Francesco damit?

Prunkvoll gekleidet trat Francesco Bianca und Pietro entgegen, als er sie in seinen Gemächern empfing. Seinen schmalen Oberkörper umschloss ein purpurfarbenes Wams mit Goldknöpfen, dazu passend eine schwarze Pluderhose. Sein Hemd bestand aus edlem Batist und verschwand unter dem samtenen Wams fast gänzlich. Nur der Kragen entfaltete sich kunstvoll am Hals. Auf dem Kopf trug er wie üblich ein Barett, das ebenfalls aus Samt bestand. Diener brachten erfrischende Getränke und verschwanden wieder lautlos.

»Signore Buonaventuri, es ist mir eine Ehre, Euch in meinem Haus zu empfangen«, sagte Francesco zu Pietro gewandt, nachdem er Bianca begrüßt und mit leuchtenden Augen angestrahlt hatte. Ihre Hände zitterten noch immer vor Aufregung.

Es folgte belangloses Geplauder und Bianca merkte ihrem Mann an, wie ihm immer unbehaglicher zumute wurde. Seine Augen flackerten ruhelos umher, als fühlte er sich in die Enge getrieben. Wie ein Hirsch im Blickfeld des Jägers.

Endlich kam Francesco auf den Anlass der Einladung zu sprechen. »Verehrter Signore«, sagte er lächelnd, »wir haben vor einiger Zeit bereits Bekanntschaft miteinander gemacht. Ich erfuhr, dass Ihr in Venedig eine umfassende Ausbildung erfahren habt.« Er machte eine Pause, lächelte Pietro an und trank einen Schluck.

Pietro verstand dies als Aufforderung und nippte ebenfalls an seinem Becher. »Ja, Hoheit.« Er wippte unruhig mit den Füßen. »Im Bankhaus Salviati.«

»*Das* Bankhaus Salviati?«

Bianca zuckte bei dem Namen Salviati zusammen. Ihr wurde elend im Bauch. Sie schluckte und starrte auf ihren Rocksaum.

»Ihr kennt es?«, fragte Pietro überrascht und stellte den Becher auf einen Tisch.

Der Prinz lächelte vielsagend. »Die Familie de Medici unterhält zahlreiche Bankhäuser in der Welt. Daher sind uns die Namen der Rivalen bekannt.«

Bianca suchte die Augen Francescos. Sie wirkten gütig und er nickte ihr einmütig zu. Sie verspürte Erleichterung, obwohl ihr immer noch schwindelte. Sie musste für einen Moment an seine weichen Lippen denken. Sie rief sich zur Ordnung. Was wollte der Prinz bezwecken? Wollte er Pietro auf ihre Flucht ansprechen oder warum redete er über Venedig? Sie schielte zu Pietro, der mit zusammengekniffenen Augen dastand. Am liebsten hätte sie gesagt, dass sie genauso wenig wie er wisse, ob sie angsterfüllt oder beschwingt sein sollte. »Es ist das bedeutungsvollste Bankhaus Venedigs«, sagte Bianca, um die Stille zu unterbrechen. »Der Onkel meines Mannes war ebenfalls dort beschäftigt.«

Pietro setzte ein steife, affektierte Miene auf.

»Ah«, nickte Francesco und machte eine Pause, »wisst Ihr, das Herzogtum braucht fähige Männer. Räte, Kanzler, Männer mit Sachverstand in Geldangelegenheiten und vieles mehr. Euch ist sicher bekannt, dass die *Signoria* von Florenz fundamentale Entscheidungen zu treffen hat. Die Ergebenheit der Räte ist für mich von großer Wichtigkeit, damit ich im Auftrag des Herzogs Dekrete erlassen kann. Um mich meinen Regierungsaufgaben voll widmen zu können, benötige ich im *Palazzo Vecchio* ebenfalls Menschen, die mir mit Demut und Treue dienen.«

Biancas Aufgeregtheit legte sich etwas. Sie wusste zwar immer noch nicht, worauf Francesco hinauswollte, doch sein Geplauder nahm ihr ein wenig die Angst, die sie hinter Pietros Mimik gleichfalls vermutete. Die Macht, die von Francesco ausging, war spürbar. Ein Wort von ihm und man wurde hochgehalten. Und wiederum ein Wort und man wurde gehängt.

Prinz Francesco ging einen Schritt auf Pietro zu und sah ihn gefällig an. »Könnt Ihr Euch vorstellen, mein Kammerdiener zu sein? Mein Palazzo in der Via Maggiore soll Euch zur persönlichen Verfügung stehen. Selbstverständlich zieht Ihr dort mit Eurer Familie ein.« Er lächelte. »Was haltet Ihr von meinem Angebot?«

Pietro war sprachlos. Er nestelte an den Seidenschnüren seiner bestickten Jacke und starrte Francesco an. »Ich brauche einen Schluck Wein.«

Francesco läutete nach einem Diener, der nochmals gekühlten Weißwein brachte. Pietro trank den Becher in einem Zug aus. Als er ihn absetzte, nickte er. »Ich weiß nicht, wie ich Euch danken soll, Hoheit«, erklärte er langsam. »Ihr verfolgt bei dieser Offerte doch sicher ein gewisses Ziel, oder?«

Biancas Herz machte einen Sprung. Alles hatte sie erwartet, doch niemals einen solch irren Vorschlag. Mit klopfendem Herzen sah sie von Pietro zu Francesco und von Francesco zu Pietro. Schon öffnete sie ihren Mund, um zu sagen, wie entzückt sie über das Angebot sei, entschied sich aber, zu schweigen. Sie streckte die Hand aus und berührte Pietro leicht am Arm. Er drehte seinen Kopf zu ihr und schien sich zu besinnen, was hier gerade vor sich ging. Als sie sich zwang, in seine argwöhnischen Augen zu sehen, überlief sie ein Schauer.

»Ihr habt in der Tat eine Begabung, den Dingen auf den Grund zu gehen. Ja, es ist an eine Bedingung geknüpft: Eurer Gattin muss es erlaubt sein, sich gelegentlich mit mir zu treffen.«

Pietro entglitten die Gesichtszüge. »Wie bitte?«, ereiferte er sich und griff schnell nach Biancas Arm, die angesichts der Heftigkeit vor Schmerz aufschrie. »Was spielst du für ein Spiel?«, fauchte er ihr ins Gesicht.

»Lass mich«, versuchte sie sich aus dem Klammergriff zu befreien, »was soll das?«

»Luder!«

»Halt!«, rief Prinz Francesco und ging auf ihn zu. »Eure Gattin wusste nichts von meiner Offerte.« Als er sah, dass Pietro keine Anstalten machte, den Griff zu lockern, gebot er: »Lasst sie los!«

Pietro verzog das Gesicht zu einer Grimasse und gab Bianca einen Schubs. Sie geriet ins Wanken, konnte sich aber noch an einem Sessel fangen. Zitternd kreuzte sie die Arme vor der Brust und trat ein paar Schritte zurück.

Francesco bemühte sich, mit fester Stimme weiterzusprechen. »Ich sichere Euch meine äußerste Diskretion zu und erwarte dies ebenfalls von Euch und Eurer Gattin. Die politische Lage erfordert zwingend, dass nichts davon nach außen dringen darf.«

Pietro rang um Fassung. »Oh«, presste er hervor.

»Nun, wie denkt Ihr über mein Angebot?«

Pietro fuhr sich mit dem Handrücken über die Stirn. Er brauchte zwei weitere Becher Wein. »Ist es erlaubt, um Bedenkzeit zu bitten?«

»Nein.« Francesco schürzte die Lippen und schob sein Kinn vor. »Ihr müsst Euch jetzt entscheiden.«

Bianca spürte, wie Pietro mit sich rang. Würde er den Prinzen abweisen? Bestimmt interessierte er sich einen Dreck dafür, ob er das vor Gott verantworten konnte. Er hatte immer nur seinen Vorteil im Blick. War ihm der Preis zu hoch?

Sie rieb sich die feuchten Handflächen heimlich am Rock ab. Ihr Blick glitt über die Bilder. War das nicht *Mariä Verkündigung* von Michelangelo? Dem berühmtesten Maler und Bildhauer in ganz Italien? Hinter vorgehaltener Hand tuschelte man, dass die Medici seinen Leichnam heimlich von Rom nach Florenz hatten bringen lassen. Und dort, eine Zeichnung von Leonardo da Vinci! *Unglaublich*, dachte Bianca. *Allein die Bilder müssen ein Vermögen gekostet haben. Wird er ein angenehmes Leben ausschlagen? Jetzt, wo er meine Steine längst verjubelt hat?*

»Ich kann Eure Entscheidung erleichtern, Signore Buonaventuri«, fügte Francesco nach kurzem Zögern an. »Ich stelle Euch in Aussicht, vielleicht eines Tages an meinen Geschäften mitzuwirken und Euch ein Amt in der Regierung zu geben.« Er beobachtete Buonaventuri, der seine Augen zusammenkniff und nochmals nach dem Becher tastete.

Bianca sah, wie Pietros Unterlippe zitterte. »Nun gut. Ich bin gewillt, in Euren Dienst zu treten. Das Vertrauen, das Ihr in mich setzt, ehrt mich grenzenlos.«, sagte er galant und sah Bianca eindringlich an. »Ich werde Euch nicht enttäuschen.« Er verbeugte sich tief vor Francesco.

Bianca brannte es auf der Zunge, ihm zu sagen, dass sie von dem Plan nichts gewusst hatte. Der Prinz hatte ihm eine Rolle zugeteilt. Wie in einem Schauspiel. Sie war sich nicht sicher, wie er sich verhalten würde, wenn sie wieder zu Hause waren. Er würde sie nicht einfach aus der Hand geben. Vor allem wenn sie Francesco so viel wert war. Ihr wurde wieder übel. Sie rang nach Luft.

»Bianca ist meine Ehefrau und soll es bleiben. Aber ich werde sie nicht hindern. Möge sie Gott für ihr Tun um Verzeihung bitten.«

»Da ist noch etwas.« Im Blick des Prinzen konnte man schmerzliches Verlangen wahrnehmen. »Es muss absolutes Stillschweigen über meine Treffen mit Bianca herrrschen.«

Bianca gewahrte, wie Pietro schluckte. Er ahnte die Falle: Würde das Verhältnis an die Öffentlichkeit dringen, wäre er der ideale Sündenbock. Ihr Magen zog sich zusammen. Was das bedeutete, konnte er sich leicht ausmalen. Sie sah ihn schon am Fensterkreuz des herzoglichen Palazzo baumeln.

»Er ist in den Rat berufen worden.« Raffaela posaunte es über die Straße. Strähnen fielen ihr ins Gesicht, wobei der für die Nacht geflochtene Zopf zerzaust unter der nachlässig aufgesetzten Haube heraushing.

»Pietro? Der kriegt doch sein Leben noch nicht mal auf die Reihe!«, lachte Signora Pelicano und fasste sich an die Stirn.

»Wenn ich es sage!« Selbstgefällig gluckste Raffaela, wobei ihr kantiges Gesicht weicher wirkte.

Mafalda glaubte, sich verhört zu haben, als sie aus der Tür trat. Sie wunderte sich, dass die Nachbarinnen bereits am frühen Morgen mitten auf der Straße standen und schwatzten. Signora Pelicano drehte den Kopf und erblickte Mafalda. »Gott zum Gruße«, sagte sie leicht verunsichert, aber freundlich. »Wird das nicht ein schöner Tag heute?« Sie hob die Arme zum Himmel. »Nicht wahr, Raffaela?«

Raffaela nickte und murmelte etwas vor sich hin.

»Seid gegrüßt.« Mafalda spürte, dass sie der Anlass für die Unterbrechung war und kippte den Nachttopf am Straßenrand aus. Sie hörte die Nachbarinnen tuscheln und tat, als bemerke sie es nicht. Sie ging zur Haustür zurück.

»Warte«, rief Signora Pelicano, »es wird dich interessieren.«

Mafalda blieb stehen und drehte den Kopf. »Ach ja?«

Signora Pelicano winkte sie herbei. »Weißt du schon das Neueste?«, fragte sie. »Unser verehrter Signore Buonaventuri ist in den Rat berufen worden. Von Prinz Francesco persönlich.«

»Pietro«, warf Raffaela dazwischen.

»In den Rat?« Mafalda tat, als habe sie sich verhört und zog die Augenbrauen hoch.

»Ja«, pflichtete Raffaela bei, »seine Mutter hat es selbst erzählt. Kaum zu glauben, oder? Na ja, er hat sich ja schon immer angezogen, als sei er etwas Besseres!« Sie hob die Schultern. »Die Alte meinte, er müsse sogar Regierungsgeschäfte tätigen.«

»Ach! Das hat er in Venedig gelernt?« Signora Pelicano blieb der Mund offen stehen.

Die beiden Nachbarinnen sahen zu Mafalda, die verlegen den Nachttopf betrachtete, den sie immer noch in der Hand hielt. Sie fühlte sich, als habe man ihr mit einem Holz auf den Kopf geschlagen. Das war absurd, was die Frauen tratschten. Bianca hätte es ihr bestimmt erzählt.

»Du hast das nicht gewusst?« Signora Pelicanos Augen ruhten auf Mafalda, der unbehaglich wurde.

»Nein, wirklich nicht.«

Raffaela verzog den Mund. »Ich muss heim. Außerdem wird die Bertani froh sein, wenn ich ihr diese Sensation erzähle. Es ist unglaublich. Und das bei uns in der Straße! Unser Nachbar!«

Mafalda war aufgewühlt. Stimmte das wirklich, was die Frauen sich erzählten? Während sie Tante Cosa wusch und ihr die Haare kämmte, überlegte sie, wie sie reagieren sollte. Sollte sie Bianca darauf ansprechen? Wäre es nicht sinnvoller, zu warten, bis sie ihr die Neuigkeit selbst erzählte? Jetzt, da sie sich wieder frei bewegen konnte, würde sie Zeit finden, einen Besuch bei ihr zu machen. Ein Gespräch bei kandierten Früchten war entspannend und schön zugleich.

Am nächsten Morgen wachte Mafalda auf und fühlte sich seit Langem mal ausgeschlafen. Sie räkelte sich wohlig. Es war bereits richtig hell und Mafalda wunderte sich über die Ruhe in der Kammer. Draußen hörte man Kinderstimmen und das Rattern eines Fuhrwerks. Hatte sie verschlafen? Sie richtete sich auf und blinzelte zu Tante Cosa. Sie lag still und friedlich da.

Es dauerte einen Augenblick, bis Mafalda begriff. Tante Cosa atmete nicht. Mafalda reckte sich zu ihr und legte eine Hand auf ihre Wange. Sie war noch warm.

Bestürzt sprang Mafalda auf, erledigte ihre Morgentoilette und rannte hinaus. Kurze Zeit später hatten sich zahlreiche Nachbarn im Haus versammelt, darunter auch Bianca mit ihrer Schwiegermutter. Tante Cosa war gestorben, einfach so, mitten in der Nacht und neben ihr. Der Gedanke, dass der Tod am Bett gestanden hatte, ließ Mafalda schaudern. Sie schrieb Onkel Nino eine Nachricht, der kurz darauf erschien. Es schien ihn nicht zu stören, dass er bei seinen laut ausgesprochenen Überlegungen, was mit dem Haus geschehen solle, Nachbarn und Bekannte vor den Kopf stieß und sie entrüstet ihr Gesicht verzogen.

Signora Pelicano schien Mafaldas Unbehagen zu spüren. Ihr Schicksal war besiegelt. Es blieb nur die Frage offen, ob es Le Murate oder ein anderes Kloster werden würde. Mafalda betete in Gedanken für ihre verstorbene Tante und für sich. Gott würde ihre Zukunft bestimmt schon entschieden haben. Wo immer diese auch stattfinden sollte. Bianca wich ihr nicht von der Seite. Dankbar drückte Mafalda ihre Hand. Es tat gut, eine Freundin an ihrer Seite zu haben.

»Kann ich mit dir reden?« Bianca stand an der Haustür.

Mafalda nickte freundlich und bat Bianca herein. Es war still im Haus. Nach turbulenten Tagen war eine unwirkliche Ruhe ins Haus eingekehrt. Onkel Nino hatte bei seinem Abschied noch angekündigt, dass er in Kürze wiederkommen werde. Bis dahin habe er alles Weitere für sie geklärt.

Als sie am Küchentisch saßen, bemerkte Mafalda, dass Bianca irgendwie entspannt aussah. Ihr gehetzter Gesichtsausdruck fehlte. »Ich kann dir leider keine gesüßten Orangen anbieten.«

»Gern ein andermal«, sagte Bianca und lächelte. »Mafalda, bei uns hat sich einiges verändert. Pietro hat eine Stellung im *Palazzo Vecchio* bekommen. Bei Prinz Francesco.«

»Das sind ja gute Nachrichten«, freute sich Mafalda aufrichtig. »Wie schön für ihn und euch.«

Bianca schürzte die Lippen. »Ja. Doch da ist was, das ich dir anvertrauen muss, was nicht für andere Ohren bestimmt ist.« Sie kicherte. »Ich bin verliebt.« Als Mafalda verwundert dreinsah, fügte sie schnell hinzu: »In Prinz Francesco.«

Mafalda wusste nicht, was sie dazu sagen sollte. Sie schwieg erschrocken.

»Erinnerst du dich an den Umzug durch unsere Gasse? Da hat er mich gesehen.«

»Deshalb also die Einladung in den *Palazzo Vecchio*.« Pietro musste der dümmste aller Dummköpfe sein, dass er nicht merkte, was gespielt wurde.

Bianca strahlte. Ihre Wangen waren zart gerötet. »Er liebt mich aufrichtig. Damit wir uns sehen können, kam er auf die Idee, Pietro eine einflussreiche Stellung zu geben. Dazu einen Palazzo in der Via Maggiore, du weißt, das ist am Oltrarno ...«

Mafalda unterbrach sie. »Du musst mir nicht alles erzählen.«

»Doch«, widersprach Bianca, »denn es hat was mit dir zu tun.«

»Mit mir? Bestimmt nicht.«

Bianca sah sie flehend an. »Mafalda, wir ziehen dort ein. Das Haus ist groß, geradezu riesig.« Sie geriet ins Schwärmen. »Nun, ich brauche Personal. Und da habe ich an dich gedacht. Dein Onkel hat bestimmt vor, dich ins Kloster zu stecken. Ich biete dir eine Stelle als meine Kammerdienerin an.«

Mafalda stand auf, holte zwei Becher und goss Wein ein. »Das ... das ist lieb von dir«, stotterte sie. »Meinst du das ernst? Ich habe keine Ahnung, was eine Kammerdienerin macht.« Bianca und der Prinz! Dazu Pietro, der zum Schweigen gebracht worden war. Unfassbar.

»Bitte, dir kann ich vertrauen! Die anderen Dienerinnen hole ich mir sonstwo. Du aber bist meine Freundin.« Sie nippte am Becher. »Bitte, Mafalda. Komm mit mir und werde meine Kammerdienerin.«

Ihre Freundin. Onkel Nino konnte täglich hier aufkreuzen. »Du weißt, Onkel Nino muss zustimmen.«

Bianca sprang auf, stürmte um den Tisch und umarmte Mafalda. »Dann kann ich mit dir rechnen?«

»Ja.«

»Wenn dein Onkel Schwierigkeiten macht, lass das meine Sorge sein. Ich habe jetzt beste Verbindungen.«

Mafalda musste lachen. »Ich hoffe, ich werde dich nicht enttäuschen.« Während sie trank, kam ihr das Heiratsgerücht wieder in den Sinn.

»Was ist, wenn der Prinz sich eines Tages vermählt?« Sie sah Bianca an, dass diese Frage auch sie beschäftigte.

Bianca winkte ab. »Was kümmert es mich?«

Grundgütiger! Mafalda musterte den Becher.

»Er hat mich seine Rose genannt. Er hat mir sein Herz geschenkt. Und er hat mir geschworen, dass ...«, Biancas Augen glitzerten unwirklich, als fühle sie sich wie die edelste aller Blumen, »... dass er mich liebt. Und ich liebe ihn.«

7

Via Maggiore 1565

Die Straße tat sich vor Mafalda auf. Unwirklich. Monströs. Das war sie also, die Via Maggiore. Sie führte hinauf auf eine Anhöhe. Palazzo an Palazzo reihte sich aneinander. Einer größer und breiter und höher als der andere. Die Straße lag noch im Schatten und Mafalda genoss die Morgenkühle auf ihrem Gesicht. Irgendwo ging eine Tür auf und ein Diener verließ das Haus. Weiter oben hielt ein Zweispänner und wartete. Mafaldas Herz pochte. Sie konnte ihre Aufregung nicht unterdrücken. Diese Straße verhieß ihr ein ganz neues Leben. Schöner, freier und interessanter. Aber auch glücklicher? Es würde sich zeigen. Sie blieb stehen.

Hier musste es sein: Das Haus mit den Malereien, wie Bianca es beschrieben hatte. Mafalda atmete noch einmal tief durch und betätigte den Türklopfer. Ihr Blick wanderte an der Fassade entlang. Sie war dunkel, fast schwarz und hob sich von allen anderen Häusern ab. Das geheimnisvolle Grau bildete einen gewollten Kontrast zu den aufgemalten Frauenfiguren mit Engelsflügeln und den Ornamenten, mit der die Steine verziert waren. Die Schönheit der Bilder, die sich über die Fassade verteilten, wirkte fast absurd. Über der Holztür, die mit sandfarbenen Steinen eingefasst war, prangte an der Stelle, wo sich gewöhnlich der Eckstein befand, das Wappen der Familie Cappello: ein Hut.

Die Tür ging auf und eine junge Frau in einem grauen Kleid und Schürze erschien. »Ja?«, fragte sie in gelangweiltem Ton.

Mafalda schätzte sie um die dreißig. Sie hatte ein schmales, ebenmäßiges Gesicht, braune Augen und eine untersetzte Figur. Mafalda spürte sofort ihren Blick, der kritisch an ihr herunterwanderte.

»Guten Morgen«, sagte Mafalda und lächelte sie freundlich an, »ich bin die Kammerdienerin von Signora Bianca Cappello. Mein Name ist Mafalda Mon ...«

»Ich weiß«, fiel die Dienerin ihr ins Wort. Ihre Miene verzog sich auffällig. Sie deutete mit ihrem Kopf ein Nicken an und wies mit ihrer viel zu kleinen Nase nach innen.

Wen auch immer sie erwartet hatte, der Anblick von Mafalda musste sie enttäuscht haben. Mafalda schluckte ihr Unbehagen über den Empfang herunter und trat ein. Die Eingangshalle war in zarten Farben gehalten. Vanillefarbene Wände und Säulen, deren oberes Drittel mit verschnörkelten Fresken verziert waren, vermittelten ein Gefühl von Geborgenheit, das durch Teppiche unterstrichen wurde. Gleichzeitig verbreitete das Haus eine aristokratische Gelassenheit, dass Mafalda fast vor Ehrfurcht erschauderte und ihr für einen Moment den Atem raubte.

»Ich bin Sonia«, stellte sich die Dienerin knapp vor und hieß Mafalda mit einer Handbewegung, ihr zu folgen. Über einen breiten Treppenaufgang gelangten sie in den ersten Stock. Sonia klopfte an eine Tür und trat ein.

»Eure Kammerdienerin, Mafalda Monteferro«, sagte sie, knickste und drehte sich um. »Die Signora erwartet dich.«

Mafalda betrat den Salon. Sie hörte, wie die Tür hinter ihr geschlossen wurde. Bewundernd betrachtete sie den Kamin an der gegenüberliegenden Wand, der im Winter bestimmt eine lauschige Wärme verbreitete, und die dunklen Möbel. Der rote Stoff der Polstergruppe harmonierte mit den Vorhängen in Gold, Silber und Karminrot, die dem Raum Eleganz verliehen.

Bianca kam freudestrahlend auf sie zu. Sie war kaum wiederzuerkennen. Ihr Haar, das sie aufgesteckt trug, wirkte frisch gewaschen und das taubenblaue Kleid an ihr sah neu aus. »Ich freue mich, dass du da bist«, sagte sie und berührte Mafalda am Arm. »Na, habe ich zu viel versprochen?«

Mafaldas Augen blitzten. »Es ist schöner, als ich mir erträumt habe. Bianca, dein ...«, begann sie und stockte.

Als könne Bianca ihre Gedanken erraten, sagte sie: »Unsere

Freundschaft bleibt davon unberührt. Bitte, Mafalda, versteh mich doch!«

Wie sich innerhalb kurzer Zeit ihrer beider Leben verändert hatte! Jetzt würde dieses Haus auch ihr Zuhause sein. Allerdings spielte sie hier eine andere Rolle. Sie war hier, um zu arbeiten. Zu dienen. Biancas Wille zählte nun allein.

»Kann ich etwas für Euch tun?«, fragte sie zaghaft. Bianca war seit einem Augenblick ihre Herrin. Das akzeptierte sie. Dass es ihr erst jetzt richtig bewusst wurde, war ihre eigene Dummheit. Der Freundin zur Hand gehen, so hatte sie es sich vorgestellt. Kammerdienerin. Sie würde ihr dienen, der Herrin Bianca. Nun gut, das hatte sie ja selbst gewollt. In Le Murate hätte sie Gott gedient. Was würden ihre Aufgaben hier sein? Das herrschaftliche Haus bereitete ihr Herzklopfen. Bianca fiel es bestimmt nicht schwer, sich einzugewöhnen.

Bianca ging zu einem Spiegel, der über einer Anrichte angebracht war, und prüfte ihr Haar. »Sonia wird dir gleich das Haus zeigen und das Personal vorstellen.« Sie drehte sich um, lehnte sich gegen die Anrichte und stützte sich mit den Händen daran ab. »Ich erwarte von dir, dass du mir bei der Morgentoilette hilfst, mich frisierst und meine Kleider pflegst.« Dem Tonfall Biancas nach klang es, als habe sie nie in ihrem Leben etwas anderes gemacht als Anordnungen gegeben. Mafalda musste von heute an ständig in der Herrin Nähe sein und gehorsam die Wünsche und Aufgaben erledigen. Hoffentlich würde sie alles richtig machen. Vom Frisieren hatte sie nicht wirklich Kenntnis.

Bianca zeigte Mafalda, in welchem Schrank ihre Kleider aufbewahrt wurden, und erklärte, wer im Haus welche Aufgaben übernahm. »Sonia ist Dienerin, dann gibt es eine Kinderfrau und eine Köchin. Zwei Diener sorgen dafür, dass Reparaturen erledigt werden oder kümmern sich um Pferde und Kutschen. Du bist einzig für meine Bedürfnisse da. Haare kämmen, beim Ankleiden helfen, meine Kleider inspizieren, mir Gesellschaft leisten, manchmal auch zu Einladungen begleiten ...« Sie machte ein zufriedenes Gesicht. »... eben alles, was eine gute Kammerdienerin tut.«

Sie läutete nach Sonia. »Du kannst Mafalda herumführen und zeigen, wo sie was findet.« Mit einem Lächeln wandte sie sich an Mafalda. »Ich freue mich, dass du hier bist. Wir sehen uns später.«

Zumindest das klang ehrlich, fand Mafalda, und in ihr keimte die Hoffnung, dass sie den richtigen Schritt getan hatte. Sie folgte Sonia ins Treppenhaus.

Irgendwo hörte sie ein Kind weinen. Pellegrina! Mafalda schalt sich insgeheim, dass sie nicht nach ihr gefragt hatte. Sie freute sich schon darauf, die Kleine in die Arme zu schließen.

»Wir gehen zuerst in die Küche.« Sonia blickte etwas freundlicher drein. In der Küche war eine kräftige Frau dabei, ein Bündel Kräuter mit einem Wiegemesser zu bearbeiten. Sie mochte mittleren Alters sein, hatte rosige Wangen und lächelte Mafalda freundlich an.

»Das ist Mafalda, die Kammerdienerin der Herrin«, erklärte Sonia, stibitzte ein Stückchen Fenchel von einem Holzbrett und steckte es sich in den Mund.

»Ich bin Nevia«, sagte die Köchin und wackelte vor Sonias Nase belustigt mit dem Zeigefinger. »Du musst dich gut mit mir halten«, kicherte sie, »wenn du keinen Hunger leiden willst.«

Mafalda lachte und hoffte, dass die übrigen Dienstboten ebenso angenehm waren. Sie folgte Sonia in einen anderen Raum, wo sie zwei Burschen kennenlernte. »Das sind Tomaso und Martino.«

Tomaso hatte rötliches Haar, eine Hakennase und ein schmales Gesicht. Er mochte in Sonias Alter sein. Er grinste Mafalda frech an, musterte sie von oben bis unten und schien zufrieden mit dem, was er sah. Martino sah nur kurz auf. Er war groß und schlaksig, hatte schwarzes, krauses Haar und auffallend buschige Augenbrauen. Er nickte Mafalda zu. Sie hatte den zarten Flaum über der Oberlippe bemerkt. Schnell beugte er sein flammendrotes Gesicht wieder über ein quietschendes, metallenes Gerät, das Mafalda nicht kannte. Dabei goss er vorsichtig aus einem Ölkännchen ein paar Tropfen Öl über das Handwerkszeug. Mafalda vermutete, dass er noch sehr jung war und hier seinen ersten Posten innehatte. Er trug Hemd, Wams und Hose in Grau aus dem gleichen Stoff wie Tomaso.

Mafalda bemühte sich, Sonia zu folgen, die mit hastigem Schritt in die Waschküche und den Vorratskeller vorauseilte. In einer Kammer stand ein großer Arbeitstisch, in der Ecke eine Wäschepresse, Regale und handgeschmiedete Flacheisen. »Jetzt gehen wir noch zu Gina, die sich um Pellegrina kümmert.« Kurz darauf standen sie in einem liebevoll eingerichteten Raum, der mit einem Kinderbett, einer Kommode, Sesseln und Spielsachen ausstaffiert war. Auf dem Schaukelpferd, das mitten im Zimmer stand, saß Pellegrina. Eine ältere Frau mit vollem, grauem Haar, das kaum unter ihre Haube passte, hielt sie sanft fest. Pellegrina jauchzte, als das Pferd anfing zu schaukeln.

»Siehst du, jetzt musst du nicht mehr weinen.« Gina lachte.

Ein Gefühl der Dankbarkeit durchflutete Mafalda. Sie war beruhigt, dass Bianca sich eine erfahrene Frau ins Haus geholt hatte. Am liebsten hätte sie Pellegrina an sich gedrückt, unterließ es jedoch, weil sie nicht wusste, ob Bianca den Bediensteten gesagt hatte, dass sie einander kannten. Wenn nicht, würde sie ihre Gründe dafür haben.

Mafalda durfte noch einen Blick in die Schlafkammer von Bianca und Pietro werfen, bestaunte das Speisezimmer und die Bibliothek. Sowohl der Salon als auch das Speisezimmer hatten Fenster, die zur Straße und in den Innenhof zeigten und damit lichtdurchflutet waren.

Überwältigt von den Gemälden, antiken Skulpturen und Kronleuchter aus Muranoglas im Treppenhaus und in den Wohnräumen war Mafalda froh, als sie endlich für ein paar Minuten in ihre Kammer durfte. Diese befand sich direkt neben Biancas Schlafzimmer.

»Die Signora erwartet dich gleich wieder im Salon«, sagte Sonia und verschwand.

Mafalda legte ihren Beutel aufs Bett und setzte sich daneben. Das also sollte jetzt ihr Zuhause sein. Der Raum war ähnlich groß wie ihre Kammer im Kloster, aber annehmlich ausgestattet mit einem schönen Teppich, einer Waschschüssel aus Porzellan und einer Bibel. Bianca hatte ihr eine Bibel besorgt! Wie lieb von ihr. Dazu befanden sich reichlich Briefpapier, ein Tintenkiel und ein Tintengefäß auf einem gefälligen Schreibtisch. Zufrieden trat Mafalda ans Fenster. Wie schön, es lag zur Straße. Hier gab es sicher immer mal etwas zu bestaunen.

Im Gegensatz zum Rest des Palazzo war ihr Zimmer schlicht und unaufgeregt, jedoch geschmackvoll. Sie öffnete ihren Beutel mit den wenigen Dingen, die ihr gehörten. Ihr Nachthemd, eine Chemise zum Wechseln, eine Haarbürste, ein wenig Krimskrams und ein paar Briefe.

Plötzlich riss Sonia die Tür auf. Mafalda fuhr hoch. »Wo bleibst du denn?«, fauchte Sonia, als sei sie die Herrin, und knallte die Tür wieder zu. Mafalda ließ alles liegen und rannte hinter ihr die Treppe hinunter. Mit verkniffenem Gesicht wies Sonia auf eine Tür. Mafalda hoffte, dass sie sich mit Sonia vertragen würde. Im Moment schien es eher, als habe sie eine Feindin im Haus.

In dem Moment, als Mafalda den Raum betrat, ging auch eine andere Tür auf. Erschrocken wich sie zurück. Sie sah geradewegs in die kalten Augen von Pietro Buonaventuri. Er reckte belustigt das Kinn und beäugte sie mit ungezügeltem Blick. Sie spürte, wie er ihre Unsicherheit genoss.

Mafalda hielt die Luft an und senkte den Kopf. »Signore«, presste sie hervor und sank in die Knie.

Er ging dicht an ihr vorüber. Eine solche Fülle von Sandelholzduft stieg ihr in die Nase, dass sie glaubte, sie sei einer Ohnmacht nahe. »Meine Frau ist drinnen«, flüsterte er noch, bevor er die Treppe hinunterstieg.

Als die Haustür ins Schloss fiel, atmete Mafalda auf. Es hatte ihm wohl Spaß gemacht, sie zu erschrecken. Hoffentlich begegnete sie ihm selten. Seine Gegenwart machte sie auf eine Art und Weise verlegen, die nichts mit heimlichen Gefühlen zu tun hatte. Er wirkte verschlagen, unheimlich.

Mafalda, rief sie sich innerlich zur Ordnung, *beurteile einen Menschen nicht gleich. Du kennst ihn nicht. Nur weil er sich aufbläht wie ein Pfau, ist er kein Ungeheuer. Er ist der Gatte deiner Herrin.*

Bianca wies ihr einen Platz im Sessel gegenüber zu. Ihr Seufzer klang zufrieden. »Leiste mir Gesellschaft. Hast du einen Stickrahmen?« Sie nahm einen Schluck Wein. »Später kommt die Schneiderin vorbei. Ich habe einen glänzenden, dunkelblauen Baumwollstoff für dich ausgesucht. Sie näht dir auch eine Schürze. Dir wird der Stoff gefallen. An den Rändern hat er eine perfekt gearbeitete Spitze.«

»Oh! Wie gütig von Euch.« Ein Kleid nur für sie geschneidert. Das war ja herrlich! Zu Hause hatte sie die abgetragenen Kleider ihrer Schwestern anziehen müssen. Dass es ein Dienstbotenkleid war, störte sie keineswegs. Mafalda sah Bianca dankbar an.

»Mein Stickrahmen ...« Mafalda stockte. »Ja, ich habe einen, aber er ist klein.«

»Du bekommst einen neuen, großen Rahmen«, versprach ihr Bianca ohne zu zögern, »einen, wie man ihn in herrschaftlichen und frommen Gesellschaften verwendet.«

Trotz geschlossener Türen hörten sie Pellegrina auf dem Flur schreien. Bianca sah ärgerlich zur Tür. »Was macht sie nur mit dem Kind?« Kopfschüttelnd wandte sie sich wieder Mafalda zu und begann zu plaudern. »Ich bin ganz gespannt auf unsere Nachbarn. Noch habe ich sie nicht kennengelernt ...« Sie unterbrach, weil Pellegrinas Weinen immer näher kam.

Es klopfte. »Ja«, sagte Bianca und musterte die Kinderfrau ärgerlich, die mit der Kleinen auf dem Arm in der Tür stand.

»Verzeiht, Signora«, sagte Gina höflich, »Pellegrina möchte ihre Mutter sehen.« Sie konnte Pellegrina kaum auf dem Arm halten, weil diese sich nach vorne warf und mit ihren Ärmchen Bianca erreichen wollte.

Mafalda beobachtete, wie Bianca die Brauen hochzog und ihr Rücken sich versteifte. »Was hast du mit ihr gemacht? Sie war doch heute Morgen brav. Siehst du nicht, dass ich zu tun habe?«

Nimm sie in den Arm, hätte Mafalda am liebsten gerufen. Hatte die kurze Zeit im neuen Haus Bianca einen eigentümlichen Charakter verpasst? Was war los? So war sie doch nicht im Haus der Buonaventuris gewesen.

Mafalda sah wieder zu Gina. Sie musste als junge Frau hinreißend ausgesehen haben. Selbst jetzt, mit feinen Falten und ergrautem Haar, strahlte sie Ruhe und Frieden aus.

»Herrin, ich mache mir Sorgen um Pellegrina!«

Mafalda bewunderte sie für ihre Sturheit. Sie biss sich auf die Lippen und senkte den Kopf.

»Ist sie krank? Warum sagst du das nicht gleich! Dann sag Sonia, sie soll den Medicus rufen.«

»Nein! Sie schreit seit Stunden. Nach Euch. Ich kann sie mit nichts ablenken.«

»Ach, das meinst du nur. Gib dir mehr Mühe. Spiel mit ihr. Oder bring sie ins Bett. Bestimmt ist sie müde.« Bianca sah demonstrativ zum Fenster. Für sie war das Gespräch beendet. Es schien sie nicht zu berühren, dass Pellegrina weiterhin weinte.

Die Tür schloss sich. Mafalda hörte, wie sich das Geheule im Haus verlor. Dann war es still. Es rutschte ihr einfach heraus. »Könnt Ihr nicht Eure Schwiegermutter bemühen?« Die Alte war wie sie war, aber sie hatte ihr Enkelkind geliebt und es stets umsorgt. Mochte sie noch so unsympathisch und zänkisch sein, in Bezug auf Pellegrina war sie vorbildlich gewesen.

Bianca verdrehte die Augen. »Bestimmt nicht.«

Der erste Tag neigte sich dem Ende. Mafalda ging ins Schlafzimmer, wo Bianca auf sie wartete. Sie löste die Schnüre und half ihr aus Kleid und Chemise. Pietro war erst spät zurückgekehrt und noch im Roten Salon. Bianca nahm im Nachthemd vor dem Frisiertisch Platz. Mafalda zog ihr vorsichtig die Nadeln aus dem Haar und bürstete es.

»Euer Haar ist wunderschön«, sagte sie bewundernd und flocht ihr einen Zopf für die Nacht.

Bianca nickte. »Ab morgen liegt es in deinen Händen. Ich möchte jeden Tag eine andere Frisur.«

»Wie Ihr wünscht.« Mafalda räumte Haarnadeln und Bürste beiseite, deckte das Bett auf und wünschte Bianca eine gute Nacht.

In der Küche aß die Dienerschaft bereits zu Abend. Sonia wies auf den freien Platz neben ihr. Mafalda setzte sich zu ihr auf die Bank und senkte den Kopf für ein Gebet. Dann nahm sie sich Gemüse und Polenta aus Gerste. Sonia kaute schweigsam, während Nevia mit vollem Mund von ihrer letzten Stelle berichtete und welche Wildgerichte sie bereits beherrschte. Mafalda warf einen scheuen Blick zu den Männern, die am Tischende saßen und sich leise unterhielten. Gina schien in sich gekehrt und stocherte in ihrer Polenta herum.

Erst jetzt merkte Mafalda, wie hungrig sie war. »Ist es erlaubt, Nachschlag zu nehmen?«

Nevias Augen verrieten, wie sehr sie die Frage als Lob verstand. »Natürlich!« Sie griff nach einem Löffel und lud Mafalda einen Berg Polenta auf.

»Das ist viel zu viel!«, protestierte Mafalda.

»Ach komm schon!«, rief Tomaso vom anderen Ende, »wer nichts arbeitet, soll wenigstens gut essen.«

Dafür erntete er allgemeines Gelächter und der Bann schien gebrochen. Mafalda konnte nicht anders, als die köstliche Polenta aufessen. Nevia plauderte mit Gina, die jetzt nicht mehr traurig aussah. Mafalda spürte, wie die Anspannung unter der Dienerschaft wich.

Als Mafalda im Bett lag, blickte sie an die Decke. Es war inzwischen Nacht geworden. Ihr Fenster stand weit offen und sie sog die Nachtluft ein. Was für ein Tag! Ein Tag mit neuen Aufgaben und Erkenntnissen. Der erste Tag in ihrem neuen Zuhause. Das alles wegen Bianca und Prinz Francesco. Sie hatte so viele Fragen. Fragen an Bianca.

Sie gähnte und sprach ein Nachtgebet. Im Mondlicht erkannte sie Stuckleisten an der Decke, die ihr zuvor gar nicht aufgefallen waren. Mit einem Mal fühlte sie sich wie eine Königin. Sie lächelte und schlief sofort ein.

Mit Herzklopfen überstand Mafalda die nächsten Tage in der Via Maggiore. Die Schneiderin fertigte ihr gleich drei Kleider mit Schürze. Zum ersten Mal verstand Mafalda, dass es eine Freude war, Kleider aus einem schönen Stoff zu tragen.

Für die Herrin und ihren Mann schien alles noch immer ein Traum zu sein. Manchmal, wenn sie sich unbeobachtet fühlten, stolzierten sie durchs Haus und konnten sich an der Einrichtung immer noch nicht sattsehen. Dann hörte Mafalda, wie Bianca die Kronleuchter aus Glas bewunderte und über Murano plauderte, wobei sie betonte, dass nirgendwo sonst die Farben im Glas eindringlicher leuchteten als in Murano.

Mafalda staunte, wie schnell sie sich an das herrschaftliche Haus und ihre neuen Aufgaben gewöhnte. Nur täglich eine neue Frisur für Bianca zu zaubern war schwierig.

Mafalda drehte Strähnen, steckte sie am Hinterkopf fest, löste sie wieder, weil es Bianca nicht gefiel oder die Frisur nicht hielt. Sie kämmte die Haare aus, band alle Haare zu einem Strang und drehte sie, bis sie sich selbst einrollten. Vergeblich versuchte sie, die Fülle festzustecken. Noch während Bianca das Ergebnis betrachtete, löste sich die Haartracht auf. Mafalda ließ entmutigt die Arme sinken.

»Versuche es mit Flechten.«

»Wie Ihr wünscht.« Mafalda spürte, wie ihr heiß wurde. Sie nahm erneut Strähne um Strähne und flocht unzählige Zöpfe, drapierte sie um den Kopf und steckte sie fest. Mafalda prüfte ihr Werk. Diesmal hielten die Haare.

Bianca nahm einen Handspiegel und tastete über ihren Hinterkopf. Die Frisur schien ihr zu gefallen. »Jetzt noch Perlenschnüre durchziehen.« Vorsorglich hatte sie ein Schmuckkästchen bereitgestellt, in dem neben Ringen und Ketten auch Blüten mit Brillanten und Perlen lagen, die man im Haar feststecken konnte.

Mafalda holte tief Luft und griff nach den Perlen. Noch nie hatte sie eine derart wertvolle Perlenschnur in Händen gehalten. Vorsichtig fügte sie sie ins Haar und befestigte sie mit Nadeln. Jetzt noch die Haube aus geflochtenen Bändern. Fertig.

»Wunderbar.« Bianca drehte den Kopf und lächelte zufrieden. »Ich habe nie gezweifelt, dass du es kannst.«

Mafalda seufzte. »Ihr seid zu gütig. Ich habe das Lob nicht verdient.«

Als Bianca mit Mafalda kurz darauf den Salon betrat, blieb Bianca vor einem Bild stehen. Eine betende Frau mit zwei Kindern. Es schien sie an ihr eigenes zu erinnern. »Richte Gina aus, ich möchte Pellegrina sehen«, verlangte sie und Mafalda tat nichts lieber.

Kurz darauf klopfte es und mit Mafalda kam Gina mit Pellegrina an der Hand herein. Bianca ging auf Pellegrina zu und strich ihr über die Wangen. »Du bist ein braves Mädchen.« Sie sah Gina eindringlich an. »Nun, was kannst du mir berichten?«

»Sie ist ein reizendes Kind. Ich denke, sie hat sich jetzt an mich gewöhnt. Übrigens, sie weint nur noch selten nach Euch.«

»Das freut mich. Dann lass dich nicht bei deiner Arbeit aufhalten.« Und damit war die Audienz beendet.

»Sonia soll mir ein Bad bereiten«, sagte Bianca eines Nachmittags, »und du, Mafalda, legst mein schönstes Kleid bereit. Ich erwarte Besuch.«

Mafalda legte ihren Stickrahmen beiseite. »Wird Euer Gast zum Abendessen bleiben? Dann sage ich der Köchin Bescheid.«

Bianca warf ihr einen dankbaren Blick zu. »Ja, natürlich. Gut, dass du mitdenkst. Der Prinz bleibt bestimmt gerne.«

Sie erwartete Prinz Francesco! Nur zum Essen und Plaudern? Mafalda wurde heiß und kalt. »Erwartet Ihr Euren Gemahl ebenfalls zum Essen?«, stotterte sie. »Soll für drei Personen eingedeckt werden?«

Bianca lachte auf. »Natürlich nicht! Pietro kommt nicht vor Mitternacht zurück. Die Regierungsgeschäfte, weißt du.« Sie ging zum Fenster, sah auf die Straße und ließ sich wieder in einen Sessel fallen. »Ich glaube, ich habe heute keine ruhige Hand mehr zum Sticken«, flötete sie. »Mafalda, räum die Stickarbeit weg.«

Mafaldas Hände zitterten, während sie die Stickrahmen zusammenpackte. Signore Buonaventuri saß anstelle des Prinzen im Rat, während Francesco ... Mafalda schluckte und schalt sich. Was regte sie sich auf? Sie hatte doch gewusst, was Bianca plante, als sie zu ihr in den Palast kam. Aus nächster Nähe war sie sozusagen gezwungen, diese, diese ... diese Schamlosigkeit mitzuerleben.

Mafalda senkte den Kopf und betete still ein *Paternoster*. Machte sie sich mitschuldig, weil sie Biancas Affäre unterstützte? Nein, sie diente Signora Bianca nur.

Signore Buonaventuri schien sich an dem Arrangement nicht zu stören. Er war selbstverliebt und aufgeblasen. Tomaso und Martino kommandierte er durchs Haus und hatte Biancas freundliche Bitte ignoriert, seine Anordnungen in höflichem Ton auszusprechen. Mit seinem ungehobelten Benehmen tat er sich keinen Gefallen. Hätte er einmal in die Gesichter seiner Bediensteten gesehen, wären ihm ihre verächtlichen Mienen aufgefallen. Zum Glück bot das Haus genügend Platz, damit man sich nicht zu oft über den Weg lief. Bianca wirkte stets bedrückt, wenn er da war. Auch sie selbst, Mafalda, war froh, wenn der Herr außer Haus war. Das beklemmende Gefühl, wenn er in ihrer Nähe weilte, war geblieben.

Während Sonia für das Bad sorgte und wohlriechende Essenzen ins Wasser gab, prüfte Bianca die fertige Tafel. Ein mehrarmiger Kerzenleuchter aus Silber beherrschte den Tisch. Mafalda umklammerte die Vase mit Sonnenblumen, die sie vorbereitet hatte, mit festem Griff. Sie hoffte insgeheim, dass Pietro nicht heimkam, solange der Prinz im Haus weilte.

Sie platzierte die Vase an das obere Ende der Tafel und ordnete die Blumen. Porzellanteller, bemalt mit filigranen Blütenranken, polierte Bestecke und Gläser harmonierten mit dem Damast, der Mafalda an Vanille erinnerte. Sie trat einen Schritt zurück.

»Das sieht wundervoll aus.« Bianca trat neben sie und machte kein Geheimnis daraus, wie verzückt sie war. »Es wird ihm gefallen.«

Mafalda senkte verlegen den Kopf. Sie hatte nur Anweisungen befolgt. Hier im Haus gab es keine hässlichen Dinge. Wenn Nevia dann noch mit Gemüse und Fleisch jonglierte, musste es ein perfektes Abendessen werden. Für den Rest sorgte Bianca. Ob sie wusste, wie viele Frauen und Mädchen Francesco bereits unglücklich gemacht hatte? Es kursierten in der Stadt die wildesten Gerüchte.

Es klopfte und Sonia erschien in der Tür. »Das Bad ist vorbereitet, Herrin.«

»Sehr schön. Mafalda, wasch mir die Haare. Ich glaube, wir sollten uns beeilen. Komm!«

Der Duft im Baderaum erinnerte Mafalda an ihre erste Begegnung mit Bianca. Ihre Gedanken wanderten nach *Abbazia di Praglia*, während sie behutsam durch Biancas Haare fuhr und ihr die Kopfhaut massierte. Bianca hielt die Augen geschlossen.

»Ich habe Nevia angewiesen, etwas Besonderes zu kochen. Weißt du, was es gibt?«

Mafalda taucht einen Becher ins Wasser und goss ihn über Biancas Haare. »Erst wollte sie es nicht sagen. Aber ich glaube, sie kann nichts für sich behalten.« Sie lachte. »Ein Gericht hat sie mir verraten: Lasagne liber de coquina.«

Mit einem Ruck richtete Bianca sich auf. »Was soll das sein? Schmeckt das?«

Mafalda griff nach dem Badehandtuch. »Das müsst Ihr probieren! Es ist ein Rezept, das meine Großmutter schon gekocht hat. Zubereitet aus Hefeteig und mit Parmesan, Kardamon und Zimt.« Nevia würde ihre ganze Kochkunst zeigen, da war sie sich sicher. Die Herrin wollte einen virtuosen Abend. Dazu gehörte ein delikates Essen.

»Ich lasse mich überraschen.«

Mafalda half Bianca in ein Kleid aus blutroter Fagaraseide mit cremefarbener Passe, an Ärmel und Ausschnitt umschlossen von einer kunstvoll gefertigten Borte. Sie kämmte der Herrin ein paar Strähnen aus der Stirn und umwickelte sie mit zarten Goldfäden, bevor sie sie am Hinterkopf feststeckte. Die übrige wallende Mähne drapierte sie über Biancas Schultern. Ihr Haar duftete nach Rosenblüten. Als Mafalda ihr die doppelreihige Perlenkette um den schlanken Hals legte, klopfte es an der Tür.

Sonia erschien. »Es ist Besuch für Euch gekommen. Prinz Francesco.«

»Ich erwarte ihn im Salon.«

Sonia warf Mafalda einen vielsagenden Blick zu, bevor sie die Tür wieder schloss. Nachdem sie ihr Aussehen im Spiegel überprüft hatte, entließ Bianca Mafalda mit einer lässigen Handbewegung. »Mach dir einen schönen Abend.«

»Sag mal, Mafalda, wo warst du vorher in Stellung?« Sonia verschränkte die Arme vor der Brust und lehnte sich abwartend zurück. Es war eine der wenigen Male, dass sie Mafalda direkt ansprach. Mafalda saß ihr am Tisch auf der Bank gegenüber und nippte an ihrem Becher.

Gina betrat den kleinen Raum neben der Küche, der für die Diener vorgesehen war. Sie zog sich einen Stuhl heran und setzte sich neben Sonia an den Tisch. Durch den Windzug flackerte das Talglicht auf dem Tisch und beleuchtete ihr Gesicht unvorteilhaft. Sie wirkte müde.

»Ich war im Konvent *Abbazia di Praglia*.«

»Ach«, sagte Sonia schnippisch, »wie hast du das denn hingekriegt? Aus einem fremden Kloster zur Kammerdienerin? Das Rezept musst du uns verraten, nicht wahr, Nevia?«

Nevia kam herein, während sie sich ihre Hände an der Schürze trocken wischte. Mafalda hatte durch die offenstehende Tür gesehen, wie sie noch letzte Reste des Abendessens von Bianca und Francesco weggestellt hatte. Es schien ihnen geschmeckt zu haben.

Nevia lächelte dünn. »Weißt du«, wandte sie sich an Mafalda, »die Vornehmen und Adligen holen sich in der Regel ihre Kammerdienerinnen aus Le Murate«, versuchte sie dem Gespräch die Spannung zu nehmen.

Dort wäre ich um ein Haar selbst gelandet, lag es Mafalda auf der Zunge zu sagen.

»Nun sag schon«, drängelte Sonia und stieß Gina in die Seite. »Meinst du nicht, es ist merkwürdig, dass sie weder aus Le Murate kommt noch vorher Dienerin war?«, flüsterte sie, jedoch so, dass alle es hören konnten. Und zu Mafalda gewandt fuhr sie mit affektiertem Gekicher fort: »Was wissen wir überhaupt von dir? Vielleicht musstest du nach *Abbazia di Praglia* aus, aus ... ja aus welchen Gründen?«

Bevor Mafalda eine Antwort geben konnte, stellte sich Nevia hinter sie und legte ihre überraschend kräftigen Hände auf die Schultern, als wolle sie sie schützen. »Sonia, nicht jedes Mädchen, das bei den Schwestern eintritt, tut dies, weil es auf falsche Versprechen reingefallen ist, verstehst du?« Sie wirkte wie eine Bastion hinter Mafalda mit ihrem hohen Wuchs und der fast ebenso breiten Gestalt. Ihr Gesicht glich einem ihrer süßen, runden *Crostata*, die sie mit Vergnügen backte und ebenso gern selbst aß. Wegen ihrer aufgequollenen Augen konnte kaum jemand ihre Augenfarbe bestimmen. Mafalda fühlte sich plötzlich sicher. Sie fand, Nevia sei die netteste Köchin, die ihr bisher begegnet war. Genau genommen war es nach Lucia die zweite. Sie musste über ihre Erinnerung lächeln, was Sonia offenbar missverstand.

»Ist ja gut, ist ja gut!« Sonia hob abwehrend die Hände. »Ich wollte doch nur wissen, wie sie die Herrin überzeugt hat, sie sei eine Kammerdienerin. Man wird ja wohl noch fragen dürfen.«

Die Gedanken überschlugen sich in Mafaldas Kopf. Sollte sie die Geschichte ihrer Freundschaft mit Bianca erzählen? Es würde sie, Mafalda, für einen Moment in den Mittelpunkt rücken. Nein, wenn sie wollte, dass alle im Haus es wussten, konnte Bianca das selbst tun. Dass der Prinz heute hier war und ohne den Hausherrn mit Bianca tafelte, sorgte bereits für genügend Getuschel.

»Wir kannten uns bereits, bevor die Signora hier einzog. Da hat sie mich gefragt.«

Gina lachte. Sonia öffnete den Mund für eine neue Bemerkung, doch Gina ließ sie nicht zu Wort kommen. »Siehst du, Sonia, keine amourösen Geheimnisse in Mafaldas Leben. Anders als bei den beiden da oben!« Sie wies zur Decke und machte einen Kussmund.

»Man flüstert hinter vorgehaltener Hand, er könne charmant parlieren«, wusste Sonia. »Er sieht unverschämt gut aus. Als ich das Essen ins Speisezimmer trug, konnte ich mich davon überzeugen. Warum Signore Buonaventuri nicht da ist, ist mir unverständig.« Sie seufzte.

»Er soll verlobt sein«, mischte sich jetzt Mafalda ein, um eine vernünftige Erklärung für des Prinzen Anwesenheit zu liefern, »und beabsichtigt bald zu heiraten. Bestimmt sammelt er Ideen für die Hochzeit. Signore Buonaventuri ...«

Weiter kam sie nicht. »Ja«, warf Nevia dazwischen, »das habe ich auch gehört. Die Tochter des Kaisers sei im Gespräch, hat mir die Gemüsefrau auf dem Markt erzählt.«

»Dafür hat er seine Diener«, beharrte Sonia, »und sein Kanzler und seine Räte planten bisher ihre Gesellschaften auch ohne der Herrin Beistand.«

»Signore Buonaventuri sitzt im Rat, versteht ihr?« Gina räusperte sich. »Nur weil seine Frau einfach bezaubernd aussieht, dürft ihr ihr nichts unterstellen.«

Mafalda war dankbar, dass sie den Versuch wagte, Signora Bianca in Schutz zu nehmen. »Uns steht es nicht zu, ihr Benehmen zu bewerten.«

»Man wird ja noch was sagen dürfen«, schmollte Sonia, »wenn die Herrin aufgeregt wie eine Schwalbe durch den Palazzo flattert.« Sie stand auf und wedelte mit den Armen wie ein Vogel. »Ich gehe jetzt zu Bett.«

Die anderen kicherten und erhoben sich ebenfalls. Nur Mafalda blieb vor dem Talglicht sitzen, das fast heruntergebrannt war. Sie würde Bianca noch aus dem Kleid helfen müssen. Sie ging zum Fenster und verriegelte es. Draußen war es still. Die Nacht hatte von der Stadt Besitz ergriffen. Sie setzte sich wieder hin und schenkte sich nochmals Wein ein. Vielleicht würde es ihr gelingen, mit Sonia ein freundschaftliches Verhältnis aufzubauen. Nevia und Gina waren unkomplizierter. Bestimmt auch nicht eifersüchtig auf ihre Stellung ...

Von ferne läutete es. Mafalda fuhr zusammen. Was machte sie hier? Warum war sie allein? Das Talglicht glimmte nur noch. Mafalda griff sich gähnend an die Stirn. Natürlich, sie war eingenickt. Alle Diener waren in den Betten. Hatte Bianca sie nicht aufgefordert, ihr später für die Nacht zu helfen?

Ein dumpfes Geräusch klang durch das Haus, das Portal war ins

Schloss gefallen. Heilige Mutter Gottes, jetzt kam Signore Buonaventuri heim und sie war am Tisch eingeschlafen! Bestimmt hatte sich Prinz Francesco bereits verabschiedet. Ob Bianca schon lange auf sie wartete? Hatte sie schon mehrmals geläutet und Mafalda hatte es nicht gehört? Mafalda nahm das Licht, raffte ihren Rock und eilte ins Obergeschoss. Im Salon war es still. Bestimmt goss sich der Herr noch ein Glas Wein ein, wie er es jeden Abend zu tun pflegte, bevor er schlafen ging.

Mafalda klopfte und ohne eine Antwort abzuwarten, stürmte sie ins Schlafzimmer. Zu ihrer Rechten sahen sie haselnussbraune Augen verblüfft an. Francesco de Medici stand neben dem Bett und richtete seine Kleider. Erschrocken, den Prinzen im Schlafzimmer vorzufinden, sank Mafalda in die Knie und senkte den Kopf.

»Verzeiht, Hoheit.« Ein heimlicher Blick zum Bett trieb ihr die Hitze ins Gesicht. Am liebsten wäre sie vor Scham gestorben.

Bianca zog sich ein Laken über, das sie nur notdürftig bedeckte. Ihre Gesichtszüge wirkten gelöst. Ihre Augen glitzerten geheimnisvoll. »Mafalda, richte mir die Haare für die Nacht.«

Hatte die Herrin doch auf sie gewartet? Mafalda zögerte und warf noch einen zaghaften Blick zu Francesco, der immer noch in ihrer Nähe stand. Er war mindestens einen Kopf größer als sie und legte sich die *Zimarra* um die Schultern. Offensichtlich hatte er keinen Kammerdiener dabei. Francesco schien ihre Anwesenheit nicht zu stören. Er ging zum Bett und küsste Bianca zart auf die Stirn, bevor er sein ausladendes Barett aufsetzte. »Schlaf gut, Liebes.«

Der Prinz verließ das Schlafgemach. Mafalda machte ihm schnell Platz und knickste tief, als er an ihr vorbeiging. Ihr Pulsschlag pochte unvermindert heftig am Hals. In der Luft hing noch Biancas warmer pudriger Duft, der sich mit einem Hauch von Zedernholz und Ambra von Francescos Parfüm vermischte. Ihre Herrin in dieser verfänglichen Situation zu sehen war bedeutend anders, als es sich in ihrer Fantasie vorzustellen.

Das Licht der Kandelaber flackerte, als Mafalda zur Kommode stakste und die Bürste ergriff, während Bianca mit dem Laken umhüllt aus dem Bett huschte und sich auf einen Stuhl sinken ließ. Sie machte den Eindruck, als sei sie mit ihren Gedanken woanders.

Mafalda sah sich selbst im Spiegel ein Kreuz schlagen. Verwirrt starrte sie in ihre eigenen Augen. Ihre Hände zitterten, als sei sie selbst in einer verfänglichen Situation überrascht worden. Sie flocht Bianca einen Zopf und konnte nicht schnell genug aus dem Schlafzimmer flüchten, als sei sie dem Leibhaftigen begegnet.

Am nächsten Morgen hätte Mafalda um ein Haar verschlafen. Zum Glück steckte Sonia ungebeten ihren Kopf in die Tür. »He, Mafalda, willst du nicht aufstehen? Die Herrin hat schon geläutet.«

Mafalda fuhr hoch und blinzelte. Die Tür schloss sich. Mafalda kniff die Augen zusammen, weil ihr die Sonne voll ins Gesicht schien, und sprang mit einem Satz aus dem Bett. »Danke«, rief sie ihr hinterher. Es machte sie froh, dass kein Vorwurf in ihrer Stimme geklungen hatte. Schnell erledigte sie ihre Morgentoilette und verzichtete auf ihr Frühstück, um sich sofort um die Herrin zu kümmern. Bianca saß mit heiterer Miene in ihrem Bett.

»Ich dachte, du hättest mich vergessen«, schmunzelte sie, während Mafalda wieder hinaushuschte, um frisches Wasser zu holen. Nachdem sie Bianca gewaschen und angekleidet hatte, frisierte sie sie. Während Mafalda den Nachttopf wegbrachte, ging Bianca ins Speisezimmer.

Wenig später ließ Bianca sie rufen. Sie wirkte fröhlich und gelassen. Mafalda sah sich um. »Ihr habt kaum was vom Gebäck genommen«, stellte sie fest.

»Ich hatte wenig Hunger«, gestand Bianca, »denn gestern habe ich viel zu viel gegessen. Nevia hat mir alle Ehre gemacht. Ihre Würzsoße mit Sardellen und Steinpilzen war köstlich. Dazu hatte sie verschiedene Gemüse gegart und Wachteln gefüllt. Ich darf gar nicht daran denken. Der Prinz war entzückt. Und die Lasagne, Mafalda, die musst du mal probieren. Ich weiß gar nicht mehr, ob etwas übrig geblieben ist.« Sie kicherte wie ein junges Mädchen. Dann wechselte sie das Thema. »Übrigens, mein Mann und ich planen ein Bankett. Ich brauche deine Hilfe.«

Liebe Beata!
Seit meinem letzten Brief ist viel Zeit vergangen und bestimmt denkst du manchmal, ich sei eine treulose Freundin. Doch in den letzten Monaten hat sich mein Leben sehr verändert. Meine liebe Tante Cosa ist inzwischen verstorben. Es tröstet mich zu wissen, dass sie mit Gott versöhnt ihre letzte Reise angetreten hat. Versöhnt habe ich mich auch mit meiner Nachbarin Bianca, von der ich dir schrieb. Sie und ihr Mann sind durch …

Mafalda ließ die Feder sinken. War es richtig, Beata alles haarklein zu erzählen? Wem würde es nützen? Nein, beschloss sie, Biancas Sünden gingen Beata nichts an.

… ihre Bekanntschaft mit dem Sohn des Herzogs von Florenz auf abenteuerliche Weise zu besonderen Ehren gekommen. Pietro Buonaventuri arbeitet jetzt für Prinz Francesco im Rat und ist mit seiner Familie in einen beeindruckenden Palazzo eingezogen. Du fragst dich bestimmt, was das mit mir zu tun hat? Eine göttliche Fügung hat dafür gesorgt, dass ich (mit Onkel Ninos Zustimmung) Biancas Kammerdienerin sein darf. Ich musste mich erst an die neuen Aufgaben gewöhnen. Meine Herrin ist geduldig mit mir, was ich sehr schätze. Die Haare kann ich inzwischen kunstvoll aufstecken und erledige meine anderen Pflichten mit Freude.

Mindestens einmal in der Woche besuchen wir alle die Messe. Im Wechsel bleibt eine von uns zu Hause bei der kleinen Pellegrina. Sie ist ein liebes Kind und ich freue mich, sie in meiner Nähe zu haben. Eine Dienerin hat mir das Eingewöhnen schwer gemacht. Im Moment herrscht Waffenruhe und ich hoffe, wir sind auf einem guten Weg. Mit der restlichen Dienerschaft komme ich gut zurecht.

Ich muss jetzt schließen. Die Schneiderin wird erwartet. Sie bringt wunder-

volle Stoffe ins Haus, aus denen sich meine Herrin ihre Gewänder schneidern lässt. Sie kosten unglaublich viel, sind jedoch einmalig schön. Für das Bankett braucht sie etwas ganz Besonderes. Es werden alle wichtigen Leute aus Florenz erwartet. Sogar der Herzog und der Prinz sind geladen! Ich bin schon ganz aufgeregt.

Ich umarme dich.

Deine Mafalda

8

Im Speisesaal des Palazzos in der Via Maggiore brannten alle Kronleuchter. Bianca beobachtete, wie sich die Gäste langsam versammelten und den üppigen Blumenschmuck auf der festlichen Tafel bewunderten. Pietro geleitete die Damen persönlich zu ihren Plätzen und Bianca sah ihm an, dass er seine neue Stellung sichtlich genoss, die ihm innerhalb kürzester Zeit einen Platz unter den Edlen der Stadt verschafft hatte. Zahlreiche Adlige waren der Einladung gefolgt. Herzog Cosimo hatte sich wegen seines angeschlagenen Gesundheitszustandes entschuldigen lassen. Die Geistlichkeit war in Gestalt des Hoftheologen Confetti, *Frater* Colei und des Bischofs Luna erschienen, ebenso wie zahlreiche Nobili und Räte.

Als Ehrengast würde Francesco neben ihr sitzen. Neben ihr. Ganz offiziell würde er für einen Abend lang der Mann an ihrer Seite sein. Zu ihrer Rechten. Sie schloss die Augen, um den Gedanken an diese Vorstellung in sich aufzunehmen. Dass dieser Moment, wo sie ihm damals in die Augen geblickt hatte, ein Moment war, den sie geteilt hatten, erfüllte sie mit einem Glücksgefühl, dass ihr fast die Tränen kamen.

Sie biss sich auf die Lippen. War das Liebe? Hatte sie nicht auch bei Pietro geglaubt, er vereine Musik und Stattlichkeit und Freude in einer Person? Sie hatte die Vorstellung genossen, dass das Gefühl, das sie ihm entgegenbrachte, unendlich sei und durch nichts zu zerstören. Er hatte ihre Zukunft sein sollen, der fehlende Teil für ihre Ganzheit. Er hatte sie getäuscht. Sie seufzte.

»Ah, Signora Bianca, darf ich das Wort an Euch richten?«

Die Stimme des Mannes klang dunkel und voll. Bianca öffnete die Augen und sah einen älteren Herrn vor sich, der sich leicht verbeugte. Ja, das musste Confetti sein, der Hoftheologe, den sie bereits bemerkt hatte. Was wusste er über sie und Francesco?

»Natürlich, Hochwürden. Ich freue mich, Euch begrüßen zu dürfen.«

Confetti verschränkte die Arme hinter seinem Rücken, was seine Leibesfülle noch mehr betonte. »Ihr seid eine ...«

»Liebling«, vernahm sie eine affektierte Stimme nah am Ohr, die sie als Pietros erkannte, »wir müssen anfangen. Setz doch das Gespräch später fort.« Er trat vor und wandte sich an Confetti. »Hochwürden, entschuldigt die Unterbrechung, aber ich bitte Euch, Platz zu nehmen.«

Die Aussicht auf ein feudales Essen schien Confetti zu besänftigen. Bianca ahnte, dass er selten ein Gespräch zu Ende führte, und amüsierte sich bei dem Gedanken. Er verneigte sich nochmals vor Bianca, als bitte er um Nachsicht, und ließ sich zu seinem Platz bringen.

»Dieses Haus feiert heute einen besonderen Tag«, begann Francesco. Er hatte sich erhoben und blickte in die Gesichter, die neugierig den Palazzo und seine Bewohner beäugt hatten und jetzt gespannt auf seine Rede warteten. »Einen Tag, an dem wir uns vom Glück geehrt nennen, das Haus der Familie Buonaventuri in den Kreis der Edlen von Florenz aufzunehmen. Durch besondere Umstände ist es Signore Buonaventuri gelungen, sich mein Vertrauen und das des Rates zu verdienen ...«

Der eine oder andere Nobile schnappte hörbar nach Luft. »Was das für Umstände sind, weiß ja wohl jeder in Florenz«, hörte Bianca jemanden flüstern. Sie spürte, wie ihr das Blut in den Kopf stieg.

»... und an dieser Stelle darf ich die Geistlichkeit erwähnen, die den Segen für seine Arbeit im wichtigsten Gremium des Herzogtums von Gott, dem Allmächtigen erbeten hat. Ich danke Signore Buonaventuri, Gast in seinem Palazzo sein zu dürfen, und seiner bezaubernden Gattin, die uns in ihrer Fürsorge diesen unvergesslichen Abend ermöglicht. Lasst uns den Becher erheben auf Signore Buonaventuri und seine Gattin Bianca.« Er griff nach dem Wein und warf Bianca einen vielsagenden Blick zu.

Wenn es etwas Herrliches an diesem Abend gab, dann die Gelegenheit, mit einem Menschen etwas zu teilen, der die gleichen Träume verfolgte wie sie. Wieder waren es diese Augen, die Bianca aus dem Gleichschritt brachten. Er war ihr Beschützer, ihr Retter vor den Verfolgern. Er hatte ihr Freiheit verschafft. Etwas, was nur ihnen beiden gehörte. Und er war ein zärtlicher Mann.

Der Beifall zerrte sie in die Gegenwart zurück. Pietro war aufgestanden und strahlte, wie er sie damals vor dem Bankhaus angestrahlt hatte. Sie war wohl die Einzige, die den Ausdruck von Gerissenheit in seinen Augen bemerkte und eine Spur von Triumph, dass sich Francesco öffentlich auf seine Seite stellte. »Wir danken Euch von Herzen, Hoheit«, erwiderte er galant und neigte leicht seinen Kopf. »Eure Güte ist außerordentlich«, begann er seine Laudatio auf den Ehrengast, »und wir ...«

Francesco beugte sich zu Bianca: »Du übertriffst mit deinem Liebreiz alle Damen hier«, sagte er und seine Augen blieben an Biancas tiefrot bemalten Lippen hängen. »Wenn du wüsstest«, flüsterte er und sog ihren Vanilleduft tief ein, »wie sehr du mein Denken bestimmst. Morgen komme ich dich besuchen. Pietro wird mich bei der Sitzung der *Signoria* vertreten.«

Er zwinkerte ihr zu, reichte ihr den Weinbecher und griff nach seinem. »Auf dich.«

Sie trank einen kleinen Schluck und senkte den Blick. »Ich erwarte dich morgen Nachmittag.« Ihr Herz hüpfte. Das Leben konnte unglaublich schön sein.

Den Gästen schien es zu schmecken und sie amüsierten sich. Gelächter schwang durch den Raum. Pietro zeigte sich von seiner charmantesten Seite und wenn Bianca ihn beobachtete, ertappte sie sich manchmal dabei, dass sie ihn noch mochte. Zumindest diese Seite seines Wesens. Gleichzeitig beschlich sie die Vermutung, dass sein sprunghafter Charakter auch durch die jetzige Entwicklung nicht gereift war. Er war am Ziel seiner Träume angekommen. Dass sein Onkel in Venedig teuer dafür bezahlen musste, erwähnte er nie mit einem Wort. Wahrscheinlich interessierte es ihn nicht. Er hatte sich jede Frage dazu verbeten. Die Eleganz ihres Palazzos hatte bei ihm letzte Zweifel, ob die Entscheidung zugunsten des Wohlstandes richtig war, weggewischt. Er fühlte sich beflügelt durch seine Erhebung in den Rat.

»Zeigst du mir morgen, was du am Haus noch verändert hast?«, fragte Francesco.

Bianca nickte gedankenverloren und betrachtete Sonia, die heruntergebrannte Kerzen erneuerte, während Tomaso und Martino eilfertig Wein nachschenkten. Wo war Mafalda? Bestimmt hatte sie mit den Kammerdienerinnen, die im Gefolge einiger Gäste mitgekommen waren, genug zu tun.

Die Nacht hatte sich über die Stadt gesenkt und die Kirchturmuhr schlug zur vollen Stunde. Manche Gäste drängten zum Aufbruch. Bianca erhob sich, um sie zu verabschieden. »Es wird mir eine Ehre sein.« Sie beugte sich zu Francesco und ihr aromatisches Parfüm stieg ihm in die Nase. »Mein Haus ist dein Haus.« Francesco lachte.

In Mafalda klangen die Eindrücke des gestrigen Tages nach. Noch nie hatte sie so viele edle Damen und Herren zusammen gesehen. Sonia hatte ihr einen Wink geben müssen, den Mund nicht offenstehen zu lassen. Zahlreiche Nobile kamen in Begleitung ihrer Frauen und diese wiederum hatten Kammerdienerinnen mitgebracht. Mafaldas Aufgabe hatte darin bestanden, diese zu belustigen. Sie zeigte ihnen das Haus und versorgte sie mit Getränken und Gebäck, solange sie nicht ihren Herrinnen zur Hand gehen mussten.

Seit den frühen Morgenstunden waren alle Diener damit beschäftigt, die Spuren des Festes zu beseitigen. Die Männer mussten Tische und Stühle wegbringen, während Sonia mit Nevia putzte. Gina war mit Pellegrina auf dem Markt und wollte noch einen Spaziergang entlang des Arno machen. Erst gegen Mittag war Bianca aufgestanden und hatte nach einem Bad verlangt. »Was ziehe ich heute an?«, seufzte sie, während sie sich von Mafalda die Haare mit einem Tuch trocknen ließ. »Ich bekomme heute Nachmittag Besuch.«

Mafalda begann, Biancas herabwallende Haare kraftvoll zu bürsten. »Ich schlage Euch das braune Samtkleid vor. Es ist nicht zu aufdringlich und trotzdem elegant.« Mafalda sah in den Spiegel, um Biancas Reaktion zu beobachten.

»Mafalda, ich will unwiderstehlich aussehen, hörst du?« Bianca blickte in den Spiegel vor ihr, vermied es aber, Mafalda in die Augen zu sehen.

Es ist kein Tag, um mit ihr über Anstand zu plaudern, durchfuhr es Mafalda. Sie senkte den Kopf und beschäftigte sich mit einer Perlenschnur, die nicht im Haar halten wollte. Bianca schien guter Stimmung zu sein und lächelte, obwohl Mafalda einen Teil der Haare wieder lösen musste, um erneut zu beginnen.

»Wie wäre es mit dem dunkelgrünen Brokatkleid? Dazu einen ärmellosen Mantel aus goldfarbenem Gewebe?«

»Nein, das ist mir zu langweilig.«

Mafalda ging in Gedanken die Kleider durch. Das blutrote? Nein, heute nicht. »Und was meint Ihr zu dem violetten? Dazu fliederfarbene Blüten ins Haar?«

»Ach Mafalda, was ist los mit dir? Etwas Leichtes, Helles!«

Bianca besaß inzwischen so viele Kleider, dass Mafalda schon fast den Überblick verloren hatte. Sie rang mit sich und entschied, dass es ihr nicht zustand, über die Finanzen im Haus Buonaventuri zu befinden. Ein Kleid mehr oder weniger, was machte das schon? Sie sollte aufhören, länger darüber nachzudenken.

»Ich hole Euch das topasfarbene.«

»Das gelbe?« Bianca zog die Stirn in Falten.

Mafalda hatte den Eindruck, Bianca hatte schon lange den Überblick über ihre Gewänder verloren. Sie atmete tief durch »Ja.«

»Aber ...«

Mafalda ging einfach los und holte das Kleid, ein kunstvoll gefertigtes Gewand mit Schnüren. Sie übersah geflissentlich Biancas kritischen Blick. Wahrscheinlich hätte sie noch zehn andere Kleider aufzählen können und keines wäre das richtige gewesen. Egal. Mafalda half ihr in ein wunderschönes gelbes Kleid aus Taft und Moiré, dessen weißes Unterkleid mit den angebundenen, gebauschten Ärmeln wie zufällig an den Seiten herausragte. Zusammen mit den Perlenketten, von denen sie sich drei in unterschiedlichen Längen um den Hals legte, und den Perlenohrringen wirkte die Herrin wie eine Blüte im Lichtkegel.

»Heute strahlt das Haus die Ruhe aus, die ich mir manchmal wünsche«, sagte Francesco, als Bianca ihn begrüßte. Sie hatte die Dienerinnen in ihre Kammern gescheucht.

»Ich sehe, du hast meinen Rat befolgt und die Skulpturen gekauft.« Er ging zu einer Figur. »Gestern Abend blieb mir keine Zeit, sie näher anzusehen. Sieh, das diffuse Licht entfaltet ihre Konturen in einer Weise, die das Herz berührt. Das ist Kunst, verstehst du? Herzen berühren.«

»Nun komm«, Bianca lachte und zog ihn weiter, »ich zeige dir jetzt den Roten Salon. Du wirst begeistert sein, wie sich deine Geschenke machen.«

Er folgte ihr die Treppe nach oben. Francesco sah sich um, während Bianca nach Mafalda läutete, ihnen Wein zu bringen.

Wie schnell wir zwei in ein Gespräch vertieft sind, dachte Bianca wenig später. Mit einem wehmütigen Lächeln betrachtete sie sein Gesicht. *Schade, dass ich verheiratet bin. Wie herrlich könnte unser Leben sein, wäre ich auch offiziell die Frau an seiner Seite.* Sie seufzte. Er hatte ihr Kleid bestaunt, doch das reichte ihr nicht. Nicht, wenn sie ehrlich vor sich selbst war. Bewundert wurde sie ständig, wenn sie Männern begegnete. Selbst Frauen taten es. Die meisten zwar heimlich, doch ihr kam immer wieder zu Ohren, dass ihre Frisur oder der Schnitt eines Kleides imitiert wurden. Sonia hielt sie auf dem Laufenden.

Aus einem unerfindlichen Grund kam ihr Livia in den Sinn. Francesco hatte ihr schon lange versprochen aufzuspüren, was aus ihr geworden war. »Sag mal, hast du inzwischen etwas über das Schicksal meiner Kammerdienerin Livia in Venedig herausfinden können?«

»Heute ist so ein schöner Tag. Du solltest dich nicht mit trüben

Gedanken belasten«, entgegnete Francesco und legte seine Arme um ihre Taille. »Das ist doch unwichtig.«

Die Männer waren doch alle gleich. Pietro hatte genauso kühl und oberflächlich reagiert. »Unwichtig? Ich muss es wissen.« Bianca machte sich los und schlug sich die Hand vor den Mund. »Hat man sie ...?« Sie wollte das Wort Kerker nicht aussprechen.

Er sah sie an, als wolle er sagen, warum sie jetzt mit dem leidigen Thema anfangen müsse. Dann nickte er. »Ja«, sagte er unwillig, »der Botschafter hat mir berichtet. Man hat ihr den Prozess gemacht. Sie wurde schuldig gesprochen. Wie auch der Onkel deines Mannes.« Er bemerkte, wie Bianca zusammenzuckte, und fügte beschwichtigend hinzu: »Vielleicht wird sie eines Tages begnadigt.« Er nahm Bianca wieder in den Arm. »Sei froh, dass du jetzt hier bist. Bei mir. Was wäre sonst aus dir geworden?«

Tränen stiegen in ihr hoch. Sie spürte, dass er keine Lust hatte, sich wegen einer unbekannten Dienerin den Tag verderben zu lassen. Sie vergrub ihr Gesicht in seinem Wams und sog den Duft von Sandelholz ein. Es sollte doch ein schöner Nachmittag mit ihm werden. Mit aller Macht schob sie das Bild von Livia aus ihrem Gedächtnis.

Es klopfte und Mafalda trug ein Tablett mit zwei Bechern und einer Karaffe herein. Francesco ließ Bianca los. »Du bist eine unglaubliche Frau. Und ich bin sehr froh, dass du nun hier bei mir bist.«

Während Mafalda noch Zuckerwerk und kleine Appetithäppchen auf den Tisch stellte, schmiegte sich Bianca wieder an ihn. Sie spürte seinen Herzschlag und seine Wärme. Verlangen durchzog sie. Er schob sie sanft von sich und setzte sich wieder, ohne ihre Hand loszulassen. »Du, es gibt etwas, das du wissen musst.« Er sah zum Fenster hinaus, als läge das, was bald geschehen sollte, noch in weiter Ferne. »Der Herzog wünscht, dass ich mich verheirate.«

Hätte nicht Pellegrina irgendwo im Hintergrund geweint und jemand in der Küche polternd einen Topf fallen gelassen, hätte Bianca an ihrem Hörvermögen gezweifelt. »Dass du dich verheiratest?« Es klang schriller als beabsichtigt. Sie erschrak über ihre eigene Stimme. *Jetzt schon? Warum so bald?* Bianca rang nach Luft und sah sich Hilfe suchend im Zimmer um. *Beherrsche dich*, sagte sie sich. *Es wird doch nicht alles schon wieder zu Ende sein.*

Ihre Blicke trafen sich mit Mafaldas, die daraufhin einen flammendroten Kopf bekam. »Was tust du denn noch hier? Du kannst gehen!«

Mafalda huschte hinaus.

»Wie du weißt, gibt es in Österreich einen Kaiser und er hat eine Schwester, Erzherzogin Johanna von Österreich. Mein Vater wünscht, dass sie meine Gemahlin wird.«

Bis eben hatte sie es verdrängen können, dass er nicht ihr allein gehören würde. Und umgekehrt auch. »Ist sie schön?« Bianca hielt die Luft an. Ihre Augen funkelten heftig.

Als er schwieg, ging sie zum Fenster und starrte auf die Straße. Die Eifersucht war fast unerträglich. Eine Erzherzogin, eine Frau von höchstem Adel!

Francesco blickte gedankenverloren auf Biancas Rücken.

Bianca gab sich einen Ruck und schalt sich innerlich. Warum regte sie sich auf? Sie konnte nur seine Geliebte sein. Das Herzogtum brauchte legitime Nachkommen und Francesco hatte dafür zu sorgen. Reichte es ihr nicht, dass sie sein Herz besaß? Seine Liebe? Was aber, wenn er die Unbekannte doch mehr liebte? Sie schöner fand als sie? Hatte er eine Ahnung, wie weh ihr diese Gedanken taten?

Irgendwann stand er auf und umarmte Bianca von hinten. »Du wirst immer die Erste in meinem Herzen sein.«

Sonia schwatzte unablässig und brachte den neuesten Tratsch in den Aufenthaltsraum für die Diener. Martino schien sich nicht dafür zu interessieren und kratzte Dreckreste unter den Nägeln weg. Tomaso stierte Sonia unablässig an, in einer Weise, dass selbst Gina ihm missbilligende Blicke zuwarf. Mafalda war das egal. Sie bekam kaum Luft.

Nevia hatte ihr anvertraut, dass Tomaso auch bei ihr Annäherungsversuche gemacht habe. Aber Tomasos ungeteilte Aufmerksamkeit galt jetzt wohl Sonia. Kein Wunder, dass die Stimmung hier im Raum alles andere als unbeschwert war.

»Ich habe was Neues gehört«, sagte Sonia mit Häme in der Stimme. Sie genoss es sichtlich, im Mittelpunkt zu stehen. Ihre Wangen waren gerötet und sie saß nach Mafaldas Empfinden mit viel zu weit aufgeknöpfter Bluse am Tisch. Sie warf Tomaso einen Blick zu. »Die Signora soll schon länger ein Verhältnis mit Prinz Francesco haben. War er nicht kürzlich hier, als Signore Buonaventuri noch außer Haus war? Schon merkwürdig, oder? Mafalda, sag uns, ob da was dran ist!« Sonia sah erwartungsvoll zu Mafalda, die krampfhaft überlegte, ob sie hinausrennen oder Sonia Einhalt gebieten sollte.

»Na sag schon!« Sonias Ton klang streng.

Sollte Mafalda einfach sagen: Ja, das stimmt? Bianca machte kein Geheimnis daraus, dass sie Francesco empfing. Wie könnte sie das auch verbergen bei den vielen Menschen im Haus. Mafalda rutschte unruhig auf der Bank hin und her.

»Von einer Dienerin aus dem Nachbarhaus weiß ich, dass er sich noch in diesem Jahr verheiraten will. Sie weiß es von einer Dienerin aus dem *Palazzo Vecchio*. Die Braut soll besonders fromm sein.« Sonia kicherte.

»Was regst du dich auf, Sonia? Mätressen gab es schon immer. Unser Herzog lässt seine sogar im Palazzo wohnen.« Nevia zuckte die Schultern und stand auf. »Ich hole uns noch Wein.« Sie nahm den Krug vom Tisch und ging in die Küche.

»Die Herzogin ist ja auch tot«, rief Sonia hinterher.

Mafalda hatte keine Lust, weiter dem Tratsch zu lauschen. »Ich bin müde. Gute Nacht.« Sie eilte hinter Nevia her. Während Nevia den Krug auffüllte, blieb Mafalda bei ihr stehen. »Bitte, sag du Sonia, dass sich das nicht gehört. Sie tut sich keinen Gefallen. Sie will doch noch länger hier arbeiten.«

In diesem Augenblick hörte sie Sonias Stimme aus dem Zimmer. »Mafalda, nun tu doch nicht so. Du weißt doch mehr, als du zugibst! Wenn du mit uns befreundet sein willst, rück raus mit der Sprache.« Sie lachte ein böses Lachen.

Mafalda hielt die Luft an. Das war genug. Entschlossen ging sie zurück zum Aufenthaltsraum und steckte ihren Kopf in die Tür. Sonia war aufgestanden, presste die Lippen zusammen und hielt die Fäuste in den Hüften. Fast hätte Mafalda gelacht, so abgeschmackt fand sie die Szenerie. Sie dachte an Pietros Jähzorn im Hause der alten Buonaventuri und zwang ihre Stimme zur Ruhe. »Ich weiß nicht, was der Signore macht, wenn er hört, was du verbreitest. Es könnte übel für dich enden.«

Nevia stellte sich neben sie in den Türrahmen und nickte. Sie hielt den Krug mit beiden Händen und presste ihn an die Brust. »Was geht es uns an, wenn die Herrin es mit der ehelichen Treue nicht genau nimmt?«

Seit diesem Tag herrschte eisernes Schweigen zwischen Sonia und Mafalda. Sonia sah sie kein einziges Mal mehr an. Das setzte Mafalda mehr zu, als sie sich eingestand. Immer, wenn sie Sonia begegnete, stieg das Unbehagen in ihr hoch.

Eines Abends saß Mafalda im Bett und dachte nach, wie sie die Spannung durchbrechen konnte, während sie ihre Haare bürstete. Gedankenverloren flocht sie ihren Zopf. Die Kerze flackerte unruhig, als sie sich das Kissen in den Rücken schob. Noch war sie nicht bereit, auf Sonia zuzugehen. *Es ist an Sonia, sich bei mir zu entschuldigen*, fand Mafalda und griff nach der Bibel. Sie wusste, dass es eine Stelle gab, die diese Situation beschrieb, und überlegte, in welchem Kapitel sie davon gelesen hatte. Sie erinnerte sich, dass Vergebung oft ein Thema in *Abbazia di Praglia* gewesen war. *Denn wenn ihr den Menschen ihre Verfehlung vergebt, so wird euch euer himmlischer Vater auch vergeben*, las sie im Matthäusevangelium. Sie sollte zu Sonia gehen? Sie ansprechen? Mafalda klappte die Bibel zu und beschloss, nicht weiter darüber nachzudenken. Nein. Wer hatte denn damit angefangen? Doch Sonia. Sie wusste doch alles besser und zeigte kein bisschen Reue.

Entschlossen blies Mafalda das Licht aus und zog die Decke hoch.

Sie war müde und doch ließen ihre Gedanken nicht zu, dass sie einschlief. Immer wieder hielt sie sich den Abend vor Augen. Sonia hatte sich doch in den Mittelpunkt gerückt. Sie wollte vor allen mit ihrem Geschwätz glänzen. Wen hatte sie denn gekränkt? Doch sie, Mafalda! Sonia hatte allen Grund für eine Entschuldigung. Mafalda seufzte tief und starrte zur Decke. Wenn sie vor der heiligen Messe zur Beichte ging, was hatte sie sich schon vorzuwerfen? Einen Kamm der Herrin zerbrochen, ja, und sich ein bisschen zu lange vor dem Spiegel gedreht, nachdem sie einem feschen Boten an der Haustür begegnet war. Sonst nichts. Sie legte sich auf die Seite und schloss die Augen. Nein, heute hatte sie mal keine Lust zu beten. Ihr fielen heute keine Worte ein. Morgen würde ein neuer Tag sein. Vielleicht war dann alles leichter.

Am nächsten Morgen fühlte sich Mafalda müde. Sie hatte lange gebraucht, um einzuschlafen, aber die unruhigen Gedanken waren heute verschwunden. Erleichtert darüber freute sie sich auf den vor ihr liegenden Tag. Sie genoss beim Blick aus ihrem Fenster die Farben der Landschaft rings um Florenz, die in unterschiedlichste Braun- und Gelbtöne getaucht war, und sog tief die milde Luft ein. Der Herbst hatte bereits seit Tagen von der Toskana Besitz ergriffen und färbte die Blätter der Bäume in ein sattes Zinnoberrot und Safrangelb.

Mafalda begann ihr Tagwerk. Auf dem Flur begegnete sie Signore Buonaventuri, der gerade das Schlafzimmer verließ. Er hastete an ihr vorbei, als sei sie Luft. Vielleicht war es auch besser so. Seine merkwürdigen Blicke hatten ihr mehr als einmal Angst eingeflößt.

»Es sind neue Stoffe geliefert worden, die Ihr Euch ansehen solltet«, sagte Mafalda nach dem Frühstück und erinnerte Bianca daran, dass die Schneiderin am Nachmittag zum Maßnehmen eintreffen würde. Mafalda fand, dass Bianca zu viel Zeit mit Besuchen und Einkäufen verbrachte. Ob die Herrin damit ihre Gedanken verdrängte, die sie bestimmt spätestens einholten, wenn Francescos Besuch endete? Mafalda wusste inzwischen, dass Francesco tatsächlich nur zu ihr kam, wenn er den Hausherrn im Rat beschäftigt wusste. »Ich erwarte heute seine Hoheit.« Wenn Bianca diesen Satz sagte, wusste Mafalda, dass die Herrin ein Bad wünschte, ihr schönstes Kleid anzog und nicht mehr gestört zu werden wünschte.

An den anderen Tagen vergnügte sich Bianca mit Spazierfahrten durch die Stadt. Mafalda hatte alle Hände voll zu tun, ihr immer neue Zerstreuungen zu organisieren. Bianca schien den Luxus ihrer neuen Umgebung mehr und mehr als selbstverständlich hinzunehmen. Sie vertraute Mafalda immer mehr Aufgaben an, lief singend durch den Palazzo und die Dienerschaft starrte ihr verwundert nach.

Sie erreichten das Zimmer am Ende des Ganges, in dem etliche Stoffballen lagen.

»Hier, was haltet Ihr von dem goldenen? Die Ornamente sind unglaublich kunstvoll, findet Ihr nicht?« Mafalda strich über einen Seidenbrokat, der raschelte, wenn man ihn bewegte. Seine Ausdruckskraft betörte sie, und sie ertappte sich dabei, dass sie die Luft anhielt, während sie das Muster auf sich wirken ließ. Zahlreiche Lilien waren in den Stoff eingewebt. Lilien, wie sie das Wappen der Medici zeigte.

Das Aussuchen von Stoffen und Spitzen für ihre Kleider gehörte zu Biancas Lieblingsbeschäftigungen. Stundenlang warf sie sich Seide und Samt über, um die Wirkung der Farben an ihrer Haut auszuprobieren. Die Schneiderin hatte ihr schon einen ganzen Schrank voll Kleider angefertigt.

»Der Prinz hat mir erzählt, dass am 18. Dezember seine Hochzeit mit Johanna von Österreich stattfinden wird.« Bianca klang verstimmt. Sie setzte sich in einen Sessel, der vor dem Fenster stand. »Für dieselbe Gelegenheit hat er die Einladung für meinen Mann und mich ausgesprochen.«

»Oh!«, entfuhr es Mafalda. Sie war überrascht, weniger davon, dass der Sohn des Herzogs heiratete, sondern dass er Bianca zu der Feier einlud. Sie schob den Ballen beiseite. »Werdet Ihr die Einladung annehmen?«

Bianca zögerte. Tief in Gedanken saß sie da und starrte auf die Stoffe. Mafalda stand noch immer neben dem Arbeitstisch und wartete auf eine Antwort.

»Setz dich«, sagte Bianca schließlich und zeigte auf den Platz neben sich. »Es ist schön, wenn du in meiner Nähe bist. Du bist so anders als die anderen Freundinnen, die ich bisher in meinem Leben kennengelernt habe.«

Gehorsam ließ sich Mafalda neben ihr nieder. »Gab es in Venedig keine Vertraute, auf die Ihr zählen konntet?« Wie gern würde sie mehr über die Lagunenstadt erfahren, um die sich unzählige Geschichten rankten. Vielleicht würde die Herrin ihr mehr erzählen.

»Doch, meine Kammerdienerin Livia. Ich mochte sie.«

»Sie war bestimmt traurig, als Ihr weggezogen seid. Bestimmt hat sie keine so bezaubernde Herrin mehr gefunden.«

Bianca atmete tief durch. Eine Träne erschien auf ihrer Wange. »Sie ist ..., man hat, also ...« Sie verstummte.

»Verzeiht«, stammelte Mafalda, »ich wollte Euch nicht mit meiner Frage kränken.«

Sie reichte Bianca ein Tuch. Bianca schnäuzte sich. »Livia war ein fröhliches Mädchen. Sie hat alles getan, was ich wollte. Und ich habe kaum einen Gedanken mehr an sie verschwendet.«

Mafalda hörte still zu. *Bianca hat nur sich selbst gesehen. Welche Konsequenzen ihre Flucht für ihre Dienerin hat, hat sie nicht interessiert*, dachte sie bei sich. Mafalda sah zu ihrer Herrin, die das Tuch in der Hand zerknüllte. Ihr Blick war auf einen Spiegel an der gegenüberliegenden Wand gerichtet, durch den sie hindurchzusehen schien. *Sie ist wie ein Kind, das sein Herz ausschüttet, und nicht wie eine junge Frau, die in die Gesellschaft aufgestiegen ist. Und doch dauert sie mich.* »Ihr seid dazu erzogen worden, Dienerinnen nur als solche anzusehen«, sagte sie, als müsse sie das Verhalten ihrer Herrin entschuldigen.

»Ja, aber ich habe zu meinem Vorteil ihr Leben ruiniert.«

»Sind die Gesetze in Venedig derart streng, dass man sie verurteilt hat?«

Bianca nickte. »Selbst bei mir, deren Vater im Rat sitzt, greifen die Gesetze.«

»Könnt Ihr noch etwas für Livia tun?« Bianca besaß jetzt beste Verbindungen. Ob Prinz Francesco sich für sie starkmachen könnte?

»Es ist zu spät. Sie verschwand im Kerker.«

Ein leichtes Zittern erfasste Mafalda. Das war ja schrecklich! »Was ist, wenn Ihr einen Brief nach Venedig schickt, um Euch zu vergewissern, ob sie noch einsitzt?« Sie bemerkte, wie sich Biancas Augen wieder mit Tränen füllten. Ob sie nur wegen Livia traurig war oder auch, weil die Hochzeit des Prinzen anstand? Seine Freiheit würde unwiederbringlich verloren sein. Zerstörte er damit nicht den letzten Funken Hoffnung der Herrin, irgendwann selbst die Frau an seiner Seite zu sein? Konnte ja sein, dass ihr Gemahl einer tückischen Krankheit erlag und sie frei sein würde für ihn. Andererseits – welcher Nobile heiratete seine Mätresse? Nein, der Gedanke war nun in der Tat abwegig.

»Nein, Mafalda. Die Republik und das Herzogtum respektieren sich zwar, sind aber nicht freundschaftlich miteinander verbunden. Wen in der Politik interessiert eine Kammerdienerin?«

Da könnte sie recht haben. Mafalda empfand Mitleid mit Bianca, die jetzt schluchzte. *Sie ist zu unschuldig für das, was ihr geschieht. Ach, wenn sie doch nur von der Kraft wüsste, die ich in Christus gefunden habe.* Sie legte Bianca die Hand beruhigend auf den Arm und sagte: »Herrin, Euch plagt das Gewissen, weil ein Ereignis aus der Vergangenheit Euch nicht zur Ruhe kommen lässt. Vertraut Euch Gott an. Er schenkt Euch die Stärke, er vergibt Euch, wenn Ihr mit ihm redet.«

»Du meinst, selbst wenn ich Livia nicht mehr helfen kann?«

»Auch dann.«

»Wie viele *Paternoster* muss ich beten?«

Wäre das Gespräch nicht so ernst gewesen, hätte Mafalda laut gelacht. Sie biss sich auf die Lippen. Raffaelos Bruder kam ihr in den Sinn und mit ihm die reformatorischen Gedanken. Sie fuhr fort: »Gott ist gnädig, ohne unser Zutun. Wir können uns den Himmel nicht verdienen mit Ave Marias und *Paternoster*. Wir müssen nur glauben.«

Von der Straße hörte man Hufgetrappel. Bianca stand auf, wischte die letzten Tränen aus ihrem Gesicht und glättete ihren Rock. »Ich hätte dich wirklich nicht mit meinen Problemen behelligen sollen«, seufzte sie.

Mafalda sah Bianca voller Mitgefühl an. »Niemand wird von mir etwas erfahren, was Ihr mir anvertraut habt«, versprach sie und bekreuzigte sich. »Ich werde Euch in mein tägliches Gebet einschließen.«

»Das gefällt mir. Danke«, sagte Bianca und es klang ehrlich. Dann wandte sich wieder den Stoffballen zu. Liebevoll strich sie über blauen und gelben Samt, grüne Seide, Brokat in Gold und Silber sowie Spitze und Borten in passenden Farben. Ihre Hand blieb auf dem bestickten Brokat liegen. »Ein Haarnetz mit Perlenschnüren und Goldfäden, was meinst du?«

»Zu Eurem rotgoldenen Haar passt das vortrefflich«, meinte Mafalda und war froh, dass ihre Herrin zu einem unverfänglichen Thema zurückkehrte. Nur die roten Flecken auf Biancas Gesicht erinnerten noch an ihre Tränen. »Sind Venezianerinnen eigentlich nicht schwarzhaarig?«

»Nicht alle. Man sagt, nur eine blonde Venezianerin sei eine echte Venezianerin.« Bianca lachte schelmisch. »Und eingebildet muss sie auch sein.«

Mafalda lachte. »Habt Ihr Goldschmuck für Hals und Ohren?«

»Was für eine Frage? Natürlich habe ich Schmuck, aber ich bezweifle, dass er zu diesem besonderen Kleid passt.« Bianca kippte ihre Schatullen aus.

»Dachte ich mir's doch. Es ist nichts dabei«, sagte sie enttäuscht. »Mafalda, wir müssen Schmuck kaufen gehen. Lass die Kutsche vorfahren, dieser Kaisertochter werden wir zeigen, was Eleganz in Florenz bedeutet!«

Nachdem sie von ihrem Ausflug zurückgekehrt waren und Mafalda mit der Dienerschaft zu Abend aß, wurde ihr bewusst, was sie die ganze Zeit verdrängt hatte. Ihrer Herrin hatte sie von der Gnade Gottes und von Vergebung erzählt, aber ihren eigenen ungeklärten Streit mit Sonia völlig aus den Augen verloren. Sie hatte getan, als sei nichts gewesen. War sie nicht wie die Leute, die in der Bibel Pharisäer genannt wurden? Menschen, die die Schrift von vorne bis hinten kannten, sich selbst für unfehlbar hielten und ihren Mitmenschen den Spiegel vorhielten, in den sie selbst nicht blicken wollten? Mafalda begriff, dass sie sich etwas vormachte. Zwar sprach sie das Notwendigste mit Sonia, doch von einem guten Miteinander war sie weit entfernt. Die Auseinandersetzung stand noch immer unsichtbar zwischen ihnen.

Mafalda rang mit sich. Sie musste die Sache aus der Welt schaffen. Und wenn sie sich blamierte oder alle über sie lachten. Sie nahm ihren ganzen Mut zusammen und hörte auf, in ihrem Teller herumzustochern.

»Sonia«, sagte Mafalda, wobei ihr egal war, was Nevia und Gina dachten und ob die Männer zuhörten, »es tut mir leid wegen neulich. Ich möchte, dass wir uns wieder vertragen.«

Gina vergaß zu kauen. Sie sah Mafalda mit dicken Backen an. »Was?«, presste sie zwischen den Gemüsestücken in ihrem Mund hervor und bekam Kuhaugen. »Still!«, zischte Nevia und stieß sie in die Seite. Beide sahen erwartungsvoll in die Runde.

Weder Tomaso noch Martino schien das Gespräch zu interessieren. Martino hing über seinem Teller und schaufelte unablässig Brei in sich hinein, während Tomaso ihm kurz über die Schulter sah und dann nach dem Brot griff. Er zog seine fast farblosen Augenbrauen zusammen, musterte Mafalda und wandte sich wieder dem Essen zu.

Sonia konnte nicht verbergen, wie zufrieden sie war. »Ach ja?« Sie nahm einen Schluck aus ihrem Becher. »Hast lange gebraucht, um das zuzugeben.« Sie zog die Lippen breit.

Mafaldas Gesicht färbte sich rot. Wie dumm von ihr, Sonia nicht unter vier Augen anzusprechen. Sie hatte gedacht, Sonia würde die Entschuldigung annehmen. »Bitte verzeih«, wiederholte sie zerknirscht. Das war ja schlimmer als König Heinrichs Gang nach Canossa.

Bis auf Martinos Schmatzen war es still geworden.

»Ist ja gut«, erwiderte Sonia gönnerhaft, als sie Nevias kritischen

Blick gewahrte. Sie nestelte an ihrer Schürze. »Glotz nicht so!«, zischte sie. »Ich nehme die Abbitte doch an.«

9

Dezember 1565

Seit Tagen war die Stadt in Aufruhr. Und dann war es endlich so weit: Zwei Tage vor der Hochzeit reiste die Braut an. Sämtliche Straßen waren gefegt und geschmückt, Skulpturen, die in letzter Minute fertig geworden waren, waren an wichtigen Plätzen aufgestellt, und Blumen und Girlanden in Fülle wiesen den Weg zum *Palazzo Vecchio*. Ganz Florenz fieberte dem Tag der Vermählung entgegen. Doch zuvor bereitete man der berühmten Braut aus Österreich einen jubelnden Empfang. In sämtlichen vornehmen Häusern glänzten die Räume und das polierte Tafelsilber, als zöge die Braut nicht im herzoglichen Palast, sondern dort ein.

Die gesamte Stadt war auf den Beinen, als sich die Nachricht von der Ankunft der Wagenkolonne verbreitete. Menschenmassen säumten die Straßen und Gassen, und wer nicht am Wegesrand jubelte, der tat es von seinem Fenster aus. Die feudale Kutsche mit Erzherzogin Johanna von Österreich rollte vorweg und in ihrem Gefolge zogen Adlige, Höflinge, Vertreter der Geistlichkeit, Botschafter und Diener in die Stadt ein. Aus vielen Ländern waren Gäste angereist. Fanfaren bliesen ihnen zur Ehre, während die Glocken der Stadt läuteten.

Bianca stand am offenen Fenster ihres Palazzos. Sie beobachtete die kaiserliche Kutsche. Es war ein von acht geschmückten Rössern gezogener Wagen, dessen kunstvolle Verzierungen und Schnitzereien mit Gold überzogen waren. In seinem Pomp hob er sich deutlich von den nachfolgenden ab.

Mafalda stand neben Bianca und betrachtete sie von der Seite. *Es muss ihr sehr wehtun; sie begreift, dass in zwei Tagen die Prinzessin die Zärtlichkeit des Prinzen genießt. Seiner Pflicht als Thronfolger muss sich alles unterordnen, auch seine Gefühle.*

»Kommt, Ihr habt das Kleid noch nicht gesehen, das die Schneiderin endlich gebracht hat«, versuchte Mafalda sie abzulenken, als Bianca noch immer am Fenster verharrte, obwohl der Zug schon lange verschwunden war. Sie nahm Biancas Hand und zog sie mit sich. »Es ist traumhaft schön!«, jubelte sie. Langsam löste Bianca den Blick von der Straße und folgte Mafalda.

Diese half ihrer Herrin zuerst in die Unterröcke aus Seide, band das Mieder und zuletzt kam das Kleid an die Reihe. In seinen Saum waren Stäbchen aus Metall eingenäht, die dem Rock Festigkeit verliehen. Während Mafalda die Ärmel festschnürte, überlegte sie, wie sich die Farbe des Kleides am besten benennen ließe. Einen Malachit mit einem Saphir versetzt, hätte die Herrin bestimmt gesagt. Sie kannte sich mit Edelsteinen doch besser aus. Als sich Bianca im neuen Gewand vor dem Spiegel drehte, lachte Bianca los. »Unglaublich nicht?«, rief sie und tänzelte durch die Räume.

Mafalda seufzte erleichtert. Sie rief die Dienerinnen, die sich gern bei ihrer Arbeit unterbrechen ließen, um die Herrin zu bewundern. Sie war die Eleganz in Gestalt.

Palazzo Vecchio

Schon seit ein paar Tagen weilte Kardinal Ferdinando in der Stadt. Am Tag vor der Trauung traf er sich mit seinem Bruder Francesco, um die Abläufe am Hochzeitstag nochmals durchzusprechen.

»Ich hätte mir gewünscht, du hättest dir eine andere, angenehmere Jahreszeit zum Heiraten ausgesucht«, beschwerte sich der Kardinal, »es ist ziemlich kühl, findest du nicht?« Er rieb sich seinen Arm, der bei jedem Wetterwechsel und bei Kälte schmerzte. Eine wulstige Narbe erinnerte an seine Kindheit, die er vor allem auf dem Pferderücken verbracht hatte, was nicht ohne Verletzungen geblieben war.

»Komm, setz dich zu mir.« Francesco nahm in einem Sessel am

Kamin Platz. »Ja, eigentlich sollte die Hochzeit im Spätsommer stattfinden, wäre da nicht der Tod des Kaisers gewesen.«

Der Kardinal blieb vor dem Kamin stehen und blickte gedankenverloren in den Raum. Er seufzte. »Um ein Haar wäre ich nicht zu deiner Hochzeit gekommen. Du weißt ja, der Tod des Heiligen Vaters ist auch erst eine kleine Weile her. Jetzt haben wir Pius V. gewählt. Aus der Familie der Ghisleri. Ich habe bereits jetzt das Gefühl, er hat für Kunst nicht allzu viel übrig und will die Kurie reformieren. Ich wette, das wird noch zu Auseinandersetzungen im Kreis um den Heiligen Stuhl führen.« Ferdinando war leidenschaftlicher Kunstsammler und würde sich von Papst Pius nicht in seine Sammelleidenschaft hineinreden lassen.

Auf dem Tisch stand Wein. Francesco ließ sich von einem Diener einschenken. »Köstlich«, lobte er und wies mit seiner Hand zum Tisch. »Trink, das beruhigt deine aufgebrachte Seele.« Er nahm noch einen großen Schluck und kam auf den verstorbenen Kaiser zurück. »Wir mussten eine angemessene Trauerzeit einhalten.«

»Du warst offensichtlich nicht zu traurig«, sagte Kardinal Ferdinando mit seinem tiefen Bass, »über die Verzögerung. Man erzählt sich, du hättest eine Geliebte.« Er blickte seinem Bruder geradewegs in die Augen. »Eine verheiratete Geliebte.«

»Von wem hast du es gehört?«, erwiderte Francesco ärgerlich. »Ich hatte angeordnet, es nicht nach außen zu posaunen. Oh, diese Schwätzer!«

»Dann stimmt es also. Glaubst du im Ernst, dein Verhältnis bliebe geheim? Im Sinne von Johanna solltest du jetzt rücksichtsvoller vorgehen, meinst du nicht auch?«

Bei schönen Frauen setzt offensichtlich der Verstand von uns Medici aus, dachte Ferdinando bei sich. *Können sie nicht diskreter sein? Ich würde wissen, wie ich es geheim halten würde.*

»Nun tu nicht so, als ob du den Frauen abgeschworen hättest.«

Das wollte der Kardinal nicht auf sich sitzen lassen. Sein von Natur aus dunkler Teint färbte sich noch mehr. »Ich bin zwar Kardinal ohne das Sakrament der Weihe geworden, aber das ändert nichts an meinem Amt, das mich mehr als erfüllt.« Ferdinando hatte sich bewusst gegen die Priesterweihe entschieden und sich damit eine Tür offengelassen. Er lächelte selbstgefällig. Im Falle eines Falles konnte er Herzog werden.

Heute Morgen, als er allein am Arno entlanggeritten war und den Campanile aus den zarten Farben der Morgendämmerung emporragen sah, hatte er ihn als ein Fingerzeig Gottes erkannt. Er musste sich bereithalten. Francesco war ein Weichling. Der Kardinal lächelte schief. Und seine Frauengeschichten waren unerträglich. Noch nie in der Geschichte hatten Gefühle bei einem Herrscher getaugt. Wo käme man denn hin, wenn man aufgrund von Emotionen regierte! Außerdem musste Francesco erst einmal einen Erben zeugen. Das Risiko, dass ihr kleiner Bruder Pietro vielleicht einmal Francescos Platz einnahm, würde er, Ferdinando, keinesfalls eingehen. Er wusste zumindest, was er tat und was er wollte. Seine geheimsten Gedanken gingen niemanden etwas an. Noch nicht mal seinen Bruder.

Ferdinando strich sich versonnen über seinen Kinnbart. Wie sein Bruder hatte er schwarzes Haar und, obwohl er ein paar Jahre jünger als Francesco war, bereits eine ausgeprägte männliche Mimik. »Ich habe mich der Verwaltung kirchlicher Angelegenheiten zugewandt und seit letztem Jahr lasse ich eine Villa bauen. In bester Lage auf dem Pincio-Hügel.« Er geriet ins Schwärmen. »Ich plane, dort eines Tages einen Teil der Sammlungen des Konklaves unterzubringen. Das ist meine Leidenschaft.«

»Ach, hat man bereits so viel angehäuft, dass der Vatikan nicht ausreicht?« Francesco lachte.

Für eine Weile schwiegen die Brüder. Ferdinando setzte nochmals an. »Du kannst Vater nicht als Entschuldigung anführen, Vater ist Witwer und seine Mätresse Camilla ledig. Du weißt, was ich damit sagen will, oder?« Als Francesco nichts erwiderte, fuhr er fort. »Ich kann dir nur raten: Mach deine Gemahlin glücklich und sorge für Nachkommen. Sei dir deiner überragenden Stellung bewusst. Ich bin froh, dass zumindest die Verhandlungen mit Österreich gefruchtet haben. Du weißt nur zu gut, dass deine Eheschließung ein Vorzug ist. Unser Herzogtum steht jetzt allen voran, vor Ferrara, Mantua, Modena und wie sie alle heißen. Denk daran, deine adligen Gäste werden vor Neid vergehen, während sie dir Glück wünschen. Und was diese Venezianerin betrifft – du musst sie ab sofort meiden. Das Verhältnis bringt dir nur Unglück und steht nicht unter dem Segen des Herrn. Den möchtest du doch morgen für deine Ehe erflehen, oder?«

Ein Diener legte Holzscheite nach. Das Feuer verbreitete eine angenehme Wärme. Francesco starrte zur Wand. Seine Augen verengten sich.

»Mich würde nicht wundern, wenn du sie sogar zu deiner Hochzeit eingeladen hättest.« Allein der Gedanke war unerträglich.

»Und wenn?«, fragte Francesco trotzig. »Ich werde sie dir vorstellen. Wenn du sie kennen würdest, hättest du eine andere Meinung. Was weißt du schon von ihr? Wohl genauso wenig wie ich von deinen Träumen. Ich glaube nicht, dass du die Augen abwendest, wenn eine schöne Frau vorübergeht. Dafür bist du viel zu sehr ein Mann.«

»Das ist mir völlig unwichtig.« Verächtlich musterte der Kardinal seinen Bruder. »Wie kann man das Herzogtum wegen einer Frau riskieren!«

18. Dezember 1565

Man hatte den Eindruck, sämtliche Einwohner hätten sich auf den Straßen und Gassen eingefunden. Unter die Leute mischten sich Gaukler und Tänzer, die für Unterhaltung sorgten. Schauspieler trugen Stücke unter freiem Himmel vor und Kinder beobachteten fasziniert die Possen der Puppenspieler.

Für die Trauung hatte sich die herzogliche Familie aus Platzgründen für die Kathedrale Santa Maria del Fiore und nicht die Medici-Kapelle entschieden. Das Mittelschiff quoll über von Rosen, Mimosen und getrocknetem Lavendel, verflochten mit Oleanderzweigen. Die Wände säumten Palmblätter und Zweige voller Orangen, zwischen die man Gebinde von Salbei und Thymian drapiert hatte. Der Duft der Toskana erfüllte die Kathedrale.

Mafalda hatte von ihrem Platz aus einen guten Blick auf Bianca und Pietro, die wie sie das Brautpaar gut sehen konnten. Bianca trug ein aufwendig geschneidertes, mit Stickereien aufgeputztes blaugrünes Kleid. Zahllose Perlen und seidene Kordeln umsäumten die Passe. Ihre Haube, die einen Teil des Kopfes bedeckte und eher einem Netz glich, spiegelte das Licht mit Perlen und Kordeln wider. Nicht nur Männer starrten sie unverhohlen an. Viele weibliche Gäste warfen einen unauffälligen Blick zu Bianca, fasziniert von ihrer Ausstrahlung und Aufmachung. Gewiss waren sie überrascht, die Geliebte Francescos hier zu sehen.

Ein bisschen stolz war Mafalda schon, dass ihr heute die Frisur auf Anhieb gelungen war. Unzählige Strähnen hatte sie gedreht und in schräger Linie festgesteckt. Dazwischen glitzerten Diamanten und Perlen. Sie hatte die Frisur bisher erst zweimal ausprobiert, aber heute war sie besonders gut gelungen. Das hatte ihr ein großes Lob von ihrer Herrin eingebracht. Schon mit zwangloser Haartracht und schlichten Gewändern fiel Bianca auf und umso mehr an einem Tag wie heute.

Mafalda dachte darüber nach, was an Biancas Wesen am faszinierendsten war. Ihre Lebensfreude? Ihre Freundlichkeit, auch mit der Dienerschaft? Ihre strahlenden Augen? Sie konnte es nicht benennen.

Francesco schritt neben seiner Braut durch den Mittelgang, als würde er mit einem männlichen Staatsgast eine Ehrengarde abschreiten. Als Mafalda die Braut in ihrem aufwendigen blauen Kleid erblickte, das mit Stickereien, Spitzenkragen und unzähligen aufgenähten Juwelen verziert war, schielte sie zu Bianca, die die Luft anzuhalten schien.

Was mochte jetzt durch ihren hübschen Kopf gehen? Ob sie gerade für sich entschied, dass die Braut keine Konkurrenz für sie war? Oder war sie sich darüber klar geworden, dass die hochmütig dreinblickende Frau an des Prinzen Seite von nun an sein Bett teilte? Mafalda musste zugeben, dass das edelsteinbestickte Kleid mit seinen Schnüren und Bändern zwar Johanna von Österreichs Grazie unterstrich, aber nicht verhindern konnte, dass die Trägerin hohlwangig und reizlos wirkte.

Fast tat ihr Francesco leid und sie hätte zu gern gewusst, was er gedacht hatte, als er seine Auserwählte erstmalig von Angesicht zu Angesicht gesehen hatte.

Ob er das vorstehende Kinn mit der wulstigen Unterlippe anziehend fand? Auf Johannas erhobenem Haupt blitzten rötliche krause Haare unter einem blau-goldenen Haarnetz hervor. Jetzt war ihr klar, warum Bianca erzählt hatte, dass Francesco das Gemälde Johannas nicht hatte beschreiben wollen.

»Domine Deus, Agnus Dei, Filius Patris, qui tollis peccata mundi, miserere nobis; qui tollis peccata mundi, suscipe deprecationem nostrum ...« An Mafalda zogen die lateinisch gesprochenen Worte und Gebete vorüber. Ebenso gelangte nur ein Quäntchen des an Zitrone erinnernden Aromas des Weihrauchs zu ihr. Das Hochamt und die Segnung dauerten endlos lange. Mafalda beschäftigte sich mehr mit dem Gedanken, dass es für Bianca in diesem Augenblick unmöglich geworden war, an Francescos Seite zu bleiben. Was würde das für Biancas und auch für Mafaldas Zukunft bedeuten? Würde Pietro seinen neuen Status aufgeben müssen?

Mafalda betrachtete den steifen Rücken von Johanna. Ihr verkniffenes Gesicht und ihre frommen Gesten ließen vermuten, dass sie niemals eine dritte Person in ihrer Ehe hinnehmen würde. Hoffentlich ahnte sie noch nichts von Francescos Eskapaden. Mafalda flehte still, dass der Prinz eine gute Lösung für die Familie Buonaventuri finden würde. Bianca würde nie in die baufällige Hütte ihrer Schwiegereltern zurückkehren. Eher würde sie sich in den Arno stürzen. Und Mafaldas eigene Zukunft war wieder völlig ungewiss. Der Gedanke fühlte sich geradezu lästig an.

Florenz ließ sämtliche Glocken läuten und als sich das Brautpaar nach der Trauung und dem anschließenden Abendmahl dem Volk präsentierte, schwoll der Jubel der Bevölkerung an. Die Zerstreuungen während der Feierlichkeiten ließen die Menschen für kurze Zeit vergessen, wie sehr sie unter den Steuern und der Armut ächzten. Die Frischvermählten fuhren in einer offenen Kutsche über die Via del Proconsolo, wo sie in den Corso Borgo degli Albizi abbogen. Über eine weitere Straße gelangten sie zum Arno, bis sie über die *Piazza* della *Signoria* zurückkehrten.

Die Fahrt glich einem Triumphzug, der in einem ausgelassenen Fest im *Palazzo Vecchio* im *Sala dei Cinquecento* endete. Während die Stimmung im Saal immer ausgelassener wurde, die Musiker zum Tanz aufspielten und der Wein in Strömen floss, schlenderte Bianca mit ihrem Mann durch den Innenhof des Palazzos. Bianca hatte sich bei Pietro eingehakt und atmete die kühle Abendluft tief ein. Es war frisch und der Himmel wolkenverhangen, aber es regnete nicht. Sie zog ihre *Schaube* näher an ihren Körper.

»Man hat keine Möglichkeit ausgelassen, der Braut etwas zu bieten.« Pietro wies auf die Wände des Innenhofs. »Für diese Arbeiten wurden extra Künstler aus Österreich beauftragt.«

»Was sollen sie darstellen?« Bianca zog Pietro näher zu den Wänden, um die Gemälde genauer anzusehen. Verdrießlich blickte sie auf die Gebäude und Landschaften an der Wand.

»Es sind Ansichten von Städten aus der Heimat der Braut.« Pietros Augen ruhten auf Bianca.

Bianca nickte. »Sie spricht mehrere Sprachen und fließend Italienisch.« Als sie in Pietros Gesicht sah, merkte sie, dass sie besser den Mund gehalten hätte. Seine Augen verengten sich zu Schlitzen. Er konnte seinen Neid einfach nicht verbergen. Besonders wenn sie besser informiert war als er.

»Es ärgert dich, dass nun seine Frau neben ihm sitzt, was?«

Bianca hatte keine Lust auf Streit. Was musste Pietro jetzt damit anfangen? »Komm, lass uns wieder nach drinnen gehen. Mir wird kalt«, sagte sie. Sie raffte die Röcke und wandte sich ab.

»Du kannst es nicht ertragen, wie?«, stichelte Pietro, während er sie von hinten an der Schulter festhielt und ihr Gesicht von der Seite musterte. »Du musst dich daran gewöhnen, dass er jetzt seine Ehefrau bevorzugt. Anstelle der Geliebten! Wie wär's, wenn du dich an deinen Mann und deine Tochter erinnerst?«

Anfang 1566

Mehrere Wochen lang hörte Bianca nichts aus dem Palast. Prinz Francesco kam nicht und schrieb auch nicht. Mafalda ertrug das Schweigen der Herrin und hörte sich, als sie es nicht mehr aushielt, ihre verzweifelten Fragen an.

»Was ist los mit Francesco?«, grübelte sie. »Sind seine Liebesschwüre nur heiße Luft gewesen? Muss ich mich jetzt in die Schar der abgenutzten Gespielinnen einreihen?«

Mafalda hegte ähnliche Gedanken. Die mehrtägigen Feierlichkeiten waren längst beendet und inzwischen waren viele Hände damit beschäftigt, den Herzögen und geistlichen Herrschaften bei ihrer Abreise zu helfen. Die Adligen reisten mit ihrem Gefolge nach und nach ab. Wie gut, dass Pellegrina die Herrin ablenkte. Sie redete erste Sätze und brabbelte, dass es eine Freude war. Signore Pietro war weiterhin selten zu Hause. Er zog die Gesellschaft der Herzöge von Ferrara und Mantua vor, die anscheinend noch vor Ort waren.

»Wie soll nur meine Zukunft aussehen? Ich habe mir von einer Hebamme am Hof Kräuter brauen lassen, damit ich nicht schwanger werde. Warum ist mein Leben so kompliziert? Wie soll es für mich weitergehen?«

Mafalda versuchte, sie abzulenken. »Vermisst Ihr Venedig manchmal?«, fragte sie vorsichtig.

In Biancas Stimme klang durch, dass sie dankbar für das neue Thema war. »Ja, Mafalda. Mir fehlen die Lagunen, der Geruch des

Meeres und die Farben. Vor meinem geistigen Auge erscheinen die Palazzi, tanzendes Sonnenlicht auf dem Wasser und die Gondeln. Das Licht in Venedig ist einzigartig. Blau in allen Schattierungen, besonders abends, die bunten Kleider der Damen, ja, alles zusammen. Aber hier in Florenz riecht es besser.« Sie strahlte Mafalda an, die ihr gebannt zuhörte. »Viel besser!« Sie lachte.

Mafalda stimmte in ihre Freude ein. »Ich sehe, Ihr könnt doch noch scherzen.«

»Kannst du dir vorstellen, einen Besuch bei einer Freundin zu machen und dabei eine Gondel zu nehmen? Ich sage dir, die schaukelt manchmal wild, Fremden wird dabei schlecht.« Biancas Augen glänzten. »Sie hängen dauernd seitlich über.«

Mafalda lachte und versuchte, sich vorzustellen, wie es ihr ergehen würde. »Wenn Ihr dieses Gefühl braucht, lasst Euch doch einmal in einer Sänfte tragen. Das Schlingern soll sich wie in einer Gondel anfühlen.«

Ein Lächeln flog über Biancas Gesicht. Fest entschlossen, die Schwermut ihrer Herrin zu vertreiben, verließ Mafalda das Zimmer. Vielleicht war von den kandierten Melonen noch etwas übrig.

Während Mafalda sich von der Köchin von den Vorräten geben ließ, hörte sie eine Kutsche vorfahren. Sie sah neugierig aus dem Fenster, während jemand das Portal öffnete. Der Wagen war unverkennbar.

Schnell eilte sie zu Bianca und rief aufgeregt: »Seine Hoheit, der Prinz ist da. Er fragt nach Euch.« Sie stellte das Tablett mit Zuckerwerk und Saft auf einen Tisch.

Bianca sprang auf. »Wirklich? Bitte ihn herein.«

Aber Francesco trat schon ein, während Mafalda den Raum verließ und lautlos die Tür hinter sich zuzog. Sie wollte sie gerade schließen, als sie sich besann. Sie war sich im Klaren darüber, dass das, was sie vorhatte, respektlos war.

Sie sah sich prüfend um. Weit und breit war niemand zu sehen. Sie drehte sich zur Tür und spähte durch den Schlitz in den Raum. Francesco war genau in ihrem Blickfeld. Leidenschaftlich wie ein verzehrendes Feuer umschlang er Bianca. Sie schien seine Nähe und den vertrauten Geruch zu genießen. »Erzähle mir, wie es dir geht.« Sie sah zu ihm hoch. »Ich habe dich vermisst.«

Er lächelte und nahm sein Barett ab. Dabei fuhr er sich mit den Fingern durch die Haare, um sie in Form zu bringen. »Ich war sehr beschäftigt. Allein die Verabschiedungen der vielen Gäste! Zudem habe ich einige Zeit mit meiner Schwester verbracht. Weißt du, sie ist mit einem Orsini verheiratet, dem Herzog von Bracciano. Er hat einen cholerischen Charakter. Er spricht mehr mit der Hand, worunter sie sehr leidet.«

Mafalda erinnerte sich: Nach dem Tod der Herzogin Eleonora war Isabella die erste Frau im Herzogtum gewesen, bis sie heiratete. Danach war sie wohl nur noch zu Besuch gekommen.

Andere erzählten, sie habe zeitweilig ohne ihren Mann im *Palazzo Vecchio* gewohnt.

Wie er sie anstarrt!, dachte Mafalda. *Für einen jung verheirateten Mann gehört das sich nicht.*

»Und wie ist sie, deine Ehefrau?«

Sie kann den Namen Johanna nicht aussprechen, dachte Mafalda.

»Sie ist wie ein Olivenblatt«, sagte er ernst und schluckte.

Mafalda sah, wie Francesco die Augen schloss. Um seinen Mund machte sich ein gequälter Ausdruck breit.

»Das heißt?«

»Ungenießbar.«

Bianca verzog das Gesicht, als wisse sie nicht, ob sie sich freuen oder wundern sollte. Für einen Moment schien sie ein Anflug von Mitleid zu ergreifen. Als habe Francesco ihre Gedanken erraten, fuhr er fort. »Ich weiß, das klingt in deinen entzückenden Ohren respektlos, wenn ich so über sie rede. Aber sie ist wie das Holz, auf dem man ihr Bild gemalt hat. Unnahbar. Sie betet zudem ständig. Hier einen Rosenkranz und dort noch einen.«

»Francesco«, kicherte Bianca und kniff ihm in die Seite, »was gäbe mancher Mann für eine fromme Ehefrau.«

Ja, was gäbe dein Mann dafür, wenn du fromm wärest? überlegte Mafalda und schüttelte den Kopf. *Es würde höchstens seine Eitelkeit berühren. Sonst nichts.*

»Italienisch kann sie, aber das ist auch das Einzige, was ich als vorteilhaft benennen kann.«

Das wunderte Mafalda nicht. Bianca schien das Gegenteil von Johanna zu sein. An Bianca reichte keine der florentinischen Schönheiten heran, weder an ihre Schönheit noch an ihre Liebenswürdigkeit. Sonst wäre Francesco nicht wieder hier und spielte mit dem Feuer.

»Sie ist, wie soll ich sagen, langweilig, sie lacht nicht und hat keine Lust zum Tanzen. Ihr macht nichts Spaß. Nichts!«

Und sie ist alles andere als schön, ergänzte Mafalda in Gedanken. *Wie schrecklich das sein muss, festgekettet für den Rest des Lebens an einen Ehegatten, der einem fremd bleibt – in jeder Hinsicht. Da nützt auch nicht das aufwendigste Gepränge.*

»Würdest du deine Ehe gern rückgängig machen?«

Sie setzten sich und waren nur noch gedämpft zu hören.

Was für eine dumme Frage, dachte Mafalda und drückte ihren Kopf weiter in den Türspalt. *Die Ehe ist ein Sakrament und unauflöslich.*

»Ich liebe dich«, flüsterte er, sodass Mafalda es gerade noch verstand. »Soll ich dir noch eine großartige Neuigkeit verraten? In Kürze ist der *Palazzo Pitti* fertig renoviert. Bald können wir dort einziehen. Der Herzog wird den linken Flügel bewohnen und ich den rechten. Dort werde ich noch mehr Platz für meine Gemäldesammlung haben.«

Es hörte sich an, als freue er sich wie ein kleiner Junge über ein lange ersehntes Geburtstagsgeschenk. »Und für mein Laboratorium.«

Sommer 1566

In den nächsten Wochen und Monaten kam Francesco regelmäßig in Biancas Palazzo. Er tollte sogar mit Pellegrina herum. Er scherzte mit

Bianca. Pietro war immer weniger im Haus. Er war nach wie vor viel unterwegs und Bianca wusste nicht, wo er sich in den Abendstunden aufhielt. Oft kam er nach Hause und war bester Laune. Ob nur der Wein der Grund dafür war?

»Darf ich dir etwas sagen?«, fragte Francesco eines Abends, als er mit Bianca im Bett lag. In seiner Gegenwart vergaß sie alles. Noch immer war ihr, als spüre sie seine Hände auf ihrer Haut. Sie lag mit geschlossenen Augen in seinem Arm und sog den Duft seines Schweißes ein.

»Mein Herz will alles von dir wissen«, flüsterte sie, beugte sich über ihn und küsste ihn auf den Mund. »Was gibt es?«

»Es betrifft deinen Mann.« Sein Ton war ernst. Er strich ihr die Mähne aus dem Gesicht und malte nachdenklich mit einem Finger über ihre geschwungenen Augenbrauen.

»Was ist mit ihm?« Sie wollte jetzt nichts von Pietro hören. Lieber wäre ihr, Francesco würde ihr Komplimente machen oder mehr von sich preisgeben, erzählen, was ihrer beider Träume und Wünsche waren.

Er rang nach den richtigen Worten. »Er hat von mir eine Position bekommen, die es verlangt, mit den Nobili der Stadt und den Männern des Rats angemessen zu sprechen. Darunter verstehe ich freundlich und besonnen, selbst wenn seine Meinung zu einem Thema eine andere ist. Er hat aber einige wichtige Leute vor den Kopf gestoßen. Er hat sie beleidigt und sich im Ton vergriffen. In einer Art, die den Zorn des Rats heraufbeschworen hat. Man ist von mehreren Seiten an mich herangetreten, die Angelegenheiten zu untersuchen und auszuräumen.«

»Oh nein!«, stieß Bianca hervor und ließ sich zurück in die Kissen fallen. »Wenn das wahr ist!«

Es fiel ihr sehr schwer, ruhig zu bleiben. Am liebsten wäre sie aufgesprungen, hätte Pietro gesucht und ihm ihre Meinung gesagt. Sie überlegte.

»Ich zweifle nicht an Worten von Menschen, die seit Jahrzehnten durch ihre noble Haltung unserer Familie aufs Engste vertraut sind.

Ich glaube ihnen. Was soll ich deiner Meinung nach tun?« Er setzte sich auf und zog seine Kleidung von einem Stuhl.

Die Sache schien ihn sehr zu bewegen. Gedankenverloren nickte Bianca ihm zu. »Ich werde mit ihm reden. Vielleicht kann ich ihn zu einer Entschuldigung und einem Sinneswandel bewegen.« Innerlich zweifelte sie selbst an ihren Worten. Sie kannte Pietro gut genug. Was Francesco von ihm gehört hatte, passte zu Pietro. »Du bist sehr gütig. Das ist nur eine Eigenschaft, die ich an dir liebe. Halte mich auf dem Laufenden.«

Mafalda war damit beschäftigt, Blumen in einer Vase am Fenster zu arrangieren, als Bianca und Signore Pietro, in ein Gespräch vertieft, auf der anderen Seite in den Roten Salon traten. Mafalda lauschte ihren Worten, zwischendurch reckte sie den Kopf und sah auf die Straße. Heute fuhren ungewöhnlich viele Kutschen die Straße hoch. Ob im *Palazzo Vecchio* mal wieder ein Bankett anstand? Offenbar waren die Herrschaften nicht geladen.

Mafalda erinnerte sich, wie sich die Herrin wegen Signore Pietro richtig aufgeregt hatte. »Francesco hat es ausdrücklich mir gegenüber geäußert!«, hatte sie mit aufgeregter Stimme gesagt. »Ausdrücklich!« Dabei hatte er gerade genug Sorgen, hatte er doch viele der Aufgaben des Herzogs übernommen. Auf der einen Seite war er sicher froh, dass er jemanden an seiner Stelle in den Rat setzen konnte, während er sich in seinem Laboratorium an Versuche wagte, irgendwelche Substanzen zu mixen. Andererseits konnte Pietro schnell zu einer Belastung werden, wenn er seine eigenen Interessen verfolgte. Mafalda holte tief Luft und griff nach ein paar Rosenzweigen. Hinter sich hörte sie Biancas Stimme.

»Der Prinz bittet dich, ein paar Dinge in Ordnung zu bringen. Deshalb richte ich es dir aus, damit du ihn um ein Gespräch ersuchen kannst. Ihm ist sehr daran gelegen, die Nobili und den Rat nicht zu verärgern. Dein Verhalten kostet dich wertvolle Sympathien.«

Pietro schien empört darüber, dass Bianca ihn auf diese Weise konfrontierte. »Du verlangst von mir, dass ich mich beim Rat entschuldige?«, polterte er. »Ich?«

Mafalda hielt inne. Ihr Herz schlug heftig und sie spähte zur Seite. Sie sah, wie Pietro seinen Kopf schüttelte, dass fast das Samtbarett heruntergerutscht wäre. Wollte er schon wieder weg? Sein Gesicht war vom Wein gerötet. »Die wissen wohl nicht, wen sie vor sich haben!« Er machte eine energische Handbewegung und fegte dabei die Karaffe vom Tisch. Der Wein floss auf den Teppich.

»Martino«, brüllte er und der Gerufene öffnete schnell die Tür, »mach das sofort weg. Dass mir keine Flecken im Teppich bleiben!« Martino gehorchte sogleich mit weit aufgerissenen Augen. Bianca zog es vor, nichts zu erwidern. Mafalda musste plötzlich an ihr vorheriges Zuhause denken. Sie fröstelte. »Und nimm deine Sachen mit!«, schimpfte Pietro hinter ihm her, »geh zurück an deine Arbeit.«

Martino raffte den Teppich an sich und rannte hinaus.

Mafalda warf einen Seitenblick zu Bianca, die nach Luft rang. Ihr ging es ähnlich. Mafalda atmete tief durch. *Die Herrin sieht, wie er sich verändert*, dachte sie. *Er könnte das auch in einem normalen Tonfall anordnen. Kein Wunder, dass die Dienerschaft über ihn tuschelt. Er ist doch ein angesehener Mann, woher nimmt er nur die Unverfrorenheit und Arroganz? Die Herrin wird es nicht hinnehmen, dass er Menschen und dazu noch Adlige und den Rat in einer Weise beleidigt, dass es zum Stadtgespräch wird.*

»Sie wissen sehr wohl, dass du das Vertrauen des Prinzen hast. Das macht die Sache so heikel für sie, verstehst du?« Biancas Stimme klang beschwörend, dass Mafalda Angst bekam. »Dass sie sich durchgerungen haben, Francesco ins Vertrauen zu ziehen, bedeutet, dass sie schwere Vorwürfe haben. Ich bitte dich eindringlich, denk darüber nach und zügele deinen Jähzorn. Dein Ansehen steht auf wackeligem Boden.«

Es reichte. Mehr wollte Mafalda von dieser Geschichte nichts wissen. Martino war bestimmt froh, wenn sie ihm half, die Flecken auszuwaschen. Sie rückte die Vase zurecht, griff nach den übriggebliebenen Zweigen und huschte, ohne nach links oder rechts zu sehen, an den Herrschaften vorbei. Pietro war ein erwachsener Mann, aber ein Hitzkopf. Jetzt musste er selbst entscheiden, was zu tun war. Er war gewarnt.

Herbst 1566

Nevia hatte mal wieder alle Register ihres Könnens gezogen. Bianca hatte um ein erlesenes Menü für den Abend gebeten und würde es bekommen.

»Wo ist Sonia?«, fauchte Nevia, »sie muss auftragen. Seit einer Stunde ist sie spurlos verschwunden. Auch Tomaso fehlt.« Da Martino seinen freien Abend hatte und sich mit Freunden traf, war auch Mafalda ratlos. Schnell bot sie an, Sonia zu vertreten.

»Das gibt Ärger«, brummelte Nevia und reichte Mafalda die Platten mit Wildschweinrücken inmitten von Kraut und Pilzen, Polenta und gebratenes Huhn mit Zwetschgen. »Das Mädchen wird sich noch in ernste Schwierigkeiten bringen.«

Mafalda ahnte, was die Köchin meinte. Sonia lief Gefahr, mit Schimpf und Schande aus dem Haus gejagt zu werden. Mafalda schüttelte ihre Gedanken an sie ab und sog den Duft der Speisen tief ein. Welch ein Aroma! Sie musste lächeln, als sie an das Pilzgericht dachte, das ihr Leben vor so langer Zeit verändert hatte.

»Geh, es wird kalt!«

Mafalda betrat das Speisezimmer und stellte die Platten auf den Tisch.

»Mein Tanzmeister wird dich unterrichten«, sagte Francesco und sah Bianca mit Glut in den Augen an. »Signore Caroso, ein begnadeter Meister seines Fachs.«

Bianca schluckte schnell den Bissen, den sie im Mund hatte, und spülte ihn mit Wein herunter. Das Feuer schien auf sie überzuspringen. »Tanzmeister? Was hast du mit mir vor?« Ihre Augen leuchteten und sie griff über den Tisch nach seiner Hand. »Geliebter, du machst mich neugierig.«

Beflissen legte Mafalda der Herrin von jeder Speise etwas auf den Teller. Es würde wieder ein langer Abend werden, ahnte sie.

»Ich werde ein Bankett geben. Einen rauschenden Ball. Du wirst meine Tanzpartnerin sein, habe ich beschlossen.«

Bianca schien sprachlos. Sie spielte nachdenklich an einer Blüte des Buketts, das auf dem Esstisch stand. »Vielleicht sagst du mir zuerst, was der Grund des Festes ist. Darf ich raten? Vielleicht die Präsentation deines neuen Hauses?«

Mafalda ging um den Tisch herum und legte dem Prinzen Essen auf.

»Auch.« Es schien, als fiele es ihm schwer, Bianca anzublicken. »Johanna ist schwanger.«

Für einen Augenblick schien die Welt stillzustehen. Mafalda hätte fast den Löffel fallen gelassen, mit dem sie auflegen wollte. Sie konnte fast körperlich spüren, wie Bianca erstarrte. Ihr Gesicht war aschfahl. Sie ließ ihr Besteck los und zerknüllte den Brokat ihres Kleides. Mafalda ahnte: Was immer Bianca bis heute gedacht oder gehofft hatte, jetzt nahm alles eine neue Dimension an. Wie würde sie reagieren?

»Deshalb also dieses Bankett. Ich nehme an, du wirst die freudige Nachricht bekannt geben.«

Bianca würde sich keine Blöße geben, dazu war sie viel zu klug. Hatte sie Mafalda nicht mal anvertraut, dass das Einzige, was Francesco brauchte, ein perfektes Gegenstück war, seine zweite Seele, und keine hysterische Geliebte, die sich nicht zurückhalten konnte? Bianca sah sich als seine zweite Seele. Wie froh war sie noch vor Tagen gewesen, nachdem sich Pietro durchgerungen hatte, sich persönlich beim Herzog und bei den Ratsherren zu entschuldigen. Entschlossen griff Mafalda nach der Karaffe und schenkte Wein nach. Die beiden schienen ihre Anwesenheit gänzlich vergessen zu haben.

»Ja.« Dann sprudelte es nur so aus ihm heraus. »Bitte, Bianca, versteh mich doch. Ich muss meine Ehe führen, wie ich es vor Gott und den Menschen versprochen habe. Es geht dabei nicht um mich.«

»Es geht um die Linie der Medici«, flüsterte Bianca. Ihre Stimme klang belegt. »Du hast mir deine Liebe geschworen. Es, es ist ...« Sie hielt inne und Mafalda sah ihr an, dass sie versuchte, die aufsteigenden Tränen zu unterdrücken. Sie zog sich in eine Ecke des Zimmers zurück und machte sich an einem Tisch mit Gebäck zu schaffen. Sie hatte hier im Zimmer nichts mehr verloren. Aber vielleicht sollte sie die Herrin in dieser Situation nicht alleinlassen. Sie konnte jeden Moment umkippen.

»Du weißt, dass ich dich liebe, Francesco.«

Mafalda schielte zum Prinzen. Er wirkte, als fiele es ihm ebenfalls schwer, seine Gefühle zu unterdrücken. »Vielleicht bekommt das Haus der de Medici ja einen männlichen Erben. Ich hoffe darauf.« Er leerte den Becher in einem Zug, umrundete den Tisch und setzte sich neben Bianca. Zärtlich legte er den Arm um sie. »Natürlich dient das Fest in erster Linie dazu, die Neuigkeit zu verkünden.«

Mafalda musste daran denken, dass Bianca inzwischen alles unternahm, um eine eigene Schwangerschaft herbeizuführen. Bestimmt hätte sie ihm gern diesen Erben geschenkt.

Während Francesco seinen Kopf an ihrer Brust vergrub, schien Bianca zu grübeln und wühlte mit den Händen in seinen Haaren. »Ich danke dir, dass du so offen mit mir sprichst.«

Mit zitternden Händen ordnete Mafalda kandierte Orangen und Engelwurz zu einem Muster an. Was hatte Bianca gedacht? Dass er seine Frau nicht anrühren würde? Gut, dass Sonia heute nicht hier war. Sonst würde es heute Nacht noch ganz Florenz erfahren.

»Wer ist dieser Tanzmeister? Ist er schon lange bei Hofe?« Die Herrin versuchte, ihre Stimme unbekümmert klingen zu lassen. Sie sah sich im Speisezimmer um und bemerkte Mafalda. »Was machst du denn noch hier?«.

Mafalda zuckte zusammen. »Ja, ich ... also, die kandierten Früchte hier ...«

»Caroso ist, so wurde mir berichtet, von Meister Battistino gelehrt worden. Seine Kunst hat er in Rom und bei weiteren Nobili ausgeübt. Er muss eine solche Koryphäe sein, dass man ihn vom *Messer* Caroso zum Signore Caroso erhoben hat.«, fuhr der Prinz fort, als habe er keine Notiz davon genommen, »Was das für unseren Hof bedeutet, kannst du dir denken. Die de Medici beschäftigen den wohl besten Tanzmeister Italiens. Ist das nicht großartig? Man wird uns beneiden!«

Bianca räusperte sich. »Nimm die Teller mit«, sagte sie, »und schenke uns noch etwas nach. Dann lass uns allein.«

Das wäre um ein Haar schiefgegangen, dachte Mafalda erleichtert. Während Mafalda mit zittrigen Knien zum Tisch ging und den Krug nahm, lehnte sich Bianca an Francesco. Sie warf Mafalda böse Blicke zu.

»Der *Palazzo Pitti* ist mit dem *Palazzo Vecchio* verbunden worden, sodass man ungesehen von einem Haus in das andere gelangen kann. Grandios, nicht wahr? Die Verbindung geht über die *Ponte Vecchio*«, erklärte Francesco begeistert.

»Über die alte Brücke?« Jeder wusste, dass es dort die interessantesten Schmuckstücke der Stadt gab, allerdings zu schwindelerregenden Preisen. Mafalda nahm Biancas Becher und füllte ihn.

»Ja, es ist die älteste Brücke der Stadt. Früher wurde sie von Metzgern und Gerbern bevölkert, aber ich habe dort Gold- und Silberschmiede angesiedelt. Die brauchen wir viel dringender.« Dass Francesco der Gestank der Metzger und Gerber missfallen hatte, wusste jeder in Florenz. »Im neuen Palazzo hat der Rat der Fünfhundert nun genügend Platz und unsere Feste bekommen einen noch pompöseren Rahmen. Ich habe die halbe Welt eingeladen.« Seine Augen leuchteten, als spräche er von einem seiner Laborexperimente. »Botschafter, Herzöge, Kardinäle, Bischöfe, den Rat und sonstige ehrenwerte Herren mit ihren Frauen.«

»Was sagt deine Frau dazu? Weiß sie von dem Fest?«

Mafalda ging an einen anderen Tisch und tat, als fülle sie die Karaffe auf. Dann goss sie Francescos Becher voll.

»Mafalda!« Bianca winkte mit der Hand und wies mit den Augen zur Tür.

Mafalda begriff. Sie musste endlich verschwinden.

»Weiß sie von uns?«

»Sie hat mich gefragt, ob an den Gerüchten etwas dran sei. Ich habe es verneint.«

Mafalda war fast an der Tür. Seiner Frau musste doch auffallen, wenn er beschwingt in den Palazzo zurückkehrte.

»Und sie hat dir geglaubt?«

Es wurde sehr still im Raum und höchste Zeit für Mafalda. Sie öffnete die Tür.

Dann hörte sie Francesco lachen. »Natürlich!«

Mafalda schüttelte nur traurig den Kopf.

»Der erste Tanz gehört der Ranghöchsten«, hörte sie ihn, »das wird dir Signore Caroso auch erklären.«

Mafalda war schon draußen und wollte die Tür zuziehen, hielt jedoch inne, als Francesco weitersprach. Mafalda sah durch den Türspalt, dass er Biancas Haarnetz gelöst hatte und mit einer ihrer blonden Locken spielte. »Aber der zweite Tanz gehört dir.« Er warf den Haarschmuck hinter sich. »Mir ist egal, was die ehrenwerte Gästeschar darüber tuscheln wird. Sie ist scheinheilig und denkt sowieso, was sie will.«

Mafaldas letzter Blick fiel auf das strahlende Gesicht von Bianca.

Am nächsten Morgen war Mafalda überrascht, als sich während des Ankleidens die Tür öffnete und Sonia erschien. Sie musterte Mafalda mit hochgezogenen Brauen und leicht geschlossenen Augenlidern.

»Sie wird mich heute frisieren«, sagte Bianca nur und schlüpfte in das Kleid, das Mafalda ihr hinhielt. »Komm«, winkte sie Sonia herbei und setzte sich vor den Frisiertisch, »hier liegt alles.«

Mafalda stand da und ließ die Hände sinken. »Herrin, ich glaube, das kann Sonia nicht!« Sie trat hinter Bianca und sah in zwei gleichgültig dreinblickende Augen im Spiegel. Als sie zur Bürste griff, hielt die Herrin ihre Hand fest. »Nein.«

»Aber ...« Es klang wie ein Klagelaut. Mafalda brach ab. Sie trat einen Schritt zurück und knickste. Sonia drängte sich vor sie, warf ihren Kopf in den Nacken und begann Biancas Haar zu bürsten. Mafalda verließ das Schlafzimmer und rannte in ihr Zimmer.

Schluchzend warf sie sich aufs Bett. Das also war Biancas Strafe dafür, dass Mafalda am Abend vorher nicht schneller aus dem Raum verschwunden war. Missmutig ballte Mafalda eine Faust und hieb auf das Kissen. Dann lag sie still auf dem Bett und schloss die Augen. Wenn sie verhindern wollte, dass Sonia ihre Stelle bekam, musste sie die Angelegenheit schnell klären. Mafalda faltete die Hände und betete. Nachdem sie ihre Haube gerichtet und ihr Gesicht gewaschen hatte, verließ sie ihr Zimmer. Vor Biancas Zimmertür blieb sie stehen. Alles war still. Ob sie bereits im Speisezimmer saß? Mafalda holte tief Luft und klopfte. Als sie eintrat, stand die Herrin am Fenster und sah hinaus.

»Ich möchte mich in aller Form für mein Verhalten entschuldigen, Herrin.« Mafalda spürte, wie ihr Kopf glühte und ihre Knie wackelten.

Bianca drehte sich um, ihr Rock raschelte, als blase der Wind durch einen Olivenhain. Sie trug ein hellgrünes Kleid mit Seidenbändern. Der Schnitt betonte ihre Taille und unter den bauschigen Ärmeln blitzte Batist durch. Nur auf ihrem Kopf türmten sich die Locken in abenteuerlicher Unordnung.

»Ja.« Bianca ging auf sie zu und blieb dicht vor ihr stehen. »Ist schon gut, Mafalda.« Sie lächelte ihr bezauberndes Lächeln und griff nach Mafalda Hand. »So, und jetzt kämmst du mich noch mal«, scherzte sie, »schau mal, was die dumme Gans mit meinem Haar gemacht hat!«

An diesem Nachmittag war alles wieder beim Alten. Mafalda machte es Spaß, Bianca bei der Anprobe eines neuen Kleides zu helfen. Sie summte ein Lied vor sich hin und errötete, als Bianca ihre Augenbrauen hochzog und schmunzelte.

»Bist du verliebt?«

Die Schneiderin, eine füllige Frau mittleren Alters, warf der Kammerdienerin einen tadelnden Blick zu, während sie die Nadeln in den

Stoff steckte. Mafalda ignorierte sie und strahlte Bianca an. »Nein, es ist Euretwegen, Signora, schon jetzt seht Ihr einfach umwerfend aus. Ich bin davon überzeugt, Ihr werdet ganz Florenz bezaubern. Euer Gatte kann sich glücklich schätzen.«

Sonia hatte den Raum betreten. »Entschuldigt, dass ich störe. Herrin, Eure Schwiegereltern sind gekommen.«

»Danke, Sonia. Sag ihnen, die Anprobe dauert noch ein wenig. Die Kinderfrau kann sie zu Pellegrina führen. Bestimmt wollen sie ihr Enkelkind sehen.«

Sonia blieb unschlüssig stehen und betrachtete ihre Hände. »Eure Schwiegermutter will Euch unbedingt sofort sehen. Sie wirkt sehr aufgebracht.« Verlegen spielte die junge Frau mit ihrem Zopf.

»Schon gut. Tu, was ich dir aufgetragen habe. Ich komme gleich.« Bianca wandte sich der Schneiderin zu. »Was musst du noch ändern?«

»Es ist in der Taille etwas zu weit und den Saum möchte ich noch abstecken. Könnt Ihr die Schuhe anziehen, die Ihr dazu tragen werdet?«

»Natürlich.« Sie bat Mafalda, die braunen Schuhe mit den Goldstickereien herzubringen. Mafalda erinnerte sich, dass Pietros Mutter nur wenige Male zu Besuch gekommen war. Was hatte die Alte denn, dass sie erbost herkam und dazu noch mit ihrem Mann?

»Mafalda, du begleitest mich«, entschied Bianca, als sie mit der Anprobe fertig war, und ging die Treppe hinunter. Sie traf ihre Schwiegereltern im Salon, wo die Kinderfrau Pellegrina auf dem Arm hielt. »Du kannst sie ruhig Mutter geben«, sagte Bianca zu ihr und begrüßte dann Pietros Eltern.

Die Alte drückte Pellegrina fest an sich und küsste sie zärtlich. Pellegrina verzog ihr Gesicht und fing an zu weinen.

»Sie ist eben erst wach geworden. Außerdem hat sie dich lange nicht gesehen«, erklärte Bianca und setzte sich. »Schön, dass ihr da seid.«

»Ich glaube nicht, dass du es schön findest«, knurrte ihr Schwiegervater. »Vielleicht solltest du die da rausschicken?« Er wies mit dem Kinn auf Gina und Mafalda.

»Mafalda bleibt hier«, bestimmte Bianca, nahm Pellegrina und gab sie Gina, bei der sie sofort still war.

Mafalda sah, dass Signora Buonaventuri sich herausgeputzt hatte. Sie trug ihr Sonntagskleid. Bestimmt hatte sie sich mit ihren abgetragenen Fetzen nicht in den Palazzo getraut. Sie wollte wohl nicht schlechter als die Diener gekleidet sein.

»Ist etwas passiert?«

»Passiert?«, brauste die alte Buonaventuri auf. »Die ganze Stadt spricht von dir. Bianca, ist das wahr? Du bist die Mätresse von Prinz Francesco? Sag mir, dass das nicht wahr ist! Überall tuschelt man über dich und Pietro! Ich trau mich gar nicht mehr unter die Leute. Es ist unerträglich!«

»Unerträglich? Was meinst du damit?« Es sollte wohl gleichgültig klingen, war aber eine Spur zu laut.

»Wir sind zum Gespött der Leute geworden, verstehst du? Dein Lebenswandel macht unser Ansehen kaputt.« Die Signora begann theatralisch zu weinen. Bianca reichte ihr ein Tuch. »Und sie tuscheln auf dem Markt, Pietro habe sich in seiner Trauer einer Dame aus der adligen Gesellschaft zugewandt. Aus lauter Verzweiflung! Was ist denn bei euch los?«

Das Weinen ging in lautes Geheul über. Ratlos sah Bianca zu Mafalda, der es sichtlich unangenehm war, dieses Gespräch mitzuerleben. Sie wollte gehen, aber Bianca hielt sie zurück. Ihr Schwiegervater starrte auf den Perserteppich und bewegte die Lippen, als zähle er lautlos die Bögen im Muster.

»Mit wem bitte soll Pietro verbandelt sein? Mir ist dergleichen nicht bekannt.«

»Cassandra Bongiani heißt sie«, stammelte die Alte und schniefte, »und sie soll aus vornehmster Gesellschaft stammen.«

»Eine geborene Ricci«, meldete sich ihr Mann zu Wort, ohne den Blick zu heben.

»Dann haben wir uns ja nichts vorzuwerfen«, sagte Bianca leise. Sie schien verwirrt zu sein.

Den Satz hatte die Alte mitbekommen. »Nichts vorzuwerfen?«, fuhr sie Bianca an. »Du bringst unsere Familie in eine peinliche Lage. Dein Lebenswandel ist eine einzige Sünde.« Ihr Unterkiefer zitterte. Sie gab ihrem Mann einen Stoß mit dem Ellenbogen. »Nun sag du auch mal was.«

Spätestens jetzt musste der Herrin klar sein, warum Gina mit Pellegrina unerwünscht gewesen war. Es ist zum Heulen, dachte Mafalda. *Jetzt leuchtet mir ein, wo er sich immer aufhält. Ich habe mich gewundert, dass der Rat bis Mitternacht tagt. Dem ist wohl nicht so.*

Der Alte hob seinen kahlen Schädel, eingefasst von einem schwarzen Haarkranz, blickte Bianca aber nicht an.

»Schick wenigstens Pellegrina zu uns. Sie muss nicht mitkriegen, was ihr treibt.« Die Stimme des Alten war leise, eher vorgetäuscht mild.

»Nein.« Bianca betrachtete die spärlichen Haare, die sich um die Glatze ihres Schwiegervaters schlangen. »Wenn unsere Ehe nicht auf einer Lüge aufgebaut worden wäre, wären wir nie in die Verlegenheit gekommen, zum Stadtgespräch zu werden. Pietro trägt seinen Teil an der Schuld.« Bianca lächelte bitter. »Ich werde mit ihm sprechen, wenn euch das beruhigt. Und überhaupt: Wer hat mich denn in den Palazzo der Medici geschleppt?«

Wortlos erhoben sie sich. Mafalda öffnete ihnen die Tür und überließ sie Sonia, die sie hinausgeleitete.

Die Alte drehte sich nochmals um. »Es ist alles gesagt«, rief sie. »Renn nur in dein Verderben. Wir wollen nicht mehr mir dir in Verbindung gebracht werden.«

Bianca hatte sich zurückgelehnt und hielt die Augen geschlossen. Ihr Atem ging schwer. Mafalda ging zu ihr. »Möchtet Ihr allein sein?«

»Nein, bitte bleib bei mir.« Der Besuch hatte Bianca mehr zugesetzt, als sie zeigen wollte. Sie bedeutete Mafalda, sich zu setzen.

Es war still im Zimmer. Eine Weile schwiegen die Frauen. »Ihr habt besonnen reagiert«, meinte Mafalda. Draußen schlug die Glocke zur vollen Stunde.

»Vorwürfe bringen uns nicht weiter und ändern nichts«, sagte

Bianca. »Meine Schwiegereltern fühlen sich gekränkt. Trotzdem, ich finde es albern, sich derart aufzuführen. Sie sind einzig an ihrem eigenen Ruf interessiert. An sonst nichts.«

Mafalda rang mit sich, ob sie offen mit ihrer Herrin sprechen sollte.

»Warum tauchen sie hier auf? Ich führe ein fast wunderbares Leben. Vorher war es wirr und durcheinander und völlig unerträglich«, giftete Bianca. »Da haben sie sich nicht um mich gekümmert. Was erwarten sie denn von mir?«

Aufmerksam musterte Mafalda das Gesicht ihrer Herrin. Deren Wangen waren rosig und unter ihren zart geschwungenen Augenbrauen blitzten gewöhnlich die Augen, die jeden Mann um den Verstand brachten. Unruhig rutschte Mafalda auf ihrem Stuhl hin und her. »Vielleicht haben sie gehofft, sie könnten Euch noch beeinflussen.«

Ihr Blick wanderte zu den geweihten Kerzen, die Bianca auf einem kleinen Tisch gruppiert hatte. Was halfen diese Dinge, wenn sie Bräuche blieben und man seine Hoffnung nur in Lichter setzte. In tote Dinge, die einen vor irgendetwas bewahren sollten.

»Soll ich etwa das alles hier aufgeben?«, fragte Bianca spöttisch und wies auf die meisterhafte Einrichtung. »Wir haben uns doch alle schon mit diesem Leben arrangiert, nicht wahr?«

»Herrin, vergebt, ich wollte Euch nicht zu nahe treten. Wisst Ihr, der Prinz ist verheiratet und ihr seid verheiratet, äh ... nur nicht miteinander, das meine ich.« Mafalda stieg die Röte ins Gesicht. Sie senkte den Kopf.

»Schon gut, Mafalda.« Bianca beugte sich vor. »Weißt du was? Vielleicht kann ich etwas tun, um meinem Ruf zu ändern. Lange schon dauern mich die vielen Bettler in dieser Stadt. Niemand sorgt für sie, das werde ich nun tun.«

Der plötzliche Sinneswandel verunsicherte Mafalda. Bianca war eine gute Seele, doch auch immer auf ihren Vorteil bedacht. War es wirklich Nächstenliebe, was sie antrieb? Oder wollte sie ihren schlechten Ruf mit guten Werken aufwiegen? »Der Herrgott wird es Euch vergelten. Ihr habt ein gutes Herz«, sagte sie vorsichtig und dachte bei sich: *Ein Mensch sieht, was vor Augen ist; der Herr aber sieht das Herz an.*

Bianca seufzte. »Vielleicht können wir unser Gespräch ein andermal fortsetzen. Sag Gina, ich möchte jetzt gern Pellegrina sehen. Und sieh in meiner Schatulle nach, ob es eine besonders schöne Halskette gibt, die ich zu meinem neuen Kleid tragen kann.«

»Das hattet Ihr mir bereits aufgetragen. Ich finde, Ihr solltet selbst einen Blick hineinwerfen. Für Euer neues Kleid, meine ich, ist nicht das Richtige dabei.« Mafalda erhob sich, warf einen letzten Blick auf ihre Herrin und ging hinaus auf den Flur, um Gina zu finden.

10

Palazzo Pitti

Der *Palazzo Pitti* lag auf einer Anhöhe am Oltrarno. Wie eine breite Festung erhob sich das dreistöckige Bauwerk vor ihnen. Als Bianca und Pietro den Palazzo erreichten, drehte Bianca sich nochmals um und genoss die Aussicht über die Stadt. In der Abendsonne glichen die Dächer einem riesigen Bernstein. Unablässig trafen weitere Gäste ein. Sie schlossen sich ihnen an. Beim Betreten des Palazzos stockte beiden der Atem. Sie hatten sich mittlerweile an erlesene Einrichtungen gewöhnt, doch was sich ihnen hier bot, übertraf alle Erwartungen.

»Das kann unmöglich von Menschen erschaffen worden sein«, flüsterte Bianca ergriffen. Ihr Blick schweifte durch die mächtige Eingangshalle, und als sie von Dienern geleitet den Ballsaal betraten, blieben sie stehen. Ein Raum von gigantischem Ausmaß tat sich vor ihnen auf. Unzählige festlich gekleidete Menschen bevölkerten den Raum.

Pietro blieb stehen. Überwältigt sah er sich um. »Sieh mal an die Decke«, sagte er und zeigte auf die goldenen Umrandungen der Deckenfresken. »Sie sind mit echtem Gold überzogen.«

Die Faszination riss Bianca mit. »Und die Engelsfiguren an den Streben – wie herrlich!«, rief sie eine Spur zu laut, sodass Pietro sie mahnend ansah. Ringsum standen Tische und dahinter betrachteten Gäste fasziniert die Bilder an den Wänden.

»Das ist alles neu«, erklärte Pietro, »man hat nicht nur Bronzino, den Hofmaler, beauftragt. Ein Maler alleine könnte nicht diese Flut von Bildern schaffen. Dazu kommen die Skulpturen«, er zeigte auf eine direkt neben ihnen. »Fantastisch.«

Das Fest erschien Bianca wie ein Traum. Üppig dekorierte Tische verhießen ein Festmahl. Diener geleiteten sie an ihren Platz. Nachdem alle Gäste sich gesetzt hatten, erhob sich Francesco. Er begrüßte sie entsprechend ihrem Rang, hob Botschafter, einige Herzöge und ihre Frauen besonders hervor und betonte seine Freude, dass sein Bruder Kardinal Ferdinando als Vertreter der Heiligen Kirche aus Rom angereist sei.

»... mein Vater, Herzog Cosimo, lässt sich entschuldigen. Seine Gesundheit verhindert, dass er an diesem Bankett teilnehmen kann. Erfreulicherweise ist er auf dem Weg der Besserung.«

Francesco war die Aufregung anzusehen, als er fortfuhr: »Wir möchten mit diesem Fest die freudige Nachricht bekannt geben, dass für das Haus de Medici die Nachkommenschaft gesichert ist. Meine Gattin Johanna ist in freudiger Erwartung.«

Tosender Applaus brandete durch den Saal. Francesco lächelte selig, als genieße er den Augenblick. Er warf einen Blick zu Johanna. Sie war sehr blass und verzog ihren Mund zu einem dünnen Lächeln. Bianca wusste von Francesco, dass sie unter starker Übelkeit litt.

»Es ist mir eine Ehre, die Künstler, die an der Gestaltung des *Palazzo Pitti* mitgewirkt haben, zu würdigen. Unserem Hause ist es wichtig, großartige Künstler zu fördern. Bronzino, Allari, da Volterra und van Tetrode, genannt Fiammingo. Das sind nur einige von vielen, die zu Ehren unserer Gäste Wundervolles geschaffen haben. Die Besten dieses Landes haben mitgewirkt. In den letzten Monaten und Jahren haben wir keine Kosten gescheut, sei es für die Malerei oder Bildhauerei ...«

Alfonso d'Este, der Herzog von Ferrara, beugte sich zum Herzog von Mantua.

»Er will einzig sein Herzogtum verherrlichen«, zischte er. »Seht doch zu seiner Gemahlin, sie guckt, als sei ihr eine Ratte über den Fuß gehuscht. Als ob sie mit dem Prunk nichts anfangen könnte. Freude ist etwas anderes, oder?« Er hielt sich ein Monokel vors Auge und blickte angestrengt zum herzoglichen Tisch.

Der Angesprochene nickte. »Erst heiratet er ins Kaiserhaus ein und jetzt will er allen zeigen, dass er das mächtigste Herzogtum ganz Italiens regiert. Noch nicht einmal auf die Erkrankung des Herzogs nimmt der Prinz Rücksicht«, brummelte er leise.

»Man munkelt, Signora Martelli sei guter Hoffnung«, wusste sein Gegenüber zu berichten. »Es heißt, sie werde bald niederkommen.«

»Das bringt mehr Durcheinander in die Familie, als dem Herzog lieb ist«, spottete der Herzog von Mantua und reckte seinen Kopf in die Höhe, als verleihe ihm dies noch mehr Würde.

Bianca, die mit ihnen am selben Tisch saß, tat so, als habe sie die Bemerkungen nicht gehört. Was ging sie die Geliebte Cosimos an? Nichts. Sollte sie doch Kinder bekommen. Den Titel würde Francesco niemand streitig machen. In einem Punkt stimmte sie den Männern allerdings zu: Johanna schien das Fest unangenehm zu sein. Weder dass ihr Mann ihre Schwangerschaft verkündet hatte noch dass die nobelsten Gäste in ihrem Palazzo weilten, schien sie sonderlich zu berühren. Sie blickte herablassend in den Saal. Der herzogliche Tisch war etwas erhöht, damit die Gastgeber einen besonderen Blick auf die Festgesellschaft genießen konnten. Johanna wirkte wie eine zerbrechliche Puppe in ihrem aus dickem, blutrotem Samt gefertigten Kleid, dessen Ausschnitt und Saum mit anmutiger Spitze besetzt waren.

Bald darauf wurden die ersten Speisen serviert. Silberne Platten und Schüsseln drängten sich auf den Tischen. Die Stimmung wurde zunehmend lockerer, je mehr vom Wein ausgeschenkt wurde. Kaum waren die letzten Teller abgeräumt, spielten Musiker zum Tanz auf. Die Runde begann mit dem Tanz der Gastgeber, bei dem Johanna mit blassen Wangen an Francescos Seite die Schrittfolge hinter sich brachte. Bianca beobachtete, wie sie dem Prinz bedeutete, sie zu ihrem Platz zurückzubringen.

Pietro hatte die Szene ebenfalls beobachtet. »Mit ihren hervorstehenden Augen und dem spitzen Kinn ist sie gestraft«, stellte er prägnant fest. Bianca konnte nicht widersprechen.

Mondragona stand plötzlich hinter ihnen. »Es ist Euer Tanz«, forderte er Pietro und Bianca auf und verneigte sich. Verwundert hob Pietro die Augenbrauen. »Ich dachte, es geht nach Rangfolge«, sagte er, worauf Mondragona erwiderte, dies sei Francescos Anordnung.

»Seine Hoheit möchte damit vor den Gästen Euer Ansehen bestätigen.«

Ein Raunen ging durch den Saal, als Pietro mit Bianca eine *Pavane* tanzte. Biancas braunes Brokatkleid, besetzt mit orangebraunen Granatedelsteinen, betonte ihren Teint und alle Blicke im Saal blieben an ihrem ebenmäßigen Antlitz hängen. Sie genoss die Aufmerksamkeit. Unter den Damen entstand Getuschel. Bewundernde und neidvolle Gesichter starrten auf Bianca, die mit ihrem Lächeln den Saal zu beherrschen schien.

Ein Collier, das mit braunen Farbdiamanten besetzt war, umschloss ihren schlanken Hals. Francesco hatte es ihr eines Abends mitgebracht, nachdem sie zuvor unbeabsichtigt erwähnt hatte, sie habe kein passendes Schmuckstück zu ihrem neuen Kleid.

»Wo ist Eure reizende Gattin?«, wunderte sich ein Gast, der bei Francesco stand.

»Johanna hat sich zurückgezogen Sie muss sich schonen.«

Bianca ließ sich auf ihren Stuhl nieder und griff zum Wein. Sie war froh, dass seine Frau weg war. Es ärgerte sie mehr, als sie sich eingestand, wenn Johanna an Francescos Seite saß. Bianca trank noch einen Schluck und spürte, wie der Wein sich wohlig in ihr ausbreitete. Sie schloss für einen Moment die Augen. Der Abend war zu schade, um sich nicht zu amüsieren. Nein, sie würde sich nicht aus dem Herzen ihres Geliebten drängen lassen.

Als Francesco Bianca um einen Tanz bat, beeilte sie sich, mit ihm auf die Tanzfläche zu treten. Sie fühlte sich berauscht. Pietro hatte sich unter die Gäste gemischt und schien sich mit einer schönen Dame zu amüsieren. »Wer ist diese Frau?« Bianca blickte in Pietros Richtung.

»Die Gemahlin von Signore Bongiani, aus der Familie der Ricci«, erklärte Francesco und blickte Bianca tief in die Augen. »Merkst du nicht, wie sämtliche Damen dich beobachten? Deine Eleganz ist unerreicht. Du gehst, nein du schreitest, als ob du nie etwas anderes getan hättest.«

Bianca kicherte amüsiert. »Tatsächlich sind schon einige der Damen auf mich zugekommen und haben Einladungen ausgesprochen. Suchen sie meine Nähe oder erhoffen sie sich insgeheim deine?«

»Und wenn es tatsächlich so wäre?« Seine Augen blitzten schelmisch. Dann senkte er die Stimme. Sein Atem ging schwer. »Deine Anwesenheit wärmt meine Seele, Bianca.« Die Musik verklang. Er seufzte und nahm ihren Arm. »Du bist meine Königin.« Er brachte sie an ihren Tisch zurück.

»Sag so etwas nicht«, flüsterte Bianca, damit die Gäste neben ihr nichts mitbekamen, »es ist das Fest deiner Gemahlin.« Dabei ging ihr Blick wieder zu ihrem Mann. Das war also die Frau, die Pietro näher kannte. Er hatte geschworen, dass es sich bei Cassandra um eine einmalige Sache gehandelt habe. Den Eindruck machte er heute Abend ganz und gar nicht. Er hatte bereits mehr als einmal mit der Dame getanzt.

An ihrer Haltung erkannte Bianca, dass sie aus vornehmem Haus stammte. *Geschmack hat er*, dachte sie. Ihr schwarzes Haar, das durch ihr silbernes Haarnetz schimmerte, glänzte wie geschliffener Onyx. Biancas Gedanken kreisten um die Worte ihrer Schwiegermutter. *Vielleicht ist doch etwas an dem Geschwätz*, erwog sie. *Er benimmt sich sehr auffällig. Und wie sie lacht, diese Bongiani, so laut! Wie furchtbar. Alle drehen sich nach ihr um.*

Zu mitternächtlicher Stunde begaben sich die Gäste nach draußen in den Cortile dell' Ammanati, wo ein Feuerwerk abgebrannt wurde. Wer in den Eingangsbereich des Palazzo trat, wurde links und rechts von den Seitenflügeln mit ihren Arkaden umfangen, während der Blick geradeaus am Turm des *Palazzo Vecchio* hängen blieb. Dieser ragte in die Nacht, als würde er von blauschwarzem Samt liebkost. Die Hitze im Cortile flaute nur wenig ab und kaum einer der Gäste hatte Lust, jetzt schon nach Hause zu gehen.

Kardinal Ferdinando stand mit zusammengekniffenen Augen bei seinem Bruder. Bianca hielt sich mit Pietro ganz in der Nähe auf und erfuhr unbeabsichtigt, was die beiden beredeten, während Pietro mit einem Ratsherrn neben ihm plauderte.

»Sie fällt schon durch ihr Aussehen aus dem Rahmen«, zischte der Kardinal Francesco zu. Dabei warf er Bianca einen Blick zu. Er verweilte länger als angebracht auf ihrem Dekolleté, das von zartester Spitze betont wurde.

Als sie den Kopf hob, trafen sich ihre Augen. »Du musst dich zurückhalten!«, drehte er sich zu Francesco um und fuhr laut fort. »Du gebärdest dich wie ein verliebter Gockel. Komm zur Vernunft, Francesco! Deine Frau erwartet ein Kind und du tust, als seist du auf der Balz. Willst du dich zum Gespött der Leute machen?«

Francesco sah ihn verächtlich an. »Ich weiß, was ich tue.«

»Offensichtlich nicht. Ich sage dir dies nicht nur als Bruder, sondern auch als Vertreter der Kirche. Auf diesem Verhältnis liegt kein Segen. Du hast jetzt mehrmals mit dieser Frau getanzt.« Er legte eine Hand auf Francescos Schulter. »Versteh mich doch, ich will dir deine Freude heute nicht nehmen, aber es schickt sich nicht. Die Frau wird nur Elend in die Familie bringen.«

Bianca verwünschte Kardinal Ferdinando im Stillen, der zu spüren schien, wie sehr sie sich in die Gedanken seines Bruders eingeschlichen hatte. Bestimmt unterstellte er ihr, dass ihr nicht nur an Francescos Liebe gelegen war. Sie konnte seine Feindseligkeit fast mit Händen greifen.

Wahrscheinlich hoffte er auf Francescos Einsicht. Immerhin versuchte Cosimo mehr denn je, den Titel *Großherzog der Toskana* verliehen zu bekommen. Vor Monaten, hatte Francesco erzählt, war Cosimo diese Würde durch den Heiligen Vater bereits angeboten worden, aber einzig aus dem Grund, sich demütig zu zeigen, hatte er sie abgelehnt. Trotzdem wussten Eingeweihte, wie viel diese Erhebung dem Herzog bedeutete und dass er nicht plante, den Titel ewig abzulehnen.

Die wichtigste Voraussetzung für die Erhebung des Hauses Medici in den Hochadel hatte Francesco mit der Heirat von Johanna erfüllt. Der Kaiser stand jetzt auf der Seite von Florenz und des Heiligen Stuhls. Es war nur eine Frage der Zeit, bis Rom seinen Dank zeigte. Francesco wurde ständig durch den Kardinal und seinen Vater gepredigt, er dürfe nichts tun, was dieses Unternehmen gefährden konnte. Bianca ahnte: Kardinal Ferdinando würde sich als Nachfolger bereithalten, falls Francesco nicht zur Besinnung kam. Und was hatte der Kardinal ihrem Liebsten nicht alles schon an den Kopf geworfen! Er tauge nicht zum Kriegsherrn. Anstatt im Laboratorium zu hocken, sollte er lieber Handelsbeziehungen knüpfen und lernen, wirtschaftliche Zusammenhänge zu erkennen.

Sie kehrten zurück in den Saal. Pietro unterhielt sich weiter angeregt, während Bianca in gebührendem Abstand folgte und hoffte, dass Francesco sich nicht beirren ließ. Als sie zu ihrem Tisch zurückkehrte, musste sie an ihm und seinem Bruder vorbeigehen. Sie hörte Kardinal Ferdinando seufzen. Zuerst dachte sie, es sei ihretwegen, doch dann vernahm sie, was er sagte.

»Mir ist ein neuer Gedanke gekommen. In den Niederlanden, der Schweiz und im gesamten Heiligen Römischen Reich wurden nach dem Bildersturm der ketzerischen Calvinisten und Anhänger der Reformatoren Gemälde und Skulpturen aus den Gotteshäusern geworfen, sogar von Kirchenfenstern war die Rede. Eine einmalige Gelegenheit, günstig an Kunstwerke zu gelangen. Noch heute werde ich Gesandte losschicken. In der Zwischenzeit werde ich alles tun, um Roms Macht zu mehren.«

Bianca ließ sich an ihrem Platz nieder.

Wahrscheinlich kümmert dich mehr die Macht des zukünftigen Großherzogs der Toskana.

Sie nahm einen Schluck Wein, den sie genüsslich einen Moment auf der Zunge liegen ließ. *Harmonisch im Abgang*, dachte sie. *Fantastisch.*

Februar 1567

Mafalda vernahm aufgeregte Stimmen. Irgendwo dröhnte etwas. Sie richtete sich müde auf. Im Zimmer war es dunkel. Irgendjemand ging durchs Treppenhaus. Kurz darauf knallte in der Nähe ihres Zimmers eine Tür. Dann war es wieder still.

Mafalda rang mit sich, ob sie aufstehen sollte, um nachzusehen, und ließ sich wieder ins Kissen sinken. Mit ihrer Neugierde hatte sie bereits einmal ihre Befugnisse überschritten. Wenn sie nicht gerufen wurde, sollte sie besser in ihrer Kammer bleiben.

Am nächsten Morgen wunderte sich Mafalda, dass die Herrin bereits auf war und in einem Zimmer am Ende des Ganges frisiert und angekleidet werden wollte. Auch das Kleid für den Tag lag dort bereits ausgebreitet über einem Sessel. Was war los? Mafalda sah sich um. Auf einer Couch lag zerwühltes Bettzeug und jemand hatte eine Waschschüssel, Seife und Tücher auf einem Tisch hergerichtet, dazu einen Handspiegel und eine Bürste. Als Bianca erschien, knickste Mafalda und hatte schon den Mund geöffnet, um ihre Verwunderung auszudrücken, als sie über Biancas Mienenspiel erschrak. Mafalda zog es vor zu schweigen.

»Guten Morgen, Herrin. Ich hoffe, Ihr habt gut geruht.« Bianca schien zwar ruhig und gefasst, doch ihre Leichtigkeit war verschwunden. Ihre Augen sahen ernst drein, während sie sich aus dem Nachthemd helfen ließ. Mafalda wusch sie und half ihr in die Kleider. Nachdem sie ihr eine Kette, Ringe und Ohrhänger angelegt hatte, breitete sie ein Tuch um ihre Schultern. Sie löste den Zopf und bürstete mit kraftvollen Strichen Biancas Haare aus.

Bianca schwieg. Ob jemand aus der Familie verstorben war? Mafalda drapierte die Haare am Hinterkopf und steckte sie mit ein paar Nadeln fest. Mit ein wenig Stolz bemerkte sie, dass sie immer sicherer und schneller wurde.

Sie griff nach der Haube, während Bianca sich im Spiegel betrachtete. Mafalda bemerkte ihre Augenringe, was sie mehr als ungewöhnlich fand, und in ihren Augenwinkeln schienen sich Fältchen zu krümmen. Mafalda konnte sich nicht erinnern, die Herrin jemals derart angespannt gesehen zu haben. Ihre Lippen, auf denen sonst immer ein Lächeln zu liegen schien, waren aufeinandergepresst. Instinktiv ließ Mafalda die Haube sinken und griff nach Biancas Hand, die den Spiegel hielt.

Sie beugte sich leicht vor. »Wenn ich Euch irgendwie helfen kann ...?« Sie merkte, wie Biancas Augen ihre im Spiegel suchten.

Bianca schüttelte den Kopf.

»Vielleicht möchtet Ihr Zerstreuung, etwa einen Spaziergang über den Markt oder am Arno? Es ist zwar kalt und sehr windig, aber die frische Luft könnte Euch guttun.« Der Himmel war dunkel und wolkenverhangen, sodass mit jedem Augenblick ein Regenschauer zu erwarten war, aber das war nebensächlich.

»Nein. Bete für mich«, sagte Bianca ernst und entzog ihr ihre Hand. »Bete vor allem für den Signore.«

Für Signore Buonaventuri? Was war denn in die Herrin gefahren? War er krank?

Bianca legte den Spiegel weg, stand auf und ging zur Tür.

»Herrin, Eure Haube«, rief Mafalda und eilte hinter ihr her. Sie drapierte sie ihr aufs Haar und blieb neben ihr stehen, in der Hoffnung, Bianca würde ihr erzählen, was passiert war.

»Ich will allein sein.«

Verwirrt ging Mafalda nach unten in die Küche. Dort traf sie Nevia und Sonia. Beide standen am Arbeitstisch, auf dem ungeputztes Gemüse herumlag. Als sie Mafalda hereinkommen sahen, unterbrachen sie ihre Unterhaltung. Mafalda zuckte unwillkürlich zusammen. Sofort vermutete sie, dass sie der Gesprächsstoff gewesen war.

»Komm mal her«, winkte Nevia sie herbei, »weiß man schon etwas Neues?«

»Neues?«, fragte Mafalda vorsichtig. »Was ...?« Sie spürte die Blicke der beiden und wäre am liebsten sofort wieder rausgerannt.

»Du hast doch mit der Herrin bestimmt darüber gesprochen«, fügte Sonia hinzu. »Oder willst du wieder nichts erzählen, he?«

»Ist was passiert? Ich habe keine Ahnung, von was ihr redet!«

»Sie ist tatsächlich ahnungslos«, stellte Nevia unbefriedigt fest, sah forschend zu Sonia und wieder zu Mafalda. »Hast du nicht mitbekommen, dass man den Signore heute Nacht halbtot heimgebracht hat?«

»Nein!«

»Irgendwo aufgefunden am Ufer des Arno. Der Medicus musste sofort kommen. Jetzt ahnst du bestimmt, wie arg es ihn getroffen hat.«

Mafalda schlug sich die Hände vor den Mund. »Grundgütiger«, entfuhr es ihr, »ich bin von irgendwas wach geworden, dann aber wieder eingeschlafen. Ich habe das nicht mitgekriegt. Wie geht es Signore Buonaventuri jetzt?«

»Er ruht sich aus«, sagte Sonia, »und deshalb hat die Signora in einem anderen Zimmer geschlafen, damit er ungestört war. Er wurde überfallen. Ich habe gehört, dass die Bongianis sich gerächt haben.«

Mafalda überkam ein komisches Gefühl. Das war ja unglaublich. Das konnte ja nicht gut gehen.

Sonia wiederholte die Geschichte, die sie Nevia schon erzählt hatte. »... und dann, berichtete mir meine Freundin, die übrigens im Palazzo vier Häuser neben uns arbeitet, hat er sie inmitten der Zuschauer umarmt. Und geküsst. Sie auf anstößigste Weise kompromittiert! Weißt du, wie viele Leute beim *Calcio storico* sind?! Zudem soll er den Herzog verhöhnt haben, er ginge mit gutem Beispiel voran, habe er gerufen.«

Sonia grinste hämisch und beäugte Mafalda. »Die Signora hat kein Wort zu uns gesagt. Aber was soll sie auch sagen?«

Mafalda schaute sie verunsichert an und schwieg. Dann holte sie sich einen Becher und goss sich Wein ein. Sie trank ein paar Schlucke. Der Hunger war ihr gründlich vergangen. Sie beschloss, beim Vormittagsläuten zur Kirche gehen. Sie brauchte dringend einen ungestörten Platz, wo sie in Ruhe beten konnte.

Nach fast zwei Wochen fühlte sich Pietro so weit hergestellt, dass er wieder an den Ratssitzungen teilnahm. Die Aufregung im Haus ebbte ab und Bianca tat, als sei nichts vorgefallen. Natürlich war Pietros nächtliche Heimkehr ein Thema unter den Leuten, aber Bianca erwähnte den Vorfall gegenüber der Dienerschaft und Mafalda mit keinem Wort.

Die Wirkung jedoch, die Biancas Auftritt beim Bankett hatte, zeigte sich in den nächsten Wochen. Es sprach sich schnell herum, dass sie beste Beziehungen zum Herrscherhaus besaß. Mafalda spürte, dass Bianca dies zu ihrem Vorteil nutzen wollte. Ihre Einladungen an adlige Damen der Stadt wurden zuerst verhalten aufgenommen, und wenn Mafalda dem Gerede von Gina, Nevia und Sonia glaubte, wäre es den Adligen lieber gewesen, Bianca wäre unsichtbar geblieben.

In den ersten Wochen kamen nur wenige Gäste in den Palazzo und taten, als seien sie entzückt über Biancas Charme und Gastfreundschaft. Bianca hatte ein feines Gespür dafür, die Neugier ihrer geladenen Gäste in Wohlwollen umschlagen zu lassen, und nach und nach waren immer mehr Räte mit ihren Frauen zu Gast. Die Damen genossen die Gesellschaft Biancas, die ihnen mit Liebenswürdigkeit und guter Laune schöne Stunden bereitete. Bianca, immer mit den neuesten Stoffen und Haarnetzen gekleidet, wurde schnell strahlender Mittelpunkt der Gesellschaft. Was sie heute trug, war morgen der letzte Schrei.

Über Biancas unseriöse Beziehung schwieg man sich aus, als würde es sie nicht geben. Selbst Mafalda gestand sich ein, dass Biancas großzügiges Wesen die Gesellschaft der Nobili angenehm bereicherte. Stets war sie bester Laune und hatte für alle ein freundliches Wort. Insgeheim fragte sie sich manchmal, ob die Herrin mit ihrem Verhalten einen bestimmten Plan verfolgte. Aus welchem Grund sollte sie das tun? Sie hatte doch die Gunst des Prinzen. Genügte ihr das nicht?

Mafalda war meist zugegen, wenn Bianca ihre Gäste empfing. Sie hörte, wie über Johannas hölzerne Art gelästert wurde. Offenbar konnten die lebenslustigen Florentiner wenig mit ihr anfangen. Ein paar Nobili rümpften die Nase, weil Johanna es einfach nicht schaffte, nähere Bekanntschaften in der Gesellschaft zu knüpfen. Sie war ihnen zu fromm und lachte niemals laut. Das toskanische Volk interessierte sie in keinster Weise. Es war ihr zu bunt, zu schwatzhaft, zu lebenslustig und aß komisches gebratenes Gemüse.

Francesco zeigte sich inzwischen in der Öffentlichkeit mit Bianca und ließ keinen Zweifel an seiner verzehrenden, leidenschaftlichen Liebe zu ihr. Als es deshalb wie schon oft wieder mal zu einem lautstarken Streit zwischen Bianca und Pietro kam, wurde Mafalda gewahr, was der Rat und damit ganz Florenz längst wussten: Johanna fühlte sich durch das Verhalten ihres Mannes beschämt und herabgesetzt. Alle Klagen Johannas an ihren Mann blieben fruchtlos und sie wusste sich keinen anderen Rat: In ihrer Verzweiflung schrieb sie an ihren Bruder Maximilian, den Römischen Kaiser Deutscher Nation.

Fromme Florentiner hielten zu Johanna und sahen in ihr ein Vorbild. Mafalda befürchtete, dass das Verhalten ihrer Herrin nun endlich Konsequenzen haben würde. Sie betete jeden Abend vor dem Zubettgehen, dass Bianca endlich zur Vernunft kam und das Verhältnis beendete, ehe der Prinz sie verschmähte.

Während einer ihrer vielen Kutschfahrten durch die Stadt gerieten Mafalda und Bianca eines Tages in ein Stadtviertel, das sie noch nie zuvor durchquert hatten. Die Häuser an den ungepflasterten Straßen waren ärmlich und der kalte Wind ließ Lumpen flattern, die jemand zum Trocknen auf eine Leine gehängt hatte. Bianca und Mafalda sahen voller Mitleid auf die spärlich bekleideten Kinder, die im Dreck spielten. An einem halb zerfallenen Haus stand eine Gruppe Frauen. Keine von ihnen trug mehr als ein dünnes Kleid auf der Haut.

»Warum tragen sie keine Mäntel?«, fragte Bianca nachdenklich und wies zum Himmel, der voller grauer Wolken hing. »Bei dem Wetter sollte man sich warm halten.« Sie zog ihren Umhang enger, als bliese er ihr durch den Stoff.

Mafalda folgte Biancas Blick. »Signora, sie haben keine. Dieses Haus wird von Schwestern geleitet, die hier Frauen aufnehmen, die entweder aus dem Haus gejagt wurden oder geflüchtet sind.« In anderen Straßen fanden sie ähnliche Verhältnisse. Kinder in zerschlissenen Kitteln, Männer und Frauen mit ausgemergelten Gesichtszügen und in abgewetzter Kleidung. Bianca sprach kein Wort mehr, bis sie wieder in der Via Maggiore angekommen waren. Mafalda beobachtete sie. Sollte sich Bianca gerade bewusst werden, wie privilegiert sie lebte? Wie außergewöhnlich ihr Status war? Als sie in ihren Gemächern angekommen waren, befahl Bianca der Köchin: »Du wirst von nun an täglich alles sammeln, was wir übrig lassen. Zudem backe täglich ein paar Brote mehr. Die werden wir mit den Resten an Bittsteller verteilen.«

»Jeden Tag?«, fragte Nevia verwundert und schielte zu Mafalda, als könne sie ihr einen Grund nennen.

Bianca zuckte die Schultern. »Und du, Mafalda, durchforstest mit Sonia meine Kleiderschränke.«

Das war der Beginn zahlreicher Fahrten in die Stadt, die Bianca selbst oder einer der Diener in ihrem Auftrag unternahm. Biancas anfängliche Scheu legte sich schnell, wenn sie mit den Menschen ins Gespräch kam, an die sie die Sachen verteilte. Schnell sprach sich herum, dass die Geliebte des Prinzen ein mitfühlendes Herz hatte. Selbst wenn Bettler an der Tür des Palazzos klopften, ließ sie ihnen Essen und Kleidung zukommen.

»Der Herr wird Euch dafür belohnen. Hoffentlich macht die Neuigkeit nicht die Runde, dass Ihr keinen Bittsteller abweist. Dann könntet Ihr Euch nicht vor Besuchern retten.« Mafalda lachte bei der Vorstellung. Sie war stolz auf ihre Herrin. Die Freundlichkeit ihrer Herrin war ihr seit Langem bekannt, nun unterstrich sie diese mit Mildtätigkeit.

»Die Zeit im Haus meiner Schwiegereltern war sehr einschneidend, glaube mir. Es hat mir die Augen für manche Nöte geöffnet.« Bianca nahm den Stickrahmen zur Hand.

»Eure Schwiegereltern haben mit Euch gebrochen.«

»Sie würden nichts, aber auch gar nichts von mir nehmen«, sagte Bianca nachdenklich und prüfte die Fadenlänge. »Aber nun verrate mir bitte, was man draußen über mich erzählt. Warum gehen die Armen nicht direkt zum Haus der Medici? Prinz Francesco hat mir erzählt, dass es dort Sitte ist, der Bevölkerung zu helfen. 1557 war der Arno über die Ufer getreten und eine furchtbare Überschwemmung hat die Stadt heimgesucht. Der Herzog hat die betroffenen Menschen großzügig unterstützt.«

»Ja, seine Wohltat ist heute noch in aller Munde.«

»Und was tuschelt man über mich?« Sie griff nach dem erbsengrünen Garn.

Mafalda blieb an der Tür stehen. Wollte Bianca das Getuschel wirklich hören? Abgesehen von wohlwollenden Kommentaren zu den Essens- und Kleiderspenden war es nicht schmeichelhaft. Mafalda wollte ihr nicht den Tag verderben. »Wenn Ihr es wünscht, kann ich mich umhören«, wich sie aus und lächelte dünn.

»Ich bitte darum«, erwiderte Bianca und fädelte zufrieden die Schnur ein.

II

März 1567

»Ich hätte dir einen Sohn gewünscht, Liebster«, sagte Bianca und setzte sich ans Spinett, um ein paar Takte zu spielen. Stunden zuvor war Francesco Vater einer kleinen Tochter, Eleonora, geworden. Er hatte seine Enttäuschung nicht verbergen können. Nachdem er kurz in Johannas Gemächer gegangen war, um sie zu beglückwünschen, war er zu Bianca gefahren.

Hätte Francesco einen Erben, müsste er endlich nicht mehr bei seiner Frau liegen. Sie könnte sich ihren Gebeten und Getue hingeben. Francesco würde nur Bianca gehören. Für alle Zeit. Dass er viel Zeit mit dem Austüfteln der Rezepturen für Gold und Porzellan in seinem Laboratorium verbrachte, konnte sie ihm verzeihen.

»Zudem ist die Mätresse meines Vaters wieder guter Hoffnung«, sagte Francesco düster. »Das macht die Sache nicht leichter.«

Bianca unterbrach ihr Spiel und nickte. »Im normalen Leben, wie bei mir, ist eine kleine Tochter ein Glücksfall.« Sie dachte an Pellegrina und lachte dann. »Sieh mich an. Sieh, was du aus mir gemacht hast. Ich bin auch einmal ein kleines Mädchen gewesen.«

Ihre Finger glitten wieder über die Tasten. Die Töne verwoben sich zu einer leichten Melodie, die durch den Raum schwebte, wie Blätter, die der Wind durch die Lüfte trug.

Francesco hatte sich aufs Spinett gestützt und hörte ihr gebannt zu. »Du hast mir nie erzählt, dass du Musikunterricht hattest. Was bist du nur für eine Frau!« Er ging um das Instrument herum und zog Bianca an sich. »Warum kannst du nicht mit mir leben? Du bist meine Seelenverwandte.«

Sie wand sich aus seinen Armen und lief lachend zur Tür. »Du musst um mich kämpfen, mich verfolgen, um mich zu bekommen«, rief sie übermütig und stürmte durch die Gänge. Sie fühlte sich plötzlich so sorglos, wie sie es als kleines Mädchen in Venedig gewesen war. Sie fühlte sich in ihre Kindheit zurückversetzt und in Gedanken lief sie durch Flure und Gemächer des Palazzo am Rio delle Beccarrie. Obwohl sie sich viel im Haus aufgehalten hatte, war sie sich frei wie ein Vogel vorgekommen.

Francesco eilte hinterher und fing sie in der Nähe einer Marienstatue ein. Sie alberten wie zwei Kinder herum.

»Wenn ich noch einmal heiraten sollte, dann wirst du es sein«, flüsterte er ihr ins Ohr.

Ein süßer Schauer lief ihr über den Rücken. »Bist du dir sicher?«, fragte sie.

»Ich schwöre es.« Er sagte es mit einer Bestimmtheit, die keinen Raum für Zweifel ließ. Seine Augen blitzten verschmitzt.

»Wirklich?« Bianca spürte, dass er es ernst meinte. *Mein Herz rast*, dachte Bianca. *Dieses Versprechen ist die Chance meines Lebens!* Dann tauchte in einem Gedankensplitter das Bild der kleinen Kapelle auf, in der sie mit Pietro zusammen vor dem Altar gestanden hatte. Ihr Eheversprechen kam ihr in den Sinn. Und ihr düsterer Schwur.

Sie rang nach Luft. Dabei fiel ihr Blick auf die marmorne Statue hinter Francesco, die die Mutter Jesu darstellte. »Dann schwöre es mir bei Maria, der Mutter Gottes.« Obwohl sie ruhig sprach, hatte ihre Stimme einen dramatischen Klang. Eine leise Stimme in ihrem Innern mahnte sie, die unangemessene Forderung zurückzunehmen. Doch ihr brennender Wunsch nahm sie völlig gefangen und unterdrückte jegliche Vernunft.

»Bei Maria schwöre ich dir, meine geliebte Bianca Cappello, dich zu meiner Gemahlin zu nehmen, sollte ich noch einmal frei sein und du ebenfalls.« Er sah ihr dabei tief in die Augen und bemerkte, wie sich ein paar Tränen in die ihren stahlen.

Für Bianca war es, als verleihe ihr dieser Augenblick eine Kraft, die sie zu Höherem antreiben würde. Seine Augen verschwammen zu einem Abgrund, aus dem sich eine junge Frau aus Venedig erhob. Sein Schwur wirkte wie ein Rausch. Nun hatte sie die feste Gewissheit, dass sie ihr Ziel, einmal Herzogin von Florenz zu werden, erreichen würde. Alles würde sie diesem Ziel unterordnen. Alles.

»Sie schmecken salzig«, murmelte Francesco, nachdem er jede einzelne Träne weggeküsst hatte.

»Du wirst es nie bereuen, Francesco«, versprach ihm Bianca. »Bestimmt werde auch ich eines Tages für dich frei sein.« In Gedanken fügte sie hinzu, dass sie die Hoffnung nicht aufgeben würde. »Und ich werde dir einen Erben schenken.«

Mafalda spürte, wie sehr die Geburt der kleinen Eleonora ihre Herrin beschäftigte. Während einer Fahrt durch die Stadt wagte sie, Bianca deshalb anzusprechen. »Herrin, ich mache mir Sorgen.«

Bianca saß zurückgelehnt in der Kutsche und hielt die Augen geschlossen. »Warum? Hast du nicht alles, was du brauchst?«

»Die Sorge gilt Euch. Ich sehe doch, dass Euch etwas beschäftigt.« Mafalda sah zum Fenster hinaus. Der Arno führte noch erstaunlich viel Wasser. Das würde sich bald ändern. Der Sommer nahte und die Tage wurden zunehmend heißer. Sie fuhren auf der breiten Straße, die am Fluss entlangführte. Bald musste die *Ponte Santa Trinita* kommen. Von da aus war es nicht mehr weit nach Hause.

»Ich will Euch nicht zu nahe treten. Ihr erscheint in letzter Zeit sehr nachdenklich.« Mafalda war aufgefallen, dass Bianca seit Wochen nicht mehr nach der Kräuterfrau verlangte. Ob sie schwanger geworden war? Andererseits gab es dafür keine Anzeichen. Sie war weder von Schwindel noch von Übelkeit befallen und ihre Figur war unverändert. Mafalda hätte es als Erste bemerkt.

Die Kutsche ruckelte über die Brücke und bog kurz darauf in die Via Maggiore ein. Vor Biancas Haus kam sie zum Stehen.

»Mafalda, ich möchte, dass du beim Herrgott für mich bittest.« Bevor Mafalda noch Näheres fragen konnte, eilte ein Diener aus dem Haus und half Bianca aus der Kutsche. Das Gespräch brach ab.

Es war einer dieser lauen Abende, bei denen in allen Häusern die

Fenster aufgerissen wurden, damit der Nachtwind die angestaute Hitze vertrieb. Mafalda fühlte sich zerschlagen und sehnte sich nur noch nach ihrem Bett. Allem Anschein nach war Bianca alles andere als müde. Wie sie dreinblickte, hatte sie wieder einen Einfall gehabt.

»Du hast mich gar nicht gefragt, um was du bitten sollst.« Verwundert beobachtete Bianca ihre Kammerdienerin, während sie nebeneinander den Flur hinunterschritten.

»Beten ist nun wirklich nicht schwer, Herrin.«

»Ich kann kein Latein«, meinte Bianca leichthin. »und ich habe kein Gebet für diese Sache gelernt.«

»Dann sagt es Gott mit Euren Worten. Er versteht alle Sprachen, ich bin mir sicher.«

»Versteht er auch mein Anliegen? Weiß er, wie dringend es ist? Ich will ein Kind, Mafalda. Einen Sohn von Prinz Francesco! Du bittest darum in meinem Auftrag.«

Mafalda glaubte, nicht richtig zu hören. Sie sollte um ein Kind der Sünde bitten! Sie machte sich damit mitschuldig. »Nein, Herrin, das kann ich nicht.«

»Doch. Ich befehle es dir!«

In diesem Ton hatte Bianca noch nie mit ihr gesprochen. Was war denn in sie gefahren?

»Ihr könnt nicht von mir verlangen, dass ich etwas tue, was gegen Gottes Gebote ist.«

»Hast du mir nicht selbst erzählt, dass in der Bibel steht, dass alles, um was wir bitten, uns von Gott gegeben werden wird?« Bianca verzog den Mund und lächelte Mafalda überlegen an.

»Ja.« Mafalda war fassungslos, was die Signora aus der Bibelstelle gemacht hatte. »Aber eine Kleinigkeit muss ich da noch ergänzen: *In meinem Namen*, heißt es richtig. Die Zusage Gottes gilt für Bitten, die in Einklang mit seinem Wort stehen.« Es kam ihr vor, als müsse sie darum bitten, dem Himmel zu entsagen und in die Hölle zu wollen. Durfte sie das ihrer Herrin sagen? Es verließ sie der Mut. »Ich fürchte, meine Gebete werden nutzlos sein.«

»Ich will, dass du trotzdem welche für mich sprichst.«

Während Mafalda ihr Gewissen zu beruhigen suchte, hatte das Haus Medici andere Sorgen. Pietro Buonaventuri schien ahnungslos, als er in den herzoglichen Palazzo gebeten wurde. Froh gelaunt ließ er sich von der Dienerschaft geleiten, die ihn von der Eingangshalle durch Gänge und Säle führte, bis er im Empfangssaal des Herzogs stand.

»Hoheit.« Galant verbeugte sich Pietro vor Herzog Cosimo, der mit Kanzler Bariello an einem Tisch saß. Der Herzog sah seinen Gast mit unbeweglicher Miene an. Francesco ordnete ein paar Blätter auf seinem Schreibtisch, bevor er ihn mit einer Handbewegung anwies, auf dem Stuhl vor seinem Schreibtisch Platz zu nehmen.

»Wie geht es Eurer Gemahlin?«, fragte Pietro, als interessiere er sich für die blasse, zurückhaltende künftige Herzogin.

»Es geht ihr und unserer kleinen Tochter wohl«, erwiderte Francesco höflich. Er bedeutete einem Diener, Gebäck und Granatapfelwein zu servieren.

»Mein lieber Buonaventuri«, begann der Prinz, »ich habe Euch mein Vertrauen geschenkt und Euch äußerst wichtige Aufgaben übertragen.« Er sah Pietro prüfend an. »Als ein Vertreter meiner Regierungsgeschäfte genießt Ihr höchsten Rang. Doch Euer Verhalten ist dieser Würde bei Weitem nicht angemessen! Wir haben schwerwiegende Anklagen gegen Euch vorliegen.«

»Ich wüsste nicht, was Ihr meint«, entgegnete Pietro in forschem Ton. Immerhin ermöglichte er Francesco die Beziehung zu seiner Frau, das musste doch für etwas gelten! Ach, deshalb saßen sie hier samt Sekretär. Wie bei einem Verhör. Lächerlich.

»Ihr spielt Euch auf, als wäret Ihr der Herzog von Florenz!« Der Ton Francescos war schneidend. »Ihr treibt es auf die Spitze und nutzt Euer gutes Schicksal schamlos aus! Was denkt Ihr Euch eigentlich dabei?«

»Pah«, lachte Pietro kalt. Seine Augen flackerten unruhig hin und her. Verlegen rieb er die Hände an seiner Samthose und kaute nervös auf seiner Unterlippe. »Es gibt doch keinen Grund für mich, das nicht zu tun, oder nicht?«, fragte er zurück. Er wischte sich mit dem Handrücken Schweißperlen von der Stirn. Eine schwache Vermutung tat sich ihm auf.

»Doch, allerdings!« Aus dem Hintergrund kam die tiefe Stimme des Herzogs. Er wies auf Bariello. »Bitte«, forderte er diesen auf, »tut Signore Buonaventuri kund, was uns mehr als beunruhigt.«

Der Kanzler erhob sich. »Ich bin kein Mann der unnützen Worte. Verzeiht mir. Man redet in Florenz über nichts anderes als über Euch und Signora Bongiani. Ihr seid Euch Eurer Herkunft nicht bewusst und nutzt die Großzügigkeit des Herzogs aus. Das ist ein Skandal. *Emporkömmling*, *Günstling* und *aus dem Schlamm erhobener Glückspilz* sind nur einige der Bezeichnungen, die man mit Euch in Verbindung bringt. Die Familie Ricci, wohlgemerkt höchster und alteingesessener Adel, ist empört, dass ihr Name in Verruf gerät!«

Pietro schluckte und schloss für einen Moment die Augen. Am liebsten wäre er aufgesprungen und hätte dem alten Kanzler gesagt, all das sei eine infame Lüge. Doch vielleicht sollte er seine letzte Karte bei diesem Gespräch nicht zu früh ausspielen. Es sah nach einer ernsthaften Angelegenheit aus, wenn er die Gesichter betrachtete. Sie schienen wie eingefroren.

Reue kam immer gut an. Was kümmerte ihn der Vorwurf! Er lächelte schwach und erhob sich. Tief verbeugte er sich vor Cosimo. »Es tut mir sehr leid, wenn ich Euch beleidigt habe.«

»Setzt Euch. Ich bin noch nicht fertig.« Bariello machte eine Pause und sah zu Buonaventuri. »Das Familienoberhaupt der Riccis ist persönlich bei Herzog Cosimo vorstellig geworden. Ich lege Euch dringend ans Herz, Euch nicht mehr mit Cassandra Bongiani zu treffen.« Er machte eine Pause und schien mit Worten zu ringen.

»Ich sage es mit Nachdruck, weil es bereits andere Männer aus unserer Stadt das Leben gekostet hat, dass sie ihre Vorliebe zu verheirateten Frauen öffentlich zur Schau stellten und keine Rücksicht nahmen. Wisst Ihr, was mit ihnen geschehen ist?« Er wartete, als könne ihm Pietro eine Antwort geben. Der starrte ihn jetzt mit offenem Mund an, als sei die Brisanz endlich bei ihm angekommen. »Jeder

Einzelne wurde erstochen. Niemand hat die Meuchelmörder je dingfest gemacht.«

Francesco nickte. »Es wird mir nicht möglich sein, Euch vor einer solchen Bedrängnis zu retten. Unterschätzt nicht Eure Feinde.«

Was denken sie sich, wen sie vor sich haben? sinnierte Pietro. *Ich lasse mir doch nicht vom Prinz meine Gespielin verbieten und er selbst stellt für sich andere Regeln auf.* »Ach, Hoheit, ich glaube, hinter dem Gerede steht nur Missgunst«, tat er die Sache ab. Sie wollten wohl die Familie Ricci besänftigen. »Seid versichert, meine Freundschaft mit der Signora ist einzig auf geistiger Ebene gegründet und über jeden Verdacht erhaben.«

Der Herzog tauschte Blicke mit seinem Kanzler aus. »Notiere das«, wies er seinen Sekretär an. Bevor er etwas hinzufügen konnte, hatte Francesco das Wort ergriffen. »Wenn dem so ist, wie Ihr mir versichert, will ich zufrieden sein. Trotzdem lege ich Euch ausdrücklich ans Herz, solltet Ihr je Bedürfnisse über die geistige Ebene hinaus haben, diese mit äußerster Rücksichtnahme zu befriedigen.«

Auf Pietros Gesicht breitete sich Zufriedenheit aus. Die Sache war aus der Welt. Jetzt war beiden Seiten Genüge getan.

Pellegrina schlief schon seit Stunden, Bianca aber ging nicht ins Bett. Mafalda wunderte sich, denn Bianca gähnte immer wieder und ließ ihre Stickarbeit sinken.

Immer wieder trat sie ans Fenster, um Ausschau zu halten. *Woher diese Unruhe?* grübelte Mafalda.

Als Sonia hereinkam und fragte, ob die Herrin noch einen Wunsch habe, schickte Bianca sie ins Bett. Dann wandte sie sich zu Mafalda und diese erwartete, sich endlich zurückziehen zu können. Doch Bianca sagte: »Mafalda, du leistest mir Gesellschaft. Ich muss heute noch mit meinem Mann sprechen. Zu zweit vergeht die Zeit einfach schneller.«

Sie füllte zwei Becher und reichte einen Mafalda.

»Herrin«, wehrte Mafalda ab, »das ist zu freundlich. Seid ihr sicher?«

»Ja, ich bin mir sicher.« Bianca nahm einen Schluck. »Es ist ein Orangenwein. Probier doch mal.«

Gehorsam nippte Mafalda und holte sich ihre Stickarbeit. »Der Signore hat viel zu tun im Rat«, sagte sie und dachte dabei an die Gespräche, die unter der Dienerschaft kursierten.

»Wenn dem nur so wäre«, seufzte Bianca. »Aber leider steckt etwas anderes hinter seinen langen Abwesenheiten. Er bringt uns in Schwierigkeiten. Der Herzog ist empört.«

Mafalda zog die Brauen hoch. *Also doch! Die Gerüchte stimmen!* Ihr Blick war wach.

»Signore Buonaventuri hat ein Verhältnis mit Signora Bongiani. Ihre Familie droht mit Schlimmem, sollte es nicht sofort beendet werden.«

Mafalda legte den Stickrahmen in den Schoß. Sie spürte, wie ihr der Atem stockte. Um die Riccis rankten sich böse Geschichten. Sie ließen nicht zu, dass ihr Name in den Schmutz gezogen würde. Mafalda bekreuzigte sich.

»Wartet Ihr deshalb noch auf Euren Gemahl? Hat der Herzog das Euch gegenüber erwähnt?«

Biancas Stimme wurde leiser. Sie schluckte. »Wahrscheinlich wird man meinen Mann für längere Zeit auf Reisen schicken, damit sich die Gemüter beruhigen.« Bianca berichtete ihr vom Umgang des Signore mit Cassandra Bongiani und was sie dem Prinzen vorgeschlagen habe. Verlegen raffte sie an ihrem brombeerfarbenen Brokat. »Ich dachte an Mantua oder Ferrara. Vielleicht könnte er ja auch in Rom den Bruder von Francesco aufsuchen und Grüße oder Korrespondenz überbringen. Aber Francesco will ihn nach Frankreich schicken. Der Prinz meint, zurzeit herrsche Waffenstillstand zwischen den Gläubigen und den Hugenotten. Mir ist ganz unwohl dabei. Ich könnte froh sein, wenn er für eine Zeit verschwände. Was aber, wenn ihm etwas zustößt? Die Reise dauert Wochen. Ich würde mir immer Vorwürfe machen.«

»Das kann ich verstehen. Wartet Ihr deshalb jetzt auf seine Rückkehr?«

»Ich muss ihn warnen. Noch kann er die Sache wenden.«

Mafalda nickte. Sie war müde und schloss die Augen. Signore Buonaventuri war ein eigensinniger, aufbrausender Mann. Er würde sich nicht belehren lassen. »Glaubt Ihr, dass Ihr etwas bewirken könnt?«

Bianca schwieg. Mafalda sah ihr an, dass sie ihre Zweifel hatte.

Stunde um Stunde verging. Bianca trank das eine und andere Glas Wein.

»Mafalda, behalte unser Gespräch für dich.« Bianca blickte ihr in die Augen. »Du bist müde«, stellte sie fest. »Du kannst gehen.«

»Ich helfe Euch beim Auskleiden«, erwiderte Mafalda. Sie kam doch unmöglich allein aus den Kleidern.

»Sollte ich wirklich Hilfe brauchen, rufe ich dich.«

Mafalda ging zu Bett, konnte aber nicht schlafen. Die Glocke schlug Mitternacht. Irgendwann in der Nacht hörte sie jemand die Treppe hochpoltern. Sie schlüpfte aus dem Bett und lauschte an der Tür.

Das musste Signore Pietro sein. Seine Stimme hallte durchs Treppenhaus. Offenbar war er in den Salon gegangen und hatte die Tür nicht zugemacht. Leise drückte Mafalda die Türklinke nach unten. Ein matter Lichtstrahl fiel durch den Türspalt ins Zimmer. Sie hörte, wie Bianca schniefte. Im Stockwerk über ihr schien ebenfalls jemand wach geworden zu sein. Jemand schlich durch den Flur. Mafalda schloss die Tür wieder und schalt sich selbst. Nein, sie wollte nicht lauschen.

Trotz geschlossener Tür hörte sie Pietros Stimme. »Bei Hofe ist man verärgert?«, höhnte er laut, dass sie jedes Wort verstand. »Soll ich dir etwas sagen? Der Herzog ist schon wieder Vater geworden. Er hat soeben einen Sohn von seiner Mätresse bekommen. Ist das nichts? Der Herzog kann tun und lassen, was ihm beliebt, aber wenn seine Untertanen ...«

Mafalda hörte, wie ein Sessel ächzte.

»Pietro, bitte!«

»Das ist doch alles an den Haaren herbeigezogen«, wehrte er lautstark ab. »Ich gehe jetzt.«

Mafalda hörte die Schlafzimmertür nebenan. Bianca schien keine Anstalten zu machen, ihm zu folgen. Sie hatte ja schon einigen Wein getrunken. Vielleicht ahnte sie, dass sie es nicht mehr bis ins Schlafzimmer schaffen würde.

Am nächsten Morgen fand Mafalda die Herrin schlafend im Salon vor. Sie lag halb im Sessel. Ihre Haube war herabgefallen und das Haar zerzaust. Mafalda mochte nicht darüber nachdenken, wie das zerknitterte Kleid wieder in Ordnung kommen sollte, das zudem Weinflecken abbekommen hatte.

»Signora Bianca.« Mafalda rüttelte sie sanft.

Verschlafen öffnete Bianca die Augen. Sie sah sich um. »Was ist los?« Sie richtete sich auf und stöhnte. Die unbequeme Körperhaltung hatte ihren Arm schlaff werden lassen. In Panik griff Bianca mit der rechten Hand an ihren linken Arm und schüttelte ihn heftig. Es schien wieder Leben hineinzukommen und sie bewegte die Finger. »Warum bin ich hier?« Sie griff sich an den Kopf und jammerte erneut.

»Ihr seid heute Nacht hier eingeschlafen, als Ihr auf Euren Mann wartetet.«

»Ach ja.« Bianca zog die Stirn kraus, stand unsicher auf und bedeutete Mafalda, ihr in ein frisches Kleid zu helfen.

Mafalda spürte die Kälte in den Herzen der Herrschaften, die weder ein goldbesticktes Samtwams noch ein Kleid aus Duchesseseide verbergen konnten. Bianca hatte ihr von Pietros Streit im Palazzo des Herzogs erzählt, wo der Prinz ihn nochmals um Vernunft gebeten hatte.

»Ich hatte mir einen anderen Verlauf des Gesprächs erhofft, nachdem er in der Nacht ebenso unbelehrbar war.« Bianca sah Mafalda angstvoll an.

Dass die Signora besorgt um ihren Mann war, verwunderte Mafalda nun doch. Was wollte sie denn eigentlich? Einen Ehemann und einen Liebhaber gleichzeitig?

»Das Schlimmste ist, dass er in der Gegenwart des Prinzen gerufen hat: ›Ich wünsche dir nichts Gutes, nicht dem Prinzen und nicht den Riccis. Ich werde alles tun, nur trennen werde ich mich nicht von Cassandra Bongiani!‹«

Mafalda schluckte. »Er will sich nicht retten lassen.« Der Graben zwischen den Herrschaften schien sich in die Unendlichkeit auszudehnen. Bianca sah elend aus, hatte dunkle Ränder unter den Augen und bleiche Wangen.

Wie gewohnt verrichtete Mafalda ihre Arbeit. Sie breitete Biancas Schmuck vor sich aus und lüftete die Kleider. »Ihr solltet an die frische Luft«, merkte sie an. Bianca hatte sich ans Fenster gesetzt. Mafalda nahm ein Diadem und die passenden Ohrgehänge und legte sie in ein Schmuckkästchen. »Spaziergänge helfen, die Gedanken zu ordnen.« Voller Mitleid sah sie Bianca an. »Bitte, Signora, denkt an eure Gesundheit.«

Wortlos blickte Bianca aus dem Fenster. Ihre Augen füllten sich mit Tränen. »Ich bin froh, wenn Pietro nicht da ist«, stieß sie hervor. »Dann ist Frieden im Haus.«

Mafalda ließ eine Perlenkette in reinem Weiß durch ihre Finger gleiten. »Euer Herz ist aufgewühlt und verbittert. Und das merken die, die Euch lieben. Habt Ihr Eure Tochter gesehen? Sie lächelt nicht mehr. Es ist nicht zu übersehen, wie verstört sie ist. Sie leidet, und zwar mit Euch, mit Euch und dem Signore.«

»So ein Unsinn.« Bianca zögerte, doch dann stand sie auf. »Pellegrina ist bei Gina in besten Händen.«

Bianca ging Richtung Tür, doch bevor sie das Zimmer verließ, wandte sich Mafalda um und ging einen Schritt auf ihre Herrin zu. »Das meine ich nicht. Pellegrina liebt Euch beide. Sie versteht nicht, warum Ihr uneins seid. Herrin, Euer Leben steht nicht unter dem Segen des Herrn.«

Biancas Augen nahmen einen spöttischen Ausdruck an. »Ach ja?

Schau dich doch um, Mafalda, kaum jemand ist reicher gesegnet als ich!«, erwiderte sie und griff nach der Klinke.

»Oh, doch. Was habt Ihr schon in der Hand? Euer Mann ist Euch fremd, Ihr seid abhängig von der Gunst eines Mächtigen.« Mafalda raffte ein paar Ketten zusammen, die sie in die Luft hielt. »Was ist, wenn er Euch diese eines Tages entzieht? Ihr diesen herrlichen Palazzo verlassen müsst?« Die Juwelen klirrten. »Euer Haus ist, um es mit der Heiligen Schrift zu sagen, auf Sand gebaut. So kann nichts Bleibendes wachsen.«

Die Heftigkeit von Mafaldas Worten ließ Bianca gefrieren. Mit offenem Mund starrte sie ihre Dienerin an.

Mafalda ließ den Schmuck fallen und senkte den Kopf. »Verzeiht.« Sie schlug die Hände vors Gesicht. Was war denn nur in sie gefahren? Seit wann durfte sie Geistlichkeit spielen?

Von unten hörte man laute Geräusche und Pellegrinas Stimme, die nach Bianca weinte. Signora Bianca zögerte. Dann griff sie nach der Klinke und krachend fiel die Tür hinter ihr ins Schloss. Zurück blieb Mafalda mit einem schlechten Gewissen und großer Enttäuschung. Am allermeisten war sie enttäuscht von sich selbst, weil sie sich hoffnungslos danebenbenommen hatte.

Mafalda beobachtete von ihrem Fenster aus, wie Tomaso Briefe von einem Boten entgegennahm. Wenig später klopfte es an ihrer Zimmertür. Sonia überreichte ihr einen Brief. Von wem mochte er sein? Wie lange hatte sie keine Post mehr bekommen. Aufgeregt riss Mafalda ihn auf. Sofort erkannte sie die Schrift.

Meine liebe Freundin Mafalda!
Ich muss dir endlich mal berichten, was sich in Abbazia di Praglia *Neues zugetragen hat. Die gütige Mutter Oberin hatte endlich ein Einsehen und hat vor Wochen Schwester Lucia begnadigt. Kannst du dir vorstellen, welche Freude im Konvent herrschte? Es war, als wäre eine neue Schwester in den*

Orden getreten. Unsere liebe Lucia hat die Gnade nicht verwinden können. Zwei Tage später ist sie einem Herzanfall erlegen. Wir sind traurig, dass sie von uns gegangen ist. Jetzt hat ihre geprüfte Seele Ruhe gefunden ...

Wie schön, dass Beata sie nicht vergessen hatte. Von ihren Schwestern hörte sie gar nichts mehr. Der Briefkontakt war gänzlich abgebrochen. Ob sie ihr insgeheim Vorwürfe machten, weil sie für Bianca Cappello arbeitete? Mafalda hielt es für unmöglich, dass sie von ihrem Verhältnis mit Francesco wussten, wo doch der Herzog Einfluss auf die Konvente nahm und in ständiger Verbindung mit ihnen stand.

... und ich grüße dich mit schwesterlichem Gruße,
Beata

Mafalda konnte gar nicht sagen, wie glücklich sie war, dass die alte Schwester, wenn auch nur kurz, das Tageslicht wiedersehen durfte. Der Brief erinnerte Mafalda daran, dass sie sich gegenüber der Herrin ungebührlich verhalten hatte. Sie sollte sich so bald als möglich entschuldigen und hoffte, dass Bianca ihr verzieh.

»Herrin«, vorsichtig öffnete sich die Tür zu Biancas Schlafzimmer und Mafalda steckte den Kopf hindurch, »darf ich reinkommen?«

Ihr reumütiges Gesicht brachte Bianca fast zum Lachen. Sie biss sich auf die Lippe und winkte Mafalda herein.

»Ich möchte mich entschuldigen«, stotterte Mafalda, »dass ich mich im Ton vergriffen habe. Es steht mir nicht zu, so zu reden.« Sie sank in die Knie. »Ich vergaß meine Manieren.«

Bianca nickte und wartete.

»Trotzdem«, betonte Mafalda, »bleibe ich bei dem, was ich gesagt habe. Ich glaube, wenn Ihr den Bischof fragen würdet, würde er Euch keine andere Antwort geben.«

»Nun, das werden wir wohl nie erfahren«, entgegnete Bianca spitz und genoss Mafaldas zerknirschte Miene. Des Bischofs Meinung interessierte sie ziemlich wenig. Bianca hatte lange überlegt, dann ihre

Entscheidung verworfen, Mafalda zu entlassen. Mafalda war ihr lieb geworden.

Sie beschloss, ihr noch eine Chance zu geben. »Ich nehme deine Entschuldigung an. Aber ich will, dass du dir bewusst bist, wen du vor dir hast.«

Mit dem Umzug in die Via Maggiore waren mehr und mehr Einladungen gekommen. Bianca konnte sich sogar aussuchen, welchen sie folgen wollte. Aber sie war sich bewusst, dass es den Damen der Gesellschaft vor allem darum ging, ihre Neugier zu befriedigen.

Das Haus der Nobila war nicht minder vornehm eingerichtet als Biancas Palazzo. Im Salon schnatterten einige Damen und verstummten, als Bianca hereingeführt wurde. Die Hausherrin begrüßte sie herzlich. »Ich bin entzückt«, lächelte Bianca die Gastgeberin an, »wie schön, dass ich in Eurem Kreis willkommen bin.«

Die Nobila stellte Bianca ihren Gästen vor. Signora Ricasoli, Signora Rucellai, Signora Tornabuoni, Signora Malvisi ... Mit unverhohlenem Interesse und einem Blick für jedes Detail beobachteten die Damen die Neue. Man knabberte kandierte Früchte und tauschte Höflichkeiten aus.

»Sie beäugen Euch wie eine Attraktion auf dem Jahrmarkt«, flüsterte Mafalda. »Sie haben ihre edelsten Kleider hervorgeholt. Doch Euch, Signora, können Sie nicht einschüchtern. Ihr übertrefft sie alle.«

»Danke, Mafalda«, raunte Bianca und wandte sich wieder ihrer Nachbarin zu. »Man sagt, Euer Gatte habe ein glückliches Händchen im Handel mit Wolle. Wenn ich Euch ansehe, kann ich nur hinzufügen, dass er mit Eurer Wahl noch mehr Geschick bewiesen hat.«

»Ihr seid zu freundlich«, freute sich die Nobila. »Wie gefällt Euch das Leben in der Stadt? Ich hörte, Ihr stammt aus Venedig. Der Karneval soll dort besonders lustig sein. Findet man denn seinen Ehemann im Trubel wieder?«

»Wenn man ihn denn wiederfinden will!«, stichelte die Dame, die auf Biancas anderer Seite saß. Bianca tat so, als habe sie den Einwand nicht bemerkt.

Eine Nobila mit ausgefallenem Kopfputz sah Bianca eindringlich an. »Wie geht es Eurem Gatten?«

Es hatte also die Runde gemacht, dass Pietro verreist war. Bianca erzählte höflich, dass er in einer wichtigen Angelegenheit am französischen Königshof weile. Die Blicke der Damen zeigten Bianca, dass die Höflichkeiten zwar zur allgemeinen Gepflogenheit zählten, dass sie aber gleichzeitig ihre Haltung und Benehmen auf die Probe stellten. Bianca achtete sorgfältig darauf, sich gerade zu halten und entspannt zu wirken. Sie plauderte fröhlich vom Karneval, als habe sie dort selbst teilgenommen, und wusste mit ein paar Anekdoten die Damen aufzuheitern. Innerhalb kürzester Zeit wich die leicht bissige Art der Damen echtem Interesse und sie scherzten und lachten miteinander. Bianca verließ die Runde mit einer weiteren Einladung.

Auf der Fahrt nach Hause lobte Mafalda ihre Herrin. »Mit welchem Großmut Ihr dieser Gesellschaft begegnet seid. Mit Eurer Liebenswürdigkeit habt Ihr ihnen die Frechheit vereitelt. Jede andere Nobila wäre angesichts der Sticheleien geflohen.«

»Sie prüfen mich. Ich gehöre eben nicht zu ihnen!«

»Das muss Euch doch kränken.« Mafalda warf einen Seitenblick zu Bianca und sah, wie diese schluckte. Freundschaftlich strich Mafalda ihr über den Arm.

»Es tut sehr weh. Wie gut, dass du dabei warst. Und danke, dass du für mich betest. Du weißt gar nicht, wie sehr ich das schätze.«

Mafalda nickte. »Und ich danke Euch, dass Ihr mich aus dem Kloster befreit habt. Ich bin glücklich in Eurem Haus. Es war Fügung, dass Ihr in *Abbazia di Praglia* Rast gemacht habt. Wie verliebt Ihr damals wart. Frisch verheiratet.«

»Verliebt?« Bianca zuckte mit den Achseln. »Ich war verliebt, ja, bis zu jenem verhängnisvollen Tag.«

»Wie meint Ihr das?«

Bianca zögerte und griff nach Mafaldas Arm. »Aber bitte, das was ich jetzt sage, gehört in kein anderes Ohr, ja?«

»Versprochen.«

»Ein paar Tage, bevor ich dich dort im Kloster traf«, sagte Bianca, »hat mir Pietro ein Geständnis gemacht. Es war ein großer Schock. Seitdem kann ich ihm nicht mehr trauen.«

»Was hat er Euch gesagt?«

»Er war nicht der, für den er sich ausgegeben hatte. Er hatte mich glauben lassen, er sei Sohn einer adligen Familie, obwohl er mittellos war.«

»Oh, wie schrecklich«, entfuhr es Mafalda. »Ihr seid trotzdem bei ihm geblieben? Was habt Ihr nur für ein weites Herz.«

»Nicht wirklich, Mafalda. Ich war schwanger, weißt du? Gerade war ich bei Nacht und Nebel aus Venedig geflohen. Wir haben dann unterwegs geheiratet, irgendwo, in einer schäbigen Kapelle. Was hätte ich auch tun sollen? Ich habe mir damals eingeredet, dass schon alles gut würde. Doch mein Vertrauen in ihn hat damals mehr als Risse bekommen.«

»Wie verzweifelt müsst Ihr gewesen sein!«

Es folgte eine lange Stille, die nur von Hufgeklapper und dem Rattern der Räder durchbrochen wurde.

»Habt Ihr je versucht, Euch mit Eurem Mann zu versöhnen?«

»Immer wieder, aber es wurde nur schlimmer. Er ging keiner geregelten Arbeit nach und verschleuderte mein Geld. Ich glaube nicht, dass er mich je wirklich geliebt hat.«

Mafalda ergriff Biancas Hand und hielt sie fest. »Ich werde noch öfter Fürbittengebete für Euch sprechen«, versprach sie.

Frühsommer 1567

Während Mafalda ihre Herrin umsorgte und umbetete, in der Hoffnung, der Herr möge für ihre Anliegen ein Ohr haben, freute man sich in der herzoglichen Familie auf ein neues Fest.

Zur Taufe der kleinen Eleonora hatte das Haus de Medici die Kapelle im *Palazzo Pitti* mit Blumenschmuck vollgestopft. Verwandte aus Österreich und aus den Herzogtümern Ferrara und Mantua waren angereist, um mit Francesco und Johanna zu feiern. Johannas Sehnsucht nach Österreich ruhte. Die Geburt war erst wenige Wochen her, sie wirkte dünn und durch ihre geringe Körpergröße sehr zerbrechlich.

Erst wenige Tage zuvor hatte die Stadt schon einen Grund gehabt zu feiern: Erzbischof Altoviti war aus dem Exil zurückgekehrt. In einer feierlichen Prozession war er in die Stadt eingezogen. Herzog Cosimo hatte den Bischof aus der Stadt verbannt, doch jetzt freute sich das Volk über seine Rückkehr.

Nun konnte die Tauffeier mit dem höchsten kirchlichen Würdenträger von Florenz zelebriert werden, was auch als Geste Cosimos an das Kaiserhaus gedeutet wurde. In seinem ersten Gottesdienst gestaltete Altoviti zusammen mit dem Hoftheologen die Feier von Eleonora und noch lange danach lobten die Gäste die würdige und bewegende Atmosphäre.

Auch Kardinal Ferdinando hatte die lange Reise von Rom auf sich genommen. »Es ist erfreulich, dass du für Nachkommen sorgst«, sagte er später nach dem Festmahl zu seinem Bruder. Francesco nickte und schwieg. Wenn Ferdinando wüsste, wie zwiespältig seine Gefühle waren. Einerseits war da die Verpflichtung seiner Gattin und dem Hofe gegenüber und andererseits sein Feuer für Bianca. Ja, Feuer. Er fand keine anderen Worte für seine Verehrung. Mit jedem Tag, der verging, schienen seine Gefühle mehr und mehr zu entflammen, anstatt zu erlöschen. Bianca besaß nicht nur ein blendendes Aussehen, sondern eine besondere Art, ihn an sich zu fesseln. Nie wurde sie ausfällig oder machte ihm Vorwürfe. Bianca wählte ihre Worte mit Bedacht und von ihrer Dienerschaft hörte man viel Lob über ihre besonnene Art, Anweisungen zu erteilen. Sie schätzte und versorgte die Menschen, die für sie arbeiteten, was diese ihr mit ergebenem Eifer dankten. Den Gerüchten nach konnte man von ihrem Gatten nur das Gegenteil behaupten.

»Warum so schweigsam?«, fragte Ferdinando. »Du kannst zufrieden sein.«

Francesco warf einen kurzen Blick auf das dunkelgrüne Kleid von Johanna, die still neben ihm saß. Sie schaute in den Saal und hörte den Musikern zu.

Unergründlich wie diese Farbe bleibt mir Johannas Wesen, überlegte Francesco. *Warum kann sie nicht einfach einmal lachen, sagen, was ihr gefällt, oder einen Scherz machen? Sie lässt sich nicht hinter ihre hohe Stirn schauen. Ganz zu schweigen von ihrer Art, wenn wir allein sind.*

Bianca dagegen freute sich am Leben und riss ihn mit ihrer beschwingten Art oft aus seinen Träumen. Sie interessierte sich für seine Fortschritte in der Forschung, die seine Gattin gänzlich ignorierte. Die einzige Leidenschaft Johannas schien die strikte Einhaltung der Hofetikette des Kaiserhofs zu sein, die sie mit drei Kammerzofen und unzähligen Dienerinnen zelebrierte.

Francesco schob seinen Unterkiefer hin und her. Es war besser, Ferdinando erfuhr die Neuigkeit von ihm. »Es ist ein Gesandter aus dem kaiserlichen Hause hier vorstellig geworden.«

»Ein Gesandter von Kaiser Maximilian?«, fragte der Kardinal erstaunt. »War er nicht zur Taufe eingeladen?«

Francesco sah seinem Bruder an, dass er nicht wusste, um was es ging. »Dieser Gesandte hatte nichts mit den geladenen Gästen zu tun. Er kam in anderer Mission.« Er überlegte, wie er seine Worte geschickt wählen konnte. »Meine Gattin hat zahlreiche Briefe an den Kaiser gesandt. Sie beschwert sich über meine abweisende Art.«

»Auch über deine Affäre?«

Francesco hielt es nicht mehr auf dem Stuhl. »Komm, wir gehen an die frische Luft.« Er wandte sich galant an Johanna. »Meine Liebe, du entschuldigst uns bitte.«

Seine Frau nickte geistesabwesend, ohne ihren Blick von den Gästen abzuwenden. Dann lauschte sie wieder hingebungsvoll dem Erzbischof. Der saß an ihrer Tafel und schilderte gerade Confetti in allen Einzelheiten, wie er zu Ehren der heiligen Elisabeth Gelder erbettelt und eine Kapelle in Loreto gebaut hatte.

»Lass uns in den Garten gehen, damit wir ungestört reden können«, sagte Francesco. Er legte keinen Wert darauf, dass seine Gäste das Gespräch belauschten.

Die Blätter von Bäumen und Sträuchern raschelten im Wind, während die Brüder nachdenklich nebeneinander herschritten.

»Warum entsagst du ihr nicht, dieser Cappello? Hat sie dich so verzaubert, dass du nicht von ihr lassen kannst? Sie stürzt dich in eine Katastrophe, Francesco!« Ferdinando fasste ihn am Arm. »Sei ein Mann! Vater hat mir bereits von ihrem Ehemann berichtet und welche fatalen Reaktionen aus dem Hause Ricci kommen. Die Riccis sind beleidigt, nachdem Unbekannte Hörner an ihr Portal genagelt haben. Und das bei Adligen! Was willst du dagegen unternehmen?« Er sah Francesco mit forschem Blick an.

»Ich habe ihn nach Frankreich zu unserer Verwandten Caterina geschickt. Er wird lange weg sein. Mach dir also keine Gedanken«, wehrte Francesco ab. »Und was Signora Cappello betrifft, sie ist eine wahre Schönheit. Gebildet, belesen und voller Freude.« Er sah Ferdinando an, als könne er ihn mit seinem gefühlvollen Blick umstimmen. »Wenn sie nicht mehr in meiner Nähe ist, ist mein Glück dahin. Ihre Liebe bewahre ich tief in meinem Herzen. Niemand kann das ändern.«

»Reiß dich zusammen, Francesco. Das ist Leichtsinn. Besinne dich auf deinen Stand und auf deine Verpflichtung gegenüber deiner Ehefrau. Sie dient dir ergeben. Vergiss nicht, dass uns mit dieser Heirat der Schritt in den Hochadel gelungen ist. Setze nichts aufs Spiel, was unsere Väter mühevoll erarbeitet haben.«

»Deswegen muss ich doch einer Frau nicht entsagen!« Ferdinando hatte einfach keine Ahnung, wie trostlos es mit Johanna war.

Kardinal Ferdinando rüttelte an seiner Schulter. »Werde endlich wach! Ein Medici regiert, er tändelt nicht. Deine Aufgabe ist es, den Besitz zu mehren, notfalls Kriege zu führen und unsere Macht zu festigen. Erst wenn du all das als Großherzog erreicht hast, werde ich über eine Gespielin schweigen. Nicht vorher!«

Eine Weile spazierten die Brüder schweigend an Rabatten und Marmorstatuen vorbei. »Was gibt es Neues aus Rom?«, lenkte Francesco ab.

Ferdinando schnaubte tief. »Der Heilige Vater ist ein Mensch, der sich selbst strenger Disziplin unterwirft und das auch von anderen fordert. Seine Bestrebungen, die Menschen zu wahren Christen zu erziehen, setzt er mit aller Härte durch. Dein Verhalten«, er sah Francesco kritisch an, »würde er unbarmherzig bestrafen, wenn er davon wüsste. Ausschweifungen sind ihm ein Dorn im Auge. Das betrifft auch Kardinäle des Heiligen Stuhls, wenn du verstehst, was ich meine. Mit der Ketzerei verfährt er ebenso.«

Die Menschen bleiben Menschen, auch wenn sie ein hohes Amt bekleiden, dachte Francesco.

12

Sommer 1567

Mafalda war froh, dass in Biancas Leben nach Pietros Abreise eine gewisse Normalität eingekehrt war.

Er hatte nur wenige Briefe geschickt, aus denen hervorging, dass er die Strapazen der Reise gut überstanden hatte und durch Herzog Cosimos Empfehlung wohlwollend am Hofe Caterinas und ihres Sohnes, dem jungen König Karl IX., aufgenommen worden war.

Bianca kümmerte sich verstärkt um ihre eigenen Wünsche, ließ Kleider anfertigen und freute sich, wenn neue Stoffe geliefert wurden. Zu ihren Besucherinnen, die ihr die Aufwartung machten, gehörte auch die Äbtissin aus Le Murate.

Als Mutter Maddalena sich verabschiedet hatte, ließ sich Bianca in einen Sessel fallen. »Ich hätte nicht damit gerechnet, dass sie sich für einen solchen Besuch aus dem Kloster wagt. Die Regeln wurden doch verschärft, oder nicht?«

Mafalda musste lachen. »Nicht bei Mutter Maddalena, wie ich höre. Sie wehrt sich. Und niemals würde sie die Fenster zur Straße zumauern.«

»Eine mutige Frau«, sagte Bianca anerkennend und wandte sich ihrer Stickarbeit zu. Mafalda griff ebenfalls nach ihrem Stickrahmen.

»Der Prinz hat mir erzählt, sein Bruder mische sich ständig in sein Leben. Dabei müsste er selbst auf sich achthaben. Er gibt mehr Geld aus, als er besitzt, und schickt dem Prinzen Bettelbriefe.«

Mafalda merkte, wie Bianca vor sich hin lächelte. Was mochte ihr wieder eingefallen sein?

»Für Großes darf jedes Mittel recht sein«, grübelte Bianca und legte ihre Stickarbeit zur Seite, »das hat der Prinz gesagt.« Sie setzte sich an ihren Schreibtisch und griff nach dem Federkiel.

Der Brief an den Kardinal war schnell auf dem Weg. Danach war Bianca bester Laune.

»Ihr habt Kardinal Ferdinando geschrieben«, stellte Mafalda fest. Sie hatte beobachtet, wie Bianca den Umschlag schloss. »Glaubt Ihr, er gibt jetzt Ruhe?«

»Mal sehen, was passiert. Jeder ist käuflich. Es ist nur eine Frage des Preises.«

»Mmmh«, erwiderte Mafalda, »und wenn er sich nicht darauf einlässt? Wer weiß, welche Ziele er verfolgt?«

»Mafalda, eine Münze hat zwei Seiten, ja? Wir kennen bis jetzt nur eine Seite Kardinal Ferdinandos. Ich glaube, er wird uns noch seine andere offenbaren.« Bianca prüfte, ob ihr geflochtenes Haar noch tadellos saß, und lächelte sich im Spiegel auf ihrer Frisierkommode zu. »Ich habe Lust auszufahren. Mafalda, bring mir mein hellgrünes Kleid. Das mit dem weiten Faltenwurf.«

Während der Fahrt schaute Bianca aus dem Fenster. Als sie in die Via Santo Spirito Borgo abbogen, sagte sie: »Wir können am Marktplatz anhalten.«

Die Kutsche hielt in der Nähe der *Chiesa di San Lorenzo* an. »Wir nehmen ein paar Früchte mit«, erklärte Bianca und ließ sich aus der Kutsche helfen. »Mafalda, dort hinten«, sie zeigte auf einen entfernten Stand, »gibt es übrigens die besten Oliven. Sie sind köstlich.«

Bianca hakte sich bei Mafalda unter und betrachtete mit Interesse die angebotenen Waren. »Kein Maler könnte sich so intensive Farben ausdenken, wie die Natur sie uns zeigt«, sagte sie begeistert und hielt ihre Nase in die Luft. »Ich muss an Venedig denken. Dort bieten Bauern ihre eigenen Erträge an. Auf dem Fruchtmarkt ist der Geruch der Lagunen zurückgedrängt. Die Farbenpracht an den Verkaufsständen ist Balsam für Augen und Seele.«

Um sie herum war eifriges Getuschel zu hören. Marktbesucher hatten Bianca erkannt. »Dass sie sich nicht schämt«, flüsterte eine Marktfrau ihrer Nachbarin zu.

»Was soll man von denen da oben auch erwarten«, erwiderte diese. »Gottlose Wesen.«

Mafalda hatte die Wortfetzen mitbekommen. »Herrin, habt Ihr Hunger?«, lenkte sie ab, »Ihr müsst unbedingt Lampredotto probieren, die gekochte Innerei. Mit Brot und einer Kräutersoße.« Mafaldas Augen glänzten bei dem Gedanken an die florentinische Spezialität.

»Natürlich will ich das probieren. Eine gute Idee«, freute sich Bianca und gab Mafalda eine Münze. »Für dich und mich, ja? Immer nur Fasan, Pute und Rind langweilen mich.«

Während Mafalda an den Stand der Metzgerin trat, ließ Bianca ihren Blick über den Markt schweifen. Gar nicht weit von ihr bahnte sich ein Tross aus Dienern den Weg. Einen von ihnen erkannte sie sofort an der Kleidung. Er stammte aus dem *Palazzo Pitti*. Im selben Moment erspähte sie die Sänfte der de Medici. Die Farben und das Wappen waren unverkennbar: Auf dem goldenen Schild prangten eine blaue und fünf rote Kugeln in Verbindung mit drei Lilien.

»Mafalda«, rief Bianca, »schnell, schnell.«

Mafalda, gerade noch im Gespräch mit der Marktfrau, drehte sich um und sah zu Bianca, die heftig gestikulierte und auf die Diener zeigte. Mafalda sah die Medici-Sänfte und runzelte die Stirn. Doch weil Bianca weiter wild winkte, warf sie der Marktfrau die Münze hin und schnappte sich die Lampredotti. Eilig kehrte sie zu Bianca zurück.

»Glaubt Ihr, es ist Johanna de Medici?«

»Natürlich! Ich weiß es. Komm, wir müssen zur Kutsche.«

Mafalda schaute sie fragend an, eilte aber mit Bianca zum Wagen. »Mach schon, öffne die Tür«, befahl Bianca dem Kutscher, der gelangweilt herumstand. »Wir wollen nach Hause.« Sie stiegen ein und ließen sich in die Polster fallen.

Seufzend lehnte sich Bianca zurück. Das Gefährt setzte sich in Bewegung. »Jetzt gib mir den Lampredotto.« Mafalda reichte ihr das Brot.

Schweigend kaute Bianca und genoss die Delikatesse. »Du überlegst bestimmt fieberhaft, was mich zur Kutsche getrieben hat«, sagte sie, als sie fertig gegessen hatte.

Mafalda antwortete nicht.

»Wir sind uns noch nie persönlich begegnet. Und ich will um keinen Preis in der Öffentlichkeit mit Johanna zusammentreffen. Die Florentiner tratschen bereits mehr als genug über mich. Es fehlte noch, dass man ihnen weitere Nahrung für ihr Gespött in den Schriften gibt, die sie verbreiten.«

Bianca dachte an die wöchentlich erscheinenden Blätter, die sie bei Straßenhändlern hatte liegen sehen. Spottschriften. Das war der Weg der Florentiner, Klatsch zu verbreiten.

»Aber sie hätte Euch doch nie in der Öffentlichkeit zur Rede gestellt, oder?«

Bianca seufzte. »Ich traue ihr nicht.« Was wusste Mafalda schon vom Hochadel? »Das verstehst du nicht.«

Mafalda widersprach: »Herrin! Ich bin zwar nur Tochter eines Gerbers, aber deswegen nicht auf den Kopf gefallen. Ihr habt Angst, das ist es. Angst, dass Johanna Euren Traum vom Glück zerstört. Und das zu Recht. Die Macht dazu hat sie ohne Frage.«

Bianca schnaubte, reckte ihre Nase nach oben und schwieg.

Draußen reihte sich ein Haus ans andere. Eine Zeit lang sah Mafalda gedankenverloren aus dem Fenster. Das Gespräch ging ihr wohl nach. »Was haltet Ihr von einem Spaziergang am Arno?«, schlug sie vor, um das Schweigen zu unterbrechen. Der Fluss hob die Schönheit der Stadt nochmals hervor. Wenn die Boote abends an den Ufern festgemacht hatten, glättete sich das Wasser und strahlte die Ruhe aus, die sie ihrer Herrin wünschte. Manchmal beschlich sie das Gefühl, Bianca sei in eine Lebenslage geraten, aus der sie nur noch Gott retten konnte. Auch Signore Buonaventuri schien in seinen Wünschen und Neigungen gefangen. Ohne Gottes Hilfe würde er darin untergehen.

Bianca sagte immer noch nichts, während bei Mafalda die Sorge erneut in ihrem Herzen emporstieg. Sie wandte sich Bianca zu. »Herrin, habt Ihr keine Angst, dass der Prinz Euch irgendwann wie eine benutzte Serviette ablegen wird?« Die Frage war ihr einfach herausgerutscht.

Bianca zuckte zusammen. Sie betrachtete Mafalda, die nun den Blick gesenkt hatte und wünschte, sie könnte ihre Frage zurücknehmen. *Bin ich diesmal zu weit gegangen?* fragte sich Mafalda.

»Ist schon gut.« Bianca wartete, bis ihre Kammerdienerin die Augen hob. »Ich glaube an die Aufrichtigkeit des Prinzen. Wenn er gewollt hätte, hätte er bereits seine Hochzeit als Anlass nehmen können, die Verbindung zu mir abzubrechen. Er tat es nicht. Wenn ich nicht wüsste, dass seine Gefühle für mich wahrhaftig sind, könnte ich diese Situation nicht ertragen.«

Mafalda schüttelte den Kopf. »Nicht wirklich, bitte verzeiht mir den Einwand. Eine Ehe ist eine Ehe, ob sie nun aus Liebe oder Verpflichtung geschlossen wurde. Alles andere würde bedeuten, dass die Ehe auflösbar würde, wenn die Liebe vergangen ist! Oder wenn sich die diplomatische Lage ändert. Wo bleiben die Verbundenheit und die versprochene Treue in Euren Vorstellungen?«

Sie hatte gehört, dass Francescos Frau wieder guter Hoffnung war. Kam Bianca denn nie zur Vernunft? Stattdessen trank sie irgendwelche Mixturen und besuchte Ärzte und obskure Kräuterfrauen, damit sie endlich schwanger wurde. Was erhoffte sie sich davon? Signore Pietro war letzte Woche zurückgekehrt und hatte offensichtlich nicht nur seine Amtsgeschäfte wieder aufgenommen. Er verschwand wieder jeden Abend.

»Du brauchst es nicht zu verstehen«, erwiderte Bianca. »Hauptsache, du richtest mir heute Abend ein warmes Bad. Ich erwarte Besuch.«

Mafalda nickte. Sie wusste, wer kommen würde.

Rom 1568

Im kleinen Saal des Vatikans hatten sich die Kardinäle zu ihrer üblichen Sitzung versammelt. Papst Pius schritt langsam zu seinem Stuhl, der am Ende des Raumes auf einem erhobenen Platz stand. Die *Mozetta* flatterte lose um seine Gestalt und sein roter *Pileolus* betonte seine schmale Nase. Sein Bart war ergraut und ließ ihn älter wirken, als er tatsächlich war.

Nachdem er sich gesetzt hatte, nahmen auch die Kardinäle Platz. Sie flankierten links und rechts den Raum.

»Einer der heutigen Punkte zur Beratung betrifft auch einen der Unsrigen.« Die Andeutung eines Lächelns huschte über sein Gesicht. »Bruder Ferdinando«, er zeigte zu dem Kardinal auf der linken Seite, »wird es besonders freuen. Doch zuerst wird mein Sekretär eine Nachricht aus Österreich verlesen.«

Monsignore Angelosanto stand auf und las einen Brief vor. Nachdem er geendet hatte, lächelte er in die Runde. »Wie wir dem Brief entnehmen können, steht seitens des Kaiserhauses, namentlich seiner kaiserlichen Hoheit Maximilian II., nichts entgegen, Herzog Cosimo I. von Florenz den Titel eines Großherzogs zu verleihen.«

Ein Raunen ging durch die Reihen. Man schien unterschiedlicher Meinung zu sein. Kerzengerade hielt sich der Papst auf seinem Stuhl. Er ließ sich nichts anmerken. Mit einer Handbewegung deutete er auf ein weiteres Schreiben. »Bitte«, sagte er, »verkündet die Meinung seiner Majestät Philipp II., des Königs von Spanien.«

Der Sekretär wandte sich zu den Kardinälen. »Mit diesem Brief weigert sich seine königliche Hoheit, die Rang- und Titelerhöhung anzuerkennen. Zudem haben sich einige kaiserliche Räte aus Österreich ebenfalls gegen die Titelverleihung ausgesprochen. Es liegt nun in unseren Händen und insbesondere beim Heiligen Vater, darüber zu befinden.«

Die folgende Erörterung unter dem Konklave stellte die Bemühungen von Herzog Cosimo, Rom seine Ergebenheit zu bezeugen, deutlich hervor. Kardinal Ferdinando schwieg. Vor Jahren noch hatte sein Vater versucht, sich gegen Rom abzugrenzen. Er wollte unabhängig entscheiden und seine Macht mit niemandem teilen. Irgendwann musste er einsehen, dass es besser war, Kompromisse einzugehen. Seitdem wartete Cosimo darauf, dass Rom sich erkenntlich zeigte.

Einer der Kardinäle erinnerte an den abtrünnigen Mitbruder Piero Carnesecchi, der sich dem lutherischen Glauben zugewandt hatte. »Herzog Cosimo hat ihn unserer Rechtsprechung anheimgegeben und wir sollten diese Geste nicht unberücksichtigt lassen. Es zeigt, dass der Herzog eindeutig auf unserer Seite steht.«

Der Papst wandte sich wieder *Monsignore* Angelosanto zu. »Zeigt das Gastgeschenk, das unser Bruder Ferdinando von Herzog Cosimos Hof mitgebracht hat.«

Angelsanto hob eine Porzellanschale empor. »Niemand Geringerer als Prinz Francesco, der Sohn des Herzogs und ein Kenner der Chemie, hat in seinem Laboratorium mit Materialien experimentiert und Porzellan hergestellt. Diese Schale wurde von ihm gefertigt und eigenhändig bemalt. Sie ist für den Heiligen Vater bestimmt.«

Allgemeine Bewunderung erfasste die Männer. Nur Kardinal Papillo, der hinter Ferdinando saß, wirkte unbeeindruckt. »Schön und gut. Aber wie sieht es im persönlichen Bereich des Herzogs aus? Meines Wissens ist er verwitwet. Man munkelt, er lebe unkeusch.«

»Geht es um Munkeln oder Wissen?«, fragte Papst Pius scharf zurück. »Hier ist nicht der rechte Ort, um Vermutungen zu verbreiten. Was genau habt Ihr gehört?«

Viele Augenpaare hingen an dem alten Kardinal. »Ich weiß es aus sicherer Quelle. Herzog Cosimo hält sich eine Mätresse. Seit dem Tod der Herzogin vor einigen Jahren lebt diese ...«, er suchte nach Worten, »... dieses Weib in unmittelbarer Nähe des Herzogs. Selbst bei öffentlichen Anlässen wurde sie an seiner Seite gesehen.«

Ferdinando runzelte die Stirn. Was erlaubte sich Papillo? Dieser Kerl aus dem Königreich Neapel war dabei, die Bemühungen seines Vaters zu zerschlagen, ohne dass er etwas dagegen unternehmen konnte. Er schielte zum Heiligen Vater, der ihn beobachtete.

»Lieber Bruder«, sagte der Papst und meinte damit Ferdinando, »seht Ihr eine Möglichkeit, einen einwandfreien Lebenswandel des Herzogs zu gewährleisten?«

Mir scheint, er sucht ein Hintertürchen, um der Titelverleihung zuzustimmen, dachte Ferdinando überrascht. So kannte er den Heiligen Vater bisher nicht. Er war ein Mann, der im Gegensatz zu seinem Vorgänger bescheiden lebte, unnötigen Pomp verabscheute und mit dem Volk bei Prozessionen durch die Straßen marschierte. Manchmal sogar ohne Schuhe. Zugleich erwartete er ein ähnliches Maß an Frömmigkeit von seinen Schäfchen.

»Eure Heiligkeit«, Kardinal Ferdinando erhob sich und verbeugte sich demütig, »es erscheint mir gut, wenn Ihr dem Herzog vorschlagt, seine Beziehung zu legalisieren. Mit einer Eheschließung mit Signora Martelli wäre die Sache aus der Welt.« Dass diese Martelli aus einfachen Verhältnissen stammte und mit ihrer Eigenliebe seinen Vater nervte, verdross ihn zwar. Ihre Verwandten warteten nur darauf, finanziellen Nutzen aus der Verbindung zu schlagen. Doch jetzt war es zu spät, das Weib loszuwerden.

Er würde seinen Vater unterstützen, egal, wie andere darüber urteilten. Das viel größere Problem war Francesco: Sein Bruder war dieser Venezianerin völlig verfallen und wenn er nicht dringend bei Regierungsgesprächen benötigt wurde, vertrieb er sich mit unnützen Spielereien die Zeit. Er musste dringend noch einmal mit Francesco reden. Das durfte nicht so weitergehen. Schließlich war sein Bruder kein Straßenkehrer oder Ziegeldecker, sondern künftiger Regent eines Herzogtums.

Es folgte eine hitzige Diskussion. Ein Kardinal erwähnte als besonderen Verdienst, dass Herzog Cosimo der Insel Malta im Kampf gegen die Osmanen beigestanden hatte. Mithilfe solcher Verbündeter hatten die Malteser den Türken unglaubliche Verluste beschert. Ein anderer Kardinal verwies auf den unchristlichen Umgang des Herzogs mit Gefangenen nach der Schlacht von Montemurlo.

»Das Ganze liegt schon Jahrzehnte zurück«, empörte sich wiederum ein Dritter.

Mit der Aussage, man würde vielleicht erst in Monaten zu einem Ergebnis kommen, hielt der Papst sie auf. »Den Vorschlag von Kardinal Ferdinando habe ich mit Freude zur Kenntnis genommen«, schloss der Papst die Diskussion, »und werde als Oberhirte der Gläubigen dem Herzog einen entsprechenden Rat geben.«

Aufgewühlt von der Zusammenkunft und den Beratungen des vorangegangenen Tages lag Ferdinando noch lange wach. Der Papst hatte sich heute von seiner sanften Seite gezeigt, musste er gestehen. Fast täglich erlebte er, wie der Heilige Vater mit Strenge gegen Heidentum und Ehebruch voranpreschte. In Windeseile hatte sich herumgesprochen, dass Rom nichts ungestraft lassen würde. Selbst Ferdinandos Glaubensbrüder waren erschrocken über die Härte, mit der man Verfehlungen verfolgte, und sie versuchten dem Papst aufzuzeigen, dass er es nicht mit überirdischen Wesen, sondern mit einfachen Menschen zu tun hatte.

Der Mond schien mit unnatürlicher Helligkeit ins Zimmer und Ferdinando konnte nicht einschlafen. Er stand wieder auf und öffnete das Fenster. Die Nachtluft war klar und er sog sie tief ein. Ein Fenster des gegenüberliegenden Gebäudes war erleuchtet. *Wahrscheinlich geht es jemandem wie mir*, vermutete er. Im Hof unter ihm schlich eine Katze über den Platz. Nur die Stiefel eines Wachsoldates, der seiner Pflicht nachging, klapperten über das Pflaster. Ansonsten war es still. Ferdinando setzte sich an seinen Schreibtisch. Vor ihm lag der Brief, der ihm gestern überbracht worden war. *Ich brauche noch nicht einmal eine Kerze anzuzünden*, dachte Ferdinando und sah lächelnd auf den in gestochen scharfen Buchstaben geschriebenen Brief von Bianca Cappello. Als er ihn öffnete, purzelten ihm Geldscheine entgegen.

Pratolino

Heute war ein besonderer Tag: Mafalda konnte sich nicht erinnern, dass sie je die Stadtmauern mit Bianca verlassen hatte. Der Prinz hatte Bianca eine Überraschung versprochen und Mafalda durfte mitfahren. Seinen Kammerdiener Mondragona hatte Francesco ebenfalls mitgenommen. Das Ziel würde außerhalb Florenz sein, das war das Einzige, was Francesco auf Drängen von Bianca verraten hatte.

»Nein«, lachte er, als er Biancas Blick auffing, während die Kutsche über die Steinplatten holperte. »Du musst dich gedulden. Ich verrate nicht mehr.«

Mondragona hatte einen Korb mit Früchten, gebratenem Huhn, Brot und Weinkrügen neben sich gestellt. Bianca schielte auf die Leckereien. »Ich freue mich auf die Fahrt und bin gespannt, wohin ich entführt werde.«

Mafalda lachte und schlug die Augen nieder. Sie freute sich ebenso und ahnte, dass sich Francesco auf eine längere Fahrt eingerichtet hatte. Es war eigenartig, stundenlang mit Prinz Francesco in einer Kutsche zu verbringen. Verunsichert von seiner Gegenwart wagte sie kaum, ihn anzusehen. Die meiste Zeit starrte sie auf Mondragonas Stiefel direkt vor ihr.

Die Fahrt führte eine Weile am Arno entlang. Fischer vertäuten am Ufer ihre Boote, um Produkte der Gold- und Silberschmiedekunst, Stoffe und Lederwaren zu verladen. Dann bog die Kutsche Richtung Norden ab. Nachdem sie den Stadtteil San Giovanni durchquert hatten, tat sich die Weite des Hinterlandes auf. Bewaldete Hügel wechselten sich mit karger Landschaft ab. Sie passierten kleine Dörfer und sahen Ziegen grasen.

Zwischendurch legten sie eine Pause ein, um sich zu stärken. Bei einem nahe gelegenen Gehöft holte der Kutscher Wasser und versorgte die Pferde. Gegen Mittag erreichten sie ein Dorf. Am Ortsrand hielten sie an.

Bianca ließ sich aus der Kutsche helfen und fühlte sich ein wenig hilflos in der Mittagshitze. »Wo sind wir hier?«

»Das ist Pratolino«, antwortete Mondragona. Zum Dorf gehörten nicht mehr als ein Dutzend Häuser.

Die Luft flimmerte in der Mittagssonne und es schien, als wölbe sich der Himmel sanft über den Dächern und Bäumen in seinem lässigsten Blau.

Mafalda reckte sich und noch während Francesco mit Mondragona auf eines der Häuser zuging, wurde die Haustür geöffnet. Ein stämmiger Mann erschien und verneigte sich tief. Sein Kittel war sauber und Mafalda hatte den Eindruck, er habe mit ihrem Kommen gerechnet. Was die Männer miteinander besprachen, konnte sie nicht hören.

Ihr Blick wanderte die Dorfstraße entlang, auf der ein paar Hühner herumliefen. Zwei Kinder saßen am Straßenrand und malten mit ihren Fingern in den Staub. Als sie Bianca entdeckten, standen sie auf und rannten zur Kutsche. Bianca wandte sich ihnen zu, als plötzlich Mondragona wieder vor ihr stand. »Verzeiht, Familie Uguccione hat uns zum Mittagessen eingeladen.«

Bianca und Mafalda folgten Mondragona in den Garten hinter dem Haus. Signora Uguccione servierte Pasta und stellte Käse und Oliven auf den Tisch, während ihr Mann den Wein ausschenkte.

»Signore Uguccione wird uns nach dem Essen ein Stück Land zeigen«, verriet Francesco. »Wir haben die Verhandlungen über den Preis bereits zum Abschluss gebracht.« Seine Augen leuchteten auf und er freute sich wie ein kleiner Junge. »Bianca, du brauchst nur noch Ja zu sagen, dann wird hier ein Haus für uns entstehen, wie du noch keines gesehen hast.«

Nach einem ersten Anflug von Freude standen alle wenig später auf freiem Feld. Bianca sah nicht glücklich aus.

Francesco beschrieb begeistert das Areal, auf dem sein Landsitz mit einem Garten stehen sollte. »Ich sehe jetzt schon vor meinem geistigen Auge«, er zeigte auf einen Hügel, »wie dort am Hang Wasser hinabgeleitet wird und sich in einem Becken sammelt. Es gibt hier, obwohl es nicht danach aussieht, Wasser, das mein Baumeister aus den Brunnen über das Gelände fließen lassen kann. Ich verspreche dir, du wirst dich eines Tages nur noch hier aufhalten wollen. Hier, wo ich die Natur mit Kunst bändigen werde. Mein Haus wird mit erlesensten Dingen ausgestattet und der Garten eine Quelle der Inspiration sein.« Er seufzte zufrieden. »Hier verspüre ich einen Hauch von Freiheit.«

Bianca lächelte gequält und schwieg. Mafalda argwöhnte während der Heimfahrt, ob er sie hierhin abschieben wollte. Wozu sonst hatte er diesen abgelegenen Flecken Land ausgesucht? Sie konnte sich die Herrin hier beim besten Willen nicht vorstellen.

Florenz

Als Francesco ein paar Tage später gerade über den Plänen der neuen Villa saß, erschien Mondragona in der Tür. Francesco gab ihm einen Wink hereinzukommen.

»Verzeiht, der Herzog wünscht Euch sofort zu sprechen. Er erwartet Euch in seinem Arbeitszimmer.« An Mondragonas Miene konnte Francesco nicht ablesen, ob etwas Wichtiges vorlag.

»Ich erwarte jeden Moment meinen Architekten. Buontalenti hasst es zu warten. Ist es dringend?«

»Der Herzog duldet keinen Aufschub«, entgegnete Mondragona und entfernte sich.

Buontalenti hatte bereits mit seinen Plänen für die Fertigstellung des *Palazzo Pitti* gezeigt, dass er ein feines Gespür für Gestaltung und Schönheit hatte. Seit die Familie de Medici den halb fertigen Palazzo von dem Kaufmann Pitti gekauft hatte, waren im Lauf der Jahre verschiedene Architekten mit der Vollendung beschäftigt gewesen. Für den Bau seiner Villa in Pratolino war Buontalenti die richtige Wahl, fand Francesco, und er hatte ihn mit der Planung beauftragt. Nachdem der Architekt das Gelände besichtigt hatte, sollten heute weitere Einzelheiten besprochen werden.

Francesco ging hinter Mondragona her und befahl einem Diener, den Architekten auf später zu vertrösten.

Herzog Cosimo kämpfte seit Wochen mit seiner Gesundheit. Über Nacht war irgendetwas mit ihm passiert. Eine Körperhälfte wollte nicht mehr recht gehorchen. Mit Mühe und dank seiner Ärzte konnte er inzwischen den Arm wieder bewegen. Beim Gehen stützte ihn ein Diener. Von Weitem wirkte er an diesem Morgen wie früher. Er saß an seinem Schreibtisch und hieß Francesco willkommen. Doch beim genauen Hinsehen täuschte dieser Eindruck. Sein Mundwinkel war immer noch etwas verzogen und am halb geöffneten Lid eines Auges bemerkte Francesco, dass die Lähmung noch nicht vollständig zurückgegangen war. Kanzler Bariello, der an der Fensterseite saß, erhob sich beim Eintritt des Prinzen und verbeugte sich.

Und dann begann der Herzog zu sprechen. Ein Schwall von Vorwürfen prasselte auf Francesco nieder. Alle Vorhaltungen des Herzogs betrafen Entscheidungen, die Buonaventuri getroffen hatte.

»Er hat Neider«, sagte Francesco gelangweilt und winkte ab. Dass der Handel stagnierte, dafür konnte er, Francesco, doch nun wirklich nichts. Er würde sich andere Berater suchen müssen.

»Buonaventuri zeigt sich nicht einsichtig.« Der Herzog schlug mit der Faust auf den Tisch und sah Francesco grimmig an. »Du willst Buonaventuri bei Laune halten? Blödsinn!«

Francesco nickte ergeben. Er musste sich eingestehen, dass er nicht mehr auf dem Laufenden war, was mit den Getreidesteuern passiert war. So wie sein Vater dreinblickte, war das bestimmt nicht der einzige Punkt dieses Gesprächs.

Als habe er seine Gedanken erraten, fuhr Herzog Cosimo in hartem Ton fort. »Was die Herstellung von Gütern angeht, gibt es Rückschläge, wurde mir berichtet. Ich möchte, dass du dafür Sorge trägst, dass wir die Erzeugung steigern.« Eindringlich sah er zu seinem ältesten Sohn. »Ich will, dass du dich mehr um die Regierungsgeschäfte kümmerst.«

»Nun, ich kann Euch zumindest eine gute Nachricht vermelden«, erwiderte Francesco. »Meine Forschungen tragen erste Früchte. Ich habe den Rat überzeugen können, einen Betrieb mit der Porzellanherstellung zu beauftragen. Vielleicht ist das ein Weg, die wirtschaftliche Lage anzukurbeln.«

»Ich dachte schon, du wärest an Geld überhaupt nicht interessiert.« Der Herzog wirkt plötzlich angeschlagen. Er bedeutete einem Diener, ihm aufzuhelfen. »Wurde auch Zeit, dass deine Leidenschaft Geld bringt. Mein Sohn, denke daran, dass man nicht alle Ämter einfach verteilen kann.«

Sonia wusste von ihrer Freundin, dass Camilla Martelli einem Mädchen das Leben geschenkt hatte. Während des Abendessens teilte sie den anderen in der Küche die Neuigkeit mit. Mafalda schüttelte nur den Kopf. Das arme Kind: Die Familie würde sich bestimmt nicht für es interessieren.

»Außerdem«, wusste Sonia, »soll Cosimo Prinz Francesco vorgeworfen haben, dass Pietro Buonaventuri als Palastverwalter unfähig sei und der Aufgabe, sich um die Getreidesteuern zu kümmern, nicht gewachsen. Der hat die Steuern einfach erhöht.«

Nevia zuckte gleichmütig die Schultern. »Die werden doch so oder so erhöht. Von was soll der ganze Plunder denn sonst bezahlt werden?«

Gina legte einen Finger auf die Lippen. »Nicht so laut. Isabella, die Herzogin von Bracciano ist mal wieder zu Besuch. Sie ist doch des Prinzen Schwester. Man könnte uns oben hören.«

Mafalda war froh, als sie endlich Bianca beim Auskleiden helfen durfte. Manchmal war ihr das Geschwätz beim Essen einfach zu viel. Im Nu war ein neues Gerücht oder eine neue Wahrheit geboren. Daran wollte sie sich nicht beteiligen. »Ihr habt eine Figur, der alles steht. Ob Seide oder Brokat, Kartoffelsack oder Stofffetzen. Ihr würdet in allem vortrefflich aussehen«, sagte sie zu Bianca. Sie legte die Kette in eine Schatulle und begann, die Schnüre von Biancas Kleid zu lösen.

»Vielleicht muss ich mir bald andere Kleider schneidern lassen.« Biancas Augen leuchteten.

Überrascht hob Mafalda den Kopf. »Andere? Meint Ihr solche, wie sie Herzogin Eleonora getragen hat? Ihr habt mir immer vorgeschwärmt, dass Ihr ihren Kleiderstil bewundert.«

»Mafalda«, sagte Bianca und schmunzelte, »überlege doch mal.«

Im Kopf von Mafalda schwirrten die Gedanken.

»Ihr seid doch nicht guter Hoffnung?«, fragte sie vorsichtig. Unter der Dienerschaft gab es oft Getuschel, ob die Signora nicht doch eines

Tages ein Kind bekäme, und man hatte sich ausgemalt, wie Pietro reagieren würde.

»Doch. Ich bin schon einige Tage über die Zeit. Bete für mich, dass es diesmal klappt.« Dann fügte sie noch »Bitte« hinzu, als könne sie Mafalda damit überzeugen.

Das Seidenkleid fiel auf den Boden. Bianca entstieg ihm und stand in der Chemise da. Schnell bückte sich Mafalda, um das Kleid aufzuheben. Das Gespräch hatte sie unachtsam werden lassen. Sie sank ergeben in die Knie. »Wie Ihr wünscht.«

Tage später musste sie Bianca dabei helfen, die blutgetränkten Lappen zu entsorgen. Biancas Hoffnung war wieder einmal enttäuscht worden.

November 1568

Das Licht der Kerzenleuchter tanzte und warf unruhige Schatten auf das Bett mit den bestickten Kissen. Mafalda hatte die Herrin für die Nacht gewaschen und angezogen. Bianca hatte gerade erzählt, dass Johanna wieder ein Mädchen bekommen hatte, das aber kurz nach der Geburt verstorben war. Man hatte die Amme dafür verantwortlich gemacht und eingekerkert.

»Mafalda«, Bianca blickte Mafalda geradewegs in die Augen und zog ihre Mundwinkel breit, »jetzt weiß ich es sicher: Ich bin guter Hoffnung.«

Schwanger? Mafalda versuchte, sich nicht anmerken zu lassen, was sie dachte. Ihre Augen wanderten hinab zu Biancas Leib, als sehe sie ihn zum ersten Mal und nicht täglich. »Oh ... man sieht es Euch noch gar nicht an.« Wie sehr wünschte sie der Herrin, dass sie glücklich war. Doch würde ihr eine Schwangerschaft Frieden bringen?

»Noch weiß es Prinz Francesco nicht. Du darfst niemandem etwas sagen.«

Mafalda nickte. Sie griff nach Biancas Händen. »Herrin, Ihr könnt Euch auf mich verlassen. Ein Geheimnis ist ja kein Geheimnis mehr, wenn es alle wissen, oder?«

Bianca lachte. Ihre Augen schimmerten noch rätselhafter als je zuvor. Mafalda trat ans Bett und schlug die Laken zurück. »Herrin, darf ich Euch auch ein Geheimnis anvertrauen?« Heute war eine Gelegenheit etwas auszusprechen, was sie sich sonst nicht trauen würde.

»Nur zu«, ermunterte sie Bianca und setzte sich auf die Bettkante. »Hast du dich verliebt?« Sie kicherte.

Mafaldas Augen blieben ernst. Sie sah sich um, als habe sie Angst, jemand an der Tür lausche. »Die Schwestern im Orden haben uns immer eingeschärft, einzig das in unserer Kirche verkündete Evangelium sei die wahre Botschaft. Bitte lacht mich nicht aus und sprecht mit niemandem über das, was ich Euch sage, ja?«

Als Bianca nickte, fuhr sie leise fort. »Ich habe vor einiger Zeit von der Reformation gehört. Von wem, darf ich nicht sagen. Es wäre zu gefährlich. Ein Mann mit Namen Martin Luther soll vor Jahren in deutschen Landen mit seinen Thesen für Aufruhr und Spaltung der Kirche gesorgt haben. Nie habe ich daran gezweifelt, dass dies Ketzerei sei, weil es uns so eingeredet wurde. Doch die Worte *Solo gratia, Sola fide, Sola scriptura und Solo Christo* trage ich seitdem in mir.«

Mafalda griff sich mit den Händen an die Wangen. »Seitdem bin ich verwirrt. Es hat mich fasziniert, wie dieser Luther die Bibel ausgelegt hat. Die Texte, wie er sie erklärt hat – es ist so einfach zu verstehen. Keine Regeln davor und keine dahinter. Nicht das, was Menschen mit der Kirche in Verbindung bringen. Einfach nur die Bibel lesen, die Predigt hören, den Inhalt verstehen. Allein die Rechtfertigung durch den Glauben und Sündenvergebung durch Gott. Einfach so. Im Gebet. Ohne Beichtvater. Ohne Auflagen einer Buße. Ohne Rosenkranz. Das ist unglaublich, oder?« Mafaldas Gesicht war vor Eifer rot geworden. Ob ihre Herrin begriff, um was es ging? Hoffentlich hielt sie sie nicht für eine Ketzerin.

»Ich hätte nie gedacht, dass mich dieses Denken so frei machen könnte. Glauben kann einfach sein. Die christliche Botschaft ist für jeden verständlich und nicht nur für ausgebildete Priester oder Pfarrer, wie es sonst gelehrt wird.«

Bianca lächelte dünn. »Du hast jahrelang im Kloster gelebt. Du kannst das beurteilen. Ich habe es nicht so mit dem Glauben. Ich finde, das ist in der Tat unfassbar. Wo hat man das gepredigt? Doch bestimmt nicht in Santa Maria del Fiore oder in einer der anderen Kirchen?«

»Nein, nur im Verborgenen. In Häusern. Dort sagt man die Lehre dieses Luthers weiter. Es ist noch zu früh, damit an die Öffentlichkeit zu gehen. Für die Inquisitoren ist das Häresie. Niemand hat Lust zu brennen.«

»Von diesem abtrünnigen Mönch habe ich gehört«, sagte Bianca knapp. »Er wollte die Kirche erneuern. Stattdessen ist seitdem die Christenheit gespalten.«

»Herrin, das war nicht seine Absicht. Vielleicht haben der Papst und seine Kardinäle gedacht, er wolle an ihrer Macht rütteln. Dabei wollte er nur, dass die Menschen zum Glauben finden.«

»Meinst du nicht, solche Gedanken sind ketzerisch? Lass das nicht Kardinal Ferdinando hören.« Sie betrachtete ihre Finger. »Ich glaube nur, was ich sehe.«

Mafalda beugte sich vor und sah ihre Herrin eindringlich an. »Ihr glaubt doch, dass Prinz Francesco Euch liebt? Seht Ihr die Liebe denn?«

Bianca saß regungslos da. »Natürlich nicht, du Dummerchen. Ich weiß einfach, dass er mich liebt.«

Es hatte wohl beiläufig klingen sollen, doch Mafalda spürte, dass Bianca entrüstet war. War es ein Fehler gewesen, ihr diese Fragen zu stellen?

Doch Mafalda fuhr fort: »Genau das meine ich. Glauben ist vertrauen. Nicht sehen. Das Himmelreich erlangen wir nicht durch das Ausüben von Sitten und Traditionen. Das, was in unserem Herzen lebt, entscheidet.«

Bianca wirkte abwesend.

»Ich habe gehört«, fuhr Mafalda fort, »dass Leute aus Modena und

Ferrara wegen ihres Glaubens nach Genf ausgewandert sind. Dort wurde ihnen Glaubensfreiheit zugesagt.«

Jetzt wandte Bianca ihren Kopf. »Ich lasse dich nicht gehen, Mafalda. Egal, was du glaubst. Du bist und bleibst meine Kammerdienerin«, bestimmte sie und gähnte. »Sprich mit niemandem darüber, hörst du? Du musst vorsichtig sein. In allem, was du sagst. Sonst ist dein Leben in Gefahr. Jetzt geh, es ist Zeit zum Schlafen.«

Mafalda hoffte, sie hatte ihre Herrin erreicht. »Gute Nacht. Ihr solltet Euch schonen. Wegen des Kindes.« Sie ließ Bianca mit ihren Gedanken allein.

13

Florenz 1569

Das neue Jahr begann. Und eines Morgens konnte Bianca ihren Augen nicht trauen, als sie den Absender des Umschlags sah, den ihr ein Bote reichte. »Aus der Republik Venedig!«, rief sie außer sich. Ihr Herz klopfte wild, als sie in ihr Schlafzimmer rannte und die Tür verriegelte. Selbst Mafalda musste draußen bleiben. Nach Jahren der erste Brief von zu Hause. Ihr Vater hatte geschrieben! Aufgeregt öffnete Bianca das Siegel und drückte den Bogen an ihre Brust. Nie hätte sie geglaubt, dass ein Schreiben sie derart aufwühlen konnte, bevor sie überhaupt mit dem Lesen begonnen hatte.

»*Meine liebste Tochter*«, schrieb ihr Vater und schon stiegen Tränen in Bianca auf.

»... Du fehlst mir sehr. Meine Sehnsucht überwältigt mich allabendlich, wenn ich mit deinem Bruder am Tisch sitze und speise. Dein Lachen, deine Jugend und überhaupt dein heiteres Gemüt fehlen überall im Haus. Wie konnte das Schicksal sich so in mein und unser Leben einschleichen! Deine selige Mutter, hätte sie miterleben müssen, wie du weggelaufen bist, wäre spätestens da vor Gram gestorben ...«

Bianca legte den Brief beiseite und schluchzte vor sich hin. Erst nach geraumer Zeit war sie in der Lage weiterzulesen.

»... die Serenissima ist besorgt, seit es im Arsenal auf San Secondo gebrannt hat, dort, wo die Munition gelagert wird. Möglicherweise werden die Bestände auf verschiedene Inseln verteilt, um in Zukunft solche schlimmen Ereignisse zu verhindern. Was sonst noch hier geschehen ist? Ein Schüler von Sansovino, Alessandro Vittoria, hat ein Atelier eingerichtet, das nahe dem Riva degli

Schiavoni liegt. Ich bin gespannt, wie seine Arbeit im Dogenpalast aussehen wird. Dort soll er an einer Treppe arbeiten. Von Sansovino sind wir Herrliches gewohnt, aber ob sein Schüler genug gelernt hat? Ich weiß nicht recht. Das muss er noch beweisen …«

Bianca schüttelte lächelnd den Kopf. Das war so typisch für ihren Vater: Er plauderte über allgemeine Dinge, doch ihre gemeinsame Vergangenheit erwähnte er mit keinem Wort.

Verdrängte Bilder stiegen in ihrer Erinnerung auf. An das Licht in unendlicher Vielfalt, als habe es sich über der *Serenissima* angehäuft. An das Salz in der Luft, das am Palazzo ihres Vaters kratzte und den Glanz vergangener Jahre hinwegwischte.

Bianca schloss die Tür auf und rief laut nach Mafalda.

Als Sonia erschien, schickte sie sie wieder weg. »Ich will Mafalda«, forderte sie und warf sich auf ihr Bett. Sie merkte nicht, dass ihr Haarnetz verrutschte, und nahm in Kauf, dass ihr Seidenkleid hässliche Knicke bekam.

Fassaden aus Marmor, der *Doge* in seiner Verschwendung und Schiffe mit Wein und Öl beladen im Hafen von Venedig. Ein Bild nach dem anderen kam ihr in den Sinn. Zahlreiche Kirchen mit Kuppeln und – das Boot mit Getreide, auf dem sie geflüchtet war. Wie kamen die in Rot und Schwarz gehüllten Männer vom Großen Rat in ihren Kopf?

Einer davon war ihr Vater Bartolomeo Cappello. Reich, angesehen und belächelt wegen seiner gefallenen Tochter. Vermutlich hatte er viel durchmachen müssen. Nie hatte sie wirklich über seine Nöte nachgedacht, seit Venedig zu ihrer Vergangenheit gehörte. Sein Brief verwirrte sie zunehmend. Hatte er ihr wirklich verziehen? Sie hatte es jahrelang gehofft. Jetzt nannte er sie *liebste Tochter*.

Lautlos war Mafalda eingetreten und hatte sich auf die Bettkante gesetzt. Sie betrachtete ihre Herrin, die mit geschlossenen Augen dalag. Haarnadeln hatten sich auf dem Batist verteilt. Mafalda griff nach ihrer Hand und streichelte sie. »Es wird gut«, flüsterte sie, »ich spüre es.«

Sie sah das Schreiben und fing an zu verstehen. »Hat Nobile Cappello Euer Herz berührt?«, fragte sie. Bianca nickte und vergrub ihr Gesicht.

Es vergingen Stunden, die Mafalda neben Bianca ausharrte. Zwischendurch holte sie ihr Wein und drängte ihr etwas zu essen auf, das Bianca nach zwei Bissen zur Seite schob. Bianca weigerte sich außerdem, die Kinderfrau mit Pellegrina ins Zimmer zu lassen. Ihre Fröhlichkeit schien einer tiefen Verwirrung gewichen.

»Soll ich einen Arzt rufen?«

»Nein, es fehlt mir nichts.«

Schließlich stand Bianca auf. Mafalda begann die Schnüre am Kleid zu lösen. Der zarte Stoff glitt durch ihre Hände. »Ihr habt ein Gemüt, das ich mit diesem Gewebe vergleiche, Herrin. Glanz und Zartheit mit ein paar Knicken.«

Bei diesem Vergleich musste Bianca lächeln. »Du hast wirklich eine besondere Gabe«, sagte sie, als sie nur noch in der Chemise dastand.

Zwei Tage später verflüchtigte sich Biancas geheimer Traum wieder einmal, noch bevor sie aufstand. »Mafalda«, schluchzte Bianca und schrie auf. Sie schlug die Bettdecke zurück. Das Laken unter ihr war rot und feucht.

Mafalda durfte die Vorhänge nicht beiseiteziehen, damit kein Sonnenlicht den Raum durchflutete. »Ich kann kein Licht ertragen«, weinte Bianca und vergrub sich unter der Decke. »Heute nicht und morgen nicht.« Selbst die Fenster mussten verschlossen bleiben und niemand durfte ihr Zimmer betreten. Einzig Mafalda. Ihr fielen keine Worte des Trostes ein. Sie dachte an Johanna, die bald erneut niederkommen würde. Bianca hatte ihr davon erzählt und danach war das Thema zwischen ihnen nicht mehr angesprochen worden. *Manchmal ist es besser zu schweigen*, dachte Mafalda. Sie wusste, Bianca war noch jung genug, ein Kind zu bekommen. Einzig wann, das wurde woanders entschieden. Und nicht im Palazzo der Wünsche.

Dezember 1569

Nächtlicher Nebel hatte sich wie ein Narrenhut über die Häuser gestülpt und frisch wehte der Wind durch die engen Gassen. Der Arno schäumte, wie es nur selten vorkam, unter der *Ponte Santa Trinita* hindurch. Drei Männer näherten sich der Brücke mit zügigem Schritt. Beschwingt marschierte Pietro Buonaventuri zwischen seinen Leibwächtern über die Brücke, um auf die andere Seite ins vornehme Palazzo-Viertel zu gelangen. Angesichts der Bedrohungen und um es den Nobili gleichzutun, hatte er seit einiger Zeit Wachen dabei. Er hatte seinen Samtmantel so fest zugezogen, dass sein Wams mit den Goldstickereien vollständig bedeckt war. Die Pelzverbrämung am Saum hielt ihn nicht warm. *Ich hätte mich vielleicht doch für einen anderen Überwurf entscheiden sollen*, dachte er. An Auswahl mangelte es ihm nicht.

Ein Windstoß kam von flussaufwärts herangefegt. Pietro war froh, dass sein Kopf von seinem Barett warm gehalten wurde. »Ihr hättet den Schauspieler miterleben müssen«, schwärmte er seinen Begleitern vor. »Das Stück ist heute erstmalig im *Palazzo Strozzi* aufgeführt worden. Alle Gäste waren hellauf begeistert. Die Strozzis sind den Medici fast ebenbürtig.« Pietro war natürlich auch deshalb im *Palazzo Strozzi* gewesen, weil er Cassandra dort ungestört treffen konnte. Die Bongianis hätten ihn mit Sicherheit aus dem Haus geworfen, wenn er bei ihnen als Gast erschienen wäre.

Cassandra Bongiani. Pietro flüsterte ihren Namen in den Nachtwind. Mochte Bianca sich mit ihrem Prinzen ein Goldstück geangelt haben. Pietro verzog den Mund zu einem Grinsen. Er stand ihr in nichts nach.

Pietro dachte an Cassandra, wie sie geschmeidig in seinen Armen gelegen und die Tänze mit ihm angeführt hatte. Sie war der unbestrittene Mittelpunkt solcher Feste. Solange Bianca nicht anwesend war.

Vor ihnen tat sich die *Ponte Santa Trinita* auf. Erst kürzlich war sie nach langer Bauzeit fertiggestellt worden. Pietro schwebte in Gedanken immer noch mit Cassandra über die Tanzfläche, umringt von Gästen, die ihn und seine Geliebte bewundernd anblickten. Sie hatten schon fast die gesamte Brücke überquert, als sich Schatten aus der Dunkelheit lösten. Einer von Pietros Begleitern hörte ein Schrappen, das zur Vorsicht mahnte. Unwillkürlich griff er an seinen Katzbalger und zog das Kurzschwert aus der Scheide.

Mit gestrecktem Arm deutete der Leibwächter Pietro an, stehen zu bleiben. Er selbst stockte und gab dem anderen Begleiter mit einem kleinen Pfiff ein Zeichen. Dieser blieb ebenfalls stehen. Der erste Leibwächter lauschte in die Nacht. Alles war wieder still, bis auf das Wasser unter ihnen. Der Mann konnte wenige Meter vor sich die Häuserfront erkennen, die sich wie eine schwarze Wand vor ihm auftat. Dort schien alles ruhig zu sein. Plötzlich sprangen von links und rechts mehrere Gestalten auf die Brücke. Erschrocken wich Pietro einen Schritt zurück. Der andere Begleiter sah erstaunt auf die Männer, die auf sie zustürmten. Sie hatten die Schwerter bereits gezückt. Ohne zu zögern, drehte sich der Leibwächter um und rannte um sein Leben. Innerhalb kürzester Zeit hatte die Dunkelheit ihn verschluckt.

»Buonaventuri?«, schrie eine der Gestalten, die Pietro und den verbliebenen Leibwächter umzingelt hatten.

»Er ist es«, raunte einer der Männer. »Ich kenne ihn. Seht seinen Rock!«

Was wollten diese Leute von ihm? »Aus dem Weg, ihr Halunken«, brüllte Pietro. »Ich habe keine Münzen dabei.« Grimmig starrte er die vermeintlichen Straßenräuber an.

»Platz da!« Der zweite Leibwächter schlug mit dem Schwert um sich und traf einen der Gegner an der Schulter. Der sackte mit einem Aufschrei zusammen. Währenddessen lieferte sich Pietros Begleiter ein Gemetzel mit den übrigen Angreifern. Obwohl ihn ein Hieb am Oberschenkel getroffen hatte, sprang er vor und stach einem Mann in den Bauch. In diesem Moment bohrte sich von hinten eine Klinge zwischen seine Rippen. Es hörte sich an, als ob ein Stück Stoff entzweigerissen würde. Der Leibwächter kippte vornüber. Dumpf schlug er auf dem Pflaster auf. Er gurgelte und röchelte. Dann war er still.

Pietro war den Männern ausgeliefert, die sich jetzt auf ihn stürzten. Es trafen ihn mehrere Stiche in Brust und Bauch. Er stöhnte. Etwas Warmes quoll zwischen seinen Fingern hindurch. Es war, als gleite ihm sein Leben buchstäblich aus den Händen. Sein Barett war auf den Boden gefallen. »Mörder!«, japste er hinter den Gestalten her, von denen er niemanden erkannt hatte. Innerhalb kürzester Zeit verschwanden sie im Dunkel.

Als er seinen Leibwächter auf dem Boden wahrnahm, sah er sich um. Er war allein. Während Pietro den geflohenen Leibwächter verfluchte, setzte ein brennender Schmerz in seinem Bauch ein, der sich zunehmend verstärkte. Stöhnend schleppte er sich über die Brücke und bog in die nächste Seitenstraße ein. Gleich musste die Via Maggiore kommen. Sie führte den Hügel hinauf, nur wenige Minuten von hier entfernt. Die Schmerzen nahmen mit jedem Schritt zu. Was war, wenn die Angreifer ihm gefolgt waren? Er warf seinen Mantel nach hinten und zerrte an seinem Schwert, das er immer bei sich trug. Bisher hatte er es noch nie gebraucht.

Er zog die Klinge aus der Scheide, als er einen heißen Atem im Nacken spürte. Er zuckte zusammen. Sie hatten ihn eingeholt! Seine Angreifer waren zurückgekehrt. In einem Reflex drehte er sich um und stach ziellos zu. Mit einem Aufschrei fiel ein Mann um, während seine Kameraden über Pietro herfielen. Er versuchte vergeblich, sich auf den Beinen zu halten, während ihn überall Hiebe und Stiche trafen. Wenige Sekunden später lag Pietro rücklings im Dreck und stierte blind in die mondlose Nacht. Der Pelzbesatz an seinem Umhang sog das sickernde Blut auf, während er ein letztes Mal mit dem Arm zuckte.

Innerhalb kürzester Zeit verschwanden die Schurken in alle Richtungen und überließen die Toten der Straße, während der Arno gurgelnd ein Trauerlied sang.

Im ersten Morgengrauen hämmerten zwei Männer an die Tür des Palazzo der Familie Buonaventuri. Die Diener schliefen noch. Niemand war auf der Straße zu sehen. Im Haus nebenan spähte jemand neugierig aus dem Fenster.

Vorsichtig öffnete Sonia die schwere Tür einen Spaltbreit. Sie war als Erste nach unten gerannt, bevor das ganze Haus wachgerüttelt wurde.

»Wir müssen dringend mit der Signora sprechen«, sagte einer der Männer.

»Kommt später wieder«, entgegnete sie. Doch bevor sie vor den Männern die Tür zuknallen konnte, hatte einer seinen Stiefel in den Spalt geschoben. »Was erlaubt Ihr Euch?«

Sonia starrte dem Mann ins Gesicht.

»Warum die Signora? Ich rufe euch Signore Buonaventuri, wenn es unaufschiebbar ist.« Noch während sie sprach, sah sie in den Augen der Männer eine Bestürzung, die ihr einen Schreck versetzte. Irgendetwas musste passiert sein. Ohne weiter zu zögern, riss sie die Tür weit auf. »Tretet ein.«

Dann weckte sie Mafalda. Draußen war es noch nicht richtig hell. »Steh auf! Geh zur Herrin. Irgendwas muss passiert sein.«

In Windeseile zog sich Mafalda ein breites Tuch um die Schultern und rannte in Biancas Schlafgemach. Ihre schwarze Mähne quoll ungekämmt unter ihrer Haube hervor.

Die Männer warteten in der Eingangshalle, bis Mafalda mit ihrer Herrin erschien.

Langsam schwebte Bianca die Treppe herunter, die zur Eingangshalle führte. Sie trug einen Seidenmantel mit Granatapfelmuster, den sie sich in aller Eile übergeworfen hatte.

»Ihr wolltet mich sprechen.«

»Ja.« Der ältere von ihnen rieb sich scheu seinen Kinnbart. »Wollt Ihr Euch nicht erst setzen?«

Bianca führte sie zu einer Sitzgruppe und setzte sich. Der Mann verbeugte sich vor Bianca. Er hatte sein Barett abgenommen. »Signora, man hat Euren Gemahl heute früh tot aufgefunden. Und auch seinen Leibwächter.« Seine Stimme stockte. »Beide wurden ermordet.«

Bianca versuchte sich aufzurichten, sank aber zurück in den Sessel. »Was ist passiert?«

Dem Mann fiel es schwer, sie anzusehen. »Sie wurden überfallen und erdolcht.«

»Was ist mit seinem anderen Leibwächter?«

»Anderen?« Die Männer sahen sich betreten an. »Da war nur einer.«

Mafalda schlug sich eine Hand vor den Mund. Der Signore war tot. Lautlos betete sie ein *Paternoster*. Die Herrin machte einen gefassten Eindruck, als habe sie das Unglück kommen sehen. Doch Mafalda war sich sicher, dass Bianca sich jetzt schuldig fühlte.

»Wo ist Pietro jetzt?«, flüsterte Bianca.

»Man wird ihn gleich herbringen«, antwortete einer der Männer.

Bianca läutete mit einer Glocke. »Mafalda«, presste sie hervor, »weck alle im Haus auf. Sofort!«

Oh Gott, flehte Mafalda, *lass mich aus diesem gruseligen Traum aufwachen*. Die Haustür schloss sich hinter den Boten. *Warum haben die Leibwächter ihn nicht schützen können?* dachte Mafalda und sah mitleidig zu Bianca, die sich die Hände vors Gesicht presste. Biancas Zähne schlugen aufeinander. Ihr ganzer Leib zitterte. Langsam erhob sie sich und hielt sich mit einer Hand an der Lehne des Sessels fest. »Bete für den Verstorbenen und bitte Gott, dass er seiner Seele gnädig sei.«

Nachdem Bianca zuerst Boten in den *Palazzo Pitti* geschickt hatte, entschied sie ein paar Stunden später, dort selbst vorzusprechen und um Hilfe zu bitten, die man ihr sofort zusicherte. Sie erfuhr, dass der Prinz in Pratolino weilte und dass Pietros Geliebte ebenfalls tot aufgefunden worden war.

Es sieht aus, als wären die Drohungen der Familie Ricci in Erfüllung gegangen, überlegte Mafalda.

Die Vorbereitungen für die Beisetzung forderten Bianca und immer wieder musste sie Pellegrina trösten, die inzwischen am Totenbett ihres Vaters Abschied genommen hatte.

»Sie begreift es nicht«, sagte Mafalda zu Bianca. »Ich bin mir sicher, sie glaubt, er schlafe nur.«

»Vielleicht kommt sie dann eher darüber hinweg«, meinte Bianca. Mafalda fragte sich, warum Francesco nicht zu ihr kam. Er hätte längst wieder zurück sein sollen.

Erst am Morgen der Beisetzung suchte Francesco die Via Maggiore auf und nahm an der Bahre des Toten Abschied. Der Prinz entschuldigte sich vielmals, dass es ihm nicht früher gelungen sei, heimzukehren. Tröstend legte er seine Arme um Bianca.

»Ich werde alles daran setzen, den Mörder zu finden«, versprach er. »Die Nachricht hat mich in Pratolino viel zu spät erreicht. Es tut mir leid, meine Liebe.«

»Ach, Francesco«, sagte Bianca nur und schwieg. Mafalda schlich leise hinaus. Sie spürte, dass Francesco etwas zu verbergen hatte. Sie vermutete, dass er nicht alles getan hatte, um die Verbrecher zu fangen. Als es zur Tat gekommen war, war er nicht in Florenz gewesen.

Mafalda war überrascht, wie viele Trauergäste erschienen waren. Bischof Luna hielt die Trauerpredigt. Der Gottesdienst dauerte länger als üblich und zahlreiche Gebete wurden für den Verstorbenen gesprochen. *Übermäßig viele*, fand Mafalda und hoffte, dass Pietro dadurch in der Ewigkeit Milde fand. Ob die Räte und hohen Beamten aus Anteilnahme oder Neugier gekommen waren, darüber konnte sie nur spekulieren. Trotzdem tat es Bianca bestimmt gut, dass man Pietro die letzte Ehre erwies. Seine Eltern hatte es hart getroffen, das sah sie ihnen an. Den einzigen Sohn auf diese Weise zu verlieren, war ein Albtraum. Schweigend hatten sie einander die Hände gereicht und Bianca hatte das erste Mal in ihrem Leben ihre Schwiegermutter mitleidig angesehen, die von ihrem Mann gestützt wurde. Der Tod ihres Sohnes schien ihr jegliche Kraft geraubt zu haben.

Mafalda war ständig an Biancas Seite gewesen und hatte ihr stumm bei allen Vorbereitungen geholfen. Bianca hatte ihr Angebot, mit ihr zu beten, dankbar angenommen. Am Abend nach der Messe saß sie bei Bianca, die sich das ausdrücklich gewünscht hatte.

Die Vorhänge waren zugezogen und Bianca hatte sich bereits für die Nacht fertig machen lassen.

»Ich habe Angst ins Bett zu gehen.«

Mafalda berührte den Arm ihrer Herrin. »Es war ein anstrengender Tag für Euch. Ihr solltet wirklich schlafen.«

»Ich kann nicht. Immer wieder denke ich darüber nach, wo Pietro jetzt ist.«

Vielleicht ist es besser, darauf keine Antwort zu haben, dachte Mafalda. *Ins Herz von Pietro Buonaventuri hat nur Gott sehen können.* Sie wusste am wenigsten darüber, ob der Verstorbene vor seinem Tod um Vergebung gebeten hatte. Vielleicht aber hatte er sich auch die Erlösung nur erkauft, hatte brav seine Ablässe bezahlt und gemeint, damit auf der sicheren Seite zu sein.

Mafalda blieb bis tief in die Nacht am Bett ihrer Herrin. Lange schwiegen sie, aber immer wieder redeten sie auch über den Glauben und das Leben.

Mafalda riet Bianca: »Sagt Gott, was Euch bedrückt. Er bietet uns Menschen an, uns die Last abzunehmen. Wir dürfen die Bürden, die wir ihm übergeben, dann auch bei ihm lassen. *Alle eure Sorgen werft auf ihn, denn er sorgt für euch*, verspricht er uns in seinem Wort. Herrin, Ihr könnt die Schrift wörtlich nehmen. Er weiß einen Weg. Den kennt er auch für Euch.«

»Glaubst du, dass Gott weiß, wie ich leide? Verachtet er mich nicht für meine Gefühle, die Trauer auf der einen Seite und die Liebe auf der anderen?«

»Er ist Euch näher, als Ihr meint.« Mafalda war unendlich müde und wäre am liebsten in ihr Bett gekrochen. Ob sie heute Nacht ein Auge zutun würde?

Bianca nickte stumm.

Mafalda drückte ihre Hand: »Herrin, Ihr habt doch auch schöne Zeiten mit dem Signore erlebt. Erinnert Euch daran und seid dankbar dafür. Dankbar für Pellegrina. Betrachtet sie als ein Vermächtnis.«

Mafalda eilte durch die Straßen, auf denen sich riesige Pfützen breitgemacht hatten. Sie spürte, wie die Nässe ihre Schuhe aufweichte. Über ihrer Haube trug sie zusätzlich ein fest verknotetes Tuch, um sich vor dem peitschenden Regen zu schützen. Mit einer Hand hielt sie ihren Umhang fest, den der Wind von ihrem Körper reißen wollte, mit der anderen presste sie den Korb vor ihren Leib. Normalerweise hätte Sonia den Botengang für Nevia gemacht, da sie jedoch noch dringend im Haus gebraucht wurde, hatte Mafalda sich angeboten. Nicht weil sie mal dringend aus dem Palazzo wollte, sondern um Sonia einmal einen Gefallen zu tun.

Auf dem Markt war wenig los. Wer nicht dringend vor die Tür musste, blieb bei diesem Wetter zu Hause. Mafalda ging an den Stand mit Gemüse. Nevia hatte Beifuss und Wildgemüse verlangt. Sie wollte wohl irgendein Geflügel kochen, vermutete Mafalda. Die Marktfrau konnte ihr getrockneten Beifuss und in Essig eingelegten Portulak anbieten.

»Ich nehme beides.« Während Mafalda im Beutel nach einer Münze suchte, neigte sich die Marktfrau vor.

»Da, habt Ihr ihn gesehen?«, lispelte sie. Dabei wies sie mit ihrem runzeligen Kinn hinter Mafalda und grinste.

Mafalda drehte sich um. Sie sah in einiger Entfernung einen groß gewachsenen Mann im Gewand eines Kardinals mitsamt Dienern über den Marktplatz flanieren.

»Wer ist das?«

»Kardinal Ferdinando. Der Sohn des Herzogs.« Die Marktfrau faltete die Hände vor ihrer üppigen Brust. »Ich habe gehört, er sei extra aus Rom gekommen, um Herzog Cosimo zu sagen, dass er zum Großherzog ernannt wurde.«

Mafalda blieb der Mund offen stehen. »Großherzog? Woher willst du das wissen?«

Die Marktfrau griff nach ihrer Haube, die der Wind ihr vom Kopf zerren wollte, und hielt sie fest. Sie zog die Mundwinkel breit und zeigte ihren zahnlosen Mund. »Hier auf dem Markt kannst du nicht nur alles kaufen, hier erfährst du auch alles.«

In Mafaldas Kopf überschlugen sich die Gedanken. Ob die Herrin das bereits von Francesco wusste? Sie hatte nichts gesagt. Aber sie war ja noch in Trauer und vielleicht hatte der Prinz ihr es deshalb noch nicht erzählt, um sie nicht noch mehr zu belasten. »Dass er bei dem Wetter hier draußen rumläuft«, wunderte sie sich. »An Kutschen fehlt es doch nicht!« Sie gab der Marktfrau eine Münze.

»Bestimmt verteilt er wieder Brot und Öl«, vermutete die Marktfrau und reichte Mafalda das Gefäß mit Portulak und ein Säckchen. »Das macht er eigentlich immer, wenn er nach Florenz kommt. Er ist so gütig. Die Armen küssen ihm die Füße.«

Wenn ich mich jetzt nicht auf den Heimweg mache, wird mir die Marktfrau wahrscheinlich noch bis heute Abend in den Ohren liegen, dachte Mafalda und sah gedankenvoll auf ihre Besorgung im Korb. Sie verabschiedete sich. »Hab Dank. Bis zum nächsten Mal.« Als sie sich umdrehte, war der Kardinal bereits verschwunden.

31. Dezember 1569

Die Tage waren außerordentlich kühl und hin und wieder regnete es. Bald würde man das neue Jahr begrüßen. Die Florentiner hüllten sich in ihre Umhänge und mieden öffentliche Plätze.

Bianca saß in einem Sessel und drehte nachdenklich an ihrem Ring. Francesco hatte ihn von einem Goldschmiedemeister auf der Brücke *Ponte Vecchio* anfertigen lassen. In das Gold waren mehrere Rubine und ein Saphir gefasst. »Aus Asien stammt der Saphir«, hatte Francesco ihr verraten, und die Farbe der Rubine besaß eine solche Intensität und Brillanz, dass ihr manchmal schwindelig wurde, wenn sie den Ring im Sonnenlicht drehte. Selbst ungeübte Augen erkannten, dass dies außergewöhnliche Steine waren.

Es sind die Farben der Macht, dachte Bianca, *die sich um meinen Finger winden. Francesco hat mir geschworen, dass wir ein gemeinsames Ziel haben.*

Dieser Ring erinnert mich immer an sein Versprechen unter der Marienstatue. Ich weiß, ich werde in meinen Bemühungen nicht nachlassen, damit die Geburt unseres gemeinsamen Sohnes in Erfüllung geht.

Sie erhob sich und ging zu Francesco, der ausgestreckt auf ihrem Bett lag. »Sie soll Anna heißen«, sagte Francesco und starrte an die Decke. »Nicht schon wieder! Johanna zieht meine Seele in die Tiefe.«

»Du sprichst verbittert«, sagte Bianca.

»Na und? Es raubt mir jegliche Kraft. Sie hätte mal besser um einen Sohn flehen sollen anstatt um eine leichte Geburt.«

»Wie geht es Johanna?« Zwar traute sich Bianca inzwischen, ihren Namen auszusprechen, aber es fiel ihr schwer. Sie setzte sich neben ihn und nahm seine Hand in ihre.

»Sie ist noch sehr erschöpft und hat viel Blut verloren. Die Hebamme sagt, sie sei sehr blass und brauche äußerste Ruhe.«

Bianca strich Francesco liebevoll über die Haare und spielte einen Moment lang mit einer Strähne. »Wie sieht sie aus, die kleine Anna? Ähnelt sie den Medici oder den Habsburgern?«

»Ich habe keine Ahnung. Aber Eleonora ist jetzt drei Jahre alt und kommt ganz nach mir.« Er lächelte. »Sie ist ein Wildfang und lässt sich nichts sagen. Das Temperament muss sie von meinem Vater haben.«

»Deine Frau hat dich enttäuscht.«

»Enttäuscht ist gar kein Ausdruck! Bis sie das Wochenbett beendet hat, muss ich mich ablenken. Das geht am besten bei dir.« Er griff mit seiner Hand in ihre offenen Haare.

Normalerweise hätte Bianca jetzt gelacht und ihm zärtliche Worte ins Ohr geflüstert, aber Francescos traurige Augen erschreckten sie. Heute war ihr nicht danach, unbeschwerte Worte zu reden. Wer wusste, wie viele Mädchen Johanna noch bekommen musste, bis ein Junge geboren würde?

In Biancas geheimsten Gedanken flammte das Versprechen von damals auf.

»Francesco, ich bin bereit, dir einen Sohn zu schenken.« Sie sah ihm tief in die Augen. Er zog sie näher und sie kuschelte sich neben ihn ins Bett. »Würde dir das gefallen?« Ihr Gesicht war jetzt ganz nah an seinem.

Sein Gesicht spiegelte die Freude wider, die ihre Worte in ihm bewirkten. »Ich weiß, du bist die richtige Frau für mich, Bianca, Liebste. Vielleicht erfüllt uns Gott eines Tages deinen Wunsch.«

1570

»Kannst du mir zwanzigtausend Dukaten leihen?«

»Leihen oder schenken?« Francesco lachte zynisch. »Ist ja egal, oder? Zurückzahlen tust du das Geld ohnehin nicht.«

Mit einer fahrigen Handbewegung riss sich Ferdinando den *Pileolus* vom Kopf und schleuderte ihn von sich weg. »Ich brauche das Geld«, stieß er hervor. Seine feingliedrigen Hände griffen nach Francescos Wams. Sein Gesicht kam dem seines Bruders ganz nah. Noch nie war er derart knapp bei Kasse gewesen. Niemand durfte davon erfahren.

»Möchte wissen, wie du dein Vermögen durchgebracht hast«, warf Francesco ihm an den Kopf und machte sich los. »Du vergisst, mein lieber Bruder, dass wir den Palazzo immer noch nicht vollständig ausgebaut haben. Schau dich doch um, was es noch zu tun gibt.« Er seufzte, als trage er alle Last der Welt. »Ich kann dir nicht helfen, Bruderherz.«

»Aber du hast es doch angeboten! Ich erinnere nur an das Fest, bei dem du Johannas Schwangerschaft bekannt gabst. Du hast es mir selbst gesagt!«

Ärgerlich schüttelte Francesco den Kopf. »Jetzt geht es aber nicht.«

»Vielleicht sollte ich Vater fragen?«, forderte ihn Ferdinando heraus.

»Wag es nicht! Er kann keine Aufregung gebrauchen.«

»Ach! Und was ist, wenn er die Wahrheit hinter dem Mord an Buonaventuri erfährt? Würde ihn das nicht noch mehr aufregen? Vater hat mir doch schon von seiner Vermutung erzählt, du hättest den Tod billigend in Kauf genommen.«

Jetzt glühte Francescos Kopf. »Ich war nicht in der Stadt! Ich habe damit nichts zu tun! Es gibt Hinweise, dass die Riccis dahinterstecken. Außerdem ähnelt der Fall dem von Alessandro de Medici.«

Ferdinando hatte richtige Lust zum Streiten. Vor seinem inneren Auge tauchten Bilder von Bianca auf. Sollte er alles auf eine Karte setzen? Wenn er von den Briefen Biancas erzählte und dem Geld, das sie mitgeschickt hatte, würde Francesco toben. Sie vielleicht sogar aus der Stadt jagen, weil sie ihn hintergangen hatte. Nein, diesen Trumpf würde er jetzt noch nicht ausspielen. Erst musste er herausfinden, was dahintersteckte. Bianca wusste genau, dass sie ihm lästig war.

Diener versorgten die Männer mit Getränken und erinnerten daran, dass in wenigen Minuten das Mittagessen serviert wurde.

»Es ist bereits Mittag?«, fragte Francesco und schüttelte erstaunt den Kopf. »Wie die Zeit vergeht.« Er wollte hinter seinen Dienern her, als ihm Ferdinando die Hand auf die Schulter legte.

»Sei bloß vorsichtig, Bruder!«, giftete der Kardinal. »Du tust gerade nicht viel, um das Ansehen unserer Familie zu fördern. Wo ist denn der Erbe, auf den alle warten? Und warum drängt deine Mätresse in die Öffentlichkeit? Was soll das? Dieses Gehabe kränkt Johanna! Die Leute belächeln dich, nein, sie verachten dich. Was findest du an dieser Venezianerin?«

Ferdinando wurmte, dass Francesco Bianca immer noch nicht leid war, stattdessen hofierte und kein anderes Weib mehr anschaute. Es war nicht zum Aushalten! Er hasste diese Frau, die schamlos ihre Situation ausnutzte. Und er hasste es, in ihrer Schuld zu stehen.

»Halt dich da raus!«, brüllte Francesco und schüttelte die Hand ab.

»Das tue ich nicht. Ist dir je der Gedanke gekommen, die Cappello könnte die Mörder ihres Mannes gedungen haben?«

Francescos Gesicht färbte sich dunkelrot. »Das ist nicht dein Ernst!«

»Ich traue ihr alles zu.« Wenn Ferdinando sie nicht kriegen konnte, durfte sie Francesco auch nicht haben. Das Verhältnis ging schon viel zu lange. Kam sein Bruder denn nie zur Vernunft? »Ich will, dass du dich von ihr trennst!«

»Da kannst du lange warten! Niemals!«

Mafalda betrat den Salon und sah, wie Bianca in ihrem Sessel kauerte. Schon seit einiger Zeit war ihr aufgefallen, dass Biancas Strahlen abgenommen hatte. Irgendetwas schien sie mehr zu beschäftigen, als ihr lieb war. Ihr Lächeln wirkte gezwungen.

»Ihr habt mich gerufen?« Mafalda stand vor Bianca, die zusammenzuckte. Bianca rieb sich den Nacken und richtete sich auf.

»Komm, leiste mir Gesellschaft.« Bianca nahm den Stickrahmen auf, der auf ihrem Schoß ruhte. Mafalda sah, dass sie noch keinen einzigen Stich in das weiße Gewebe gestickt hatte. Mafalda setzte sich neben sie in den Sessel und sah sie von der Seite an. »Ihr wirkt in letzter Zeit bedrückt.«

Die Frau des Prinzen bekam jedes Jahr ein Kind, obwohl Francesco ihre Herrin anbetete und mit Liebesschwüren überhäufte. Wie beschämend.

»Ja, in meinen Gedanken herrscht heilloses Durcheinander. Seit mein Vater Briefe schickt, denke ich oft an Venedig. Zurückblickend weiß ich, dass ich die Folgen meines Tuns unterschätzt habe.« Bianca senkte die Nadel ins Gewebe.

»Ihr wart sehr jung. Ihr konntet nicht ahnen, was daraus würde. Aber die Liebe Eures Vaters hat alles überdauert.«

Bianca nickte. »Er ist einer Versöhnung nicht abgeneigt. Doch der Rat von Venedig hat das letzte Wort. Mein Vater wird nichts tun, wenn die Nobili nicht hinter ihm stehen. Ein zweites Mal will er nicht in der Kritik und Verachtung der Republik stehen. Seine letzten Jahre hofft er in Ruhe und Würde zu verbringen.« Sie prüfte, ob sie ihren Stich exakt gesetzt hatte. Der Kreuzstich war ungleich. Sie löste den Faden aus der Nadel und malträtierte das Garn mit der Nadelspitze.

»Ihr müsst nur geduldig sein.« Mafalda legte ihre Hand auf Biancas und sah sie aufmunternd an.

Erste warme Sonnenstrahlen fielen durchs Fenster und schienen die Schatten in Biancas Gedanken zu vertreiben. Sie warf ihre Stickarbeit hin. »Mafalda, was hältst du davon, wenn wir uns amüsieren? Ich möchte am Nachmittag über den Markt gehen und der Tuchhändlerin einen Besuch abstatten.«

Mafalda hätte lieber ihre Decke fertig bestickt. Es fehlten nur noch ein paar der kleinen roten Mohnblumen, dann wäre der herrliche Blumenstrauß fertig. Wenn sie dranbleiben könnte, vielleicht sogar heute noch. »Ihr könnt sie doch wie sonst ins Haus bestellen, Herrin.« *Die jetzige Robe ist noch nicht fertig und schon muss eine neue bestellt werden. Sie kann die Kleider unmöglich jemals auftragen. Allein der Lohn für die Schneiderinnen könnte einige Familien ernähren.*

Bianca schmunzelte und beobachtete Mafaldas Finger, die die Nadel mit dem Seidenfaden gekonnt in den Stoff stießen. »Ich will unter die Leute, verstehst du das? Durch die Straßen schlendern und Menschen sehen.«

Sie will nicht sehen, sie will gesehen werden, aber das kann ich nicht laut sagen. Sie würde es abstreiten. »Nehmt Ihr Pellegrina mit?«

»Das ist ihr zu langweilig.«

Bianca entschied, nur in Begleitung von Mafalda und Sonia in die Via Porta Rossa zu fahren, um zuerst in der Markthalle nach edlen Stoffen zu sehen. »Danach schlendern wir über den Markt«, versprach sie den beiden, die immer darauf hofften, an den Ständen etwas Schönes zu entdecken.

Stoffballen türmte sich auf Stoffballen. Zahlreiche Händler boten ihre Ware an und bald hatte Bianca ihre Tuchhändlerin entdeckt. Mit ihrem gezimmerten Marktstand fiel sie zwischen den übrigen Händlern auf, die ihre Waren für das gemeine Volk auf Brettern und Tischen präsentierten.

»Signora«, rief die Händlerin, »ich habe heute etwas Außergewöhnliches für Euch.«

»Ihr habt jedes Mal etwas Besonderes«, lachte Bianca und freute sich wie ein Kind. »Zeigt her.«

Die Tuchhändlerin, eine untersetzte Frau mittleren Alters, wickelte einen Stoff ab. »Ein Damast aus China. Seht, wie sich Raum und Tiefe durch die Art zu weben öffnen.« Sie hielt Bianca die türkisfarbene Seide hin. Sprachlos strich Bianca mit der Hand über den Stoff. Die Tuchhändlerin drehte den Damast um. Das Muster erschien umgekehrt.

»Jetzt halte ich den Stoff ins Licht«, erklärte sie, »seht Ihr, wie das Licht die akkuraten Umrisse hervorhebt?« Sie schaute Bianca erwartungsvoll an.

»Den muss ich haben«, antwortete Bianca begeistert und ließ das Gewebe durch ihre Finger gleiten. »Er könnte auch aus Lucca stammen.«

»Wohl wahr«, sagte die Tuchhändlerin, »aber der Stoff ist wirklich aus Asien und vortrefflichst gewebt. Ich kann mich nicht erinnern, in den letzten Jahren derart Feines in meinem Angebot gehabt zu haben.«

Schnell war man sich handelseinig. »Türkis, die Farbe des Meeres«, schwärmte Bianca, als sie später über den Marktplatz spazierte. »Ich weiß, zu welchem Anlass ich das Kleid tragen werde. Zur Hochzeit des Herzogs.«

»Hattet Ihr nicht berichtet, Herzog Cosimo wünsche eine bescheidene Feier?«, fragte Mafalda. Was fiel der Herrin ein! Sie würde doch nicht Johanna de Medici brüskieren.

»Na und?« Bianca drehte sich zu Mafalda um. »Eine Dame kann nie gut genug gekleidet sein.« Sie schien zu ahnen, was im Kopf ihrer Kammerdienerin vor sich ging. »Francesco wird sich nicht daran hindern lassen, mich der herzoglichen Familie zu präsentieren. Was kann ich dafür, wenn sich seine Frau darüber grämt oder beim Herzog beschwert?«

Sonia lächelte dünn. Mafalda bemerkte es und schob ihren Arm unter den von Sonia, die es geschehen ließ. Sie hätte Sonia gern gesagt, dass sie es großartig fände, wenn sie Freundinnen würden.

Während sie noch darüber nachdachte, stürmten plötzlich ein paar Weiber aus einem Winkel hervor und stellten sich ihnen in den Weg.

»Luder!«

»Liederliches Weib!«

»Verschwinde, du Ehebrecherin!«

Bianca blieb stehen. Mit dem Arm hielt sie Mafalda zurück, die sich auf die Weiber stürzen wollte.

»... und wagt Ihr es noch, Euch öffentlich zu zeigen?«, gellte die Stimme einer Frau über den Platz. »Man müsste Euch aus der Stadt jagen! Mit Schimpf und Schande.«

Im Nu hatten sich Schaulustige um sie versammelt. Mafalda bemerkte die Panik in Biancas Augen. Sie spürte, wie die hässlichen Worte der Frauen zu einer Welle zu werden drohte, die die Umstehenden mit sich riss. Bianca wich zurück. Suchend sah Mafalda sich um. »Kommt«, rief sie und hastete durch eine Lücke schräg hinter sich. In diesem Augenblick traf Bianca eine feuchte Masse am Rücken, bei deren Anblick und Geruch sie entsetzt aufschrie. Ohne darauf zu achten, rannte sie hinter Mafalda her. Mafalda wusste nicht, in welche Richtung sie überhaupt lief. Irgendwann blieb sie erschöpft stehen. Sie war völlig außer Atem.

Sie warf einen Blick auf Biancas Rücken. »Das ist Kot«, jammerte sie und wies Sonia an, den Schmutz zu entfernen.

»Was sagst du da?«, entsetzte sich Bianca und Tränen traten ihr in die Augen. »Ich habe den Leuten nichts getan! Warum sind sie so aufgebracht?«

Der Gestank blieb im Gewebe des Kleides haften, obwohl Mafalda mithalf, mit Tüchern den groben Schmutz abzuwischen. Auf dem Rückweg saß Bianca aufrecht auf der vorderen Kante des Sitzes, um nicht mit der Rückenlehne in Berührung zu kommen. Mafalda kam die kurze Strecke zum Palazzo wie eine Weltreise vor und als endlich Martino ihnen die Haustür öffnete, stürzte Bianca grußlos an ihm vorbei.

Das Kleid war ruiniert. Nachdem Bianca gebadet und frisch angekleidet war, musste Mafalda sie nochmals vollständig neu frisieren.

Als Bianca mit Mafalda den Salon betrat, erwartete sie bereits der Prinz. Er lief aufgeregt herum. »Ich werde die Verantwortlichen suchen lassen«, rief Francesco. »Geliebte, dich wird man nie wieder derart demütigen.«

Mafalda huschte zur Tür und trat auf den Flur. Als sich die Tür hinter ihr schloss, hörte sie Francesco rufen: »Ich weiß jetzt, wie ich den Florentinern bezeugen kann, dass ich unverrückbar zu dir stehe. Ich werde dir zu Ehren ein Fest geben!«

Mafalda schüttelte den Kopf. Sie malte sich aus, wie er Bianca ansah und vergnügt die Backen aufblies. Nein, diese Affäre würde niemals gut enden.

14

Florenz 1570

Der Sommer kündigte sich an und die Hitze nahm ständig zu. Sie staute sich auf den Straßen und zwischen den Häusern und die Menschen sehnten sich ein Gewitter oder zumindest einen erfrischenden Wind herbei. In der Nähe des Arno war es erträglicher.

Erst am Abend blies ein Wind über den Cortile und die Gäste konnten sich erfrischen, denn auch im vollen Saal war die Hitze unerträglich. Wie versprochen gab Francesco ein Fest, das Bianca in den Mittelpunkt rückte. Zuvor hatten ihn weder Ferdinando noch Johanna davon überzeugen können, seine eheliche Untreue zumindest hinter verschlossenen Türen zu halten. Ferdinando hatte gebrüllt und getobt, aber es hatte nichts geholfen. Francesco schien sich nicht daran zu stören, dass selbst ergebene Räte ihre Verwunderung ausdrückten. Sie konnten sich einfach nicht daran gewöhnen, dass seine Gespielin so in der Öffentlichkeit stand. Selbst während sie gegenüber Francesco ihre Freundlichkeit bekundeten, tuschelten sie hinter vorgehaltener Hand. Allein der Verdacht, ihre Ergebenheit sei fraglich, konnte sie ihren Posten, wenn nicht sogar das Leben kosten. Herzog Cosimo war dafür bekannt, hart durchzugreifen.

Es gab wieder ein neues Theaterstück. Lautenspieler und Sänger sorgten für Tanzmusik und die Frauen glitzerten und glänzten unter der Fülle von Steinen und Stoffen. Johanna hatte sich entschuldigen lassen und schrieb lieber einen neuen Beschwerdebrief an ihren Bruder. Bianca strahlte und tanzte den ganzen Abend und ignorierte die missgünstigen Blicke, die sie trafen.

Ferdinando war nicht mehr anwesend. Mafalda erfuhr aus Biancas Erzählungen, dass der Kardinal grußlos abgereist war. Das führte auch dazu, dass er bei Cosimos Hochzeit nicht dabei war. Ob das von Herzog Cosimo bewusst in Kauf genommen wurde? Nur Johanna, Francesco und sein jüngster Bruder Pietro, der im anderen Flügel des Palastes wohnte, waren bei einer einfachen Zeremonie zugegen. Bianca war nicht eingeladen worden. Sie war außer sich.

»Der Prinz hat mich erst nach der Hochzeit unterrichtet«, fauchte sie am Morgen nach der Hochzeit, während Mafalda ihr die Haare richtete. Mafalda dachte an das aufwendige Kleid, das die Schneiderin wenige Tage vorher gebracht hatte. Jetzt hing es im Schrank. Sie zuckte mit den Achseln. »Was kann Francesco dafür, wenn der Herzog es so wünscht? Selbst der Kardinal war nicht zugegen.«

»Du hast recht. Ich sollte mich nicht grämen.« Entschlossen setzte sich Bianca an ihren Schreibtisch. Den halben Nachmittag brachte sie damit zu, eine neue Nachricht nach Rom zu schreiben. Mafalda staunte nur, als sie ein dickes Bündel Geldscheine packte und mit dem Brief in den Umschlag stopfte.

In den folgenden Wochen ging es Bianca nicht gut. Mafalda beobachtete mit Sorge, wie sich ihr Gesundheitszustand immer weiter verschlechterte. Sie hustete oft und sah aschfahl aus. Außerdem litt sie an häufigen starken Blutungen. Mafalda war es gar nicht so unrecht gewesen, dass Bianca eine Zeit das Haus hatte hüten müssen. So hatte sich der Zorn der Florentiner besänftigen können. Nur die häufigen Besuche einer bestimmten Kräuterfrau bei Bianca hatten sie beunruhigt.

Eines Tages verlangte Bianca, in der Sänfte am Fluss entlanggetragen zu werden. Mafalda half ihr in den Tragestuhl. »Die Luft des Arno wird Eure Atemwege stärken. Ihr habt Euch zu lange hinter den Palazzomauern kurieren müssen.«

Die Sänfte schaukelte leicht und Mafalda stützte sich mit den Händen ab. »Ihr hattet heute Morgen eine merkwürdige Person zu Gast«, versuchte sie das Gespräch auf das zu lenken, was sie beschäftigte. »Ihr habt ihr sogar einen Dukaten gegeben.«

»Was du alles beobachtest!« Bianca schloss die Augen und seufzte tief.

»Herrin, ich kenne diese Frau. Sie ist als Quacksalberin verschrien.« Warum hatte sich Bianca nicht an die Schwestern in Le Murate gewandt? Kein Kraut, dessen Wirkung sie nicht kannten.

»Wer sagt so was?«, presste Bianca hervor.

Mafalda blieb gelassen und hob die Schultern. »Man erzählt es sich. Sie soll verbotene Mittel verwenden.«

Bianca richtete sich ruckartig auf. Die ganze Sänfte geriet ins Schwanken. »Schweig, davon verstehst du nichts!«, entgegnete sie barsch.

Mafalda griff bestürzt nach einem Haltegriff und konnte sich in letzter Sekunde vor einem Sturz retten. Inzwischen hatten sie fast die *Ponte Santa Trinita* erreicht, die sie wieder auf die vertraute Uferseite zum Oltrarno bringen würde. Biancas Blick blieb an einem der massigen Pfeiler hängen. »Sie hat mir ein Kraut gegeben. Es wird helfen, hat sie mir geschworen.«

»Herrin«, in Mafaldas Ton lagen alle Bitten der Welt, »glaubt nicht jedem Kräuterweib. Wenn diese Frau nun vielleicht doch ...« Mafalda stockte. Es war besser, sie behielt ihre Ansicht für sich.

Bianca wusste, wie der Satz endete: *eine Hexe ist?* »Glaub mir, ich lasse mich nicht auf obskure Dinge ein. Ich weiß, worauf du hinauswillst. Mafalda, das ist Unsinn.«

Sie kamen in die Nähe der Brücke. »Haltet an«, befahl Bianca den Trägern und stieg aus der Sänfte. Der Saum ihres Kleides blieb an einem Holzspan hängen. Mafalda kletterte hinter ihr heraus und löste den Stoff. Er hatte einen Riss abbekommen. Mafalda tat, als sei nichts geschehen. Bianca schritt vorwärts und machte eine Bewegung, dass Mafalda folgen sollte.

»Lass uns ein paar Schritte gehen«, rief Bianca und drehte sich um. »Los, komm! Was könnte schöner sein, als über dieses Meisterwerk zu spazieren?« Sie blickte auf das gegenüberliegende Ufer und ihre Augen blieben am Campanile von Santa Maria del Fiore hängen, der weit über die Dächer hinausragte.

Während Mafalda sie einholte und neben ihr herging, näherte sich von der anderen Seite eine Kutsche. Dicht vor ihnen blieb das Gefährt ruckartig stehen. Mit Mühe gelang es dem Kutscher, die Pferde zu beruhigen. Fußgänger blieben stehen und schauten zu.

»Was soll das?«, schrie Bianca dem Kutscher zu. »Willst du uns umbringen?« Sie starrte auf die Tür der Staatskutsche. Über den mit Gold verzierten Seitenfenstern prangte ein Wappen. Das Wappen der Medici. Während der in eine elegante Uniform gekleidete Fahrer teilnahmslos nach vorne starrte, stiegen Diener, eine Kammerdienerin und ein Mann aus dem Wagen. Eine schmale Frauengestalt ließ sich heraushelfen. Ihr Gesicht war vor Zorn verzerrt.

»Seine Frau!« Es war nur ein Flüstern, was Bianca hervorbrachte.

»Gott bewahre!«, stieß Mafalda hervor und wollte schon auf die Knie fallen. Sah die Herrin nicht, welche Katastrophe da auf sie zukam?

Mit einem Griff zerrte Bianca sie wieder hoch. »Lass das«, zischte Bianca. »Geh und scheuch die Gaffer weg. Ich schaffe das alleine.«

»Ich befehle, diese Person in den Arno zu werfen. Auf der Stelle!« Trotz der Hitze trug die Prinzessin einen steifen gefältelten Kragen, der mit ihrem Körper bebte. Ihre Augen waren weit aufgerissen und ihr Gesichtsausdruck ließ keinen Zweifel aufkommen, dass es mit ihrem Befehl ernst gemeint war. Sofort stürzten sich zwei Diener auf Bianca. Jeder wusste, nur sie konnte gemeint sein.

Mafalda wollte sich noch vor sie stellen, doch die Diener waren schneller und hatten Bianca bereits zur Seite gezerrt. Verzweifelt sah sie sich nach Hilfe um. Von den Zuschauern regte sich keiner, ihr zu helfen. »Ihr rührt sie nicht an!«, schrie Mafalda und sprang auf Johanna zu. »Was erlaubt Ihr Euch? Hört auf damit.«

Die Prinzessin ignorierte die Kammerdienerin. »Ihr wagt es, vor aller Augen mit meinem Gemahl auf Festen zu tanzen und durch die Straßen zu spazieren, als wärt Ihr seine rechtmäßige Gattin. Mitnichten! Sterben sollt Ihr. Sofort!« Johannas Hut, verziert mit Smaragden und Opalen, rutschte ihr vom Kopf und fiel in den Staub. Sie schien es nicht zu bemerken. »Los, worauf wartet ihr noch?!«

Die Diener hatten Bianca unbarmherzig nach hinten gerissen. Ihr Rücken prallte an die Balustrade und sie schnappte nach Luft. Es fehlte nur ein Ruck und sie war verloren. Unter ihr gurgelten die Tiefen des Arno. Nie hätte Mafalda gedacht, dass es jemals zu einer solchen Situation kommen würde.

»Haltet ein!« Eine Männerstimme ertönte.

»Ihr habt mir nichts zu befehlen, Graf Castelli. Das ist einzig meine Sache.« Johannas Kleid leuchtete in der Sonne wie Feuer. Ihr Schmuck funkelte, als züngelten Flammen an ihr empor.

Der Mann, den Johanna zurechtgewiesen hatte, war neben sie getreten. Er verbeugte sich leicht. Sein volles Haar war an den Schläfen bereits ergraut. Sein Auftreten zeugte von großem Stolz. »Hoheit, lasst Euch nicht vom Teufel versuchen«, donnerte seine Bassstimme. »Ihr seid eine gottgefällige und erhabene Prinzessin. Nehmt den Befehl zurück, damit Ihr nicht selbst schuldig werdet.«

»Nein!« Johannas wulstige Unterlippe schien sich mehr und mehr vorzuschieben. Sie raffte ihren Rock, während sie einen großen Schritt machte und dabei auf ihren Saum trat. Graf Castelli griff geistesgegenwärtig an ihre Schulter und konnte sie vor einem Sturz bewahren.

Mafalda hätte sie am liebsten am Arm gezerrt. »Prinzessin, mäßigt Euch!«, rief sie verzweifelt.

»Gott allein steht es zu, Unrecht zu richten.« Graf Castelli sprach energisch zu Johanna und ließ sie los.

Wie von Sinnen starrte Johanna auf ihre Nebenbuhlerin. Ihr Kinn hatte sich noch weiter vorgeschoben und die ausgeprägten Wangenknochen betonten ihre Entschlossenheit.

»Ich flehe Euch an«, drängte Graf Castelli, »Eure Bitterkeit zu zügeln. Das ist eine Anfechtung des Satans. Zeigt Größe!«

Das Geschrei machte die Pferde zunehmend nervöser. Der Kutscher war abgestiegen und tätschelte ihre Hälse. Ringsumher hatten Händler, Weiber und herausgeputzte *Avvocati* keine Eile mehr. Bereits morgen, wusste Mafalda, würden neue Spottschriften über Bianca im Umlauf sein. Die Menge wartete nur darauf, dass sie ein unrühmliches Ende traf. Das würde den Absatz in schwindelnde Höhen treiben.

Im Hintergrund hörte Mafalda Gelächter. Fehlte nur noch der Applaus wie bei einem Schauspiel. Ihr wurde heiß und kalt.

Johanna wandte sich zu ihrer Kutsche, nicht ohne Bianca einen letzten vernichtenden Blick zuzuwerfen. »Kommt mir nie mehr unter die Augen«, zischte sie.

Graf Castelli bedeutete den Dienern mit einer Kopfbewegung, Bianca loszulassen. Sie stolperte. Schnell griff Mafalda ihr unter die Arme und stützte sie auf dem Weg zur Sänfte. Der Schock saß tief und Bianca war nicht einmal fähig zu weinen. Wie erstarrt ließ sie ihre Hände von Mafalda halten. Als sich die Sänfte in Bewegung setzte, sahen sie Johannas Kutsche an einer Straßenbiegung Richtung *Palazzo Pitti* verschwinden.

Bianca zog es vor, sich vorerst nicht in der Öffentlichkeit zu zeigen. Ganz Florenz kannte nur noch ein Thema. Wie ein Lauffeuer hatte sich die Neuigkeit von der Szene auf der Brücke verbreitet. Die Gerüchte reichten von einem von Bianca selbst inszenierten Sprung von der Brücke bis zu einem Angriff der herzoglichen Diener auf sie.

Mafalda stand hinter Bianca und hob eine Strähne ihres Haares an, um sie zu kämmen. Sie ergriff den nächsten Strang.

»Ich bin immer noch entsetzt, Herrin. Fast hätte die Prinzessin Euch getötet!«

»Dieser, wie hieß er gleich, dieser Graf Castelli hat an ihr Gewissen appelliert. Er hat von Versuchung gesprochen.« Bianca schüttelte den Kopf. »Wenn dieser Mann nicht da gewesen wäre, ich weiß nicht, was man mir angetan hätte ...«

»Der Prinz ist bestimmt außer sich, dass Euch solch Böses geschah.« Und doch hatte Francesco es nicht verhindern können. Was war Francesco wirklich wichtig?

Bianca schwieg.

Unterdessen steckte Mafalda eine Strähne nach der anderen mit Haarnadeln fest. »Graf Castelli hatte recht«, fuhr Mafalda fort. »Johanna wurde vom Teufel versucht. Gott hat Euch vor Schlimmerem bewahrt.«

Im Eingangsbereich waren Stimmen zu hören und Bianca war sichtlich froh über die Ablenkung. Sie reckte den Kopf. »Hat Sonia der Köchin meine Wünsche weitergegeben? Ich hatte Kapaun geordert. Außerdem soll es zum Nachtisch heiße Maronen geben.« Sie kontrollierte Mafaldas Werk mit dem Spiegel. Zufrieden betrachtete sie die dunklen Perlen auf ihrem Haarnetz. »Bitte den Prinzen in das Speisezimmer. Ich werde gleich da sein.«

Während Mafalda an ihr vorbeiging, stand Bianca auf. Sie strich sich über den anthrazitfarbenen Samt, der an den Schultern mit tiefroten und silbernen Paspeln verziert war, und warf den Kopf in den Nacken.

Nachdem Mafalda Francesco begrüßt und in den Roten Salon gebeten hatte, ging sie in die Küche, um ein wenig zu plaudern, doch Nevia sah gar nicht auf. Sie rührte beharrlich in ihrem Topf. Mafalda wusste, dass Sonia schon dabei war, die Speisen nach oben zu tragen.

»Wo ist Gina?«, fragte Mafalda und lugte in den Nebenraum.

»Bei Pellegrina. Sie will nicht schlafen. So, und jetzt halte mich nicht von der Arbeit ab.« Offenbar hatte Nevia schlechte Laune. Vielleicht weil sie gehofft hatte, mal einen freien Abend zu bekommen, den ihr die Herrin mit ihren Vorlieben für ausgefallene Speisen nun heftig verdorben hatte.

»Ist ja gut!« Mafalda beschloss, in ihr Zimmer zu gehen. Es war der Herrin erstes Treffen mit Francesco nach dem Vorfall auf der *Ponte Santa Trinita*.

Als sie am Salon vorbeikam, war es ungewöhnlich still. Mafalda verlangsamte ihre Schritte. Dann hörte sie Bianca lachen. Ihre Stimme klang schrill. »Geliebter, das muss das Haus de Medici feiern …«, drang es durch die geschlossene Tür. »… nur wenn man die *Scudi* und Dukaten mit vollen Händen aus dem Fenster wirft, erlangt man Ruhm und kann seine Macht bekunden. Glaubst du wirklich, ein Volk könne sonst zu seinem Herrscher aufsehen? Nein, sie wollen dich verehren …«

Was gab es denn zu feiern? Plötzlich ging die Tür auf. Mafaldas Herz klopfte wild. Schnell huschte sie zu ihrem Zimmer und schloss die Tür hinter sich. Puh, das war knapp gewesen. Sie hörte, wie sich das Gekicher Biancas auf dem Gang verlor. Bestimmt gingen sie jetzt ins Schlafzimmer.

Vielleicht hatte Francesco berichtet, dass die Krönung seines Vater endlich öffentlich erfolgen könne. Und den Titel würde Francesco eines Tages erben. Nur gab es leider zwei Frauen, die erstrebten, dann an seiner Seite zu sein. Als *Granduchessa der Toskana*. Doch nur eine würde es werden. Mafalda lächelte schief. Und die befand sich gerade nicht im Zimmer nebenan.

Sonia saß zusammengesunken am Tisch, als Mafalda eintrat. Vor ihr stand ein unbenutzter Teller. Sie hatte offensichtlich weder Brot, Käse noch die gebratenen Zwiebeln angerührt. Sie sah noch nicht einmal auf, als Mafalda sich ihr gegenübersetzte. Gina wischte sich mit dem Handrücken über ihre fettigen Lippen und griff nach dem Becher. Sie nahm einen großen Schluck Wein und rollte bedeutungsvoll mit den Augen. Martino kaute mit offenem Mund, sodass Gina ihm ab und zu böse Blicke zuwarf. Er schien es nicht zu bemerken und kippte noch einen Becher Wein hinterher und rülpste laut.

Mafalda neigte den Kopf und sprach ein stilles Tischgebet. Als sie aufsah, bemerkte sie, wie Sonias Schultern zuckten. Weinte sie? »Was ist mit dir?«, fragte sie vorsichtig und brach sich ein Stück Brot ab. Sie träufelte sich etwas Olivenöl darüber und biss hinein.

Sonia antwortete nicht. »Liebeskummer«, wusste Gina. Sie hatte die Stirn in Falten gezogen und stützte ihren Kopf in die Hände. »Jetzt mach den Mund mal beim Kauen zu«, herrschte sie Martino an. »Hast du denn kein Benehmen?«

Martino bekam einen roten Kopf und stand auf. »Gute Nacht.« Während er hinausstiefelte, sah Mafalda von Sonia zu Gina. Aha, deshalb war Tomaso nicht am Abendbrottisch.

Gina sah sie an: »Tomaso meinte, es sei harmlos gewesen«, erklärte sie, »was ich für eine faule Ausrede halte. Er hat Sonia benutzt, ihr Liebe vorgegaukelt und sie wegen einer anderen fallen gelassen.« Sie haute mit der Faust auf den Tisch. »Wegen einer Dienerin aus der Nachbarschaft.«

Sonia schluchzte laut auf.

Mafalda drehte sich zu ihr: »Sonia, deine Enttäuschung wird sich legen. Eines Tages wird der Richtige kommen. Du kannst ...«

Durch Sonias erneutes lautstarkes Heulen gingen Mafaldas Worte unter. Mafalda verstand auch so, dass Sonia froh sein konnte, dass sie nicht schwanger geworden war. Mafalda griff über den Tisch und streichelte ihr die Hand. »Sonia, er hat dich nicht verdient.«

Sonia griff nach ihrem Rocksaum und schnäuzte sich. »Ich suche mir eine andere Stelle.«

»Das wirst du nicht«, schalt Mafalda, »*er* soll verschwinden. Wir sind froh, dass wir dich haben.« Es war ehrlich gemeint.

Das schien Sonia etwas zu trösten. Sie tupfte sich mit dem Ärmel über die Augen. Gina atmete auf. »Wisst ihr schon das Neueste?«, fragte sie, offensichtlich erleichtert, dass Sonia sich beruhigte, »Elisabeth von England ist vom Papst exkommuniziert worden!«

Mafalda und Sonia schüttelten fast gleichzeitig den Kopf. »Das ist ja schrecklich«, sagte Mafalda. »Und das in ihrer Stellung. Wie gut, dass England weit weg ist.«

»Ja, das sagen viele hier«, stimmte Gina zu. »Die Gläubigen werden jetzt dort von den Anhängern der anglikanischen Lehre verfolgt.«

Mafalda schluckte. Sie musste an Raffaelas Bruder denken. Hoffentlich war er aus der Haft gekommen. Trotzdem fand sie, dass die Lehren Luthers zum Nachdenken anregten. Bei ihren Überlegungen fiel ihr plötzlich ein, was sie eigentlich hatte erzählen wollen.

»Herzog Cosimo ist nach Rom abgereist. Er wird vom Papst persönlich gekrönt: zum Großherzog.«

Gina und Sonia, die sich inzwischen gefasst hatte, schrien begeistert auf, als würden sie selbst dieser Würde zuteil.

»Mit Hermelinmantel?«, frage Gina erwartungsvoll. »Und Krone?«

»Bestimmt«, erwiderte Mafalda und grinste, »er muss dafür nur dem Papst den Ring küssen. Ich glaube, er täte es auch, wenn er Blech ablecken müsste.«

An nichts, aber auch nichts sparte der neue Großherzog der Toskana, um die Titelverleihung zu feiern. Die Herzöge von Mantua, von Urbino und von Modena, Gesandte der Königshäuser von Frankreich und Spanien, Künstler, Gelehrte und eine Delegation des Heiligen Stuhls reisten in die Stadt. Wieder einmal hatte sich Florenz herausgeputzt. Die Feierlichkeiten zogen sich über mehrere Tage hin.

Mafalda freute sich, wenn sie ihre Herrin in die Stadt begleitete. Überall begegnete sie gut gelaunten Menschen, für die Großherzog Cosimo Belustigungen aller Art anbieten ließ. Mafalda sah edle Karossen durch die Straßen rollen, Männer und Frauen in eleganten Roben und mit glänzenden Schwertern und Edelsteinen behangen stolzierten umher. Überall gab es Stände mit allerhand Speisen. Den Duft von außergewöhnlichen Parfüms sog sie in sich auf. Sie hatte den Eindruck, Florenz und seine Gäste bereiteten Großherzog Cosimo eine Welle der Huldigung.

An den offiziellen Banketten nahm Bianca nicht teil. »Nichts darf während der Feierlichkeiten von unserem Großherzog ablenken«, sagte sie zu Mafalda. Es schien ihr ernst zu sein, denn sie hielt sich von Francesco fern und mischte sich unter die Gäste. Mafalda entdeckte Kardinal Ferdinando, der sich mit einer Delegation einen Weg durch die Menge bahnte. Viele der Bürger erkannten ihn, huldigten ihm und unterhielten sich mit ihm. An vielen Straßenecken spielten Musiker auf, es wurden Gebäck und Getränke für die Bevölkerung gereicht und man konnte sich von Schauspielen unterhalten lassen.

Pferderennen begeisterten die Menge in der *Cascine*, doch Bianca zog es vor, sich anzusehen, wie auf dem Arno eine Seeschlacht nachgespielt wurde. Kunstvoll bemalte Galeeren schaukelten auf dem Fluss. An den Seiten der Boote prangten Löwenköpfe, aus deren Mäulern die Paddel ragten. Girlanden und Fahnen schmückten die Masten. Skulpturen von Weinfässern und Raubtieren in Lebensgröße standen zwischen den kostümierten Kämpfern.

Mafalda staunte über die Schauspiele, die Szenen französischen Lebens boten, während am Stadtrand eigens Gebäude nachgebaut worden waren, damit sie bei gespielten Kämpfen in Flammen aufgehen konnten.

»Ich glaube, im ganzen Herzogtum gönnt man heute den Medici ihre Verschwendung«, sagte Mafalda lachend zu Bianca. »Es gibt hier keinen, der nicht hofft, vom Glanz des Großherzogs etwas abzubekommen. Und sei es nur einen Blick auf ihre Kleiderpracht.«

Wenige Tage später, die letzten Spuren vom Fest waren noch nicht beseitigt, machte die Nachricht von einem Eklat im Vatikan die Runde. Reichshofrat Andreas von Geill hatte im Auftrag Kaiser Maximilians während einer Audienz beim Papst öffentlich gegen die Verleihung des Titels an Cosimo protestiert. Er hatte allen bekundet, dass das Kaiserhaus die Enscheidung mit größtem Befremden aufgenommen hatte. Das nahm man im Vatikan zur Kenntnis. Mehr nicht.

Seitdem das Haus in Pratolino fertig war, fuhr Bianca mit Mafalda öfters hin. »Ich muss sagen, meine anfänglichen Bedenken, weitab der Gesellschaft von Florenz zu sein, weichen mehr und mehr. Ist das Haus nicht herrschaftlich eingerichtet?«

»Herrin, es ist wundervoll«, gab Mafalda zu. Sie war selbst überrascht, wie schön das Anwesen geworden war. Hier konnten sich die Herrin und Francesco ungestört treffen. Francesco verschwand meist nach seiner Ankunft zuerst im Garten, um sich über die Fortschritte beim Bau der Grotten und Wasserspiele kundig zu machen. Mafalda wusste von Bianca, dass er oft von seinen Visionen von Wasserfontänen und von wasserspeienden Tieren erzählte.

»Johanna hat für seine Vorstellungen, die Architekten für ihn umsetzen, kein Verständnis. Dabei hofft er, im Garten Stärkung für seine Seele zu finden. Stell dir vor, sie hat ihn ausgelacht. Sie hat gemeint, bei einem Gang durch eine Wasserlaube könne man nicht trocken bleiben. Wasser sei nun mal nass.«

Mafalda kicherte, doch Bianca wies sie zurecht. »Machst du dich auch über ihn lustig?« Die Herrin stand mit hochgezogenen Augenbrauen vor ihr. »Wenn man es nicht mehr wagt, Träume zu verwirklichen, ist man tot. Ich denke wie er.«

»Herrin, das war nicht so gemeint.« Mafalda war bestürzt, wie die Herrin ihr Lachen aufgefasst hatte. »Ich habe mir nur vorgestellt, wie jemand aussieht, den eine Wasserfontäne erfasst.« Sie senkte den Kopf.

»Sieh mich an!« Bianca wartete, bis Mafalda den Kopf hob. Selten hatte Mafalda sie mit derart arrogantem Gesichtsausdruck gesehen. Er machte ihr Angst. »Ich hoffe, du schweigst, was meine geheimen Wünsche angeht! Nur der Prinz weiß, dass ich eine erneute Mutterschaft anstrebe.«

Mafalda nickte. Wusste Francesco auch, dass sie dafür verbotene Mittel anwendete? Im Haus von Bianca gaben sich Ärzte und Heilkundige schon die Klinke in die Hände. Sie setzte alles daran, nochmals schwanger zu werden. Von weit her waren die Medizinkundigen gereist und hatten ihr trotzdem nicht helfen können. Doch es ließ sich nicht erzwingen.

Mafalda war sich sicher, dass der Segen des Herrn in diesem Fall fernblieb. Wie konnte er Wünsche erfüllen, die sich nicht mit der Heiligen Schrift deckten? Wenn sie das der Herrin sagte, würde sie sie bestimmt entlassen.

Mafalda musterte Biancas blasses Gesicht. Manchmal hatte sie Augenringe und selbst die Nägel wiesen keine rosige Färbung mehr vor. Ob ihr die vielen Feste in Florenz zugesetzt hatten? Längst hatte man sich daran gewöhnt, dass Bianca strahlender Mittelpunkt neben Francesco war, während Johanna im Hintergrund blieb und Töchter gebar. Francescos Erwartung an sie, den erhofften Sohn zu gebären, und sein Verhalten in der Öffentlichkeit mussten ihr wie eine zusätzliche Demütigung vorkommen. Während Monat um Monat verging, wurde sie immer seltener an der Seite ihres Mannes in der Öffentlichkeit gesehen.

So vergingen die Jahre.

15

Florenz 1574

Im April 1574 starb Großherzog Cosimo. Die Stadt füllte sich mit unzähligen Trauergästen. Die Herzöge aus den angrenzenden Gebieten und Vertreter befreundeter Königshäuser gaben dem Verstorbenen die letzte Ehre. Selbst aus dem Kaiserhaus kamen Gesandte, um in der Basilica di San Lorenzo der Seelenmesse beizuwohnen. Cosimos Witwe Camilla, die selbst nach ihrer Heirat kaum in der Öffentlichkeit auftrat, blieb während der Zeremonie gefasst. Anschließend wurde der Leichnam in der Familiengruft beigesetzt, deren Verkleidung prächtige Steinplatten aus aller Welt zierten. Dem Wunsche Cosimos gemäß ruhte sein Leichnam standesgemäß in seiner selbst entworfenen Gruft, die ihresgleichen suchte.

Mafalda bemerkte, wie der Tod von Cosimo Bianca mehr Unsicherheit als Klarheit brachte. Sie wusste, dass Francesco sich nicht mehr so oft wie früher bei ihr sehen ließ. Die Herrin saß täglich in Gedanken versunken über ihrer Stickarbeit und zeigte sich nicht erfreut, dass der neue Großherzog sich mehr mit seinen Ministern und seinem Kanzler beschäftigte als mit ihr.

»Wo bleibe ich in seinem Leben?« Bianca schien beunruhigt. »Vielleicht hat er sich einer anderen Frau zugewandt?«

»Herrin, was seid Ihr besorgt?«, fragte Mafalda. »Der Großherzog trägt eine große Verantwortung.« Sie sah Bianca an, dass sie sich zum ersten Mal fragte, ob sie noch Francescos erste Wahl war.

»Ja, aber sein Herz hängt nicht am Regieren und Leiten. Das können doch seine Räte tun. Wofür hat er sie denn?« Bianca betrachtete ihre Hände und spielte an ihren Ringen. »Er wirkt geistesabwesend, wenn wir uns sehen, und erzählt von irgendwelchen Jagdgesellschaften, auf die er überhaupt keinen Wert legt, weil ihm das Töten von

Tieren zuwider ist. Ich denke, es beunruhigt ihn, dass er keinen Sohn hat«, redete die Herrin sich ein. »Er scheint mir manchmal so weit entfernt wie die Sterne am Himmel. Was weiß er von *meiner* Verzweiflung?«

Mafalda dachte an die kleine Lucrezia, das fünfte Kind Francescos, das im Sommer mit noch nicht zwei Jahren gestorben war. Isabella, seine vierte Tochter, hatte Lucrezias Geburt nicht mehr miterleben können. In der Stadt ging das Gerücht um, Johanna sei erneut schwanger. Das wusste zweifellos auch Bianca. Und wie immer ließ er bestimmt wie sie Messen lesen und unterstützte Kirchen, um die eigenen unerfüllten Wünsche zu beeinflussen.

Während Monat um Monat verging, wurde Bianca von Zweifeln gequält. Sie musste sich eingestehen, dass ihre eigene Situation festgefahren war. Nichts bewegte sich. Sie wollte nicht als unbedeutende Eroberung des Großherzogs in die Geschichte eingehen. Als seine Mätresse stand sie zwar in der Öffentlichkeit und genoss die Huldigungen der Menschen, aber sie wollte mehr.

Sie war Witwe, immer noch nicht schwanger und Francesco stand auf dem Olymp. Er war Großherzog und verheiratet. Mit der falschen Frau. Doch mit ihr hatte er immer noch keinen Erben gezeugt. Darin lag Biancas Chance.

Irgendetwas muss geschehen, dachte Bianca. *Wenn das Schicksal sich nicht zu mir wendet, wende ich das Schicksal!*

Sie sprang auf. *Ich habe eine Idee! Ich weiß, es wird mir gelingen. Ich werde Francesco für alle Zeiten gewinnen. Dafür werde ich alles auf eine Karte setzen. Mein Ziel ist die Spitze von Florenz und der Toskana. Nichts und niemand werden mich davon abhalten, es zu erreichen.*

Nächtelang lag Bianca wach, ging alle Möglichkeiten in Gedanken durch und fasste einen Plan. Wie würde Mafalda reagieren, wenn sie davon erfuhr? Es war eine verrückte wie gefährliche Idee. Für alle Beteiligten. Bianca war sich bewusst, wie heikel ihr Vorhaben war. Aber die Neuigkeit, dass Großherzogin Johanna wieder einem Mädchen, dem sechsten, das Leben geschenkt hatte, bestärkte sie in ihrer Absicht.

An diesem Vormittag war es außergewöhnlich still im Palazzo. Bianca war nach dem Frühstück im Esszimmer sitzen geblieben. Sie hatte gewartet, bis das Geschirr abgeräumt war. Sonia war unterwegs zum Markt, die Köchin werkelte in der Küche und Martino war damit beschäftigt, eine Tür, die zum Garten führte, zu reparieren. Den anderen Diener, Tomasos Nachfolger, hatte sie mit einem Brief zum *Palazzo Pitti* geschickt. Als Mafalda das Esszimmer betrat, bedeutete Bianca ihr mit einer Handbewegung, sich neben sie zu setzen.

»Ja, Herrin?«

»Mafalda, was ich dir jetzt sage, darfst du niemandem weitersagen. Hörst du?«

»Herrin«, flüsterte Mafalda, »Ihr kennt mich doch.«

»Es ist ein Geheimnis. Versprichst du mir beim Heil deiner Seele, es für dich zu behalten?« Voller Erwartung ruhten Biancas Augen auf ihr.

Mafalda setzte sich kerzengerade, riss die Augen auf und zögerte.

»Schwörst du?«

Mafalda starrte auf Biancas Kleid, dessen eckiger Ausschnitt mit brauner Spitze eingefasst war und dem eher schlichten Gewand Eleganz verlieh. Die Ärmel waren besonders bauschig und mit hellbraunen Kordeln am Kleid befestigt.

»Ihr wisst, dass ich nicht schwöre«, zögerte Mafalda.

»Es gibt keinen Grundsatz, der nicht Ausnahmen zulässt«, erwiderte Bianca, »und das ist hier ist eine Ausnahme. Ich will nur deine absolute Verschwiegenheit.«

»Die habt Ihr, das verspreche ich«, antwortete Mafalda.

Bianca fasste Mafalda an den Händen und sah ihr geradewegs in die Augen. »Ich werde ein Kind zur Welt bringen.« Sie kostete den Satz aus. Wie einfach! Worte wandelten Trug in Wahrheit.

»Ein Kind? Oh, Herrin. Euer sehnlichster Wunsch hat sich erfüllt!« Mafalda sprang auf und umarmte sie. Ihre Augen füllten sich mit Tränen. »Welch eine Nachricht!«

Bianca wollte nicht darüber nachdenken, ob es Tränen der Freude oder des Entsetzens waren. Wahrscheinlich letzteres. Bianca schob sie von sich weg und grinste trügerisch. »Nur dass ich nicht schwanger bin.«

»Was soll das heißen? Wie meint Ihr das?

»Hör zu«, mahnte Bianca. »Der Plan ist einfach: Ich werde eine Schwangerschaft vortäuschen, bis zur Geburt. Wenn es soweit ist, werde ich vor Zeugen gebären. Allerdings vor solchen, die auf unserer Seite sind.«

Für einen Moment hatte Bianca Mitleid mit Mafalda, die verwirrt dreinsah. Aber sie brauchte sie dringend für ihren Plan.

Mafalda war erblasst. »Nein, Signora, das könnt Ihr nicht machen. Demütigt Euch unter den Willen Gottes! Wenn er kein weiteres Kind für Euch vorgesehen hat, könnt Ihr Euch nicht über seinen Willen erheben. Warum wollt Ihr ein Kind für den Großherzog? Doch nur aus Eitelkeit, oder? Ihr wollt seiner Gemahlin wehtun.«

Unter normalen Umständen hätte Bianca ihre Kammerdienerin sofort entlassen oder bestraft. Was erlaubte sie sich? Ihr vorzuwerfen, sie wolle Johanna brüskieren. Aber nein, Mafalda war unerlässlich für ihr Vorhaben. Sie musste sie auf ihrer Seite wissen und sie umstimmen.

»Ich habe nur das Wohlergehen des Großherzogs im Sinn«, flötete Bianca. »Ich will ihm diesen Triumph ermöglichen, einen Sohn zu haben.«

»Wie soll das gehen? Wie kann man eine Schwangerschaft vortäuschen? Das wird böse enden«, prophezeite Mafalda. »Woher soll das Kind kommen? Keine Mutter gibt ihres freiwillig ab.«

»Keine?« Bianca lachte trocken auf. »Weißt du, wie viele ledige Mütter es in der Stadt gibt? Sie wären froh, wenn sie ihr Kind in guten Händen wüssten. Stattdessen gebären sie es heimlich, weil man sie daheim fortgejagt hat, und falls sie die Geburt überleben, töten sie ihr Kind oder setzen es aus. Du müsstest darüber am besten Bescheid wissen, denn die Klöster unterhalten zahlreiche Findelhäuser, oder?«

Mafalda sackte in sich zusammen. Sie musterte Bianca, die sich erhoben hatte und zum Fenster ging. Sie wirkte entschlossen, wie sie hinaussah und ihre Arme verschränkte.

»Herrin, der Großherzog ist Euer nicht würdig! Er macht seiner Gemahlin das Leben zur Hölle und verspricht Euch ewige Liebe.«

»Mafalda!!«

Der Ruf verhallte in Mafaldas Ohren. Sie knickste. »Gott möge mir verzeihen.«

Bianca starrte die Verzierungen an der Decke an. In ihr kochte es. Sie wusste nicht, was sie tun sollte.

»Ihr habt doch Pellegrina. Sie ist reizend.« Mafalda breitete ihre Arme aus. »Herrin, seht Euch um, Ihr habt alles, was Euer Herz begehrt. Zerstört doch Euer Leben nicht durch einen Betrug. Was passiert, wenn es misslingt, wage ich nicht zu denken. Doch was Gott verweigert, dürft Ihr nicht mit Gewalt durchsetzen.«

»Meine Tochter ist das Liebste, was ich habe. Doch ein Kind für Francesco ist ein nicht endender Wunsch, der endlich in Erfüllung gehen muss. Seit Langem hoffe ich darauf. Vergeblich.« Bianca hob ihr Kinn. »Es wäre mein Segen und das des Großherzogs. Glaube mir, ich habe es mir sorgfältig überlegt.«

»Pellegrina ist wahrlich eine Gnade. Aber das, was Ihr sucht, werdet Ihr so nicht finden. Echte Herzensruhe erlangt Ihr nur im Glauben.«

Doch Bianca war fest entschlossen. Der Wunsch nach einem Sohn war stärker, stärker als alle Träume. »Nein.« Es klang, als habe der Scharfrichter einem Verurteilten den Kopf abgeschlagen.

»Wie Ihr wünscht.« Mafalda tupfte sich mit der Schürze die Augen. Von draußen hörte man die Glocken der Kirche, die zur Messe riefen. »Würde der Großherzog Euren Sohn anerkennen? Ihr seid doch nicht des Großherzogs Gemahlin. Wie soll Euer Sohn Erbe werden?«

»Das lass meine Sorge sein.« Bianca war sich jetzt sicher, dass sie Mafalda nicht in alles einweihen durfte. Ihre Kammerdienerin war zu ehrlich und würde nicht alles ohne Skrupel mitmachen. Die kleine Sonia, die den Männern den Kopf verdrehte, war eher geeignet. Sie konnte den zentralen Teil ihres Planes ausführen. Dass sie ihr gehorchte, davon war Bianca überzeugt. Sie lächelte. Sie würde Sonia unter Druck setzen und Mafalda konnte weiterhin ihre Frömmigkeit leben. Allerdings zu ihren, Biancas, Bedingungen.

»Ich werde gleich ein *Paternoster* beten«, versprach Mafalda. Ihr Kleid schien an ihr zu kleben. Fahrig wischte sie sich Schweißperlen von der Stirn. Verzweifelt sah sie Bianca an. Diese stand auf und tat, als habe es dieses Gespräch nie gegeben.

Das Gespräch mit ihrer Herrin hatte Mafalda zutiefst aufgewühlt. Sie hatte immer gedacht, Bianca sei eine zumindest im Herzen rechtschaffene Frau, die nicht gegen ihre Gefühle ankam und deshalb ein Leben als Geliebte akzeptierte. Aber was sie nun plante, konnte nicht gelingen. Gab es denn keine Möglichkeit, sie daran zu hindern? Tagelang grübelte Mafalda, doch ihr wollte einfach nichts einfallen. Verstohlen beobachtete sie ihre Herrin, wann sie ihre vermeintliche Schwangerschaft offenbaren würde. Als selbst nach Wochen nichts geschah, keimte in Mafalda die Hoffnung auf, Bianca habe ihre absurde Idee verworfen.

»Ich möchte Sonia sprechen. Unter vier Augen«, wies Bianca ihre Kammerdienerin eines Tages an. »Ich wünsche, dass sie mich in meinem Schlafzimmer aufsucht.«

Mafaldas Augen wurden groß. Sie knickste ergeben. Was wollte Bianca mit Sonia unter vier Augen bereden? Und warum im Schlafzimmer? Vielleicht weil es dort keine ungebetenen Zuhörer gab? Mafalda begleitete Sonia zu Bianca und schloss die Tür hinter ihr.

Sie spricht seit einer Ewigkeit mit Sonia, dachte sie eine ganze Weile später, während sie Becher um Becher polierte. Sie war in die Küche gegangen, um sich irgendwie zu beschäftigen. Es war eine Verzweiflungsarbeit, die Nevia verwunderte. Mafalda hatte keine Idee, wie sie ihre Aufgeregtheit sonst bekämpfen sollte. Zwischendurch schlich sie sich in den Eingang und horchte am Treppenabsatz nach oben. Kein Laut drang herunter. *Was gibt es mit ihr zu bereden? Bestimmt wird sie es mir erzählen. Schon merkwürdig, dass sie sich Sonia ausgesucht hat. Mir hat die Herrin gesagt, wie sehr sie meine Verschwiegenheit schätzt. Jetzt macht sie Sonia zu ihrer Verbündeten.*

»Was wollte sie von dir?«, fragte Mafalda, als Sonia endlich aus Biancas Gemach kam, und suchte in ihrem Gesicht nach einer Antwort. Rote Flecken zeigten sich auf Sonias Wangen und Hals.

Die Augen der Dienerin flackerten unruhig. »Ich darf mit niemandem darüber sprechen«, flüsterte Sonia. »Ich musste es schwören.« Sie senkte den Kopf. Ihre Zöpfe hingen an ihr herunter wie verschlungene Wege.

Und entgegen der Erwartung Mafaldas drehte sie sich weg und ging schweigend zurück zu ihrer Arbeit. Mafalda verzog kühn den Mund. Es war nur eine Frage der Zeit, wann ihre Neugier befriedigt würde. Sonia konnte nie etwas lange für sich behalten.

Nach und nach führte Bianca weitere Gespräche. Mafalda wusste nicht mehr, was sie denken sollte. Es ließ ihr keine Ruhe. Sie betete, dass Bianca ihren Plan nicht ausführte. Mit Worten allein war sie nicht zu überzeugen. Doch noch konnte Gott in der Herrin Plan eingreifen.

Ein weiteres Vorhaben Biancas rückte ihre Geheimniskrämerei in ein neues Licht. Mafalda wunderte sich, weil sich Bianca nach einem Haus umsah. Am Stadtrand von Florenz stand eine Villa, die zum Verkauf angeboten wurde und die ihr gut gefiel.

»Herrin«, nahm sich Mafalda ein Herz, »rechnet Ihr damit, nicht mehr lange im Palazzo wohnen zu können?« Insgeheim befürchtete sie immer noch, dass ein Auszug aus der Via Maggiore ihrem Leben eine schreckliche Wendung geben könnte.

»Unsinn! Pellegrina kann sich dort aufhalten, wenn die Sommerhitze über der Stadt brütet. In der Nähe des Arno, im Schatten von Olivenhainen ist sie glücklich, wenn ein Lüftchen weht. Hier im Herzen von Florenz dagegen unterdrückt die Glut des Sommers jede Regung von Körper und Geist.« Bianca summte eine Melodie vor sich hin. »Eine Bitte an Francesco hat genügt und ich darf mir ein Haus nach meinen Wünschen aussuchen«, prahlte sie.

Mafalda schürzte die Lippen und schwieg. Wollte der Großherzog Bianca auf Abstand halten? Ob er eine neue Geliebte gefunden hatte? Warum sonst war er in letzter Zeit nicht mehr so oft wie zuvor im Haus? Bianca wäre nicht die erste Mätresse, die ohne Federlesens ausgetauscht wurde. Allerdings war die Herrin nicht auf den Kopf gefallen. Das wusste der Großherzog bestimmt besser als sie.

Bald war der Kauf des Hauses abgeschlossen und Mafalda half der Herrin bei der Einrichtung. Sie fand, dass es ganz anders war als der große Palazzo, voller Grazie und mit einem Hauch von mystischer Vergangenheit. Hier würde sie sich auch zu Hause fühlen.

Zypressen und Olivenbäume umsäumten die Villa. Bianca begann, ihr eine persönliche Note zu geben. Die Patina war abgeblättert und Bianca ließ Handwerker kommen, um der Fassade einen neuen, zarten Rosaton zu verpassen. Das Haus stand ein wenig abseits der Straße und strahlte große Ruhe aus, sodass Bianca sich sofort wünschte, Sommer und Herbst im Schatten der Bäume verbringen zu können. Ein Sonnenschutz in Form eines chinesischen Metallpavillons wurde zwischen den Bäumen aufgestellt. Pellegrina war begeistert und hatte ihre Mutter überreden können, ihren Unterricht abwechselnd in diesem Haus und im Garten zu erhalten. Offensichtlich tat ihr das gut, denn sie lernte schnell und ihre Fröhlichkeit sprang auf ihre Lehrer und Dienerinnen über.

Das Jahr neigte sich dem Ende zu. Bianca hatte gegenüber Mafalda kein Wort mehr über ihren verwegenen Plan verlauten lassen und Mafalda begann langsam, das ungeheuerliche Vorhaben zu vergessen. Isabella Orsini flüchtete inzwischen öfters mit ihren zwei kleinen Kindern vor ihrem eifersüchtigen Ehemann aus Schloss Bracciano nach Florenz. Bianca war eine der wenigen, die wusste, was an den Gerüchten um Isabella wahr war, doch sie schwieg. Treu lud sie die Freundin zu sich ein und sorgte für Zerstreuung. Sie trafen sich zu kleinen Theaterstücken und Essen mit Kammermusik in den Gemächern ihres Palazzos, während es draußen unablässig regnete und der Wind kühl um die Häuser blies.

Wegen des nahenden Winters war auch Pellegrina in den Palazzo zurückgekehrt. Mafalda beobachtete besorgt ihre Herrin, die morgens gelegentlich den Eindruck erweckte, als müsse sie sich im nächsten Moment übergeben.

»Ich glaube, ich brauche bald neue Kleider«, meinte Bianca eines Tages beim Ankleiden. »Du kannst nach der Schneiderin schicken.«

Mafalda zog die Schnüre an Biancas Kleid fest und band die Ärmel, unter denen das elfenbeinfarbene Unterkleid hervorschimmerte. »Ihr habt tatsächlich eine fraulichere Figur bekommen«, bemerkte sie. »Das steht Euch gut.«

»Ja, nicht wahr?« Das Blau von Biancas Augen leuchtete mit einem rätselhaften Glanz auf. »Du wirst es nicht glauben. Ich bin jetzt in freudiger Erwartung.« Als habe sie sich selbst das Stichwort geliefert, tanzte sie durch den Raum. Übermütig griff sie nach Mafaldas Händen und wirbelte sie herum.

»Das ist wunderbar!« Mafalda errötete, als sei sie selbst schwanger geworden. Plötzlich erinnerte sie sich an das Gespräch mit ihrer Herrin und den geheimen Plan. War diese Schwangerschaft eine Gebetserhörung oder ein Spiel? Ein fieses Spiel?

»Ja, ich kann meine Freude gar nicht in Worte fassen.«

»Herrin«, schalt Mafalda scherzend, »langsam, langsam. Schont Euch. Ich kann es kaum glauben! Wie ich mich freue! Sind meine Gebete also erhört worden? Ihr habt Euren Plan aufgegeben?«

»Ich denke nicht.« Biancas Worte polterten wie eine Zentnerlast ins Zimmer.

Mafaldas Kehle schnürte sich zusammen. »Nicht erhört?«, fragte sie erschüttert. Das Lächeln auf ihrem Gesicht verschwand. Wie oft hatte sie gebetet, die Herrin möge diese Idee vergessen. Sie konnte sich nur zu einer Tragödie entwickeln. Sie spürte es. Unzählige Gebete hatte sie seitdem für Bianca gesprochen und gehofft, sie würde von ihrer Idee ablassen.

»Ich bin jetzt offiziell schwanger!«, sagte Bianca beschwörend. »Bevor der Großherzog es weiß, darfst du niemandem etwas sagen. Bald werde ich es ihm verraten.«

Mafalda nickte zögernd. Sie war selbst gespannt, wie der Großherzog auf die Nachricht reagieren würde. Würde er sich wirklich darüber freuen? Wenn ja, würde er seine Geliebte mit allem überhäufen, was glitzerte und funkelte? »Was sagt Doktor Garzi?«, fragte sie vorsichtig und dachte daran, dass man sich in der herzoglichen Familie nicht nur mit Hebammen begnügte. Hatte Bianca diesen Aspekt beachtet?

»Mafalda«, wiegelte Bianca lächelnd ab, »was brauche ich einen Arzt? Ich habe bereits eine Tochter geboren. Ich weiß, welche Anzeichen es gibt. Ich bin mir ganz sicher.« Sie zwinkerte mit den Augen. »Hast du nicht bemerkt, dass mir jeden Morgen speiübel ist? Und das ist nur eines davon.«

16

Florenz 1576

Wenige Tage später, das neue Jahr war angebrochen, erschien Francesco zu einem Abendessen im Palazzo. Bianca hatte sich in einen purpurroten Traum von Kleid gehüllt, unzählige Zweige mit Mandelblüten in Rosa und Weiß, die sie eigens aus Sizilien hatte herschaffen lassen, zierten den Raum und verträumtes Licht erhellte das Speisezimmer. Die Dienerschaft war lange damit beschäftigt gewesen, sämtliche Wachskerzen an den Kronleuchtern zu entzünden. Bianca strahlte mit ihrem Geschmeide und ihrem Kleid eine unbändige Kraft und Sinnlichkeit aus. Verstärkt wurde dieser Eindruck durch die Blüten, die dem Kunstliebhaber Francesco sofort auffielen.

Mafalda hatte sich in ihr Zimmer zurückgezogen. Sie spürte ihr Herz hämmern. Wie würde der Großherzog reagieren? Sie murmelte ein *Paternoster* und hoffte, dass die Anspannung abfiel. Ruhelos lief sie in ihrem Zimmer hin und her. Sie ging ans Fenster und sah in die Dunkelheit. Die herzogliche Kutsche war nicht mehr zu sehen. Plötzlich hörte Mafalda einen lauten Schrei. Verwirrt stürzte sie auf den Gang. Auch Sonia hatte ihn gehört. Sie wusste wohl, woher der Schrei kam, und riss die Tür zum Speisezimmer auf. Mafalda rannte hinterher. Bianca war in inniger Umarmung mit dem Großherzog, der ihnen den Rücken zukehrte. Sie sah mit glänzenden Augen zu Mafalda und Sonia.

»Du hebst meine Gefühle für dich in den Himmel!«, rief Francesco, der offensichtlich nicht bemerkt hatte, dass jemand die Tür aufgerissen hatte. »Striggio soll ein Lied für dich komponieren! Wie sonst könnte man ausdrücken, was deine Nachricht für mich bedeutet. Ich werde zusätzliche Diener für dich bereitstellen, damit nichts geschieht, was unser Kind gefährden könnte!«

»Unseren Sohn!«. Bianca lächelte zufrieden. Sie sah Francescos dunkle Augen unter den dichten Wimpern glänzen, als gehe ein Zauber von ihnen aus. Sein Haar fiel ihm zerzaust in die Stirn. Als er Bianca losließ und den Kopf drehte, bemerkte Mafalda den zärtlichen Ausdruck in seinen Augen. Offenbar ließ Francesco den Gedanken, es könnte kein Sohn, sondern eine Tochter werden, erst gar nicht aufkommen. Sonia zupfte Mafalda am Ärmel und zog sie auf den Flur. Bevor sie die Tür schloss, beobachtete Mafalda aus den Augenwinkeln, wie Francesco Bianca auf ihren Stuhl drückte, sich neben sie setzte und seinen Kopf auf ihren Schoß legte. Bestimmt träumte er von seinem kleinen Sohn.

Es war schon weit nach Mitternacht, als Bianca nach Mafalda läutete, um sich von ihr auskleiden zu lassen.

»… hat er mich angestarrt, als ich sagte, die Zweige hätte ich eigens aus Sizilien herschaffen lassen. Ich bin so froh, dass ich diesen sizilianischen Händler auf dem Markt entdeckt habe!« Bianca sprudelte nur so vor Freude. Ihre Überraschung war gelungen. Francesco hatte ihren Einfallsreichtum gerühmt und sie ließ die Freude in einem Wortschwall auf Mafalda prasseln. Dass sie und Sonia einen Teil mitbekommen hatten, schien sie nicht zu stören.

Für einen Augenblick dachte Mafalda mit Bedauern an Großherzogin Johanna. *Was wird sie empfinden, wenn sie von der Schwangerschaft erfährt? Ob Großherzog Francesco sich ebenso freut, wenn sie wieder ein Kind unter dem Herzen trägt?* Mafalda kamen Zweifel. *»Vater im Himmel«*, betete sie im Stillen, *»du allein weißt um die schwierigen Umstände. Lass das ungeborene Kind nicht darunter leiden. Lass es einen Platz im Leben finden. Und schenke den Kindern Johannas, dass sie die Liebe ihres Vaters erleben dürfen.«*

Mafalda half Bianca aus dem Unterkleid. Ihr Bauch war tatsächlich leicht gewölbt, seit sie etwas zugenommen hatte. Die Rundungen standen ihr wirklich gut. Schon morgen würde ganz Florenz um eine Neuigkeit reicher sein, denn die Dienerschaft konnte und wollte nicht schweigen.

Wie Mafalda Francesco einschätzte, hatte er bestimmt nichts dagegen, wenn man allgemein von der Schwangerschaft erfuhr. Wie würde der Rat darauf reagieren? Das würde Francesco am allerwenigsten interessieren. Das Großherzogtum brauchte einen Erben. Egal, ob von seiner Ehefrau oder der Geliebten. Es würde sie nicht wundern, wenn er Mittel und Wege fand, das Kind zu legimitieren. Was brauchte er den altehrwürdigen Rat, geschweige denn irgendwelche Besserwisser aus den Reihen seiner Minister!

Francesco ließ Bianca in den nächsten Wochen ständig Tinkturen und Kräuter bringen, die sie stärken sollten. Bianca antwortete ihm immer nur, sie habe zwar lange darauf gewartet, aber es sei die natürlichste Sache der Welt, einen Sohn zu bekommen. Wenn sie allein waren, sprachen Bianca und Mafalda über die Fürsorge des Großherzogs. »Er will auf jeden Fall, dass nichts schiefgeht«, erzählte Bianca. »Er will mir seine Ärzte mit all ihren Künsten zur Seite stellen.«

»Und was macht Ihr mit den Arzneien? Werdet Ihr sie trinken?« Mafalda beobachtete, wie Bianca einen Beutel mit Kräutern öffnete, ihn an die Nase hielt und erschrocken zurückwich. Sie zögerte. Mafalda ahnte, dass sie mit solchen Schwierigkeiten nicht gerechnet hatte, als sie sich ihren Plan ausgedacht hatte. Mafalda griff nach einer Flasche und las das Etikett. »Der Hofapotheker wird Euch bestimmt nicht vergiften.«

»Ich glaube, noch nie ist ein Herzog wegen einer Schwangerschaft persönlich bei ihm gewesen«, vermutete Bianca. »Dafür schickt Francesco normalerweise seine Ärzte. Er erwartet tatsächlich, dass ich diese Kräuter schlucke! Selbst wenn ich wirklich schwanger wäre, würde ich das nicht runterkriegen.«

»Jetzt seht nicht so verdrießlich drein. Arznei schmeckt niemals gut.«

»Die Arzneien sind nicht das größte Problem. Francesco will, dass Doktor Garzi mich untersucht.«

»Gott bewahre!« Mafalda bekreuzigte sich. Der Leibarzt des Großherzogs! Machte sich Francesco wirklich solche Sorgen? Oder wollte er nur sichergehen, dass er weiterhin mit Bianca zusammen sein durfte? Wie hielt er es mit seiner Gattin? Schob er deren Schwangerschaft vor, um für Monate nicht das Bett mit ihr teilen zu müssen? »Was habt Ihr gesagt?«

»Dass das nicht nötig sei. Ich wüsste die Anzeichen zu deuten. Ich hätte doch Pellegrina bekommen. Doch er hat darauf bestanden. Ich solle ein braves Weib sein.«

Mafalda wich die Farbe aus dem Gesicht.

Bianca bemerkte es und fuhr fort: »Ich sei nicht sein Eheweib, habe ich erwidert. Und um ihn zu beruhigen, habe ich behauptet, schon mit Garzi gesprochen zu haben.«

»Hoffentlich fragt er nicht bei ihm nach.«

»Das hoffe ich auch.«

Der Großherzog kam wieder öfters zu Besuch. Nevia verdrehte jedes Mal die Augen, weil sie dann bis Mitternacht in der Küche stehen musste. An einem solchen Abend, als Francesco im Haus weilte, klopfte es ans Portal.

Mafalda ging und öffnete. »Ach, du bist es, Sonia.« Mafaldas überraschter Blick fiel auf die Karosse vorm Haus und den Fahrer, der freundlich grüßte. »Was soll die Kutsche hier?«, fuhr sie Sonia an. »Sag nicht, dass du allein damit gefahren bist!«

Sonia huschte ins Haus. »Ich war im Auftrag der Herrin unterwegs.« Ihr Gesicht färbte sich purpurrot.

»Im Auftrag der Herrin«, äffte Mafalda sie nach und schloss die Tür. »Seit wann fährt eine Dienerin allein in der Kutsche? Wenn das die Signora erfährt!« Aufmerksam musterte sie Sonia, die sie wütend anstarrte.

»Was ist denn in dich gefahren? Bist du eifersüchtig, weil die Herrin mir etwas aufgetragen hat, von dem du nichts weißt? Du bist doch diejenige, die sonst alles erfährt. Niemand im Haus weiß mehr über sie als du. Und du erzählst nichts, ob sie dir ein Geheimnis anvertraut oder nicht. Wie sollte ich mich anders verhalten?« Entschlossen raffte

Sonia ihr Kleid zusammen und stolperte die Treppe hinauf, wobei sie ihre Haube verlor. Sie verschwand in einem der Räume und knallte wütend die Tür hinter sich zu.

Mafalda stand betreten im Eingangsbereich. Sie hörte, wie Bianca oben aus einem Zimmer trat und eine andere Tür öffnete. Mafalda ging zur Treppe und hob die Haube auf.

»Wie viele hast du jetzt gefunden?«, hörte sie Bianca fragen.

»Vier«, sagte Sonia. »Eine Fünfte hat sich noch nicht entschieden.«

»Wunderbar.« Mafalda hörte, wie Bianca ins Speisezimmer zu Francesco zurückkehrte.

Ich weiß selbst nicht, was in mich gefahren ist, gestand sich Mafalda ein. *Ich will doch nur wissen, was Bianca genau plant. Sonst erzählt sie mir sogar Dinge, die ich gar nicht wissen möchte. Und jetzt das! Dass sie Sonia in ihren Plan einweihen würde, hätte ich nie für möglich gehalten.*

Mafalda öffnete ein Fenster und warf wütend Sonias Haube hinaus.

Mehr und mehr nahm das unbeständige Wetter ab. Die Sonne schien täglich kraftvoller zu brennen und trieb die Blüten der Mandelbäume hervor. Immer neue Farben schwappten in Wogen über die Toskana. Vom Rosa der Mandelbäume, dem Gelb und Weiß der Frühjahrsblumen über seltene Orchideen in den Wäldern außerhalb von Florenz. Die Strömung des Arno wechselte von graubraun in ein sattes Blau und wann immer es ging, spazierten die Florentiner an seinem Ufer entlang. Abends färbte die Sonne die Oberfläche des Flusses in goldenen Glanz. Über allem wölbte sich der blaue Himmel und ließ mit seinem beständigen Schimmer die Herzen der armen Bevölkerung höher schlagen. Sie hofften auf ein Jahr endlich ohne Entbehrung.

Eines Morgens erschien Doktor Garzi in aller Frühe bei Bianca. »Signora«, entschuldigte er die ungewöhnliche Zeit, »der Großherzog bat mich heute morgen, Eure Gesundheit und die Eures ungeborenen Kindes regelmäßig zu überwachen. Ich bitte Euch, mir in einem Gefäß Euren Urin mitzugeben.«

»Verehrter Doktor Garzi«, flötete Bianca und warf einen geheimen Blick zu Mafalda, »ich habe bereits eine Tochter. Ich weiß die Anzeichen einer Schwangerschaft selbst zu bestimmen. Kümmert Euch um Kranke. Sagt dem Großherzog, ich fühle mich großartig.«

Garzi suchte nach Worten. Sein Blick verdüsterte sich. Dann sah er Bianca streng an. »Der Großherzog hat es mir befohlen. Ich muss darauf bestehen.«

Bianca rang mit sich, gab sich aber nach einer Weile geschlagen. Mafalda geleitete Doktor Garzi in den Salon, während Bianca verschwand. Nach geraumer Zeit kehrte sie in Begleitung Sonias zurück, die ihm das gefüllte Gefäß reichte.

»Es war mir eine Ehre«, erhob sich Garzi und verließ mit einer Verbeugung den Palazzo. Mafalda eilte ans Fenster und sah ihn auf die Straße treten. Noch auf der Straße steckte er den Finger in das Gefäß und kostete die Flüssigkeit. Er zog die Augenbrauen zusammen und eilte weiter.

»Mafalda, so neugierig?«

Die Teppiche hatten Biancas Schritte geschluckt. Mafalda zuckte zusammen und drehte sich um. »Signora, mir ist irgendwie unwohl.«

»Du regst dich auf«, lachte Bianca. »Ganz unnötig.« Sie reckte ihren Kopf, blickte zum Fenster hinaus und sah den Arzt am Ende der Straße um die Ecke biegen.

»Er hat schon vor dem Haus eine Probe genommen!«

»Oh! Wozu das?« Bianca lachte sorglos. »Das kann ihm doch nicht geschmeckt haben, oder?«

Ostern 1576

Bianca war mit ihrem Gefolge an einen der schönsten Plätze der Stadt gefahren. Am *Piazzale* Michelangelo machten sie halt. Hier konnte man bei einem Picknick den Blick über das Land schweifen lassen.

Francesco hatte sich entschuldigen lassen, er hatte zuerst eine Ratssitzung und seinen Töchtern anschließend einen Ausflug versprochen. Angesichts der Vermutung, dass die Neuigkeit über ihre Schwangerschaft bis in die Gemächer der Großherzogin gedrungen war, war Bianca ohne Protest mit ihren Dienerinnen alleine losgezogen.

Augenscheinlich waren noch mehr Leute auf diese Idee gekommen. Zwei andere vornehme Familien hatten sich ein Stück weiter weg niedergelassen. Mafalda breitete mit Sonia die Krüge, Früchte und Brote aus. Zudem hatte sie von der Köchin gebratene Hähnchen, eingelegten Fisch, Artischocken, Oliven und getrocknete Tomaten einpacken lassen.

Am Tag zuvor hatten sie nach der Ostermesse das Fest *Scoppio del Carro* vor der Santa Maria del Fiore gefeiert. Mafalda hatte die wohlvertraute Tradition genossen, bei der der Bischof das Feuer segnete und die Anwesenden mit Weihwasser besprengte. Wie immer war ganz Florenz auf den Beinen gewesen, um die drei Feuersteine zu sehen, die ein Florentiner namens Pazzino vor etwa zweihundert Jahren beim Kreuzzug aus dem Grab Christi mitgenommen hatte. Er hatte ein Feuer mit den Steinen entfacht und damit Fackeln entzündet, die zu seiner Rettung beitrugen. Die Feuersteine wurden seitdem sorgsam als Reliquie aufbewahrt und alljährlich wurde damit ein Karren angezündet, der das Licht symbolisieren sollte, das ins Volk gebracht wurde.

»Die *Piazzale del Prato* war gestern so voll wie nie gewesen, findet Ihr nicht auch?«, merkte Mafalda an und dachte an die Fahnenträger und zahlreichen Musiker, die die Parade angeführt hatten. Der Zug endete an der *Piazza del Duomo* in einer Menschenmenge.

»Ich habe es gar nicht so genau sehen können«, meinte Bianca und unterdrückte ein Seufzen. Sie hatte sich gestern, als Johanna auftauchte, in einer Kutsche versteckt. »Hattest du auch die Großherzogin entdeckt?«

Und ich mochte nicht auf den Bauch der Signora sehen, entrüstete sich Mafalda innerlich. *Sie schiebt sich ein Kissen unter ihr Kleid, weil sie der Meinung ist, ihr Bauch sei nicht dick genug. Im letzten Punkt gebe ich ihr recht.*

Selbst der Großherzog hat dazu eine Bemerkung gemacht und sie an Doktor Garzi verwiesen. Doch dessen Hilfe hat sie erneut abgelehnt. Garzi könne nicht beeinflussen, wie dick ihr Bauch werde, hat sie aufbegehrt. Stattdessen hat sie gestern ihr neues weites Kleid aus golddurchwirkter Seide angezogen und das Kissen daruntergesteckt. Ein Traum von Gewand! Kein Wunder, dass sie sämtliche Blicke auf sich gezogen hat. In der Menge habe ich sogar die alte Buonaventuri gesehen, wie sie auf meine Herrin gestarrt hat.

Mafalda seufzte laut. Als Bianca sie mit hochgezogenen Brauen musterte, entschuldigte sie sich. »Es ist nichts. Ich war in Gedanken.«

Bei Mafalda blieb ein ungutes Gefühl zurück, das nicht zu diesem perfekten Tag passen wollte. Vor ein paar Tagen hatte sie Sonia wieder mit der Herrin tuscheln hören. Leider hatte sie nichts verstehen können.

Was heckten die beiden nur aus? Diese Geheimnistuerei war sonst nicht Biancas Art. Wenn Mafalda mit ihr allein war, schien es, als sei ihr Verhältnis vertraut wie bisher. War alles wie immer und bildete sie sich nur etwas ein?

Plötzlich bemerkte Mafalda, dass sich von Weitem die herzogliche Kutsche mit Gefolge näherte. »Herrin, seht!« Inzwischen kam die Karosse immer näher. »Ich glaube, es ist der Großherzog!«

Bianca schaute überrascht in die angewiesene Richtung. »Wir haben uns nicht verabredet.«

Die Kutsche hielt am anderen Ende des Geländes an und Diener breiteten Tische, Stühle und Geschirr aus. Innerhalb kurzer Zeit hatten sie das weitläufige Gebiet mit einem Meer von Köstlichkeiten bedeckt. Francesco und Johanna stiegen gemeinsam aus und ließen sich am Tisch nieder. Bianca und Mafalda beobachteten, wie sie mit ihrem Gefolge beim Essen saßen, während ihre Töchter unbeschwert und vergnügt herumhüpften. Florenz lag ausgebreitet wie ein gedecktes Tischtuch vor ihnen. Es schien, als habe weder Johanna noch Francesco Bianca gesehen.

Mafalda beobachtete Bianca, die unbekümmert war, und den Ausflug zu genießen schien. *Wie viele Jahre ist meine Herrin jetzt mit dem Großherzog zusammen? Viel zu lange, fürchte ich,* grübelte Mafalda. *Für her-*

zogliche Häuser ist es nicht ungewöhnlich, dass sich ihre Herrscher Geliebte nehmen, aber sie pflücken sie wie reife Früchte vom Baum, um sie nach Belieben wieder auszuspucken und ihrem Schicksal zu überlassen. Ist es bei Francesco wirklich anders? Er scheint Bianca ehrlich zu lieben. Oder ist es eine Täuschung?

Die Meinung des Volkes war geteilt: Die einen liebten Bianca, weil sie sich der Sorgen mancher Menschen annahm, die anderen hassten sie für ihren Lebenswandel. Und wer es sich mit ihr verscherzte, fand kein Gehör mehr bei ihr.

Ein Schauer jagte Mafalda über den Rücken. Instinktiv griff sie sich mit den Händen an den Kopf. *Grundgütiger! Das kann nicht gut gehen! Ich bete jeden Tag für sie, aber sie scheint ihre Verfehlungen gar nicht zu bemerken. Sie hält sich selbst für fromm, nur weil sie regelmäßig am Gottesdienst teilnimmt und zur Beichte geht. Aber das macht sie nicht zu einer Christin, wie man ja auch nicht zu einer Ziege wird, wenn man in den Ziegenstall geht.*

Biancas Lachen hallte über den Platz. Es klang wie die Glocken von Santa Maria del Fiore. Eine Leichtigkeit lag in der Luft, wie sie nur bei dieser Lichtflut entstand.

Die Sonne weckte bei den Ausflüglern ein Entzücken, das sich über die Stadt zu verbreiten schien. Spaziergänger beobachteten von ferne das lustige Miteinander am Tisch des Großherzogs. Es schien, als würde auch ihr Tag fröhlicher und unbeschwerter, als es bei großen Feierlichkeiten der de Medici geschah.

Von der herzoglichen Gesellschaft kam Signora Mondragona herüber und setzte sich zu Bianca. »Ich habe Euch gleich bemerkt«, begrüßte sie sie. »Wie schön, dass wir uns wiedersehen. Ich habe Euch lange nicht gesehen.« Sie griff nach Biancas Händen und sah sie freundlich an.

»Weiß man, dass ich hier bin?«

Signora Mondragona lachte. »Die Kinder«, sagte sie und schüttelte den Kopf, »rennen laut um die Tische. Da ist sonst nicht viel zu hören.«

»Das beruhigt mich.« Bianca legte ihr eine Hand auf den Arm. »Ihr seid schmal geworden«, stellte sie fest und betrachtete sie bekümmert. »Ist etwas passiert?« Das Kleid aus glänzender Baumwolle hing um Signora Mondragonas Taille wie eine flatternde Standarte. Ein Silbergürtel milderte den Anblick nicht.

Verlegen zuckte Signora Mondragona mit den Schultern. »Ich war längere Zeit krank, sonst wären wir uns sicher auf einem der vielen Feste begegnet. Der Großherzog war sehr um mich besorgt und hat mir Doktor Garzi geschickt. Dank seiner ärztlichen Kunst und reichlich Met bin ich wieder gesundet.«

»Ihr müsst tüchtig essen«, entschied Bianca und lud ihr einen Teller voll.

Als Signora Mondragona abwehrend die Hände hob, schüttelte Bianca den Kopf. »Keine Widerrede. Von den Köstlichkeiten müsst Ihr probieren. Da sagt niemand Nein.«

Während Signora Mondragona tat, wie ihr geheißen, betrachtete sie Bianca und lächelte. »Ihr solltet Euch Euren Rat selbst zu Herzen nehmen. Ich freue mich mit dem Großherzog.« Dann beugte sie sich so nah zu Bianca, dass ihre Köpfe sich berührten und Mondragonas Haube verrutschte. »Nicht dass es ihm ergeht wie dem Herzog von Urbino!« Signora Mondragonas Stimme hatte nicht den Klang, als sei dem Herzog von Urbino etwas Lustiges passiert. Bianca zuckte zurück.

Mafalda warf einen unauffälligen Blick zu Johanna und Francesco. Die Großherzogin hob ihr Glas und nippte daran, umgeben von ihren Kammerdienerinnen und Hofschranzen. In diesem Augenblick wandte sie andeutungsweise ihren Kopf und sah Mafalda an. Mafalda erschrak über den herablassenden, lichtscheuen Blick. Als sei sie bei einer verboteten Tat erwischt worden, senkte sie den Kopf.

Signora Mondragona ignorierte die Geste Biancas. Sie nestelte an ihrer Haube und schob ihre widerspenstigen Strähnen darunter. »Urbino hat jahrelang vergeblich auf einen Sohn gehofft. Kürzlich hat er sich scheiden lassen. Stellt Euch vor, eine Scheidung. Welch eine Schande! Ich will nicht wissen, was der Heilige Vater dazu gesagt hat.« Sie schnappte nach Luft, als habe man ihr selbst die Scheidung angedroht. Sie schien in Fahrt zu kommen. »Soll ich Euch noch eine Neuigkeit verraten? Die Großherzogin soll wieder ...«

Sie kam nicht mehr dazu, den Satz zu Ende zu sprechen. Ein Reiter preschte in diesem Augenblick heran. Sein Gesichtsausdruck verhieß nichts Gutes. Er blieb vor einer der Wachen stehen, während sein Pferd unbändig schnaubte, und redete auf den Mann ein. Der Wächter ließ ihn passieren.

»Habt Ihr das gesehen? Irgendetwas muss passiert sein, sonst hätte die Wache ihn nicht durchgelassen.« Signora Mondragona schien vergessen zu haben, was sie erzählen wollte, und starrte mit offenem Mund hinter dem Reiter her. Kurz vor der herzoglichen Tafel brachte der sein Pferd zum Stehen. Nach einem Wortwechsel sprang Francesco auf, winkte Mondragona und seinen Sekretär zu sich und eilte zu seiner Kutsche.

Signora Mondragona war aufgestanden und huschte davon. »Ihr entschuldigt mich«, rief sie Bianca noch über die Schulter zu. »Ich glaube, ich werde dort drüben benötigt. Großherzogin Johanna kann wirklich keine Aufregung gebrauchen.«

Bianca lag mit offenen Augen auf ihrem Bett und starrte ins Leere. Bei ihrer Rückkehr in den Palazzo hatte sich schon herumgesprochen, welche Nachricht der Gesandte überbracht hatte. »Isabella ist tot, Mafalda. Einfach tot. Stranguliert. Was soll aus ihren kleinen Kindern werden?« Bianca unterdrückte ein Schluchzen. Der Schock saß tief.

Mafalda deckte sie zu und setzte sich ans Bett. Sie griff nach Biancas Hand. Sonia erschien mit einem Tablett und dem Abendessen.

»Nimm den Teller wieder mit. Ich habe keinen Hunger.«

»Herrin, ihr müsst auf Euch achten. Es wäre schlimm, wenn Ihr jetzt krank würdet. Ihr wollt doch nicht, dass in den letzten Wochen vor der Niederkunft noch etwas passiert«, bat Mafalda.

Über Sonias Gesicht huschte ein Grinsen. Sie sah Bianca verschwörerisch an, knickste und verließ das Zimmer. Mafalda würdigte sie keines Blickes. Seit Sonia viel Zeit mit Bianca verbrachte, gingen sie sich möglichst aus dem Weg.

Mafaldas Einwand tat Bianca ab. »Francesco wird untröstlich sein. Er hat seine Schwester geliebt. Warum hatte man sie nur mit diesem unsäglichen Herzog von Bracciano verheiratet? Jeder wusste, wie grob er war. Es wurde immer schlimmer mit ihm. Als er aus der Schlacht von Leponto heimkam, kannte ihn keiner mehr. Er war unberechenbar geworden. Kein Wunder, dass sie sich an der Brust seines Vetters ausgeweint hat.«

Mafalda erinnerte sich: Wenn die Herzogin von Bacciano im Haus weilte, war manchmal auch ein junger Mann zugegen gewesen. Sie hatte sich nie etwas dabei gedacht. Bianca musste Bescheid gewusst haben. Ein Abenteuer inmitten der vielen Bediensteten im Palazzo blieb doch niemals verborgen.

Die Dämmerung nahm immer mehr Besitz vom Schlafzimmer. Nur schemenhaft hob sich Biancas Gestalt vom Bett ab. Ein Luftzug drang durch den Raum. Mafalda ging zum Fenster und schloss es. »Weiß man schon, wer es getan hat?«

»Nein. Bestimmt hat er den Mörder gedungen. Es würde mich auch nicht wundern, wenn er es selbst getan hätte. Isabella hat mir einiges anvertraut. Aber die Orsinis sind eine mächtige Familie. Der Arm der Gerechtigkeit ...«

Mafalda verstand, was ihre Herrin andeuten wollte. »Rache macht sie nicht mehr lebendig.« Sie dachte an die vielen Gebete, die sie für Bianca und die Medicis sprach. Sie schienen ungehört zu verpuffen.

Rom 1576

Kardinal Ferdinando hatte sich entschuldigen lassen. Er hatte Francesco geschrieben, er sei erkrankt und deswegen nicht in der Lage, der Beerdigung seiner Schwester beizuwohnen. Tatsächlich fühlte sich Ferdinando wirklich krank, seit über der Stadt die Vermutung schwebte, die Pest sei wieder ausgebrochen. Nach einem großen Kirchenfest mit Tausenden Besuchern hatte es zahlreiche Kranke mit den gefürchteten Symptomen gegeben. Die Ärzte hatten ein Schiff aus Sardinien in Verdacht; bei seiner Ankunft am Festland hatte es mehrere Kranke an Bord gehabt. Seitdem hatte es in vielen italienischen Städten Tote gegeben. Zwar hatte man in Rom sofort Schutzmaßnahmen ergriffen, doch schienen diese wirkungslos zu sein.

Die Angst ging auch im Vatikan um und hatte Kardinal Ferdinando erfasst. Er zog sich zurück und hütete für mehrere Tage das Bett. Vorsichtshalber bat er seine Mitbrüder, ihn nicht aufzusuchen. Er fühlte sich fiebrig, hustete unablässig und fürchtete, bald die verräterischen Male der Pest an seinem Körper auftauchen zu sehen.

Eines Morgens lag er wach und trank gerade einen Schluck Wasser, als es an die Tür klopfte. »Herein«, krächzte Ferdinando und ein Bote betrat das Zimmer. »Ein Brief für Euch, Kardinal«, sagte der Mann und legte das Schriftstück wie angewiesen auf dem Schreibtisch ab. Als er gegangen war, trieb es Ferdinando aus dem Bett, um nachzusehen, wer ihm schrieb. Er brach das Siegel des Briefes und überflog den Inhalt. Seine Hand zitterte, als er das Schriftstück sinken ließ. Es kam ihm vor, als rüttele dieser Brief an seinem Innersten. Was waren dagegen sein Unwohlsein und das läppische Fieber! Mit einem Mal wollte Kardinal Ferdinando nicht mehr sterben. Er riss sich das schweißdurchtränkte Hemd vom Leib.

Jetzt ist mein Triumph zum Greifen nah! dachte er. *Wie könnte ich so kurz vor dem Ziel krank im Bett liegen bleiben? Oder sterben? Jetzt bestimmt nicht. Morgen, wenn mich keine Schweißausbrüche mehr heimsuchen, werde ich einen Brief senden. Und Geld. Sie sollen weiter verhandeln. Koste es, was es wolle!*

Seit er gehört hatte, dass es eine antike Apollostatue zu kaufen gab, hatte er Mittelsmänner mit den Verhandlungen beauftragt. Sie würde eine Sensation sein, wenn er sie in seiner Villa auf dem Pincio-Hügel platzierte. Es konnte keinen würdigeren Platz geben. Man würde ihn beneiden. Leider sollte sie unsäglich viel kosten.

Woher er das Geld für den Kauf nehmen sollte, wusste er immer noch nicht. Die herzoglichen Mittel glichen Wasser, das vor seinen Augen im Boden versickerte. Seine Apanage gab er aus, kaum dass sie römischen Boden berührte. Sein Bruder Francesco dagegen bekam zu seinem Vermögen noch mehr dazu. Vor ein paar Jahren hatte der Künstler Cellini Francesco seine Werke vermacht. Einfach vererbt. Bei dem Gedanken stieg Bitterkeit in Ferdinando hoch.

Wen konnte er um Geld fragen? Wer würde einen Kredit nicht gegen ihn verwenden, wer brauchte seine Sympathie dringend? Bianca. Ausgerechnet sie. Sein Inneres sträubte sich. *Sie ist eine Hure. Dass sie von Francesco schwanger ist, macht die Sache nicht besser. Im Gegenteil. Ihr Bastard wird nichts vom Hause Medici erben. Dafür werde ich sorgen.*

Er zögerte. Doch wozu das lange Überlegen? Er kannte sich selbst kaum mehr. Entschlossen nahm er einen Bogen Papier und adressierte ihn an die Mätresse seines Bruders. *Pecunia non olet* – Geld, hatte einst Kaiser Vespasian gesagt, stinkt nicht.

Florenz

Bianca las den Brief Ferdinandos mit Verwunderung. Der Kardinal wollte Geld von ihr, um eine Statue zu kaufen? Der genannte Betrag war riesig. Konnte ein Kunstwerk so teuer sein? Nachdenklich ließ sie den Brief sinken und sah zu Mafalda, die stickend neben ihr saß. Sie verkniff sich, sie nach ihrem Rat zu fragen. Die Kammerdienerin hätte ihr dringend abgeraten, Ferdinando zu unterstützen, denn das würde Francesco überhaupt nicht gefallen. Seit Langem weigerte er sich, irgendeinen *Scudo* für seinen Bruder zu genehmigen.

Aber Bianca beurteilte die Situation anders. Wenn ihr Bruder Geldsorgen hätte, würde sie ihm helfen. Blut war einfach dicker als Wasser und Verwandtschaft konnte man nicht einfach aufkündigen wie eine Freundschaft. Die Spannungen würden nicht abnehmen, wenn der Kardinal mit Bitterkeit im Herzen an den Hof dachte. Es würde ihn nur in seiner Ablehnung bestärken. Vor allem ihre Liebesbeziehung mit Francesco würde noch mehr leiden.

Bianca entschied, dass dem Wohlwollen ihres künftigen Schwagers und Onkels ihres Sohnes mehr Bedeutung zukam als diffusen Befindlichkeiten, und beschriftete einen Wechsel mit der entsprechenden Summe. In diesem Augenblick klopfte es. Mafalda öffnete die Tür. »Signora, Doktor Garzi möchte Euch sprechen.«

»Er soll reinkommen«, sagte Bianca und legte den Brief an Ferdinando in eine Schublade.

Doktor Garzi betrat das Zimmer, verbeugte sich und sagte mitleidig: »Signora, seid gegrüßt. Ich bedauere, Euch erneut stören zu müssen, aber wir müssen endlich reden. Ich bezweifle, dass Ihr guter Hoffnung seid.«

Biancas Herz pochte bis unter die Ohren. »Wieso denkt Ihr das?« Es sollte leicht klingen, doch ihre Stimme hallte schrill.

Seine Augen verengten sich. »Euer Urin hat es mir verraten. Er stammte eindeutig nicht von einer Schwangeren.«

Bianca rümpfte die Nase. »Ihr irrt, verehrter Doktor. Ich bin mir ganz sicher.«

Zornig trat Garzi von einem Bein aufs andere. »Ihr wagt es, mein Wissen anzuzweifeln?«, erwiderte er und wurde laut. »Ich werde den Großherzog über meine Erkenntnis informieren.«

»Das werdet Ihr nicht!« Bianca schnappte nach Luft. »Untersteht Euch!« Sie musste ihn irgendwie aufhalten. Sie senkte den Kopf. Dann sagte sie leise: »Entschuldigt, mein lieber Garzi, aber ich hatte der Einfachheit halber eine Dienerin um ihren Körpersaft gebeten. Ich fand, es sei unschicklich, wenn ich meinen mitgebe.«

Prüfend lag Garzis Blick auf ihrem Gesicht, als hoffe er, die Wahrheit darin lesen zu können. »Dann bitte ich um Verzeihung.« Er verbeugte sich galant und verließ das Zimmer. Er ließ offen, ob er Bianca erneut untersuchen wollte, bevor er aus dem Palazzo stürmte.

Mafalda beobachtete argwöhnisch die Arbeiter, die eines Sonntags im Palazzo erschienen, während sich die Dienstboten im Gottesdienst befanden. Bianca hatte wegen ihrer fortschreitenden Schwangerschaft entschieden, der Messe fernzubleiben, und Mafalda befohlen, bei ihr zu bleiben. Der Dienerschaft hatte sie für den Tag freigegeben und ihnen erlaubt, ihre Familien zu besuchen. Pellegrina war mit Gina aufs Land nach Pratolino gefahren und wurde nicht vor dem nächsten Abend zurückerwartet.

»Sie arbeiten an einem Sonntag?«, fragte Mafalda außer sich, während sie zusah, wie die Männer sich an einer Wand von Biancas Schlafzimmer zu schaffen machten. »Am Tag des Herrn?« Während sie hämmerten und zimmerten, gingen Bianca und Mafalda ins Erdgeschoss.

»Das ist eine dringende Ausnahme«, sagte Bianca entschuldigend, als sei der Palazzo einsturzgefährdet. »Man hat auch bereits vorgearbeitet. Du erinnerst dich? Vor Wochen, als das Gesinde ebenfalls nicht im Haus war. Heute kann der Spiegel eingesetzt werden. Glaub mir, niemand wird je erraten, dass sich im Spiegel eine Tür befindet.«

»Eine Geheimtür? Wozu?«

Bianca legte den Zeigefinger auf ihre Lippen. »Vergiss nicht, was du mir versprochen hast.«

»Ja, Herrin.« Also doch. Ihre Herrin spielte ein verwegenes Spiel. Absurd, ungeheuerlich war das.

»Ich werde bald entbinden. Durch den Geheimgang kann ein Neugeborenes ungesehen in mein Schlafzimmer gelangen. Wann es so weit ist, weiß ich selbst nicht. Lange wird es nicht mehr dauern, da die Frauen, die in meinem Sommerhaus auf die Entbindung warten, nah vor der Geburt ihrer Kinder stehen.«

»In Eurem Haus am Stadtrand?« Mafalda riss die Augen auf. Das war also der wahre Grund für den Kauf des Hauses! Die frische Luft war eine Ausrede gewesen.

Bianca nickte. »Genau. Sonia weiß Bescheid, wie du bestimmt schon bemerkt hast, und die Hebamme ist bestochen worden. Bitte verzeih, dass ich dir gegenüber so lange geschwiegen habe. Ich wusste ja, dass du dagegen bist. Aber ich wusste einfach keinen anderen Ausweg mehr.«

Mafalda verschränkte die Arme. »Wissen die Frauen, was mit ihren Kindern geschehen soll?«

»Ja, sie wurden gefragt, ob sie ihr Kind hergeben würden. An wen, wissen sie nicht. Sie werden dafür bezahlt, in meinem Haus zu bleiben und ihre Schwangerschaft und Geburt geheim zu halten. Eines der Kinder wird bestimmt ein Junge sein.« Das klang so sicher, als habe der Engel Gabriel es Bianca persönlich verkündet.

Mafaldas Magen krampfte sich zusammen. Der Betrug, den Bianca ausführte, war einfach zu dreist. Andererseits stand es ihr nicht zu, Biancas Handeln zu beurteilen. Wenn Bianca in ihr Verderben rennen wollte, würde sie sich von niemand aufhalten lassen. Sie seufzte und beschloss dann, ihrer Herrin beizustehen. »Ich verstehe nicht, warum Ihr das tut, Herrin«, sagte sie bitter. »Und ich kann es nicht gutheißen, aber ich werde Euch trotzdem helfen. Vielleicht findet Francesco so sein Glück.«

Bianca trat strahlend auf Mafalda zu und umarmte sie.

Mafalda kam eine Geschichte aus der Bibel in den Sinn, die der Geschichte ihrer Herrin ähnelte. Abraham, der Glaubensheld aus dem Alten Testament, war über Jahrzehnte kinderlos geblieben. Und doch hatte er von Gott die Zusage erhalten, dass seine Nachkommen eines Tages zahlreicher als die Sterne am Himmel sein würden. Stattdessen wurden Abraham und seine Frau Sara alt und grau. Plötzlich kam Sara auf die Idee, ihre Magd könnte den ersehnten Erben gebären. Ihr Wunsch ging in Erfüllung. Doch statt Freude kam bald die Ernüchterung. Die Magd erhob sich über ihre Herrin und behandelte sie geringschätzig. Es kam zum Zerwürfnis und die Magd musste mitsamt dem Kind das Anwesen verlassen. Bald darauf wurde Sara selbst schwanger und gebar den verheißenen Stammhalter. Mafalda seufzte: Mit ihrem voreiligen Handeln und einem Ehemann, der sich darauf einließ, hatte Sara sich nur Probleme geschaffen.

17

August 1576

Es läutete Sturm. Schlaftrunken richtete sich Mafalda auf. Warum läutete Bianca mitten in der Nacht nach ihr? Schnell sprang Mafalda auf, warf sich einen Umhang über und hastete zu Bianca.

Als sie in Biancas Schlafzimmer ankam, sah sie Sonia gerade noch aus der Tür huschen. »Es geht los«, sagte Bianca leise zu Mafalda. »Ab jetzt liege ich in den Wehen.« Mafalda nickte und lief wieder aus dem Zimmer.

Wer vom Läuten noch nicht wach war, wurde spätestens durch die Stimme der Kammerdienerin geweckt. »Signora Bianca kommt nieder«, schrie Mafalda aufgeregt durchs Haus. In allen Kammern hörte man es rascheln und knarren. Türen öffneten sich und verschlafene Gesichter mit Hauben steckten ihren Kopf heraus.

»Soll ich die Hebamme und die Amme rufen?«, flüsterte Sonia Mafalda zu.

»Warte noch. Ich gebe dir Bescheid«, erklärte Mafalda. »Erst will ich nach der Herrin sehen.« Als sie ins Schlafzimmer zurückkehrte, trank Bianca gerade den Inhalt eines Fläschchens. Sie verzog das Gesicht. Während sie sich über den Mund wischte, zog sie die Schublade einer Kommode auf und versteckte das Fläschchen unter Wäschestücken. Sie ignorierte Mafaldas verwunderten Blick.

»Hilf mir beim Ankleiden.« Nach kurzer Zeit sah Bianca aus wie immer, mit dem Kissen unter dem Kleid. Hochschwanger.

Mafalda sank auf die Knie. »Großer Gott«, flehte sie laut und inbrünstig, als stünde sie selbst vor einer schweren Geburt, »lass uns nicht allein. Bitte schenke uns, dass wir nicht entdeckt werden.« Wie würde das Theater vonstattengehen? Kein Schauspieler würde sich an diese Rolle wagen, ohne sie vorher mehrmals und bis zur Perfektion geprobt zu haben. Es konnte nur schiefgehen. Sie seufzte tief und hörbar. Dann rief sie Sonia ins Zimmer.

»Weißt du, wie eine Geburt abläuft?«, fragte Mafalda sie mit hilflosem Blick.

Sonia schüttelte den Kopf. Mafalda beschloss, sie zur Hebamme zu schicken, und befahl Martino, die Amme zu holen.

Mafalda brach der Schweiß aus. Die Nacht war schwül und selbst im Schlafzimmer, das nicht dem Süden zugewandt lag, hatte sich die Wärme eingenistet. Der Sommer war jedes Jahr heiß und nahezu unerträglich, doch diesmal zeigte sich der August, als habe Gott den Florentinern eine elfte Plage auferlegt. Brunnen begannen zu versiegen und der Arno glich einem Rinnsal, das in einem viel zu breiten Flussbett dümpelte.

Bianca stöhnte laut auf. Die Dielen im Flur knarrten. Niemand im Haus wollte etwas von der Geburt verpassen. Dabei hatte das Schauspiel gerade erst begonnen und alle mussten sich auf eine lange Nacht einstellen.

»Der Großherzog muss unterrichtet werden«, meinte Bianca nach einem Blick zur Straße. Mafalda schloss das Fenster und die Geräusche verstummten. Das Rumpeln von vorbeifahrenden Karossen war nicht mehr zu hören.

»Was machst du?«, fuhr Bianca sie an. »Ich komme um vor Hitze.«

»Gebärende dürfen keine Zugluft bekommen.« So viel hatte Mafaldas Schwester einmal erwähnt, auch, dass man heißes Wasser und Leintücher brauchte. Mehr wusste Mafalda allerdings auch nicht. »Sonia holt die Hebamme. Ich habe bereits nach der Amme geschickt. Soll ich auch Doktor Garzi Bescheid geben?«

»Meinetwegen, er kann im Salon warten.« Bianca stöhnte wieder laut auf. »Ooh ...«

Was hatte sie nur getrunken, dass ihr Leib so verkrampfte? Mafalda wurde von Angst erfasst. Ging es der Herrin jetzt tatsächlich schlecht?

»Ooh ...« Bianca warf sich im Bett hin und her. Auf ihrer Stirn hatten sich Schweißtropfen gebildet.

Mafalda riss die Tür zum Flur auf. »Bringt der Herrin Wein«, rief sie. Sie fühlte sich, als sei sie in einem Schauspiel mit Verrückten gefangen.

Biancas Klage hallte durchs Treppenhaus. Nevia erschien mit einem Becher und blieb betroffen in der Tür stehen. Bianca stemmte ihre Arme in den Rücken und drückte ihren dicken Bauch weit nach vorn, bevor sie nochmals laut schrie. Als Mafalda auf sie zustürzte, ergriff Bianca ihren Arm und beugte sich mit schmerzverzerrtem Gesicht nach vorn. Sie atmete hastig aus, dann wieder tief ein. Endlich richtete sie sich wieder auf.

»Danke«, flüsterte sie kaum hörbar und griff nach dem Wein. »Ich will mich hinlegen.«

Die Schlafzimmertür schloss sich hinter Nevia. Mafalda half Bianca ins Bett und deckte sie zu. »Die Leinentücher und das heiße Wasser, wann soll ich sie bringen?«

»Wenn die Hebamme da ist. Lass Sonia alles vorbereiten.«

Mafalda stand mit gefalteten Händen am Bett. »Möge der Herr ...«, begann sie, dann verstummte sie. Ja, was sollte Gott tun, wenn ihre Herrin alles selbst in die Hand nahm?

»Ich ersticke«, flüsterte Bianca und strich sich über ihren Bauch. »Erst das geschlossene Fenster, jetzt noch die Decke. Wie soll ich da ein Kind gebären?«

Die Frau hatte die Blüte des Lebens lange hinter sich. Sie war von kräftiger Statur, trug ihre Haare streng zurückgekämmt unter der Haube verborgen und hatte ein sauberes Kleid an. Sie trat an Biancas Bett und griff nach ihrer Hand. Nachdenklich fühlte sie den Puls. »Ich werde Euch jetzt untersuchen.«

Während sie die Decke zurückschlug, kam Sonia mit heißem Wasser herein. Gina brachte Tücher. Mit einer Handbewegung bedeutete Bianca ihnen, am Kopfende des Bettes stehen zu bleiben. So konnten sie nicht beobachten, dass die Geburtshelferin nichts zu untersuchen hatte.

»Ihr seid sehr aufgeregt. Das tut dem Kind nicht gut. Entspannt Euch.« Die Hebamme ließ Biancas Hand los. Sie sah zu den Frauen am Kopfende. »Guckt nicht so ängstlich. Ich sage euch, was zu tun ist.«

Das ist doch das Kräuterweib, das meiner Herrin irgendwelche Substanzen gebracht hat, durchfuhr es Mafalda und stellte sich zu den anderen. Die Hebamme tastete Biancas Kissenbauch ab, als Bianca wieder Krämpfe bekam und laut jammerte und schrie.

»Es dauert noch«, stellte die Frau fest und glättete Biancas Rock. Sie verzog ihre Mundwinkel nach oben, wobei ihre Augen flackerten. Sie wischte Bianca freundlich über die verschwitzte Stirn.

»Ihr könnt wieder gehen«, sagte Bianca und meinte damit Sonia und Gina. Sie gab Mafalda ein Zeichen, bei ihr zu bleiben.

»Aber es ist doch üblich, dass wir alle Euch beistehen!« Sonia war bestürzt. »Wir …«

Bianca ließ sie nicht weiterreden. »Wenn es so weit ist, werde ich euch rufen lassen. Doktor Garzi soll kommen, wenn das Kind da ist.«

Der Kopf der Hebamme lag nun auf Biancas Kleid. Fest presste sie ihr Ohr auf das Kissen. Mit einem Blick, den Mafalda nicht einzuordnen wusste, sah die Frau zu Bianca und nickte hintergründig. Dann lächelte sie. »Ich höre einen regelmäßigen Herzschlag. Ihr werdet sehen, bald werdet Ihr für Eure Schmerzen entschädigt.«

Mafalda meinte, sich in einem Irrenhaus zu bewegen. Oder träumte sie alles nur und würde gleich wach werden? Oder litt sie an Einbildungen und sie selbst und nicht ihre Herrin war die Irre? Was war Wahrheit, das, was man dachte oder sich einbildete oder glaubte? Oder sah?

Mafalda spürte eine Enge um die Brust und hatte ständig das Gefühl, sie müsse nach Luft schnappen. In ihren Armen und Beinen begann es zu kribbeln.

Mafalda sank am Bett auf die Knie. Sie erinnerte sich an die Stundengebete im Kloster. Sie begann zu beten. Auf Lateinisch murmelte sie Gebete des Rosenkranzes, bis sie in eigenen Worten des Herrn Hilfe erbat. Hier konnte nur der Allmächtige helfen. In dem Schauspiel hatte man ihr die Rolle der Betschwester zugewiesen. Sie stand auf, lächelte Bianca aufmunternd zu und setzte sich auf den Stuhl.

»Der Augenblick des Triumphes ist gekommen. Meines Triumphes«, flüsterte Bianca in einer Phase ohne Schmerzen.

Stunde um Stunde verrann. Als die Krämpfe nachzulassen schienen, holte Bianca ein neues Fläschchen hervor und trank es aus. Kurz darauf wand sie sich wieder in starken Qualen. Immer wieder brach ihr Schweiß aus, was Mafalda damit beschäftigt hielt, ihr die Hand zu halten oder mit Tüchern das Gesicht zu kühlen. Sie stöhnte unablässig. Im Zimmer war es unerträglich warm.

Kurz darauf klopfte Sonia, um anzukündigen, dass der Großherzog im Haus war. »Er grüßt Euch herzlich und lässt Euch diese Erfrischungen bringen«, sagte sie und hielt einer Schar von Dienerinnen die Tür auf.

Eine angespannte Atmosphäre lag in der Luft. Immer wieder musterte Mafalda die Hebamme, die ihr als Kräuterweib schon öfters begegnet war. Schon damals war Mafalda die Frau unangenehm gewesen, obwohl sie kein grobschlächtiges Gesicht hatte. Es wunderte sie, dass niemand Einspruch dagegen erhob, dass sie als Geburtshelferin agierte. Die de Medici hatten doch nun wirklich die besten Hebammen verfügbar.

Zwischendurch erschien Sonia in Begleitung von Nevia und Gina. Sie lösten Mafalda für eine Weile ab, die sich ausruhen sollte, und folgten den Anweisungen der Hebamme.

Von ferne zog die Morgendämmerung herauf. Hier und da hörte man erste Vogelstimmen. Letzte Schatten im Gemach verflüchtigten sich wie eine vertrauliche Liebkosung. Francesco war im Salon eingeschlafen.

Doktor Garzi, der vor der Tür gesessen hatte, wurde von Bianca heimgeschickt, nicht ohne dass sie ihm einen guten Tropfen Wein mitgeben ließ. Er solle wiederkommen, wenn das Kind da war. Dann traten die Wehen immer kürzer auf. Als Mafalda einmal über den Flur eilte, sah sie Francesco im Türrahmen stehen. »Wie lange dauert es noch?« fragte er sie und gähnte.

»Es dauert noch, Königliche Hoheit«, antwortete Mafalda und

knickste. »Geht nach Hause. Wenn das Kind kommt, lasse ich Euch rufen. Ihr habt es ja nicht weit.«

»Ich will auf jeden Fall dabei sein. Versprecht Ihr mir bei allen Heiligen, dass Ihr mich sofort benachrichtigt?«

Mafalda nickte und sank wiederum in die Knie. Der Großherzog ging in Richtung Haustür davon.

Zwar hatte die Nacht etwas Abkühlung über die Stadt gebracht, doch davon war im Zimmer nichts zu spüren. Die Luft war stickig. Brokatvorhänge bedeckten die Fenster und von den Kandelabern fielen flackernde Schatten auf Bianca. Sie war durch die giftigen Tränke angegriffen und geschwächt.

Mafalda hatte nicht die geringste Ahnung, wann Signora Bianca endlich den Jungen hervorzaubern würde. *Wenn es doch nur schon vorbei wäre.* Würde das Neugeborene lautlos ins Haus gelangen? Es schrie doch nahezu immer. Was wäre, wenn Bianca durch die Tränke in Ohnmacht fiel? Es würde sie niemand retten können aus ihrer gespielten Lügengeschichte. Die Ärzte würden aufdecken, worin ihre Schwangerschaft bestand: aus Kissen.

»Haltet durch«, sagte Mafalda fürsorglich. Sie sah, dass hin und wieder Bianca einen Blick mit der Hebamme tauschte. Diese redete ihr zu und beträufelte Tücher mit Essenzen und Kräutern, die sie Bianca auflegte. Sonia musste die Tücher wegbringen und für neue sorgen.

Von dem stolzen Blick, der Bianca sonst eigen war, fehlte jede Spur. Sie war am Ende ihrer Kräfte und am Ende ihres Schauspiels angekommen.

Da! Ein leises Scharren hinter dem Spiegel. Mafalda ging schnell zu der Geheimtür und drückte den geheimen Riegel. Der Spiegel schwang in den Raum und Sonia erschien.

Sie hielt ein Bündel in der Hand und reichte es an die Hebamme weiter. Sie stellte einen Eimer auf den Boden. Die Hebamme befahl Sonia, sofort wieder hinter dem Spiegel zu verschwinden. Dann legte sie das Bündel auf einen Tisch, schlug die Tücher auseinander und untersuchte den Säugling, dessen matter Protest zu Mafalda klang.

Dann schlug sie die Tücher gekonnt zusammen und trat an Biancas Bett. »Euer Sohn.«

Bianca ließ sich das Neugeborene in den Arm legen und betrachtete es entzückt. Zärtlich drückte sie einen Kuss auf seine Haare. Sie waren dunkel wie Francescos. Letzte Krämpfe schüttelten sie. Ihre Augen standen voller Tränen. Müde schloss sie die Lider. Als sie den kleinen Jungen nochmals küsste, tropften Tränen auf seine Haut. Mafalda trat herzu. Der Säugling schlief und seine Wangen leuchteten rosig.

Der Eimer schepperte. Bianca öffnete die Augen, sah auf die Hebamme, die sich an ihr zu schaffen machte, und auf ihre Kammerdienerin, die wie erstarrt wirkte.

Mafalda beobachtete die Hebamme, wie sie Bianca zuerst fleckige Laken unterschob, bevor sie etwas aus dem Eimer nahm und zwischen Biancas Beinen platzierte. Dabei rieb sie Blutreste an Biancas Unterleib. Es war ein Fleischklumpen, an dem eine Schnur hing, wie Mafalda feststellte. Sie sah auf das ausgestopfte Kleid. Biancas Bauch sah immer noch so dick wie zuvor aus.

»Mafalda, du wirst schweigen.« Bianca hatte die Fassungslosigkeit im Gesicht ihrer Kammerdienerin bemerkt. Der Ton war so schneidend, dass Mafalda zusammenzuckte. Bianca drückte das Kind an ihre Brust. »Jetzt ruf die Amme herauf!«

Mafalda rührte sich nicht.

»Mafalda, schicke nach dem Großherzog und bitte die Amme und Garzi herauf. Sofort!«

Mafalda erschrak über die Schroffheit ihrer Herrin und wandte sich ab, während die Hebamme die Kissen auf Biancas Bauch entfernte.

Während Mafalda sich zur Tür drehte, begriff sie, was zwischen Biancas Beinen lag: der Mutterkuchen einer fremden Frau.

In diesem Moment klopfte es an die Tür. Mafalda öffnete und trat auf den Flur. Doktor Garzi lief unruhig auf und ab. »Ihr wünscht?«, fragte Mafalda.

»Ich höre, dass das Kind geboren ist. Die Hebamme möge mir die Nachgeburt zeigen«, sagte er mit Nachdruck. Er hatte die Hände auf dem Rücken verschränkt und sah die Kammerdienerin herausfordernd an.

Schnell verschwand Mafalda wieder im Zimmer und flüsterte der Hebamme zu, wer draußen stand. Diese nickte und packte die Nachgeburt in ein Tuch. »Ich gehe selbst.«

Doktor Garzi beäugte im Flur von allen Seiten, was das Weib vor ihm ausbreitete. Er runzelte die Stirn und sog tief Luft durch die Nase ein, sagte jedoch kein Wort.

»Zufrieden?«

»Zeig mir die Laken!«

Die Hebamme öffnete den Mund, brachte aber kein Wort heraus. Gehorsam ging sie ins Zimmer und ließ dabei die Tür offen stehen.

Garzi trat in den Türrahmen und seine Augen glitten prüfend durch den Raum. Bianca lag mit dem Neugeborenen im Bett. Die Hebamme griff nach dem Wäschebündel auf dem Boden, da man Biancas Bett bereits frisch bezogen hatte. Im Flur zeigte sie dem Arzt das Leinen.

Er griff nach dem Stoff, roch daran und hielt ihn prüfend ins Licht. Dann drückte Garzi ihn der Hebamme mit hochrotem Kopf wieder in die Hand. Wortlos entließ er sie mit einer Handbewegung und stapfte in den Salon, wo Francesco auf ihn wartete. »Ich glaube, man ist so weit, Euch zu empfangen«, stieß er hervor und stürzte einen Becher Wein herunter, den ein Diener inzwischen wieder aufgefüllt hatte. Francesco eilte aus dem Raum, bevor Garzi auch nur ein weiteres Wort sagen konnte.

Er riss die Tür zu Biancas Schlafzimmer auf und stürmte hinein. Sein *Zimarra* wehte fast wie die Standarte am herzoglichen Palazzo.

»Ich könnte schreien vor Glück!« Francesco sah Biancas Kopf eingebettet zwischen zahlreichen Kissen. Sie schlug die Augen auf und strahlte ihn an. In ihrem Arm lag das Neugeborene und schlief.

Francesco sank an ihrem Bett auf die Knie. »Bianca!« Er beugte sich vor und seine Hände zitterten, als sie ihm die Hand entgegenstreckte. Zuerst küsste er ihre Hand, glitt mit den Lippen ihren Arm entlang und zuletzt berührte er ihren Mund. Liebevoll strich er ihr die strähnigen Locken aus der Stirn. In seinen Augen glänzten Freudentränen.

Er wandte seinen Kopf und sah überwältigt seinen Sohn an. »Wie zerbrechlich er aussieht! Mein Prinz! Du hast mich zum beneidenswertesten Menschen auf der Erde gemacht. Meine Retterin der Toskana. Ich bin dir unendlich dankbar.« Sein Mund war nah an ihrem Ohr. »Oh Bianca, ich liebe dich so sehr.«

Ein Lächeln huschte über Biancas Gesicht. »Ich würde alles für dich tun, Francesco. Alles. Nimm diesen deinen Sohn als Beweis meiner Liebe. Nichts kann uns mehr trennen.«

Sie küsste das Neugeborene zärtlich und griff nach Francescos Hand. »Mein Versprechen habe ich erfüllt. Die Nachfolge ist gesichert. Nun liegt es an dir, deinen Teil einzulösen.«

Francesco antwortete nicht, sondern sah Bianca nur nachdenklich an. Dann fragte er leichthin: »War es schwer? Die Geburt hat ewig gedauert.«

»Ja«, sagte Bianca, »hast du Doktor Garzi noch getroffen? Er war kurz an der Tür.«

»Ich werde noch mit ihm sprechen. Florenz wird diesen Tag feiern. Den Tag meines Triumphes.«

Bianca lag in ihrem Bett und strich über ihren Bauch. Es war endlich geschafft. Sie fühlte sich erschöpft und angespannt zugleich. Der Tag der Geburt hatte an ihr gezehrt. So viel hätte schiefgehen können. Sie hätte nicht ewig lange Wehen spielen können, ohne vor Erschöpfung aufzugeben. Nicht auszudenken, was dann passiert wäre.

Von einem Augenblick auf den anderen war alles ganz einfach gewesen. Ihr Sohn Antonio war nun da. Jetzt musste sie nur noch das Wochenbett vorspielen.

Ich habe ein wenig nachgeholfen; das Glück des Großherzogs rechtfertigt alle Mittel. Nicht zu vergessen das Großherzogtum der Toskana. Es braucht einen Erben. Johanna ist nicht in der Lage, einen Sohn zu gebären. Der Triumph über ihre Rivalin zauberte Bianca ein erhabenes Lächeln ins Gesicht. *Von nun an wird alles anders.*

Mafalda trat ins Zimmer. »Signora, ein Mann möchte Euch sprechen«, meldete sie. »Sein Anliegen wollte er mir nicht kundtun. Wollt Ihr ihn trotzdem empfangen?«

Bianca sah auf und hob die Augenbrauen. »Er soll im Salon auf mich warten.«

»Ich muss Euch auf die strenge Bettruhe hinweisen.«

»Nur kurz«, beruhigte Bianca sie, »und der Großherzog darf von diesem Besuch nichts erfahren.«

Der Mann mittleren Alters folgte Mafalda stumm, die ihm eine Erfrischung anbot.

»Habt Ihr alles zu meiner Zufriedenheit erledigt?«, fragte Bianca, nachdem Mafalda die Tür hinter sich geschlossen hatte.

Der Besucher hatte ein unscheinbares Äußeres und einen ungepflegten Bart. Er drehte sein Barett ruhelos in den Händen. »Ich habe sie sofort nach Bologna bringen lassen. Um sie brauchen wir uns nicht mehr zu kümmern. Die anderen drei Frauen werden in Eurem Sommerhaus betreut und versorgt, bis auch sie niederkommen. Man hat ihnen bereits eine Bleibe in einem von einem Konvent geleiteten Frauenhaus zugesichert. Ihre Familien weigern sich, sie aufzunehmen.«

»Habt Ihr geschwiegen?«

Er sah ihr geradewegs ins Gesicht. »Ja. Sie kennen Euren Namen nicht.«

»Gibt es weitere Neuigkeiten?«

»Ich habe gehört«, grinste er, »Eure Hebamme sei tot aufgefunden worden. Man habe sie aus dem Arno gefischt. Man munkelt, sie habe sich selbst hineingestürzt.« Als er Biancas Erleichterung sah, fuhr er fort. »Nicht weit davon wurde die Leiche eines Boten gefunden. Es sieht alles danach aus, dass die Hebamme an seinem Tod beteiligt war. Er wurde erdolcht und in seiner Hand fand man ein Stück Stoff, wie ihn die Frau trug.«

Biancas Miene blieb unbeweglich. *Alles ist gut. Er wird hoffentlich nie mehr meinen Weg kreuzen.* Aus dem Beutel, den sie mitgebracht hatte, nahm sie ein paar *Scudi* heraus und gab sie dem Mann. Es waren mehr als vereinbart. Er verneigte sich vor ihr. Dabei wurde sein schwarzer Haarkranz mit langen Zotteln sichtbar. Ein düsterer Engel.

Er bemerkte ihren Blick. »Ich schweige wie ein Grab«, flüsterte er, bevor er verschwand.

Bianca begab sich wie eine brave Wöchnerin in ihr Bett. Mafalda ordnete ihr die Kissen. Bianca seufzte tief und schloss kurz die Augen. Dann ließ sie sich von der Amme den kleinen Antonio bringen. Der Flaum auf seinem Kopf entlockte Bianca Begeisterungsrufe.

»Mafalda, was ist? Freust du dich nicht? Was machst du für ein Gesicht?« Bianca zog sie heran. »Siehst du seine geschwungenen Brauen? Sie ähneln denen des Großherzogs, findest du nicht? Und sieh nur, Antonio lächelt im Schlaf!«

Ich hätte doch den Schleier nehmen sollen. Wie kann meine Herrin erwarten, dass ich mich über diesen Betrug freue? Die arme Frau, die diesen süßen Jungen geboren hat! Wie es ihr wohl geht? Wer tröstet sie?

»Herrin, erlaubt Ihr mir eine Frage?« Mafalda wartete Biancas Antwort erst gar nicht ab. Egal, was sie jetzt dachte. »Wie hat Sonia die Frauen gefunden, die Ihr in Eurem Haus versteckt hattet?« Sonia hatte tatsächlich nie etwas verraten. Wahrscheinlich hatte sie begriffen, dass ihr Leben davon abhing.

»Das war gar nicht so schwer, wie ich befürchtet hatte. Sonia stammt aus dem Stadtteil Santa Croce und hat sich dort umgehört. Alles ging sehr diskret vor sich. Du weißt selbst, man kennt sich im Viertel und im Nu wusste sie, welches ledige Mädchen schwanger war. Sonia hat sich dann das Vertrauen dieser Mädchen verdient und sie in meinem Haus versteckt. Für diese Frauen waren ihre Schwangerschaften ein ernsthaftes Problem, das ich für sie lösen konnte. Und im Gegenzug haben sie mir geholfen.«

Bevor Mafalda weitere Fragen stellen konnte, wurde die Tür aufgerissen und Francesco betrat den Raum. Er konnte seine Aufregung und Freude immer noch nicht verbergen. »Ich werde Antonio vor aller

Welt als meinen Sohn legimitieren«, rief er und reichte Bianca ein Päckchen. »Mein Geschenk für dich.«

»Das willst du wirklich tun?«, fragte sie und drückte die Schachtel an ihre Brust. »Du machst mich mehr als glückselig.« Sie öffnete den Deckel und stieß einen Schrei aus. Die Goldkette hatte einen Anhänger mit einem außergewöhnlichen, schillernden Rubin.

»Die Farbe der Königin«, lächelte Francesco. »Es wird dich immer an diesen Tag erinnern. An mich. An unseren Sohn und meine Freude.«

Während Bianca den Anhänger betrachtete, trat Francesco ans Fenster, ohne wirklich hinauszusehen, und drehte sich um. »Doktor Garzi erschien heute Morgen mit einem dringlichen Anliegen, wie er mir versicherte.«

Er wartete, ob Bianca etwas dazu zu sagen würde. Sie ließ die Kette sinken, schwieg aber.

»Denk nur, er unterstellt dir, Antonio nicht selbst geboren zu haben.« Francesco lachte trocken. »Der Mann braucht selbst einen Arzt.«

Während Bianca die Farbe aus dem Gesicht wich, fuhr er fort. »Ich habe seine Anschuldigung abgewiesen. So was Absurdes. Als ›vorgespiegelt‹ hat er die Geburt meines Sohnes bezeichnet.« Er schnaubte verächtlich. »Was will ich mit einem solchen Arzt? Er setzt seine Stellung aufs Spiel.« Der goldfarbene Umhang des Großherzogs glitzerte in der Morgensonne. »Eine Geburt unter Zeugen und er stellt solche Anschuldigungen auf.«

Mafalda hatte sich in die Ecke des Raumes zurückgezogen. Bei den Worten Francescos fing sie an zu zittern. Sie war sich nicht sicher, wie Bianca reagieren würde. Jetzt, wo ihr Plan gelungen schien und doch vielleicht aufgeflogen war?

»Er sagte: ›Etwas Wahrheit zu nennen macht es noch nicht wahrhaftig‹«, fuhr Francesco fort, »und ich habe seine Spinnereien damit abgetan, dass es ihm an Schlaf mangelt. Er hat die ganze Nacht in deinem Salon gewartet. Die vielen Stunden, die du für die Geburt gebraucht hast, haben seine Sinne verwirrt.«

»Was meint er mit *nicht wahrhaftig?*«, flüsterte Bianca und zog sich die Decke unters Kinn. Ihr Körper begann zu beben, als bekäme sie Schüttelfrost.

»Du hättest nicht wirklich entbunden. Es werde nicht wahr, nur weil alle Anwesenden es bezeugen. Er faselte etwas davon, dass dein Gesicht für eine so lange Geburt eine zu gesunde Farbe hatte. Ich habe nicht so genau hingehört.«

Mafalda hatte vor Angst die Schultern angezogen und hielt den Kopf gesenkt. Sie hoffte auf ein Wunder. Dass das Gespräch eine andere Wendung nehmen würde. Dass Francesco dem Arzt nicht glauben würde. Dass er Signora Bianca weiterhin lieben würde.

Bianca lag bleich im Bett. »Was ...«, stammelte sie, »hat er noch etwas gesagt?«

»Dass es nur eine unehrenhafte Person als Zeugin gibt. Außerdem hätte das Sekret, das er einst von dir untersucht hatte, keine Zeichen enthalten.«

Bianca schwieg.

Mafalda schämte sich für die Herrin. Was würde sie dazu sagen? Garzi hatte tatsächlich etwas im Urin vermisst. Als er irgendwann noch mal um eine Probe bat, hatte die Herrin ihn aus Zeitmangel vertröstet. Wahrscheinlich hatte sie dem Ganzen keine Bedeutung zugemessen.

Er küsste sie. »Du zitterst ja, Liebes. Hoffentlich habe ich dich nicht mit meinen Worten erschreckt.« Er drückte sie an sich. Bianca legte Antonio in seinen Arm. Mafalda blieb in gebührendem Abstand stehen und beobachtete den Großherzog aus den Augenwinkeln. *Er frisst meiner Herrin aus der Hand*, dachte sie. *Wie ein Kapaun.*

»Nimm ihn, denn ein größeres Zeichen meiner Liebe kann ich dir nicht schenken. Ich habe alles auf mich genommen, deinem Begehren nach einem Erben nachzukommen.« Biancas Stimme war zart und sie räusperte sich.

Francesco betrachtete den Jungen entzückt. »Mein Sekretär wird alles in die Wege leiten, damit die Taufe geplant werden kann. Confetti soll sie zu gegebener Zeit vornehmen.«

Mafalda traute ihren Ohren nicht. Confetti musste einem Bastard das Sakrament der Taufe verweigern!

»Du glaubst, er wird zustimmen?«, sagte Bianca. »Du kennst doch seine Einstellung.«

»Er wird nicht wagen, mir zu widersprechen. Ich werde es ihm befehlen.«

Bianca lächelte ihn dankbar an. Auf dem Flur waren Stimmen zu vernehmen. Sonia brachte Walnussblätter und Salbei, um den Schein zu wahren: Bei einer echten Wöchnerin musste die einschießende Milch zurückgedrängt werden. Mafalda nahm den Geruch der Kräuter wahr und musste fast würgen. Würde dieses Theater nie enden? Während sie half, Biancas Mieder zu öffnen, verschwand Francesco, bevor die Frauen ihn verbannten.

18

Herbst 1576

Wenige Wochen nach Antonios Geburt versorgte eine Nachricht die Florentiner mit einem neuen Gesprächsthema.

»Die Großherzogin sieht wieder Mutterfreuden entgegen«, jubelten die Anhänger der Medici, darunter viele der Räte.

Mafalda begleitete Signora Bianca zum *Palazzo Pitti*. Das Bankett anlässlich des Pferderennens war in vollem Gange. Der Saal war voller Menschen und Gerüche. Eingeweihte wussten, dass die Geburt Antonios der eigentliche Anlass des Festes war. Der Saal im *Palazzo Pitti* schillerte und glänzte in allen Farben, überreich geschmückt mit Blumen. Er platzte aus allen Nähten. Kostbare Geschmeide schmückten die Dekolletés der Damen und die Herren übertrafen einander an Prunk. Für die Unterhaltung sorgten Schauspieler, die in ihren Kostümen fröhliche Bühnenwerke spielten.

Mafalda stand an der Seite und beobachtete Hoftheologe Confetti, der ganz in ihrer Nähe am Tisch saß. Er musterte verächtlich einen Schauspieler, der sich zu ihm herabgebeugt hatte und den Schnabel seiner Vogelmaske in Confettis Teller tauchte.

Frater Colei saß ihm gegenüber. »Ich frage mich, wo Großherzogin Johanna bleibt«, sagte er zu Confetti, »es kann doch nicht angehen, dass die Cappello allein an Francescos Seite sitzt. Das ist skandalös!«

Mafalda entsetzte sich, weil sich die Männer viel zu laut unterhielten. Einige Gäste drehten sich stirnrunzelnd zu ihnen um. Ob sie zu viel Wein genossen hatten?

»Dieses Weib trägt unerhört elegante Kleider.« Confettis Tonfall sollte Geringschätzung ausdrücken, doch Mafalda fand, es klang eine Spur von Bewunderung hindurch. Sie sah in die Menschenmenge und entdeckte Signora Bianca, die mit gemessenem Schritt den Saal durchquerte. Über die Silberbecher und Karaffen hinweg starrten ihr unzählige Augenpaare hinterher.

»In der Tat«, flüsterte *Frater* Colei, »dagegen wirken Johannas Gewänder wie ein Flickwerk aus den abgelegten Kleidern des niederen Adels.«

»Colei!«, entrüstete sich Confetti und schien plötzlich missgelaunt.

Mafalda schüttelte verächtlich den Kopf. Gab es denn keinen Mann mehr, dessen Verstand über der Gürtellinie angesiedelt war? Und das sagte die Geistlichkeit!

Mit einer Handbewegung scheuchte der Hoftheologe den Schauspieler fort. Ihm schien der Fasan zu schmecken. Zum wiederholten Male nahm er ein Stück Fleisch von der Platte und schob es sich in den Mund. Dass seine Leibesfülle kaum auf einen Stuhl passte, störte Confetti nicht. »Die Großherzogin lässt sich bestimmt wieder damit entschuldigen, dass sie in anderen Umständen ist. Dabei weiß jeder, dass sie Belustigungen nichts abgewinnen kann.«

»Ihr Gejammer fördert zumindest nicht das Bündnis mit Österreich. Würde mich nicht wundern, wenn eines Tages der kaiserliche Hof mit uns bricht.«

Der Blick des Hoftheologen stachelte *Frater* Colei nochmals an. »Seht mich nicht tadelnd an. Was kann ich dafür, dass der Bruder des Kaisers an anderen Höfen schlecht über unseren Großherzog redet? Er soll sogar darüber nachgedacht haben, die Großherzogin an den österreichischen Hof zurückzuholen. Ist das nicht unerhört?«

Mafalda fand dagegen das Gerede der Männer unerhört und wandte sich ab. Ihr Blick blieb am Großherzog hängen, der mit Bianca die Tanzfläche betrat. Ihr Kleid aus schwarzem Organza, bestickt mit goldenen Lilien, sog die Blicke der weiblichen Gäste auf. In ihre Haube waren Opale eingewebt und verliehen ihr ein aufsehenerregend vornehmes Aussehen. Die Musik spielte auf, und nach und nach folgten weitere Paare, um die höfischen Tänze zu zeigen. Am Rand der Tanzfläche standen einige Hofdamen und steckten die Köpfe zusammen. Als Bianca und Francesco vorbeitanzten, kicherten sie laut.

Mafalda wunderte sich, dass der Großherzog ihre Herrin plötzlich wieder an ihren Platz führte. Irgendetwas musste passiert sein. Bianca war kreidebleich und redete auf Francesco ein. Seine Antwort schien ihr nicht zu gefallen. Sie stand auf und stieß dabei gegen eine Karaffe mit Wein, die umfiel und sich über den Tisch ergoss. Diener sprangen herbei und kümmerten sich um die Flecken. Mafalda wartete, ob die Herrin sie herbeiwinkte, doch nichts geschah. Bianca setzte sich wieder hin und sah alles andere als glücklich aus.

Mafalda erinnerte sich, was sie in den letzten Tagen gehört hatte. Die Leute zerrissen sich die Mäuler, dass Antonio einen Adelstitel und Güter erhalten sollte. Zudem wussten alle, dass Johanna erneut schwanger war. Ob er das Bianca eben erzählt hatte? Sie wirkte gekränkt, vielleicht auch enttäuscht. Mafalda vermutete, dass sie insgeheim verdrängte, dass ihr Liebster in den Augen vieler ein Weichling war, ein Mann, der seinen Lebensinhalt in Kunstschätzen sah und sich in Experimenten verlor. Ob er das wert war, was Bianca für ihn auf sich genommen hatte?

Rom

Inzwischen hatten die Gerüchte sogar die Kurie in Rom erreicht. Kardinal Ferdinando hatte vom Unmut der Florentiner erfahren. Er dachte an die Bitte, die er vor Wochen an Bianca gerichtet hatte. Sie hatte unverzüglich eine Summe angewiesen, die ihn sprachlos gemacht hatte. Doch er würde sich nicht kaufen lassen! Ihre wohlgeformten Gesichtszüge waren ihm von Anfang an ein Dorn im Auge gewesen und seine Meinung hatte sich bis auf den heutigen Tag nicht geändert. Francesco hatte sich in ihren Liebreiz verguckt, und wie eine Riesenschlange, die ihr Opfer umtänzelte und dann erdrückte, hatte sie seinen Bruder umgarnt. Ihre Großzügigkeit gegenüber der Kirche war für Ferdinando ein Zeichen, dass sie sich ihren Seelenfrieden erkaufen wollte. Darum belastete es sein Gewissen nicht, ihr Geld anzunehmen. Im Grunde genommen war es seines, es stammte immerhin von seinem Bruder.

Über die eigenen Gedanken erstaunt musste er schmunzeln. Er sah keine Veranlassung, in irgendeiner Weise auf das Gerücht zu reagieren. Vielleicht würde das Getuschel verhindern, dass Antonio als legitimes Kind anerkannt wurde. Und dafür würde er sich vorbehaltlos einsetzen. Aber er würde vorsichtig vorgehen. *Warum sollte ich den Geldhahn zudrehen, um den ich gebetet habe?*, dachte er.

Florenz

»Mafalda!«

Die Kammerdienerin zuckte zusammen. Biancas Laune war alles andere als gut. Sie saß wie ein Häufchen Elend in ihrem Sessel. »Antonio wird gleich von der Amme zurückgebracht. Ich möchte dich zuvor etwas fragen.«

Mafalda trat zu Bianca und knickste. »Signora.«

»Ich will für eine Weile nach Venedig reisen. Kannst du dir vorstellen, mich zu begleiten?«

Erschrocken schlug Mafalda ihre Hände vors Gesicht. Das konnte sie doch nicht ernsthaft vorhaben! »Wie könnt Ihr zurückwollen, wo Ihr dort möglicherweise bedrängt werdet? Vielleicht sogar in die Bleikammern gesteckt werdet?«

Zärtlich strich Bianca ihr über die Hand und hielt sie fest. »Mein Vater hat mir geschrieben, dass er sich für mich eingesetzt hat. Man hat mir freies Geleit zugesichert. Es ist alles bereit.«

»Dann ist das Urteil aufgehoben?«

Bianca schüttelte den Kopf.

Mafalda ließ sich zu ihren Füßen nieder. »Herrin, Ihr habt die Liebe des Großherzogs, dazu alle Annehmlichkeiten, die man sich denken kann. Warum wollt Ihr die Stadt verlassen?« Der Großherzog schien von der Stimmung in Florenz überrannt worden zu sein. Wer vermochte zu sagen, ob er seine Beteuerungen, immer zu ihr zu stehen, halten würde? Bestimmt fühlte sich Signora Bianca alleingelassen und hatte Furcht vor dem, was alle von ihr dachten.

»Du weißt doch besser als ich: Seit Antonio auf der Welt ist, beobachtet, nein, verfolgt man mich mit Argwohn und verbreitet Lügen über mich. Ich muss aus der Stadt, bis sich die Wogen geglättet haben.«

Eine Weile schwieg Bianca und strich Mafalda über die Wange. »Man spricht über den Großherzog, als sei er nicht ganz bei Verstand. Und das nur, weil ich sein Vertrauen habe. Selbst der Kardinal hat von den Intrigen gegen mich erfahren.«

»Der Bruder seiner Königlichen Hoheit? Und was redet er?«

»Nichts. Er schweigt. Das sagt doch alles, oder?«

Mafalda sog die Luft tief ein. Dass es Bianca ernst war, sah sie in ihren Augen. Mafalda sah sich im Zimmer um und ihr Blick blieb an einem Marmorkopf hängen. Sie fühlte sich leblos wie der Kopf dieses alten Mannes. Sie hatte Angst, die Herrin nach Venedig zu begleiten. Oft hatte die Herrin von der Lagunenstadt geschwärmt. Alles war geschmackvoller, farbenreicher, eleganter. Doch was würde mit ihr, Mafalda, geschehen, wenn man Signora Bianca doch verhaftete? Sie womöglich noch dazu als ihre Unterstützerin. Es musste doch eine Möglichkeit geben, in Florenz zu bleiben. Mafalda rang sich zu einem Lächeln durch. »Lasst mir eine Nacht Bedenkzeit.«

»Gut. Aber morgen muss ich es wissen!«

Mafalda war froh, als sie endlich allein in ihrer Kammer war. Schweigend stand sie lange Zeit am Fenster. Dann drehte sie sich entschlossen um: Es war Zeit, Biancas Dienste zu verlassen. Dass Bianca in dieser Situation, in der sie von allen Seiten angefeindet wurde, den Großherzog so vor den Kopf stoßen wollte, war zu viel. Mafalda war sich sicher, dass sich Biancas Schicksal zum Schlechten wenden würde. Und Mafalda wollte nicht dabei sein.

Aber wo sollte sie hin? Sollte sie Onkel Nino ins Vertrauen ziehen?

Bei ihren Überlegungen kam ihr eine Idee. Sie war absurd und verrückt zugleich. In Gedanken ging sie den morgigen Tagesablauf durch. Vormittags würde sie Bianca Gesellschaft leisten und sich mit Stickarbeiten beschäftigen. Nach dem Mittagessen, das meist bis in den Nachmittag dauerte, war eine Anprobe mit der Schneiderin geplant. Danach musste sie der Herrin in ein anderes Kleid helfen und die Frisur überprüfen oder erneuern. *Habe ich Zeit für mich? Nein. Die Nacht nützt mir nichts. Mein Plan kann nur gelingen, wenn ich nicht beim Mittagessen dabei sein muss. Aber wie kann ich fernbleiben, ohne dass man Verdacht schöpft?*

Mafalda pustete sich eine Strähne aus dem Gesicht, die sich gelöst hatte, als sie ihre Haube abnahm. Dabei kam ihr eine zündende Idee.

Am nächsten Morgen stand sie früher auf als üblich und huschte ins Zimmer am Ende des Ganges. Sie öffnete Biancas Kleiderschrank und zog ein hübsches, nicht übermäßig elegantes Kleid heraus. Im Haus war es noch ruhig und Mafalda war froh, dass sie ungesehen in ihr Zimmer zurückkehren konnte. Der Vormittag verlief wie üblich. Kurz bevor es Zeit war, ins Speisezimmer zu gehen, verließ Mafalda den Salon unter dem Vorwand, dass ihr unwohl sei. Bianca würde solange Sonias Hilfe in Anspruch nehmen. Während die Herrin tafelte, legte Mafalda das Kleid aus Biancas Kleiderkammer an. Jetzt musste sie nur noch ungesehen aus dem Haus gelangen! Mafalda öffnete ihre Tür und kontrollierte das Treppenhaus. Sie hörte Schritte, die vom Speisezimmer kamen und sich im Untergeschoss verloren. Die Dienerschaft war jetzt bestimmt in der Küche versammelt. Schnell huschte Mafalda zu einer Tür im Erdgeschoss, die seitlich des Palazzos zur Straße führte. Der Schlüssel hing, wie sie wusste, in einer Nische an der Wand, da der Ausgang nur selten genutzt wurde.

Mafalda verließ den Palazzo und eilte die Via Maggiore hinunter. Ihr Weg führte über die Brücke auf die andere Seite des Arno, wo sie eine Weile am Ufer entlangging. Sie war froh, dass es nicht sonderlich warm war, sonst hätte sie jetzt ihr Tempo verlangsamen müssen. Trotzdem schwitzte sie stark. Als sie an zwei weiteren Brücken vorbeikam, wechselte sie in eine Gasse, die weiter südöstlich quer durch die Stadt führte. Jetzt wurden die Häuser schlichter und reihten sich nahtlos aneinander. Als sie die Kirche Santa Croce sah, wusste sie, dass sie ihr Ziel bald erreichen würde. Wenig später stand sie vor dem Gebäude, dessen Fassade durch verschiedene rot- und sandfarbene Steine schillernd und beschwingt wirkte, und seufzte laut. Le Murate. Das Gebäude war größer, als sie es sich vorgestellt hatte. Mafalda betätigte den Türklopfer. Es dauerte, bis die Tür geöffnet wurde. Eine Nonne fragte freundlich nach dem Begehr.

»Gelobt sei Jesus Christus. Entschuldigt mein unangemeldetes Erscheinen. Mein Name ist Mafalda Monteferro. Ist die ehrwürdige Mutter zu sprechen?« Mafalda japste immer noch nach Luft. In dem Augenblick wurde ihr bewusst, dass sie ihre schlichte Haube aufbehalten hatte. Hoffentlich fiel das nicht weiter auf.

Die Nonne musterte Mafalda unverhohlen. Ihre Augen verengten sich. »Tut mir leid. Die Äbtissin ist zur Non.«

Non. Wie konnte sie das nur vergessen!

»Signore Nino Monteferro hat vor einiger Zeit einen Platz hier für mich vorbestellt. Schwester, ich möchte dem Herrn dienen. Bitte, es ist so wichtig für mich!«

Die Nonne schüttelte den Kopf. Ihre Augen blickten Mafalda gütig an. »Signora, es tut mir wirklich sehr leid. Wir sind bereits überbelegt und haben Wartelisten. Ich fürchte, der Herr wird einen anderen Konvent für Euch anfragen müssen. Die Mutter Oberin kann keine Ausnahme machen.«

Mafalda verabschiedete sich und trat den Heimweg an. Es war ihr, als habe die Antwort sie gelähmt. Die Straßen schienen endlos lang und ihr traten Tränen in die Augen. Jetzt, wo sie endlich bereit für Le Murate war, wollte man sie nicht. Noch nicht mal im Gewand einer Nobila gewährte man ihr Einlass.

Sie gelangte unbemerkt ins Treppenhaus und hastete die Treppe hoch.

»Mafalda!«

Als sie ihren Namen hörte, geriet sie ins Stolpern. Vor ihr tauchte ein Rocksaum auf, den sie zu gut kannte. Mafaldas Gesichtsfarbe wechselte von puterrot zu totenblass.

»Was hat das zu bedeuten?«

Mafalda sackte zusammen. Ihr fiel keine Entschuldigung ein.

»Komm!« Der Ton war schneidend. Bianca trat zur Seite und rauschte in den Salon. Mafalda hastete hinter ihr her. »Setz dich.« Bianca verschränkte die Arme vor der Brust. »Ich warte immer noch.«

Die Kammerdienerin kauerte sich gehorsam auf die Sesselkante. Im Augenwinkel sah sie Signora Biancas ernstes Gesicht. Es half alles nichts.

Sie seufzte und entschied, ihren Ausflug zu gestehen. Stockend berichtete sie und ließ nichts aus. Als sie geendet hatte, stand Bianca immer noch da. Sie hob die Brauen und sagte nur: »Geh!«

Mafalda dankte Gott, dass die Herrin sie nicht entließ. Kein Wort fiel mehr wegen des Kleids, dessen Saum stark gelitten hatte. Tage vergingen, ohne dass Bianca ihren Plan in die Tat umsetzte. Sie schien nachdenklich und redete wenig. Die Wogen der Entrüstung setzten ihr zu und kränkten sie mehr, als sie zugab. Aber würde man ihre Reise nicht als Flucht und Eingeständnis verstehen? *Und wenn schon*, dachte Mafalda, *das ist besser, als den Florentinern die Stirn zu bieten*. Immer hatte Signora Bianca getan, was ihr beliebte. Jetzt war sie an einen Punkt gekommen, an dem sie die Menschen und deren Ansichten nicht mehr ignorieren konnte. Die Brut, wie Bianca sie manchmal nannte, ließ sich nicht mundtot machen. Sie kannte doch die Leute. In dieser Hinsicht unterschieden sie sich weder von den Venezianern noch vom Adel.

Francesco kam am Abend zu Besuch. Mafalda deckte den Tisch fertig und stellte eine Weinkaraffe und Gebäck auf einen kleinen Tisch an der Seite, während die Herrin Francesco ihre Reisepläne offenbarte.

»Ist das dein Dank?«, schleuderte ihr Francesco entgegen. Er sprang auf und rannte völlig kopflos durch den Saal. Als er Mafalda entdeckte, zeigte er nur schroff auf die Tür. Er brauchte jetzt keine Zuhörer. »Wie soll ich nur leben ohne dich? Hast du dir darüber Gedanken gemacht? Ich habe alles für dich getan. Alles! Und du willst weg von mir!«

»Ich ...«, hob Bianca an, aber er ließ sie nicht zu Wort kommen.

Mafalda machte die Tür zu und rannte nach unten. Sie konnte sich nicht erinnern, den Großherzog jemals so aufgebracht erlebt zu haben. »Gib mir einen Becher Wein«, bat sie Nevia. »Keinen verdünnten!«

»Was ist denn mit dir los? Seit wann musst du dein Gemüt beruhigen?« Nevia holte eine Karaffe, goss einen Becher voll und reichte ihn Mafalda.

Mafalda nahm einen großen Schluck. »Der Großherzog ist da. Sie streiten lautstark.«

»Worüber denn?«

Mafalda zögerte. »Die Herrin will zurück nach Venedig. Bitte, erzähle es den anderen nicht.«

»Oh!« Nevia sank erschöpft auf einen Schemel neben dem Herd und griff nach ihrer Schürze. Sie wischte sich den Schweiß von der Stirn. »Na ja, das konnte ja nicht ewig so weitergehen.«

»Und was wird mit Antonio passieren?«, überlegte Mafalda laut. »Hat die Herrin bedacht, dass sie ohne des Großherzogs Zustimmung gar nicht ausreisen kann?« Sie trank aus, ohne abzusetzen.

Nevia musterte sie nachdenklich. »Wie meinst du das?«

Mafalda stand auf. »Ach, was rede ich da! Sie bietet ihm die Stirn. Das meine ich. Und sie wäre keine Venezianerin, wenn sie nicht bereits eine Idee hätte.«

Wenige Tage nach dem Streit öffnete Mafalda einem fremden Herrn das Portal, der Bianca zu sprechen begehrte.

»Melde Nobile Bartolomeo Cappello aus der Republik Venedig«, forderte der Mann.

Cappello? Das konnte nur der Vater der Signora sein. Er war kleiner, als sie ihn sich vorgestellt hatte. Sein Haar war grau und seine Augen blickten müde. Über seinem Brokatwams und seinen Samthosen trug er einen Silbergürtel, an dem ein Kurzschwert befestigt war. Die *Zimarra* aus dunkelrotem Samt bildete einen gewollten Kontrast zu dem schwarzen Wams, unter dem ein Seidenhemd in Weiß auffiel.

»Sehr wohl.« Mafalda knickste und als sie den Kopf senkte, fielen ihr die vornehmen Schnabelschuhe mit aufgebogener Spitze auf. Sie sahen bemerkenswert gut aus.

»Ich habe Hufgeklapper vor dem Haus gehört.« Bianca stand am Treppenabsatz. »Wer ist gekommen?«

Mafalda lief durch die Empfangshalle und strahlte sie an. »Nobile Cappello. Aus der Republik Venedig.« Als sie Biancas verwirrte Miene sah, drehte sie sich um und winkte wild mit den Armen. »Tretet ein«, rief sie.

Bianca wäre fast die Treppe herabgestürzt, weil sich ihre Schuhe im Saum verfingen. Mafalda machte ein paar Schritte nach vorn und griff nach ihrem Arm. Noch im Treppenhaus fiel Bianca ihrem Vater um den Hals. Mafalda zwinkerte, um die aufsteigenden Tränen zurückzuhalten. Sie beobachtete gerührt das Wiedersehen von Tochter und Vater. Tränen der Freude und Tränen der Trauer flossen über die Jahre, die vergangen waren.

Als sich alle etwas beruhigt hatten, schloss Nobile Cappello seine Enkelin Pellegrina in die Arme, deren Anmut ihn begeisterte. Seinen Enkel Antonio hob er stolz in die Höhe. Mafalda spürte, wie begeistert der Nobile war, als er den Palazzo besichtigte. Wahrscheinlich hatte er nie vermutet, dass seine Tochter jemals wieder einen Platz in der Gesellschaft einnehmen würde, geschweige denn in seinem Herzen. Sie zogen sich ins Speisezimmer zurück. Nevia musste wieder unzählige Gänge zubereiten und unaufhörlich trug Sonia Berge von Köstlichkeiten hinein.

Während die Herrin mit ihrem Vater am Tisch tafelte, zog sich Mafalda in ihr Zimmer zurück. Große Erleichterung nahm von ihr Besitz. Es war ihr, als sei eine ihr wohlvertraute Geschichte Wahrheit geworden. Sie nahm ihre Bibel zur Hand und las aufmerksam im Lukasevangelium: Es war der Bericht des Sohns, der verloren geglaubt war. Der sich sein Erbe vorzeitig auszahlen ließ, auf Reisen ging und sein Vermögen verprasste. Eines Tages, als das Geld alle und die vermeintlichen Freunde verschwunden waren, blieb ihm nur Viehfutter, um nicht zu verhungern. Er war verzweifelt und beschloss, heimzukehren und seinen Vater um Verzeihung zu bitten.

Mafalda wusste, wie die Geschichte weiterging. Sie ließ die Bibel sinken. Der Vater erspähte seinen Sohn schon, als er noch nicht mal in die Nähe des Elternhauses gekommen war. Er hatte auf ihn gewartet. Sich nach ihm gesehnt. Gehofft, dass er heimkehrte. Der Vater lief seinem Sohn entgegen. Er, der eigentlich gekränkt sein müsste.

Der Vater liebte seinen Sohn immer noch. Wie der Nobile seine Tochter. Mafalda spürte, wie sich ihre Augen wieder mit Tränen füllten. Der Nobile hatte ein großes Herz. Erfüllt mit Liebe und Sehnsucht. Ob sich jetzt alles zum Guten wendete?

Florenz leuchtete auf und schwelgte im Prunk. Alles, was Rang und Namen hatte, folgte der neuerlichen Einladung von Großherzog Francesco zu einem großen Fest zur Taufe seines Sohnes. Francesco wollte den Besuch aus Venedig mit der ganzen Pracht seines Hofes beeindrucken. Karossen, eine prächtiger als die andere, fuhren vor seinem Palazzo vor. Die Pferde schnaubten und schwitzten den Hügel hinauf. Zu Ehren des Nobile Cappello ließ Francesco neu komponierte Stücke spielen, belustigte seine Gäste mit Schauspielereien und tischte auf, was das Großherzogtum zu bieten hatte.

Bianca erzählte Mafalda, wie ihr Vater mit sich rang, weil er gar nicht wusste, wie er auf die Geschenke reagieren sollte, die der Großherzog ihm gemacht hatte. Gemälde, Skulpturen und Edelsteine in den kühnsten Farben. Allein der Wert der Steine überstieg die Summe derer, die sie ihm damals gestohlen hatte, um ein Vielfaches. Sie waren mehr wert, als er je mit seinem Salzkontor verdient hatte.

Mafalda fragte sich, wie Johanna auf das Fest reagiert hatte. Hatte sie es als erneute Schmach betrachtet oder war es ihr gleichgültig? Signora Bianca verlor darüber kein Wort. Stattdessen fieberte die Herrin ihrer Abreise nach Venedig entgegen, der Francesco inzwischen zugestimmt hatte. Ein Wermutstropfen war die Trennung von Pellegrina, die nicht mitreisen würde, sondern bei Signora Mondragona auf die Ehe vorbereitet werden würde.

Nach der Taufzeremonie für Antonio wurde beim Festmahl großzügig Wein ausgeschenkt. Stundenlang ließ der Großherzog die Kirchenglocken läuten, damit jeder von seiner Freude erfuhr. Antonio war ein gesunder Junge, der nach Francescos Ansicht seine dunklen Haare und die blauen Augen seiner Mutter geerbt hatte. Biancas Idee, zur Feier des Tages in den Armenvierteln Brot, Olivenöl, Speck, Eier und Gemüse zu verteilen, fand Mafalda bemerkenswert. Die Findelhäuser wurden ebenso mit Nahrung, Kleidung und Arzneimitteln bedacht wie die Frauenhäuser. Nichts sollte diesen Freudentag trüben.

Kurz darauf reiste Nobile Cappello ab und betonte seine Zuversicht, Bianca bald wiederzusehen.

Unzählige Kisten wurden verstaut. Francesco hatte seine Karossen mit Kutschern und Wachen zur Verfügung gestellt, damit die Reise nach Venedig ohne Zwischenfälle verlaufen konnte. Mafalda hatte erwartet, dass er grollte. Es schien eher, er habe resigniert. Oder Nobile Cappello hatte ihn überredet. Die Herrin wollte Mafalda, Sonia und Gina mitnehmen. Sie brauchte Menschen um sich, denen sie vertrauen konnte. Mafalda hoffte, dass sie nur eine kurze Zeit in Venedig bleiben würden. Im günstigsten Fall würden es nur Wochen, vielleicht auch ein paar Monate sein. Und das erschien ihr jetzt schon wie eine Ewigkeit. Auch Bianca fiel der Abschied nicht leicht; schweren Herzens ließ sie ihre Tochter zurück. Signora Mondragona hatte hoch und heilig versprechen müssen, sie liebevoll zu umsorgen.

Als Mafalda endlich mit Bianca in der Kutsche saß und sich die Stadttore von Florenz öffneten, tat sich das weite Land vor ihr auf. Erschöpft lehnte sie sich zurück. In der zweiten Kutsche reisten Sonia, Gina und Antonio. »Sie werden alle sehen, dass ich keine Ausgestoßene mehr bin«, sagte Bianca und reckte ihr Kinn vor. »Im Gegenteil.« War das ihre größte Sorge?

»Der Großherzog hat Euch wirklich reich ausgestattet für die Reise«, antwortete Mafalda nachdenklich. Ihr war bange, ob sie ihr Ziel gesund und ohne einen Angriff von Räubern überstehen würden. Der Überfall auf ihrem Weg vom Kloster nach Florenz kehrte plötzlich wieder in ihre Erinnerung zurück. Nochmals wollte sie das nicht erleben. Die Wachen gaben ihr nur wenig Sicherheit. Zu tief hatten sich die Bilder des Kampfes in ihr Gedächtnis gebrannt.

Wenn alles gut lief, würden sie die Lagunenstadt in ein paar Tagen erreichen. Der Weg führte nach Nordosten. Vor ihnen tat sich eine hügelige Landschaft auf, geziert von Olivenbäumen, Säulenzypressen und Pinien. Die Felder waren abgeerntet und warteten auf den herannahenden Winter. Das Geklapper der Hufe war ihr ständiger Begleiter. Sie durchquerten Gegenden, in denen Wein angebaut wurde, und übernachteten in Gasthäusern. Sie vertrieben sich mit Spaziergängen die Zeit, während die Pferde Wasser und Futter erhielten. Sie passierten Bologna, durchquerten das Herzogtum Ferrara und waren froh, von Wachen begleitet zu sein, wenn Wegelagerer auftauchten. Dunkle Gestalten begegneten ihnen des Öfteren.

Venedig

Nach einer Woche erreichten sie Venedig. Es gab keine Probleme bei der Einreise. Tief sog Bianca den herben Geruch der Lagune ein und wischte sich heimlich ein paar Tränen ab. Mafalda beobachtete es, schwieg jedoch. Die Heimkehr musste ihrer Herrin sehr nahegehen. Beim Anblick der Gondolieri presste sie die Lippen aufeinander, als wolle sie ein Schluchzen unterdrücken.

Der Dunst lag noch über der Stadt, als sie frühmorgens in Gondeln durch die Kanäle fuhren. Mafalda fand, dass ein schrecklicher Gestank über dem Wasser hing. Wie konnte man es hier nur längere Zeit aushalten! Bestimmt hing der modrige Geruch bereits in sämtlichen Kleidern.

Die Gondeln stießen an die Mole und wurden festgemacht. Männer luden die Kisten aus, während Mafalda mit den anderen Frauen und Antonio ans Ufer kletterten. Die Wachen begleiteten den Tross zum Palazzo. Signora Bianca weinte, als sie vor dem Haus stand. Unzählige Blumen standen zur Begrüßung bereit, und kaum war der Türklopfer betätigt, stürzte Nobile Cappello heraus, um sie zu umarmen.

Bis auf einen Bediensteten gab es niemand mehr vom Hauspersonal, den Bianca kannte. Von Livia hatte man nie mehr etwas gehört, wurde ihr auf Nachfrage berichtet.

»Wo ist Giacomo? Der Kammerdiener meines Vaters?« Bianca drehte sich zu Mafalda um, die hinter ihr hertrippelte.

»Der Alte?« Einer der Diener konnte sich noch an ihn erinnern. »Er ist schon lange tot.«

Mafalda sah, wie sich die Enttäuschung in der Herrin Gesicht widerspiegelte. Sie folgte Bianca durch die Zimmer, in denen sich nach Meinung der Herrin nicht viel verändert hatte. In ihrem alten Zimmer entdeckte Signora Bianca sogar die alte Glasvase, die sie vor ihrer Flucht hatte zerschlagen wollen. Ihre Hände glitten zärtlich über das Glas. »Ich glaube, sie ist ein Erbstück meiner Mutter«, sagte sie, »und ziemlich wertvoll.« Sie machte das Fenster auf. »Drüben wohnte damals eine alte Dame. Da, dort, wo sich der kleine Junge die Nase an der Scheibe plattdrückt.« Sie lachte und winkte. Mafalda war ganz gerührt und Harmonie durchströmte sie, als sie das Kind entdeckte.

Am späten Abend, als es im Haus still geworden war, schickte

Bianca auch Mafalda ins Bett. Nur der Nobile und die Herrin blieben noch in ihren Sesseln sitzen. Mafalda konnte sich vorstellen, dass Bianca sich mit einem Mal zurückversetzt fühlte, in eine Zeit, als sie durchs Haus getobt war und *Nobildonna* Cappello sie dafür getadelt hatte. Was auch immer die beiden zu besprechen hatten, es war Mafalda egal. Sie war unendlich müde. Sie schlief ein, ohne ihr Nachtgebet zu Ende zu sprechen.

Und so richteten sie sich in Venedig ein. Jeden zweiten Tag kam ein Brief von Pellegrina, den Signora Bianca Mafalda voller Freude vorlas. Pellegrina schien zufrieden zu sein und erwähnte Signora Mondragona mit Hochachtung. Immer wieder betonte sie, wie sehr sie ihre Mutter vermisste. In den folgenden Briefen wurde die Bemerkung seltener. Mafalda hatte den Eindruck, Pellegrina habe ihre neue Situation hingenommen. Bekümmert nahm Bianca es zur Kenntnis.

Manchmal schmerzen die Dinge schlimmer, die nicht in einem Brief stehen, als solche, über die berichtet wird, sinnierte Mafalda. Sie blickte zu Bianca, die einen Brief des Großherzogs in den Händen hielt. Über dessen Inhalt konnte Mafalda nur spekulieren.

1577

Etliche Wochen waren ins Land gegangen und Bianca wurde zunehmend ruhiger. Langsam wich die Last der Ereignisse in Florenz von ihrer Seele. Sie hatte ihren Bruder Victor wiedergesehen und seine Familie kennengelernt.

Am gesellschaftlichen Leben nahm sie nicht teil, auch weil sie wusste, wie misstrauisch man sie in der Lagunenstadt beäugte. Hin und wieder fing sie einen Gesprächsfetzen ihres Vaters auf, bei dem es um finanzielle Angelegenheiten ging. Allem Anschein nach war er höher verschuldet, als sie es je vermutet hätte. Vielleicht war das eine Gelegenheit, sich erkenntlich zu zeigen für die Versöhnung. Die Idee dazu kam ihr, als der Besitzer des Bankhauses Salviati eines Tages zu Besuch kam und ihr Vater noch nicht wieder im Haus war. *Diese Gele-*

genheit ist ein Geschenk des Himmels, dachte Bianca und trug Nobile Salviati bei Gebäck und Wein ihr Anliegen vor. Skeptisch und distanziert hatte er an der Tür ein paar Höflichkeitsfloskeln mit Bianca ausgetauscht. Als sie ihm jedoch von ihrem Einfall erzählte, machte er ein Gesicht, als höre er im Geist die Dukaten tanzen.

»Ihr seid sicher, dass Ihr diese Summe bezahlen könnt?«, fragte er. Er hatte sich ein Monokel vors Auge geschoben und betrachtete Bianca ungeniert. Mafalda, die still am Fenster saß und sich mit einer Stickarbeit beschäftigte, sah auf und zog die Stirn kraus.

»Mein Vater hat viel für mich getan. Als ich sein Ansehen herabgesetzt habe, hat er mich in seinem Herzen bewahrt und mich nie als Tochter aufgegeben. Jetzt möchte ich ihm meine Dankbarkeit zeigen.«

Das schien Salviati nicht erwartet zu haben. »Euer Anliegen in Ehren.« Mit seinem Kopf deutete er eine Verbeugung an.

Am Eingang des Palazzos hörte man die Stimme von Nobile Cappello. Bianca nickte und ihre Stimme senkte sich zu einem Flüstern. »Bitte, es soll eine Überraschung für meinen Vater werden. Wie gesagt – wir sehen uns morgen.«

Am nächsten Tag, noch vor dem Mittagsläuten, fuhr Bianca mit Mafalda, Nobile Salviati und einem weiteren Mitarbeiter des Bankhauses durch die Kanäle. Vor einem imposanten Haus machte der Gondoliere fest und half den Fahrgästen aus der Gondel. Entzückt betrachtete Bianca die mit kunstvollen Fresken bemalte Fassade.

Salviati bemerkte ihre Begeisterung und bot ihr seinen Arm. »Der Palazzo hält noch eine Überraschung bereit: Er gehört zu den wenigen, zu dem ein Garten gehört.«

Es brauchte nicht viel Überredungskunst, um Bianca von diesem Haus zu begeistern, während sie von Raum zu Raum schritten. »Mafalda«, sagte Bianca lachend und zog ihre Kammerdienerin hinter sich her, die offensichtlich vor Ehrfurcht verstummt war, »auch in Venedig weiß man zu leben!«

Als sie den Garten besichtigten, der zwar nicht groß, aber liebevoll mit Bäumen, Sträuchern und Blumenrabatten bepflanzt war, gab es für Bianca kein Zurück mehr. Lediglich die Summe verschlug ihr für einen Moment die Sprache. »Wie viele Tausend *Scudi?*«, fragte sie nach.

»Zwanzig.« Lauernd betrachtete Salviati sie.

Bianca hielt die Luft an und spürte ein Schwindelgefühl. Sie sah zu Salviati, der süffisant lächelte. *Wenn ich meinem Vater helfen will, dann richtig*, beschloss Bianca. »Ihr könnt den Kauf veranlassen. Hier wird er sich wohlfühlen. Die genannte Summe werde ich anweisen.«

Der Mond hing riesengroß in der Dunkelheit, als sei er kurz davor, sich auf die Erde zu stürzen. Kalter Wind fegte zwischen den Hauswänden hindurch und schob verdorrte Pferdeäpfel durch die Straßen. Auf dem Wasser tanzten die Boote. Am Ufer krachten festgezurrte Gondeln gegen die Mole. Noch waren die Temperaturen tagsüber gemäßigt, aber bald würden Regen und Herbststürme den Winter bringen.

Vielleicht lag es am Vollmond, dass sie nicht schlafen konnte. Mafalda lag in ihrem Bett und sinnierte, was weiter werden sollte.

Die Venezianer sind empfindlich, dachte Mafalda, *und sie nehmen es meiner Herrin immer noch übel, dass sie trotz ihres Vergehens in Venedig an einem entfernten Hof aufgestiegen ist. Was haben sie davon, Signora Cappello immer noch zu ächten? Reicht es nicht, wenn sich in Florenz die Gemüter gegen sie auflehnen?*

Wie gut, dass der kleine Antonio von alledem nichts versteht. Er wird geliebt. Auch vom Großherzog. Besonders vom Großherzog. Wie wird Francesco reagieren, wenn Beweise für den Betrug auftauchen? Wird er Bianca verstoßen oder sie vielleicht beseitigen lassen? Ich will ihm nichts unterstellen, aber er hat zumindest eine undurchsichtige Rolle gespielt, als Signore Buonaventuri umgebracht wurde. Schon komisch, dass er sich ausgerechnet in der Mordnacht nicht in der Stadt aufgehalten hat. Während die Glocke zur Mitternacht schlug, schlief Mafalda endlich ein. Erst als eine Dienerin in ihre Kammer stürmte, wachte sie auf.

»Die Herrin wartet auf dich und du liegst noch im Bett!« Die Dienerin musterte Mafalda böse.

Schnell warf sich Mafalda ein Kleid über und rannte nach unten. Nobile Cappello und Bianca saßen in bester Laune am Frühstückstisch. Sonia und Gina hatten ihr Morgenmahl bereits in der Küche eingenommen und waren mit Antonio beschäftigt. »Schon gut«, lachte Bianca, als Mafalda tief vor ihr in die Knie sank.

Nobile Cappello stand auf und drückte Bianca einen Kuss auf die Wange. »Liebes, ich weiß nicht, wie ich dir danken soll. Heute Abend werden wir den Umzug besprechen. Entschuldige mich, aber meine Geschäfte rufen.« Er tänzelte förmlich aus dem Esszimmer.

»Übrigens, Vater«, rief Bianca hinter ihm her und jeder im Raum hörte den Triumph in ihrer Stimme, »mit der Bescheidenheit ist es vorbei. Du bist ab jetzt nicht mehr gezwungen, dir etwas zu versagen. Mein Wort darauf!«

Mafalda spürte, wie lang und einsam die Abende für Signora Bianca waren. Ihr fehlten die Feste und das gesellige Beisammensein in Florenz. In der Lagunenstadt wurde sie weder eingeladen noch nahm man von ihr Notiz. Von ihrem Vater hörte sie nur, bei welch glanzvollen Veranstaltungen er einst Gast gewesen war. Nach dem Skandal von 1563 hatte man ihn lange gemieden. Mafalda war sich sicher, dass die Herrin sich schämte, dass sie ihn durch ihre Flucht derart herabgewürdigt hatte.

»Der *Doge*, hat er keine Macht, Euch freizusprechen?«, fragte Mafalda und sah von ihrer Stickarbeit auf, mit der sie sich die Zeit vertrieb, wenn sie nicht las. Francesco hatte ihnen ein paar Bücher aus der Bibliothek von San Lorenzo mitgegeben.

»Mocenigo? Ich glaube nicht, dass er sich ernsthaft mit meiner Angelegenheit beschäftigt. Mein Vater hat mir berichtet, dass der Rat fast nicht mehr entscheidungsfähig ist. Die Seuche hat zu viele der Räte dahingerafft.«

Mafalda war beunruhigt. »Es stimmt also, dass die Pest in der Stadt umgeht?«

Biancas Gesicht zeigte keine Regung, als sie nickte. »Aus diesem Grund kann ich mich vielleicht glücklich schätzen, keine Einladung zu bekommen. In unserer Familie und Dienerschaft gibt es bisher keine Verluste.«

Der Gedanke an die Pest machte Mafalda Angst. Sie versuchte, ihrer Stimme einen unbeschwerten Klang zu geben. »Was ist Mocenigo für ein Mann? Muss man sich vor ihm fürchten?«

Bianca legte die Stickarbeit beiseite. »Wir nicht«, sagte sie. »Er hat kurz nach seinem Amtsantritt mit unzähligen Galeeren die Osmanen besiegt. Die Schlacht von Lepanto – noch heute spricht jeder davon. Nie gab es bisher eine größere.«

»Dann gibt es also niemanden, der Eure Sache klären könnte.« Nachdenklich legte Mafalda ihren Stickrahmen hin und nippte am Wein. Bevor sie wieder nach der Stickerei griff, ließ sie ihre Blicke schweifen. Keiner der Gegenstände im Raum, weder Wandteppiche noch Möbel oder Kandelaber, war von niedriger Qualität. Der Hauch von Reichtum strömte immer noch aus jedem Gegenstand. Aber ihre Herrin hatte recht: Der künftige Besitzer des Hauses müsste es dringend renovieren.

»Weißt du eigentlich, dass der Kaiser gestorben ist?«, fragte Bianca beiläufig, als habe es die Bemerkung Mafaldas nicht gegeben. »Es ist schon kurz nach unserer Ankunft in Venedig passiert.«

»Das tut mir leid«, bedauerte Mafalda, ohne aufzusehen. »War er nicht der Bruder der Großherzogin?«

»Ja. Jetzt ist sein ältester Sohn zum Kaiser gekrönt worden. Vom Großherzog weiß ich, dass Maximilian ihn am spanischen Hof erziehen ließ und sich danach über den Stolz und die Eitelkeit seines Sohnes gewundert hat. Nun, schließlich wurde er noch mit Infantin Isabella verlobt. Die Verbundenheit mit Spanien ist daher gesichert.«

Der Wein war bereits leer getrunken, als Bianca nochmals auf das vorherige Thema zu sprechen kam. »Wir hatten unser Gespräch noch nicht beendet. Was den Bann angeht, müsste er aufgehoben werden.

Ein Urteil kann man nicht einfach ignorieren. Ausgesprochen ist ausgesprochen.«

»Aber der Rat oder der *Doge* könnte Euch begnadigen, oder?«

Nachdenklich betrachtete Bianca das Gesicht ihrer Kammerdienerin. »Könnte. Sie tun es aber nicht.«

»Was wäre, wenn Ihr darum bitten würdet?«

»Um Gnade bitten? Ich soll auf die Knie fallen?« Bianca lachte trocken auf.

Mafalda holte tief Luft. »Signora, habt Ihr nie daran gedacht, den Rat um Straferlass zu ersuchen? Ich bin überzeugt, das Kollegium würde Eure Bitte mit Wohlwollen prüfen. Es sind Jahre vergangen! Euer Ansehen könnte sich hier entscheidend verändern.«

»Du bist zwar meine treue Kammerdienerin, aber eine Träumerin. Ich will keine Begnadigung, ich möchte, dass man das Urteil als nichtig erklärt. Ich habe niemandem etwas getan.«

Mafalda sah das anders. »Gnade ist ein Geschenk, ein teures. Wir alle brauchen sie, auf die eine oder andere Weise. Jeder von uns ist schuldig.«

»Du wärst ein glänzender Pfarrer geworden«, stellte Bianca schmunzelnd fest und stand auf. »Nur bist du erstens kein Mann und zweitens hast du die Unterweisung bei den Schwestern im Kloster beendet. Und jetzt hilf mir bitte aus den Kleidern.«

Endlich waren alle Renovierungsarbeiten im neuen Palazzo abgeschlossen. Der Umzug dauerte mehrere Tage und Cappello hielt seine Dienerschaft zur Eile an. Nobile Cappello gewöhnte sich schnell an das riesige Haus. Während er offensichtlich zu seiner alten Zufriedenheit zurückkehrte, wurde Bianca immer stiller. Mafalda hoffte, dass sie gern wieder in die Toskana zurückkehren wollte. Der Großherzog schickte regelmäßig Briefe und Geschenke, schien sie aber nicht sonderlich zu vermissen. Bianca machte ab und zu Andeutungen, schwieg allerdings über den Inhalt der Briefe.

Eines Tages erhielt sie wieder ein Schreiben aus Florenz. Sie saß an ihrem Lieblingsplatz am Fenster und sah hinaus. Ihr Blick verlor sich an der Fassade des Hauses gegenüber. Sie ließ den Brief sinken. Ihre Stimme war fast nur ein Flüstern. Mafalda merkte, wie schwer es ihr fiel, zu sprechen. »Mafalda, was würdest du tun, wenn du merkst, dass dein Liebster dich nicht mehr liebt?«

In Mafaldas Bauch krampfte sich etwas zusammen. Was hatte Francesco geschrieben, das ihre Herrin so irritierte? War jetzt das passiert, was sie bisweilen befürchtet hatte? War Signora Bianca zu einer unter vielen geworden?

»Wenn ich das gewusst hätte ...« Bianca ließ den Satz unvollendet. Tränen standen in ihren Augen.

Warum nur hatte der Großherzog Signora Bianca nicht aufgehalten? Jeder wusste doch, dass Frauen manches sagten und es niemals so meinten. Mafalda wurde schlecht. Sie konnte sich nicht mehr auf ihrem Platz halten. »Entschuldigt, Herrin«, presste sie hervor und stürzte aus dem Salon.

19

Florenz Mai 1577

»Hoheit, es ist ein Junge!«

Der Sekretär des Großherzogs hatte sich zu seinem Herrn gebeugt und flüsterte ihm die Neuigkeit ins Ohr. Für einen Augenblick erstarrte Francesco, ehe ihm die Bedeutung der Worte bewusst wurde. Er befand sich mitten in einer Ratssitzung und hatte seinen Sekretär nicht kommen sehen, bis der plötzlich hinter ihm stand.

»Ein Sohn?« Francesco würgte. Er drehte den Kopf, während seine Augen das Gesicht des Sekretärs suchten, um sich zu versichern, dass er richtig verstanden hatte. Er sprang mit einem Ruck auf. Sein Wams schrappte an der Tischkante entlang, wobei ein Knopf absprang.

»Ja, Hoheit.« Der Sekretär bückte sich, um den Knopf aufzuheben.

Augenblicklich unterbrach Francesco die Sitzung. »Großherzogin Johanna hat mir heute den lange ersehnten Stammhalter geschenkt«, verkündete er verhalten. Seine Stimme klang belegt und einige der Räte befürchteten, er werde die Fassung verlieren.

Ein Sohn! So viele Jahre hatte er auf einen legitimen Erben gewartet. Gehofft. Dafür gespendet und Messen lesen lassen. Das Gefühl, das ihn jetzt wie ein unsichtbarer Druck durchströmte, konnte er schwer beschreiben.

Jubel brandete auf und Francesco nahm die Huldigung entgegen. »Ihr werdet Verständnis dafür haben, dass ich nicht zögere, der Großherzogin meine Aufwartung zu machen.« Als Francesco mit gemischten Gefühlen die Sitzung verließ und zu Johanna eilte, interessierte sich keiner der Ratsherren mehr für die Tagesordnung.

Auf dem Flur zu Johannas Gemach begegnete ihm Doktor Garzi. »Königliche Hoheit, ich gratuliere. Ich habe den kleinen Erben bereits untersucht. Er sieht rosig aus und hat eine kräftige Stimme.« Er lächelte dünn und merkte an: »Einzig sein Kopf ist größer als gewöhnlich.«

Francescos Freude bekam einen Dämpfer. »Was hat das zu bedeuten?«, fragte er aufgeregt.

»Es kann, muss aber nicht, ein Hinweis auf eine Erkrankung sein.« Garzi versuchte, eine unbekümmerte Miene aufzusetzen. »Bitte, beunruhigt Euch nicht. Die Zeit wird es zeigen.«

»Was sagt die Großherzogin?«

»Sie nimmt es, wie Gott es ihr geschenkt hat.«

Daraufhin beschloss Francesco, die dunklen Gedanken beiseitezuschieben. Er betrat das Schlafzimmer. Die Hebamme legte ihm seinen Sohn vorsichtig in den Arm. Er schlief.

Der Großherzog schickte eine anwesende Dienerin mit einem Blick nach draußen. Nachdenklich betrachtete Francesco das Kind. Es hatte ein rosiges, süßes Gesicht. Ja, sein Kopf war ein wenig größer, aber wen störte das?

»Johanna«, flüsterte Francesco, »wenn du damit einverstanden bist, möchte ich ihm gern den Namen Filippo geben, nach unserem Verbündeten, dem König von Spanien.«

»Eine gute Entscheidung«, versicherte Johanna, die blass in den Kissen lag, und Erleichterung klang aus ihrer Stimme, »und könnte er nicht mit zweitem Namen Cosimo heißen, um die Verdienste deines Vaters zu würdigen, dem wir viel verdanken?«

Francesco reichte der Hebamme seinen Sohn. »Ja, ein guter Gedanke.« Er nestelte an seinem Kragen und sah zum geschlossenen Fenster. »Liebe Gemahlin«, begann er wieder und zog ein Päckchen hervor, um es Johanna zu überreichen, »nimm dies als Zeichen meiner Dankbarkeit.«

Sie lächelte und öffnete die Schachtel. Mit großen Augen entnahm sie ihr eine Kette aus Gold, besetzt mit Smaragden und Diamanten.

»Sie passt zur Farbe deiner Augen.« Francesco trat zum Bett und küsste sie auf die Stirn. Er fühlte sich erleichtert. Seine Pflicht war erfüllt. Sie würde hoffentlich künftig mit ihrem Genörgel aufhören und er durfte sie guten Gewissens in Ruhe lassen.

Noch lange saß Francesco an diesem Tag mit Confetti, Mondragona, Bariello und dem Vorsitzenden des Rates zusammen.

»Der Segen ist nach Florenz zurückgekehrt«, stellte der Hoftheologe zufrieden fest. »Wie Ihr seht, Hoheit, tatet Ihr wohl daran, das Übel aus Eurem Leben zu entfernen. Ich freue mich, das Großherzogtum auf dem rechten Weg zu wissen.«

Mit hochgezogenen Brauen musterte Francesco den Geistlichen und lächelte brav, während er an seine Briefe nach Venedig dachte. Was würde Bianca denken, wenn sie von der Geburt erfuhr? Ob sie sich mit ihm freuen konnte?

»Ganz Florenz wird diesen Tag begehen. Ich werde Bankette ausrichten und Aufführungen veranlassen. Die Geburt des Thronfolgers ist ein Grund zum Feiern!« In heiterer Stimmung leerte Francesco einen Kelch nach dem anderen. Seine Euphorie gipfelte darin, dass er entgegen seiner Gewohnheit Geschenke für die Bevölkerung anordnete.

Bariellos Augen lagen auf Francesco. »Werdet Ihr nun die Legitimation von Biancas Sohn zurücknehmen? Es würde Euer Ansehen steigern. Beim Staatsrat und den Untertanen.«

Francesco schwieg. Er musste darüber nachdenken.

Wie von ihm erwartet, besuchte er täglich seine Frau. Sie lag blass im Bett. Man schob ihr Kissen unter den Rücken und sie lächelte, wenn Francesco kam. Die Hebamme musste den kleinen Filippo aus seiner Wiege holen und ihr in den Arm legen. »Das Blatt hat sich gewendet«, sagte sie. »Ich bete, dass dieses späte Glück dauerhaft ist. Filippo Cosimo entschädigt mich für alle Demütigungen.«

Francesco ignorierte ihre Bemerkung. »Das Herzogtum ist außer sich vor Freude«, sagte er voller Ernst, bevor er sich zum Gehen wandte. »Wir werden die Geburt von Prinz Filippo angemessen feiern.«

»Wie viele Jahre habe ich auf diesen Moment warten müssen!« Ihre Augen schienen an ihrem Mann zu kleben, als flehe sie um eine Andeutung, dass er Zuneigung für sie empfand.

»Nicht nur du.«

Francesco hielt seine Ankündigung ein: Zahlreiche Festessen und

Darbietungen wurden vom herzoglichen Haus ausgerichtet und die Bevölkerung spürte die Milde, die sich in diesen Tagen in der Stadt ausbreitete. Es schien, als habe Francescos Freudentaumel auf die Bevölkerung übergegriffen, und schnell machte das Gerücht die Runde, das Verhältnis des Großherzogspaars habe sich entspannt.

Mit Verwunderung nahm man zu Kenntnis, dass Francesco sich einen Vollbart wachsen ließ, als wolle er damit seine Männlichkeit unterstreichen. Vielleicht begehrte er damit zu zeigen, was bei Frauen längst Sitte war: dass neue Lebensumstände ein verändertes Aussehen nötig machten.

Venedig

Mafalda hatte Biancas Gemach betreten und wunderte sich, dass ihre Herrin immer noch im Bett lag. Als sie den Raum leise wieder verlassen wollte, gab Bianca ihr einen Wink zu bleiben.

»Ich bin schon lange wach«, sagte sie mit schwacher Stimme. »Komm, setz dich zu mir.«

Mafalda war überrascht. So jammervoll hatte Biancas Stimme noch nie geklungen. »Seid Ihr krank?«, fragte sie. Sie konnte Biancas Gesicht im Halbdunkel nur schwach erkennen und fühlte die Stirn ihrer Herrin. Sie war kühl. »Möchtet Ihr etwas trinken?« Sie reichte ihr einen Kelch Wein. »Oder wollt Ihr lieber Ziegenmilch?«

»Nein.« Mit der Hand deutete Bianca auf einen Brief auf dem Sekretär. »Es war alles umsonst. Ich habe alles gegeben. Alles. Wofür?«, klagte sie. »Was hat es genützt?«

»Was ist passiert?« Mafaldas Stimme klang kläglich, als wäre sie selbst betroffen.

Sie stellte den Becher wieder ab. Was mochte in dem Brief stehen, das Bianca so betroffen machte? Etwas Schwerwiegendes musste passiert sein. Signora Bianca war eine Frohnatur und konnte selbst heiklen Situationen noch etwas Gutes abgewinnen. Nur heute nicht. Mafalda ging zum Fenster und zog die Vorhänge beiseite. Draußen hatten sich viele Wolken am Himmel aufgehäuft. Der Wind blies um die Häuser.

»Vergessen in Florenz.«

»Was meint Ihr?« Bianca war mit Sicherheit unpässlich. Noch nie hatte sie sie so zusammenhanglos reden hören.

»Du hast recht gehört. Ich bin vergessen in Florenz. Weißt du, was mir der Großherzog mitteilt? Seine Gemahlin hat ihm einen Sohn geboren.« Bianca schlug sich die Hände vors Gesicht. »Ich könnte heulen. Mich von der Brücke stürzen. Oder mich erdolchen. So elend ist mir.«

»Weint, wenn Euch danach besser ist.« Mafalda hatte sich aufs Bett gesetzt und griff nach Biancas Hand. »Nur versündigt Euch nicht an Gott. Setzt nicht Euer Leben aufs Spiel. Meist zeigt sich im Nachhinein, dass das Blatt sich wendet«, flehte sie. »Bitte.«

Noch nie hatte Mafalda gesehen, dass die Signora derart die Fassung verlor. Bianca schluchzte still vor sich hin. Mafalda musste die Vorhänge wieder zuziehen. Bianca meinte, sie könne keine Sonne ertragen.

Den ganzen Tag kam sie nicht aus ihrem Zimmer und ließ sich selbst das Essen dorthin bringen.

Als die Sonne untergegangen war und sich das Licht aus dem Tag schlich, erschrak Mafalda, als sie das verquollene Gesicht ihrer Herrin sah. Biancas Wangen glühten und ihre Augen verschwanden fast gänzlich unter den dicken Lidern.

»Hier, nehmt.« Mafalda holte ein Tuch aus Batist, in das Bianca schnäuzte.

»Ich glaube, er wollte mich in Venedig haben.« Zornig stierte Bianca auf ihre Hände. Mit einem Mal zerrte sie die Ringe ab und warf sie durchs Zimmer.

»Herrin, ich denke, Ihr verwechselt etwas. Es war doch Eure Idee, hierhin zurückzukehren«, sagte Mafalda und las die Schmuckstücke vom Boden auf.

»Er hätte mich davon abhalten können«, beschwerte sich Bianca. »Wenn es ihm mit seiner Liebe ernst gewesen wäre, hätte ich doch eine Zeit lang in Pratolino bleiben können. Das war unsere gemeinsame Zuflucht.«

»Gott bewahre! Hat er geschrieben, dass er Euch nicht mehr sehen will?«

»Nein, nicht direkt.« Bianca setzte sich auf. »Er versichert mir aufs Neue seine Zuneigung.« Ihr Haar lag offen auf den Schultern. Sie wirkte plötzlich wie ein junges Mädchen. »Wir sind zwei zueinander gehörende Seelen. Die trennt man nicht so leicht.«

Mafalda hatte Wein geholt und reichte ihn Bianca. »Trinkt. Es heißt zwar in der Heiligen Schrift, ein wenig Wein könne Magenbeschwerden lindern, aber ich denke, in Eurem Fall wird es eher den Kummer schwächen. Ein Becher mehr davon kann nicht schaden. Zumindest nicht heute.«

Das zwang selbst Bianca zu einem Lächeln und sie kippte den Trunk hinunter.

Bianca fühlte sich am nächsten Tag etwas besser. Sie erwähnte den Brief nicht mehr und wandte sich ihren Stickarbeiten zu. Dabei erzählte sie belanglose Dinge, sodass Mafalda annahm, sie habe sich beruhigt. Wie schwer ihr Herz wog, konnte niemand wissen. Noch nicht einmal Mafalda.

Mafalda war erleichtert, dass Bianca sich in den kommenden Tagen ihren Zerstreuungen zuwandte oder Gespräche mit Sonia führte, die jetzt in der Küche half. Manchmal spielte sie mit Antonio. Wenn er nach Gina weinte, war sie erleichtert und gab ihn in ihre Hände ab. Nur das Lächeln wollte ihr nicht gut gelingen.

An einem dieser kühlen Tage verließ Bianca mit Mafalda das Haus, in wärmende Umhänge gehüllt, um einen Spaziergang zu machen. Der Regen hatte nachgelassen. Mafalda ging stumm neben ihrer Herrin her. Nach kurzem Weg erreichten sie einen Park. Mafalda sah sich verwundert um. Einen Park inmitten der Palazzi, die auf fetten Holzbohlen thronten, hatte sie nicht erwartet.

Mafalda bemerkte, dass sich Bianca hier auszukennen schien. Ihre Schuhe sogen sich mit Feuchtigkeit voll, während sie Zweige auseinanderbogen und sich durch Gras und Geäst zu den Resten einer Laube zwängten. Es schien Bianca nicht zu stören, dass Zweige an ihrem schönen Kleid entlangstreiften und Spuren hinterließen. Der alte Pavillon war von der Straße aus hinter den großen Sträuchern kaum zu erkennen. Das Holz roch faulig. Bianca winkte Mafalda herbei, die ihren Mund verzogen hatte und stehen geblieben war. Wenig begeistert stapfte Mafalda hinter ihr her und sah Bianca an.

»Hier ist die Stelle, wo sich Pietro mir offenbart hatte. Wo wir uns gegenseitig die Welt versprochen hatten.« Bianca breitete ihre Arme aus und hielt die Handflächen zum Himmel. Ihre Stimme war ganz leise geworden. »Und den Himmel. Für alle Ewigkeit.«

Mafalda nickte und versuchte, sich die Szene vorzustellen. Der Pavillon war zusammengesackt und wohl seit Jahren seinem Schicksal überlassen. Harsches Holz türmte sich wirr aufeinander. Ringsum tröpfelte Wasser von den Zweigen, als verwebe es sich zu einem bizarren Klagelied.

Bianca schlang die Arme um sich und meinte nüchtern: »Von dem Zauber, mit dem sich dieser Ort für mich verbunden hat, ist nichts übrig geblieben. Meine Träume von damals sind wie diese Laube in sich zusammengefallen und haben Platz gemacht für Neues, Erhabeneres.«

Eine Weile schwiegen sie beide. Dann ging Bianca still mit Mafalda heim.

Später hörte Bianca ihrem Vater geduldig zu, was er über den Tod des *Dogen* zu berichten hatte. »Mocenigo hat keine Nachkommen«, sagte Cappello bedauernd über den Verstorbenen. »Er hat sein Vermögen seinem noch ungeborenen Neffen vermacht. Stell dir das vor, wie absurd! Außerdem muss der Junge, wenn es denn einer wird, den Vornamen des *Dogen* erhalten. Sonst gibt's kein Erbe.«

Auf eine solche Idee muss man erst einmal kommen, dachte Mafalda. *Der Großherzog hat dieses Problem nicht mehr. Alle dachten, seine Frau könne nur Mädchen gebären.*

»Und wer wird neuer Herrscher?«, fragte Bianca, als interessiere sie sich dafür.

Ein Lächeln vertrieb die Schwermut aus Cappellos Gesicht. »Sebastiano Venier.« So wie er es sagte, klang es nicht, als wäre er traurig, keine Aussicht mehr auf dieses Amt zu haben. »Er wurde einstimmig gewählt. Wir sind stolz, diesen weisen Mann an der Spitze der Republik zu wissen.«

Es dauerte einige Wochen, bis Bianca erfuhr, warum sich der Ton in den Briefen ihrer Tochter verändert hatte. »Stell dir vor, Vater«, erklärte Bianca stolz, »man hat meine süße Pellegrina mit einem Conte namens Ulisse Bentivoglio verlobt. Kein Wunder, dass das Kind nicht mehr an seine Mutter denkt und nur noch ihren Zukünftigen anhimmelt.«

»Ist sie denn schon im heiratsfähigen Alter?« fragte Nobile Cappello.

Biancas Lachen erhob sich in die Luft. Es klang hell und riss den alten Nobile mit. Er stimmte in ihre Freude ein. »Vater, sie ist dreizehn! Ich denke, nächstes Jahr wird die Hochzeit angesetzt. Dann ist sie reif genug, eine Ehegattin zu sein. Ich bin mir sicher, Signora Mondragona weist sie in alles ein, was sie wissen und können muss, um eine treue, umsichtige Frau zu sein. Jetzt hat sie Zeit, sich intensiv damit zu befassen.« Träumerisch glitten ihre Augen über die Gemälde an den Wänden. »Der Bräutigam stammt aus Bologna. Er ist am Hof in Florenz zu Besuch gewesen. Dort ist ihm meine Pellegrina begegnet, und er hat sich unsterblich in sie verliebt. Ist das nicht süß?« Sie kicherte wie ein junges Mädchen.

»Verliebt sein ist die eine Seite. Bei aller Zuneigung ist gegenseitiger Respekt, gepaart mit einer angesehenen Familie und einem untadeligen Ruf eine bessere Grundlage, um eine Ehe von Dauer einzugehen.« Ihr Vater sagte das in einem Ton, als rede er über den Kauf eines Möbelstückes.

Bei einem Gemälde wäre er entschieden ergriffener gewesen, dachte Bianca. Entschlossen schüttelte sie den Kopf und sprang auf. Sie trat von hinten an seinen Stuhl, um ihn zu umarmen. »Geliebter Vater«, sie war ganz dicht an seinem Ohr, »ich bin anderer Meinung. Wo keine Liebe vorhanden ist, wird auch keine wachsen können. Glaube mir, wenn dieser Conte jetzt schon Zuneigung für meine Kleine empfindet und sie damit einverstanden ist, dann ist es sehr wohl gut, dass sie heiraten.«

»Liebe ist nicht nur Gefühl, Bianca. Lass dir das von einem Mann sagen, der viel Lebenserfahrung hat. Liebe hat etwas mit Vertrauen zu tun. Mit Respekt. Mit einer Willensentscheidung.«

Biancas Blick fiel auf das Portrait ihrer Mutter. Eine Frau mit blondem Haar, offenem Blick und eher rundem Gesicht. Bianca stellte sich davor und betrachtete es eingehend. »Mutter würde sicherlich berichten, wie ihr Herz klopfte, als sie dir vorgestellt wurde. Ich bin überzeugt, sie hatte sich in dich verliebt.«

Der Nobile schürzte die Lippen. »Ja, aber da waren wir einander bereits versprochen.«

Mit Männern über Liebe disputieren bringt nichts, entschied Bianca. *Bis auf Francesco. Aber das ist eine andere Geschichte.* »Der Großherzog hat die Verbindung mit der Familie Bentivoglio hergestellt«, sagte Bianca. »Jetzt weiß ich auch, warum er mich vor einiger Zeit gefragt hatte, ob ich damit einverstanden sei, die Vormundschaft für Pellegrina während meiner Abwesenheit an ihn zu übertragen.« Sie lächelte sanft.

Das Gesicht des Nobile nahm einen gütigen Ausdruck an, während er sie beobachtete. »Was kannst du mir über die Bentivoglio berichten? Entstammt der Verlobte einer angesehenen Familie?«

Sie konnte ihn beruhigen. Es schien ihm sehr wichtig zu sein, dass zumindest seine Enkelin ehrenhaft verheiratet und einen ordentlichen Rang bekleiden würde.

»Er ist Nachkomme der fürstlichen Familie Bentivoglio, die einst die Bologna regierte, bevor der Papst die Stadt unter Kirchenrecht stellte. Vermögen besitzt er keines, was angesichts des herzoglichen

Hofes für mich ohne Bedeutung ist. Von mir wird Pellegrina eine angemessene Brautausstattung erhalten.«

Das schien Nobile Cappello zu beruhigen. Noch einen Skandal, wusste Bianca, würde sein angeschlagenes Herz nicht verkraften. »Als Großvater wirst du selbstverständlich an der Hochzeit teilnehmen. Ob in Florenz oder Bologna, das werde ich dir rechtzeitig schreiben.«

Der Sommer war heiß und lag drückend über Venedig. Seit Menschengedenken hatten die Bewohner nicht mehr derart unter Hitze gelitten. In der gesamten Republik starben Leute, weil ihre Körper unter der Last der Arbeit zusammenbrachen. Selbst die Räte schienen unter ihren noblen Gewändern zu ersticken und vertagten ihre Sitzungen.

Eine Gondel schaukelte leicht auf dem Canal Grande. Unter Sonnenschirmen geschützt, die von zwei Dienerinnen gehalten wurden, saßen Bianca und Mafalda und ließen sich im Boot spazieren fahren. Sie passierten einen Palazzo nach dem anderen.

»Ich glaube, das Gebäude dort drüben gehört den Grimanis. Als ich Venedig verlassen habe, war hier eine einzige Baustelle.«

Mafalda hörte zu, wie Bianca ihr die Geschichte über den Wettstreit der Familien Corner und Grimani erzählte. Schon immer wollte die eine Patrizierfamilie die andere übertreffen. Corners hatten es geschafft, nach jahrzehntelangem Bau ihren Palazzo zu beziehen. »Der Vater des jetzigen Hausherrn hatte den Senat um Geld gebeten, damit er einen noch stattlicheren Palazzo bauen konnte, nachdem sein Haus zu Asche verbrannt war! Auf eine solche Idee war vor ihm noch niemand gekommen. Ganz Venedig hatte damals darüber gelästert.«

Mafalda beobachtete ihre Herrin. Diese konnte sich mit einem solchen Vorhaben sicher identifizieren. Hatte sie nicht selbst einst den Großherzog davon überzeugt, dass man seinen Überfluss zeigen musste? Der Bericht Biancas über die Dreistigkeit Nobile Corners berührte Mafalda nicht. Hier waren die Leute nicht anders als in der Toskana.

Mochte sein, dass das Haus die Glorie der *Serenissima* verstärkt hatte. Doch für Gott war das ohne Bedeutung. Er sah nicht auf die Häuser. Er blickte den Menschen ins Herz. Mafaldas Blicke blieben an Bianca hängen, die jetzt mit offenem Mund die Palazzi bestaunte. Sie schob ihre Gedanken beiseite. Der Tag war zu schön, um ernsthaften Grübeleien nachzuhängen, geschweige denn, sie vor Signora Bianca auszusprechen.

Sie erreichten den Dogenpalast. Seinen unteren Teil bestimmten die Arkaden. In der Mitte des dreigeschossigen Gebäudes prangten Kielbögen mit meisterhaften Verzierungen und orientalisch wirkende Zinnenkronen.

»Wahrlich, dieses Gebäude macht Eindruck. Ist es nur für den *Dogen* und sein Parlament bestimmt?«, fragte Mafalda ehrfürchtig. »Es ist wunderschön.« Ihr Blick glitt an dem weitläufigen Palazzo entlang, dessen helle Farbe im Sonnenlicht wie Gold glänzte. Alles wirkte wie ein Gemälde.

»Er ist wirklich gigantisch. Ich glaube, man hat ihn in den letzten Jahren noch einmal vergrößert. Auf der anderen Seite des Gebäudes gibt es zwei rote Säulen. Dazwischen stand der Richter und verkündete die Todesurteile. Gleich hinter dem Dogenpalast ist die Basilika di San Marco«, fuhr Bianca fort, »und links daneben steht der berühmte Uhrenturm, den Codussi erbaut hat. Mit einem leuchtend blauen Zifferblatt.« Sie wies Richtung Markusplatz.

»Ein blaues Zifferblatt? Sehr ungewöhnlich.« Mafalda versuchte einen Blick auf die Uhr zu erhaschen.

Angesichts der endlos vielen Palazzi und Gebäude kam sie sich plötzlich ganz unbedeutend vor.

Bianca nickte. »Und ob, Mafalda, es besteht aus Lapislazuli. Manche sagen, es sei der Stein der Könige. Überwältigend blau.«

Die Gondel glitt lautlos weiter. Bianca ließ sich mit einem Tuch Schweißperlen abtupfen. Mafalda genoss den Ausflug trotz der Hitze. Auf dem Wasser war es einigermaßen erträglich. Das Schattenbild

Venedigs funkelte in brillanten Farben. Sie spürte, dass Bianca sie fragend anschaute.

Bianca seufzte. »Mafalda, warst du eigentlich schon mal verliebt?«

Die Frage zauberte ein Lächeln in Mafaldas Gesicht. Ihre Augen blitzten, aber sie schwieg. Hier und jetzt war es uninteressant. Es lag lange zurück. Zu lange, als dass sie sich daran erinnern wollte.

»Also doch. Ich sehe es dir an. Hat es etwas damit zu tun, dass du dich nicht für ein Leben im Konvent entscheiden wolltest?«

»Nicht direkt, Herrin.«

»Erzähle!«

Schweren Herzens machte Mafalda ein paar Andeutungen: »Er hat mir schöne Augen gemacht und lief ständig vor unserem Haus auf und ab. Bis er erfuhr, dass keine Mitgift zu erwarten war. Dann hat er eine andere geheiratet.«

Bianca nickte. »Dann war also die Liebe nicht der Grund, warum du das Kloster verlassen wolltest?«

Mafalda schüttelte den Kopf. »Nein, das war es nicht.«

»Hat das etwas mit deiner protestantischen Neigung zu tun?«

»Nicht wirklich.«

»So, so. Dann kam wohl zur rechten Zeit der Ruf des Herzogs, oder?«

Mafalda lächelte. Plötzlich tauchte Lucas Gesicht in ihren Gedanken auf. Sie blinzelte und schob das Bild beiseite. Dann wechselte sie das Thema: »Herrin, wann kehren wir nach Florenz zurück? Ich möchte eigentlich nicht ewig in Venedig bleiben.«

»Ah, du willst mich wohl verlassen, wie?« Bianca lachte. »Vergiss nicht, dass ich dich vor dem Klosterleben gerettet habe.«

»Ihr wisst, wie ich es meine.«

»Nun gut. Aber wir bleiben noch.« Und damit wandte sich Bianca wieder den prachtvollen Palazzi zu, die auf beiden Seiten vorbeizogen.

Das war zwar nicht Mafaldas Wille, aber sie konnte Bianca nicht erneut widersprechen. Sie nickte ergeben. Wenn die Signora es befahl, blieb ihr keine andere Wahl. Im Moment deutete nichts darauf hin, dass sie bald nach Florenz zurückkehren würden. Überhaupt wunderte sie sich, dass Bianca so guter Dinge war. Ein Brief war vor einigen Tagen angekommen, der ihrer Herrin fast die Sprache verschlagen hatte. Darin stand, dass die Großherzogin erneut guter Hoffnung war.

Herbst 1577

Erst als der Herbst Einzug hielt, ging ein Aufatmen durch Häuser und Werkstätten. Das Leben konnte wieder mehr auf Straßen und Plätzen stattfinden. Antonio entwickelte sich prächtig und Bianca freute sich, wenn er durch die Zimmer rannte und die Kinderfrau Mühe hatte, ihn wieder einzufangen.

Mafalda hatte den Eindruck, als wolle sich Signora Bianca dauerhaft in Venedig einrichten. Zwar lebte sie nach wie vor zurückgezogen, was ihrem Wesen widersprach, schien jedoch zufrieden zu sein. Regelmäßig erhielt sie Briefe aus dem Großherzogtum, die sie beantwortete. Aus Rom kam nur noch ab und zu ein Schreiben. Sie erzählte Mafalda, dass es um Ferdinando ruhig geworden sei. Bianca vermutete, dass Francesco ihm seine Schulden bezahlt hatte. Sollte er nochmals um Geld bitten, würde sie es ihm nicht vorenthalten. Nur so, hoffte sie, würde sie ihn auf ihrer Seite halten können. Man wusste ja nie, wozu das gut sein würde.

Mafalda sehnte sich nach Florenz zurück. Sie betete, dass sie bald zurückkehren würden. Und dann teilte Bianca ihr eines Tages einen Entschluss mit, der sie überraschte: Sie hatte Francesco um Erlaubnis gebeten, sich in Pratolino niederzulassen. In die Via Maggiore wollte sie noch nicht zurückkehren, sie fürchtete immer noch die Verachtung der Florentiner. Zuerst hatte sie erwogen, sich für einige Zeit in Bologna am Hof aufzuhalten, was sie aber verwarf. Es reichte, wenn sie die künftige Familie ihrer Tochter zu gegebener Zeit kennenlernte, denn der Hochzeitstermin stand noch nicht fest.

Wie Francesco Bianca geschrieben hatte, herrschte in Florenz noch immer Empörung unter der Bevölkerung. Biancas Rückkehr in die Stadt hielt er für schwierig. Deshalb stimmte er ihrer Bitte zu. Mafalda konnte gar nicht fassen, dass ihr geheimer Wunsch in Erfüllung gehen sollte. Mit ihrer Rückkehr verband sie die Hoffnung, dass ihre Herrin einen Neuanfang wagen würde und sich von Francesco fernhalten würde. Doch was Mafalda nicht wissen konnte: Bianca war fest entschlossen, für sich und ihren Sohn zu kämpfen. Francesco musste zu seinem Wort stehen, das er ihr einst bei der Marienstatue im *Palazzo Vecchio* gegeben hatte. Schwur blieb Schwur, und war er noch so sehr im Übermut ausgesprochen worden.

März 1578

Pratolino lag ungerührt in der Landschaft, als sei nur ein Tag vergangen, seit Mafalda das letzte Mal hier gewesen war. Die Villa hatte mehr Zimmer als in ihrer Erinnerung. Sonia und Gina waren angetan von dem Anwesen. Wie schön der Park geworden war! Laubengänge, Grotten, Sträucher und Bäume luden zu Spaziergängen ein. Mafalda gewöhnte sich schnell wieder ein und die Tage flogen nur so dahin. Sie genoss die Landluft. Jetzt kam ihr der Dunst der *Serenissima* wie eine Last auf ihrer Seele vor. Auch die Herrin wurde zunehmend fröhlicher und schien zu ihrer früheren Unbeschwertheit zurückzufinden. Hier war sie frei von allen Bestimmungen und Ansichten über ihre Person. Antonio tobte täglich durch den Garten und Bianca schien sein Lachen tief in ihr Herz aufzunehmen.

Francesco kam ohne Vorankündigung. Mafalda sah den Wagen als Erste. Sie war kurz ins Haus gegangen, um die Köchin anzuweisen. Eine Staubwolke quoll hinter dem Wagen auf, der die Dorfstraße entlangfuhr. Das Medici-Wappen prangte unübersehbar an der Seite. Vor dem Haus kam die Kutsche zum Stehen.

Bianca saß im Schatten hinter dem Haus, während Mafalda die Haustür aufriss. Francesco blieb vor ihr stehen. Mafalda knickste tief. »Die Herrin ist im Garten.«

Auf seinen Wink folgten Mondragona und ein weiterer Diener.

»Sie mögen sich erfrischen«, sagte Francesco in der Diele und überließ die Männer Mafalda, damit sie sich um sie kümmerte. Der Großherzog durchquerte entschlossen einen weiteren Raum, der zur Gartenseite lag. Die Tür stand offen.

Mafalda ging ein paar Schritte in den Raum und schaute ihm hinterher. Francesco war vor der Herrin auf die Knie gesunken. Er sagte etwas zur ihr. Mafalda konnte nicht verstehen, was, aber seine Stimme klang tief und warm.

Bianca sah ihn an und schrie. »Francesco!« Sie schlug die Hände vor den Mund.

Er stand auf, ergriff ihre Hände und zog sie hoch. Sie stürzte sich in seine Arme. Er küsste sie leidenschaftlich.

Mafalda schlug verlegen die Augen nieder. Ihre Wangen brannten. Alles war wieder beim Alten. Mafalda wandte sich ab und seufzte. Sie würde es nicht verhindern können.

Nach zwei Tagen musste Francesco Pratolino wieder verlassen. Die Regierungsgeschäfte zwangen ihn zurück in den Rat. Mafalda stand am Fenster. Sie sah, wie Bianca dem Großherzog sanft eine Strähne aus der Stirn strich. Er löste sich von ihr und sagte etwas, was Mafalda nicht verstehen konnte. Dann bestieg er die Kutsche. Als der Kutscher die Pferde antrieb, wandte sich Bianca ab und huschte ins Haus. Mafalda ging in die Küche und tat, als wollte sie nach dem Rechten sehen. Da hörte sie bereits Bianca nach ihr rufen.

Pratolino, April 1578

Mafalda musste unablässig daran denken, wie der Besuch des Großherzogs deutlich gemacht hatte, dass Bianca ihr altes Leben fortführen konnte. Mafalda wünschte sich so sehr, dass Signora Bianca endlich wichtigere Aufgaben als das Leben einer Gespielin finden würde. Sie würde sie gern darin unterstützen.

Wie jeden Sonntag besuchte Bianca mit Mafalda und der restlichen Dienerschaft die Gottesdienste in der nahe gelegenen Kirche. An einem jener Sonntage flutete wie so oft das Sonnenlicht den Marmorboden, während sie, flankiert von Kandelabern, das Mittelschiff durchschritten. Der Einzug geriet angesichts der vielen Gottesdienstbesucher ins Stocken. Ungewollt wurde Mafalda Zeuge eines Gesprächs. Hinter ihr unterhielten sich zwei Männer. Der Sprache nach stammte der eine aus Florenz und der andere hatte einen Dialekt, wie man ihn hier auf dem Land redete. Mafalda konnte nicht glauben, was sie hörte. Sie erschrak zutiefst und zwängte sich neben Bianca. »Ich muss Euch etwas erzählen«, flüsterte sie atemlos und mit ernster Miene. Bianca zog die Augenbrauen hoch. Sofort sprudelte es aus Mafalda heraus: »Großherzogin Johanna soll bei der Geburt ihres Kindes gestorben sein.«

»Woher weißt du das?«, stammelte Bianca. Mafalda sah an ihrer Miene, dass sie Francescos Frau alles Mögliche und Unmögliche gewünscht hatte. Aber keinen frühen Tod.

»Ich habe gerade das Gespräch eines Händlers aus Florenz mitbekommen, der auf der Durchreise ist.«

Biancas Atem ging schneller. Als sie schwankte, hakte sich Mafalda bei ihr ein und führte sie zur Kirchenbank. Nie hätte sie gedacht, dass der Großherzogin Tod Bianca derart zusetzen würde.

»Herrin, nun sagt doch etwas.« In Mafaldas Kopf schwirrten die Gedanken. Was würde nun geschehen?

Bianca senkte den Kopf. Auf den Perlen in ihrem Haarnetz schillerte die Sonne und auf ihren Wangen glitzerten Tränen.

»Was ist mit dem Kind?«, presste sie hervor.

Mafalda griff nach Biancas Hand. »Das Mädchen ist kurz nach der Geburt gestorben.«

Für den Rest des Tages schien Bianca in Gedanken versunken. Mafalda zog es vor, nicht mehr auf das Gehörte zurückzukommen.

Es kam keine offizielle Mitteilung. Hoffentlich hatte sie sich nicht verhört und die Herrin unnötig erschreckt.

Einen Tag später erreichte Bianca ein Brief Francescos, der die traurige Nachricht enthielt. Er schrieb, Johanna habe sehr gelitten. Man habe ihr das Kind gewaltsam aus dem Leib geholt. Bianca zerriss das Schreiben. »Warum kommt die Nachricht verspätet und warum erfahre ich sie nicht aus erster Hand? Warum besucht er mich nicht?« Bianca versank in Trauer, nicht über Johanna, aber enttäuscht von Francesco.

»Vielleicht handelt er aus edlen Motiven, Herrin«, sagte Mafalda. »Ihr wisst selbst, wie viele Dinge bei einer Beerdigung zu bedenken sind.«

»Ich werde das Gefühl nicht los, dass mehr dahintersteckt.«

Florenz

Mit allen erdenklichen Ehren beging der Hof die Bestattung der Großherzogin. Aus der Bevölkerung gab es viele Ehrbezeugungen anlässlich des Begräbnisses und man war gespannt, was Francesco nun tun würde. Dass er sich wieder verheiraten würde, daran zweifelten die Florentiner nicht.

»Wo bleibt mein Bruder?«, fragte Kardinal Ferdinando ungeduldig und sah missmutig in die Runde. »Francesco ist offensichtlich nur älter, aber nicht reifer geworden. Es hätte mich auch gewundert.«

»Ich habe ihn rufen lassen. Er ist in seinem Laboratorium beschäftigt«, erwiderte Bariello aufgebracht und machte keinen Hehl aus seinem Unmut. »Bestimmt hat er wieder die Zeit vergessen.« Er sah zum Fenster, gegen das der Regen trommelte.

Kurz darauf schlenderte Großherzog Francesco in den Konferenzraum des *Palazzo Pitti*. Er setzte sich hinter seinen Schreibtisch. »Nun?«, fragte er kühl und bemerkte die Blicke. »Was ist denn mit Euch los?«

»Ihr braucht eine neue Gattin«, erklärte Confetti, ohne sich mit langen Begrüßungen aufzuhalten. »Das Volk erwartet eine Frau an der Seite seines Herrschers.« Er sah erwartungsvoll zum Kardinal, der immer noch unruhig hin und her lief.

Ferdinando nickte und zählte gleich mehrere Frauen auf, die als Gemahlin für seinen Bruder infrage kämen: »Ich denke an das Herzogtum von Farnese oder Gonzaga, vielleicht sogar eine Adlige vom spanischen Hof? Was meint Ihr, Kanzler?«

»Eminenz, man sollte sogleich Schreiben verfassen, um Kontakte mit den regierenden Häusern aufzunehmen«, pflichtete Bariello ihm bei und seine Augen leuchteten. »Noch in dieser Woche könnten die Gesandten abreisen.«

»Was ist mit dem polnischen Königshaus?«, hörte man den Sekretär fragen, der wie eine Statue an der Seite stand und den offensichtlich niemand zu Kenntnis genommen hatte.

»Undenkbar«, entgegnete Confetti und fuchtelte mit den Händen in der Luft herum, »dort lässt man die protestantische Konfession gewähren.«

Francesco konnte sich nicht länger beherrschen. Wen glaubten sie denn vor sich zu haben? Mit einem Knall schlug er auf die Tischplatte seines Schreibtisches. Seine Wangen glühten. »Und ich habe kein Recht, meine Sicht der Dinge kundzutun?«, rief er ärgerlich. »Die Eheschließung mit Großherzogin Johanna wurde mir angeordnet und ich hatte als Erstgeborener nichts entgegenzusetzen. Ich habe mich dem Beschluss gefügt, weil ich meinem Land dienen wollte. Doch jetzt, wo die Nachfolge gesichert ist, werde ich mein Herz sprechen lassen.« Er hatte sich in Rage geredet und seine Tonlage klang scharf. »Sollte ich mich erneut verheiraten, bestimme ich, wer in meinem Ehebett liegt!«

Erschrocken über die Reaktion war der Kanzler ein paar Schritte zurückgewichen und wäre um ein Haar über einen Stuhl gestolpert. Mit einer Hand konnte er sich am Tisch abstützen. Confetti blieb unbeirrt.

Nur Ferdinando sah düster drein und schüttelte den Kopf. »Ich will nicht hoffen, dass in dieser Angelegenheit noch einmal der Name einer gewissen Bianca Cappello genannt wird.«

»Ich habe ihr die Ehe versprochen und ich werde mein Wort halten.«

Die Männer starrten den Großherzog fassungslos an.

»Du bist von Sinnen, solltest du je die Cappello heiraten.« Ferdinando schüttelte den Kopf und stampfte mit dem Fuß auf. »Du hast schon genug angerichtet. Ich will nicht aufzählen, wie viele treue Räte du seit Vaters Tod aus dem Amt gehetzt hast. Wag es nicht, ihnen die Cappello als Johannas Nachfolgerin zu präsentieren. Kränkung ist noch die harmloseste Bezeichnung dafür. Es gibt zahlreiche entzückende Fürstentöchter, die mit Begeisterung deinen Antrag annehmen würden.«

Welche Unruhe den Hoftheologen Confetti erfüllte, konnte lediglich ein Vertrauter erkennen. Es schien ihn Mühe zu kosten, seine Stimme zu beherrschen. Sein kantiges Gesicht blieb unbewegt. »Königliche Hoheit, ich bitte Euch um eine Unterredung unter vier Augen.«

»Sie sei Euch gewährt.« Francesco wies auf eine Tür. »Meine Herren«, und wies seinen Bruder und die anderen in den Nebenraum.

»Mein Großherzog«, begann Confetti und nahm auf Francescos Geste in einem Sessel Platz. »Ist es Euch wirklich ernst mit Signora Bianca?«

»Ihr sagt es.« Er als sein Seelsorger und Beichtvater musste es doch wissen!

»Nun, zudem müsst Ihr mir sagen, ob Ihr der Signora die Ehe bereits versprochen habt, während Ihr noch verheiratet wart?«

Worauf wollte der Geistliche hinaus? Natürlich war er verheiratet gewesen und Bianca damals ebenfalls. Was tat das hier zur Sache? »Ja.«

»Euer Heiratsversprechen ist damit nichtig.«

Francesco glaubte sich verhört zu haben. »Niemals.«

Confetti schien mit sich zu ringen. Seine Stimme zitterte. »Als Pietro Buonaventuri starb, habt Ihr da Eure Hand vielleicht mit im Spiel gehabt?«

»Nein. Wie könnt Ihr so etwas von mir denken!« Wieder stieg der

Unmut wie ein Magenbrennen in Francesco hoch. Unmöglich, dass Confetti das überhaupt in Erwägung zog.

Der Hoftheologe rutschte unruhig im Sessel hin und her. »Königliche Hoheit, damals wurde Euch kundgetan, dass man Buonaventuri nach dem Leben trachtet. Ihr habt nichts unternommen, um dies zu verhindern, und seid sogar verreist, um nicht erreichbar zu sein. Stimmt Ihr mir zu?«

Francesco verstummte. Was wollte Confetti von ihm? Worauf wollte er hinaus? Die Sache war längst vergessen und nach so langer Zeit interessierte es niemanden mehr.

»Buonaventuri hat sämtliche Warnungen in den Wind geschlagen«, entgegnete er nervös, »und nichts getan, um den Zorn der Familie Ricci zu beschwichtigen. Ich gebe zu, der Zeitpunkt meiner Reise war unglücklich, aber glaubt mir, ich habe kein Blut an den Fingern. Ich konnte nicht wissen, dass die Mörder während meiner Abwesenheit zuschlagen würden.«

Eine Weile schwiegen die Männer. Als ein Diener eintrat, um Wein zu bringen, schloss Confetti die Augen. »Euer Ehegelöbnis an die Cappello ist in jedem Fall nichtig. Meine Bedenken wiegen schwer. Wo kommen wir denn hin, wenn jeder König, Kaiser oder Herzog selbst entscheiden kann, wen er heiraten will? Wer ein Reich regieren will, braucht einen ebenbürtigen Ehepartner. Verliebtheit war noch nie ein guter Ratgeber. Dazu braucht es Räte, Gesandte und Gottesmänner, die wissen, welche Braut die richtige ist. Habt Verständnis, dass ich mich mit anderen Geistlichen unterreden muss, um zu einer endgültigen Entscheidung zu kommen.«

Francesco schluckte. Er hatte sich die Sache einfacher vorgestellt. Was bewog Confetti, ihm eine solche Antwort zu geben? Er war sein Untertan. Trotzdem war es besser, wenn Confetti der Kurie Francescos Wunsch darlegte. Schließlich stand der Heilige Stuhl seinem Herzogtum wohlwollend gegenüber. Wenn sein Hoftheologe auf weiteren Diskussionen bestand, dann sollte zumindest sein Sohn Antonio offiziell anerkannt werden.

Ein unüberhörbares Hüsteln Confettis brachte den Großherzog zurück in die Gegenwart. Die Männer nebenan warteten auf eine Antwort.

»Den Sohn von Signora Bianca Cappello möchte ich legimitieren, ungeachtet einer Entscheidung über eine neue Heirat«, sagte Francesco schließlich mit Nachdruck. »Ich lege Wert darauf, dass er erbberechtigt ist.«

»Unglaublich, dass Ihr ihn lieber auf dem Thron seht als Prinz Filippo!«, giftete Confetti. »Nun, das geht zum Glück nicht. Filippo ist der wahre Stammhalter.« Der Hoftheologe schüttelte den Kopf. Er griff nach dem Weinbecher und trank ihn in einem Zug leer, als müsse er seinen Ärger über diese unerhörte Forderung hinunterspülen. »Nachweislich ist Antonio im Ehebruch gezeugt worden. Niemals wird man ihn anerkennen können. Wie könnte einem Bastard das Erbe zuteilwerden?«

Was fiel Confetti ein! »Vielleicht sollte ich den Erzbischof bemühen. Er wird mich in dieser Angelegenheit unterstützen«, entgegnete Francesco verdrossen und beobachtete ihn mit lauerndem Blick.

Das Gespräch hatte nicht die gewünschte Entwicklung genommen. *Noch einmal*, beschloss Francesco ärgerlich, *werde ich mir von niemandem in meine Ehe reinreden lassen. Ich werde nach Pratolino reisen und meinen Antrag erneuern. Sollen die Gesandten doch in allen Herzogtümern und Höfen vorstellig werden. Meine Entscheidung ist bereits gefallen.*

Francesco konnte nicht verstehen, was einer Heirat mit Bianca im Wege stehen sollte. Sie waren beide frei. Wenn nicht jetzt etwas geschah, wann dann? So kurz vor dem Ziel, Bianca zu heiraten, würde er nicht aufgeben. Es würde eine Lösung finden. Er war kein närrischer Bäcker oder alberner Seidenweber, der nur innerhalb seiner Zunft heiraten konnte. Für ihn galten die florentinischen Gebräuche nicht.

»Hoheit«, beharrte Hoftheologe Confetti, »Ihr habt das Eheversprechen gegeben, obwohl Ihr bereits mit Großherzogin Johanna das Ehebett teiltet. Deshalb kann und darf ich mein Einverständnis nicht geben.«

»Das könnt Ihr nicht tun!« Hörte das denn niemals auf? Francesco hieb zornig auf den Tisch.

»Doch.« Der Hoftheologe sah ungewohnt finster drein. »Erschwerend ist, dass Ihr aufgrund Eures Standes, der eines Königs oder Kaisers ebenbürtig ist, nur im höchsten Adel heiraten dürft.«

»Mein Vater hat diese Martelli geheiratet. Sie war noch nicht mal aristokratisch. Und mir wollt Ihr eine Adlige verwehren? Ihr treibt es auf die Spitze, Confetti. Ich warne Euch!«

»Als Euer Vater heiratete, war er noch im Stande eines Herzogs. In Eurem Fall ist das etwas anderes. Wollt Ihr sein Lebenswerk riskieren?«

Francesco sprang auf und stürmte auf den Flur, wo er seine Diener anschrie, sie sollten anschirren, er würde sofort abreisen. Als die Kutsche in Richtung Pratolino jagte, dachte er noch einmal über alles nach.

Der Widerstand seiner Berater hatte ihn überrascht. Der einzige Grund für ihre Ablehnung schien Biancas Herkunft zu sein. Die politischen und gesellschaftlichen Verwicklungen wären kaum vorhersehbar, wenn er sie zur Ehefrau nähme. *Doch was, wenn Bianca aus dem Hochadel stammte?* Francescos Gedanken reisten nach Venedig. Plötzlich musste er lächeln. Ein aberwitziger Gedanke war ihm gekommen. Dass er nicht früher daran gedacht hatte!

20

Juni 1578

Inzwischen war es Frühsommer geworden. Francesco kam nicht mehr nach Pratolino, schon seit Wochen lag er krank im Bett. Mafalda erfuhr von ihrer Herrin alle Einzelheiten: Allen voran kümmerte sich Doktor Garzi um Francesco, ließ ihn zur Ader, verpasste ihm Kräuterauflagen und Wermut und verordnete ihm Schonkost. Es schien Francesco wirklich schlecht zu gehen. Doch eines Tages erreichte Bianca wieder ein Brief. Und zu ihrer Überraschung war es eine Einladung: Francesco bat sie, zu ihm in den *Palazzo Pitti* zu kommen.

Mafalda hielt Biancas Entschluss, sofort nach Florenz zu reisen, für keine gute Idee und bekreuzigte sich. Bianca glaubte doch nicht allen Ernstes, dort wohlwollend empfangen zu werden? Verwirrt bestieg Mafalda die Kutsche, die die Herrin hatte anspannen lassen. In Begleitung eines Paters aus Pratolino und zweier Wachen machten sie sich auf den Weg nach Florenz. Bianca hatte *Frater* Grecco zur Reise überredet, weil sie sich nicht ganz sicher war, ob die Einladung etwas Gutes bedeutete und sie den Beistand eines Geistlichen haben wollte.

Bei ihrer Ankunft am *Palazzo Pitti* verlangte sie an der Pforte größte Geheimhaltung ihres Besuches. Ein Diener nahm sie in Empfang und bat sie, ihm zu folgen. Erstaunt bemerkte Mafalda, dass sie durch einen Geheimgang geführt wurden, der zwischen aneinandergrenzenden Räumen verlief. Die unzähligen Türen verwirrten Mafalda und sie fühlte sich bestätigt: Der Besuch konnte nichts Angenehmes bedeuten.

Irgendwann blieb der Diener vor einer Tür stehen. »Das Schlafgemach des Großherzogs.« Er verneigte sich. Signora Bianca bedeutete *Frater* Grecco und Mafalda, im Gang zu warten.

Bianca betrat das Zimmer. Geschlossene Fenster und zugezogene Vorhänge bannten die Hitze aus dem Zimmer. Der Raum war groß und wirkte trotzdem vollgestopft. Ringsum hingen große Gemälde an den Wänden, Sessel mit üppigen Kissen gruppierten sich um einen Tisch und Blumen und Statuen füllten Vasen und Ecken.

Biancas Blick fiel auf die Bettstatt. Sie war groß, voller Decken und Kissen und ein Baldachin thronte darüber. Abgemagert und mit geschlossenen Augen lag Francesco auf dem Damast. Als die Tür hinter Bianca zuschnappte, drehte sie sich instinktiv um. Sie erblickte ein Bild in Türgröße und von innen wäre ihr nicht der Gedanke gekommen, dass sich eine Geheimtür dahinter verbarg. Das Wissen zauberte ihr ein Lächeln ins Gesicht, als sie langsam ans Bett trat. Sie dachte an die Via Maggiore.

»Liebster«, flüsterte sie und griff nach Francescos Hand. Seine Lider bewegten sich. Er murmelte etwas Unverständliches, ohne die Augen zu öffnen. Sanft drückte ihm Bianca einen Kuss auf die Wange. Er schlug die Augen auf und betrachtete sie ungläubig, als sähe er eine Fata Morgana. Er lächelte und Bianca meinte, unter seinem Bart hätten sich tiefe Falten eingegraben. Mühsam richtete er sich auf.

»Bianca«, sagte er leise und zog sie zu sich. Er hielt sich an ihren Händen fest. Sie spürte, wie schwach er war. Ihn umgab die Ausdünstung eines Kranken. Sie presste die Lippen zusammen. Nach einer Weile stand sie auf. »Ich habe dir ein Geschenk mitgebracht.« Sie reichte ihm ein Gefäß aus Stein mit eingelegten Oliven. »Du musst sie probieren. Sie sind köstlich. Ich verspreche dir, sie werden dich stärken.«

Eine ganze Weile herrschte Stille. Keiner von ihnen sprach. Stumm sah Francesco Bianca an und blinzelte mit den Augen. Zitternd gab er ihr das Tongefäß zurück und sie stellte es auf einen Tisch. »Danke, meine Liebste. Du bist eine Wohltat für meine Augen.«

Ihn hilflos zu sehen, schmerzte sie. Wo war seine Kraft geblieben?

Francesco winkte sie zu sich. In seinen Augenwinkeln glitzerte es. Nach einer langen Zeit, in der sich beide umklammert hielten, löste sich Francesco von ihr.

»Du hast mir das schönste Geschenk gemacht, das ich mir vorstellen konnte. Jetzt ist es an mir, dich zu beschenken.« Für einen Moment kehrte der alte Glanz in seine Augen zurück. Er griff wieder nach ihren Händen und küsste sie. »Ich möchte ein Versprechen einlösen, das ich dir vor Jahren gegeben habe. Willst du meine Frau werden?«

Jetzt war sie es, deren Beherrschung auf die Probe gestellt wurde. Wie oft hatte sie sich in ihren kühnsten Träumen den Augenblick vorgestellt, an dem Francesco das Gelübde wahrmachen würde. Sie hatte fast nicht mehr damit gerechnet, nachdem er all die Jahre dazu geschwiegen hatte. Umso überraschter war sie über die Situation, die sie jetzt erlebte.

War das hier die Wirklichkeit? Oder ein Traum? Oder spielten ihr ihre Gedanken einen Streich?

»Ja, ja, ja«, jubelte sie und küsste ihn überschwänglich. Tränen stiegen in ihr hoch. Was hatte sie nur von ihm gedacht? Sie hatte ihm Wortbruch unterstellt und ihn in Gedanken einen Feigling genannt. Sie fühlte sich beschämt und tat in ihrem Herzen Abbitte für alle böswilligen Spekulationen.

»Dann wollen wir sofort heiraten.«

»Sofort?« Ihr stockte der Atem. Das Bett schien zu schwanken. Oder wankte sie? Sie konnte es immer noch nicht glauben.

»Jetzt. Hier.« Er ließ sich in die Kissen sinken. Die Schwäche übermannte ihn. »Ich lasse den Hoftheologen rufen«, keuchte er.

Der Satz riss Bianca in die Wirklichkeit zurück. In ihrem Kopf arbeitete es. Der Hoftheologe. Confetti würde es noch gelingen, ihn von seinem Entschluss abzubringen. Das traute sie ihm zu.

Was konnte sie tun? Ihr fiel der Geistliche aus Pratolino ein, der draußen wartete.

»Wärst du auch mit dem Pater aus Pratolino einverstanden? Er hat mich begleitet und wartet vor der Tür.« Sie sah ihn bittend an. Wenn es einen Gott gab, dann musste er jetzt tun, was sie wünschte.

»Hole ihn herein. Er soll sofort die Trauung vornehmen. Unverzüglich.«

Mondragona und Mafalda wurden herbeigerufen als Zeugen der Eheschließung, der angesichts des Bettes und des sichtbar entkräfteten Großherzogs jegliche Würde fehlte. Nach wenigen Minuten war alles vorbei. Bianca war am Ziel ihrer Träume: die Heirat mit Francesco. War es das alles wert gewesen? Sie lächelte unsicher.

Eine Bibel fand sich auf dem Sekretär, der in einer Nische stand. Mondragonas Bedenken, in Florenz sei es üblich, die Eheschließung von einem Notar beurkunden zu lassen, wischte Francesco zur Seite.

»Königliche Hoheit«, *Frater* Grecco verbeugte sich, »bedenkt, das Trauerjahr ist noch nicht vorüber.« Er war noch jung, von schmaler, fast zierlicher Statur mit Haaren wie Feuer. Er bekreuzigte sich.

»Wir können der Gattin des Großherzogs den Umgang mit ihm nicht verbieten«, mischte sich Mondragona ein und nickte seinem Herrn ergeben zu.

»Nichts davon darf nach außen dringen«, beschwor Francesco. »Jeder Anwesende wird zur Geheimhaltung über die Eheschließung verpflichtet, bis ich ihn davon entbinde.«

Mafalda zog die Stirn kraus und schlug die Augen nieder. Bianca hatte es beobachtet und erinnerte sich daran, dass die Einhaltung der Trauerzeit unter der Bevölkerung sehr ernst genommen wurde.

»Ihr könnt unserer Verbundenheit sicher sein«, antwortete der Kammerdiener und sah fragend von einem zum anderen.

»Ich möchte, dass meine Gemahlin im Palazzo bleibt«, flüsterte Francesco und ließ sich von Bianca den Schweiß von der Stirn tupfen.

Bianca wies Mafalda an, Kissen hinter Francescos Rücken zu legen. Johannas Räume würden zu ihren werden. Was für ein seltsamer Gedanke! Sie würde wie Johanna auf der Terrasse stehen und die Kirche Santa Miniato al Monte immer im Blick haben. Ausgerechnet eine Kirche. Der Verstorbenen hatte der Ausblick wohl gefallen. Bianca seufzte. Schade, dass sie ihn nicht ändern konnte.

Frater Grecco wiegte den Kopf bedenklich hin und her. »Nicht nur in Pratolino nimmt man eine Missachtung des Trauerjahrs übel. In Florenz wird es nicht anders sein. Bestimmt wird man hier ebenso auf die Einhaltung achthaben.« Seine Stimme klang spröde.

Mondragona reichte Becher herum und stützte Francesco, damit er ebenfalls trinken konnte. Kraftlos ließ sich Francesco zurücksinken. Seine Augen suchten Biancas, die schweigend dastand. Sie griff nach seiner Hand. Den Moment ihrer Vermählung mit ihrem Geliebten hatte sie sich als einen erhabeneren Augenblick vorgestellt – als einen Tag des Triumphes.

Ihre erste Heirat war schon glanzlos genug gewesen. Jetzt wiederholte sich die Geschichte. Mit dem Unterschied, dass sie den Mann und seine Herkunft kannte, dem sie ihr Jawort gab. Zumindest glaubte sie, ihn zu kennen. War das nun das Paradies, auf das sie Jahre gehofft hatte? Ein todkranker Mann und eine heimliche Hochzeit?

Sie sah zur Zimmerdecke, als könnten die Fresken ihr den heutigen Tag schönfärben. Was stand ihr nun bevor? Den Ansprüchen des Rates genügte sie nicht und sie würde unmöglich in den Florentiner Adel, noch weniger in den Hochadel passen.

Nun stand sie am Bett eines offensichtlich geschwächten Mannes und fand außer dem »Ja« keine Antwort auf seine Bitte. In ihrer Seele wurde sie an manche Unaufrichtigkeit erinnert und für einen Moment tauchte Antonios Bild vor ihrem inneren Auge auf. Sie schob den Gedanken beiseite. Es gab kein Zurück mehr und sie hoffte, dass alle Zweifler für immer schweigen würden. Trotzdem war ihre Kehle wie zugeschnürt und sie hatte Mühe, ihre Tränen zu verdrängen. Wenn sie jetzt nicht Ja sagte, wann dann? Dieser Augenblick würde sich nie mehr wiederholen.

Die Teppiche und Samtvorhänge schienen das eingetretene Schweigen zu verstärken. Plötzlich hob Mondragona die Hand: »Ich habe eine Idee! Bis zum Ende der Trauerzeit könntet Ihr Eure Gemahlin offiziell als Gesellschafterin für Eure Kinder verpflichten. Das gäbe ihr die Möglichkeit, sich im Palazzo frei zu bewegen, und wäre nach außen hin unverfänglich. Sie könnte Euch besuchen, ohne dass jemand Anstoß daran nehmen könnte. Schließlich müsst Ihr über die Erziehung Eurer Kinder im Bilde sein.« Er grinste verwegen.

Francescos Gesicht belebte sich. Erwartungsvoll blickte er Bianca an. »Würdest du dich meiner Kinder annehmen?«, fragte er schlicht.

»Willst du diese Bürde auf dich nehmen? Es ist die einzige Gelegenheit, dich zu treffen, ohne dass man mir die Missachtung der Trauerzeit vorwirft.«

Warum nicht? Bianca nickte: »Ja.«

»Ich wusste immer, warum Ihr der Mann meines Vertrauens seid, Mondragona.« Kurz zögerte Francesco, dann fügte er hinzu: »Liebste, nun möchte ich dir ein Geheimnis anvertrauen. Ich habe vor einiger Zeit den *Dogen* deiner Heimatstadt gebeten, dir die Würde einer Tochter der Republik zu verleihen. Ich wollte eigentlich die Antwort abwarten, bevor wir heiraten. Doch nun bin ich froh, wie es sich ergeben hat. Wenn Gott will, wird er dir diese Ehre zuteilwerden lassen.«

Mafalda strafte die Schultern und sah vom Großherzog zu Bianca, die vor Verwunderung Augen und Mund aufriss.

»Francesco!« Nein, damit hatte Bianca in keinster Weise gerechnet. Wie hatte sie an seiner Liebe zweifeln können. In Gedanken tat sie Abbitte und drückte ihm einen Kuss auf den Mund. Was für ein Mann! Er hatte sich für sein Herz entschieden.

Gina wurde auf Anweisung der Herrin mit Antonio nach Florenz geholt. Sonia sollte vorerst in Pratolino bleiben. Womit Mafalda nicht gerechnet hatte, war die Zuneigung, die die Kinder des Großherzogs Signora Bianca entgegenbrachten. Vier von ihnen waren noch am Leben: Eleonora, Anna, Maria und Filippo.

Ausgerechnet die Kinder ihrer Rivalin haschen nach ihrer Liebe, stellte Mafalda fest. *Mit allem habe ich gerechnet, mit Ablehnung und Trotz. Ich habe nicht erwogen, dass sie ihr Herz im Sturm erobern könnten. Es rührt mich fast zu Tränen. Nicht mehr lange und Eleonora, die Älteste, wird verheiratet werden. Sie ist schon dreizehn. Die Dienerschaft hier flüstert, sie habe viel Ähnlichkeit mit ihrem verstorbenen Großvater.*

Und Antonio hat in Francescos Kindern Spielgefährten gefunden. Er blüht auf. Ich bin überrascht, wie die Dinge sich ganz von allein entwickeln. Es macht mir richtig Spaß, wenn ich sehe, wie Signora Bianca sich mit ihnen zu beschäf-

tigt. Das hätte ich nie vermutet. Wahrscheinlich kenne ich sie immer noch nicht wirklich. Ihre Fantasie reißt mich mit.

»Den Schmerz, die Mutter viel zu früh zu verlieren, kenne ich«, sagte Bianca eines Abends zu Mafalda. »Ich will den Kindern eine liebevollere Mutter sein, als es meine Tante Clementina für mich war.«

Mafaldas Zweifel an der Eheschließung verschwanden zwar nicht, doch sie wurde ruhiger, als sie merkte, wie die Dienerschaft die Anwesenheit Biancas schweigend zur Kenntnis nahm. Sie beobachtete wie Mafalda erstaunt, wie sich die Kinder rasch an Bianca gewöhnten.

Kardinal Ferdinando hatte man inzwischen von der Erkrankung seines Bruders unterrichtet und ein paar Tage später erschien er im Palazzo. Natürlich blieb ihm nicht verborgen, dass Bianca ständig zugegen war. Mafalda begegnete ihm eines Abends, als sie zu der Herrin Räume unterwegs war. Sie gewahrte den kalten Blick und seine straffe Körperhaltung, als ziehe er in den Kampf gegen Siena. Als er im Arbeitszimmer des Großherzogs verschwunden war, blieb Mafalda stehen. Wie Kardinal Ferdinando ausgesehen hatte, schien er über die Neuerungen im herzoglichen Palazzo alles andere als begeistert zu sein. Plötzlich hörte Mafalda, wie in ihrer Nähe eine Tür aufging. Sie drehte sich um und erkannte den Hoftheologen, der ebenfalls zum Großherzog ging. Aus dem Zimmer, aus dem er kam, drangen laute Stimmen. Es waren die des Kardinals und Francescos. Der Ton veränderte sich, als Confetti den Raum betrat.

»Mich wundert allerdings, dass Ihr, lieber Confetti, die Trauung vorgenommen habt. Nachdem Ihr so wenig einverstanden damit wart«, empfing ihn der Kardinal mit vorwurfsvoller Stimme bereits in der Tür.

»Ferdinando«, rief Francesco aus dem Hintergrund, »es ist besser, du schweigst!«

Mafalda schlug sich die Hand vor den Mund. Zu allem Unglück stolzierte Mondragona an ihr vorbei, der sie mit gekräuselter Stirn musterte. »Ihr hattet gerufen, Hoheit?«, hörte Mafalda ihn noch sagen. Dann schloss sich die Tür. Mafalda raffte die Röcke und stolperte die Treppe hoch. Der Großherzog würde seinem Bruder schon zu erklären wissen, dass der Pater aus Pratolino die Güte hatte, seine Ehe vor Gott für gültig zu erklären.

Nach einigen Wochen traf die Antwort aus Venedig ein. Das Schreiben versetzte Francesco in einen regelrechten Taumel. Er sprang aus dem Bett, stürmte in Biancas Gemach und ignorierte Mafaldas entsetzten Blick, die ihr die Haare bürstete. Er schien außer sich vor Freude und schwenkte den Brief durch die Luft.

»Diese Nachricht verleiht mir magische Kräfte.« Er zog die Herrin vom Stuhl hoch, so dass Mafalda verwirrt zurückwich. Er wirbelte Bianca durch das Zimmer. »Die *Serenissima* der Republik Venedig hat ihr Wohlwollen bekundet. Ich habe es immer gewusst.«

Angesichts dieser Überraschung fehlten Bianca die Worte. Mafalda schluckte ihre Rührung herunter und flüsterte ein Dankgebet. Die Herrin fiel Francesco um den Hals und strahlte ihn an, wie Mafalda es seit Ewigkeiten nicht mehr erlebt hatte.

Sie freute sich unbändig, dass man ihre Ehre und die ihrer Familie nicht nur wiederhergestellt hatte, sondern sie darüber hinaus erheben wollte. »Niemals hätte ich dies von der *Serenissima* gedacht oder erwartet. Ich werde mich noch heute hinsetzen und einen Dankesbrief verfassen.«

Pellegrina ist wirklich in letzter Zeit gereift, fand Bianca. Sie betrachtete voller Stolz das schmale Mädchen, das Pietros dunkle Haarfarbe geerbt hatte. Es schien, als habe ihr die Zeit in der Obhut der Mondragonas den letzten Schliff gegeben. Zusammen mit Francesco schmiedete Bianca Pläne für die Hochzeit ihrer Tochter.

»Mein Palazzo bietet alle Freiheiten, die Hochzeit angemessen zu feiern«, erklärte Francesco und bat sie, mit dem Hof des Bräutigams Einzelheiten abzustimmen. »Die Mitgift wird Bologna zum Jubeln bringen.«

Er stemmte sich in seinem Bett hoch. Die Schwäche hielt ihn fest, aber sein Interesse an den alltäglichen Dingen wuchs. »Was ist aus meinem Studierzimmer geworden?« An dieser Frage merkte Bianca, dass Francescos Kräfte tatsächlich zurückkehrten. Das Fieber war gewichen und täglich musste er eine kräftigende Brühe löffeln, die der Arzt ihm zum Frühstück verordnet hatte.

»Manzuoli hat endlich das Bild angebracht«, sagte Bianca. »Er hat sich dafür entschuldigt, dass der Streit mit Borghini die Lieferung um Jahre verzögert hat.«

Für einen Moment schloss Francesco die Augen und lächelte dann. Obwohl er im *Palazzo Pitti* residierte, ließ er gleichzeitig im *Palazzo Vecchio* Räume gestalten.

»Dafür hängt es jetzt an der Kopfseite. Wenn du den Raum betrittst, schaust du es sofort an.«

»Du warst dort?« Erstaunt betrachtete er seine Frau. In seinem Blick gewahrte sie, wie dankbar er für ihre Fürsorge war.

»Nein, man hat es mir berichtet.«

Die Erklärung stimmte ihn heiter. »Ich kann kaum abwarten, es selbst zu sehen.« Er rief nach seinem Sekretär, um ihm einen Brief an die *Serenissima* zu diktieren.

»Übrigens«, sagte Francesco lachend, »König Philipp von Spanien hat mir sein Einverständnis gegeben. Als Verbündeter musste ich seine Antwort abwarten. Und da das Trauerjahr jetzt abgelaufen ist, kann ich meine Hochzeit bekannt geben.«

Bianca wusste, die Neuigkeit würde einen erneuten Sturm der Empörung hervorrufen. Nicht nur unter der Bevölkerung, nein, auch unter seinen Räten und Ministern.

Die Vorbereitungen für Francescos Hochzeitsfeier liefen auf vollen Touren. Man hatte die Feierlichkeiten für Pellegrinas Hochzeit mit Ulisse Bentivoglio um ein Vierteljahr verschoben. Zuvor hatte Francesco General Sforza einen Brief übergeben, der an den *Dogen* gerichtet war. Ehrerbietig bat er um freundliche Aufnahme seines Generals sowie seines Stiefbruders Giovanni und drückte seine Ergebenheit der *Serenissima* gegenüber aus.

Bianca nahm einen Bogen Papier mit ihrem Familienwappen und schrieb ebenfalls einen Brief an den *Dogen*. Sie betonte darin, dass der Großherzog alle Töchter anderer Fürstenhäuser abgelehnt habe. Er fühle sich gleich einem Einwohner von Venedig und werde dies auch immer in seinem Herzen sein. »So wie ich mich als Tochter Venedigs fühle, betrachtet er sich als Euer ergebener Sohn, wie ein Stammhalter, der sich seinem Vaterhaus eng verbunden weiß«, ließ sie Da Ponte wissen.

Mit Sforza und Giovanni reisten zahlreiche Gesandte in die Lagunenstadt, um der *Serenissima* Francescos Vermählung anzuzeigen. Gleichzeitig bat der Großherzog in dem Brief um die offizielle Verleihung des versprochenen Titels an seine Gemahlin Bianca während der Hochzeitszeremonie.

Der Sommer ließ in der Toskana die Früchte reifen und der Himmel zeigte sich so unerbittlich blau, dass man fast anfing, ihn zu hassen. Täglich war die Sonne von dieser starrsinnigen Farbe umgeben: Blau. Bianca hielt sich den ganzen Tag im Haus auf und setzte sich erst nach Sonnenuntergang draußen im Garten in einen Pavillon. Nachdem die Kinder im Bett waren, genoss sie die Ruhe, die sich ausbreitete.

Mafalda stellte ihrer Herrin eine Erfrischung auf den Tisch und zündete eine Wachskerze an.

»Leiste mir noch ein wenig Gesellschaft«, bat Bianca eines Abends und wartete, bis Mafalda sich zu ihr gesetzt hatte. In der Dämmerung konnte sie nicht erkennen, wie müde die Kammerdienerin war. Gern wäre Mafalda jetzt zu Bett gegangen.

Auch Bianca war erschöpft, denn sie hatte in der Nacht zuvor kaum geschlafen. Lange hatte sie mit sich gerungen und war zu einer Entscheidung gekommen. Danach war sie in einen unruhigen Schlaf gefallen. Als sie morgens erwachte, hätte sie fast ihren nächtlichen Entschluss umgeworfen. »Ich werde dem Großherzog alles gestehen.«

Die Mattigkeit Mafaldas war mit einem Male wie weggeweht. Ihren Mund vor Erstaunen offen, richtete sie sich auf. »Ge ... gestehen?« Sie bekam eine Gänsehaut. »Wollt Ihr alles zerstören, jetzt, wo Ihr Euer Ziel erreicht habt?«

Irgendwo in der Dunkelheit zirpten Grillen. Das Licht der Kerze warf unruhige Schatten von Biancas Kopf an die Steinwand. Mafalda starrte auf die Umrisse, als seien sie ein Zeichen.

Dass Bianca nickte, bemerkte sie nicht. Lange schwieg die Herrin und blies sich eine Strähne aus dem Gesicht. Im Haus hörte man, wie die Köchin Töpfe wegräumte, während sie ein Lied sang.

Biancas Stimme klang belegt. »Ich habe lange mit mir gerungen. Glaub mir, es ist mir, als müsse ich nach Canossa gehen. Nein, viel schlimmer.« Es schien, als klebe ihr die Zunge regelrecht am Gaumen. »Der Großherzog hat mir bisher immer vertraut. Er möchte mich in aller Öffentlichkeit als seine Gemahlin sehen. Er will Antonio anerkennen, obwohl er die Wahrheit schon vermutet. Ich liebe ihn. Doch wie kann ich seine Frau sein und ein solches Geheimnis mit mir tragen?« Tränen tropften still über ihre Wangen. »Ich muss reinen Tisch machen. Vor der offiziellen Hochzeit. Nicht auszudenken, wenn ...« Sie stockte.

Mafalda mochte nicht zu Ende denken, was geschehen würde. Die de Medici konnten streng sein, wenn ihre Ehre gekränkt wurde. *Hart* war vielleicht der bessere Ausdruck. Oder grausam. Sie sah, wie Bianca nervös ihre Ärmel nach oben schob, als wolle sie sich in einen Kampf stürzen.

Sie versuchte, respektvoll zu sprechen. Ihre Stimme wollte nicht gehorchen. »Wann wollt Ihr mit ihm sprechen?« Sie wartete der Herrin Antwort nicht ab. Plötzlich quollen ihre Zweifel aus ihr heraus. »Es wird nicht gut ausgehen. Denkt doch bitte auch an mich. Im schlimmsten Fall wird man mir Mitwisserschaft vorwerfen. Ich kann noch nicht einmal schwören, ich hätte nichts gewusst.« Als sie Signora Biancas aufgerissene Augen sah, fuhr sie fort: »Ich wusste von

Anfang an, dass das nicht gut gehen würde. Ich habe es verdrängt. Ich wollte es nicht wahrhaben.«

Bianca zuckte zusammen. »Morgen werde ich an einem neutralen Ort mit ihm reden. Nicht im *Palazzo Pitti*. Ich möchte keine Zeugen. Ich erwarte kein Entgegenkommen.« Sie warf Mafalda einen nervösen Blick zu. »Meinst du, Gott wird mir je verzeihen?«

Fassungslos sah Mafalda sie an. »Seit wann interessiert Ihr Euch dafür, was Gott über Euer Leben denkt?«

Biancas Schweigen war Antwort genug.

»Im Brief an die Kolosser schreibt der Apostel Paulus über die Barmherzigkeit Gottes. Und ...« Mafalda kam ins Stocken. »Herrin, darf ich frei sprechen?«

»Ja?«

»Es ist wichtig, dass Ihr Euch auch mit den Menschen versöhnt.« Mafalda sah Bianca an. »Es geht nicht nur um die Buße, sondern darum, die Menschen um Verzeihung zu bitten. Insofern ist Euer Plan, dem Großherzog die Wahrheit zu sagen, der richtige Weg. Selbst wenn Menschen dann nicht verzeihen, Gott tut es auf jeden Fall. So lesen wir es in der Bibel.«

Sie fing an zu weinen. »Doch dann ist alles verloren«, schluchzte sie. »Bestimmt auch mein Leben.«

Hinter den Weiten des Boboli-Gartens gab es einen Olivenhain, der bis weit in das Umland von Florenz reichte. Bianca hatte sich mit Francesco zur Mittagszeit dort verabredet, unweit eines Brunnens, in der Hoffnung, niemanden dort anzutreffen. Die Bauern arbeiteten morgens und spätnachmittags, wenn die Sonne nicht im Zenit stand. Bianca hatte sich in einer Sänfte hintragen lassen und Francesco kam mit der Kutsche, weil er von einer Verabredung aus der Stadt zurückkehrte. Sie trafen sich unter einem alten, majestätischen Baum. Sein Stamm war schief gewachsen und seine Krone spendete Schatten. Die Diener warteten in angemessener Entfernung.

Liebevoll begrüßte Francesco Bianca. Seine Augen glänzten, als er sie zu einer Baumwurzel führte, auf der sie sich niederließen. »Ich habe ein gutes Gefühl, was meinen General angeht«, freute sich der Großherzog. »In Kürze wird er zurückerwartet.« Er hielt Biancas Hand in der seinen. »Liebste.«

In der Art, wie er das Wort *Liebste* aussprach, konnte Bianca Liebe, Respekt und Faszination spüren. Warum musste er es ausgerechnet hier und heute so sagen? Seine Liebe zu ihr betonen? Das machte alles unendlich schwer. Noch hatte sie ihn nicht eingeweiht, noch gab es ein Zurück. Sie musste sich entscheiden. Bekennen und vielleicht sterben oder schweigen und weiterhin mit einer Lüge leben. Dem Tod entgegensehen oder der Täuschung ihres Liebsten. Hätte sie das nicht viel, viel früher entscheiden müssen?

Sie zog ihre Hand zurück, als habe sie glühende Kohlen angefasst, und stand auf. »Ich muss dir etwas gestehen, was dich traurig stimmen wird.« Jetzt war es für Bedenken zu spät. Schmerzlich wurde ihr bewusst, dass sie es aussprechen musste, was an ihrem Gewissen nagte. Ihm einen Dolch ins Herz stechen musste. »Antonio ist nicht dein Sohn.« Sie lauschte dem Klang ihrer Stimme nach. Es war gesagt.

Er sah zu ihr hoch, ohne etwas zu sagen. Bianca versuchte, Haltung zu bewahren. Sie konnte ihm nicht in die Augen sehen. Während sie ihre Hände vors Gesicht schlug, brach es aus ihr heraus. »Alles habe ich unternommen, um dir einen Sohn zu schenken. Jede Hilfe beansprucht und jeden Arzt aufgesucht. Als meine Bemühungen vergeblich blieben, dachte ich, es sei eine Strafe Gottes.«

Sie berichtete ihm, wie sie es geschafft hatte, Ärzte und Bedienstete zu täuschen, und dass einzig Mafalda, wenige Helfer und die Hebamme in den Betrug eingeweiht worden waren. »Ich musste dir einfach mein Herz ausschütten, ich liebe dich zu sehr. Wenn du mich nicht mehr sehen willst, werde ich die Toskana sofort verlassen.«

»Setz dich.« Seine Stimme klang frostig. Mit festem Griff zog er sie neben sich. Seine Miene war ernst und sie wagte immer noch nicht, ihn anzusehen. Endlos lange saßen sie schweigend nebeneinander.

Bianca war so angespannt, dass sie die Hitze nicht wahrnahm, sondern nur auf die rissige Erde starrte, aus der die Wurzeln des Baumes quollen. Wieder und wieder verschwamm vor ihren Augen der Boden zu einer grauen Masse.

Dann begann Francesco zu sprechen. Seine Stimme klang laut und messerscharf: »Bereits kurz nach Antonios Geburt wurde ich von den Ärzten und von Confetti über einen möglichen Betrug unterrichtet. Ihre Bedenken waren nicht ganz von der Hand zu weisen. Andererseits musste ich annehmen, dass sie mit aller Macht verhindern wollten, dass du ein Kind von mir bekommst. Doktor Garzi hat mir seinen Verdacht anhand von Unstimmigkeiten während der Geburt erklärt. Du erinnerst dich, dass wir darüber sprachen. Er sagte, dein Urin hätte den falschen Geschmack gehabt, die Nachgeburt wäre verdächtig gewesen und anderes mehr. Confetti legte mir ebenfalls seine Meinung dar.«

Wie hatte er seine Bedenken nur so lange für sich behalten können. Es war unglaublich. »Und Kardinal Ferdinando? Hat er davon erfahren?«

Francesco nickte. »Er schweigt. Warum auch immer. Es machte mich stutzig, da ich doch weiß, dass er dich nicht mag.«

»Und du?«

Er kräuselte die Stirn. Dann hob er ihr Kinn und sah sie lange an. Sein Blick wurde weich. »Lange habe ich darüber nachgesonnen. Ich bin zu dem Schluss gekommen, dass ich Antonio als meinen Sohn anerkenne, auch wenn er nicht unser Kind ist. In nächster Zeit werde ich ihn öffentlich legimitieren. Er ist für mich das Zeichen unserer Liebe. Antonio ist mein Sohn. Ich liebe ihn wie meine anderen Kinder. Du weißt das. Meine Liebe zu dir ist stärker als alles andere. Ohne deine Liebe zersplittern meine Träume und mein Himmel in Teile.«

Bianca wünschte, der Augenblick würde nie enden.

Francescos Augen schweiften in die Ferne und er atmete schwer. »Die Frau, die meinen Sohn geboren hat, wurde bezahlt und lebt jetzt in einem anderen Herzogtum, richtig? Weder du noch ich brauchen sie zu fürchten?«

Bianca nickte, schwieg einen Moment, fügte dann aber leise hinzu: »Was ist, wenn sie eines Tages zurückkommt und behauptet, Antonio sei ihr Kind?« Es gelang ihr nicht, die Angst in ihrer Stimme zu unterdrücken.

»Wie sollte sie es beweisen? Er ist in deinem Haus zur Welt gekommen. Unter Zeugen. Was Confetti oder Garzi angeht, vergiss sie. Ich bin es, der ihn als seinen Sohn anerkennt. Und damit auch seine Mutter – dich. Außerdem kann diese andere Frau nicht ohne meine Erlaubnis das Großherzogtum Toskana, geschweige denn Florenz betreten. Wenn sie je enthüllen würde, meinen Sohn ausgetragen zu haben? Welch eine lächerliche Behauptung! Ein Wort von mir und sie verschwindet.«

An Biancas Gesichtsausdruck konnte Mafalda bei ihrer Rückkehr erkennen, was das Gespräch ergeben hatte. Sie dankte Gott, dass das Unmögliche eingetreten war. Der Großherzog würde Antonio als seinen Sohn anerkennen und hatte Bianca verziehen.

»Manchmal wird Ehrlichkeit belohnt, selbst wenn man es nicht verdient«, sagte Mafalda zu Bianca und bemerkte ein Strahlen in den Augen ihrer Herrin, das sie in letzter Zeit vermisst hatte. »Nun könnt Ihr mit freudigem Herzen mit dem Segen der Kirche zur Gattin des Großherzogs erhoben werden.«

Bianca griff nach ihrer Hand. »Mafalda, deiner Kühnheit verdanke ich viel. Manchmal war deine Ehrlichkeit lästig, aber ich danke dir. Für dein Eintreten für die biblische Botschaft, deren Wahrheit auch mein Herz berührt hat. Jetzt kann ich dem Großherzog wieder ins Gesicht sehen.«

21

Juni 1579

Die Einladungen für die Hochzeitfeier waren überbracht und der *Palazzo Pitti* schien sich zusammen mit dem Dom zum Mittelpunkt der Erde zu entwickeln. Die ganze Stadt war in Aufruhr. Überall schmückten Blumen und Skulpturen die Straßen und Plätze, während sich die Menschen immer noch über die neue Großherzogin das Maul zerrissen.

Einige sahen in Bianca die Frau, die der Großherzog nach seiner freudlosen Ehe verdient hatte, während ihre Gegner sich öffentlich von ihr distanzierten und ihr einen hässlichen Charakter vorwarfen. Den einen war sie eine Frau, die sich um die Nöte der Ärmsten kümmerte, während andere ihr Prunksucht, Ehrgeiz und Hinterhältigkeit unterstellten. Nun erwartete man aus Venedig und befreundeten Herzogtümern Gäste, die dem kirchlichen Segen beiwohnen sollten.

Bianca erfuhr, dass ihr Onkel die Einsegnung vornehmen würde. »Der Patriarch von Aquileia?«, fragte sie verwirrt und hastete mit gerafften Röcken hinter Francesco her, der sich auf dem Weg zur Ratssitzung befand. »Wie kommt es, dass er diesen Tag mit uns feiern will? Ich dachte, er sei mein erklärter Feind. Die letzte Erinnerung, die ich an ihn habe, ist seine Unnachgiebigkeit. Damals hat er nur schlecht über mich gedacht. Er hat damals sogar eine Belohnung auf meine Ergreifung ausgesetzt.«

»Du wirst ihn vor dem Gottesdienst treffen. Er brennt darauf, dich zu sehen.« Francesco durchquerte die Empfangshalle. »Ich habe die Stoffe, die zur Auswahl kommen, dort drüben hinbringen lassen«, wechselte er das Thema und wies auf eine offen stehende Tür. »Die Schneiderinnen sind unterwegs. Heute Nachmittag, wenn ich zurück bin, steht eine Anprobe für mich auf dem Plan.«

10. Juni 1579

Über der Stadt Florenz erhob sich eine Morgensonne aus reinem Gold und der Himmel wölbte sich, als habe man zarte blaue Bänder aneinandergefügt. Mafalda genügte ein Blick aus dem Fenster, um zu wissen, dass die Natur den Hochzeitstag vollkommen machen wollte. Ein Glücksgefühl, wie sie es lange nicht mehr verspürt hatte, durchdrang sie und sie betete, dass die Feierlichkeiten ohne Zwischenfälle verlaufen würden.

»Es ist Euer Tag«, begrüßte Mafalda Bianca, während sie im Schlafzimmer alle Vorhänge zurückschob. Sie half Bianca bei der Toilette, steckte ihre blonde Mähne kunstvoll hoch und fügte zahllose Diamanten ein.

Mafalda hatte erwartet, dass Signora Bianca fröhlich plaudern würde. Doch sie schwieg und wirkte sehr ernst. Mafalda deutete es als Aufregung, von der das ganze Haus erfasst war. Die Dienerschaft hatte sich in ihre schönsten Kleider gezwängt und schwärmte aufgeregt durch den Palazzo. Mafalda brauchte zwei weitere Dienerinnen, um Bianca in das Kleid zu helfen, das aus goldbronzenem Seidenbrokat gefertigt und aufwendig mit Perlen verziert war. Unter den gebauschten Ärmeln leuchtete weiße, mit Goldfäden durchzogene Seide hervor. Ungezählte Meter Seidenbrokat waren für den Rock verwendet worden, der sich dadurch weit entfaltete.

Erst als Bianca die herzogliche Kutsche bestieg, schien ihre Anspannung etwas nachzulassen, und sie hielt für einen Moment Mafaldas Hände fest. »Ich danke dir«, sagte sie zittriger Stimme, bevor Dienerinnen die Stofffülle vor ihre Füße türmten und sich die geschmückte Kutsche in Bewegung setzte. Zahlreiche Menschen säumten die Straßen, als der Zug von Gespannen und Gästen die Straßen passierte. Mafalda folgte in einer schlichteren Kutsche zur Kirche.

Mafalda wusste, dass Bianca keine Zeit mehr gehabt hatte, um mit ihrem Onkel zu sprechen. »Sorgt Euch nicht«, hatte Mafalda sie beruhigt. »Vertraut Eurem Gemahl.« Mafalda sah den Patriarch von Aquileia erst, als die Herrin zur Einsegnung mit dem Großherzog vor den

Altar trat. Er hätte sich bestimmt geweigert, als geistlicher Vertreter der Republik Venedig diesen Gottesdienst zu gestalten, wenn er noch betrübt gewesen wäre. Sein Amt ließ nichts dergleichen zu. Oder war er genötigt worden? Das vermochte sie sich nicht vorzustellen. Nach Biancas Schilderung ließ er sich von nichts und niemand etwas vorschreiben.

Der Dom war bis auf den letzten Platz besetzt. Der gesamte Adel der Stadt hatte sich eingefunden und Vertreter anderer Herzogtümer samt ihren Frauen protzten mit ihren Gewändern. Auch die Räte saßen steif in den Kirchenbänken.

»Erhebt Euch! Der Großherzog der Toskana und seine Gemahlin«, rief der Zeremonienmeister.

Mafalda saß an der Seite, nah genug, um bei Bedarf zur Stelle zu sein, aber in sicherer Entfernung von den Herrschaften und übrigen Gästen. Dass die Österreicher und das Kaiserhaus niemanden entsandt hatten, ging in der Menge der Gäste unter. Patrizier Micheli und Patrizier Tiepolo waren vom *Dogen* deputiert worden, um die Verleihung vorzunehmen. Die Verwandtschaft Biancas hatte sich zusammen mit anderen Adligen der Stadt Venedig auf die Reise nach Florenz begeben. Niemand wollte diesen Augenblick verpassen.

Francesco schritt mit Bianca am Arm den Gang entlang. Seine Augen wanderten zu seinem Bruder Ferdinando, der müde aussah. Mafalda folgte seinem Blick. Ferdinandos Eifer, seinen Bruder von ihrer Herrin abzubringen, war zerronnen wie Talg in der Sonne. Er hatte sich beugen müssen. Vor Venedig und vor dem Großherzog.

Francesco und Bianca waren vor dem Altar angekommen und die Hochzeitsmesse begann. Mafalda Blick blieb an der Herrin hängen. Was mochte in ihr vorgehen? Jetzt, da sie am Ziel ihrer Wünsche angekommen war und das unvergängliche Ansehen einer Ehefrau erreicht hatte? Für ihr Streben nach Anerkennung und Ehre war ihr jedes Mittel recht gewesen. Ein Haschen nach dem Wind nannte das die Bibel. Wie gut, dass sie Francesco alles gestanden hatte. Die Menschen ringsum sahen nur das Sonntagsgesicht der Herrin. Sie konnte noch so viel Prunk um sich herum anhäufen, irgendwann würde sie dem Weltengott begegnen. Er würde sich nicht von Glanz und Gloria beeindrucken lassen. Einzig ihre Herzenshaltung interessierte ihn. Und die ging nur Gott etwas an.

Sie war dankbar, dass sie in Biancas Dienst hatte treten dürfen. *Danke, Herr, dass du den Weg mit mir gehst und danke für die Menschen, die du mir zur Seite gestellt hast. Vergib mir, wo ich der Herrin und anderen mehr ein Hindernis als Hilfe war.*

Mafalda hatte gar nicht mitbekommen, dass die Erhebung Biancas zur Tochter der Republik bereits begonnen hatte. Während Signora Bianca kniete, las einer der venezianischen Patrizier das Edikt vor. Anschließend trat der zweite Gesandte hinzu. Er begann, das Ernennungsdekret vorzulesen. Noch während der gesamte Florentiner Adel die Augen aufriss und sich die behördlichen Würdenträger ergriffen an ihre Brust fassten, setzte Tiepolo Bianca die edelsteinbesetzte Hornmütze aus Venedig auf. »Im Namen der *Serenissima* Venedigs erhebe ich Euch, Bianca de Medici, zur Tochter der Republik.«

Eine ergriffene Stille trat ein. Mafalda wischte sich über die Augen und rief sich zur Ordnung. Sie wollte jetzt nicht ihre Zurückhaltung verlieren. Die Hornmütze glitzerte unwirklich auf Biancas Kopf. Niemand rührte sich. Einzig im apostolischen Lager hörte man ein Schnaufen. Der Patriarch von Aquileia übernahm die Zeremonie und hob seine Hände segnend über den Großherzog und seine Frau. Biancas Brustkorb hob und senkte sich sichtbar. Mafalda konnte gar nicht klar denken, so unwirklich war dieser Moment. Alle Blicke waren auf ihre Herrin gerichtet.

Endlich war sie nicht nur im Geheimen, sondern vor aller Welt Francescos Ehefrau. Jegliche Kränkung, eigene Intrigen und vor allem der Tod Johannas waren in diesem Moment wie weggewischt. Francesco warf Bianca einen Seitenblick zu, als sie vor dem Altar knieten. Er war voller Stolz und Wärme. Dann half er ihr auf. Sie flüsterte ihm etwas zu und lächelte, worauf er ihre Hand drückte.

Zögernd setzten Jubelrufe ein. Dann gab es kein Halten mehr und die Begeisterung erfasste die gesamte Kirche. Einzig der päpstliche Nuntius blieb sitzen. Sein Kopf glühte und drohte zu platzen. Bei der ersten Gelegenheit zwängte er sich aus der Reihe, als sei er einem Geist begegnet.

Mafalda war entsetzt über das ungehörige Benehmen des Geistlichen. »Mit dieser Glorie willst du deinen eigenen Glanz vermehren und deine Macht auf andere Länder ausweiten! Das wird dem Papst nicht gefallen!«, hörte sie ihn knurren, als er sich an ihr vorbeischob. Er stapfte durch ein Seitenportal und verschwand.

Mafalda lehnte sich zurück. Sie senkte den Kopf und ein Gebet stieg in ihr auf. *Herr, Bianca ist am Ziel angekommen, alle ihre Wünsche sind wahr geworden. Und das, obwohl sie ihr Leben weitab deiner Wege geführt hat. Ich verstehe nicht, dass du sie so segnest. Ich lege ihre Seele in deine Hände. Bitte sei ihr gnädig.*

Sie hob den Blick zu den großen Fenstern der Kathedrale und lauschte auf den Gesang der Festgemeinde. *Vielleicht ist all dieser Glanz nur Schein*, ging ihr durch den Kopf. *Vielleicht wird dieses Leben schneller vorbei sein, als Bianca sich das vorstellt.* Als Mafalda das Paar am Altar anschaute, bemerkte sie Francescos Bruder, der hinter dem Patriarchen im Chorgestühl saß und Bianca direkt ansah. Mafalda zuckte zusammen: Noch nie hatte sie ein Gesicht gesehen, das von Hass so sehr verzerrt wurde.

Nachwort

Bianca Cappello gehört zweifellos zu einer der bekanntesten und umstrittensten Persönlichkeiten der italienischen Renaissance. Bei Recherchen zu einem anderen Buch stieß ich auf Berichte über ihr Leben. Ich fand ihren Lebenslauf dramatisch und faszinierend zugleich. Er weckte in mir den Wunsch, ihre Geschichte zu einem historischen Roman zu verarbeiten. Würde sie heute leben, wäre ihre Lebensgeschichte immer noch aufsehenerregend und ein Fall für die *Yellow Press*. Bedingt durch ihr Verhalten als junges Mädchen verlief ihr im Grunde vorgegebener Lebensweg gänzlich anders als erwartet.

Eine Frau wie Bianca Cappello, die in eine Zeit hineingeboren wurde, in der die Meinung von Frauen nichts galt und ihr Schicksal eng mit dem Zeugen von Nachkommen verwoben war, provozierte die gesamte Männerwelt und die der Frauen dazu. Von manchen bewundert und von vielen für ihren Lebensstil geächtet, sind einzelne Ereignisse auf ihrem Lebensweg der Spekulation preisgegeben. Einige Historiker sind der Ansicht, Bianca Cappello habe ihren Sohn Antonio dem Großherzog Francesco tatsächlich untergeschoben.

Der Neid der Bevölkerung über ihren Aufstieg und ihren Einfluss war immens. Es war nicht üblich, außerhalb der eigenen Gesellschaftsschicht zu heiraten. Deshalb verwundert es nicht, dass ihr Täuschung unterstellt wurde. Nach Angaben von J. P. Siebenkees, einem Autor aus dem 18. Jahrhundert, gab es offensichtlich eine Zeugenaussage der leiblichen Mutter Antonios, die in Bologna einen Betrug anzeigte. Siebenkees zufolge soll auch ein Leibarzt des Großherzogs Arglist angenommen haben.[1] Die Aufzeichnungen von Siebenkees

1 Johann Philipp Siebenkees, Lebensbeschreibung der Bianca Capello de Medici, Großherzogin der Toskana. Aus Urkunden bearbeitet, Gotha, in der Ettingerschen Buchhandlung, 1789, 172 Seiten.

gründen auf Dokumente, die er nach eigenen Angaben in Florenzer Archiven erforscht hat.

Andererseits hatte Bianca Cappello viele Feinde, darunter wahrscheinlich ihren Schwager Kardinal Ferdinando. Dessen Hass zeigte sich einige Jahre nach der Eheschließung. Ferdinando verbreitete das Gerücht über eine vermeintliche Täuschung seines Bruders.

Ich habe mich in meinem Roman dieser Auffassung angeschlossen, weil Bianca Cappello eine intelligente und raffinierte Frau gewesen sein muss. Vielleicht hat auch ihre erste Ehe mit dazu beigetragen, dass sie zu der Person wurde, wie ich sie in meinem Buch dargestellt habe.

Mein Roman endet im Jahr 1579. Bereits drei Jahre danach starb Filippo im Kindesalter, der einzige Sohn Francescos aus seiner Ehe mit Johanna von Österreich. Später erfüllte sich der zweite Wunsch von Bianca Cappello: Ihr Sohn Antonio wurde von ihrem Mann legitimiert. Bianca Cappello erhielt, nachdem die *Serenissima* Venedigs sie zur *Tochter der Republik* in den höchsten Adel erhoben hatte, später den Titel Großherzogin der Toskana. Diese Ehre war Camilla Martelli, der zweiten Frau ihres Schwiegervaters Cosimo I., nicht zuteilgeworden.

Großherzog Francesco und seine zweite Frau Bianca Cappello starben 1587 innerhalb von zwei Tagen unter mysteriösen Umständen. Kardinal Ferdinando ließ nicht zu, dass Bianca Cappellos sterbliche Hülle neben ihrem Mann in der Medici-Gruft bestattet wurde. Ihre inneren Organe wurden 2004 in der kleinen Kirche Santa Maria a Bonistallo nahe der Villa in Poggia a Caiano entdeckt, ebenso die Organe von Francesco.

Italienische Wissenschaftler aus Florenz konnten aufgrund dieses Fundes den wahren Grund des plötzlichen Ablebens von Francesco und Bianca Cappello herausfinden: Sie wurden vergiftet. Kardinal Ferdinando hätte ein klares Motiv gehabt, seinen Bruder und seine Schwägerin aus dem Weg zu räumen. Er wollte die Krone des Großherzogtums selbst tragen. Ferdinando verhinderte zudem erfolgreich, dass Antonio seinem Vater auf den Thron folgen konnte. Das nährt meine Annahme, dass Ferdinando die Frau seines Bruders gehasst haben muss. Der Kardinal legte sein Amt nieder und wurde Francescos Nachfolger. Er heiratete und gründete eine große Familie.

Die Kammerdienerin Mafalda entsprang meiner Fantasie. In Italien gab es im 16. Jahrhundert Strömungen, durch die sich der lutherische Glauben verbreitete. Papst Pius V. gehörte zu den Kirchenvätern, die sämtliche Abweichungen vom katholischen Glauben eindämmten und eine Verbreitung der evangelischen Lehre verhinderten. Inwieweit bei Bianca Cappello der Glaube, der damals das Leben der Menschen stark beeinflusste, wirklich eine Rolle gespielt hat, ist nicht überliefert. *Abbazia di Praglia*, in meinem Buch von Benediktinerinnen bewohnt, war in Wahrheit ein Mönchskloster. Die Krönung von Cosimo I. zum Großherzog fand 1570, in meinem Roman aber ein paar Monate später statt.

In meiner Geschichte arbeitet Fabrizio Caroso bereits seit 1565/66 als Tanzmeister am Hof der Medici in Florenz. Ob er das tatsächlich zu diesem Zeitpunkt bereits tat, ist nicht gesichert. Zumindest ist er ein paar Jahre später für die herzogliche Familie tätig gewesen. Der Palazzo, in dem Bianca Cappello in der Via Maggiore in Florenz gewohnt hat, wurde vom Künstler Bernardino Poccetti mit Fresken verziert. Anders als in meiner Geschichte wurden die Malereien erst ein paar Jahre später dort angebracht. Man kann sie heute noch an der Fassade des Palazzos bewundern. Ein Schild am Eingang weist auf die frühere Bewohnerin hin und selbst das Wappen – ein Hut – italienisch Cappello – prangt noch immer über der Eingangstür.

Mein besonderer Dank gilt meiner Lektorin Sandra Binder für ihre Anregungen und Unterstützung und meinem Mann Jochen für seine Geduld.

Ingrid Kretz

Glossar

Abbazia di Praglia – Benediktinerkloster nahe Padua

Arsenalotti – Werftarbeiter in Venedig

Avvocato – Rechtsanwalt, Notar

Calcio storico – historische Variante des Fußballs aus Florenz, die Kämpfe während der Belagerung der Stadt durch Kaiser Karl V. nachspielt

Campanile – freistehender Glockenturm des Doms in Venedig

Cascine – Pferderennbahn von Florenz

Consiglio dei Dieci – Rat der Zehn in Venedig

Domine Deus, Agnus Dei, Filius Patris, qui tollis peccata mundi, miserere nobis; qui tollis peccata mundi, suscipe deprecationem nostram – (lat.: Herr und Gott, Lamm Gottes, Sohn des Vaters, du nimmst hinweg die Sünde der Welt: Erbarme dich unser; du nimmst hinweg die Sünde der Welt: Nimm an unser Gebet). Teil des Glorias bei Eröffnung der Messe

Doge – Staatsoberhaupt der Republik Venedig

Epiphania – Dreikönigsfest

Frater – Bezeichnung für einen Geistlichen

Granduca – Großherzog

Habit – Ordenstracht

Komplet – letztes Stundengebet, Nachtgebet

Magistra – Novizenmeisterin

Messer – Bezeichnung für einen Notar oder angesehenen Mann

Monsignore – hohe katholische Geistlichkeit

Mozetta – liturgisches Gewand, die Farbe entsprechend dem Rang seines Trägers

Mundalto – Vormund. Unverheiratete Frauen gleich welchen Alters bekamen im 16. Jahrhundert einen Vormund

Nobildonna – Adlige

Nuntius – päpstlicher Botschafter
Orden vom Goldenen Vlies – Ritterorden, gegründet 1430
Palazzo Ducale – Dogenpalast in Venedig
Palazzo Pitti – Palazzo aus der Renaissance des Kaufmanns Luca Pitti
Palazzo Strozzi – Palazzo aus der Renaissance der Familie Filippo Strozzi
Palazzo Vecchio – hieß zuvor Palazzo della Signoria, Regierungsitz der Republik
Parlatorium – Besuchszimmer im Kloster
Paternoster – Vaterunser
Pavane – Schreittanz der Renaissance
Piazza, Piazzale – Platz
Pileolus – Hut, Mütze. Ein weiches Käppchen für Kleriker, für Kardinäle in Rot
Ponte Santa Trinita – Brücke in Florenz, älteste Korbbogenbrücke der Welt
Ponte Vecchio – älteste Brücke von Florenz
Salone dei Cinquecento – Saal der Fünfhundert, riesiger Saal im *Palazzo Vecchio* in Florenz
Schaube – mantelartiger, faltenreicher Überwurf für Frauen und Männer, pelzverbrämt für Amtsträger (Gelehrte, Geistliche, Ärzte und andere)
Scoppio del Carro – (»Explosion des Wagens«), Osterbrauch in Florenz, bei dem Feuerwerk auf einem historischen Wagen angezündet wird
Scudi, Scudo – Silberscudi waren unter anderem in Florenz bis ins 18. Jahrhundert Zahlmittel
Serenissima – La Serenissima Repubblica di San Marco, Beiname von Venedig
Sicut erat in principio, et nunc et semper, in nomine patre et filio et sanctus ... – lat.: Wie im Anfang so auch jetzt und alle Zeit, im Namen des Vaters und des Sohnes und des Heiligen Geistes ...
Signoria – Sitz des Rats der Stadt Florenz, aber auch Form der Alleinherrschaft, meist in Städten

Skapulier – Überwurf, wird über der Tunika getragen
Vesper – Abendgebet um 18 Uhr
Zimarra – Mantel für Männer, ähnelt der *Schaube*
Zingulum – Gürtel für *Habit*

Literaturverzeichnis

Klaus Bergdolt: Die Pest – Geschichte des schwarzen Todes, C. H. Beck, München, 2006.

James Cleugh: Die Medici – Macht und Glanz einer europäischen Familie, Piper, München, 2011.

Florenz, Merian, Travel House Media, München, 2006.

Florenz auf unvergessliche Art – Führer zu 100 Meisterwerken, Scala Group, Florenz, 2007.

Florenz – Kunst und Architektur, Tandem Verlag, 2007.

Antonio Forcellino: Michelangelo. Eine Biografie, Pantheon, 2007.

Sabine Plakolm-Forsthuber: Florentiner Frauenklöster – Von der Renaissance bis zur Gegenreformation, Michael Imhof Verlag, Petersberg, 2009.

Volker Reinhardt: Die Renaissance in Italien – Geschichte und Kultur, C. H. Beck, München, 2012.

Fritz Rienecker/Gerhard Maier/Alexander Schick/Ulrich Wendel: Lexikon zur Bibel, SCM R.Brockhaus Verlag, Wuppertal, 2013.

Lebensbeschreibung der Bianca Cappello de Medici, Großherzogin der Toskana, aus Urkunden bearbeitet von J. P. Siebenkees, Gotha in der Ettingerschen Buchhandlung, Gotha, 1789.

Götz-Rüdiger Tewese (Hrsg.)/Michael Rohlmann (Hrsg.): Der Medici-Papst Leo X. und Frankreich: Politik, Kultur und Familiengeschichte in der deutschen Renaissance, Mohr Siebeck, 2002.

Venedig 810-1900, GEO Epoche, Nr. 28, 48755, 2008.

Maike Vogt-Lüerssen: Frauen in der Renaissance – 30 Einzelschicksale, Books on Demand, Norderstedt, 2006.

Scofield Bibel, Revidierte Elberfelder Übersetzung, Herausgeber C. I. Scofield, D. D., 3. Auflage 1995, Copyright 1992 SCM R.Brockhaus Verlag, Wuppertal und Zürich.

Ingrid Kretz

Der Geschmack des Wassers
Der Hexenprozess von Dillenburg

Paperback, 13,5 x 20,5 cm, 400 S.
Nr. 395.269, ISBN 978-3-7751-5269-3

Dillenburg, 16. Jahrhundert: Schon einmal wurden Barbara Weitzel und ihre Schwester Lena in einem Hexenprozess freigesprochen, während drei Frauen brannten. Doch nun machen erneut Gerüchte die Runde. Eine packende Geschichte, basierend auf einem historischen Prozess.

Eleonore Dehnerdt

Die Reformatorin

Paperback, 13,5 x 20,5 cm, 304 S.
Nr. 395.181, ISBN 978-3-7751-5181-8

Münden im 16. Jahrhundert: Die junge Herzogin Elisabeth von Calenberg-Göttingen ist eine streitbare Frau, die für die Idee der Reformation kämpft. Dieser Roman erzählt von dieser faszinierenden Frauenfigur der deutschen Geschichte.

Bitte fragen Sie in Ihrer Buchhandlung nach diesen Büchern!
Oder schreiben Sie an: SCM Hänssler, D-71087 Holzgerlingen;
E-Mail: info@scm-haenssler.de; Internet: www.scm-haenssler.de